二見文庫

許されざる情事

ロレス・アン・ホワイト／向宝丸緒＝訳

The Drowned Girls
by
Loreth Anne White

This edition is made possible under a license arrangement
originating with Amazon Publishing, www.apub.com,
in collaboration with The English Agency (Japan) Ltd.

この本をマーリンに捧ぐ——アンジーの街ヴィクトリアにいきいきとした輝き
を与えてくれ、熱心に原稿をチェックしてくれて本当にありがとう

許されざる情事

登　場　人　物　紹　介

アンジー・パロリーノ	ヴィクトリア市警の刑事
ジェームズ・マドックス	ヴィクトリア市警殺人課の刑事
ジニー・マドックス	マドックスの娘
グレイシー・ドラモンド	最初の被害者
フェイス・ホッキング	第二の被害者
ジェイデン・ロイス・ノートン=ウェルズ	州司法副長官補の息子
ザック・ラディソン	市長の側近
ジャック・キリオン	新市長
ケル・ホルガーセン	アンジーの同僚刑事
スペンサー・アダムズ	〈アマンダ・ローズ〉の乗組員

身元不明者

鏡よ鏡、あなたは誰？　どうして私はあなたをまるで知らないの？

一日目

人は誰でも嘘（うそ）をつく。

私たちはみんな、自分の秘密を守ろうとする。それがひどく恐ろしいものの場合もある。あまりに恥ずかしくて後ろ暗いため、その影が鏡にちらりと映ったとたん、慌てて目をそらしてしまう。

代わりに私たちは魂の奥底に、誰にも知られたくない自分の暗い部分を閉じこめる。そしてせっせと、周囲にこう思われたいと思う自分自身のイメージを生みだそうとする。〝ねえ、これが私よ〟と言いたげに、ソーシャルメディアに自分に関する情報をいくつもアップする。〝ほら、すごいでしょ？　私は今、大人気のレストランで親友とランチを楽しんでるところ。このセクシーな靴を見て。それにキュートな男友だちも。ねえ、彼のぴっちりした水着姿、セクシーでしょ？　ゴージャスで完璧。それが私の人生。このパーティでも、すばらしく楽しい時間を過ごしてるの。お酒を飲んで、いい気分。きらきら輝いているタンクトップから胸がこぼれそう。ねえ見て、ハンサムな男たちが私を取り巻いてる。こんな私のこと、うらやましいと思わない？……〟

そうやってフェイスブックに写真を投稿したら、偽りの自分に〝いいね！〟がいくつ集まるか、固唾をのんで見守る。いい気分になれるかどうかは、クリック数やコメントの内容、それに誰がコメントしたかにかかっている。

だけど暗闇はいつの間にか、裂け目から忍び寄ってくる。光を求めて……。

そうなると、それまで物語を語っていた声がうめき声に変わり、やがて聞こえなくなってしまう。あるいは、声はなんの前触れもなく、ぷっつりととぎれるかもしれない……そこにこそ、真実がある。あなたにまつわる真実が。蛍光灯の明かりの下、醜い真実が容赦なく照らしだされる。これからやってくるはずの刑事たちから、何も隠すことはできない。

私は今、病院のベッドにいる……。

機械音が聞こえる。

機械は私を呼吸させ、生かしておく手助けをしてくれているのだろう。看護師たちが何かささやき、ふたりの警官が話している声も聞こえるけど、私は答えを返すことができない。動くことも、何かを感じることもだ。何が起きたのか、彼らに伝えられない。私は死んではいない。今はまだ。でも銀色の糸に吊（つる）され、体がふわふわと漂っているように感じられる。

医師が入ってきて、警官たちと小声で何か話しはじめる。彼らの言葉が断片的に聞こえてくる。〝性的暴行……法医学検査を行うと……当病院の方針……倫理……近親者の同意があるまで……〟

今、気づいた。彼らは私が誰だか知らない。だから母さんを捜しだせないのだ。

ごめんね、母さん。本当に、本当にごめんなさい。母さんには絶対に知られたくなかったのに……。だけど、いずれ警察は探りあてるだろう。私がどうしても隠しておきたかった恥ずかしい秘密を。そして今まで感じてきた心の痛みを。だけど今は何が起きたのか警察に探りだしてほしい。今までのいきさつをすべて、彼らに知ってもらう必要がある。私にこんなことをしたのが誰か、突きとめてほしい。これ以上の被害者を出さないために。特にララだ。

次はララだ。あいつはそう言った。あいつは私たち全員を求めている。どうしてもララに警告しなければ……。

一瞬、意識を失う。そのあと、また機械音が聞こえてくる。息を吸う音、吐く音、ビーッという音。私はきっと今度のクリスマスは迎えられないだろう。そう考えたとき、アパートメントのリビングルームに飾られた小さなツリーが頭に浮かぶ。母さんへのプレゼントはすでに買ってある。母さんは見つけてくれるだろうか？　私の部屋のベッドの下に置いてあるプレゼントを。包みを開けた瞬間、母さんがどんな顔をするのか見たかったのに。

最初はただのアルバイトだと言われた。毎週土曜の夜、〈ブルー・バジャー・ベーカリー〉でやっているシフト勤務と同じだと。街の西側の海辺にある〈バジャー〉は天候のよしあしにかかわらず、いつも大行列ができる人気店だ。特に日曜はブランチを楽しもうと大勢の客がやってくる。だからそれに備えて、土曜の夜からアルバイトに入り、いろいろな準備をした。〈バジャー〉はここヴィクトリアで最も人気のあるブランチの店と言っていい。この街の名物として、急速に知られるようになった。ありとあらゆる種類のパンやペストリーを焼いており、自家製のベーコンまである。人は習慣に従う生き物だ。私も毎週土曜、フェアフィールド発六時七分のバスに乗ってアルバイト先へ出かける。バスは街全体を循環したあと、青い鉄橋を渡り、造船業で生計を立てている人々が住む古びた貧困地域と、再開発により高級化した流行最先端の地域が入りまじったエリアに入る。再開発地域に立ち並ぶのは、ミレニアル世代が所有する、ゴージ水路とインナー・ハーバーを見おろす〝ロフト・スタイル〟のコンドミニアム群だ。どのコンドミニアムも色鮮やかで、四角張った形をし、ペットの飼育が可能で、サイクリングコースとジョギングコースがあり、遊歩道とボートハウスが併設されている。ボートハウスに収納されているのは、カヤックやアウトリガーカヌー、スタンドアップ・パドルボードだ。

だけど私はアルバイト先までたどり着けなかった。この一週間ほど、誰かに見張られている気がしてならなかった。先週バスに乗ってきた男は、どこか見覚えがある気がした。とはいえ、ここはヴィクトリアだ。大都市とは違う。どんな人とでも六人を介在させればつながれる。きっとこの男も街のどこかで見かけただけだろう。そう思った。男はすりきれた、濃い色のウールの帽子をかぶり、十二月のこの寒さの中、ジャケットの袖をまくっていた。

でも、やはりあの男だったのだ。獲物を観察し習慣を把握するために、私のあとをつけ、同じバスに乗りこんでいた。そしてどんな罠(わな)を仕掛けようかと思案し、ここなら人目につかないという場所を割りだした。私が近道するときに使う、狭くて薄暗い路地だ。

なんとか思いださなければ。これまで起きた出来事を思い起こし、時系列に沿って並べようとする。記憶の断片が壊れた鏡の破片のように一気に全身に突き刺さる……

あれは風の強い夜だった。ひどく寒く、あたりに濃い霧が漂っていた。

そして雪が舞いはじめ……。

1

善人はひとりもいない。ひとりもいない。

——『ローマ人への手紙』第三章第十節

十二月九日、土曜日

アンジー・パロリーノは床から天井まである大きな窓の外を見つめた。両親が暮らす家のリビングルームの窓からは、よく手入れされた芝生と、その先に広がる小石の多い海岸が見渡せる。海岸には父がボートを収納している小さなボートハウスがあり、そこから突きでた桟橋からハロー海峡へ漕ぎだすことができる。だが今、外は真っ暗で、海岸も見えない。窓ガラスに映っているのはゆがんで見えるアンジー自身の姿と、強風にあおられた黒い海が立てる白い波頭だけだ。
　海峡の中央にはアメリカとカナダの国境線が通っており、日中には海の向こうに青みがかったサンファン島がぼんやりと見える。よく晴れた日なら、その背後にそびえ立つ雪を頂いたベーカー山も見える。

ひどく冷えこんでいる。十二月のこの島ではありえない、厳しい寒さだ。この九日間、北方から寒気が流れこんだせいで、澄みきった青空と凍えるような寒さが続いている。今は太平洋からの湿った空気が寒気団とぶつかり、雪が舞いはじめた。

窓ガラスに、氷まじりの雪が叩きつけられている。

雪は嫌いだ。あのにおいが苦手なのだ。どこか金属的なにおいを嗅ぐと、なぜか不安になる。自分でもはっきりとした理由はわからないけれど、心がざわつく。雪が降るといつもそうだ。クリスマス近くになれば、それがいっそうひどくなる。アンジーは両腕をこすった。またしても、うだるような暑さだったあの七月の夜のことが思い浮かんだ——力が及ばず、三歳のティフィー・ベネットの命を救えなかったあの夜。小さなティフィーを蘇生(そせい)させるのに必死で、行動をともにしていたパートナーの命まで犠牲にしてしまった。

ティフィーはアンジーの腕の中で息絶えた。そしてアンジーのよき師(メンター)であり仕事上のパートナーだったハッシュ・ハショースキーは喉を撃たれ、救急救命士が到着する前に大量出血のために亡くなった。そしてティフィーの父親は、幼いティフィーとすでに事切れていた彼女の母親の遺体のそばに立ち、凶器の銃を自分の頭に向け、脳みそを吹き飛ばして自殺した。父親は娘のティフィーをずっと虐待しつづけていた。接近禁止命令さえも、ティフィーと彼女の母親を守ることはできなかった。

ときどき、思うことがある。この世が天国になるか地獄になるかは、周囲にいる人によって決まるのではないだろうか？　どれほど努力したところで、どうにもならない人間関係もある。

「疲れているな」父が背後にやってきた。

アンジーは背筋を伸ばし、父のほうを見た。

「目のまわりにまた皺(しわ)が増えている。仕事のせいだろう。あの仕事のせいで、おまえは前より老けこんだ」

「父さんもあまり元気そうには見えないわ。大変な一日だったのね。ほら、それをちょうだい」アンジーは父が抱えていた箱を受け取った。母の私物が詰められている。父が、きっと母に必要だろうと考えた私物だ。今日の午前中、アンジーは父とともに母ミリアム・パロリーノを精神科病棟に長期入院させ、午後は母の仕事部屋とクローゼットを片づけた。家が急にがらんとして、広くなったように思える。

「アンジー、どうして仕事を辞めないんだ？　特にあんなことがあった――」

「あんなこと？　仕事上のパートナーと女の子を失ったこと？」

「希望すれば別の部署に移れるはずだ。性犯罪課で異常性癖者たちと向きあって、常に人のあさましさを見せつけられていたら、おまえまで頭がどうにかなってしまう。実際、あの事件のせいでおまえは変わってしまった」

アンジーは激しい怒りを覚えた。胸がかっと熱くなる。肉体的な暴力に訴えかねないほど強烈な怒りだ。ときどきこんなふうに、いわれのない狂暴な怒りに駆られることがある。ほんの少し挑発されただけで、こんなに腹を立てるなんて。だからこそ、普段は冷静で超然とした態度を取るように自分を戒めていた。アンジーは父を見つめた。肘に革のパッチがついた、サイズの大きすぎるセーターを着て立っている。かつては真っ黒だった髪もすっかり白くなり、くしゃくしゃだ。父の背後にある暖炉では火がはぜ、壁にずらりと並んだ飾り戸棚には書籍や芸術作品がおさめられている。まさに特権階級ならではの優雅な暮らしぶりだ。ヴィクトリア大学の人類学教授ドクター・ジョゼフ・パロリーノにふさわしい。鉱業で苦労して成功を手にしたイタリア移民の息子として生まれた父は、金銭的な心配をいっさいすることなく、学術面での興味の追求に没頭できた。父も母もずっと高尚な人生を歩んできたが、アンジーは一度も自分にそういう人生が向いていると思ったことがない。

「私が向きあっているのは被害者たちよ」アンジーは静かに答えた。「生き残った人たち。二度と傷つけられたくないと願う、純粋で弱い立場にある女性や子どもたちと向きあっているの。そういう人たちから悪い男を遠ざけるのが私の仕事よ」父と目を合わせたまま言葉を継ぐ。「それに、私はそういう仕事をうまくこなせる。腕利きなの。違いを生みだせるのよ」

「本当に？」

「ええ、本当よ」アンジーは視線をそらした。視界の隅に、明かりが灯（とも）されていないクリスマスツリーのてっぺんに飾られた金色の天使をとらえたとたん、全身に寒けが走った。「時と場合によるけど、本当にそうなの」

「母さんは、じきにおまえも大人になるだろうと考えていた。おまえが警察に入ったのは私たちに反抗するためだと、ずっとそう考えていたんだ」

アンジーは目を光らせ、父に視線を戻した。「父さんもそう考えてるの？　私が警察で自分のしたいことをしてそれなりに満足したら、最終的にはフェンスに囲まれて庭にスイセンが植えられた、ヴィクトリア様式のすてきな家に落ち着くとでも？」

「アンジー、おまえは心理学で修士号を取っている。しかもクラスでトップの成績だった。研究の道に進んで、学問的なキャリアを追求できたはずだ。というか、今からだってそうできる――」娘ににらみつけられ、父は手をひらひらさせた。咳払（せきばら）いをすると両手をポケットに深く突っこんで、あきらめたように肩をすくめた。「私は……私たちはおまえに幸せになってほしいだけなんだ」

「その話はもうおしまい。いい？　今はそういうときじゃない。ピザを注文するわね。そうすれば、帰る前に一緒に食べられるから」アンジーは話しながら、キッチンにある電話へと向かった。この週末は休みを取っている。父と一緒に日曜日も過ごし、荷物の移動を終わらせなければならない。もう一度母の様子を見に行き、落ち着いているかどうか確かめる必要がある。アンジーは受話器を持ちあげた。「アンチョビをトッピングする？」

夕食にピザを注文し、父と一緒にいる時間を引き延ばしたのは間違いだった。気まずい沈黙の中、ふたりでピザを黙々と食べるはめになった。にぎやかなミリアム・パロリーノがいないせいで、ふたりともが自分だけの世界にこもるしかなかった。外では風がうなりをあげ、ひさしに木の枝が叩きつけられている。アンジーはふと、今朝母を残してきた施設の小さな部屋を思いだした。鍵がかけられたドア。白く塗られた秩序立った空間。母の目に混乱と恐れがよぎるのを、たしかにこの目で見た。

グラスに手を伸ばし、ジュースをひと口飲んで喉を潤してから口を開く。「いつ頃から母さんの具合がよくないことに気づいていたの？」

父は顔をあげようとしない。「しばらく前からだ」

「病気の兆候に初めて気がついたのは、母さんが何歳くらいのとき？」

父は肩をすくめ、自分のピザからオリーブをひと粒つまんだ。

「あれが遺伝的要因の影響を強く受ける病気だということは知ってるでしょう？　患者は人口全体の一パーセントにも満たないのに、そのうち一親等の血縁者、たとえば親が同じ病気を持つ人の割合は十パーセントにもなるんだもの」アンジーはいったん口をつぐんで返事を待った。だが父は何も話そうとしない。アンジーは身を乗りだし、言葉を継いだ。「父さんが最初に母さんの病気に気づいたのがいつなのか知りたいの。何かが……おかしいって初めて気づいたのはいつ？」

父はオリーブを皿の端に置いた。

「父さん？」

父は純白のリネンのナプキンで口元を拭き、オレンジ色のチーズとトマトの汚れがついたナプキンの角を慎重に折りたたんだ。そして皿の下に、きれいにたたんだナプキンを押しこんだ。「母さんは長いあいだ薬物治療を受けていたんだ。すべてをきちんと管理するためにね。私が病気の兆候に最初に気づいたのは、母さんが三十代半ばの頃だ。幻覚を見たり、妄想に取り憑かれたりするようになった」父は顔をあげた。「イタリアで遭った車の事故による心的外傷後ストレス障害のせいだと思った」父はしばらく押し黙った。暖炉の火がはぜる音がしている。「イメージや音、においといったものが引き金となって幻覚によく似たフラッシュバックを引き起こすことは、おまえも知っているだろう？　無感情や無関心になったり、社会から引きこもったり、意欲が低下したり……すべてがＰＴＳＤの兆候にあてはまると医師から言われたんだ」悲しみに打ちひしがれている様子だ。突然、全身の骨が砕けたかのように、ひどく小さく見える。父は大きく息を吸いこんだ。「正式に統合失調症だと診断されたのは、母さんが四十二歳のときだ。まだ軽症で、薬物治療で充分に対処できるはずだった。実際、そうしてきたんだ」口をつぐみ、奇妙な目で遠くを見つめた。「だが今は、初期の認知症が重なって……」声が尻すぼみになる。母は突然、現実がわからなくなってしまった。アンジーと父が母を施設に入所させたのはそのせいだ。母が自分自身を傷つける危険性が出てきたのだ。

アンジーは父が再び目を合わせるまで待った。「初めはどんな幻覚に悩まされていたの？」

「幻聴と幻視だ」

「ということは、声が聞こえたり、そこにないものが見えたりしていたのね？」

「最初は……ごく軽い症状だった。母さんはそれが現実ではないことさえ理解していなかった。心配すべき病状だということも」

アンジーは心臓が激しく打ちだした。「だから父さんは私にそのことを教えてくれなかったの？　母さんがそんなに前から苦しんでいたのに」

父は皿を脇に押しやった。「おまえだって気づかなかったじゃないか。おまえは最近、ここに寄りつかなくなっていた。もっと頻繁に来ていればよかったものを」

アンジーは顎に力をこめた。「それでも私に教えることはできたはずよ」

「そうしたら、何か手を打ってくれたのか？」

「そんなことはわからないわ！　でも母さんの頭の中がどういう状態なのかは理解できたかもしれない。そうすれば、母さんや父さんに対して怒りっぽい態度を取らずにすんだのに。それに、ここへももっと頻繁に来たわ。十代後半から、母さんとは心が離れているように思えてしかたがなかった。そういう理由があることを知ってたら違っていたのに。子どもの頃から感じていた疎外感も、少しは薄れたかもしれない」

「疎外感だと？」

「ええ。父さんと母さんに仲間外れにされたように感じてたの」

「ばかな。子どもというのはみんな――」

「ほかに私にどんな嘘をついていたの？」

「これは嘘じゃない。アンジー――」

「そうね、正確に言えば〝省略〟ね」

　父がいきなり立ちあがった。イタリア人の短気な血が騒ぎだしたのだろう。胸を大きくふくらませ、頰を真っ赤にし、黒い目を光らせている。「私にはわからない。なぜおまえがそんなに怒りっぽいのか。おまえはいつもあらゆることに対して激しい怒りを向けている！」アンジーのほうへ片腕を突きだし、言葉を継いだ。「おまえの仕事のせいだ。性犯罪課になんて勤めているからだ！　そのせいで何に対しても、誰に対しても疑いを抱くようになった！」

　アンジーは静かに立ちあがり、皿とカトラリーを集めはじめた。「もう戻らないと。食器を洗ってくるわね」

　キッチンに食器類を運んでシンクに置くと、カウンターに両手をついて、一瞬こうべを垂れた。とてつもない不安が押し寄せてきて、こめかみが痛い。まるで万力で強く締めあげられているみたいだ。これから父はどうするつもりなのだろう？　海に面した、このがらんとした巨大な自宅で？　クリスマスはどうなるのか？　一年でも、この時期が一番嫌いだ。楽しく過ごさなければと無理することを考えるだけでうんざりする。クリスマスそのものが茶番に思えてしかたがない。

そのとき、肩にずしりとのしかかる重い罪悪感に襲われた。自身の身勝手さに対する罪悪感だ。娘として、もっと頻繁に父を訪ねる義務があるのに、その時間がないというか、そんな気にすらなれない。刑事という仕事を常に批判しようとする父の言葉を聞きたくない。でも父はこれからますます、アンジーを必要とするようになるだろう。

来年の一月にやってくる、両親の結婚記念日をどうすればいい?

親が年を取り、家族が老いていくのは、決して簡単なことではない。その過程には絶えず愛情や傷心がつきまとう。それに後悔も。あらゆる感情がごちゃまぜになる。そして今、母はとうとう時間の感覚を失ってしまった。ここ数年、どうにか気づかないふりをしてやり過ごしてきたが、アンジーも本当は気づいていた。そして今、終わりを迎えたのだ。母は遠くへ行ってしまった。まだこの世界に生きてはいるけれど、遠くへ行ったも同然だ。

息を深く吸いこみ、皿を洗いはじめる。皿の縁に描かれた青い花模様を、親指でぼんやりとたどっているうちに、明るい太陽の光のように、ふいにある記憶がよみがえった。ある秋の午後、母と一緒に中心街にある老舗百貨店〈ハドソンズ・ベイ・カンパニー〉へ、この食器セットを買いに出かけたときの記憶だ。母はあの百貨店をたいそう気に入っていた。意識がもっとはっきりしていたときも、そうだった。母は今でも、このヤグルマギクの模様が描かれた食器セットを一緒に買いに行った日のことを思いだせるのだろうか？

あれは八年前のことだ。その日は、母を車で百貨店に連れていく約束をしていた。母の車はカーショップに預けていたからだ。でも当時、刑事になりたてだったアンジーは、ある事件で気もそぞろだった。百貨店へ向かう車中で、その三十二ピースのディナーセットがまだセール中かどうかという話ばかりする母に対して、いらだちを覚えた。そんなくだらないものに、なぜそれほど夢中になれるのかわからなかった。

そして突然、人生に思いがけない出来事が起きた。ある朝目が覚めたら、母が正気を失い、どこか遠くへ行ってしまったのだ。母の頭の中から、これまでの人生の貴重な記憶がすべて消えていた。そのことによって、母の〝自我〟はどうなったのだろう？　記憶こそがその人を特徴づけるものなのに。自分に関する記憶がまったくないなら、鏡に映る自身の顔も見知らぬ他人のそれに見えるはずだ。母は人間ではない存在になってしまった。常に厳しかった母が、過去も未来もわからない、もろくて弱い存在になったのだ。

アンジーはその考えを振り払い、二枚目の皿を洗ってラックに立てかけた。それから両手を拭き、コートを取りにリビングルームへ戻った。

父は暖炉のそばで、大きな体を革張りの安楽椅子に押しこめるようにして座っていた。母はいつもその古ぼけた安楽椅子を捨てるよう、父を説得しようとしたものだ。けれども今もなお、その安楽椅子は暖炉脇の定位置に鎮座しつづけている。母のフラシ天のクリーム色のソファや椅子に囲まれたその姿は、まるで恐竜の残骸だ。父はクリスマスツリーの明かりをつけ、脇にあるテーブルにウイスキーグラスを置いている。暖炉の燃えさしが消えかける中、うつむいて古いアルバムをめくっていた。

アンジーは父のそばに行き、片手を肩にのせて指先に少し力をこめた。「大丈夫?」

父はうなずいた。父が見つめていたのは、家族三人で撮った昔の写真だ。アンジーが四歳のとき、父がイタリアで研究休暇を取っているあいだに、あの車の事故が起きた。その年、事故後初めて迎えたクリスマスのときの写真だ。あの事故のせいで、写真に写るアンジーの唇の左端には生々しいピンク色の傷がある。この写真を撮ったあと、さらなる外科手術のおかげで唇の形はだいぶ自然になったが、完全にもとどおりにはならなかった。

父はアルバムのページをめくり、アンジーと母のもう一枚の写真に目をとめた。アンジーが六歳くらいのときに撮った写真だ。季節は春。あたりにはみずみずしい青草とサクラの花が広がっている。太陽はまぶしく輝き、低く傾いていて、母の赤みがかったブロンドが赤い光の輪に包まれている。それはアンジーのさらに色の濃い髪も磨きあげられたレッドシダーみたいに輝かせていた。この髪の色は母方のオデル家に脈々と引き継がれてきた、アイルランド人の血の表れだ。

アンジーの胸に熱いかたまりがこみあげてきた。

そのとき父が顔をあげ、奇妙な表情を浮かべた。何を考えているのか、表情からは読み取れない。「これを持っていってくれ」父はアルバムを閉じ、目をそらした。

「私には……そうするのがいいとは思えないわ、父さん」ゆっくり座ってアルバムをめくり、思い出を振り返る時間なんてない。この厚いアルバムには、今までの家族の歴史を物語る小さな写真が何枚もおさめられている。けれど自分は、これから司法当局のまた別の試験を受けなければならない。ヴィクトリア市警殺人課の精鋭として選ばれるように、なるべく数多くのコースに登録している。

「頼む」父がかすれた声で言った。「ほかの箱と一緒に、このアルバムもここから持っていってほしい。ほんのしばらくでいい。そうすれば、こうしてアルバムを見返さずにすむからね、おてんば娘（キトゥン）」

昔の愛称で呼ばれ、アンジーは心臓が跳ねた。十歳になった頃から、父はそう呼ばなくなっていたのに。彼女は父のかたわらにある足のせ台（オットマン）に腰かけ、大きな手から革表紙のアルバムを受け取り、最初から眺めてみる。妊娠中の母が写っていた。おなかがどんどん大きくなり、やがてアンジーが生まれた日の写真になった。

「母さんはおまえのためにこのアルバムを作った。おまえを身ごもった瞬間から、記録を残そうとした。それだけに、今は……このアルバムを見るのがつらいんだ」

　アンジーは、病院のベッドに横たわる母の写真を見つめた。青い病院着姿で、生まれたばかりの娘を抱っこしている。赤ん坊のときから、アンジーの髪はすでに濃い赤色だった。

「おまえは本当に小さかった」父はささやくと、消えかけている燃えさしのほうを見た。感情の揺れが感じられる言葉だ。父の目には涙が浮かんでいるのだろう。そう考えると、胸のかたまりがさらに熱く大きくなった気がした。

　ページをめくると、洗礼を受けた日の写真があった。父と母がふたりで、模様のついた純白の長いレースのドレスに身を包んだ娘を抱いている。両親の脇には、華美な祭服姿の司祭が写っていた。海岸で撮影した家族写真もある。すばやく数ページに目を通すうち、アンジーは突然名状しがたい感情に襲われた。はっと息をのみ、指先でそっと写真をたどってみる。その日の母の声が聞こえた気がした。頬に受けた夏のあたたかな風や、オカナガン地方の丸々としたサクランボの甘い味わいも感じられる。ゆっくりとアルバムのページをめくっていく。家族で過ごした休日の写真がさらに続いた。小学校に初登校した日や聖体拝領の日、キャンプでセイリングを学んだときや卒業記念のダンスパーティ（プロム）、卒業式の写真もだ。

　真新しい警察官の制服姿の写真もあった。横には長いカールした髪をそよ風になびかせた、誇らしげな様子の母が立っている。

　アンジーは指先で母の顔の輪郭をたどった。

「母さんが恋しい」

「私もだ」父が答える。

　アンジーはアルバムを閉じた。「これは借りておくわ。クリスマスまでには返すようにする。それでいいでしょう？　ところでクリスマスはどうするつもり？　七面鳥を一緒に食べたい？」ああ、とうとう口に出してしまった。約束するような言葉を。市警が一年で最も多忙な時期だというのに。変質者ども——悪人たちはクリスマスも休んだりしない。実際、この時期は特に性犯罪の発生率が高くなる。

父が指先で額をこすった。「どうにかして過ごすよ」

暖炉で燃えさしに火がつき、一瞬だけ明るい炎があがった。外では風がうなりをあげて吹きすさんでいる。

アンジーはうなずいた。「それじゃあ帰るわね」立ちあがったものの、ためらいながら口を開いた。「ウイスキーをあまり飲みすぎないようにね。いい？　早くやすんで」

父はうなずいた。けれども娘から目をそむけたままだ。

「おやすみなさい、父さん」

アンジーはいくつかの箱とアルバムを車に積みこんだ。外に出たとたん、髪が強風にあおられた。海一面に濃い霧がかかり、下にある岩場から波が砕け散る音が聞こえてくる。

横殴りの雪が容赦なく吹きつけてきた。

2

アンジーは角を曲がり、ガードレールのないダラス・ロードを進みながら、ロス・ベイ墓地沿いに車を走らせた。強い風と雪が車のフロントガラスに吹きつけてくる。コンクリートの道路障壁に沿って、砕け散る波のとどろきが聞こえる。霧はロス・ベイ墓地全体をすっぽりと包みこんでいた。前方をよく確認すべく前かがみになり、覆面パトカーのスピードを緩める。車種はフォード・クラウン・ヴィクトリアだ。フロントガラスに容赦なく叩きつけられる雪のかたまりのせいで、ワイパーの動きがいつもよりもやや鈍い。

道路の最も低い部分に近づくにつれ、水たまりが多くなってきた。道路障壁を越えて流れこんだ海水があちこちにたまり、フロントガラスに氷の粒や海水のしぶきがあたった。濃い霧が漂い、銀色の雪を照らしだすヘッドライトが車内に跳ね返ってくる。カーブを曲がったとき、何かが突然道に飛びだしてきた。ヘッドライトの中に浮かびあがったのは、ぼんやりとしたピンクだ。とっさにブレーキを強く踏みこんだ。覆面パトカーは横滑りすると、道路の脇にできた水たまりに突っこんだ。

　ピンクのワンピースを着た小さな女の子が車の正面に立ちつくしている。女の子は背を向け、道路脇にある裸木のあいだに姿を消した。木の枝や根がからみあっている。アンジーは前方を見つめた。心臓が早鐘を打ち、全身が熱くなる。一瞬だけ霧が晴れたのに、女の子の姿はもうどこにもない。ほかに車も見あたらない。人っ子ひとりいない。いったい、どういうことだろう？

　車を路肩に寄せて赤い警告灯を点滅させると、懐中電灯をつかみ、コンソールにのせてあった耐火性の金属の箱から拳銃を取りだした。スミス＆ウェッソン５９０６だ。弾丸を装填して、霧が漂い、赤と青の明かりが明滅する中、車からおりた。たちまち強風と雪に襲われ、慌ててコートのフードをかぶる。

「ねえ！」濃い霧に向かって、アンジーは叫んだ。「誰かいるの？」そう叫んだ声が風のせいで、道路の上にある古い墓地の生け垣へとむなしく運ばれていく。突然、薄気味悪い不安に襲われた。

　そこから数メートル、道路を歩いた。堤防沿いにからみあう木々の枝を懐中電灯で照らしながら、明かりを揺らす。「ねえ！」

やわらかなささやき声が聞こえた。〝森へ遊びに来て……遊びに来て……〟

アンジーは凍りついた。

振り返ってみる。

〝遊びに来て……来て……〟

薄気味悪さがたちまち氷のように冷たい恐怖に変わった。胸にせりあがってきた氷のかたまりをのみくだし、吹きつけてくる氷の粒をかわしながら、道路沿いをしばらく歩いてみる。でも道のどちら側にも女の子の姿は見あたらなかった。

車に戻って乗りこむと、手のひらで濡れた顔をこすった。ライトを点滅させ、霧を見つめたまましばし座っていた。けれども女の子は二度と姿を現さなかった。

ピンクのワンピース？　四歳か五歳の子が？　この悪天候に、そんな小さな子どもが外に出ているわけがない。特にワンピース一枚の姿ならなおさらだ。それに強風が吹きすさび、波が砕け散っているというのに、ささやき声なんて聞こえるはずがない。そうでしょう？　ふと気づくと、両手が震えていた。

そのとき脳裏に父の言葉がよみがえった。

〝病気の兆候に最初に気づいたのは、母さんが三十代半ばの頃だ。幻覚を見たり、妄想に取り憑かれたり……イタリアで遭った車の事故によるＰＴＳＤのせいだと……〟

寒いからだと自分に言い聞かせようとする。ただ体が濡れて寒いせいだ。それに疲れきっている。七月以来、不眠症は悪化する一方だ。きっとそのつけがまわったのだろう。まともに寝ていないから、こんなに手が震えているのだ。警告灯を消し、再びギアを入れ、車を発進させる。ワイパーがいやな音をたてた。

飲みたい。アルコール度数の高い酒が必要だ。

今、体験したことを、頭の中からどうにか追いだしたい。ダッシュボードの時計をちらりと確認する。この最悪な状態をどうにかしよう――そう自分に約束した。だから週末は仕事を休み、父と母の手伝いをしようとした。家族の用事に意識を集中していれば、どうしようもない衝動を抑えられるだろうと考えた。だけどひとたびその衝動が頭をもたげると、もはや打つ手がない。自分がこれからどこへ向かおうとしているのかはよくわかっている。いつものことだ。不本意ながら。

困難にぶつかると、いつもこうだ。その困難に対処する方法を探さなければならない場合、鬱憤を晴らすために、つい〝あのこと〟を考えてしまう。今もだ。そう考えただけで、すでに気分が少し上向いた気がしていた。

人は誰でも嘘をつく……どんな人とでも六人を介在させればつながれる。

3

その男がクラブに入ってきたとき、アンジーにはすぐにわかった。彼だ。

ドリンクをゆっくりとすすりながら、男を見つめつづける。ダンスに興じる客たちをかき分けて、彼が進んでくる。きらきらと輝くミラーボールの下、男が歩くと、モーゼの十戒みたいに人垣が割れた。店内に大音量で流れるテクノサウンドのビートが、腰かけているバーカウンターのスツールからも伝わってくる。男を見つめているうちに、アンジーの鼓動も同じリズムを刻みはじめた。

男は一瞬立ちどまり、誰かを捜すようにクラブの客たちに目を走らせた。大勢の客に比べて、頭ひとつ分身長が高い。それに一般的な男性に比べると、肩幅も広かった。光に照らしだされた髪はくしゃくしゃで、髪の色はカラスの羽のような暗藍色に見える。肌は白い。目は……ここからでは、男の目の色まではわからない。ただ、濃い眉の下、目が大きいのはわかる。はっきりとした目鼻立ちだ。ハンサムではあるけれど、個性が感じられる。その男は明らかにほかの客とは違う雰囲気を漂わせていた。少し疲れている様子なのに、目つきが信じられないほど鋭い。

彼がこちらを向き、アンジーと目を合わせた。

その瞬間、彼女の全身に恐怖が駆け抜けた。この男はここにそぐわない。このクラブにいるべき人物ではない。どこか人を寄せつけない、超然としたところがある。それなのに、アンジーの興味もアドレナリンもかきたてられる一方だ。男はアンジーの視線を受けとめた。アンジーが目をそらさずにいると、彼はまっすぐこちらへ向かってきた。男が近づいてくるにつれ、アンジーの心の奥底で鳴る警戒のベルの音が大きくなった。全身がかっと熱を帯び、思わず息を吸いこんだ。

考えないで。ただ感じればいい。ただし自制心は保って。ルールその一、常に自制心を保つこと。

この〈フォクシー・クラブ〉はアンジーにとって狩り場だ。街外れの山道を通って島の上部まで続く一号線から少し離れた場所にある。外から見ると、〈フォクシー〉は古ぼけた駐車場のある、うら寂しい四角い建物だ。巨大なネオンサインの看板で、車で通りかかるドライバーたちには、そこが成人向けの店だとわかる。今夜のテーマはビッグ・バッド・ジョンというDJによる〝七〇年代ディスコナイト〟だ。昔懐かしいミラーボールがまわり、ベース音のきいたディスコミュージックが次から次へとかかっている。背後にある細長いステージでなまめかしいポールダンスを披露しているのは、白いエナメル革のゴーゴーブーツに銀色のウィッグを合わせた女性ストリッパーたちだ。今夜は男のダンサーがひとり、ストリッパーたちとともに踊っている。男のダンサーは筋肉質の体にぴっちりとした白いディスコスーツを着こんでいた。体をくねらせながらストリッパーたちとポールのあいだを行き来し、ビートに合わせて腰を突きだし、天井を指さしている。『サタデー・ナイト・フィーバー』を見ているかのようだ。曲はビージーズの《ステイン・アライヴ》。〝ア、ハ、ハ、ハ……ステイン・アライヴ……ステイン・アライヴ〟

そう、これは私たちの人生を歌った歌だ。必死で生きつづけ(ステイン・アライヴ)ようとしている。そんな人生の途中で男と体を交えて、ちょっと楽しもうとする……。

セックスと死。アンジーにとっては人生の中心であり、あまりに知りつくしているテーマだ。性的な好みは〝普通〟から〝異常〟まで実に幅広い。そして異常の域に達すると死が訪れる。〈フォクシー〉はそんなセックスのさまざまな形を展示したショーケースみたいな店だ。男が一夜のお楽しみを買いに来る場所。そして自分が一夜のお楽しみを無料で手に入れられる場所。見知らぬ男とベッドをともにし、ロシアンルーレットのような危険なゲームを楽しむ。結果はどうなるかわからない。命の危険にさらされるかもしれないし、まったくの無駄足に終わるかもしれない。

それが自分なりの生きつづけるためのやり方なのだ。

駐車場の反対側にはクラブの客用のモーテルがあり、部屋を時間貸ししている。到着したときにすでに料金を支払って、ひと部屋借りてある。そのとき突然店内の照明が落ちて歌が変わり、どぎつい赤いライトが青に切り替わった。アンジーはドリンクの残りをあおった。ありがたいことに、ようやくウオツカトニックのアルコールがまわりはじめていた。バーテンダーに身ぶりでお代わりを頼んでいると、狙いをつけた先ほどの男がスツールの前にやってきた。

男が笑みを浮かべたのを見て、アンジーは息をのんだ。下腹部に熱が広がっていく。こうして近くで見ると、さらにいい。白い歯がこぼれている。ほかに比べて切歯が少しだけ尖(とが)っている。そのせいで、笑顔になると野性的だ。目のあたりに細かな皺が寄るのも感じがいい。青い照明の下、濃い色の瞳はほとんど紫色に見える。なんて美しい男だろう。それなのに、少し疲れて見える。完璧ではないのはそこだけだ。

要するに、この男に心惹(ひ)かれている。息をのんでしまうほど。

はるか遠くで、警戒のベルの音がさらに大きくなった。最大級の警戒レベルだ。意識と無意識のはざまで、こんな声が聞こえた。〝放っておきなさい〟

この人はだめだ。魅力的すぎる。こういう相手なら大丈夫と考えていたタイプとはかけ離れている。とにかく、危ないと思う相手とはかかわらないほうがいい。

「やあ」男が話しかけてきた。

アンジーはうなずき、バーテンダーが目の前に置いたばかりのウオツカトニックを勢いよくあおった。常に自制心を保つこと。先に立ち去ること。早々に立ち去ること。名前は告げないこと。

「一杯おごろうか?」男はカウンターに寄りかかるように右手をつき、アンジーのほうへかがみこむと、音楽に声をかき消されないよう彼女の耳元に口を近づけた。

アンジーは自分のグラスを掲げた。「結構よ」

「だったら踊る?」男がアンジーを見つめる。アンジーはまばたきひとつしなかった。カウンターにゆっくりとグラスを置き、立ちあがって彼との距離を詰めた。男は背筋を伸ばしたものの、一歩もあとずさりしなかった。そのせいで、アンジーは彼を見あげなければならなくなった。予想より、はるかに背が高い。それに、思っていた以上に体ががっちりしている。

「それより部屋に行くのはどう？」アンジーは尋ねた。

まばたきをしたのは彼のほうだった。男の目に不安げな色が浮かんだのに気づき、アンジーは内心ほくそ笑んだ。自分のひと言で、こんな大柄な男が警戒する目つきになった。そのことに溜飲をさげずにいられない。昔ながらの力関係を見事に覆したのだ。仕事柄、被害者の大半は女性だ。あるいは罪のない子どもたちの場合もある。そして加害者はほぼ間違いなく男だ。アンジーは彼から目をそらさず、相手が先ほどの質問の意味を理解するのを待った。だが男は答えようとしない。アンジーはスツールの後ろにかけていた革のコートを手に取り、ダンサーたちのあいだを縫って、〝出口〟という赤い表示が掲げられた後方のドアを目指した。

男の決断はすばやかった。すぐにアンジーに追いつくと、腕をつかんで引きとめた。やや力が入りすぎている。大きな手で強くつかまれ、アンジーは少しだけ恐ろしくなった。同時にいやおうなく興奮をかきたてられる。彼女はゆっくり息を吸いこんで落ち着きを取り戻すと、向きを変えて男を見た。ふたりのあいだに漂っているのは、紛れもない性的な緊張感だ。男は顎に力をこめ、藍色の瞳をさらに陰らせている。

「どういう意味だ？」彼が訊いた。

「どういう意味だと思う？」

　男はアンジーの腕に手をかけたまま、彼女の全身に視線を這わせた。文字どおり〝全身に〟だ。胸、腰、すらりと伸びた両脚、黒のバイクブーツ。はた目から見ても、彼の心拍数がたちまち跳ねあがるのがわかった。男が空いているほうの手を掲げ、今夜は長くゆったりと垂らしているアンジーの髪に触れる。髪の手触りを確かめると、今度は彼女のうなじに触れ、首の片側を手のひらで包みこんで親指で顎の線をたどりはじめた。アンジーは目がかすみ、両脚が震えだした。男がゆっくりと頭の位置をさげ、口をアンジーの唇に近づける。「君は自分を安売りしている」彼はささやいた。

「なぜだ？」

　アンジーは目をしばたたいた。「あなた……私を信じてないのね。私がただでベッドをともにしようとしてるから？」

「俺は誰も信じない」

「無駄遣いしたいなら、ステージで踊っている女性を相手にしたらいいわ」アンジーはその場から立ち去ろうとした。

　男はアンジーの腕にかけた指先に力をこめた。「いいだろう」耳元で低くささやく。

「部屋に行こう」

モーテルの部屋は、駐車場で点滅している赤いネオンサインの光で満たされていた。薄いカーテンを通じて、鼓動のように打っている。実に毒々しい。ダン、ダン、ダン。クラブに鳴り響くベース音が薄い壁を通じて聞こえてくる。実際に部屋の床板が震動している。その震動がネオンサインの点滅と相まって、同じリズムを刻みだす。どこか遠くでサイレンの音が聞こえた。きっと救急車だろう。事故か、それとも火事か。市民のために治安維持に努めているのだ。

　男の上になった瞬間、弾みでヘッドボードが大きな音をたてた。壁から響いてくるベース音に興奮をかきたてられ、全身の血がたぎり、肌がちりちりする。アンジーは男の手首を頭の上にあげさせ、ヘッドボードにくくりつけた。ふたりの服は古ぼけたカーペットの上に脱ぎ捨てられ、ブーツも部屋のどこかに転がったままだ。アンジーは男の肌に爪を立てながら、全身で体の交わりを楽しんだ。あえぎ、汗をかき、胸を揺らしながら。ここ数カ月の出来事をすべて、脳裏から消し去りたかった。子どもを救えなかったこと。自分の限界も、自分の弱さも。この仕事をしていると、どうしても鬱憤がたまる。ここ何年も、腐りきった加害者たちをいやというほど目にしてきた。これ以上ひどい事件は起きないだろうと考えていても、すぐに次の事件が起こる。

　男の欲望の証（ディック）は驚くほど大き（ビッグ）かった。アンジーはそれが気に入った。自分を余すところなく満たしてくれる。彼の胸はざらざらとした濃い毛で覆われ、肌は大理石のように白く、体は鍛えられていて無駄な贅肉がいっさいついていない。まさにミケランジェロの名作のダビデ像だ。そのときどこからともなく、くぐもったささやき声がまた聞こえた。〝いったい彼は何者？　どうしてこんな交わりを望んでいるの？　なぜこんな場所にやってきたの？　彼になら身を投げだしてもいいという女性がいくらでもいるはずなのに。左手の薬指に指輪ははめていない。でもほんの少しだけ、うっすらと跡がついている。つい最近、離婚したのだろうか？　それとも既婚者であることを隠している？　どちらにせよ、この男に女性遍歴がないわけがない。それなりに関係を持ってきたはずだ。もしかして、異常な性癖があるのだろうか？〟

アンジーはささやき声を振り払い、腿を大きく開くと、体をさらに沈めて結びつきを深めた。より速く小刻みに動かし、自分を満たそうとする。自分を傷つけようとする。もうすぐだ。クライマックスはすぐそこだ。男もそれを感じたのだろう。さらに激しく動き、アンジーを突きあげた。何度も何度も。アンジーは体を引こうとした。快感を高めてやったと彼を満足させるのは癪に障る。けれども、すぐに全身をこれ以上ないほどこわばらせた。赤いネオンサインが点滅し、ベース音が響く中、大きく息をのみ、その瞬間を引き延ばそうとする。突然クライマックスが訪れて、たちまち視界がかすみはじめた。喉から絞りだすようにうめき声をあげながら、体をわななかせ、熱くとろけそうな快感の波に身を任せる。男の体の上にくずおれたとき、胸に彼の胸毛のざらつきを感じた。アンジーの中の、男の欲望の証（あかし）はまだこわばったままだ。

床に落ちている彼女のコートから音がした。携帯電話だ。聞き覚えがある。新たなパートナーであるホルガーセンのために設定した着信音だ。まったく。

アンジーは目の前の男に意識を集中させようとした。今日は呼び出しには応じない。特に今夜は。母の入院に関するもろもろの手続きが必要な父を手伝うために、週末は休みを取っているのだから。

電話がまた鳴りだした。彼女はしかたなく手を伸ばし、床のコートを手探りした。

「放っておくんだ」男がかすれ声で命じた。なめらかなのにかすれたセクシーな声だ。それに驚くほど堂々としている。「ほどいてくれ。今度は俺の番だ」

アンジーは一瞬、目を閉じた。携帯電話が留守番電話に切り替わる。

「ほどくんだ」

アンジーは男の顔を見あげた。彼の瞳にはどこか危険な色が宿っている。そのとき、またしても電話が鳴りだした。よほどの緊急事態に違いない。そうでなければ、パートナーになったばかりのホルガーセンが、休みの自分に電話をかけてくるわけがない。

アンジーは男から体を離すと、コートを持ちあげ、携帯電話を取りだした。顔にほつれかかる湿った髪を振り払いながら電話をかける。

「もしもし」名前は名乗らないようにした。ミスター・ビッグ・ディックに名前を教えるつもりはない。そうでなくても、普段から電話に出てもこちらからは名乗らないようにしている。

「パーティはおしまいだ、パロリーノ」ホルガーセンの奇妙な訛りのある声が聞こえた。「聖ユダ病院に身元不明の少女が運ばれてきた。まだ十代半ばから後半くらいの年だ。性的暴行を受けていて、救急隊員によるとロス・ベイ墓地で発見されたそうだ。危篤状態で、反応はない」

　アンジーはミスター・ビッグ・ディックをちらりと見た。彼は熱心にこちらを見つめ、聞き耳を立てている。頭上で両手を縛られたままで。アンジーは男に背を向け、裸のまま窓辺へと歩きだし、早口で尋ねた。「ほかの人はどうしたの？　ダンダンとスミスは？　今夜は非番じゃないでしょう？」

「ダンダンはこの事件を誰かに任せたいと考えてる。署内で風邪が流行っているせいで、スミスともども七十二時間ぶっ通しで仕事をしてるんだ。それにまだ別の通報に応対してる」ホルガーセンは一瞬、押し黙った。「ダンダンはあんたならきっとこの事件に興味を持つだろうと言ってる。ファーニホウとリッターの事件と同一犯かもしれない。ただし、今回の被害者は額を傷つけられてたが」

アンジーは全身をこわばらせた。昔ハッシュと一緒に担当した未解決事件だ。連続性的暴行犯が最初に襲ったのは四年前、十六歳のサリー・リッターだった。その一年後、再び十四歳のアリソン・ファーニホウをレイプした。しかしアンジーとハッシュは犯人を見つけられなかった。「二十分で行くわ」

「いったい今、何をしてるんだよ？　アメリカみたいに、自転車で病院まで駆けつけるつもりか？」

「とにかく、私が着くまでにできるだけ情報を集めて。二十分で行くから」

アンジーは携帯電話を切るとジーンズをつかみ、脚を突っこんで腰まで引きあげた。手早くシャツを羽織り、髪をねじってうなじで結ぶ。それからブーツを履き、革のコートに手を伸ばすと、ベッドに縛りつけられたままの男を見た。高ぶりが濡れて光っている。いまだにこわばったままだ。すばらしい。アンジーは体がかっと熱くなるのを感じながら、男の全身に視線を這わせた。彼は目をそらさず、こちらを見つめている――彼女を分析するかのように。全裸でベッドに縛られているのに、ひどく冷静だ。自制心がよほど強いのだろう。アンジーは男と視線を合わせた。

彼は顎で自分の脚のあいだを示した。「まだ終わってない」

アンジーは唇を湿し、ジーンズの尻ポケットからナイフを取りだした。セベンツァ25。いつも持ち歩いている、カーボンファイバーの軽量折りたたみナイフだ。これまで見た中で刃先が最も鋭い。彼女はナイフを開いて前かがみになると、男の手首を縛っていた結束バンドを切った。男は両手をおろしながらも、アンジーの視線を受けとめたままでいる。彼の手首にはうっすらと傷がついていた。

「携帯電話の番号を教えてほしい。今度会うときのために」

アンジーは不安を覚えた。やめたほうがいい。そう直感が告げている。今回は楽しみすぎた。もっと自制心を働かせるべきだった。なぜなら、もう一度体を交えたくてたまらないからだ。この男は初めて味わった強烈なドラッグのようだ。再び味わわずにはいられない。それがどうにも気に入らなかった。彼を必要となんてしたくない。かつて一度、そのせいで間違いを犯している。

もう一度して。ねえ、もう一度。彼はドラッグのようだ。私の警戒心を丸ごと取り払って……。

アンジーはためらった。頭をフル回転させ、さまざまな選択肢を思い浮かべてみる。もう一度会うくらい、どうってことない。そうでしょう？　ベッド脇にある小さなテーブルへ足早に近寄り、メモ用紙に個人用の携帯電話の番号を走り書きした。プリペイド式携帯電話だ。いつでも捨てられる。アンジーは肩をすぼめてコートを羽織り、ドアへと向かった。

男が背後から呼びかけた。「名前も教えてくれ、戦士のプリンセス」

アンジーはドアノブに手をかけたまま、立ちどまった。肩越しに悪魔のささやき声が聞こえてくる。〝大丈夫、あなたならどうにかできる。好きなときにいつでもやめられる……〟それに、彼女だってただの人間だ。人間らしい生活をすることもできる。一生、男と関係を持つことが禁じられているわけではない。自分で手綱を握っている限り、すべてを支配できる。

「アンジーよ」そう答えた。

返ってきたのは沈黙だ。

「あなたは?」アンジーは尋ねた。

男はゆっくりと笑みを浮かべた。今夜見たどの笑みよりも、口角が持ちあがっている。「電話番号をありがとう」口をつぐんで言葉を継いだ。「アンジー」

4

彼がどこを踏んでも、どこを触っても、立ち去っても、無意識であったとしても、それらは彼を陥れる沈黙の目撃者としての役目を果たす。

――ロカールの交換原理

十二月十日、日曜日

今では大きなかたまりとなった雪が、強風にあおられて街の建物のあいだをぐるぐると飛びまわり、夜の街路へと舞い落ちている。日曜の午前三時。アンジーはダグラス・ストリートで車をいったん停めた。ワイパーがフロントガラスに弧を描いている。街のショーウィンドウの飾りはクリスマス一色だ。まばゆい景色を目にしたとたん、言いようのない不安がこみあげてきた。街の中でも古いこの地域は観光客が多く訪れるため、通りに沿って華やかな光で彩られている。インナー・ハーバーの暗い海沿いに、ライトアップされた州議事堂がくっきりと浮かびあがり、ディズニーランドのシンデレラ城のようだ。車のラジオから、ビング・クロスビーの懐かしい歌《シルヴァー・ベルズ》が流れてきた。〝人であふれた街の通りは……休日スタイルに着飾っていて……〟

いらだちを覚え、ラジオのボタンを強く押し、ニュースチャンネルに切り替えた。

〝新市長に選ばれたジャック・キリオンと彼の議会は、火曜に宣誓就任する予定で……〟

アンジーはオフのボタンを押した。

二週間前に行われた市長選の名残で、〝キリオンに一票を！〟という看板がまだ芝生に落ちている。その選挙でキリオンは、たった八十九票差で現職のパティ・マーカムをどうにか打ち負かしたのだ。キリオンが市長になった以上、犯罪撲滅と検挙率アップが求められるのは必至だ。それこそが民主主義国家が生き延びるための秘訣だというのがキリオンの持論なのだから。もし彼が〝警察内部の改革推進〟という公約を守るつもりなら、火曜の宣誓就任が終わったらすぐに、自分の息のかかった人員を警察に送りこんでくるだろう。

〝ヴィクトリアをもう一度、偉大な街にするために〟

それがどういう意味であれ、新市長の誕生により、アンジーとヴィクトリア市警の同僚たちは、ただでさえ怒りっぽいのに、キリオンから変革を迫られてさらに不機嫌になったガンナー署長のもとで働かざるをえなくなった。当然、これからは署内の雰囲気が悪くなる一方だろう。犯罪率や予算、残業代、人件費、検挙率をいちいち声高に指摘され、不安がいや増すはずだ。しかもキリオンが現署長ガンナーの首を、自分の息がかかった者のそれにすげ替えるのではないかという憶測が飛び交っている。

アンジーは聖オーバンズ大聖堂の脇に駐車できるスペースを見つけた。濃いピンク色をしたゴシック建築で、隣接するカトリック系病院の建物も同じ色をしている。車内の金属の箱から拳銃を取りだして革のコートの下に携帯すると、黒のウールの頭にぴったりとした帽子（スカルキャップ）をかぶり、車からおりた。大粒の雪が舞う中、急ぎ足で赤い照明がついた救急搬入口に向かう。ゴシック建築の特徴である怪物（ガーゴイル）の像が冷たい目でこちらを見おろしている。

ホルガーセンは受付近くにあるオレンジ色のプラスチックの椅子に腰かけていた。犯罪捜査を担当する刑事というよりも、むしろ回復途中にある薬物依存症者のように見える。アンジーが近づいてくるのに気づくと、彼は百九十センチ近いひょろ長い体で立ちあがった。

「いったい何をしてたんだよ、パロリーノ？」

「被害者はどこ？」

ホルガーセンはアンジーをしばし見つめ、指先で自分の目の下を指し示した。「マスカラがはげてる」

「被害者はどこなの、ホルガーセン？　これまでにわかったことは？　身元はまだ何もわからないの？」

「俺が来たときはまだ手術中だった。病院側は今、彼女を集中治療室へ運んでる。階上にいる女の制服警官から話を聞けるはずだ。初動捜査をしたのはその警官と、一緒に巡回していたパートナーだった。彼らがロス・ベイ墓地に着いたとき、少し前に到着していた救急救命士ふたりがすでに被害者の救命活動を行ってたらしい」

「被害者は少しのあいだでも意識を取り戻したの？」

「いや」ホルガーセンはエレベーターへ向かいはじめた。顔見知りの看護師とすれ違い、二本の指で敬礼してみせる。アンジーは彼と同じ歩調で歩きつづけた。病院の消毒剤のにおいを嗅ぐと、どういうわけかいつもいらいらしてしまう。特に今夜はなおさらだ。ホルガーセンがエレベーターのボタンを押した。「医者から聞いたんだが、緊急救命室で、彼らは彼女を一度失ったそうだ」

「彼女を失った？」

「つまり、彼女の命を失ったってことだ。それで医者たちは彼女を蘇生させた。二度も」

エレベーターで階上にあがりながら、アンジーは両側にある金属に映ったゆがんだ自分の姿を見つめ、目の下をこすり、はげたマスカラを落とそうとした。そんな彼女の様子を、ホルガーセンが無言で見つめている。

「何よ？　外は大雪で、濡れたからメイクが崩れたの」

「俺は何も言っちゃあいない」

もしホルガーセンが何か言うとしたら、こう言っただろう。〝あんたのパートナーになって三週間経(た)つが、あんたがメイクをしてるのを一度も見たことがなかったぞ〟

ホルガーセンは薬物依存症者みたいに見えるかもしれないが、簡単に動揺したり驚いたりしない。そのうえ頭が切れるし、常にこちらとの関係のバランスを取ろうとしている。初めて出会った日から、パズルのピースを埋めるように、彼なりにアンジーのイメージを構築しようとしている。

ホルガーセンは麻薬捜査官として何年も働いてきた。ヴィクトリアの北にある出身地でも、ここに異動してきてからも覆面捜査を担当してきた。ホルガーセンのゆっくりした話し方と奇妙な言葉遣いで、大半の人はだまされてしまう。彼はあえてそうしているのではないだろうかとアンジーは疑っていた。とはいえ、彼女とペアを組みたがった愚かな男たちと比べれば、ホルガーセンはずっとましだ。しかも彼はアンジーに従ってくれる。ほとんどの場合がそうだ。アンジーはそこが気に入っていた。それ以外、ホルガーセンについてはほとんど何も知らない。謎に包まれた男だ。詮索するつもりはなかった。彼女も私生活は秘密にしておきたいたちだからだ。

エレベーターをおりると、廊下のはるか先の椅子で待機していた巡査が飛びあがった。アンジーはパトロール警官だったのがつい昨日のことのように思えるときがあった。でも、それがもう何十年も昔みたいな気がすることもある。

「性犯罪課のパロリーノ刑事よ」アンジーは自己紹介をした。「こちらはホルガーセン」

「トナー巡査です」制服姿の女性はそう名乗ると、自分の手帳を広げた。「私とパートナーのヒッキーが初動捜査を担当しました。私が救急車に同乗して、病院まで被害者に付き添いました。ヒッキーはその場に残り、現場保存と目撃者の聞き込みにあたりました」

目撃者がいたのが不幸中の幸いだ。「被害者は今、どこに？」

「集中治療室へ運ばれたところです」

「最初に通報してきたのは誰？」

「幽霊ツアーのガイドです」トナーが手帳を確認しながら答える。「エドウィン・リストという男性です。彼とツアー客四人が墓地で倒れている少女を発見し、緊急電話をかけてきました」

「幽霊ツアー？　こんな天気なのに？」ホルガーセンが言う。

アンジーは彼をちらりと見た。頭に思い浮かんだのは昨日、墓地の下にある道路で見た幻影だ。

「こんな夜だからこそです。あの墓地には、真夜中近くになると女の幽霊が現れるという噂があります」トナーが答える。「私たちが現場に到着したとき、すでに救急救命士が救命活動を始めていました。被害者はびしょ濡れになっており、低体温で反応はなく、顔と局部から出血している状態でした。スカートは押しあげられ、ストッキングは骨盤部分から破かれたか、切られたかのどちらかです。被害者の両脚は大きく広げられていましたが、ブーツは履いたままでした」

一瞬、沈黙が落ちた。

アンジーは咳払いをして口を開いた。「救急隊員やツアーガイドのリストという男性、それにツアー客たちから詳しい話を聞く必要がありそうね」

「彼らには連絡がつきます。ヒッキーが目撃者全員の身分証を確認して証言を得ています」

「被害者の衣類は？」

「すでに記録を取り、あの袋に保管しています」トナー巡査は頭を傾け、背後の椅子に置かれた紙製の証拠袋を示した。「フランチェスコミラノのブーツです。スカートもデザイナーズブランドのものでした」

「身元を確認できるものは何もないの？　財布とか、携帯電話とか」

「何もありません」

「レイプ・キット（加害者を特定するための証拠採取に使用する検査用品一式）は？」

背後から甲高い女性の声が答えた。「私たちがまず全力を傾けるべきは、患者の命を救うことよ」三人ははじかれたように振り向いた。緑色の手術着姿の女性医師が近づいてくる。背が高く、意志の強そうな堂々とした顔つきをしていた。明るい色の瞳をしているが、目のまわりには皺が寄っている。きっと疲労とストレスのせいだろう。

「ドクター・ルース・フィンレイソンよ」医師は手を差しだした。アンジーは手を伸ばし、握手した。力強い握手だった。

「アンジー・パロリーノです。こちらはヒェール・ホルガーセン」

「性的暴行の痕跡がある意識不明の患者には、常に倫理的問題がつきまとうわ」フィンレイソンが言った。「同意がないまま法医学検査を行うと、意識を回復したときに患者がさらに取り乱してしまう危険性があるの。ただし私は法医学検査を実施する訓練を受けているし、この病院の方針として救急治療中の証拠採取が認められているから、できるだけのことはしてみたわ。通常そういう証拠は被害者本人か、親族や後見人、判事といった代理意思決定者の同意があるまで、こちらで保管しておくことになっているの」

「病院側の方針は知っています」アンジーは答えた。「彼女はどんな具合ですか？会えるでしょうか？」

フィンレイソンは一瞬アンジーと目を合わせ、息を吸いこんだ。「こちらへ」廊下を進みながら、肩越しに振り返って言葉を継ぐ。「携帯電話の電源をオフにして。医療機器の誤作動を起こす恐れがあるから」アンジーとホルガーセンは携帯電話の電源を切り、集中治療室へ向かった。医師は彼らを案内し、ガラスのドアを開けた。

ふたりは病室へ足を踏み入れた。医療機器がさまざまな音をたてている。アンジーはベッドに横たわっている少女に注意を向けた。口には人工呼吸器が挿入され、静脈から点滴が投与されている。腕にはモニタリング機器が巻かれ、胸にも貼りつけられていた。額は包帯で緩く覆われている。褐色の髪の持ち主で、まだ年若い。そして奇妙な肌の色をしていた。

「ずいぶんと……青白いな」ホルガーセンが言った。「どうしてあんな肌の色なんです？　寒さのせいですか？」

「チアノーゼよ」フィンレイソンは静かに答えると、患者を見つめた。「血液中の酸素濃度が低下したときに起きるの。ここに運びこまれたときは心肺停止状態だった。ああしてまだ生きているのは奇跡よ。これからの二十四時間が勝負ね。ただそれを乗りきれたとしても、なんらかの神経障害が残るはず。溺水して心肺停止状態で運びこまれた患者の場合、三十五から六十パーセントが緊急救命室で亡くなるわ。それ以外の生き延びた患者の多くも後遺障害が残ってしまうの」

アンジーとホルガーセンははじかれたように医師を見た。

「溺水？」アンジーは尋ねた。「どういう意味ですか？」

「水の中で溺れたという意味よ。通常、溺水状態になると、肺に水と空気の両方が入りこむのを防ぐために、喉頭が自然に閉じる。そのうちの十から二十パーセントが低酸素血症、つまり血液中の酸素が不足した状態になって、結果的に喉頭痙攣（けいれん）が生じて閉じたままになってしまう。それが乾性溺水と呼ばれる状態よ。でも彼女の場合は湿性溺水なの。喉頭は閉じていなかった。実際、肺の中に少量の水が入っていたわ」

アンジーはフィンレイソンをしばし見つめたあと、ホルガーセンを見た。「水辺で発見されたの？」

「いや、俺が知る限り、ロス・ベイ墓地には水辺なんかない。道路の向こう側にある海だけだ」

「海水じゃなかったわ」医師が言った。「湿性溺水において低酸素血症を引き起こす生理学的メカニズムは、海水と淡水の場合で異なるの。肺に淡水が入った場合、肺細胞内から肺細胞外へと水が移動し、血液が薄まって赤血球が破裂してしまう。カリウム濃度が跳ねあがってナトリウム濃度が急降下するせいで心臓が有効な循環を保てなくなり、通常は心室細動が引き起こされる。そうなると、二、三分で心停止が生じるわ。一方で海水は高浸透圧のため、血液中に塩分が急速に拡散すると、海水が血液から水分を追いだし、血液が著しく濃縮される。心臓に過剰な負担がかかるせいで低酸素状態や呼吸困難が引き起こされて、八分から十分くらいで心停止になってしまう。肺の水に塩分が含まれていようといまいと、どのみち医学的に言えば彼女は溺水したことになるの」

アンジーはベッドに近づいた。とたんに胸が苦しくなった。まだほんの子どもだ。

十五歳くらいだろう。アリソン・ファーニホウやサリー・リッターと同じだ。ただし、この被害者はファーニホウやリッターより少しふっくらしている。前髪は後方に払われ、包帯で緩く覆われた額には乾いた血がこびりついている。口のまわりの肌は生々しい赤黒い色に変色している。

アンジーは視線をさげ、少女の顔から下をじっくり確認した。首と手首に紫色の縛られた跡がついている。爪は割れ、何枚かははがれていた。一本の指には硬い金属で拘束されたような跡がある。腕は至るところに傷や打撲の跡がついていた。必死で戦ったのだろう。生き延びるために。

「額の傷を見せてもらえますか？」アンジーは静かに訊いた。

フィンレイソンはためらったが、唇を引き結ぶと、包帯をそっと持ちあげた。

傷口は洗浄され、縫合されていた。十字架の形だ。十字の下の部分が、ちょうど眉間にきている。

「切れ味の鋭い刃物で、皮膚に刻みこまれているわ」フィンレイソンが言った。「カミソリかメス、もしくはカッターナイフのようなものね。犯人は刃物を額の骨に到達するほど深く切りつけている」

少女を見つめながら、アンジーの全身がかっと熱を帯びた。ファーニホウもリッターも、額に十字架のマークが記されていた。しかもこの少女の傷と大きさも形も同じだし、十字架の下の部分が眉間に達しているところまで一緒だ。ただし先に起きたふたつの事件では、額の十字架は赤い油性マーカーで引かれていた。肌に直接刻みつけられていたわけではない。

アンジーは身を乗りだし、少女の額と生え際をさらに詳しく確認した。あることに気づき、たちまち心臓が早鐘を打ちはじめる。「髪を切り取られているわ。ちょうど眉間の上あたりの髪を」

「ダンダンの言ったとおりだ」ホルガーセンが低い声で言った。「やつが戻ってきたんだ。しかも手口がエスカレートしてる」

「もしこれがやつの仕業ならね」アンジーはすぐさま言い返した。「たしかな証拠を見つけるまで、勝手な憶測は禁物よ」

「俺はただ、ひとり言を言っただけだよ。くだらない感想さ」ホルガーセンが小声で言う。

「性行為の痕跡は？」アンジーは医師に訊いた。「加害者は何か証拠を残していましたか？」

「見たところ、精液は残されていないみたい。ただし残っていたとしても、出血のせいで採取は難しかったでしょうね」フィンレイソンがアンジーと目を合わせる。「局部が刃物で切り取られていたの」ためらうように口ごもった。彼女の瞳が燃えあがる。「この患者は割礼を施されていたのよ」

アンジーは顔から血の気が引いた。「どういう意味です？」

「陰核包皮も、陰核亀頭も、小陰唇もすべて切り取られていたわ」

心臓が早鐘を打ちはじめた。「詳細な法医学検査が必要になります」アンジーは早口で続けた。「写真とか――」

「手術のあいだに、切断された部分の写真記録を残しておいたわ。それに血液や唾液のサンプル、膣(ちつ)スワブ、爪のあいだの残留物も採取した。だからあなたが今すべきは、あなた自身の仕事よ。この患者を失ってしまう前に、彼女の近親者を見つけだして」

そう言いながら、フィンレイソンは顔をこわばらせた。その表情を見て、アンジーはすぐにわかった。この医師は怒りを感じている。それも、ふつふつとわき起こる静かな怒りだ。自制心を発揮して、その怒りをどうにか抑えているのだろう。アンジーも同じように怒りを自制するすべを心得ている。だからこそ、フィンレイソンの気持ちがよくわかった。常日頃からアンジーを突き動かしているのは、そういうタイプの怒りだ。怒りを感じていればこそ、性犯罪課の刑事になった。さらに、今後は殺人課への昇進を目指している。「約束して」医師が優しい声で言った。ほとんど聞こえるか聞こえないかくらいの声だ。「このいまいましい犯人を絶対に捕まえると」

アンジーは口の中がからからになった。先ほど飲んだウオツカの酸っぱさがこみあげてくる。ひどく不快だ。

背後のドアが突然開かれ、看護師が顔を突きだした。「ドクター・フィンレイソン、ドクター・ナシムがお呼びです。急いで話したいことがあるそうです」

「失礼するわね」フィンレイソンが言う。

アンジーとホルガーセンがうなずくと、医師は部屋から出ていった。

アンジーは再び身元不明の少女に意識を向けた。少女の手にそっと触れてみる。手のひらも腕も傷だらけだ。明らかに防御創だろう。深い傷のいくつかは縫合されていた。

ねえ、いったい誰があなたにこんなことをしたの？　そもそも、どうしてこんなところに搬送されてきたの？　これほど悪天候の夜に、墓地で何をしていたの？

「残った爪を見ると、ジェルネイルをしてたみたいだな」ホルガーセンがアンジーの横でぽつりと言った。「髪のハイライトもつい最近入れている。見た目に気を遣ってたんだろう。自分にプライドを持っていたんだ。それに彼女のブーツ……フランチェスコミラノってのは人気ブランドだ」

アンジーはホルガーセンを見あげた。「どうして知ってるの？」

「俺はもの知りなんだ、パロリーノ」

アンジーはホルガーセンを見つめた。彼の顎髭（あごひげ）、頬骨の下のくぼみ、そして何かに取り憑かれたような目。人はどの程度他人のことを知っているものなのだろう？ どれだけ詳しく相手を知ることができるものなのだろうか？

「つまり言いたいのは」ホルガーセンが続けた。「この少女は恐ろしく高級志向だったってことだ。しかも贅沢三昧するための手段を持ってる。この子は薬物依存症のホームレスじゃない。きっと誰かがこの子を捜しているはずだ」

アンジーはうなずくと、向きを変えてドアへと向かった。

「どっかに行くのか、パロリーノ？」ホルガーセンがアンジーのあとを追う。

アンジーはポケットから携帯電話を取りだし、集中治療室のドアから出るなり、市警に電話をかけた。廊下の椅子のそばに、トナー巡査がまだ待機していた。耳に携帯電話を押しあてたまま、巡査へつかつかと歩み寄る。

「パロリーノ！」ホルガーセンが後ろから大声で叫んだ。「おい、どうした……どこへ行くつもりだ？」

「墓地よ」アンジーは肩越しにぴしゃりと言った。「鑑識を現場に呼びたいの」

「まだこんなに暗いのに?」ホルガーセンはアンジーに追いつき、歩調を合わせた。

「夜明けに間に合うようによ。このまま手をこまねいている時間が長くなればなるほど、悪天候で証拠が失われてしまう」電話がつながるのを待つあいだに、トナー巡査に話しかけた。「証拠袋を研究所へ持っていって。ちゃんと記録を残すこと。きちんと受け渡されるように――」電話がつながった。

アンジーは鑑識班に、ロス・ベイ墓地へ大至急向かい、現地で落ちあいたいと告げた。次に行方不明者捜索課の番号にかけ、身元不明の少女の特徴をかいつまんで伝え、似た特徴を持つ行方不明者の有無を確認してほしいというメッセージを留守番電話に残した。さらに電話をかけ、高リスク犯罪者課の巡査部長宛に、この地域で新たに性犯罪者が出没していないかどうか確かめるようメッセージを残した。もしこの犯人がかつて自分とハッシュが追っていた十字架の性的暴行犯と同一人物だとしたら、この三年間ずっと息を潜めておとなしくしていたことになる。あるいは犯行が報告されていない可能性もある。ヴィクトリア市警へ戻ったら、暴力犯罪連鎖分析システムでこの犯人の手口に似ているデータの有無をもう一度調べ、どこかで似たような事件が起きていないか確認しよう。携帯電話に話しかけつつ、病院の滅菌された廊下にバイクブーツの音を響かせながら、大股でエレベーターへと向かう。はらわたが煮えくり返るような怒りとアドレナリンに突き動かされていた。

今度こそ、あいつを捕まえてやる。いまいましい犯人を生け捕りにしてやる。ハッシュのために、さっきの医師のために、そしてこれまでの被害者全員のために。指先でエレベーターの開閉ボタンを乱暴に押した。

「なあ、俺たちはまだパートナーだよな、パロリーノ?」追いついたホルガーセンが隣に立った。

「なんですって?」エレベーターのドアが開いた。

アンジーは中へ入った。だがホルガーセンは片手をエレベーターのドアに押しあて、開けたままにした。「俺たち、まだパートナーなんだろ?」

「来るの? 来ないの?」

ホルガーセンはアンジーの服を見おろすと、ゆっくりとエレベーターの中へ入り、ドアから手を離した。彼の背後でドアが閉まる。

行き先階ボタンのライトがしだいにさがっていくのを見つめながら、ホルガーセンが口を開いた。「マスカラが……まだにじんだままだ」少し笑いが感じられる声だ。

「ミュージシャンのアリス・クーパーみたいだ。特にこれから墓地に行くにはちょうどい。まさに暗黒の世界だからな」体の向きを変え、アンジーを見おろした。「俺たちはみんな、鏡の中に自分という幽霊を見てる。そうだろ、パロリーノ？」

アンジーは無言のまま、彼と目を合わせた。どこか張りあうような雰囲気に包まれる。

「今はかろうじて生きてるが、被害者はどこかに出かけていって溺れた。てことは？」ホルガーセンが尋ねた。「これは殺人課に任せるべき事件じゃないのか？」

アンジーは何も答えなかった。

「俺が知ってる限り、被害者が今にも死にそうな場合は殺人未遂になる。殺人課が――」

「これは私たちの事件よ」アンジーは彼の意見をはねつけた。「あの医師は今にも死にそうだとは言ってなかった。今後二十四時間が勝負だと言っただけよ」

エレベーターが音をたてて停止した。

「これは私たちの事件よ」アンジーは繰り返した。

ホルガーセンは一瞬、アンジーを見つめた。「どうしてあんたと仕事をしてても、あんたも勝って俺も勝つ（ウィン・ウィン）ように思えないんだろうな？」

病院から出たとたん、降りしきる雪の中で、アンジーとホルガーセンはまばゆい光にさらされた。さらにもう一度、閃光(せんこう)がまたたく。

「くそっ」ホルガーセンは手のひらで目を覆った。ぶかぶかのレインコートを着た小柄な女性が、巨大なカメラを掲げている。「タブロイド紙のこうるさい記者だ」

「刑事」女性が息を切らしながら話しかけてきた。黒い野球帽のつばの下、降りかかる雪で顔を濡らし、頬をピンク色に染めている。「私はメリー・ウィンストン。『シティ・サン』の事件記者で――」

「なんの用だ？」ホルガーセンが言う。

ウィンストンはカメラを掲げると、再びフラッシュをたいた。

「くそっ」ホルガーセンは顔の近くにあるカメラを押しやった。「どこまで追いかけてくれれば気がすむんだ？」

「聖ユダ病院に若い女性がひとり、搬送されたでしょ。性的暴行の被害者のはずよ。彼女は今夜、少し前にロス・ベイ墓地で意識のない状態で発見された。詳しい情報を教えてもらえない？」

アンジーとホルガーセンはすばやく目を見交わした。

「それで、あんたはどうなんだ？　日曜の午前三時に座ってぼうっとしてたら、たまたま警察無線を傍受したってわけか？」ホルガーセンが言った。「あんたたちには私生活ってもんがないのかよ？」

「車でロス・ベイ墓地へ向かってたら、救急車が見えたの。救急隊員が女性を救助していた。そこへヴィクトリア市警のパトカーが到着して、制服警官ふたりがやってきた。そのうちのひとりが、幽霊ツアーについて話してるのが聞こえた。写真も撮ってある。被害者はここに搬送されるとわかってた。それで見張ってたら、あなたたちが到着した。つまり、性犯罪ってことよ。被害者の身元はわかったの？　年はいくつ？　具体的には何が起きたの？　犯人はまだ逃走中？　ほかの人たちにも危険が及ぶんじゃないの？」

アンジーはウィンストンをにらみつけると向きを変え、大股で自分の車に向かった。

「彼女の今の状態は？」記者が背後から叫んでいる。「発見当時は生きていたのよね。救急隊員が救命活動をしてたのがいい証拠よ！　彼女は墓地で何をしてたの？　容疑者はあがってるの？　新市長から何かコメントは？　また性犯罪が起きたことで、この街や新たな公約にどんな影響が及ぶかに関して、ひと言あったの？」

アンジーはクラウン・ヴィクトリアにたどり着き、ドアロックを解除した。

ウィンストンがしつこくあとを追いかけてくる。「ねえ、これまでに明らかになったことを記事にするわよ。そうしたら――」

アンジーは振り向き、ウィンストンのほうへ一歩踏みだした。記者は押し黙ると、一歩あとずさりした。

「写真は公開しないで」アンジーは早口で言うと、記者の顔に顔を近づけた。「これまでに明らかになったことを記事にしないで。わかった？　そうしてくれたら……特ダネをあげるから」

「いつまで待てばいいのよ？」

「せめて近親者に連絡するまで」

「ということは、被害者の身元はわかってるわけ？」

「ええ」アンジーは嘘をついた。

「二週間前から行方不明になっている学生のアネリーズ・ジャンセンなの？」

「ホルガーセン、行くわよ！」アンジーは車に乗りこみ、ドアを勢いよく閉めると、濡れたスカルキャップを脱いだ。ホルガーセンが助手席に滑りこみ、悪態をつきながらドアを閉める。

「ちくしょう、救急車を追いかけまわしやがって。あの女はこの話を記事にしないと思うか？」

「いいえ」アンジーはイグニッションをオンにしてギアを入れ、車を出した。

「あの身元不明者はアネリーズ・ジャンセンの特徴にはあてはまらないし、写真の顔ともまるで違う。そのことは言ってもよかったんじゃないのか？」

「報道陣には何もしゃべらない」

「ついさっき、被害者の身元は特定できたし、特ダネをやると話してたじゃないか」

「あの女を黙らせるためよ」

ホルガーセンは汚い言葉を吐くと、座席に沈みこんで頭をもたせかけた。アンジーが運転する中、ワイパーが軋んだ音をたてている。しばらくすると、ホルガーセンが再び口を開いた。「だが黒髪をつんつんに立たせて顔色もよくないわりに、あの女はかわいい。残念なのはあの歯だな」

アンジーは彼を一瞥した。「彼女がスパイキーヘアだとどうして知ってるの？　野球帽をかぶっていたのに」

「そこらへんで見かけたんだ」

「ねえ、ホルガーセン。あなたには女の好みってものがないの？」

「うえっ、パロリーノがしゃしゃりでてきたぞ」

アンジーはいらだち、ハンドルを握る手に力をこめた。「誰かがあの女に情報を流してる。内部情報をもらす者がいなければ、あそこまでの情報を得られるはずがない」

「なんだって？　情報をもらしたのは俺じゃないぞ。あんただって聞いてただろ。あいつは警察無線を傍受してスクープをものにしたんだ」

「警察無線を傍受したと言ったのはあなたよ」

聖なるマリア、神の御母(みはは)。私たち罪びとのために、今も、死を迎えるときもお祈りください。アーメン。

5

通りの向こう側にあるセブン - イレブンから出てきた制服警官が、アンジーにコーヒーを手渡した。

「ミルク入り、砂糖なしです」巡査は言った。

アンジーはコーヒーを受け取り、ぼんやりとすすった。心の中で、昨日の夜にここで起きた出来事を想像してみる。昨夜未明、あたりは暗く、とても寒かった。雲が低く垂れこめ、海から立ちのぼった霧が墓地のねじくれた木々のあいだに漂っていた。今では墓地のあちこちにある出入口に黄色い立ち入り禁止テープが張られ、氷のように冷たい風を受けてはためいている。

一八〇〇年代後半に造られたロス・ベイ墓地は、この州に現存する中でも最も古い施設だ。アンジーはそれを父から教えられた。父はここをヴィクトリア朝時代の霊園の典型例だと言っていた。くねくねと曲がった車道や珍しい植物類、墓の脇に立つ興味深い大理石や砂岩、花崗岩（かこうがん）の記念碑などが特徴なのだという。

アンジーの指示により、墓地の石造りの壁のすぐ外側に、覆いがかけられた間に合わせの詰め所が設けられている。犯罪現場を調べている科学捜査チームやその他の捜査関係者たちがそこで話しあったり、機材を置いたりするためだ。

さらにアンジーは証拠を一時的に保管するための場所も設置していた。いかなる証拠が見つかっても、正式な手順に従い、ひとつ残らず保管できるように。今この事件の捜査の責任は彼女にある。できるだけすばやく捜査を行い、なんとしても爪跡を残したい。ホルガーセンが言っていたように、この事件が殺人課の取り扱いになる可能性は高い。もしそうなっても、自分が捜査を続けられるよう訴えるつもりだ。

アンジーは性犯罪課をまとめる巡査部長マシュー・ヴェダーの自宅に電話をかけ、これまでの経緯を話した。そのうえで、必要があれば時間外労働をしてもいいという許可を取りつけ、さらに制服警官たちを好きなだけ動員してもかまわないという許可も得た。ヴェダーからは、とりあえず数時間後に市警へ戻り、詳しい報告をしてほしいと言われた。墓地に隣接する地域の住人たちのもとへは、質問票を持った巡査たちをすでに聞き込みに向かわせている。通りの向かい側にある複合商業施設の店舗の多くはまだ営業を開始していないが、開店と同時に巡査たちを向かわせるつもりだ。店の営業時間にもよるが、昨夜誰かが何かを目撃しているかもしれない。様子がおかしかった人物、不審な車、重そうな荷物を運んでいた人物。それに誰かが何か——たとえば女性の悲鳴——を聞いたかもしれない。さらに巡査をセブン‐イレブンに向かわせ、店の外にある監視カメラについて尋ねさせている。店の前を通った誰か、あるいは何かが偶然映っているかもしれない。

病院に電話をかけ、身元不明者の容態を確認していたホルガーセンが電話を切り、こちらへやってきた。

「あまりいい調子とは言えない。ずっと意識不明の状態が続いていて、生命徴候（バイタル）が低下してる」

だめだ。あの身元不明の少女をまだ死なせるわけにはいかない。この捜査で自分が功績を残すまでは。

「身元はまだわからないの？」

「ああ。行方不明者届が出されている少女の中で該当者はいないし、新たな行方不明者届も出されてない。それに指紋やＤＮＡを採取しても、暴力犯罪連鎖分析システムに登録されていない限り、役には立たない。同じことが歯科記録にも言える」

「まだ時間が早いから、親や友だちはあの子がいなくなったことに気づいていないのかもしれない。学校へ行く時間になって、普段どおりの生活が始まれば、行方不明者を捜す電話がかかってくる可能性はあるわ」

「あるいは墓地で見つかった意識不明で危篤状態の少女の記事が、『シティ・サン』の一面にでかでかと載ったらだな」

アンジーは彼に鋭い一瞥をくれ、腕時計を確認した。焦りが募る。そのとき鑑識官がふたりに近づいてきた。

「ええ」アンジーは制服警官に飲みかけのコーヒーを渡し、犯罪現場用の使い捨てのシューズカバーをブーツの上から履くと、寒さをしのぐためにコートの襟を立てた。詰め所から外へ出るなり、たちまち氷のような塩辛い強風にさらされた。歯を鳴らしているホルガーセンの横を歩きながら、ふと思う。こんな海風が吹かない中心街に住んでいて本当によかった。それにどうにか自宅アパートメントに戻って着替え、メイクを手早く落とせたこともありがたい。

墓地の石造りの入口でヒッキー巡査――トナー巡査と初動捜査を行った警官――がアンジーたちを出迎えた。防水のレインコートを強風にはためかせ、帽子の上からビニールカバーをかぶり、寒さに震えながら立っている。若い男性警官はこの寒さの中、ほぼ夜通し、こうしてここに立ちつづけていたのだ。アンジーはすでに彼からも、救急救命士たちからも話を聞いていた。幽霊ツアーのガイド、エドウィン・リストとその客たちはこのあと市警に来る予定だ。

巡査によって手渡された犯罪現場シートに署名をして、墓地の敷地内へと足を踏み入れた。ヒッキーと鑑識官の案内に従い、墓地の中を進んでいく。シューズカバーの下から、かなり降り積もった雪の感触が伝わってくる。白い大理石でできた台座にのった天使像をいくつか通り過ぎた。墓地を進むアンジーたちの行方を、彫像がどんよりとした目で追いかけているかのようだ。

「今のところ、少なくとも現場に落下したものは保存できてます」ヒッキーはそう言うと、強風に運ばれて飛んできたマツぼっくりの破片をよけた。

「温暖化だな」鑑識官がぽつりと言った。「これからますますこんなふうになっていくんだろう。こういう悪天候が増えるはずだ」

「でも地球の気温はどんどん上昇していってるはずよ。こんなふうに寒くて激しい天候になるのは話が違うわ」

鑑識官は肩をすくめた。

「悪天候だったから、犯人は昨日の夜を選んだと考えてるのか？」ホルガーセンが尋ねた。「悪天候を利用すれば、少女を隠しやすいから？　誰もあたたかい部屋から出ようとしないのを見越しての犯行か？」

アンジーは答えなかった。代わりに、目の前に広がる光景のすべてを脳裏に焼きつけようとした。黒く濡れた墓石が並んでいて、右手にはひときわ大きな墓がある。雪に覆われた区画のところどころから、円錐（えんすい）形のプラスチック容器に入れられた枯れた花が突きだしていた。翼をコンドルのように広げた黒い石造りの天使が、光のない目でアンジーを見おろしている。あたりの木々は節が多くて大きくねじれ、針葉樹もあれば落葉樹もあり、枝のほとんどは葉で覆われていた。この墓地にはいくつかの出入口がある。あの身元不明の少女を襲った犯人は、どこからでも敷地に入れただろう。

「俺ならこんな場所で幽霊ツアーなんてごめんだね」ホルガーセンはゆっくりと体をまわし、アンジーの背後に広がる雪の大地を見ると、再び彼女と目を合わせた。「こんな吹雪になったのはいつ以来だ？」

「これほど雪が降るのは、あたたかい気団が北極から流れこんだ冷たい大気とぶつかっているせいよ。先月から、冷たい大気が居座ってるからずっとこんな調子なんだわ」アンジーは急いでつけ加えた。「でも温暖前線が近づいているから、この雪もそう長くは続かないはずよ」

ヒッキー巡査と鑑識官はさらに道を進んで、葉のついていないねじれた木々が立ち並ぶほうへ向かった。ダラス・ロード及びその下にある海と、この墓地とを隔てている木々だ。ここは風がより激しく、ことのほか寒い。道路障壁に打ちつける波の音が響く中、アンジーのコートが強風にあおられ、ふくらはぎに強く打ちつけている。あまりの寒さに、目が潤んできた。そのとき、昨夜見たピンクのワンピース姿の女の子の記憶がよみがえり、思わず身震いした。

「ここでトナー巡査と私は、救急救命士たちが少女に救命活動を行っているのを目にしました」ヒッキーはそう言うと、ある墓の前で立ちどまった。「幽霊ツアーの一行がやってきたのはあの入口です」指さしながら言葉を継ぐ。「ここに横たわっていた被害者の体につまずいたと言ってます」

その場所は踏み荒らされていた。足跡がいくつもつき、血でピンク色に汚れている。タイベック製のジャンプスーツ姿の鑑識官が墓地の周辺を調べはじめた。雪をどけながら証拠を捜し、犯罪現場の写真を撮り、スケッチしている。

鑑識官が言った。「この現場は救急救命士や幽霊ツアーのグループ、最初に到着した警官たち、それに明らかにあとから駆けつけた『シティ・サン』の記者によって汚染されている。汚染されていない証拠が見つけられたら運がいいとしか言いようがないな」
アンジーは血で汚れた地面から花崗岩でできた台座へと視線を移した。台座の上には巨大な石像が飾られている。台座には碑文が刻まれていた。

〝メアリー・ブラウン　一八八九〜一九四〇年
たとえ死の陰の谷を歩くことがあっても、
私は災いを恐れません。
あなたが私とともにいてくださいますから〟

今度は碑文から石像に注意を移してみる。石造りの聖母マリア像が何も映していない目で、被害者が横たわっていた地面を見おろしていた。マリア像はゆったりとしたローブを身にまとい、体の両脇で手のひらを少し掲げている。嘆願するかのような姿だ。そのことに気づき、アンジーは凍りついた。
「身元不明の少女は聖母マリアの足元に遺棄されていた」アンジーは静かに言うと、ヒッキーに尋ねた。「正確には、どんなふうに横たわっていたの？」

「仰向けになって、顔を空に向けてました」ヒッキーが答えた。「頭はここ、ちょうど台座の根元部分にありました。あと、胸の上で両手を重ねてました。ちょうどこんなふうに、片方の手にもう片方の手をのせてたんです」心臓の上で手を重ねてみせた。まるで祈っているみたいだ……。

「脚は広げられ、出血した部分があらわになっていました」ヒッキーは咳払いをした。「全身びしょ濡れで、しかも雪が降り積もりはじめてました。あんな状態でどうして生き延びられたのか、私には……わかりません」もう一度咳払いをする。

「さぞ怖かっただろうな」ホルガーセンが小声で言い、血に染まった雪を見つめた。

そのとき、背後で銃声のような音がした。全員が飛びあがり、いっせいに振り向く。強い風にあおられ、木の枝が落ちた音だった。墓石にぶつかった瞬間、枝から樹皮と苔がはがれ、折れた枝は地面へ落下した。

「くそっ」ホルガーセンが言い、体を震わせる。

ヒッキーは顔面蒼白だ。ホルガーセンよりもさらに体を震わせている。

「この近くに池のようなものはある？」アンジーは折れた枝から地面へ注意を戻した。

「ありません」ヒッキーが答える。

「つまり被害者はどこか別の場所で真水に浸けられたあと、ここへ運びこまれたことになる。そして犯人は彼女に祈るようなポーズを取らせて、聖母マリア像の足元に放置した」アンジーの脳裏にリッターとファーニホウの事件が浮かんだ。両者とも目出し帽をかぶった犯人から性的暴行を受け、額に十字架のしるしをつけられた。どちらの事件も、少女たちはかなり酔っ払っていて、人込みから離れてひとりになったところを犯人に襲撃された。両者とも背後から襲いかかられて地面に倒され、喉元にナイフを突きつけられ、うつむいた姿勢で後ろからレイプされたのだ。そしてふたりとも、手袋をはめた手で長い髪をつかまれ、喉元にナイフを押しあてられたとき、犯人が同じ言葉を口にしていたのを覚えていた。

〝汝（なんじ）は罪の父であり、闇の王子であるサタンを拒絶するか？
汝はサタンを、その所業のすべてを拒絶するか？〟

しかも犯人は、少女たちに〝はい、拒絶します〟と答えるよう強要した。そして彼女たちがそう答えると、背後から凌辱（りょうじょく）した。

アンジーとハッシュは、それがカトリック教会の洗礼の儀式に用いられる言葉だとわかった。ふたりの少女は眉の上にマーカーで赤い十字架を記された状態で発見され、どちらも髪の一部を切り取られていた。

儀式に用いられる言葉、眉の上の十字架、切り取られた髪――この三つはどれも非公開の証拠だ。だから今回の犯人があのふたつの事件の模倣犯である可能性はない。あいつが戻ってきた――アンジーが追っていた男だ。アンジーとハッシュが追っていた男。そう肌で感じている。

アンジーは指を二本掲げ、眉間に押しあてた。「父と」指をさげて胸骨に触れる。「子と」左肩に、そして右肩に触れた。「聖霊の御名において」静かにそう言って、ホルガーセンに向き直った。「犯人はあの少女を水に浸した。そして十字架のしるしを刻みつけた。暴行を加え、女性の特徴である局部を切り取り、聖母マリアが見つめるこの場所へ遺棄した。これはレイプじゃない。儀式だわ。犯人はあの少女に洗礼を施したのよ」

その場にいる誰もがアンジーを見つめた。

風がうなりをあげたかと思ったら、風向きが変わった。空からみぞれが落ちてきた。

「頭がどうかしたやつだ」ホルガーセンは低い声で言った。「被害者に洗礼を受けさせるなんて。しかもこれは……犯人にとって初めての儀式じゃない。前にもやったことがあるはずだ。しかもまたやる気だろう」

6

「身元不明の被害者の容態に変化はない」病院への二度目の電話を切ると、ホルガーセンが言った。「それに、身元もまだ判明してない」

フェアモント・エンプレス・ホテルの急カーブを曲がりながら、アンジーはハンドルを握る手に力をこめた。今は車で市警へ戻るところだ。大量のアドレナリンが全身を駆けめぐっている。一刻も早く、ファーニホウとリッターの事件記録を確認したい。あの身元不明の少女には、どうにか持ちこたえてもらわなければならない。身元が早くわかるほどいい。どこの誰だかわからなければ、捜査が行きづまってしまう。

こういった事件で最も重要なのは、被害者について細かく考えることだ。あの少女はどういう性格なのか？　どこの学校に通っているのか？　どんな仕事をしているのか？　趣味は何か？　どこに住んでいるのか？　とどのつまり、こういうことだ。襲われた瞬間、彼女は何をしていたのか？　犯人が攻撃するに至った理由は、少女のどういう点にあったのか？

「あとどれくらいで捜査の担当が殺人課になるか賭けるか？」ホルガーセンが言う。

「性的な動機だが、犯人は被害者をあんなふうに遺棄した。殺す意思があったんだ。どう考えても殺人未遂だろ。犯人はあの子がもう死んだと思ったのかもしれない。だとしたら、あの子にとっては運がよかった」

「私にとってもね」アンジーは彼を鋭く一瞥した。「この事件はどうしても担当したいの。せっかくの機会を台なしにしないで」

「なんだよ、パロリーノ。この事件を担当したいのは俺も同じだ。そうだろ？　俺が言ったのはただ――」

「ハッシュのためにこの事件を担当したいの。わかった？　あの連続性的暴行犯を逮捕できなかったことを、ハッシュはひどく気に病んでいた。もし今回の容疑者があのときと同じなら――」

「わかった、わかった……ずいぶんと個人的な理由だな」ホルガーセンは窓の外を見ると、静かに口を開いた。「危険だぞ、パロリーノ。とんでもなく危険だ。個人的になるほど、客観性を失っちまう」

アンジーは顎に力をこめ、アクセルを踏みこんだ。

「停めてくれ」突然、ホルガーセンが言った。「あそこのショッピングセンターで」

「なんですって？　どうして？」

「コーヒーが飲みたい。まともなコーヒーをね」

「本気なの？」

「ああ、ひと晩中起きてたんだ。カフェインが必要だ」

「あなたって、いつもそんなふうなの？」

「あんたはどうなんだ？」

アンジーは毒づくと、小規模なショッピングセンターの駐車場に入った。一番端にスターバックスがある。「早くしてよ。ヴェダーを待たせてるんだから」

大股でゆっくりとスターバックスへ向かうホルガーセンを見ながら、アンジーはハンドルをきつく握りしめた。ショックだったのは、体が少し震えていたことだ。それも全身が震えている。ヘッドレストに頭をもたせかけ、一瞬、目を閉じて呼吸を整えようとする。それなのに、脳裏にふいに生々しいイメージが浮かんだ。ミスター・ビッグ・ディックの上になって動いている、何も身につけていない姿の自分だ。クラブから聞こえてくるベースのリズム、モーテルのカーテン越しに点滅していた赤いネオンサイン……さらになんの脈絡もなく、霧の中、車の前に現れたピンクのワンピース姿の女の子が思い浮かび、慌てて目を開けた。呼吸が速く浅くなっている。

だめだ。意識を今に集中させなければ。コーヒーショップのドアを見つめ、いらいらしながらホルガーセンが出てくるのを待つ。そのとき突風が吹いた。車のフロントガラスにまたしてもみぞれがあたりはじめている。曇りガラスの向こう側に、コーヒーショップ内にいるホルガーセンの姿が見えた。行きつ戻りつしながら、携帯電話で話しているように見える。しかしアンジーは、隣の助手席に彼の携帯電話が置かれていることに気づいた。

眉をひそめて考える。ホルガーセンが車を停めさせたのは、緊急電話をかけたかったからなのだろうか？　私用の携帯電話で？

ホルガーセンはスターバックスから出てくると、コーヒーふたつと茶色の紙袋を持って戻ってきた。車に乗りこむと、ホルダーにコーヒーカップを置き、紙袋を開けた。車内がたちまちコーヒーと食べ物のにおいで満たされる。「ほら」彼はアンジーに向かって何かを突きだした。

「これは何？」

「イングリッシュ・マフィンのサンドイッチだ。卵とベーコンが入ってる。あんたも腹が減っているだろうと思ってね」

おいしそうなにおいに胃が締めつけられる。アンジーはサンドイッチを受け取った。ホルガーセンは自分のサンドイッチの包みを開き、さっそくかぶりついている。

「さあ、出発だ。これであんたも落ち着いて運転できる」彼はサンドイッチを口いっぱいに頬張りながら、コーヒーに手を伸ばした。

アンジーはホルガーセンの顔を見つめ、表情を読み取ろうとした。

ホルガーセンは咀嚼（そしゃく）するのをやめた。「なんだよ？　あんた、菜食主義者（ヴェジタリアン）か？　それとも完全菜食主義者（ヴィーガン）？　もしかして、たんぱく質はとらない主義なのか？」

「店の中で、誰に電話してたの？」

ホルガーセンは口の動きを止めたまま、ゆっくりと目を細めた。唾をのみこみ、咳払いをする。「誰にも電話なんてかけてない。携帯電話は車に置きっぱなしだった」

アンジーはホルガーセンの目を見つめつづけた。

「それにパロリーノ、たとえ俺が電話をかけてたとしても、あんたには関係ない。俺にだって私生活があるんだ。あんたにはなくてもな」

アンジーは小声で悪態をつくと、車を急発進させて駐車場から出た。車を旋回させて通りに出たとき、ホルガーセンのコーヒーがこぼれた。

「あんたはほかのやつにもこんな態度を取っていたのか？」紙ナプキンでジーンズに

ついたコーヒーのしみを拭き取ろうとしながら、ホルガーセンが尋ねる。

「ほかのやつ?」

「前のパートナーだよ。あんたとどれくらい続いたんだ? よくて三カ月ってところか?」

「あの人はパートナーとしての資質が欠けていた。私のせいじゃないわ」

「そいつはハショースキーじゃなかったってことだな。だが俺なら、そういうパートナーになれるよ、アンジー」

「私のことはパロリーノと呼んで」

「ああ、わかったよ、パロリーノ」ホルガーセンは窓の外を向いてコーヒーをすすると、静かな口調で言った。「俺はこの仕事をずっと続けたいんだ、パロリーノ。いつか巡査部長になるのが夢でね。わかっただろ? 俺にはあんたのこれまでのパートナーたちにはなかったスタミナやガッツがある。だから、あんたも自分のペースで気楽にやってくれ」

7

ジェームズ・マドックスは傘の水滴を振り払い、〈ブルー・バジャー・ベーカリー〉の戸口にある傘立てに入れた。傘立てには、ほかにも濡れた傘がたくさん入れられている。ようやく席につくことができた。店内は若い女性たちでいっぱいだ。こんな悪天候にもかかわらず、外で入店を待つ客たちの行列は延びる一方だ。

短いスカートと赤いロングブーツという目を引く制服姿のウエイトレスが、テーブルに案内してくれた。椅子がついた、ごく小さなテーブルだ。マドックスみたいな大柄な男がのんびりと座れるような作りではない。窓の外に見える木製のテラスにもテーブルや椅子があるにはあるが、どれも濡れていて誰も座っていない。テラスの向こう側では暗い灰色の海が風にあおられ、さざ波を立てている。

ここでブランチをとりたいと言い張ったのは娘のジニーだ。どうしても〈ブルー・バジャー・ベーカリー〉でなければだめだと言われた。〝ねえ、お父さん、今ヴィクトリアではあそこで食べるのが流行りなのよ。あの店のエッグ・ベネディクト、絶品なんだから！〃ジニーと一緒にできる、もっと〃すごいこと〃ならいくらでも思いつく。寒風が吹きすさび、みぞれが降る中、三十分も行列に並ぶことよりもだ。あるいは、自分のヨットの調理スペースで簡単に作れる卵料理に、わざわざ大枚をはたくことよりもだ。この店は予約を受けつけていない。ここのエッグ・ベニーのどこがそんなに絶品なのだろう？　とはいえ、ヴィクトリアに移ってきたのはすべてジニーのためだ。うまくいっていない家族との関係をどうにか修復したい。完全にジニーを失ってしまう前に娘とやり直したい。だからジニーがヴィクトリア大学に合格したのを機に、マドックスもこの街で仕事を探しはじめたのだ。

ジニーはコートを脱ぎ、椅子の背にかけて腰をおろした。マドックスもコートを脱ぎながら、ふと心配になった。ジャック＝オーにおしっこをさせなくて大丈夫だろうか？　すでに一時間近く車に閉じこめたままだ。マドックスは椅子の背もたれにコートをかけて腰をおろしたとき、Tシャツから突きでたジニーの腕に模様があることに気づいた。

「それはタトゥーか？」

ジニーが挑むような目つきで父を見た。「だったら何？」

「いつ入れたんだ？」

「お母さんは全然気にしてないわ。お父さんが気にするとは思わなかった。みんな、入れてるもの」

マドックスも、別に堅物なわけではない。タトゥーを入れるのは自由だと思っている。ただし、かわいい娘の体に消せないしるしがつくとなると話は別だ。

「今はいいと思うかもしれない。だが時が経てば――」

「お父さん」

マドックスは息を吸いこんだ。ほかのテーブルからにぎやかなおしゃべりが聞こえる中、ふたりとも押し黙ってメニューを眺める。隣に座っている若い男に、こちらの肘があたりそうだ。マドックスは律儀にも、ジニーが言っていたベーコンとソーセージのベニー、ランチドレッシング添えを注文した。ジニーが頼んだのは、ベーグルなしの低カロリーバージョンだ。その理由を尋ねるほど、マドックスも愚かではない。ジニーはずっと体重を減らそうとしている。父の目には、今のままでも充分美しい娘に見えるのに。ウエイトレスがコーヒーを運んできた。

「大学はどうだ？」ウエイトレスが立ち去ると、マドックスは尋ねた。

「順調よ」

彼はマグカップにミルクを注ぎ、かきまぜた。ジニーは何も入れないまま、コーヒーをすすっている。ジニーはいつからこうしてコーヒーに何も入れず、ブラックのままで飲むようになったのだろう？　それもやはりダイエットのためなのか？　そう考えた瞬間、罪悪感に襲われた。この街に移ってきて、娘についてほとんど何も知らないことに気づかされた。ジニーが子どもから大人へ成長する過程のほとんどを見逃してしまった。

「大学の新しい講座について聞かせてくれないか？」

ジニーが大げさにため息をつく。

「頼むよ、ジニー。俺にチャンスをくれ」

ジニーは顔にかかる褐色の髪を振り払った。「だってお父さん……あまりにわざとらしいんだもの。すごく嘘っぽい」

「でも、俺はこうしてここにいる。そうだろう？」マドックスは笑みを浮かべた。「このみぞれの中で、あの行列に並ぶ父親が何人いた？」

ジニーは思わず唇を持ちあげてにんまりした。「わかったわ、お父さんの勝ち」

ささやかな前進だ。こんなふうに、一歩ずつ積み重ねていけばいい。とはいえ、そう簡単ではないだろう。ジニーはこれまで父親に対して不満をたくさん募らせてきたはずだ。それに母親からも、父親の悪口をさんざん聞かされてきたに違いない。だが、とにかく自分はここにいる。ジニーのためにこうしてこの場にいるのだ。距離を縮めていくことができれば、ジニーが父親と大はしゃぎする日が来るかもしれない。だからこそ、マドックスはこの地に引っ越してきた。そのうえ、おんぼろの古いヨットを買い、自分の手で少しずつ修理しようとしている。ウエスト・ベイ・マリーナに停泊する、そのヨットで暮らしているのだ。精神科医なら、マドックスが妻の弁護士から送られてきた離婚関連の書類に署名はもちろん、目を通してもいない事実に、なんらかの意味を見いだそうとするだろう。だが自分は今、この街で仕事を見つけた。それも誰もが望む立派な地位だ。仕事は明日から始まる。

なんとしてもうまくやりたい。すべてを取り戻したい。そんな気持ちだ。

食事が運ばれるのを待つ時間は永遠にも等しく思えた。そのあいだ、ジニーは大学の新学期についておしゃべりをし、最終的には法律関係に進みたいのだと言った。マドックスはそんな娘を誇らしく思った。だから正直にそう告げた。少し打ち解けたのだろう。ジニーは最近、大学の聖歌隊に加わり、木曜の夜には中心街にあるカトリック大聖堂で聖歌を歌っていると話してくれた。大聖堂の音響効果はすばらしく、ステンドグラスに囲まれた雰囲気は最高だという。木曜はそのあと、聖歌隊のメンバー全員で街のカラオケクラブに繰りだすらしい。「ゲイバーなの。ゲイのカップルが経営してる店よ」

マドックスはうなずき、コーヒーを飲み干した。ジニーはこの会話を楽しみながらも、父親を挑発したいというひそかな欲求も感じているのだろう。マドックスはそんな挑発にのるつもりはさらさらなかった。

「みんなで歌を披露すると、聴いていたお客さんたちが立ちあがって拍手してくれるの。聖歌隊のメンバーたちが帰ったあとも、私はひとりで店に残るんだ。ひとりで歌いたいから。『レ・ミゼラブル』の曲をね。知ってるでしょう、あの――」

「俺が？ミュージカルの曲を知っていると思うか？」マドックスは笑った。

突然黙りこんだジニーを見て、マドックスにはすぐにわかった。きっと母親の新しい恋人のことを考えているのだろう。たしかオペラが好きな男だったはずだ。うつむいてナプキンを手に取っているジニーを見ながら、マドックスはテーブルの下で、左手の薬指の結婚指輪をいじった。ジニーのためにはめている指輪だ。この指輪を見て、娘に希望を抱いてほしかった。自分の父親がこれまでいいかげんに接してきた家族との関係に。母親と昔交わした結婚の約束に必死にしがみつこうとしている姿を見せることで。

「ひとりで残っているなら、カラオケクラブから家にはどうやって帰るんだ?」

ジニーは肩をすくめた。「歩いてよ。だって五ブロックしかないもの」

「何時くらいだ?」

ジニーが顔をあげた。反抗的な目つきだ。父親そっくりの目。藍色の瞳が白い肌によっていっそう引き立てられている。ウェールズ地方出身のマドックスの血を引き継いでいるのは明らかだ。娘を守ってやりたい。父親として、マドックスは胸苦しいほどの衝動に駆られた。

「お父さん、ここは絶対に安全な街よ」

「いや、そんなことはない。〝絶対に安全な街〟なんてないんだよ、ジニー」

「サリーや、バンクーバーの東側に比べたら安全だわ」

「この街で何が起きているか、俺は知ってる。だからここで仕事をするんだ」

「それがお父さんの問題なのよ。わかる? 仕事柄、お父さんは悪いやつらばかり見てきている。人の醜い面ばかり見てるから、人の優しさや思いやりを忘れてしまったんだわ」

「ジニー――」

「お父さんがなんて言おうと気にしない。お父さんはみんなが悪人だと考えてるんだもの。それに家で一度も笑ったことがないわ。私やお母さんと一緒に週末を楽しむことさえなかった。ハイキングやキャンプに出かけたことも、近所の人たちと裏庭でバーベキューをしたことも一度もない。私がお父さんに求めていたのはそういうことだったのに。私がお父さんに求めていたのもそうよ。家に帰ってきても、お父さんは私にほとんど笑いかけようとさえしなかった――」

ポケットの中で、マドックスの携帯電話が鳴った。ジニーが口をつぐみ、こちらを見つめる。携帯電話がもう一度鳴ったが、マドックスは無視した。そのとき、ウエイトレスが食事ののった皿を運んできた。携帯電話が留守番電話に切り替わる。それなのに、またしても携帯電話が鳴りだした。

マドックスはポケットから携帯電話を取りだし、発信者名を確認した。新しい上司からだ。思わず眉をひそめる。仕事は明日、月曜の朝からのはずだが。

「出なければならない」ジニーに優しい口調で告げた。

ジニーは彼をにらみつけている。

「マドックスです」マドックスは携帯電話に向かって小声で答えた。

「ジャック・ブズィアクだ」答えが返ってきた。「日曜なのにすまない。だが殺人事件が起きた。新市長の公約を考慮すると、市警が非難されかねない事件だ。だからこの事件は最初から君に指揮してもらいたい」

マドックスは娘をちらりと見た。ジニーはこちらをにらみつけたままだ。「どんな事件ですか？」

「遺体が発見された。ジョンソン・ストリート橋の下のゴージ水路だ。女性と見られる遺体で今、引きあげられてる最中だ。現場にいる検死官と病理学者とそのチームには、ハーヴェイ・レオ刑事が同行してる。あたり一帯の安全確保のために、制服警官たちも動員して——」誰かから話しかけられたのか、ブズィアクは一瞬口をつぐみ、再び話しだした。「被害者は一定時間、海水に浸かっていたらしい。行方不明のヴィクトリア大学の学生アネリーズ・ジャンセンではないかという憶測が広まってる。現場に行けるか？　君が行くとレオに伝えてもかまわんか？　レオには事件の指揮は君が執ると伝えてある」

ちょうどそこへ食事が運ばれてきた。「ランチドレッシング添えのベニーは？」ウエイトレスが重そうなほうの白い皿を掲げて尋ねる。

マドックスはウエイトレスに背中を向け、声を落とした。「現場はどこです？」

「ジョンソン・ストリートにある栈橋だ。ワーフ・ストリートの橋のすぐ下になる」

「十分で行きます」

「まさか行くつもりじゃないでしょうね？」マドックスが電話を切るなり、ジニーは言った。

「ジニー、本当に……すまない。この埋め合わせは別の機会にさせてほしい」

ウエイトレスはまだそこにいた。先ほどよりも大きな声で尋ねる。「ランチドレッシング添えのベニーは？」

「ここに残ったらいい。ブランチをとって――」

「いいの」ジニーはウエイトレスのほうを向いた。「もうさげて。いらないから」

「紙袋に入れて……持って帰る？」ウエイトレスが訊く。

「いいえ」ジニーはぴしゃりと答え、椅子を勢いよく後ろに押しやった。弾みで背後に座っていた女性客に椅子がぶつかった。ジニーがコートをつかむ。「ねえ、わかる？　こういうことよ。これこそお母さんが耐えられなかったことだわ。家族団欒の時間を持とうとすると、いつも誰かが〝殺人事件が起きた〟って邪魔をする。お母さんがピーターとつきあうようになったのはお父さんのせいだわ。お父さんのせいでお母さんは恋人を作ったの。お父さんはいつだって自分の家族よりも死んだ人たちのほうが大事なんだもの！」

いつしか、まわりにいる客たちは静まり返っていた。

ジニーは乱暴にコートを着ると、肩からバッグをかけて店の出入口へ向かい、ドアを大きく開いた。マドックスはテーブルに急いで現金を置き、自分のコートを手に取って、大股でジニーを追って店の外へ出た。

「ジニー！」娘に向かって叫ぶ。「車で送って――」

「いい。これから友だちと会う予定だから」

マドックスが見守る中、ジニーは枯れ葉で滑りやすくなった歩道を早足で立ち去っていく。強風にコートをはためかせながら、ジニーは角を曲がって姿を消した。その場所にある街灯には、先日の選挙戦のポスターがまだ貼られている。マドックスは大きく息を吸いこむと、コートのポケットに手を突っこみ、車へと向かった。

運転席のドアを開けたとたん、悪臭が鼻を突いた。犬のおしっこのにおいだ。

「おいおい、ジャック=オー、どういうことだ？」

後部座席で眠りこけていた年老いたジャックラッセル・テリアが頭を持ちあげ、マドックスを見つめた。穏やかなまなざしだ。つい最近受けた二度目の手術で切断した後ろ脚の傷口が、まだ生々しいピンク色をしている。ジャック=オーは床に置かれた新聞の上におしっこをしていた。

マドックスは悪態をついて車へ乗りこむと、みぞれが降っているというのに窓という窓を全開にした。今は汚れた新聞を捨てる場所を見つけている時間がない。車をバックさせながら思わずぼやく。「なあ、ジャック＝オー、あともう少し待てなかったのか？」

愛犬は小さなため息をつくと、目を閉じ、毛布にくるまって再び眠りに就いた。

マドックスは車で殺人現場へ向かった。

8

ヴィクトリア市警性犯罪課では、大きな部屋に捜査員の金属製のデスクを班ごとに寄せて設置していた。それぞれの周辺に置かれた可動式の棚に、これまで担当してきた事件のバインダーやファイル類が収納されている。アンジーは性犯罪課に所属する刑事十六名のうちのひとりであり、彼らは四班に分かれて仕事をしていた。刑事たち十六名に加え、訓練官、暴力犯罪連鎖分析システム統括官、分析官がそれぞれ一名ずつ、さらに助手二名を束ねているのがマシュー・ヴェダー巡査部長だ。彼のガラス張りのオフィスは、四つに分けられたデスクの脇にある通路に面して配されている。

アンジーが足を踏み入れたとき、オフィスには誰もいなかった。ダンダンとスミス――彼女と同じ班の捜査員二名――は夜勤明けですでに退署していた。アンジーはコートをフックにかけ、濡れた帽子を脱ぐと自分のデスクへ放った。その足でまっすぐファーニホウとリッターの事件ファイルが保管されている棚に向かった。すぐにファイルボックスを見つけだし、重いボックスを自分のデスクまで運んで開けた。

「パロリーノ！」

アンジーが顔をあげると、上司であるヴェダーが新聞を片手に、ガラス張りのオフィスの入口に立っていた。

「ホルガーセンはどこだ？」

「さあ、トイレか、煙草(たばこ)か……私は知りません」

「こっちへ来てくれ」ヴェダーが顎で示した。「確認したいことがある」

アンジーはファイルの確認をあきらめ、ヴェダーのあとからガラス張りのオフィスへ入った。彼は後ろ手にドアを閉めるなり、デスクに新聞を叩きつけた。『シティ・サン』だ。

「君とホルガーセンがこの事件を担当したのは昨日の夜だ。今はまだ朝の九時半にもなっていない。それなのに、一面に君たちの写真が載ってる。私はフィッツに非難されて、フィッツはシンに非難されてと、ガンナー署長の指揮命令系統を全部さかのぼっていってる。『シティ・サン』に情報をもらしたのは君か？」

アンジーは視線を落とし、ヴェダーのデスクに置かれた新聞を見た。一面にでかでかと太い黒文字の見出しが躍っている。

〝ロス・ベイ墓地で性的暴行——若い女性が昏睡状態〟

見出しの下には、例の身元不明の少女を救急車の後部へ運びこんでいる救急救命士ふたりの写真が掲載されていた。その下に、もう一枚写真があった。聖ユダ病院から出てきたアンジーとホルガーセンの写真だ。黒いウールの帽子をかぶったアンジーは強烈なカメラのフラッシュをたかれ、幽霊みたいな青白い顔に厳しい表情を浮かべている。目の下ににじんだマスカラと赤すぎる唇のせいで、まるで妄想に取り憑かれた薬物依存症者だ。ホルガーセンも似たようなものだった。落ちくぼんだ頬と骨張った顔、うつろな目は薬物依存症にしか見えない。アンジーはタブロイド紙をつかみ、記事の内容に目を通した。

〝現在、ヴィクトリア市警性犯罪課の刑事たちが被害者の身元を特定し、近親者に連絡しようとしている。被害者がアネリーズ・ジャンセン——二週間前に大学から突然姿を消したヴィクトリア大学の学生であり、地元の著名な実業家スティーヴ・ジャンセンの娘——であるかどうかについては言及していない……先の選挙で選ばれた新市長ジャック・キリオンが、急増する犯罪の撲滅を公約に掲げたことに加えて……〟

「嘘でしょう？」アンジーは新聞から顔をあげた。「あの記者はキリオンを、今回の事件と無理やり結びつけようとしているんですか？」

「この街のメディアはこぞってこの記事を取りあげるだろう。今後一時間以内に、手がつけられない状態になるはずだ。ともかくこの記者に性的暴行だと教えたのは誰だ？」

「彼女は無線傍受機を持っているようです。自ら墓地へ行って、自分の目で現場の様子を確かめたんです。救急救命士のうちのいずれか、あるいは病院の誰かと話したんでしょう。どちらなのかはわかりませんが」

ヴェダーがため息をつき、ここ半年でとみに薄くなりだした髪に片手を差し入れた。

「よし。だったらこれまでにわかったことを報告してくれ。今後何が必要だ？　被害者は誰なんだ？」

「身元はまだ判明していません」

「だったら、なぜこの記者はこんなことを書いてる？　君が彼女に身元がわかったと言ったのか？」

「それは否定しません」アンジーは新聞をデスクに放った。

ヴェダーが悪態をつく。「近親者へ連絡をつける方法を捜しだすんだ、パロリーノ。

彼女は誰かの子どもだし、誰かの姉妹かも――」

「そんなことくらいわかってます」アンジーはぴしゃりと反論した。

「だったら、もっとましな話を聞かせてくれ」ヴェダーは新聞に掲載されたアンジーとホルガーセンの写真に指を突きつけた。「賭けてもいい。署長は君の顔写真がまた一面に載ることを望んでなかったはずだ。もちろん、私もだ。君は市警、とりわけわが性犯罪課の問題を象徴するイメージキャラクターになってるからな」

アンジーは激しい怒りを覚え、歯を食いしばった。「やめてください。よくもそんなことが言えますね。ハッシュの身に起きたことは……私のせいじゃありません。私ははっきりと――」

「わかった、わかった」ヴェダーは降参だとばかりに両方の手のひらを掲げた。「君の言うとおりだ。すまなかった」またしても悪態をついてもう一度髪に片手を差し入れると、窓に向き直り、しばし無言で立ちつくす。アンジーに背中を向けたまま、窓枠に打ちつけるみぞれを見つめていた。ふたりのあいだの緊張がいやおうなく高まっていく。アンジーは鼓動が乱れ、緊張でうなじがこわばった。

「お言葉ですが」アンジーはどうにか冷静さを保ち、静かな声で言った。「この話をもらしたのは私ではありません。この女性記者は病院の外で私たちから無理やり話を聞きだそうとしたんです。とにかくはっきり言って、あのときはこんな一大事になるとは考えませんでした。この種のタブロイド紙の記事の半数は捏造（ねつぞう）されたか、偏っているか、根拠のないものであることがほとんどです。世間の人だってそれを知ってるはずです」

ヴェダーはゆっくりとうなずき、体の向きを変えるとアンジーと目を合わせた。

「すまない、アンジー」声の調子を和らげて言う。「われわれ全員、ハッシュがいなくなって寂しいんだ……それに今は緊張が高まってる。みんな、ガンナー署長がくびになるんじゃないかと戦々恐々としているんだ。署長の道連れになるのが誰かもわからない。もしかすると、次にくびになるのは私かもしれない」彼は口をつぐんだ。「君は大丈夫か？　ホルガーセンの仕事ぶりはどうだ？」

「まだ判断するには早すぎます」

「あいつはいい刑事だ。きっとなんとかなる」

アンジーは息を吸いこんだ。「はい」

「それで、これまでにわかったことは？　聞かせてくれ」

「今回の性的暴行事件は、以前に起きたファーニホウとリッターの事件と関連があるかもしれません」彼女はヴェダーにふたつの事件の概要を伝え、今回の事件との類似点を指摘しようとした。ところが説明し終える前に、オフィスのドアがノックされた。

「入れ」ヴェダーが大声で言う。

ドアが開き、制服警官が入ってきた。「身元不明の少女の母親が名乗りでました」警官は興奮に目を輝かせている。「今、聖ユダ病院にいます。母親の名前はローナ・ドラモンド。今朝の新聞の見出しを見て、慌てて病院へ駆けこんできました。土曜の夕方、ベーカリーショップへアルバイトに出かけたはずの娘が帰ってきていないと泣き叫んでます」

近親者に連絡がついた。皮肉にもあの記者、メリー・ウィンストンのおかげで……。

「どのベーカリーショップ?」アンジーはきびきびした口調で訊いた。

「〈ブルー・バジャー・ベーカリー〉です。ジョンソン・ストリート橋の反対側にあります。従業員によれば土曜の夜、その子は店に現れず、携帯電話にかけても出なかったそうです」

アンジーは制服警官の脇をすばやくすり抜け、ヴェダーのオフィスから出た。「ホルガーセン!」デスク脇にあるフックからコートをつかみ、区切られたオフィスを進みながら叫ぶ。「ホルガーセンはどこ?」大声で尋ねながらコートの袖に腕を通し、バッグを手に取った。

「外で煙草を吸ってます」部屋の反対側から、制服警官の声がした。

まったく。アンジーは腕時計を確認し、男性警官に向き直った。「もし見かけたら、聖ユダ病院で落ちあおうと伝えておいて」

パートナーを置き去りにしたまま、建物から出た。車に乗りこんだとき、携帯電話が鳴った。彼女はギアを入れながら、ハンズフリー通話で応じた。

「こちらパロリーノ」車をバックさせながら大声で言った。

「アンジー？」

父だ。しまった、すっかり忘れていた――今日は母の私物の残りをふたりで移動させる予定だったのに。本当なら一時間前に、実家へ着いていなければならなかった。

「父さん……今日は行けそうにないの。どうしても。大きな事件が起きて――」

「わかった、わかった」父が答えた。「おまえは来ないだろうと思っていた。いつもそうだ。何かから逃げているからな、アンジー」

父は電話を切った。

アンジーは目に涙がこみあげるのを感じながら、車で通りに出た。

9

マドックスは警察が立ち入り禁止テープを張りめぐらせた区域に車を近づけ、窓をおろした。

市警のパトカーがワーフ・ストリート沿いにずらりと並んでいる。車両の上の警告灯がまぶしい。みぞれが降りしきる中、鮮やかな黄色のジャケット姿の警官たちが海岸地域からやってくる車を住宅方面へ迂回(うかい)させている。バリケードに沿って、大勢の野次馬が集まっていた。

マドックスは立ち入り禁止テープの前に立っていた巡査に、市警の真新しい身分証を見せた。先週、人事部で正式な書類に署名をした際に支給されたものだ。車の中でジャック=オーが吠(ほ)えると、巡査が車をのぞきこんだ。

「新しい警察犬(K・9)ですか?」

「いや、飼い犬だ。小便のにおいがしてすまない」

巡査は曖昧な笑みを浮かべてあとずさりすると、立ち入り禁止テープを脇へずらして案内した。「あの道を下ってください。ジョンソン・ストリートの分岐点の手前にある狭い場所です。現場保存のために非常線が張られています。あの煉瓦造りの建物の向こうにある土手をおりていくと、桟橋に出られます」

駐車場にも立ち入り禁止テープが張られていたため、マドックスは再び身分証を見せた。テープの前に立っていた別の巡査が、マドックスの名前を犯罪現場シートに書きこんでいる。マドックスは鑑識班のバンの後ろに車を停め、ジャック=オーをちらりと見た。

「いい子にしていてくれよ。戻ってきたら、おまえの好きなようにしていいから。明日はペットシッターを頼むから今日のところは辛抱してくれ」

なんの反応も返ってこない。

ジャック=オーのために少し窓を開けると、マドックスはグローブボックスから野球帽を取りだした。傘を〈ブルー・バジャー・ベーカリー〉の傘立てに置き忘れてしまったため、野球帽をかぶって車から出ると、たちまち強風にさらされ、コートがはためいた。頬に冷たいみぞれを受けながら、濃い色のセダンの脇を通り過ぎる。ダッシュボードには〝検死官、任務中〟という表示が立てかけられ、横にある開いたボックスに食べかけのひと口大のドーナツ(ティム・ビッツ)が放置されていた。これぞ王道の朝食だ。それを見たとたん、自分が何も食べていないことを思いだした。娘とのデートもランチドレッシング添えのベニーもあきらめるしかなかった。

とりあえず、煉瓦造りの建物のまわりを歩いてみる。どれも今は使われていない。窓は板でふさがれ、苔が生えた壁には落書きがされ、〝賃貸物件〟という大きな看板が掲げられている。奥まった場所にある戸口には、ホームレスたちが残していったごみが積み重なっていた。ガラスの破片にウオツカの空のボトル、ビールの空き缶、煙草の吸い殻、段ボール、誰のものかわからない衣類などだ。

マドックスは建物の前で一瞬立ちどまり、眼下に広がるゴージ水路を見つめた。海が波立っている。L字型に突きでた桟橋の向こう側には市の消防隊の船――鮮やかな黄色の船体に黒い縁取りがされている――が二艘(そう)、波に揺れながら停泊していた。全天候型の服に野球帽をかぶった消防隊員たちが船べりから海に身を乗りだし、引っかけ鉤(かぎ)で海から何かを引きあげようとしている。もうひとり、別の隊員は水中の様子を探知機で探っているようだ。おそらく海に潜っている隊員のパートナーなのだろう。桟橋のもう一方の側では、流出しないよう網場の中におさめられた材木が穏やかな波間に浮かんでいる。

その全景を見おろしているのが、青くてとてつもない大きさのジョンソン・ストリート橋だ。霧の中にぬっと姿を現した、巨大な海獣のようだ。橋を通り過ぎる車のうなる音が聞こえてきた。

背が高くて痩せた男と体格のいい女性が桟橋に立っている。どちらも〝検死官〟と記された黒いジャケットを羽織り、野球帽をかぶっている。検死官ふたりの脇で、屈強な体つきの男がぶらついている。コートのポケットに両手を突っこみ、髪は真っ白だ。彼がハーヴェイ・レオ刑事だろう。

海辺へ向かう土手の傾斜は急だった。マドックスは土手を覆う草で足を滑らせながら、水際へとおりていった。そのとき、霧笛が聞こえた。橋の下、金属くずをうずたかく積んだ一艘の船がこちらへ近づきつつある。そのせいで、大きな波のうねりが桟橋に向かって押し寄せていた。大波が打ち寄せられるたびに、桟橋が大きく揺れている。おまけに網場内の材木も互いにぶつかり、あたりはさらに波立っていた。

「ちくしょう！」白髪頭の男が怒鳴ると、金属くずを積んだ船を指さした。「誰か巡視船をゴージ水路に手配して、あのいまいましい船を止めてくれ！　あと少しで遺体を引きあげられるところなのに……このままだと、また海底に沈んでしまう」男は振り返り、桟橋沿いに近づいてくるマドックスを見つめた。マドックスが三人の前にたどり着くと、白髪頭の男は言った。「てことは、あんたがホースメンからやってきた新入りだな？」

「ホースメン？」マドックスはわからないふりをし、あたりをさりげなく観察した。

「カナダ騎馬警察だよ。あそこのパトカーには小さな青い馬（ホース）のロゴがついてるだろう？」

「ああ、たしかに。ジェームズ・マドックス巡査部長だ」マドックスは手を差しだした。「君がハーヴェイ・レオだね？」

年長の警察官は一瞬、澄んだ青い目でマドックスを値踏みするように見つめると、ゆっくりと手を伸ばし、マドックスの手を握りしめた。

「ああ、そうだ」レオの肌は冷えきって、ざらざらしていた。がっちりとした握手も、ごつごつした顔つきも、いかにもこの男らしい。「こっちはチャーリー・アルフォンス、検死局の検死官だ」レオが身ぶりで、長身で痩せた男を指し示した。「それから彼女は病理学者のバーブ・オヘイガンだ。オヘイガンはこの事件のために、今日は特別に現場へ来てもらった」

アルフォンスはひょろっとしていて顔が小さく、鋭い鉤鼻の持ち主だった。オヘイガンは六十代後半くらいに見える。明るい茶色の目をしていて、小さな樽（たる）のような体つきで、野球帽から短くカットした白髪が突きでていた。マドックスは彼らとも挨拶を交わした。

「今、どうなっている?」マドックスは体の向きを変えて二艘の船を見た。どちらの救助船も栈橋をまわりこみ、網場のある、波が比較的穏やかなもう一方側――今は金属くずをのせた船のせいで材木がぶつかりあっている――へ向かいはじめていた。

「遺体は栈橋のはるか向こうから流れてきた。引っかけ鉤を使ってあと少しで遺体を収容できるというタイミングで大波がやってきて、遺体を海中深くへ遠ざけてしまったんだ。おかげでダイバーを呼ばなければならなくなった。そして今、あの金属くずを積んだ船が進んできたために、遺体は栈橋の下へ、さらに流れが穏やかなほうへ押し流されてしまった。あの網場でぶつかりあっている材木の下のどこかにあると思われる。しかもこの時間は潮の流れも速い」

「遺体は女性なのか?」

「まだわからない。遺体はうつぶせのままだ。ただ褐色の長い髪をしてるから、女の可能性が高い」レオはそう言うと、探知機でダイバーの位置を確認するために、ぶつかりあう材木近くの鈍色(にびいろ)の海面へワイヤーを垂らしている隊員を見つめた。「まったく危険きわまりない。材木の下に潜るなんて、氷の下に潜るよりも最悪だ。だからふたり組のチームが必要になってくる。ひとりが海上でああやって誘導してやれば、ダイバーも安心して作業ができるからな。いつ襲いかかってくるかわからない材木の下でも」

「おまけに海底には、数メートルにも及ぶ沈泥を始めとする堆積物がある」アルフォンスがそう言ったところで、携帯電話が鳴りだした。「失礼」桟橋に沿って向こうへ歩きだし、橋の防護カバーの下で立ちどまると電話に出た。短い会話を終えると、アルフォンスは叫んだ。「くそっ！　積雪のせいで、マラハットで衝突事故が起きた。すぐに向かわなければならない。ここを任せてもかまわないか？」

「ええ、行って。私たちは大丈夫だから」オヘイガンが叫び返す。

マドックスは両手と両膝をついて、桟橋の下をのぞきこんだ。支柱にはべとべとした汚れやイガイ、カキなどがこびりついていて、どのパイロンも先が鋭く尖っている。

「今ではゴージ水路も安心して泳げるほど水がきれいになったって言われているけれどね」オヘイガンはマドックスを見ながら言った。

「嘘つけ！」レオが大声で言った。「いまだに下水が海に流されてるんだ。下水が潮流にのってゴージ水路に押し流されないって、どうして言いきれる？　あの遺体だってそうやってここに流されてきたのかもしれん」

マドックスは立ちあがり、桟橋の外側をまわりこみながら周辺地域を観察した。背後には街が広がっている。左側にはマリーナをいくつか兼ね備えた港と水上機用の空港があり、右手にはジョンソン・ストリート橋とカヤッククラブがあった。水路の向こう側の濃い霧の中にはアパートメントが立ち並んでいる。

「あんたは殺人課の行列に割りこんできただけじゃない。ブズィアクはこの捜査の指揮をあんたに執らせたがってる」レオはマドックスの脇に立って言った。

「殺人課に行列があったとは知らなかった」マドックスは答えると、頭上に広がる巨大な橋に目を走らせた。

「市警内にも殺人課への異動を希望していた者が少なくとも六人はいる。全員が地元出身で、この街のすべてを知りつくしてるやつばかりだ。それに性犯罪課の女刑事にもひとり、殺人課の刑事になりたがっているのがいる。まあ、あいつは永遠になれないだろうが」

彼らはこちらの事情をほとんど知らない。

マドックスがこの仕事を選んだのは、出世を狙ってではない。横滑りの人事異動ですらない。本来なら、もとの職場でさらなる昇進を果たすべきだった。あのままとどまれば、デスクに座ったまま現場の警察官たちを指揮する地位にまでのぼりつめていたはずだ。実際のところ、本土では、今のブズィアクに相当する地位に就いていた。だがジニーのそばにいたい一心でここに移った。どうにかして過去のもろもろから逃げだすためだ。妻に恋人がいる事実からも、厄介な離婚手続きからも逃げだしたかった。不快なもの、わずらわしいものにはうんざりだ。そんな現実から逃避したかったのかもしれない。あるいは単に気晴らしが必要だったのかもしれない。どちらにせよ、どうしてもこうする必要があった。

バーブ・オヘイガンが口を挟んだ。「でも、あなたたち全員が窓際族みたいにデスクに座って、鉛筆を削ってパズルを解いて、まずいコーヒーを飲みながら大きなお尻をかいていたら、彼女だって見つけてもらえないわ。そうでしょう、レオ？」

レオは鼻を鳴らし、小柄でずんぐりした病理学者に向かって頭を傾けた。「まったく、この無愛想な医者ときたら口が減らねえな。ところであんたはいつ引退する予定なんだ、バーブ？」

「私がいなくなったら、あなたはどうやって殺人事件を解決するつもりなの？　機会さえあれば、パロリーノがあなたの大きなお尻に鞭(むち)をあてにやってくるわよ」

「ああ、そうだな。パロリーノはチームプレイヤーってタイプじゃない。あの女は……人嫌い(ミサンスロープ)だし、男嫌い(ミサンドリスト)だ。それなのに、どうしてあんたたちふたりは仲がいいんだ、バーブ？」

「ふん、難しい言葉なんか使っちゃって。どうせ今朝、たまたま知った言葉なんでしょう？」

ふたりのやり取りを聞きながら、マドックスは心に刻みつけた。このふたり組はおもしろいかもしれない。あるいは問題を招く危険性もある。マドックスは橋に沿って歩きながら、巨大な建築物を見あげた。西側に伸びているのは十メートルほどだが、東側には二十メートルを超える長さのコンクリートが伸びていた。「遺体を最初に発見したのは誰なんだ？」

「橋の下の土手で寝泊まりしていたホームレスの男だ」レオが答えた。「漂流している遺体を見て半狂乱になって、あそこにあるボックスで仕事をしてた橋のオペレーターに知らせたんだ」彼はその場所を指さした。「海上交通のために橋の上げ下げをしているオペレーターだ。オペレーターからも、震えあがっているホームレスからも供述を得ている。ホームレスのほうは駐車場に停めた車に乗せてある」

「遺体になった人物は橋から飛びおりたのか？」

「いや、それは絶対にありえない。遺体はビニールシートで覆われて、腸詰めみたいになってたんだ。見ればわかる」

「やった！」救助船にいる隊員のひとりが鋭く口笛を吹いた。「遺体を確保した！ダイバーが今、引きあげている！」

マドックスたちは体の向きを変え、ダイバーチームが活動している船を見た。材木が浮かぶ中、船上にいる隊員が画面上で、ダイバーの位置情報を慎重に確認している。今では海に濃い霧がかかっているうえ、空からは先ほどの倍ものみぞれが降り注いでいた。しかも橋の下、金属くずをのせた船は相変わらず前進している。そのせいで海には大波が立ち、桟橋の下にもさらなる波が押し寄せて、材木が回転して激しくぶつかりあっている。

「ちくしょう！」レオが叫ぶ。「港湾警備隊はどこだ？　あのいまいましい船を止められないのか？　あれじゃあ、ダイバーが死んでしまう」

そのとき灰色の海面に銀色の波が立ち、ダイバーの頭が現れた。ゴーグルがきらきらと輝いている。ダイバーはビニールシートでぐるぐる巻きにされたものを脇に抱え、桟橋めがけて泳ぎだした。マドックスとオヘイガン、レオが桟橋の先端へ駆け寄る。三人は無言だった。遺体はまだうつぶせのままだ。波の勢いにのって体全体が浮かびあがっている。頭部のあたりでは海藻がからみついた髪が揺れていた。ダイバーが近づいてくるにつれ、マドックスたちにも被害者の頭蓋骨後部に深い溝のごとくはっきりと、二本の傷跡が平行についているのが見えた。まるで斧で頭をかち割られたかのようだ。首から下は、厚い不透明な物質で覆われていた。ポリエチレンの防水シートのように見える。ロープがきつく巻かれているのだろう。遺体の首に巻かれた長いロープが、数メートルにわたって海面に浮かんでいる。

「腸詰めみたいになってたと言ったのは、冗談でもなんでもなかったんだな」マドックスは静かに言うと、ゴム手袋をはめた。桟橋の先端にうずくまり、近づきつつあるダイバーを待つ。オヘイガンもゴム手袋をはめ、マドックスの横にしゃがみこんだ。

レオはその脇に立ち、ポケットに両手を突っこんだままダイバーを見つめている。遺体がよく見えるようになるにつれ、マドックスの全身に寒けが走った。

ビニールシートの下にある遺体は全裸だ。肌が異常なほど白い。異星人に見える。カブトムシの幼虫のようだ。

「写真係をここへ」マドックスはレオに言った。レオがうなり声をあげ、向きを変えて写真係を呼びに行く。橋の下に避難していた写真係が桟橋に駆け寄ってきた。途中で滑りそうになり、体のバランスをどうにか立て直す。

「間抜けな新人め」レオはつぶやくと、ポケットに両手をさらに深く突っこんだ。写真係が海に漂う遺体の写真を何枚も撮りはじめる。遺体安置所の男ふたりが金属製のかごと遺体袋を持参し、桟橋へやってきた。

「彼女の後頭部の写真をアップで撮ってくれ」マドックスは写真係に言うと、被害者の頭蓋骨の傷跡を指した。

フラッシュがたかれる。霧がいっそう深まり、霧笛が鳴らされた。

「被害者はボートのスクリューで切りつけられた可能性もあるわ」オヘイガンはそう言うと、遺体をよく見ようと身を乗りだした。「溺死の場合、さほど珍しいことじゃない。特に被害者がボート脇から海に落ちた場合は、後部にあるスクリューに巻きこまれる可能性は高い。もしそうだとしたら、ボートはそんなに大型ではないはずよ。大型船だったら、体が細かく切り刻まれているはずだもの。タグボートみたいな小型船のスクリューなら、遺体の傷も離れてつく傾向にあるの。あるいは被害者は船から転落したのではないけれど、ある程度の時間海の底に沈んでいて、ガスのせいで再び浮きあがってきた可能性もある。そして偶然通りかかったボートのスクリューで、体を傷つけられたのかもしれない。そうやって再浮上した場合、遺体はうつぶせになることがほとんどなの。この被害者みたいにね。しかも裂傷が後頭部から首、肩、臀部(でんぶ)にかけて広範囲に及ぶことが多い。さあ、被害者を引きあげて」

「もう少し人手が必要だ、頼む」マドックスが言うと、桟橋に遺体袋を運んできた遺体安置所のふたりも遺体の引き上げを手伝った。被害者をそっと遺体袋の中へおさめる。遺体のまわりに大量の水がたまった。被害者の首に巻かれたロープの長さは三メートルほどあり、ロープの先端はぼろぼろにすりきれ、黒ずんでいた。おそらくエンジンオイルのせいだろう。

さらに写真が撮影される。彼らは遺体を仰向けにした。

「くそっ、なんてこった」レオがとっさに一歩あとずさりした。

その場にいる誰もが息をのんで遺体を見つめる。

被害者の頭蓋骨に皮膚らしきものはほとんど残っていなかった。落ちくぼんだ部分から眼球や意味不明な何かが突きでている。その周辺の皮膚組織はかけらも残っていない。たぶん食いちぎられたのだろう。鼻もない。頬の部分には穴が空いている。唇も残っておらず、頭蓋骨は苦笑いしているかに見えた。

「ちくしょう、水に浸かった死体はこれだから嫌いなんだ」レオが低い声でぽつりと言う。

「いわゆる〝人食い〟ね」オヘイガンが静かに口を開いた。まだしゃがみこんだまま、被害者の顔を熱心に観察している。「たとえば魚類や爬虫類(はちゅうるい)、甲殻類、動物、無脊椎動物といった多細胞生物が人肉を摂取するのは自然な現象だわ。とはいえ、新米のダイバーなら、こんなひどい遺体を引きあげるのには大きなショックを受けたはずよ」

そのとき、遺体の口から小さな生物がずるずると這いでてきた。

「うへっ」レオが言う。

「遺体がこれほど激しい損傷を受けるにはどれくらい時間がかかるものなんだ？」マドックスは訊いた。「被害者が海の底にどの程度の期間沈んでいたのか、知る手がかりはないか？」

「いくつかの要素によるわね。被害者がどこで海中に入ったのか、どのあたりまで流されたのか、あとは気温や潮の流れ、それに周囲にどんな種類の海洋生物がいたかで違ってくる。たとえばフナムシは旺盛な食欲の持ち主よ。人の体のいかなる穴、つまり肛門（こうもん）や口、耳、鼻、それにこの被害者の頭蓋骨にある開いた傷口なんかから入りこんで、軟部組織から容赦なく体の奥深くへ侵入しようとする。眼球のまわりから入って、まぶたや唇、耳、鼻を食べてしまう。ひとたび人体の中に入ると、フナムシは栄養源が枯渇するまでとにかく食べつくすの。何かに邪魔されない限りずっと。小エビならそれを十六時間内にやり遂げられるし、一週間以内に人の体をほぼ骸骨に近い形にしてしまう。とにかくもっとよく理解するために、遺体を私のオフィスへ運ばないと。前後関係が詳しくわかれば、捜査の助けにもなるはずだわ」

顔の皮膚がほとんど残っていないせいで、被害者が男性なのか女性なのか、すぐには判別できない。とはいえマドックスはビニールシートの下にある被害者の胸がふくらんでいて濃い色の乳首があることに気づいていた。袖口で、濡れた眉からみぞれを振り払う。

「ビニールシートに覆われてる部分は、さほど傷ついていないように見える」マドックスは言った。

「少なくとも最初の二十四時間は、衣服が人体を守る役割を果たすものなの」オヘイガンが答えた。「頭部は別にして、被害者の上半身はこのポリエチレンに覆われていたおかげで、良好な状態に保たれているみたいね。シートが首のまわりにきつく巻きつけられているから。上半身の状態を見る限り、被害者はさほど長時間海水に浸かっていたとは思えない」

「被害者の体にはこんなにきつくシートを巻きつけてるのに、なぜ頭部を露出したままにしたんだろう？」マドックスはぽつりと言った。ほかの誰かに向かってというよりは、むしろ自分自身に問いかけるような口調だった。手袋をはめた手でビニールシートに触れてみる。その下にあるものをもっとよく見たい。

オヘイガンは小さな懐中電灯で、被害者のむきだしの顎を照らしだした。「ずいぶんとお金をかけて整えられているわね。被害者の歯は全部、白く見せるようにラミネートベニアが貼りつけられているし、ところどころブリッジ治療もされている。それにこの遺体は死後硬直を起こしていない。内部温度を調べるためにシートを切り取るか、シートに穴を空ける必要があるわ」

「このビニールシートも、ロープも、中に入っているものも、すべてひっくるめて犯罪現場の証拠だ。遺体安置所へ運びこむまで、何もいじりたくない」マドックスはきっぱりと言った。

オヘイガンは不満そうに唇をすぼめ、自分に許された選択肢をあれこれ考えている。レオは重々しい沈黙を守ったまま、遺体を見つめている。激しいみぞれが彼らに容赦なく降りかかっていた。

「もう一枚、この首に巻かれたロープの先端の写真をアップで撮れるか？」マドックスは写真係に指示を出した。「ロープの先端がスクリューか何かに巻きこまれたように見える。もしかするとこのロープがすりきれるか断ちきられる前に、被害者はインナー・ハーバーに引っ張りこまれていたのかもしれない。ロープが切れたあと、潮の流れに運ばれてここに流れ着いた可能性もある」

「そうなると、被害者はあらゆる場所で海水に入れられた可能性が出てくるな」レオが言った。「もし再浮上して、ボートに巻きこまれたとすれば――」

「もういいでしょう」オヘイガンがバッグを閉めながら言った。「こうして眺めているだけで死後経過時間の推定が難しくなる。さらなる情報を何も得られなくなるわ」

「そうだな。さあ、被害者を運んでくれ」マドックスは立ちあがった。遺体安置所のふたりが、シートに巻かれたままの遺体――頭部だけ損傷がひどく、白骨化している――が収納された遺体袋のファスナーを閉める。それから遺体袋を持ちあげて、ステンレススチールのかごに入れた。

「遺体安置所で、この遺体を解剖するときにまた会いましょう」オヘイガンは立ちあがり、バッグを手に、運ばれていく遺体のあとを追って立ち去った。

レオはポケットにまだ両手を突っこんだまま、去っていく彼らを見送った。「勤務初日が自分のくびを切（カット・アウト）られるかもしれない仕事になるとはな？」

マドックスはレオを一瞥した。レオが冷たい青い目でこちらを見あげ、目をまともに合わせてくる。マドックスは気が滅（め）入った。新市長の華々しい公約を考えると、この事件の処理に失敗した場合、自分は殺人課のいけにえになりさがってしまうだろう。ブズィアクが新入りの刑事にこの事件の捜査の指揮を任せたのは、そういう思惑があったからかもしれない。

「レオ、潜水チームから話を聞いて、報告書をあげてくれ」マドックスは淡々とした口調で言った。「ダイバーが海の中で目撃したことをすべて聞きだすんだ。彼らの意見はもちろん重要だが、報告書ではあくまで意見のひとつとして記すようにしてほしい」手袋を脱ぎ捨てた瞬間、手首に燃えるような痛みが走り、突然〈フォクシー〉での記憶がよみがえった。行為の最中、ベッドのヘッドボードに手首を縛りつけられたのだ。アンジーという赤毛の女。なんと謎めいた女だったのだろう。突然彼の手首をくくりつけ、激しく体を交えた。彼女のことが頭から追いだせずにいる。今朝ジニーに会いに行く前、最初にかけたのはアンジーの携帯電話の番号だった。応答はなし。だから留守番電話にメッセージを残した。メッセージを残すなどというのは愚かなことに違いない。そもそも、なぜあのクラブへ行ったのかさえよくわからない。またしても精神科医が大喜びしそうな話だ。だが今はそんなことはどうでもいい。さっきのレオの言葉には一理ある。これからしばらくは昼も夜も費やし、自分がこの仕事に向いている(カット・アウト)ことを証明すればいい。マドックスは脳裏からあの女性を振り払い、桟橋に沿って早足で歩きだした。

「さっきも言ったが、水に浸かった死体は嫌いだ」レオが重い足取りであとからついてくる。「フナムシに食いつくされた被害者の身元がわかったら、家族に電話をかけることになる。解剖台では、被害者の体の穴から、ほかの虫もくねくね這いでてくるだろう。言っとくが……そういった体の穴をすべて、家族に電話をかける前にもとどおりにしなきゃならない。それでも被害者の母親はその場で気絶する。遺体安置所の床に頭から倒れこむんだ。ああ、俺は本当に水に浸かった死体が嫌いだよ」

10

アンジーは集中治療室にいる女性をガラス越しに見つめた。背中を丸めて座り、娘の手を握りしめている。ドアに背を向けていて、カールした黒髪はもつれたポニーテールにまとめられていた。

ふと自分の母親を思いだした。すべての母親が、娘の身の安全を守るという重荷を背負わされている。母も今まで娘であるアンジーのことを、どれだけ気にかけてくれただろう。そう考えたとたん、胸を締めつける罪悪感に襲われた。本来なら今、自分は母と一緒にいるべきなのに——母の面倒を見ているべきなのに、状況が一変した。またしても時間が一気に飛んだかのような、うつろな気分に襲われる。何年もの歳月があっという間に過ぎてしまったみたいな感じだ。脳裏にちらちらと浮かぶのは聖マリア像だ。聖母はセックスによって汚されたりしない。心も体も清らかなままのはずだ。それなのに子どもを宿した——なんという茶番だろう。そう考えると、怒りがこみあげてきてしかたがない。聖母マリアに託された複雑なメッセージのせいで、社会は女性を軽く扱う。女性という性を繁殖活動や性行為の歓(よろこ)びに短絡的に結びつけ、排水溝のにおいのごとく不快でむかつくものと考える。〝みだらな少女〟〝ポルノ〟――脳裏に赤いイメージが広がる。血だ。口の中に突然、血の味が広がった。顔のまわりに生々しく粘ついているようだ。唇全体を切られたような痛みが広がっていく。唐突に、集中治療室にピンクのワンピース姿の女の子が現れた。被害者の母親のかたわらに立っている。アンジーの心臓はたちまち早鐘を打ちはじめた。女の子がゆっくりと振り向いてこちらを見つめたが、そこには顔がなかった。濃い赤の長い髪に縁取られた、ぼんやりとした白い光があるだけだ。女の子がアンジーに向かって手を伸ばす。脳裏にあのささやきが聞こえてきた。

〝森へ遊びに来て……遊びに来て……〟

幻視は出し抜けに消えた。氷のような恐怖が胸にどっと押し寄せる。アンジーはどうにか自分を取り戻すと、ドアを開けて室内に入った。医療機器がたてるさまざまな音に出迎えられた。

「ねえ、聞こえる?」女性が娘に語りかけている。「お願いよ。もし聞こえていたら、私の手を握ってちょうだい、グレイシー。お願いだから」

アンジーは女性に近づき、咳払いをした。「ミセス・ドラモンド、私は市警のアンジー・パロリーノ刑事です」

女性が顔をあげた。顔色は白く、目が落ちくぼんでいる。衝撃と悲しみのせいだろう。仕事柄、アンジーはこういう表情をいやというほど見てきた。とてつもない恐怖や信じられない思い、体面を傷つけられた落胆、何もできない無力感。日常生活が突然、凶悪犯罪によって中断されたとき、人はこういった表情をする。今までごく普通の生活を送ってきたごく普通の人がいきなり、警察官や医師、検死官、刑事弁護士たちと向きあわざるをえなくなるのだ。無数の質問をされるうえに、マスコミからも追いかけまわされる。これまでの人生では考えもしなかった人たちや出来事に対処しなければならなくなる。

「今朝、新聞を見てなんだか不安になって、この子の部屋に様子を見に行ったの。てっきりグレイシーは……部屋にいるものだとばかり思っていた。どうしてこんなことが？　こんなことが起きていたのに、どうして私は今まで知らなかったの？」

アンジーは目の前にいる母親に心から同情した。同時に猛烈な生々しい怒りも覚えた。かつてハッシュと自分の手をすり抜けた連続性的暴行犯をなんとしても捕まえたい。もし数年前にアンジーたちがあの犯人を逮捕していたら、この母親と娘もこんな病院の一室にいることはなかったかもしれないのだ。

「本当にお気の毒に」アンジーはぽつりと言った。

「お医者さんから聞いたの。その怪物が……私のかわいい娘に何をしたか……」こみあげる感情に言葉を続けられず、母親は涙を浮かべた。

「看護師から聞きました。お嬢さんはグレイスという名前だそうですね」

女性が震える手を口元に掲げた。「私のグレイシー……みんな、この子のことはグレイシーと呼んでいるの」涙をぽろぽろこぼしながら言葉を継ぐ。「グレイシー・マリー・ドラモンドよ。十六歳で、もうすぐ……」こらえきれず、すすり泣きながら体を震わせる。

「無理しなくていいんですよ」アンジーはためらいがちに母親の肩にそっと手を置いた。

だが母親はどうにか話を続けた。「十七歳になるの。十二月二十九日で。グレイシーが〈バジャー〉でアルバイトを始めたとき、親として同意書を書かなければならなかった。同意書を提出したから、あのベーカリーショップの仕事に就けたの。あの子は……お金がほしかった。私たちの生活は苦しかったから。本当なら娘を夜に働かせたり、仕事先へ行くバスにひとりで乗せたりすべきじゃなかったんでしょうね。でもこの街はとても安全だし、バス停はアパートメントを出てすぐの場所にあった。しかも夕方六時頃のバスで、そんなに遅い時間じゃない。ベーカリーショップに着けば、仕事が終わる翌朝五時まであの子は安全でいられる。それからバスに乗って家に帰ってくればいい。母親って娘にしゃれたものを買ってあげたいものでしょう？　でも私は自分のためにはもちろん、あの子にもそういうものを買ってあげられない。だからアルバイトを認めたの。実際、一年以上も……」片手を口に強く押しあてた。話しつづけようと必死に努力している様子だ。そうしていないと、なすすべもなくくずおれてしまうとばかりに。

「ミセス・ドラモンド、コーヒーでもいかがです？」アンジーは言った。「それか、お水は？」

ローナ・ドラモンドは首を振った。

「あなたにいくつか質問させていただきたいことがあるんです、ミセス・ドラモンド。この廊下の先に、人目につかないスペースがあります。そこのほうが話しやすいと思うんですが」

「グレイシーのそばからあまり離れたくないの。この子がひとりぼっちになってしまうから」

「廊下のすぐ向かいです。そこからこの病室のドアも見えますよ」

母親は立ちあがると、ぎこちない足取りで部屋から出た。

アンジーはローナを窓の下に椅子が数脚並べられたスペースへ連れていって座らせた。自分も反対側に腰かけ、手帳を取りだして口を開く。「ミセス・ドラモンド、最後にグレイシーを見たのはいつですか?」

ローナは額にかかるほつれ毛を押しやった。「金曜の午前中、私が仕事に出かける前よ。中心街にある介護施設で二十四時間のシフト勤務をしてるの。金曜の午後四時から仕事に入って、土曜の午後四時にあがったわ」彼女はしきりに唇に触れた。「いつもなら土曜の夕方、グレイシーが〈バジャー〉へアルバイトに行く前に顔を合わせるけど、昨日の夜……私はデートしてたの。その人とはつきあいはじめたばかりで……だから家に帰ってきたのは日曜の朝の早い時間で、すぐにベッドに入ったわ。今朝、いつもより遅い時間に起きて……それで新聞を見たの。すぐグレイシーの様子を確認しに行ったけど、あの子は部屋にいなかった。ベッドもきれいなままだった。だから……私のことを、ひどい母親だと思っているんでしょう? デートになんて行くべきじゃなかったんだわ。でも、ようやく自分の人生を取り戻しかけたように感じていたの」ポケットからティッシュペーパーを取りだし、大きな音をたててはなをかむ。

鼻が真っ赤になっている。目も腫れぼったい。「前に比べて少しだけ時間の余裕ができると……誰かいい人にそばにいてほしいって思うようになって……」言葉がとぎれた。ローナはすすり泣きに体を震わせている。

「ええ、わかります」アンジーは答え、ローナが再び顔をあげられるようになると続けた。「グレイシーは毎週土曜の夜、〈バジャー〉でアルバイトをしていたんですね？」

「ええ、あのベーカリーショップで夜勤に入ってたの」

「グレイシーと同じバスに定期的に乗っていた人を誰か知りませんか？　昨日グレイシーがバスに乗って、ベーカリーショップのあるバスの待合所でおりたのを目撃していそうな人に心あたりは？」

「いいえ。私には……わからない。ただバスの運転手はいつも同じ人だと思う。あの子が前に、運転手はゲイリーという名前だと話してたの」

「なぜグレイシーはゲイリーのことをあなたに話したんでしょう？」

「彼と仲がいいからよ。バスに乗ると、いつも名前を呼んで挨拶してくれるって言ってたわ」

「グレイシーはどちらの学校に通っていますか？」

「ダンイーグル高校よ」

「グレイシーは何か心配していませんでしたか？　最近、誰かにつけられている気がするとか？」

「いいえ、そんなことは……ないと思う。夜勤なんてさせるべきじゃなかった。認めたのがよくなかったんだわ。あの子がアルバイトをしていたのは、私がシングルマザーだからなんだもの」

「グレイシーの父親は……どこにいるんです？」

「私と離婚したあと、再婚して北のほうに住んでいるけど、正確な住所は知らないの。あいつが最後に養育費を払ったのがいつかも思いだせない」

「ずっと離れて暮らしているんですか？」

「ええ、グレイシーが九歳のときから」

「グレイシーはほかにもアルバイトをしていましたか？」

「いいえ、〈バジャー〉で週に一度だけよ」

「父親がグレイシーに直接お金を渡していたという可能性はありますか？」

ローナが顔をあげ、一瞬、目を見開いた。「いいえ、どうして？」

アンジーはローナと目を合わせた。「お嬢さんはゆうべ、高級ブランドのデザイナーブーツを履いていたんです」

「あの子は……自分でそのブーツを買ったのよ。アルバイト代で。そのために働いているんだもの。さっきも言ったとおり、何かしゃれたものを買うために」

「フランチェスコミラノのブーツ一足がどれくらいの値段か知っていますか？」

「いいえ……それってどういうこと？」

「たぶんお嬢さんの一日分のアルバイト代よりもはるかに高額なはずです」

ローナは青ざめたが、すぐに目を光らせた。「きっと誰かのお古を買ったんだわ。あの子はよく中古品を買ってたから。それか、誰かから借りたのかもしれない。ああ、どうしよう？　そんなこと、全然気づかなかった」

「あなたが新しくおつきあいしているデート相手の名前は？」

「まさか――」

「ただの記録のためです」

「カート・シェパードよ。四カ月前、勤めている介護施設で彼のお母さんが亡くなったときに知りあったの。エスクィマルトに住んでるわ。バーニーの店で機械工をしていて、とってもいい人よ。私にも親切にしてくれるの」

「ご自宅に行って、グレイシーの部屋を見せてもらう必要があります。かまいませんか？」

「ええ、もちろんよ」

「グレイシーは携帯電話を持っていますね？」

「ええ、iPhoneを。新聞を見てから何度もかけたけど、留守番電話につながるだけだったわ」

「グレイシーの番号とプロバイダーの名前が必要です」

「ええと……たしか……クリアウェーブだったと思うわ」さらにローナは娘の電話番号をアンジーに伝えた。それを手早くメモするあいだに、アンジーは視界の隅に慌ただしい動きをとらえた。顔をあげると、グレイシーの病室に数人が急いで入っていくのが見えた。

　病棟の呼び出し装置で、淡々としたアナウンスが流れた。「緊急事態（コード・ブルー）、十二号室、コード・ブルー、十二号室」

　アンジーは心臓が跳ねた。ローナが椅子の上で振り向きながら言う。「今のは何？　いったいどういう意味？」

　廊下の端にある両開きのドアが開いた。看護師たちと緑色の手術着姿の心臓外科チームが姿を現し、足早に廊下を進んでいく。彼らの背後にはドクター・フィンレイソンがいた。

ローナが立ちあがった。「ああ、どうしよう……グレイシーの部屋だわ！　あの子の病室へ入っていく……」よろめきながらも彼らのほうへ向かおうとする。

「ミセス・ドラモンド！」アンジーは瞬時に立ちあがり、ローナのあとを追った。

「ローナ、待って！」病室の窓の前で腕をつかみ、入ろうとするローナをどうにか引きとめた。ガラス窓から室内の様子が見える。まさに看護師がグレイシーの胸に除細動器のパドルを押しあてようとしていた。

「さがってください」別の看護師がアンジーたちに命じた。パドルがグレイシーの胸部に押しつけられる。少女の体は生き返ったかのように激しく震動した。でも何も起きない。心電図波形は平らなまま、微動だにしない。看護師が再び除細動を行った。さらにもう一度。だが何も起きない。

ローナがアンジーの手を振り払い、病室へ駆けこんだ。「ああ、なんてこと、グレイシーが――」看護師がローナを引きとめた。「お願い」ローナはすすり泣いている。

「お願いだから、何が起きてるのか教えて！」

看護師がローナの両肩に腕をまわし、廊下へ引き戻した。「ここで待っていただかなくてはなりません、ミセス・ドラモンド。私たちに仕事をさせてください。あなたざけようとした。

「さあ、ミセス・ドラモンド」アンジーは優しく話しかけ、ローナをガラス窓から遠ざけようとした。

しかしローナはまたしてもアンジーの手を振り払い、ガラス窓に両の手のひらを押しつけた。「グレイシー！　ああ、神様、グレイシーが……お願い、お願いよ、死なないで。今、死んじゃだめ」

室内では、フィンレイソンが除細動器のパドルを手にした看護師と目を合わせている。看護師がかぶりを振ると、フィンレイソンは患者の様子を確認し、腕時計をちらりと見て、何か口にした。たちまちアンジーは心が沈みこんだ。医師は死亡時刻を宣告したのだ。

ローナの喉から、とても人のものとは思えない細くて奇妙なうめき声がもれた。それから体の向きを変え、アンジーを激しく非難しはじめた。胸や腕、顔を叩きながら叫んでいる。「あんたのせいよ……あんたの、あんたのせいでこうなったのよ！　あんたがかわいい娘のベッドから私を引き離した。あんたのせいで、あの子は母親がそばにいないまま死んでしまった！」

アンジーは弱々しい攻撃に備えながら、感情がこみあげ、目に涙が浮かんだ。一瞬、動けなくなる。ローナの手首をつかみ、取り乱した彼女の攻撃をやめさせることができない。こうして叩かれ、この母親から罰せられる必要があると思えた。自分自身の母親をほったらかしているからだ。さらにたとえどんなことであれ、それ以外にも今までの人生で悪いことをしてきたからだ。

くたびれきったローナはとうとう、アンジーの体に寄りかかったままずりさがっていき、バイクブーツの足元にくずおれた。すすり泣きながら全身を震わせている。看護師がふたり、ローナのもとへ駆けつけた。

アンジーは息をのみ、あとずさりした。ローナを看護師たちに任せられるのがありがたかった。体を震わせて廊下を進み、病棟の外へ出る。そこで立ちどまり、息を整えた。口の中がからからなのを意識しながら、ヴェダーに電話をかける。

「被害者が息を引き取りました……死んだんです」ヴェダーが電話に出ると、アンジーは言った。「彼女の名前はグレイシー・マリー・ドラモンド。十六歳です。ダンイーグル高校の最上級生で、あと数日で十七歳になるところでした」報告しながら、視界の隅にホルガーセンの姿をとらえた。廊下をこちらに向かって、怒ったように早足で歩いてくる。

「いったいどういうこった、パロリーノ?」アンジーの目の前に来るなり、ホルガーセンが言った。彼女の顔に指を突きつけながら続ける。「もう一度、俺にこんな真似をしたら――」

「彼女が死んだわ」

ホルガーセンが動きを止め、手をゆっくりと体の脇におろした。

「溺れ死んだのよ。この病院のベッドでね」アンジーはホルガーセンの目を見据えたまま言葉を継いだ。「この世には、どうしても待ってくれないものがある。あなたがおしっこをしたり、煙草を吸ったりしてるあいだに起きてしまうことがね」

11

午前十一時十五分、ニュース編集室にいたメリー・ウィンストンの携帯電話が鳴りだした。すばやく発信者を確認する。非通知だ。彼女は電話に出た。

「メリーです」

「彼女の身元がわかった。たった今、死んだ」どこか電気的な、変換された声だ。男なのか女なのかも判然としない。

メリーは心臓が跳ねあがるのを感じながら、ニュース編集室を急いで見まわした。しんと静まり返っている。日曜の朝だ。週末なので、ほとんどのスタッフがここにはいない。休みを取っているか、特ダネを追いかけているかのどちらかだ。メリーは週末でも休みを取らなかった。どうしても証明したいことがあるからだ。仕事以外の人生なんて考えられない。濡れたレインコートは、誰もいない隣のデスクの前にある椅子にかけておいた。今朝、びしょ濡れになりながら、桟橋で情報を集めようとしたが、今回は警察のバリケードを突破できなかった。警察官たちは何も話そうとしなかったが、野次馬のひとりが〝ゴージ水路で遺体が浮いているのが見つかったらしい〟と話していた。ちょうどジョンソン・ストリート橋の下あたりだ。だからさらなる情報を得るために、こうしてニュース編集室で電話をかけていたところだ。

「聖ユダ病院にいる身元不明者のこと？」メリーは携帯電話の録音ボタンを押した。

相手は何も答えようとしない。

今や全身にアドレナリンと緊張が駆けめぐっている。この謎めいた情報提供者から電話で極秘情報を伝えられたのは今回が初めてではない。彼は――変換された声の持ち主が男だとメリーは信じていた。理由ははっきりとはわからない。それほど完璧に変換された音声だ――以前にも、市警内部の者でなければ知りえない情報を提供してくれた。

「彼女は誰なの？」

「グレイシー・マリー・ドラモンド。十六歳。ダンイーグル高校の生徒」

心臓が激しく打つのを感じながら、メリーは情報を走り書きした。「ほかに何かないの？　死因は？」

「溺死」

「なんですって？　病院で？」

「遺体の一部が切除されていた。局部が。顔に十字架が刻みつけられていた」

メリーはにわかには信じられなかった。一瞬、声が出せなくなり、咳払いをして、慌てて尋ねた。「もう一度言ってもらえる？」

「顔に十字架が刻みつけられ、鋭い刃物で割礼が施されていた。襲撃者は彼女の毛髪の一部を持ち去った」

「どこで……どこでその情報を？」

通話がぷつりと切れた。

「待って！　ちくしょう」メリーは編集長のデスクをちらりと見た。週末版を担当する編集長も出社していない。くそっ。メリーは立ちあがり、行ったり来たりすると、再び椅子に座り、また立ちあがった。全身がぶるぶると震えている。くそっ、くそっ、くそっ。どうしてもこの情報が真実かどうか確認しなければ。

溺死？　いったいどういう意味だろう？

割礼？

毛髪の一部。

そして十字架……。

彼は私の気持ちをもてあそぼうとしているのだろうか？　だってこんな情報をどうやって知りえたというのだろう？　記憶の中から、ある声がよみがえってきた。魂の奥底に封印していたはずの声が、蛇のようにするりとすり抜けて浮かびあがってくる。

〝汝は罪の父であり、闇の王子であるサタンを拒絶するか？

汝はサタンを、その所業のすべてを拒絶するか？

汝は邪悪なものの魅力を拒絶し、罪によって征服されることを拒絶するか？〟

メリーは冷や汗をかきながら、市警の広報課の番号にすばやくかけた。すぐに留守番電話につながったためメッセージを残し、続いて聖ユダ病院に電話をかけた。予想どおり、なんの情報も得られなかった。今度は〝グレイシー・マリー・ドラモンド〟のフェイスブックのページを見たが、プライバシー保護のため、情報を見ることができなかった。グレイシーの友人の情報もだ。いかなる投稿も閲覧できない。インターネットで〝グレイシー・マリー・ドラモンド、ダンイーグル高校〟で検索したところ、聖歌隊の活動を報じる記事がヒットしたものの、それだけだ。

再び市警の広報課にかけてみたが、またしても留守番電話につながり、もう一度メッセージを残した。

メリーは行きつ戻りつしながら、ひたすら待った。

でも折り返しの電話はない。時間だけがむなしく過ぎていく。あいつが戻ってきたのだろうか？　そんなことがあるだろうか？　このネタを絶対に記事にしたい。どうしても。厳密に言えば、匿名の提供者から得た情報の真偽を確かめてからでないと記事にはできない。とはいえ、あの内部告発者はこれまで一度もメリーの期待を裏切ったことがない。どういう意図があるのかはわからないが、今まで流してくれた情報は百パーセント信頼できるものだった。

ひどく切羽詰まった気分だ。今すぐどうにかしないと気がおさまらない。ここ何年も、これほど差し迫った衝動を感じたことはない。心身ともに混乱し、今にも爆発してしまいそうだ。それもこれも、先ほど聞かされた情報のせいだ。十字架、毛髪。自分のデスクに座り、唇を嚙(か)む。

貧乏揺すりをしながら、自分のツイッターのアカウントを開いた。犯罪事件にまつわる個人的なブログである〝ウィンストン・ファイル〟を更新したことを告知している。『シティ・サン』の記者としては許されないことでも、このブログ上でなら人々の興味をあおり、挑発し、問題を投げかけられる。いつかこのブログをまとめたものをポッドキャストで公開したいと考えている。ポッドキャストで配信されている有名番組『シリアル』のように、真実に迫る犯罪ドキュメンタリー・シリーズにしたい。

メリーのブログでは新聞記事で許されるか許されないか、ぎりぎりのきわどい内容を書いている。でもこれまでのところ、『シティ・サン』の上層部は彼女のブログに口出ししてきてはいない。ブログの衝撃的な内容のおかげで『シティ・サン』の購買数が向上したからだ。業績不振だった『シティ・サン』は売り上げが伸び、以前よりも扇情的で低俗な内容がうけて読者数を増やしている。ほかのジャーナリストたちも今では、メリーのツイッターとブログのアカウントをフォローしている。世間的に名の知れたラジオやテレビのリポーターたちもだ。彼女は自分ひとりの力で、ソーシャルメディア界の〝犯罪報道のスター〟になりつつある。思えば、児童養護施設や路上での暮らしからここまで、なんて長い道のりだっただろう。それこそ、自分が世間に対して証明しなければならないことだ。それがメリーの意図にほかならない。かつては自分自身を、この体を売らざるをえなかったこともある。メタンフェタミンのために。

〝汝は罪の父であり、闇の王子であるサタンを拒絶するか？〟

人生が好転しはじめたのは、あのレイプのあとからだ。あれが最後の警鐘だったようにに思える。〈ハーバー・ハウス〉のマーカス牧師が、まっとうな道に戻る手助けをしてくれた。またメタンフェタミンに手を出しそうになったメリーに助けの手を差し伸べてくれたのだ。行方不明の子どもたち、虐待を受けた女性たち、薬物依存症者たち、性産業に従事している女性たち——彼らに関する物語ならいくらでも知っているし、証明もできる。今、メリーは自分自身のではなく、他人の不幸をネタにして売る立場になった。社会の顔と言われる偉そうなやつらの面前で、そういったネタを見せつけてやる。それが彼女なりの世間に対する復讐だ。見つけたネタは新しくて低俗なほどいい。金になる。

それでもなお、心のどこかでためらっている……。

〝汝は罪の父であり、闇の王子であるサタンを拒絶するか？　ほら、言え！　俺の言ったとおりに言うんだ！〟

メリーは息を吸いこみ、顎に力をこめると、ツイートを書きはじめた。

#墓地の少女 #ダンイーグルの生徒 #グレイシー・マリー・ドラモンド #十六歳 #墓地でレイプされて死亡

そこでいったん手を休めた。唇の上に汗をかいている。そして続けた。

#割礼 #顔に十字架の傷 #髪を切り取られた

　ぎゅっと目をつぶり、その情報によって掘り起こされた記憶の断片を頭から締めだそうとする。あの男の目、まだ覚えている。目出し帽の細い切りこみからこちらを見つめていた。それにあの言葉。メリーを地面にひざまずかせ、喉元に刃物を押しあてながらあの男が言った言葉だ。次に目が覚めたときは草むらにいた。峡谷の底で、ごみの中に打ち捨てられていた。額に赤い十字架を書かれ、あちこちから出血していた。ひどい痛みだった。下着ははいていなかった。そして生え際の真ん中から、髪が一部切り取られていた。

　激しい怒りと恐れがわき起こる。メリーは目を開けて深く息を吸いこむと、エンターキーを押した。

　ツイートされた。

　続いてブログの文章を打ちはじめた。

12

ザック・ラディソンは、オフィスの壁にはめこまれた新しい薄型テレビを、地元のニュースを二十四時間放映しているニュースチャンネルに合わせた。ザックのオフィスは市長室に隣接している。今はニュースから目を離さないまま、日曜の特別配達で届けられた市長の新しいデスクを運びこむよう、配達員たちに指示を出しているところだ。

今朝の『シティ・サン』の一面には、ロス・ベイ墓地で身元不明の女性が性的暴行を受けたという衝撃的な記事が掲載されていた。その記事の中で、記者——あの小柄なのに好戦的なメリー・ウィンストン——は、すでに新市長キリオンについても触れていた。犯罪撲滅というキリオンの新たな公約に関して述べたあと、さらに行方不明になったままのヴィクトリア大学の学生アネリーズ・ジャンセンについても書いている。しょせんはごみ箱行きのタブロイド紙だ。扇情的な見出しで人々の恐怖をかきたてるくらいが関の山だろう。だがザックは、恐怖をあおるそういったくだらないタブロイド紙が強力な道具になる現実を目のあたりにしてきた。選挙中、メリー・ウィンストンを利用したのだ。敵対候補の名誉を傷つける情報を、ひそかに彼女に与えつづけた。

しかし今は、キリオンの市政下でこういう事件が起きている。それが問題だ。

おまけに今朝はジョンソン・ストリート橋でも事件があり、市の交通が大渋滞に陥った。ゴージ水路で女性の遺体が発見されたのだ。ザックにしてみれば、特にこのニュースが気にかかる。彼女のはずがない。そう自分に言い聞かせる。そんなことがあるわけない。それでもなお、こうしてニュース速報を気にかけずにはいられない。

「あっちだ。窓の近くへ」重いデスクを運ぶ男たちに指示を出す。

ジャック・キリオンがこの街の法律を作りあげる為政者として宣誓就任するのは二日後だ。選挙対策本部長としてキャンペーンを成功に導いたザックは、キリオンの特別顧問として雇われた。キリオンというブランドの輝きを維持し、さらに輝かせることを目的とした、言わば新市長の右腕的な役割だ。まさにザックにうってつけの職務だし、これから時間をかけてその地位をより向上させたいと考えている。

世間はザックの父である、巨大企業〈ラディソン・インダストリーズ〉のジム・ラディソンを陰の実力者（キング・メーカー）と呼び、ザックはこれまで〝キング・メーカーの息子〟と見なされてきた。だが今回キリオンを市長に当選させたことで、初めて大きな勝利感を味わっている。選挙キャンペーンの第一線で、汚れ仕事にも手を染めた。そんな一瞬一瞬が楽しくてしかたがなかった。二十八歳の若さで、キリオンが市長になる手助けをしたのだ。

　彼自身がキング・メーカーになったのだ。

「そうじゃない。もっと左側だ。光があたるように」ザックが命じると、配達員の男たちはデスクをわずかに左へ動かした。

　選挙でキリオンに敗れたのは女性だった。前市長パティ・マーカムだ。今までの市長室の内装はどこか女っぽさが感じられたため、ザックはその点を改善したいと考えた。キリオンには男の中の男という印象を保っていてほしい。創造性にあふれるエネルギッシュな男。まわりくどい言い方をせず、はっきり意見を口にする政財界のリーダーであり革新者というイメージだ。

　市長室の塗装作業はすでに終わり、室内には新たな写真が飾られている。一八〇〇年代にヴィクトリアにあった建築物のしゃれたモノクローム写真は取り払われ、現在建設中の最新ビル群の写真に置き換えられた。その中には、レイ・ノートン＝ウェルズが手がける巨大なウォーターフロント開発計画地域のものも含まれている。一流の写真家によって撮影され、圧倒的な力強さが表現された写真ばかりだ。過去から未来へ、しっかりとした管理、そして成長、さらなる雇用。そういった力強いイメージは、キリオンが掲げる犯罪撲滅という公約と並び、今現在の彼らに足りない部分を補ってくれるものにほかならない。これからの四年間で、自分たち自身が何者であるかを証明する。来期はそれ以上に優れた結果を生みだせるだろう。キリオンは市長の椅子だけでなく、さらなる高みを目指していた。州知事、さらには連邦内閣入りも視野に入れている。もちろんザックもそんなキリオンとともに前進しつづけるつもりでいた。

そのときテレビ画面の一番下に突然、〝ニュース速報〟という文字が現れた。番組の内容がいったん中断され、スタジオにいる女性キャスターが大写しになる。ザックは体をこわばらせた。心臓が激しく打ちはじめる。

「ご注意ください。このあとお伝えする情報にはショッキングな表現が含まれています。敏感な視聴者の方はご気分を悪くする可能性があります」女性キャスターは言った。「昨夜ロス・ベイ墓地で性的暴行を受けた若い女性被害者が、外傷のために亡くなりました。身元はグレイシー・マリー・ドラモンドと特定されています。フェアフィールド在住で、ダンイーグル高校に通う十六歳の少女でした」

くそっ、いったいどういうことだ……?

ザックはテレビのリモコンをつかみ、音量をあげた。心臓が早鐘を打っている。これはよくない。まったくもってよくない。ニュース速報に気を取られるあまり、配達員たちが立ち去ったことにも気づかなかった。

「今朝、ある事件記者のツイッターの投稿を受け、われわれVNNが母親のローナ・ドラモンドに直接取材したところ、被害者の死因は不可解にも溺死ということです。市警は〝現在、鋭意捜査中〟という以外、何もコメントしていません。しかしローナ・ドラモンドがVNNに明かしたところによれば、彼女の娘さんは水に浸けられ、局部を切除……割礼を施されて、額に刃物で十字架の形の傷をつけられていました。また生え際近くの髪も切り取られていました」画面右上にグレイシー・ドラモンドの学校での写真が映った。

ザックは画面を凝視した。吐きそうなほどの恐怖がこみあげてくる。

「グレイシー・ドラモンドはロス・ベイ墓地の聖母マリア像の足元に、出血して意識を失った状態で放置されていました。記録的な寒波が押し寄せた極寒の……」

ザックの携帯電話が鳴りだした。彼はテレビに目を向けたまま応じた。「もしもし?」

「ニュースを見ているか？」キリオンだ。

「はい、今、見ているところです」

「この件に対処する必要がある。私たちがこの件に振りまわされる前に。新市長一日目から、犯罪撲滅という公約を突如撤回せざるをえなくなる前にだ。キャスターが言っている〝ある事件記者のツイッターの投稿〟とはなんだ？」

「わ……わかりません」ザックはパソコンの前へ移動し、クリックして自分のツイッターのブックマークを確認した。くそっ。「あの女です」静かな口調で答える。「『シティ・サン』のメリー・ウィンストンです。今朝十一時四十五分にこの件でツイートしています」

13

死はすべての者を平等にする。

「マスコミのやつら、突然報道合戦を始めやがった」レオがシナモン味のガムを嚙みながら言った。今は、ふたりの助手が遺体袋を運ぶのを見ているところだ。レオがマドックスを見あげる。「あんたも聞いただろう?」

マドックスはうなずいた。

ゴージ水路の遺体を引きあげてから六時間が経っていた。その日の午後四時には、彼らはすでに遺体安置所にいた。部屋は薄ら寒く、窓がどこにもない。タイル張りの壁と床で囲まれた空間には、ステンレス製の解剖台と流し台、汚れ止めパネルがしつらえられ、頭上では蛍光灯の白々とした照明がパチパチと音をたてている。後壁に沿ってずらりと並んだ、前面がガラス張りの飾り戸棚には、商売道具――骨を切断するための機器や使い捨ての顔面用シールド、その他の機材が収納されていた。ドアの脇にある小さなラックに、かつては真っ白だったのに今では茶褐色の血液のしみがついた白衣がかけられている。誰かが出入りするたびに、二枚の自動ドアがシューッと音をたてて開いた。

マドックスは独特なにおいが漂っていることに気づいた。どの遺体安置所も同じだ。生肉と血液、ホルマリン、消毒剤が入りまじったにおい。それを嗅ぐたび、幼い頃、祖父に一度だけ連れていかれた精肉店を思いだす。

この管轄区域では検死は通常、被害者の死後四十八時間以内に行われる。だが今回はきわめて異例な急かされ方だった。検死局が司法長官室の監視下に置かれることになったのだ。ニュース速報が流れ、市警内部からの情報漏洩の可能性が出てきたからだろう。警察署長は顔を引きつらせているうえ、新市長と警察委員会からの圧力もあり、州司法副長官補自らがこの法医解剖の実施を早めるようにという通達を出したのだ。

法律に従えば、検死をするのに近親者の同意は必要ない。それに、今のところ誰に知らせるべきかもわかっていない。まずは防水シートを切り開き、犯罪現場の証拠となるシートの中身をすべて確認する必要がある。マドックスとレオがここにいるのは検死の過程をきちんと見きわめ、証拠をひとつ残らず受け取るためだ。とはいえ彼らにはすでに、あのタブロイド紙の記者がほのめかしていたのは間違いで、この被害者が行方不明の学生アネリーズ・ジャンセンではないことがわかっていた。

ジャンセン家は、娘のDNAサンプルと歯科記録のコピーを市警に提出していた。それらの記録から、アネリーズはこれまで歯の治療歴がほとんどないうえ、審美歯科の治療は一度も受けたことがないとわかっている。一方で今回の唇のない被害者の場合、むきだしになった顎を見れば、非常に大がかりな歯科治療を受けていたことは火を見るよりも明らかだ。それも美容と修復の両方の目的で。前歯にはブリッジやインプラントが施され、ほぼすべての歯にセラミック素材がかぶせられている。かつての被害者の歯は美しさとはほど遠かったのだろう。

バーブ・オヘイガンが音楽をかけると、滅菌された室内にチェロのやわらかな音色が流れだした。彼女は解剖台の上にあるマイクを確認してメモを取ると、遺体袋に記された情報と正式な書類のそれを照らしあわせ、これが検死すべき遺体かどうかを確認した。ぶかぶかの緑色の手術着に身を包み、使い捨てのビニールエプロンをつけ、靴の上からシューズカバーを履いている。検死官は普通、呼吸装置(リブリーザー)をつけているが、オヘイガンはつけていない。マドックスは彼女のような病理学者を知っている――昔ながらのスタイルを守る保守派だ。彼らは自分の鼻を使うことを好む。死体解剖において、においは重要だ。多くのことを教えてくれる。

「あらゆるやつが情報をもらした可能性が考えられる」レオが言う。オヘイガンはゴム手袋をパチンと鳴らした。

　遺体袋のファスナーが引かれ、マドックスたちが見守る中、助手たちがビニールシートでぐるぐる巻きにされた遺体を持ちあげた。ずたずたになった頭部に、濡れた長い髪が張りついている。助手たちは解剖台に遺体を横たえた。解剖台は少し傾いていて、給水設備がついている。流水を使って、解剖中に出たさまざまな液体を解剖台の足元にある排水溝へ流すのだ。レオは遺体の頭部から目をそらしたまま、鼻の下にサリチル酸メチル入りの軟膏を塗りつけた。それからその容器をマドックスに手渡した。

「ありがとう」マドックスも鼻孔の下に軟膏を塗った。オヘイガンは遺体のにおいを嗅ぐ必要があるかもしれないが、彼にはその必要がない。マドックスはレオに容器を返した。

　被害者の褐色の髪には海藻がからまっている。どこにも触れていない状態で、写真が数枚撮影された。

「情報をもらしたのは救急救命士の可能性もある」レオが言った。「緊急救命室にいた誰かかもしれないし、看護師かもしれない。医者の可能性さえある。くそっ、あの母親だって、娘の体の一部がこんなふうに切り取られていたと誰かに話したかもしれない。そんな話を聞いたら動揺するよな。誰だって逃げだしたくなる」

レオは早口でしゃべりつづけている。マドックスは思った。これが精神的苦悩に対処するための、レオなりのやり方なのだろうか？　そうすることで、目の前の現実と自分を切り離そうとしているのかもしれない。誰にでもひとつやふたつ、そういった対処メカニズムがあるものだ。だが、いいかげんにしてほしかった。そろそろ黙ってもらいたい。

「市警からもれた可能性もある」マドックスはそっけない口調で反論した。今、助手たちは空になった遺体袋を念入りに確認している。遺体安置所へ運ばれるあいだに失われた証拠がないか、袋の中に残っている証拠がないかどうか調べていた。

「ああ」レオは答えた。「それこそ、みんなが飛びつきたがっている結論だな。世間は警察官をやり玉に挙げたがってる。パロリーノとホルガーセンのせいだってね。特にあの女は、今や疫病神だよ。五カ月前、あの女のパートナーだったハショースキーが撃たれ、小さな子どもとその両親が死んだ。それでもって今度はこれだろう？　もしガンナーがくびにすべき誰かを探しているとすれば、あるいは警察幹部たちがいけにえを探しているとすれば、あの女は今では格好の標的だ。あいつはもうおしまいだ。俺はそう見てる」

マドックスはレオをちらりと見た。うれしそうに目を輝かせている。女性刑事が墓地の事件を担当しているのをレオが快く思っていないことは明らかだ。あるいは彼は目の前にある解剖台のぞっとする光景から気をそらしたくて、こんな話を持ちだしたのかもしれない。きっと、どちらの理由もあるのだろう。

遺体を見つめていたオヘイガンが視線をあげた。「さあ、始めるわよ」そう言ってレオに鋭い一瞥をくれる。対照的に、オヘイガンがその女性刑事を気に入っていることも明らかだ。オヘイガンは手を伸ばし、解剖台の上に吊されたマイクをオンにすると、肉眼による予備検査を開始した日付と時刻を述べはじめた。

オヘイガンが観察した事実を声に出していく。まずは頭部からだ。彼女の助手たちがあらゆる角度から写真を撮り、細かい部分まで記録していった。

「前額部の傾きのなめらかさや頭部の大きさから、遺体は女性だと思われる。下顎及び上顎も小さい。必要があれば、歯科医に歯の治療痕を見てもらったほうがいいけど、広範囲に及ぶ審美治療が行われているのはすぐにわかる。顔のほとんどは食べられている。食べ方のパターンからすると、主に海水に生息するエビによると思われる。また、その他の甲殻類や無脊椎動物も考えられる。最初に攻撃された部位は、唇やまぶた、耳の軟組織である可能性が高い」

マドックスはよく見ようと一歩近づいた。レオはマドックスの背後でそわそわしながら、板ガムを一枚包み紙から出した。オヘイガンは伸縮可能な拡大鏡を持ち、遺体の目の部分を詳しく観察した。室内を流れるチェロの音楽が高まっている。

「点状出血」早口で言うと、内蔵されたライトをつけて拡大鏡をさらに近づけた。

「きわめて小さい。かたまり状のもの」

マドックスもその言葉はよく知っている。小さな赤色あるいは紫色の点は、目の中の毛細血管から血液が漏出した場合に生じる。これを点状出血と言う。気道がふさがれた場合、首の静脈にかかる圧力が上昇するせいで起きるのだ。点状出血が見られるなら、窒息による呼吸停止が死因となった可能性が濃厚だ。首を絞められたか、吊されたか、口と鼻をふさがれたかのいずれかだ。

「何度も窒息させられかけたみたい」オヘイガンが言う。

「首を絞めて、緩めて、また絞めたというように?」マドックスは尋ねた。「呼吸をコントロールすることで性的な興奮を高める、窒息プレイか?」

「可能性はあるわ」オヘイガンが答えた。「ただ、点状出血が見られたからといって、絞殺だと断定はできない。反対に点状出血が見られないからといって、絞殺じゃないとも言いきれない。点状出血は単に脳の静脈圧が高くなったというしるしでしかない。だけど手で首を絞められた場合の八十五パーセントにおいて点状出血が生じる。圧力をわずか三十秒かけるだけで起きるの」ライト付きの拡大鏡を動かし、もう片方の目をのぞきこんだ。「頸動脈（けいどうみゃく）が圧迫された場合、脳へ送られる血液から突然酸素が失われて二酸化炭素が蓄積される。それによってめまいや快感に似た感覚が起きて、性的な興奮が高まるの。オーガズムと同時に起これば、コカインや依存性の高いドラッグよりも強烈な快感を得られると言われているわ」

　チェロがクレッシェンドして、一転してささやくような魅力的な旋律に変わる中、助手たちが身元不明の遺体の髪を櫛（くし）で梳（と）かし、海藻を取り除きはじめた。海藻だけでなく、植物や小さな無脊椎動物、その他の異物などもある。そのすべてを袋におさめ、ひとつひとつを記録していく。髪に付着した動植物を調べれば、死後経過時間の特定や死後画像診断の助けになるだろう。さらにこの身元不明者がどのあたりで浸水したのか、どれくらいの範囲を漂っていたのか特定する助けにもなる。

「髪が切り取られてます」助手のひとりが突然言った。「見てください。生え際の、額の中心に近い部分です」

マドックスははじかれたようにレオを見つめた。ドラモンドの髪が切り取られていたことはふたりとも知っている。マスコミのせいで、今では世間にあふれている情報だ。写真係は髪が切り取られている部分を撮影した。

オヘイガンは被害者の首に注意を向けた。

「首に巻かれたロープは、ビニールシートの上から体の残りの部分を縛りつけているロープと同じ種類に見える。結び方も同じと思われる」オヘイガンはぶらさがっているロープの長さを計測した。「被害者の喉の結び目から三・九五メートル」

「素材はポリエステルみたいだな。おそらく三本撚りだろう」マドックスは静かに口を開いた。「どこでも買える一般的な船用品だ。俺自身も最近数メートル買った。これは本結びに見える。船に乗る者や山にのぼる者、ボーイスカウトやガールスカウトのメンバー、漁師なら知っている結び方だ」

「あんた、船を持ってるのか？」レオが尋ねる。

「ああ」マドックスは答えると、オヘイガンがビニールシートに注意を向け、そこに残った毛髪や繊維を確認するさまを見つめた。彼女は突然ピンセットに手を伸ばすと、ロープのひとつの結び目の繊維からきわめて小さな何かを注意深く引き抜いた。

「何種類かの毛のように見えるわ。この結び目に引っかかって、ロープの織りに閉じこめられていたみたい」オヘイガンは再び拡大鏡を近づけて入念に移動させ、証拠をじっくりと観察した。「二センチほどの長さね。金色もあれば褐色もある。白いものも」そこでしばらく口を閉じた。「かなりの数よ。人間のものではない。動物の保護毛に見える。やわらかくて細かい和毛（にこげ）のようだわ」

「犬のか？　猫のか？」レオが尋ねる。

「研究所に持っていけばわかるでしょう」オヘイガンは答えた。「毛は主にケラチンプロテインからできている。どの種類であれ、動物の毛には長さや色、形、根元の形状などにそれなりの特徴があるものよ。そういった顕微鏡的特徴がわかれば、なんの動物か特定できる」

毛は紙製の封筒に一本一本別々に入れられ、助手たちがそれぞれの封筒にラベルを貼った。

「犯罪現場と彼女を結びつける手がかりになるかもしれない」マドックスは静かな口調で言った。「どう見ても、陸にいる動物の毛だろう。海の生物の毛には見えない」

チェロの調べがほとんど何も聞こえないほど静かになっているせいで、室内にはある種の緊張が生みだされていた。次のクレッシェンドへの期待が高まる中、時が刻々と過ぎていく。遺体安置所は冷えきっているにもかかわらず、マドックスは暑さを感じはじめていた。ステンレス製の医療器具がシンクにぶつかって音をたてている。

「ビニールシートの繊維に傷のようなものがついている」オヘイガンは言った。「潮流に運ばれたことによる摩滅の可能性もあり」該当する裂け目が記録され、写真撮影された。「さてと、そろそろうつぶせにする?」

助手たちはオヘイガンを助けながら、シートにくるまれたままの身元不明者をうつぶせにした。

「頭部に平行に刻まれた傷の深さは約四センチで、九センチ離れている」オヘイガンは片方の傷口で体をくねらせている小エビをつまみあげた。それも袋に収納された。

「彼女の脳みそを食べていやがったんだな」レオがうなるように言う。

マドックスは落ち着きを取り戻そうと、ゆっくり息を吸いこんだ。とたんに後悔した。遺体と遺体安置所のなんとも言えないにおいに鼻腔を刺激されたのだ。

さらに何枚か写真を撮ったあと、オヘイガンは再び遺体の頭部から爪先まで、肉眼による予備検査を行った。シートの下に濃い紫色のしるしが見える。

「死斑かな?」レオが尋ねる。

「あるいは打撲傷かもしれない」オヘイガンは答えた。「あとでシートをはがしたら、もっと詳しいことがわかるわ」

肉眼による予備検査が完了すると、助手たちはオヘイガンを手伝い、遺体を仰向けにした。

「ということは、被害者は誰かにエロチックな窒息プレイをされたあげく、それが失敗した可能性がある」レオが低い声で言った。「あるいは単に絞殺されて、ビニールシートで巻かれて、どこかの海に放りこまれたか。それで潮の流れにのって海底へ沈んでいたのが、ガスがたまって再浮上し、船のスクリューにぶつかってまた海の底へ沈み、どういうわけかジョンソン・ストリート橋の下にあるゴージ水路に現れたのかもしれないな」

「確かめるのが待ちきれない。さあ、早く中を見よう」マドックスは言った。

レオが目をぐるりとまわし、唇を引き結んだ。

「いいわ、シートを開けてみましょう」オヘイガンが言う。

チェロが怒ったように耳障りな不協和音を奏でた。

「このくそみたいな音楽、消してくれたらいいのに」レオは小声で言うと、またガムを嚙みだした。「ヨーヨー・ムだかヨーヨー・マだか知らないが、彼女は毎回同じ曲をかけるんだ」

オヘイガンは厚く重ねられたくすんだビニールシートを慎重に切り開くと、中にいるさなぎを見せるかのようにシートをめくった。美しい蝶へと成長することがなかったさなぎだ。おそらく生前のこの女性は美しい蝶へ成長するよう運命づけられていたはずなのに。肌は透けるほど白く、その下の静脈がわかるほどだ。乳首は小さくて濃い色をしていて、左側の乳首に金のリングが通されていた。

「頭部が広範囲にわたって食べつくされていたことを考えると、こちらは驚くほど保存状態が良好ね」オヘイガンは言うと、被害者の平らな腹部をあらわにした。腹部の上で両手が重ねられている。オヘイガンはさらにロープを切断し、厚いビニールシートをめくった。

おどろおどろしいタトゥーが下腹を覆っていた。

その場にいる全員が一瞬、言葉を失った。

「なんてこった」レオがささやき、解剖台に身を乗りだした。

被害者の下腹にはからみあった蛇が何匹も描かれていた。メドゥーサの頭から蛇たちが飛びだしている。メドゥーサは口を大きく開けて叫んでおり、その牙のような歯がちょうど被害者の局部に達していた。その部分の毛は剃られている。まるでメドゥーサの口が被害者の膣に向かって開かれ、メドゥーサの喉に入るものならなんでものみこんでしまうかのような迫力だ。オヘイガンは微動だにせず、眉をひそめた。

何か悪いことが起きるのではないかという不吉な空気が室内に漂っている。

オヘイガンは身を乗りだすと、手袋をはめた二本の指で大陰唇をそっと開いた。メドゥーサのピンク色をした口の中を見せるかのように。

チェロの調べはささやきのようにかすかな音になっている。

オヘイガンが顔をあげた。大きく見開かれた目は真剣そのものだ。「陰核包皮、陰核亀頭、小陰唇が切り取られている」そっとつけ加えた。「割礼を施されているわ」

誰もがオヘイガンを見つめた。

そのときドアが大きく開かれ、全員が飛びあがった。

「お邪魔します、ドクター。夕食か軽食がほしい人、誰かいない？」レオとマドックスがはじかれたように振り向くと、ぽっちゃりした頬のブロンドの女性が食事をのせたワゴンを押しながら入ってきた。マドックスとレオはその女性をまじまじと見つめた。彼女が、本来なら存在しない現実——恐怖と寒さと死者しか存在しない現実——にどうにかして侵入してきた、外部の世界の象徴であるかのように。

洗礼者

見よ、私は不義の中に生まれた。罪のうちに母は私を身ごもった。

——『詩篇(しへん)』第五十一篇第五節

ジェームズ・ベイにある〈ドラッギー・マート〉で、カートにダクトテープ三本と極薄の青いゴム手袋ひと箱を入れる。手袋を切らしていた。彼はいつもポケットに手袋をひと組入れておくのが好きだ。そう、刑事のように。かつては警察官になろうとしたこともある。だが志願しようとしたときに、自分が赤緑色覚異常だと知った。正常色覚であることは、市警の一員に加わる必要最低条件のひとつだ。志願するまで、彼は自分が部分色覚異常であることさえ知らなかった。

それでも警察官のように考えることを学んだ。警察官が犯人のように考えることを学ぶのと同じやり方で。彼はプロテインパウダーが置かれた通路をゆっくりと歩き、お気に入りの缶を選んだ。値段は高い。でも高いなりの価値はある。彼にとって、自分の体は言わば礼拝堂のようなものだ。かける金は惜しまない。

〝自分を気にかけることは、自尊心を保っている証拠よ、坊や……〟

最低でも一週間で四十キロはジョギングをするようにしているし、道の先にある公園で屋外ジム設備を利用して体作りもしている。おかげでスマートな体型を保てている。何事にも集中できるし、力強さを感じられる。運動によって引きしまった自分の体を気に入っている。女たちも彼を認めている。太陽の下でシャツを脱いだときの女たちの目つきを見ればすぐにわかる。

彼はメイク用品の通路を通りかかり、探していた口紅を見つける。チェリー・ブラッシュ・レッド。カートに入れてレジへ向かう。この店は自宅前を走る通りの先の角にある。歩くのは好きだから、ちょうどいい。車を使うのは、夜にもっと個人的な活動をするときだけだ。より大きなものを運ぶ必要があるので車を使う。そうすれば、自宅のガレージにその荷物を安全にしまいこむことができる。

「おふくろさんはどうだい？」店主のオリヴァー・タムがレジを打ちながら尋ねてくる。〈ドラッギー・マート〉は家族経営の小さな店で、タムはレジ打ちをほとんど自分で行っている。彼の母はタムを気に入っている。それに母は大きなチェーン店に吸収されないよう、地元の小さな店を応援するのも好きだ。

「いい調子だ」彼は答えるとカウンターに口紅を置き、次にプロテインパウダーを置く。「前よりよくなっているよ」そのとき突然、レジ脇のラックにあった新聞の大見出しに目を奪われた。手をぴくりとも動かさず、文字を目で追う。

〝ロス・ベイ墓地で性的暴行——若い女性が昏睡状態〟

彼がそのニュースを見たのは初めてだった。

昨夜は遅くまで起きていた。仕事で疲れきっていたせいで、今日は一日ほとんど寝ていて、起きたら夕方五時をまわっていた。タムが『シティ・サン』の一面を指し示しながら言う。「少女がひどい襲われ方をしたらしい。今朝はそのニュースで持ちきりだったが、さっきラジオでその子が死んだと言ってたよ。まだ十六歳なのに。溺死だそうだ。病院なのに溺死だなんて、どういうことだろうな？」商品を詰めたひとつ目のビニール袋をカウンターの端へ移動させる。「ラジオによれば、体の一部を切り取られて、額には十字架が彫られていたらしい。しかも今朝はジョンソン・ストリート橋の下で死体が浮いてるのが見つかったんだ。ビニールかなんかでぐるぐる巻きにされてたんだと。きっと二週間前から行方不明になってるあの子だよ。まったくこれからクリスマスだっていうのに……新しい市長はもっと公約を守らないと」

　彼は新聞の見出しから視線をあげる。「行方不明になっている子？」

「ヴィクトリア大学の十八歳の学生だよ。校内で姿を消して以来、二週間経っても見つかってない。アネリーズ……ジャンセンって子だ」

　彼はラックから新聞を取り、記事の最初を読むと、モノクロームの写真を見つめる。市警性犯罪課の刑事ふたりだ。吹きすさぶ雪の中、強烈なフラッシュにさらされ、ふたりとも幽霊みたいに見える。彼らの背後には、病院の石壁に彫られたガーゴイルの顔がぼんやりと写っている。

「その刑事たち、自分たちが追ってる悪いやつらと同じくらい恐ろしげな人相だろう？」タムが言う。「新聞も買うかい？」

「ああ」彼はカウンターに新聞を置いた。「あと、メンソールライトをひと箱頼む」

「おふくろさんに、煙草はやめるよう言うべきだな」タムは笑いながら言うと、背後から煙草をひと箱手に取り、カウンターに置く。

　彼はタムと目を合わせると、とびきりの笑みを浮かべてみせた。相手に自分を信用させるときに浮かべる笑みだ。無理に浮かべようとしなくても、えくぼが浮かぶ。そのせいで、ある種の若い女たちを夢中にさせることができる。何かに……飢えているタイプの女たちを。「いつか、おふくろが俺の言うことを聞いてくれる日が来たらね」タムに言う。「ああ、それと宝くじ(クイック・ピック)も頼む」店の外に書かれた表示によれば、今週の見込み当選金額は千五百万ドルまで跳ねあがっている。数百万ドル稼げればありがたい。今の仕事の状況を考えればなおさらだ。

タムは買い物の総額をはじきだすと、宝くじ券を手渡す。「おふくろさんによろしく」

「ああ、伝えておくよ」彼は商品の入ったビニール袋を手に取る。

自宅まで歩いて帰る道は風が強く吹いて寒い。母のものである一九〇〇年代初めに建てられ、小ぎれいにペンキが塗られた小さな自宅へ戻るとコートを脱ぎ、玄関近くにあるフックに丁寧にかけて、ビニール袋を開ける。それから暖炉に火を入れ、テレビのスイッチをつけて録画しておいた『コロネーション・ストリート』を再生してから、腰をおろして新聞に目を通す。

つまり、彼女は生きて発見されたのだ。

よくない知らせだ。少し慌てていたせいで、墓地に置き去りにしたとき、てっきり死んだものと思いこんだ。次はもっときちんと確かめなくては。

〝だらしないジョニー、愚かなのぞき魔、なんてばかな、ばかな子……〟

彼は新聞を置き、立ちあがって行ったり来たりし、拳を握ったり開いたりする。もう一度新聞を手に取ってさらに記事を読むと、刑事たちの名前に着目する。アンジー・パロリーノとキジェル・ホルガーセン。口に出して発音してみる。ケル？ ケイイエル？ カイジェル？

アンジー。こっちはわかりやすい。

体の奥深くから力がみなぎり、全身にあふれだす。

〝さあ、ゲームの始まりよ、刑事さんたち……あなたたちは絶対にジョニーを捕まえられない。ジョニーが走り去るのを指をくわえて見てるだけ。今までだって誰もジョニーを、のぞき魔を捕らえられなかった。だからもう何年もジョニーは楽しんでる……〟

だが、今では楽しみ以上のものになっている。もはや使命だ。今の彼にはより重要な目的がある。

〝悪い少女たちを救うのよ、ジョニー……彼女たちをいい子にするの……〟

テーブルの上にある買ったばかりの口紅に手を伸ばし、キャップを開けて自分の唇に塗る。それから一緒に買ったメンソールの煙草を開け、一本取りだして唇のあいだに挟み、火をつけると、キッチンテーブルにある灰皿の端に置く。煙草が燃えつづけるにつれて、煙のにおいがお香のように室内へ広がっていく。雰囲気作りだ。気分が高まってくる。階下から母の裁縫箱を取ってきてキッチンテーブルに置き、その前に座る。裁縫箱には色とりどりの糸巻きや針、ボタンが入っている。樹脂液(レジン)が入った小さなボトルとＵＶ懐中電灯もだ。

裁縫箱の下側のほうの物入れに隠してあるのは、昨夜苦労して切り取った髪の束だ。手に持ってみる。美しい褐色だ。

鼻歌を歌いながらレジン液のボトルを開け、髪の端を浸す。強烈な臭気が立ちのぼり、たちまち涙目になる。鼻の粘膜が焼けるようだ。ＵＶ懐中電灯をつけ、髪についたレジン液を乾燥させる。こうすると髪がきれいにぴったりとくっつく。つい最近まで、こうして戦利品を加工するのに透明マニキュア液を使用していたが、それだとマニキュア液が乾くまで、髪の束をずっと持ちつづけていなければならなかった。時間がかかるし、せっかくの戦利品が汚れたり、髪がテーブルに貼りついたりする場合もあった。だがスポーツチャンネルで放映していたフライ・フィッシングのドキュメンタリー番組で、釣り人が擬似餌を作るのにＵＶレジン液を使っているのを見たのだ。試しに使ってみたら、魔法のごとくうまくいった。

今ではレジン液のにおいを嗅ぐだけで興奮する。鼻から下腹部まで一気に熱い感覚が広がり、すでに下腹部がこわばりつつある。彼は腿を大きく開いて、その感覚をもっと楽しもうとする。母の裁縫箱から淡い紫色の刺繡糸(ししゅう)の糸巻きを手に取り、固まった髪の房を刺繡糸で小さなリボン結びにする。

それを上唇に沿って滑らせてみる。くすぐったくて、シルクのようにやわらかい。目を閉じ、彼女の香りを思いきり吸いこむ。まるで彼女がまた自分と一緒にいるかのようだ。彼女の味わいが感じられる。彼女のやわらかなまつげが頰に影を落としている様子もありありと頭に浮かんでくる。下腹部が痛いほど張りつめ、彼は低くうめく。優しい少女。救ってやる前に、どうしても罰する必要があった……。

彼女の声がメンソールの煙のにおいと、テレビから流れてくる『コロネーション・ストリート』のテーマソングと相まっていく。

〝少女たちを救うのよ、ジョニー……。

ジョニーは悪い子ね。のぞき見が大好きで……とても悪い子のジョニーはかわいい少女たちを見て、あの子がほしいと考えて……ジョニーをこすってやらなければ……〟

呼吸が浅くなり、視界が狭まってくる。鼓動が速まり、めまいを起こしそうだ。彼はキッチンの椅子から立ちあがり、バスルームに行くと、角質除去用のバスミットを探す。バスミットを手に取ってズボンのファスナーをおろし、バスミットをはめた手で下腹部を握る。そのとき、バスルームの鏡に目がいく。鏡の横に、裸のグレイシーの写真がテープでとめられている。彼は欲望の証に沿ってバスミットを上下させはじめる。〝いい、彼女の声に合わせて。激しく、もっと激しく、さらに速く。痛みが耐えがたいほどの歓びに変わっていく……〟〝そう、こすって、こすって、こすって……ジョニーを清らかにして……〟痛みと快感に目が潤みはじめ、そのふたつがしだいにひとつに溶けあっていく。〝こすって、こすって、こすって、皮がむけるまで……〟視界が紫色にかすみはじめる……。

14

「タイミングが悪かったかしら？」軽食のワゴンを引いた、ぽっちゃりした頬の女性が言った。

マドックスは咳払いをして、オヘイガンと目を合わせた。ふたりとも墓地の少女の事件が頭から離れず、無言のままで、室内にはどんよりとした空気が流れている。医師は顔をあげて時計を見ると、マイクをオフにした。

「少し休憩しましょう」オヘイガンが言った。「被害者の体を切開する前にひと休みしたいわ。四十五分後に再開するのはどう？」

「それがいいと思う」マドックスは静かに答え、腕時計を確認した。アドレナリンが全身を駆けめぐっている。「ブズィアクに連絡を取る必要がある。レオ、被害者が入れているメドゥーサのタトゥーのインクが警察のデータベースに登録されているかどうか確認する人員を確保できないか？　あのシステムの中に、合致する情報があるかもしれない」

　それにジャック＝オーがまだ車内にいる。今回の事件の指揮を執っているあいだ、どうしてもペットシッターが必要だ。この仕事を始めるにあたって要請していたシッターは、結局契約不成立になってしまっていた。

「サンドイッチは何があるの、ハンナ？」オヘイガンはワゴンを引いた女性に尋ねると、使い捨ての手袋を脱いでごみ箱に捨てた。それから体の向きを変え、シンクの蛇口をひねって手を洗った。流水がステンレス製のシンクにぶつかって音をたてる。

「チキンマヨネーズサンドがひとつ、ターキーサラミサンドとチーズサンドがいくつか、すべて白パンよ。あとはベジタリアン用のグルテンフリーのフムスのラップサンドがひとつ。ごめんなさい、残っているのはそれだけなの」

「遺体安置所はいつもあとまわしじゃない。余ったものばっかり」オヘイガンが手を拭きながら言った。「地下室で残り物をやむなく食べさせられるってわけね」

「あら、これは立派な病院給食よ。それにあなたはいつか、病院給食が嫌いだと言ってたでしょう」

「ええ、そのとおり。ただ、外へ食べに行く時間を見つけられないだけよ」

「カウンターの上に置いておけばいい？」ハンナがラップサンドを掲げた。

「ありがとう。あと、コーヒーをちょうだい。ミルクと、砂糖ふたつで。それとスニッカーズも一本お願い。スニッカーズはある?」

市警に持ち帰るため、自分の携帯電話でメドゥーサのタトゥーの写真を撮影していたレオは眉根を寄せた。「ドクター、スニッカーズはカロリーが高すぎる」

「これから長い夜を迎えるんだもの。この仕事は体力勝負なの。特にのこぎりを使う場合はなおさらよ」

「あなたたちはどう?」ハンナが訊いた。「何か必要なものはあるかしら、刑事さんたち?」

マドックスはワゴンを見て少しためらった。「ああ、そうだな。ターキーサラミをもらうよ」

ハンナは包装されたサンドイッチを渡した。「これは病院からのおごりよ。どのみち、廃棄されるところだったから。レオ刑事はどう?」

「いや」レオは即答した。携帯電話をポケットにしまいながら、ワゴンを通り過ぎて出口へと向かう。心なしか顔が青ざめている。「階上(うえ)にあるカフェテリアで、何かあったかいものを食べる」マドックスと一緒に、音をたてて開いた自動ドアを通って遺体安置所から出た。

「信じられない。彼女ときたらどうしてあんなところで食事ができるんだ？」レオがぶつぶつ言う。

「インクの情報がヒットしたら教えてほしい」マドックスはそう言うと、滅菌された廊下を非常階段に向かって進みだした。蛍光灯が点滅している。病院の地下にある空調設備やその他の機械が音をたてて作動していた。

「どこへ行くつもりだ？」レオが背後から叫んだ。

「階上だ。犬にトイレ休憩させてやらなければならない。ブズィアクには駐車場から電話をかけるよ」

「犬を連れてきてるのか？　あんたの車に乗せて？」

マドックスはレオを無視して非常階段のドアを通り抜けると、エレベーターを使わずに階段を一段抜かしで駆けあがった。体を動かし、肺にたまったうんざりする死臭を吐きだしたい。みぞれはやんでいた。愛車シボレー・インパラに大股で向かいながら、新鮮な空気を胸いっぱいに吸いこむ。

車のロックを解除し、ドアを開けて中へ入ると、ジャック＝オーが小さな頭を持ちあげた。

「よう、ご老体」マドックスは声をかけると、手を伸ばしてジャック＝オーのコートを広げた。「さあ、散歩だ。外に出してやるよ」コートの襟にリードをつけ、地面を覆っている半分溶けた雪の上にジャック＝オーをおろした。

ジャック＝オーは三本足をぎこちなく引きずって歩いていき、インパラの左前面のタイヤにおしっこをした。

マドックスは鼻を鳴らした。「ほらな？　今ではおしっこをするのに足をあげる必要もない。何事にもいい面はあるものだ」

ジャック＝オーが駐車場のにおいを嗅ぎまわっている隙に、マドックスは携帯電話を取りだして上司に電話をかけた。

「ブズィアク、マドックスです。連続殺人である可能性が出てきました」水路に浮かんでいた遺体と墓地の遺体の不吉な類似点を手早く説明した。墓地の遺体に関して、今やマスコミが盛んに騒ぎ立てている特徴だ。

ブズィアクはしばらく無言だった。マドックスは病院の窓を見あげた。窓のひとつにクリスマスツリーの明かりがきらめいている。

「そっちの被害者に十字架の痕跡はあるのか？」ブズィアクが尋ねた。

「まだ特定できていません。肉眼による予備検査だけではわからなかったんです。エビか何かによって被害者の顔の皮膚組織はほとんど食いつくされてました。X線で体内検査をすれば、もっと詳しい情報がわかるはずです」

ブズィアクはマドックスに、新しい情報が判明したら昼でも夜でもかまわないから知らせるよう指示した。そのあいだに自分は特別任務に必要な許可を得て、朝一番に特別捜査本部を立ちあげるつもりだとつけ加えた。

電話を切ったとき、マドックスは全身に活力がみなぎるのを感じた。久しくなかったことだ。腕時計を確かめ、小さいながらもずんぐりとしたジャック＝オーの体を雪の上から持ちあげて車まで運び、一緒に乗りこんだ。助手席に予備のジャケットを敷き、ジャック＝オーをその上にのせてやる。夜が近づくにつれ、気温はどんどんさがってきている。水のボトルと今朝、車に放りこんだボウルを探しだし、ボウルに水を満たしてから、助手席の床にそっと置いた。それからターキーサラミサンドの包みを開け、ジャック＝オーに食べさせることにした。サンドイッチを手でいくつかにちぎり、口元へ運んでやる。ジャック＝オーの息はにおっていた。明らかに腹ぺこだったに違いない。

「それで、おまえはどう過ごしてたんだ？」マドックスはジャック＝オーに訊いた。もう百回は同じことを訊いただろう。ある日、三本足の犬が突然答えてくれるのを期待するように。「おまえをジョン・ドッグと呼ぶべきかもしれないな。身元不明の男(ジョン・ドウ)

みたいに」

ジャック＝オーがげっぷをした。

「気にするな。気分がよくなったんだろう？　睡眠をとったんだな？」そう言って犬の頭を撫でたときに気づいた。ジャック＝オーの小さくておかしな形の尻尾が車のシートに叩きつけられている。マドックスは思わず笑みを浮かべた。ジャック＝オーが尻尾を振ったのはこれが初めてだ。奇妙にも、心に響いた。この犬の命を救う選択をしたのは自分ではないが、ある暗い夜にこの犬と思いがけずめぐりあったのも何かの縁だ。それだけに、とうとう自分に向かって尻尾を振ってくれたのを見て、ジャック＝オーの人生に違いを生みだせたのだと感じずにはいられない。

彼はジャック＝オーを車内に残し、窓をほんの少し開けたままにしてドアを閉めた。まだ時間はある。カフェテリアでレオと合流できるだろう。廃棄寸前のサンドイッチよりも栄養のあるあたたかい食事にありつけるはずだ。

食事をとれそうだと考えると元気が出て、マドックスはさらに早足で病院の入口へ向かった。新しい仕事の初日にふさわしい事件の担当となった。連続殺人事件の可能性すらある。しかもマスコミも大騒ぎというおまけ付きだ。経験上、この種の仕事がキャリアアップにつながることはよく知っている。あるいはキャリアが台なしになることも。だが、そうはさせない。ここに来たのは正しい決断だったと証明してやる。実際、胸の内ではそう感じていた。

この仕事は絶対に成功させてみせる。ジニーのために。あらゆるもののために。

途中でジニーに電話をかけたが、留守番電話につながった。「ジニー、あれからどうしたか確認したくて電話したんだ。今朝は本当にすまなかった。大きな事件が起きた。犯人は必ず捕まえるつもりだ。おまえと……クリスマスの予定について話さないとな。折り返し電話がほしい。頼む」

15

アンジーはホルガーセンを助手席に乗せ、ゴージ水路にかかる青い鉄橋を渡り、海辺沿いの高級住宅地へやってきた。

日曜日の午後六時七分だ。カフェインとジャンクフードでしのぎながら、もう十六時間もぶっ続けで仕事をしている。木曜以来ほとんど眠れていないせいで、頭が朦朧（もうろう）としてきた。酔っ払ったかのようにぼうっとしている。バスの待合所に近づくにつれ、クラウン・ヴィクトリアのスピードを徐々に落とした。昨夜シフトに入っていたバスの運転手ゲイリー・ヴォーガンは、グレイシー・ドラモンドがいつもどおりこの待合所でおりたと証言した。〈ブルー・バジャー・ベーカリー〉の土曜夜のアルバイトに行くためだ。

これより前に、アンジーとホルガーセンはバスの車庫を訪ねて責任者から話を聞き、事件のあった土曜にそのルートを運転していた男性を特定すると、その足で彼の自宅を訪ねていた。ゲイリー・ヴォーガンはベテラン運転手で役立つ情報をくれたが、震えあがっていた。バスの待合所の脇の道路に車を停めながら、アンジーは運転手の言葉を思いだしていた。

〝グレイシーは本当にいい子だった。いつだって感じがよくて、どんなときでも誰にでも笑いかけてたんだ。シフト上、私が運転するバスはわりと早い時間にフェアフィールドを通過する。土曜夜の前半の運転担当なんでね。ああ、あの子は昨日、〈ブルー・バジャー・ベーカリー〉の最寄りの待合所でおりたよ。確かだ〟

「ここだ」ホルガーセンは雨が流れ落ちる車の窓から外を見つめた。「ヴォーガンは土曜の六時三十七分にこの待合所で停車したと言ってた」

〝その日はバスが遅れていた。あのあたりはいつもそうだ。常に工事や渋滞があるせいで、時刻表どおりに運転するのが難しい。それに天気もある。クリスマスが近づいてるせいもある。この時期、週末のあの時間は普段よりさらに渋滞するんだ〟

「さて」ホルガーセンが口を開いた。「ドラモンドはフェアフィールドにある自宅アパートメントの前からバスに乗った。そしてバスの右手、ドア近くのいつもの席に座り、白いイヤホンをつけてスマートフォンで何かを聴いてた。運転手によれば、彼女はいつもそうしてたらしい」アンジーを振り向いた。「ゲイリー・ヴォーガンはドラモンドに特別な関心を抱いてた様子だ。あんたはヴォーガンのことをどう思う？」

「まだ何もわからない」アンジーは頭の中でヴォーガンの話をさらに思い返していた。

〝土曜日、その待合所で彼女と一緒におりた人はいましたか？〟

〝男がふたりおりた。いや、違う、あの日はひとりだけだった。ふたりおりたのは、たしかその前の土曜だ〟

〝この土曜に彼女と一緒におりた男はいつもこのバスを使ってたんですか？〟

〝ああ。いつもあそこでおりるのは、グレイシーとその男のふたりだけだ。通勤客っぽい男で、いつも何も話そうとしないし、目を合わせようともしない。背が低くて、五十代くらいで、アジア系だと思う〟

〝一週間前に乗っていたもうひとりの男はどんな感じでしたか？〟

〝背が高くて、引きしまった体つきだった。黒っぽい格好をしていて、つばがついてないニット帽を目深にかぶっていた。顔はあまりよく見えなかったな〟

「通りには街灯がある。歩道は充分明るい」ホルガーセンが顎髭を引っ張りながら言う。「この待合所から〈バジャー〉の入口まで歩くあいだで、ドラモンドの身に何か異変が起きた。彼女のスマートフォンはこのあたりで電源が切られてる。店の従業員が電話をかけても、一度も応答がなかった。ドラモンドは忽然と姿を消した。ロス・

ベイ墓地の聖母マリア像の足元で発見される瞬間まで」

その日の午後、鑑識班がドラモンドのスマートフォンを見つけようとしたが、結局発見できなかった。おそらくバッテリーの充電切れか、持ち去られたかのどちらかだろう。ドラモンドが契約している携帯電話会社は捜査に協力的で、直近の通話記録を提出してくれた。鑑識班が今、その資料を調べている。次にすべきはドラモンドの家へ行き、使っていた電子機器を証拠として押収することだ。だが時間が経つのがあまりに早すぎる。アンジーは決定的な手がかりを得るなら今夜がタイムリミットだと考えていた。明日の朝には、この事件は殺人課の手に渡ってしまうに違いない。

厳密に言えば、第一犯行現場とは被害者が発見された場所を意味する。この場合、墓地が第一犯行現場だ。だが本件のように被害者に対する暴行が別の場所で行われた場合、物的証拠や痕跡証拠が残されたその他の場所も犯行現場に含まれる。今まさにアンジーは、ここでそういった証拠を捜しだそうとしていた。

彼女は車のエンジンを切り、スカルキャップをかぶった。ドアハンドルに手を伸ばしたとき、携帯電話が鳴りだした。相手を確認する。父だ。留守番電話に切り替わるのに任せて、ホルガーセンとともに車からおりた。

「さあ、付近を歩いてみるわよ」アンジーはゆっくりと体をまわし、周囲の様子を確認した。霧が深く、低くどんよりと曇った空からみぞれが降っている。「ドラモンドはここでバスをおりた。〈バジャー〉はあそこに見える海のすぐ近くだわ。煉瓦造りの建物が並んでるあたりよ」

「あの建物は今じゃもう使われてない」ホルガーセンはそう言うと懐中電灯を向け、一番近くにある建物を照らしだした。「一八〇〇年代にあったガス工場で、ずっとほったらかしにされている。だが壁に再分割の看板が貼ってあるところをみると、これから再開発されるみたいだな」

「ガス工場だとどうして知ってるの？」

「言っただろ？　俺はもの知りなんだ」

アンジーは眉をひそめると、自分の懐中電灯で建物群に沿って走る古い枕木を照らしだした。枕木には雑草がからみつき、みぞれがうっすらと降り積もっている。

「ドラモンドはバスからおりて、この道を歩きだした」アンジーは歩道を進みはじめた。ホルガーセンがあとに続く。「シフトは午後六時半からだけど、あの日はバスが遅れた。彼女は急いでいたに違いないわ。あの晩はひどく寒くて、風がきつくて、雪も降っていた。ドラモンドはうつむいたまま、イヤホンで何かを聴いていた。周囲の変化には気づかなかったはずよ」

「すぐそばをたくさんの車が走ってるな」ホルガーセンが言う。

「だけど、あの日は悪天候だった。嵐のような天候だと、人の注意は内に向かいがちになる。あの日運転していた人たちも、目の前の道路に意識を集中させていたはずよ」通りの端にある角にたどり着くと、アンジーは腕時計で時間を確認した。「そこの待合所からこの角まで、彼女の足なら二分くらいで着いたに違いないわ」ふたりは角を曲がり、舗装された駐車場へ足を踏み入れた。駐車場には、ガス灯時代を彷彿(ほうふつ)とさせる照明が設置されている。駐車場の先にはベーカリーショップとカフェがあった。建物の窓にアナグマ(バジャー)のイラストが描かれた青いネオンサインが点滅している。「ここが目的地ね」ふたりはテラスへ通じる階段をのぼり、ガラスのドアへ向かった。アンジーはテラスで立ちどまった。「ただしドラモンドがここまでたどり着かなかった可能性もある。ここに着く前に何かが起きたのよ」

　ホルガーセンが店のドアの取っ手に手を伸ばしたとき、アンジーは何かを感じて振り返り、駐車場の向こうにある暗がりを見つめた。暗闇の中に煉瓦造りの大きな建物が二棟、ぬっと立ちはだかっていて、なんとも不気味だ。並んだふたつの建物の窓はどれも板でふさがれている。突然風が吹きつけ、海から濃い霧が立ちのぼり、そこに女の子の姿が現れた。煉瓦造りの建物のあいだにある細い路地の入口に、ピンクのワンピース姿の女の子が立っている。暗がりの中、ぼんやりと光を発して、浮きあがっているように見える。女の子はアンジーに背中を向けていた。

それから少し振り返り、肩越しにこちらをちらりと見た。闇に青白い顔が浮かびあがっている。女の子が右手を伸ばしてきた。左手には小さなバスケットを抱えている。

〝森へ遊びに来て……遊びに来て……〟

アンジーはそこはかとない恐怖を感じた。女の子が手招きしている。ずるずると引きずられてしまいそうだ。まるで胸の奥底に目に見えない糸がくくりつけられていて、なすすべもなくたぐり寄せられ、暗闇に引きずりこまれるかのようだ。ふと気づくと、女の子の幻のほうへ一歩踏みだしていた。

「パロリーノ？ 入らないのか？」ホルガーセンが店のドアを開けて待っている。店内から音楽と笑い声がもれ聞こえてきた。

「ええ……先に入ってて。昨日、ドラモンドを見た人がいないかどうか確かめておいて。あと、彼女の普段の様子も訊いて。何か問題を抱えてなかったか、最近怯(おび)えた様子が見られなかったか、常連客や私生活、同僚について不満をもらしていなかったか。ちょっと確認しておきたいことがあるから……向こうに行ってくる」アンジーは足早にテラスを横切り、階段をおりた。

「パロリーノ！」ホルガーセンが背後から叫び、アンジーがみぞれと霧の中に消える と毒づいた。しばらくして、アンジーは先ほどの路地へたどり着いた。

〝来て、遊びに来て……〟

頭の中で聞こえる女の子のささやきは大きくなり、胸を引っ張られるような感覚も強くなる一方だ。全身のあらゆる細胞が〝逃げて！〟と叫んでいるのに、建物のあいだの暗闇へ向かって駆けださずにはいられない。

〝走って……走って！ ……ウチェカイ、ウチェカイ！〟

不可解な言葉が頭に浮かんだ。最初の言葉は幼児が口にした英語のように聞こえ、次の言葉は外国語のように思える。それなのに本能的に言葉の意味がわかった。〝逃げて！ ここから逃げて！ 早く！〟

アンジーは路地に足を踏み入れた。心臓が早鐘を打っている。そして動きを止めた。ピンクのワンピースの女の子が突然、路地の向こう端に現れた。ありえないほどやわらかなピンクの光に全身を包まれている。女の子が再びアンジーに向かって手を伸ばしてきた。

そのとき霧が渦巻いて視界が晴れ、女の子は姿を消した。

アンジーは唾をのみこんだ。唇の上に汗をかいている。煉瓦造りの建物に挟まれた路地の向こう側には、漆黒の闇が広がっている。建物の壁は煤（すす）や地衣類で覆われて黒ずんでいた。再度、懐中電灯のスイッチを入れてみる。そこにあるのは古い枕木やガラスの破片、何かのボトルだった。そのすべてが雪をかぶった地面から突きだしている。アンジーはゆっくりと路地の奥へと入っていった。ブーツの下に、砂利と凍った雪が踏みつぶされる感触を覚えた。

懐中電灯の光が壁に跳ね返って建物の裂け目を照らしだし、影がいっそう強調されている。そのとき足元近くを何かが横切り、思わずアンジーは息をのんだ。懐中電灯を左右に向けながら、本能的に拳銃のホルスターへ手を伸ばす。壁のくぼみから排水管へ、小さな何かが姿を消した。ただのネズミだ。彼女はもう一度気を引きしめると、女の子が立っていた路地の向こう端へ向かいはじめた。路地の先はだだっ広い空き地につながっていた。雪に覆われた地面から、雑草やいばらの茂みが突きだしている。そのとき、海からむせび泣くような霧笛が聞こえた。懐中電灯をあちこちに向けて空き地の様子を確かめる。女の子の姿はない。

もちろん、女の子の姿なんてあるはずがない。

自分は幻覚を見たのだ。母のように。とうとう始まった。病気になってしまった。どうして幻だとわかっていたのに、追いかけてきたのだろう？　自分自身の心が作りだしたものなのに？　それが一番恐ろしい。幻覚が自分の理性を支配するほど強烈な影響を及ぼせるのだという事実が。アンジーがすばやく体の向きを変え、光が満ちたあたたかな〈バジャー〉の店内へ行こうとしたとき、土手の上の待合所に停まっているバスの後部が見えた。脇に駐車してある自分の車もだ。その光景を目にした瞬間、ひらめいた。

アンジーは再び体の向きを変え、路地を見つめた、これは近道だ。ドラモンドは今は使われていないこのガス工場の建物のあいだにある路地を通ることもできたはずだ。海辺に一番近い脇道からすぐの場所にある、このがらんとした空き地になら、犯人が車を停めて待機することも可能だ。ここには照明がひとつもない。

アンジーは懐中電灯であたりの様子を確認した。昨夜、車が痕跡を残していたとしても、すでに雪で覆われているに違いない。アンジーは自分がドラモンドになった気分で、路地をもと来た方向に向かって戻りはじめた。ドラモンドは待合所から急いで土手をおりていったはずだ。悪天候のせいでうつむいて、身を包んでいたコートの襟を頬まで立てて、帽子を目深にかぶり、音楽を聴きながら歩いていく。この路地を急ぎ足で通ったに違いない。バスの到着時刻が遅れたせいもあるし、こんな暗くてうら寂しい場所に本能的に恐怖をかきたてられていたせいもあるだろう。

ヴォーガンが言っていたように、たびたびバスの到着時刻が遅れていたなら、ドラモンドは毎週この近道を使っていたのかもしれない。誰かが彼女のそんな習慣を知り、昨夜待ち伏せたのだろう。偶然ではなく、計画的な犯行だ。

アンジーは自分がドラモンドであるかのようにうつむいた。歩きながら地面を懐中電灯で照らしてみる。光の先に何か輝くものが見え、その場で立ちどまった。先ほどつけた自分の足跡で、砂利に埋もれていた何かが姿を現したらしい。アンジーはしゃがみこんでゴム手袋をはめると、それをつまみあげた。白くて小さなイヤホンと引きちぎられたコードだ。彼女が顔をあげると、すぐ隣に、先ほどネズミが隠れていた壁のくぼみがあった。くぼみはちょうど犯人が身を隠すのにうってつけの大きさだ。引っこんだ部分の煉瓦の壁に体を押しつけていれば、誰からも見えず、完全に身を隠せる。ドラモンドが近づいてきた瞬間、ここからいきなり踏みだすことができたはずだ。もしくは通り過ぎた彼女の背後から襲いかかることもできる。犯人ともみあううちに、コードが引きちぎられてイヤホンが耳から外れて落ちた可能性がある。遺体に防御創がたくさんあったことから推測するに、ドラモンドは生きようと必死で抵抗したはずだ。彼女は叫び声をあげなかったのだろうか？　いや、あげたに違いない。

アンジーは立ちあがって叫び声をあげ、煉瓦に囲まれた場所の反響を試した。叫び声はまったく響かないまま、苔類や地衣類、地面に降り積もった雪に吸収された。たとえドラモンドがどうにか叫んだとしても、こんな暗がりで、しかもあの悪天候では聞く人は誰もいなかっただろう。ドラモンドはひとりぼっちだった。完全に孤立無援の状態だった。

「パロリーノ！」ホルガーセンの声がした。「おい！　そこにいるのは誰だ？」路地の向こう側から懐中電灯の明かりが見えた。大股の足音がどんどん近づいてくる。アンジーの顔にまぶしい光があてられた。ホルガーセンは拳銃を抜いている。

アンジーは手袋をはめた指でイヤホンをつまみあげてみせた。「バスの運転手はドラモンドが何か聴いていたと言っていた。母親は娘がｉＰｈｏｎｅを持っていたと言っていた。そしてこれはアップルの標準的なイヤホンよ。この路地の奥には、車を停められるほど広い空き地がある。犯人が犯行を前もって計画していた可能性が高いわ。ちょうどここにある壁のくぼみで待ち伏せしていたのかもしれない。ドラモンドがやってくるのを知っていて、彼女に飛びかかり、イヤホンを引きちぎった。犯人はこれを計画していたんだわ。なんらかの理由でドラモンドを選んだのよ、ホルガーセン。彼女を追いつめて、身動きが取れないようにした。ドラモンドは犯人の妄想をかきたてるタイプだった。その理由を見つけださなければ」

「いったいどういうことだ、パロリーノ？」ホルガーセンは拳銃をホルスターにおさめた。「さっき外へ出たとたん、あんたの叫び声が聞こえた。危険な目に遭っていると思ったから捜しに来たんだ。それなのに――」

「音よ」アンジーは周囲の壁を見あげた。「今はたまたまあなたに聞こえたけど、ここでは音が吸収されてしまう。ここまで来た足跡をたどって戻って、ホルガーセン。この場所を封鎖して、朝になって鑑識が到着するまで、監視の制服警官を立たせておく必要がある。被害者が拉致されたのはここよ。この命を懸けてもいい。さあ、行って！」

　ホルガーセンは小声で悪態をつくと、自分の足跡をたどって戻りはじめた。アンジーも彼にならう。

「〈バジャー〉の従業員たちはなんて言ってた？」アンジーは背後から叫んだ。「何かわかった？」

　ホルガーセンが立ちどまり、振り向いてアンジーをにらみつけた。全身から怒りとアドレナリンが発せられている。「あいにくドラモンドといつも同じシフトに入る従業員は店にいなかった。だが店長によれば、ドラモンドはおとなしくていい子だったそうだ。他人に優しく、自分のことはほとんど話さなかったという。友だちや恋人といった個人的な話はほとんどしなかった。勤務態度は良好だったし、彼らが知る限り、心配事を抱えていた様子もなかったし、ほかの従業員たちと問題があったわけでもない。あと、いつもこの路地を近道に使ってた。〈バジャー〉の夜勤担当の上司が恐ろしく時間にうるさいせいで、照明のある建物沿いの歩道じゃなく、この路地を歩いて三分間、時間を稼いでたらしい」

「よくやったわ。だったら――」

「よくやっただと？　なあ、パロリーノ、あんたに脅かされたせいで、俺はくそをもらしそうになったんだぞ」

「ほら、歩きつづけて」

ふたりは路地のもといた端にたどり着いた。

「車から立ち入り禁止テープを取ってきて」アンジーは命じた。「私は電話をかけるから」彼女が手を伸ばしたとき、携帯電話が鳴りだした。「こちら、パロリーノ」

「ヴェダーだ」

「今、ちょうど電話をかけようとしてたところです」口の形で〝ヴェダーから〟とホルガーセンに伝えると、手をひらひらさせてその場から追いやった。「私たちが発見した――」

「今、していることを中止してもらいたい」

「なんですって?」

「今、していることをすぐにやめるんだ。それで――」

「いやです。待ってください。たった今、手がかりを得たところなんです。私は――」

「パロリーノ、とにかくやめろ。今すぐ。私の話を聞いてるか?」

「はい」

「今朝、若い女性が全裸のままビニールシートで巻かれてゴージ水路に浮かんでいるところを発見され、その捜査を殺人課が担当していた。その被害者の局部と、毛髪の一部が切り取られていたんだ」

アンジーは建物のひさしの下にすばやく移動した。「額に十字架は?」

「今はまだ判断がつかない。だが――」

「その事件とドラモンドの事件は、ファーニホウとリッターの事件と関連がある可能性があります」アンジーは早口で言った。「今、私を捜査から外すことはできないはずです。私はハッシュと一緒に、どちらの性的暴行事件も担当したんです。あの二件について、あらゆる情報を知ってます。あなたは私にこの事件を担当させなければなりません」

「くそっ、パロリーノ、話を聞け。ブズィアクは今、特別捜査本部を設置してる最中だ」

「ちくしょう」アンジーはささやき、雪をかぶった石を蹴飛ばした。すべてが殺人課の手に渡ろうとしている。

「君は一時的にその本部に加わることになった」

アンジーは突然動きを止めた。

「ブズィアクは今回の事件が、ドラモンドとファーニホウ、リッターの事件と関係がある可能性に同意している。その三件に精通している君に今、行われている、ゴージ水路であがった身元不明の遺体の検死に立ちあってほしいそうだ。その遺体とほかの三人の遺体との類似点をつぶさに観察し、報告してほしいとのことだ」

アンジーは携帯電話を握る手に力をこめた。今やアドレナリンと興奮が全身を駆けめぐっている。

「捜査の指揮を執るのは、ジェームズ・マドックス巡査部長だ。君は一時的に彼とパートナーを組むことになる。マドックスも今、死体解剖に立ちあってる。ドラモンドの解剖は朝一番の予定だ」

「マドックスって誰です？　名前を聞いたことがありません」

「新入りだ」

「新入り？　殺人課に？」アンジーは頭がどうにかなりそうだった。「新入りってどういう意味ですか？　人はすでに足りていたはずでは？　いつ新入りが入ってきたんです？」

「パロリーノ、殺人課は私の担当じゃない。私だってわからない」

「私の殺人課への異動願はすでに提出してあるはずです。もう署名してもらえたんですか？　私は司法当局のすべてのコースを履修して、それ以外のコースも修了しました。私は――」

「今はそういう話をしているときでは――」

「いいえ、そういう話をするべきときです」この事件で自分の実力を証明できる。この絶好の機会をものにして、殺人課に加わってみせる。

「アンジー」

ヴェダーにファーストネームで呼ばれ、アンジーはつかの間言葉をなくした。

「なあ、私には時間稼ぎをするつもりなどない。ただ、君は殺人課へ移る前に心理評価を受ける必要がある。君はパートナーを失った。警察の精神科医と面接しなければならない。それが市警の決まりだ。その手順を踏まない限り、ブズィアクも君を殺人課の一員として認めないだろう。どうしても殺人課に異動したいなら、好きにすればいい。そのためには、まずは心理評価を受けろ」

ふいに不安が興奮に取って代わった。心理評価――女の子の幻を見ていること、あるいは苦しみを忘れるために行きずりの体の関係を求めずにはいられないことを精神科医に見破られる。それこそ、一番あってはならない。そんなことになれば、刑事としての仕事を完全に失ってしまう。ホルガーセンが立ち入り禁止テープを持って戻ってきた。

意識を集中しなさい。

アンジーは咳払いをして、低く落ち着いた声を出そうとした。「ドラモンドが最初に犯人に襲われた場所を発見しました。〈バジャー〉と被害者がおりたバスの待合所のあいだにある路地です」

「よし、よくやった。現場保存はホルガーセンに任せて、君はすぐ検死に立ちあうんだ。新たな特別捜査本部の捜査会議は、明日の朝七時半からだ。幸運を祈るよ。それとパロリーノ……」ヴェダーは一瞬ためらった。「感じよくしろ。感じよく振る舞っていれば、そのときが来たらマドックスが君を推薦してくれるかもしれない」さらにためらってから口を開いた。「惨死事件はひとりで解決するような任務じゃない」

　ヴェダーが何を警告したがっているかは火を見るよりも明らかだ。彼はアンジーをよく知っている。どれほど彼女が怒りっぽいか知っているのだ。われを忘れるほどの激しい怒りに駆られたとき、その怒りを他人にぶつけないでいかに処理できるか――それが自分の問題だ。さらに、ひとりで仕事をする傾向があることも問題だろう。本当に仕事ができる殺人課の刑事はチームプレイが得意だということは百も承知だ。でもアンジーは昔からチームプレイが苦手だった。小中高校でも、大学でもそうだった。しかも今日の早い時間にヴェダーと話したとき、自分がすでに性犯罪課の問題を象徴するイメージキャラクターだと見なされていることを思い知らされた。

　自分に失うものは何もない。

　ただひたすら勝つのみ。

　マドックスという新入りが、自分の未来の鍵を握っているのかもしれない。

16

アンジーはブーツの音を響かせながら、地下にある廊下を進んだ。自分でもよくわかっている。遺体安置所に足を踏み入れた瞬間、まず衝撃を受けるのはあのにおいだろう。あれにはいらいらしてしまう。病院のにおいを嗅ぐといつもそうなる。どうしてなのか、はっきりとした理由はわからない。今まで病院で恐ろしい体験をしたことなんて一度もないのに。

アンジーは車のグローブボックスに入っていた、ユーカリの軟膏の小さな瓶を持ってきていた。ハッシュが痰(たん)や粘液がからんだひどい咳に悩まされていたときに使っていたものだ。まだ彼の私物を処分する気になれなかった。遺体安置所のドアに近づくと、瓶の蓋を開け、鼻の下に軟膏を塗った。

間違いだった。

ひりひりとして、鼻が焼けるようだ。両開きのドアが音をたてて開くと、たちまち目が潤みはじめた。目をしばたたきながら室内に足を踏み入れる。チェロの調べが流れる中、医療器具が触れあう金属的な音と、シンクに流れ落ちる水音が聞こえた。ステンレス製の台の上に被害者が仰向けに横たわっている。体全体が不自然なほど青白い。頭部は血まみれで、むきだしの顎と丸い眼球、濃い色の髪が見えている。

それなりに覚悟していたものの、その光景はやはり衝撃的だった。

病理学者のバーブ・オヘイガンが解剖を担当していた。アンジーはそれをありがたく思った。医師は外科用メスを手にしたまま、顔をあげてこちらを見た。アンジーに背中を向けて、ふたりの刑事が立っている。太った体つきと白髪頭から、ひとりはすぐにレオだとわかった。隣にいる男性はレオよりはるかに背が高い。百九十五センチはあるだろう。しかも肩幅はレオの二倍もある。蛍光灯の下で、男性の豊かな髪は暗藍色に見えた。アンジーは体の一部がこわばるのを感じた。

「パロリーノ刑事が到着」オヘイガンがマイクに向かって言い、アンジーに会釈した。

刑事ふたりが振り返る。藍色の目と目が合った瞬間、アンジーは心臓が跳ねた。

ミスター・ビッグ・ディック。

長身で、謎めいていて、無駄にハンサム――昨夜、彼女がモーテルの部屋でベッドに両手を縛りつけ、快楽のために一夜限りの関係を持った男だ。彼が殺人課の新入り？　私の未来の鍵を握るかもしれない男？　頭の中で警告音が大きく鳴り響きだした。

深呼吸をしたものの、ユーカリの軟膏のせいですぐに咳きこんでしまった。目がさらに潤んで鼻水が出てきた。はなをすすり、もう一度咳きこむ。

「レオ、どうも」アンジーは咳の合間にどうにか話しかけた。

レオが眉をひそめている。「いったいここで何をしてるんだ？」

オヘイガンが手を伸ばして、マイクをオフにした。

アンジーは親指の腹で涙をぬぐった。「失礼……目に何か入ったみたい」咳払いをしてもう一度はなをすする。「この事件を手伝うことになったの。ブズィアクから特別捜査本部に加わるよう任命されたところよ」

チェロの調べが不協和音を奏でた。

レオが目を細めてアンジーを見た。「こちらはジェームズ・マドックスだ。彼が今回の捜査の指揮を執る」

「アンジー・パロリーノよ」そう名乗り、再びあの深い藍色の目と目を合わせたとたん、全身がかっと熱くなった。常々自分に課しているセックスに関するルールが脳裏をよぎる。

同僚とはベッドをともにしないこと。キスはしないこと。先に立ち去ること……常に自制心を保つこと……。

今の自分に何より必要なのは自制心だ。

「ドラモンドの事件は私の担当なの」アンジーはどうにか言うと、袖口で鼻水をぬぐった。「このレイプ事件は三、四年前に前のパートナーだったハショースキーと調べていた二件の未解決レイプ事件と関連があるかもしれない。四つの事件には共通点がある。だからこの検死をつぶさに観察して、過去の二件との類似点がないかどうか調べるよう言われたの」

ジェームズ・マドックス刑事がゆっくりと視線を合わせ、手を伸ばしてきたので、アンジーは彼の手を取った。しっかりと――実にしっかりと――手を握りしめられる。なんて大きな手だろう。腕にかけられた彼の手の記憶がよみがえる。あの夜、マドックスはそうやってアンジーをクラブの外へ連れだした。続いて思い浮かんだのは、両手を頭の上に掲げられ、ベッドで身動きできないまま横たわっている彼の姿だ。胸と脇と下腹部の毛が黒々としているのとは対照的に、肌は白くて大理石のようになめらかだった。まるで雪花石膏(アラバスター)だ……それに欲望の証は硬く張りつめていた……。アンジーは思わず唾をのみこんだ。

「会えて……うれしいよ、刑事」マドックスが言う。アンジーの手を握る時間が少し長すぎる。唇にかすかな笑みを浮かべながらも、瞳に浮かんでいるのは真剣そのものの表情だ。

オヘイガンは一瞬ふたりの様子に目をとめ、レオと目配せして言った。「あそこのカウンターにあるティッシュペーパーを使って」

アンジーはティッシュペーパーを何枚か取った。「ありがとう。ハッシュが私の車に置いていた軟膏を使ったら、ひりひりして」少しでも笑おうとする。「ハッシュが最後に悪ふざけを仕掛けた相手も、やっぱり私だったなんて」

まったくもう……。

ミスター・ビッグ・ディックの脇に立ったときに気づいた。彼は結婚指輪をはめている。やはり思ったとおりだ。アンジーの胃がこわばった。まったく男ってやつは。彼らは夜の闇に紛れて、さまざまな方法でひそかに狩りをする。自分ではどうしようもない、最も根源的な衝動を満たすために。ただし、アンジーはそんな男たちを批判できない。彼女だってひそかに狩りをしている。

マドックスが既婚者だという事実は、アンジーにとって有利に働くかもしれない。それを逆手に取ることもできる。アンジーは一縷(いちる)の望みにしがみつき、どうにか心を落ち着けると、解剖台の上の遺体に注意を戻した。被害者の下腹から剃毛（ていもう）された局部にかけて広がるタトゥーに気づき、新たな驚きがわき起こる。

「ちょうどよかった」オヘイガンが言った。「これから彼女の体を切開するところよ」

手を伸ばし、マイクを再びオンにした。

17

ジャック・キリオンは鍵穴に鍵を差しこみ、ドアを開けた。室内の照明は薄暗い。床から天井まで届く大きな窓の正面にあるコーヒーテーブルの隣では、キャンドルの明かりが揺らめいている。ちらちらする明かりの中、開封したワインボトルとグラス二脚がテーブルに置いてあるのが見えた。窓の向こう側はすでに真っ暗だ。海岸近くにある州議事堂の建物の照明がまたたいて見える。室内には、ゆったりとしたジャズがかかっていた。

彼はためらった。緊張のせいで肩甲骨がこわばっている。きっと立ち去るべきなのだろう。こんなことはやめなければ。そう思いながらも結局は中へ入り、後ろ手に静かにドアを閉めた。

「ねえ」彼女が部屋の角を曲がって姿を現し、キリオンを驚かせた。ブリーフケースを受け取って椅子に置くと、キリオンの両手首を持ち、彼を近くへ引き寄せて唇にキスをする。彼女はワインの味がした。

キリオンがいつものような反応を返さずにいると、彼女は体を引いて目を細めた。

「大丈夫？」

「ああ。ただ……」

「火曜日の宣誓就任のこと？　ニュース速報があったわね」

「まさに完璧なタイミングだ。そうだろう？　犯罪撲滅を公約に掲げたことが、今では完全に裏目に出ている」

「さあ、こっちへ来て……座って。暖炉には火が入れてあるし、ワインも開けてあるわ」彼女はストッキングを履いた片脚を動かしてリビングルームを示すと、自分はソファに座った。隣にあるクッションを軽く叩きながら言う。「話してみて」

「ジョイス、こんなことはもうやめたほうが――」

「座って」彼女は真顔になった。「私ならあなたを助けることができるわ、ジャック」

彼女はほんの一瞬で仕事モードに切り替えられる能力の持ち主だ。いとも簡単に仕事と私生活を行きつ戻りつできる。そんな姿を目のあたりにして、キリオンは不思議に思うことがある。本当のジョイス・ノートン＝ウェルズとはどんな女なのだろう？

あの計算高い頭で、本当はどんなことを考えているのか？「ガンナー署長が自宅に電話をかけてきて、詳しい情報を教えてくれたわ」ジョイスがワイングラスに手を伸ばした。「重大な事態みたい」

「そりゃあそうだ。なぜなら――」

「いいえ、私が言いたいのは大きなチャンスだということよ、ジャック」ジョイスは深呼吸をして、ほっそりとした形のいい脚を組んだ。「連続殺人犯を私たちの手で捕まえられるかもしれない」

キリオンは窓のそばにある椅子にゆっくりと腰をおろした。できるものなら、今はジョイスと少し距離を置きたい。そうする必要がある。ジョイスが身を乗りだした。

「知っているでしょう？　起訴することが非常に重要な、あるいはとても難しい事件の場合、司法長官室はその旨を前もって知る権限が与えられているの」

ジョイスの黒い目を見つめたとき、キリオンは不吉な予感にとらわれた。彼女は興奮に瞳を輝かせている。ジョイスは醜い争いが大好きだ。彼女が次に何を言いだすつもりであれ、それは迫りつつある〝醜い争い〟に関してだろう。政権を握るキリオンにしてみれば、絶対に巻きこまれたくない争いだ。

「続けてくれ」

「今朝、私たちはゴージ水路で発見された遺体に法医解剖をすぐに行うよう命じたわ。

今こうしているあいだにも解剖が行われて――」

「こんな夜にか？　日曜なのに？」

「だって特殊な状況だもの」ジョイスは少しためらった。「それで、肉眼による予備検査でわかったことがあるの」

　キリオンは不吉な予感がさらにふくらむのを感じた。

「被害者の髪の一部が切り取られていたわ」ジョイスはしばし口をつぐんでからつけ加えた。「それに局部も切り取られていた」

　キリオンはジョイスを見つめた。鼓動が速まっている。

「市警はこの事件が墓地で発見された若い女性の事件と関連があると考えている。さらに、過去に起きた二件の性的暴行事件にもね」ジョイスがキリオンを値踏みする目で見た。彼にこの件に対処する気構えやスタミナがあるかどうか確かめるようなまなざしだ。「犯人は儀式にこだわり、快楽のために女性を殺害する男よ、ジャック。レイプから殺人へと急激に手法をエスカレートさせてきた。しかも今回の殺人事件がふたつ立て続けに起きている点から推測するに、犯人が殺人の能力を短期間で飛躍的に向上させたことは誰の目にも明らかだわ」

「こんな事態はごめんだ」

「いいえ、あなたにはこの事態が必要なのよ。市警はこの犯人を捕まえる。絶対に逮捕するわ。私たちが犯人を起訴すれば、世間は大騒ぎになるはずよ。国際的な注目を集めることになる。ガンナーは最初からこちらに協力的だから、州検察側は準備万端整えて、市警の捜査のあらゆる面を把握できる。私たちにはひとつのミスも許されないし、法律の抜け穴も許されない。私はトップクラスの検察官たちを揃えて、この一連の事件に関する市警の過去の記録をすべて明らかにする。ひとつの失敗も容認できないから」

キリオンは立ちあがり、大股で床から天井まである窓へ近づくと、港に灯る明かりを眺めた。ここは彼の街だ。

「ジャック？」

「君はこの事態を大いに楽しんでいる。そうだろう？ 君はこうなることを望んでいた。この街で白人の少女たちが局部を切り取られ、殺害された。君はそれを望んでいた。なぜならそういう事態が起きれば、君はキャリアをさらに伸ばせるからだ。犯人を起訴する段になれば、君のオフィスにまばゆいスポットライトがあたるからだ」

「ジャック――」

「八十九票だ」夜景を眺めたままキリオンは続けた。「たったそれだけの差で、私は市長になった。パティ・マーカムに勝てたのはそれだけだ。彼女との差はそれがすべてだった。選挙後の調査により、わずかな得票数の差を生みだしたのは、私の犯罪撲滅という公約だったことがわかっている」彼はジョイスに向き直った。

ジョイスはハイヒールを蹴って脱ぎ、脚を折りたたんで椅子に座ると、熱心な目でキリオンを見つめた。彼はジョイスを見るたびに、俳優レネ・ルッソを思いだす。女としての自信と経験が全身からにじみでている、男心をそそるタイプだ。それに全身から圧倒的なパワーも発せられている。州司法副長官補ジョイス・ノートン＝ウェルズは、その笑顔と知性で男を手玉に取るすべを心得ている。場合によっては、計算ずくで胸の谷間やふくらはぎをちらりと見せることもいとわない。

知的で冷静な外見とは裏腹に、内面は獰猛（どうもう）で残忍。ジョイスは恐ろしいほど頭の切れる弁護士であり、リーダーであり、実践主義者だ。キリオンはそんな彼女に心身ともに包みこまれるのが好きだった。それはジョイスの全身から発せられるパワーと天才的な能力のせいなのだろうか？　もしくはふたりが秘密のチームの一部であるような気になるからか？　自分たちが特殊な聖域に属していて、この国のさらなる高みまで、どこまでものぼりつめられるように感じるからか？　あるいはセックスのせい？　秘密の関係ゆえの刺激やみだらさのせいだろうか？

理由がなんであれ、ふたりともがいやおうなくこの関係に興奮をかきたてられている。キリオンはジョイスなしではいられない。

「市警が犯人を逮捕すると自信たっぷりに言う根拠は?」

「だって犯人は依存症みたいなものだもの。どんなことであれ、頭に浮かんだセックスにまつわる妄想を実行せずにはいられない。しかも、そいつの欲求は募る一方だわ。もし市警からの情報が正しいなら、犯人が犯行をやめていた期間は信じられないほど短かった。つまり、それだけの短期間で殺人犯として驚くべき進化を遂げている。きっといつか間違いを犯して自滅するわ」ジョイスが頭を傾け、笑みを浮かべた。そのほほえみを見て、キリオンはふいにいらだちを覚えた。「ここへ来て」

「ジョイス――」

「いいえ、話を聞いて。実際、これは好ましい事態よ、ジャック。強力なツールとして利用できる。考えてもみて。ザックと彼のチームを使って、この恐ろしい性的暴行事件を、マーカム前政権の負の遺産だというストーリーに置き換えればいい。ホームレスに情けをかけすぎて、街角で簡単に手に入るドラッグをさほど厳しく取りしまろうとせずにいたマーカムのせいだとね。それこそが警察委員会と市警が腐敗しきっていて無能であり、今まで好き勝手に振る舞ってきた証拠だと主張すればいい。だって四年も……」ジョイスは指を四本立てた。「四年も経っているのよ。最初のレイプ事件が起こって、その犯人が市警性犯罪課の注意を引いてから。それから一年後、二件目のレイプ事件が起きた。それなのに警察官たちは二件も事件を起こした犯人を逮捕できなかった。今回の事件の犯人がその男だとしたら、同じ人物が殺人事件を起こしたことになる。それも一度ならず二度までも。検挙率が低いせいでさらなる事件が起きて、しかもより深刻な被害が出た。あなたは有権者たちに、だからこそ彼らは自分を市長に選んだのだと言えばいい。前市長のマーカムと署長のガンナーが作りあげたこの大混乱を一掃するためだとね。そしてこの事態を理由にして、警察委員会をすみやかかつ徹底的に一掃すればいいんだわ。あなたの息がかかった新たな人員を任命するのよ。そうすれば市警が一連の事件の犯人を逮捕する直前に、ガンナーをくびにするいい口実ができる。ガンナーの代わりにアントニ・モレノを署長にしましょう。ずっとあなたがそうしたかったようにね」額にほつれかかる豊かな髪を振り払い、笑みを浮かべた。「そうすればモレノ署長の指揮のもとで、市警が連続殺人犯を逮捕したことになるわ」

キリオンは目をそむけ、息を大きく吸いこんだ。

「これは作戦よ、ジャック」ジョイスが静かな声で言う。「あなたには作戦を立てる必要がある。事態に対処する方策をね。私たちの手に負えなくなる前に」

〝私たち〟

「私たちならうまくやっていけるわ」ジョイスが言った。

キリオンはばかにするように鼻を鳴らしたものの、口元に笑みを浮かべた。「それでお次は」ゆっくりと言葉を続ける。「世間を騒がせたレイプ殺人犯が、君の在任期間中に起訴されるというわけだな」

ジョイスは頭を傾け、キリオンにちゃめっけたっぷりの笑みを向けた。

「君は本当に飽くなき野心家だな。狙っているのは法務大臣だろう？　いや、首相の座すら狙っているに違いない」

「いいえ、ジャック、首相の座を狙うのはあなたよ」ジョイスは立ちあがってゆっくり近づいてくると、スカートを持ちあげ、脚を広げて彼の膝にまたがった。キリオンの顔を手で包みこみ、頭を傾ける。「私には最高裁判所がぴったりだわ」あたたかく濡れた口を開け、キリオンにキスをした。彼のみぞおちが燃えるように熱くなる。

「家に帰らなければならない時間まで、あと一時間あるの」

キリオンは片手をジョイスの腿のあいだへ滑らせた。指先がじかに彼女の肌に触れ、心臓が一瞬止まりそうになる。ジョイスは股の部分と両サイドが空いたサスペンダーストッキングを履いているのに、ショーツをつけていなかった。キリオンは陰毛を剃り落とした彼女の下腹部を手のひらで包みこんだ。ジョイスが低くうめいて小刻みに動きながらキリオンの手に下腹部を押しあててくると、彼の視界がかすんだ。二本の指でジョイスの秘められた部分を開く。そこはあたたかくて潤っていた。小さな欲望の芯が腫れたようになっている。キリオンは指を一本、ジョイスの体の内側に滑らせると、マッサージをしながらGスポットを探しはじめた。なかなか見つけにくい場所だが、そこを刺激すれば、彼女をたちまちクライマックスに導くことができる。ジョイスはのけぞって背中を弓なりにし、腿をさらに開いて腰をキリオンのほうへ傾けてより深く彼の指が差し入れられるようにすると、歓びに低くうめいた。

18

マドックスは夜の冷気の中、レオとパロリーノとともに外へ出た。心が千々に乱れているし、まだ全身にアドレナリンが駆けめぐっている。同時に、体の奥底からもっと熱い何かがあふれだしている。今にもパチパチと音をたてそうな、性的な力のみなぎりだ。それもこれもすべて、遺体安置所に入ってきて衝撃を与えた女性のせいだ。こんな偶然があるだろうか？　アンジーが刑事？　もう一度ベッドをともにしたくてたまらず、今朝一番に電話をかけた女性と、今は事件解決のために一緒に働いているとは。しかもこれは彼が絶対にしくじることができない事件だ。

もう夜の十一時近い。あたりはしんと静まり返り、一日の終わりを待っている。口から白い息を吐きながら、三人は車まで歩いた。新鮮な空気に触れたにもかかわらず、服や髪には死臭がしみついたままだ。経験上、マドックスにはわかっていた。このにおいを完全に取り除くのは不可能だ。建物の地下では、オヘイガンと助手たちがまだ後片づけをしている。被害者の顔に残されたものをすべてはがした瞬間、オヘイガンは額の骨に十字架の形をした細い線を発見した。さらに首と手首、足首には縛られた跡が見つかった。どれも被害者が死ぬ前につけられたものだ。さらに肛門と膣にはひどい裂傷があった。これらの傷を受けたのが被害者が死ぬ前なのか、死んだあとなのかは不明だ。どちらも可能に思えた。被害者は絞殺される前に、相当な苦悶(くもん)の時間を過ごしたに違いない。

オヘイガンは巻かれていたビニールシートの内側を調べ、枯れ葉の断片と土粒、草の種らしきもの、さらにヒツジバエのウジを発見した。つまり被害者は土の上で殺害され、屋外に寝かされ、それから海に投げ捨てられた可能性がある。これらの証拠を考えあわせれば、殺害場所をさらに絞りこめるだろう。

だが犯行現場の環境が不明なままでは、死亡推定時刻を割りだせない。しかも最近の身も凍る寒さを考慮するとなおさらだ。気温が低いほど、遺体の腐敗の進行は遅くなる。しかもたとえ死因や死亡した環境条件が同じでも、腐敗が激しい遺体もあれば、さほど変化が見られない遺体もある。オヘイガンは彼らにそう説明した。仮に腐敗が進む状況ではなかった場合、ウジがわいたのは被害者が仮死状態にあったときとも考えられる。

遺体を切開してからの三時間は、通常の検死作業が行われた。毒性検査、血清学的検査、歯科学検査、その他の法医学検査が実施された。遺体の毛髪及び陰毛を丁寧に梳く作業には時間がかかったが、何しろこの検死は州司法副長官補から急かされている。オヘイガンは明日の朝にはドラモンドの検死を開始する予定だ。二体の遺体に関する検死報告書は明日遅くにはできあがるだろう。

「〈ピッグ〉で遅めのビールとステーキはどうだ？」レオが立ちどまり、煙草に火をつけながら言った。深々と吸い、長い煙を吐きだしている。マドックスはその姿を見て、禁煙しなければよかったとつくづく思った。死臭よりも煙草のにおいのほうがはるかにいい。しかも今夜は緊張にさらされている。落ち着きを取り戻すための何かが必要だ。

「私は無理」パロリーノが答えた。「もう二十時間ぶっ通しで働いてるの。そろそろ寝ないと」薄明かりの中、マドックスと視線を合わせ、すぐにそらした。パロリーノにはわかっている。彼女が寝不足である理由を、マドックスが知っていることを。昨夜、墓地で少女が発見されたと電話がかかってきたとき、パロリーノが何をしていたのかも――〈フォクシー・モーテル〉で、マドックスの上にのっていたのだ。

「俺も今度にする」マドックスはレオに言った。

「ふたりとも、夜明け前には戻ってこいよ」レオが言った。「じゃあ、俺の車はこっちだから」ウールのコート姿の背中を丸めると、建物の向こう側にあるもうひとつの駐車場へ向かった。

パロリーノが照明の下に停めてあるクラウン・ヴィクトリアに向かって歩きだした。

「アンジー?」マドックスは背後から呼びかけた。

彼女は立ちどまったが、しばし背中を向けたままだった。手に持った鍵や車のキーがじゃらじゃらと音をたてている。

「俺たちは話す必要がある」

パロリーノが振り向いた。「あら、そう?」駐車場の明かりの下で、彼女は青白い顔に見える。つややかな濃い色の赤毛の上から黒いウールの帽子をかぶっていて、照明を浴び、口の左側にある傷が照らしだされている。その傷が明らかな疲労の色を和らげ、いかにも悪っぽいセクシーさと弱々しさが相まって、いっそう魅力を引き立てている。

「このことは今後、問題になりそうか?」マドックスはパロリーノに近づきながら尋ねた。

「このこと?」

「君と俺のことだ」彼は一瞬ためらい、言葉を続けた。「あのクラブでのことだ」冷たい強風が吹きつけ、雪の結晶がふたりに降りかかる。

「私とあなたのあいだには何もないわ」彼女は静かに答えた。「あれはなかったことにして、いい？　それに、私のことはパロリーノと呼んで」マドックスと目を合わせた。揺るぎない視線だ。

マドックスは唾をのみこんだ。そう、検死のあいだ、パロリーノはあらゆるレベルで彼とは無関係だという態度を貫いた。そんな彼女の態度で、マドックスも答えを知ったのだ——このことは今後、問題になりそうだという答えを。

パロリーノがゆっくりと視線をそらし、マドックスの左手に目をとめた。彼女の視線の先にあるのは結婚指輪だ。マドックスは衝撃を覚え、親指で指輪をいじりまわした。

「結婚してたのね」パロリーノは低い声で言った。「そうじゃないかと思ってたけど」

「君が……考えているようなことはない」

パロリーノは鼻を鳴らし、マドックスのほうへ一歩踏みだした。爪先と爪先がぶつかりそうなほどの至近距離だ。「マドックス刑事、もし奥さんに〝課外活動〟について知られたくなければ」静かに言葉を継ぐ。「署に戻ったら〝俺たち〟なんて言葉は使わないで。署以外の場所でも」

マドックスはパロリーノの口元を見つめた。体をかがめて唇にキスをし、舌先であの傷の味わいを確かめたい。そんな衝動がわき起こった。一糸まとわぬ姿の彼女がマドックスの上になり、胸を揺らし、長い髪を振り乱しながらのけぞっていた姿を思いだし、下腹部がこれ以上ないほどこわばる。彼はゆっくりと深く息を吸いこんだ。

「それは脅しか?」

「好きに考えて」

マドックスはゆっくりと笑みを浮かべ、頭を傾けた。

「私をばかにしないで」パロリーノが言った。「それに私を試そうとしないで。そんなことをしたら、後悔するはめになるわよ」背中を向け、車のロックを解除した。「あなたが警察官だと気づくべきだった」ドアを開けながら言う。「見抜けないなんて、つくづく愚かだったわ」彼女が車へ乗りこみ、手を伸ばして運転席のドアを閉めようとした。だがそれより先にマドックスはドアに手をかけ、閉めさせなかった。

「それなのに、君は俺に携帯電話の番号を教えた。名前もだ」

パロリーノが彼を見あげ、まともに目を合わせた。「じゃあ、また明日の朝に」ドアを乱暴に引いてマドックスの手から引きはがすと、思いきり叩きつけて閉めた。エンジンがかかる。冷気の中、排気ガスが白い煙となって舞いあがった。

マドックスが一歩さがると、彼女はさらにエンジン音を大きくうならせて発進した。凍りついた道をやや横滑りしながら進み、駐車場の角を曲がって見えなくなった。顔に自分の白い息がかかるのを感じながら、マドックスは立っていた。心臓が口から飛びだしそうだ。髪に手を差し入れながら、心の中でつぶやく。ああ、先が思いやられる。このことは今後、問題以上の何かになりそうだ。

19

アンジーは自宅に向かって車を走らせた。全身に電流が走ったように神経が波立っている。最初は幻覚、次は頭の中で聞こえた女の子の不可解な言葉。そして今度はミスター・ビッグ・ディック——アンジーの上官で、一時的なパートナーだ。そして体を交えた同僚の警察官でもある……。今すぐUターンして、幹線道路を飛ばして街を出て、あのクラブに行きたい。そんな猛烈な衝動を覚えていた。たとえ、どれほど疲労困憊(こんぱい)していてもだ。マドックス以外の誰かと鬱憤を晴らして、脳裏に渦巻くさまざまな思いを吹き飛ばしたい。別の誰かとベッドをともにすることでマドックスとの記憶を消し、自分の脳に新たな神経回路を生みだしたい。頭の中からどうにかマドックスを追いだしたい。もっと熱く激しい、いい気持ちになれる体の交わりで。

それなのに、頭の奥底で小さな声が聞こえる。〝ジェームズ・マドックスよりいい気持ちにさせてくれる相手なんているわけがない〟

ジェームズ――〝ジェームズ〟という名前で思いだすのは……？

〝やあ、名前はジェームズ……ジェームズ・ボンドだ〟アンジーは音楽をかけた。オーストラリアのロックバンド、AC／DCだ。〝おまえは……俺を気持ちよくしてくれた……ひと晩中〟ビートに合わせて手のひらをハンドルに打ちつける。ワーフ・ストリートに入る頃には、頭から歌が離れなくなっていた。

アンジーは現在開発中の、チャイナタウン下部にあるゴージ水路近くの真新しい〝ロフト・スタイル〟のコンドミニアムに住んでいる。ただしロフトというのは不動産業者が都合よくそう呼んでいるだけで、実際はベッドルームがひとつしかない狭い空間だ。それでもこの家はアンジーにとって都合がいい。職場に近いし、投資としてもいい物件だった。設備が最新のため使い勝手がいいし、転売もしやすいだろう。もし旅に出たくなったら、誰かに貸すこともできる。あるいはもっとまじめに生きるようになったり、何か別の生き方をしたくなったりしたら……。

ドック・ストリートに入り、水辺へ向かう急勾配を一気に下りながら、アンジーはヴェダーの言葉を思いだしていた。

〝感じよくしろ。感じよく振る舞っていれば、そのときが来たらマドックスが君を推薦してくれるかもしれない……惨死事件はひとりで解決するような任務じゃない〟

すばらしい。実にすばらしい茶番だ。心の中でつぶやきながら、地下駐車場の防犯ゲートが開くのを待つ。

精鋭チームに加わりたい一心で何年も努力してきた。その結果がこれ？　鬱憤を晴らすため、一時的にでも仕事から逃げだすために、あの男とベッドをともにした。それなのに今、その相手と一緒に仕事をしなければいけないのだろうか？　アンジーに選択肢はない。あの男に協力するほかない。なぜなら殺人課への異動は彼女にとってひとつの大きな目標だから。性犯罪課の刑事になって以来六年間、ずっと殺人課を目標に頑張ってきたのだ。駐車場に車を入れた瞬間、マドックスの藍色の瞳と彼の言葉が心の中でよみがえった。

〝このことは今後、問題になりそうか？……君と俺のことだ……あのクラブでのことだ〟

アンジーは両手でハンドルをきつく握りしめた。いつかそう遠くない将来、マドックスの妻と顔を合わせ、笑みを浮かべて感じよく振る舞わなければならないときが来るはずだ。そう遠くない過去にも、同じ間違いを犯している――既婚男性と関係を持ってしまったのだ。それも仕事上でかかわりのある相手と。アンジーはただの火遊びだと考えていた。でも相手は違った。だから、うまくいかなくなった。事態はどんどん悪くなり、多くの人たちを傷つけてしまった。相手の結婚生活もうまくいかなくなった。あのとき、心に誓った。こんなことは二度としないと。その手痛い失敗のせいで、それまで自分に課していたセックスに関するルールを逸脱するようになった。あのクラブで相手を探しはじめたのはそのせいだ。気持ちのいい体の交わりを持ちたかった。いっさい後腐れがない相手と。そしていつしか、危険な狩りにのめりこんでいった。一夜限りの相手と関係を持つと、心身ともに高揚感が得られるからだ。日頃扱っている事件では、男たちが自分より弱い女性や子どもを傷つけ、虐待し、利用する。そんな男たちを利用し、つけを払わせていると考えるだけで、いい気分になれた。それによって自制心も得られた。あの狩りは、常に強い自分でいるための秘訣だと言える。

でも今は、突然調子が狂ってしまった。

アンジーは割りあてられた駐車スペースに車を停めると、エレベーターで最上階にあるコーナースイートへ向かった。

自宅へ入る。室内は清潔そのものだ。クロムメッキ仕上げで、黒でまとめられている。床はむきだしの木材で、掃除がしやすい。細々した装飾品もなければ、ペットもいない。長時間労働のせいで枯らす心配のある植物類もいっさい置いていない。ヒーターをつけ、コートと帽子を脱ぎ、ブーツを脱ぎ捨てた。それからテーブルに拳銃とホルスター、携帯電話二台を置き、結んでいた髪をほどいた。

頭皮をマッサージしながらキッチンへ向かい、食器戸棚からグラスを出し、冷蔵庫からウオツカのボトルを出した。氷のように冷たいウオツカをグラスに注いで一気に飲み干し、お代わりを注ぐ。こうしてウオツカを何杯かあおれば、数時間は眠れるだろう。朝、目が覚めたら、新しく立ちあげた特別捜査本部に加わり、ビッグ・ディック刑事と顔を合わせなければならない。残り物のパスタをレンジであたためながら、テレビをつけてニュースを見る。二十四時間、地元のニュースを放映するチャンネルが、ドラモンド事件をさらに別の角度から伝えていた。レンジから皿を取りだしながら、テレビの映像にふと目をとめる。アンジーは体をこわばらせ、画面を見つめた。心臓が早鐘を打ちはじめている。

誰かが見つけだしたのだろう。画面に流れていたのは、今年の七月、あの蒸し暑い夜に撮影されたアンジーの写真だった。血を流して生き絶えている幼い女の子を両腕に抱きかかえ、怒りに顔をこわばらせている写真だ。アンジーの服も両手も血まみれだ。ハッシュが死んだ夜の写真だった。

アンジーは皿をゆっくりと置き、ぎこちない足取りでテレビに近づいた。リモコンを手に取り、音量をあげる。

「市警の刑事アンジェラ・パロリーノと、彼女の新たなパートナーであるヒェール・ホルガーセンが、昨夜起きたロス・ベイ墓地の事件を担当しています。ロス・ベイ墓地では、ダンイーグル高校の生徒グレイシー・マリー・ドラモンドが意識不明で血を流した状態で発見されました。ドラモンドは十六歳。性的暴行を受け、体の一部を切除されています。パロリーノはつい最近もニュースに取りあげられた刑事で……」

アンジーは激しい怒りに全身を震わせ、すぐさまテレビを消した。なぜマスコミはこんなことまでする必要があるのだろう？　ハッシュの事件を持ちだす必要があるのだろうか？　二十四時間も放映しているせいだ。昼となく夜となく、視聴者を喜ばせる必要に迫られている――だからだ。リポーターたちは必死にネタを探してめちゃくちゃに切り貼りし、古いネタとくっつけて、なんの関連もないのに新たなストーリーを生みだそうとする。ヴェダーの言うとおりだ。もしこんなことが続けば、自分は市警の問題を象徴するイメージキャラクターになってしまう。

すでに情報漏洩という重大な問題が発生している。それもアンジーの事件にまつわる、本来なら表に出てはならない情報が。

アンジーは残りのウオツカを飲み干し、グラスにダブルで注いだ。パスタの皿と飲み物をパソコンの前に運びながら、ふと思う。情報をもらしているのはホルガーセンではないだろうか？ ホルガーセンは否定したが、スターバックスの店内で彼が電話をかけているのをこの目でたしかに見た。それに、メリー・ウィンストンが墓地の事件の情報を得たのは警察無線を傍受したからだと言ったのもホルガーセンだ。〝だが黒髪をつんつんに立たせて顔色もよくないわりに、あの女はかわいい……そこらへんで見かけたんだ〟

アンジーの口の中に苦いものが広がった。同僚の刑事を疑いたくない。自分のパートナーならなおさらだ。ドラモンドの事件に関する情報をもらしたのは救急救命士か病院のスタッフ、あるいは彼らの家族であってほしい。ただ、署内の雰囲気は悪くなる一方だ。不信感や疑念が広がりつつある。今の市警が一番避けたいのは、キリオンと彼の側近たちに攻撃されることなのに。

これまでの経緯を見直す必要があるだろう。

デスクトップパソコンを立ちあげ、メールが表示されるのを待ちながら、パスタを口に運んだ。メールをクリックしたが、興味を引くものは一通もなかった。

グーグルでグレイシー・マリー・ドラモンドの名前を検索すると、十代向けのソーシャルメディアサイトがヒットした。けれどもプライバシー設定がなされていて、グレイシーの投稿記事も、彼女の友人の情報も見ることはできなかった。見るためには科学捜査チームの手を借りる必要がある。衝動的に〝ジェームズ・マドックス巡査部長〟で検索をかけてみる。

すぐに数枚の写真と記事がヒットした。記者会見をしているマドックス、サリーにあるカナダ騎馬警察署の外に立っているマドックス、赤いサージのジャケットという正装で同僚の葬儀に参列しているマドックス。葬儀のときの彼はステットソン帽をかぶり、短くて茶色いストラスコナ・ブーツを履いて小粋に見える。アンジーはウオッカをすすりながら、マドックスに関する記事をスクロールした。彼が本土にあるカナダ騎馬警察統合殺人捜査課のエースだったことは明らかだ。ブズィアクに匹敵する地位と階級に就いていたと言っていい。しかも政府の複数の省庁間で構成される特別捜査本部の捜査員として、バンクーバーの悪名高い連続殺人犯、養豚業を営んでいたロバート・ピクトンの逮捕にも尽力していた。アンジーは興味をそそられずにはいられなかった。マドックスはこれまでも連続殺人事件を捜査し、功績をあげていた。それなのに今、規模が小さい市警で、ブズィアクの指揮のもと、仕事をしようとしている。市警へ移ってきたのは、マドックスにとってどう考えてもキャリアダウンにほかならない。

食事を終えたアンジーは、正装姿のマドックスを見つめた。魅力的だと考えてしまうのが、どうにも腹立たしい。いらいらしながらそのページを閉じ、固定電話の留守番電話のメッセージを確認した。

一件だけだ。父から。再生ボタンを押してみる。

「アンジー、一日中おまえの携帯電話にかけていたんだ。家に帰ったらこのメッセージを聞くかもしれないと思って、こちらにもかけている。母さんを訪ねてほしい。すぐにだ」一瞬、間が空いた。「母さんは……その……おまえを必要としている。施設にどうしても慣れずにいるんだ。看護師たちは……とにかく明日、母さんを訪ねてやってくれ。いいね？」咳払いをしたあと、つけ加えた。「頼む」受話器を置くカチッという音がした。

自分を責める気持ちがどっと押し寄せてくる。アンジーは指先で額をこすった。もう真夜中だ。父に折り返しの電話をかけるには遅すぎるだろう。母が落ち着いてくれていることを祈るしかない。あのクラブへ行く前に、ドアのところに置きっぱなしにしていた母の私物を詰めた箱に目が引き寄せられた。

今ではあれが大昔の出来事に思える。

アンジーは立ちあがり、箱の上にあったアルバムを手に取ってソファに向かった。

靴下を履いた足を折り曲げてヒップの下に敷いて座り、革表紙のアルバムをめくる。自分が生まれた日の写真に目をとめ、数ページ飛ばしたあと、父の研究休暇を利用して訪れたイタリアで撮った写真を見はじめた。装飾されたツリーの前に座った親子三人が写っている。この前、父が熱心に見つめていた写真だ。アンジーの顔に傷がついた自動車事故のあと、初めて迎えたクリスマスに撮影された一枚だ。

アンジーは写真を見ながら、口元に走る傷に指先を滑らせた。そのとき脳裏に赤い閃光が炸裂（さくれつ）し、口の中に痛みを感じた。タイヤの軋る音、金属がぶつかりあう音が聞こえる。たちまち口内に血の味が広がりはじめ、彼女は鋭く息をのんだ。幻視や幻聴にしてはあまりに生々しい。イメージも音もにおいも本当に感じているかのようだ。アンジーは鼓動が速まるのを感じながら立ちあがり、行ったり来たりしはじめた。これは事故の記憶？　自分はあの事故のことを覚えているのだろうか？　この瞬間まで、事故については何も思いだせなかったのに。何かを思いだしかけている？　五カ月前にハッシュと幼い女の子を失ったことが引き金になったのだろうか？　あるいは無意識のうちに、ハッシュの痛ましい事件によって呼び覚まされたイメージや感情と、自分の過去の写真やこれまで聞かされてきた自身の物語を結びつけようとしているのだろうか？　アンジーは両腕を自分の体にまわした。室内は充分あたたかいのに、体が震えている。ドアの脇にある鏡の前へ行き、そこに映った自分の姿を見つめた。もう一度、指先で口元の傷に触れてみる。そのとき、奇妙な言葉が思い浮かんだ。

〝傷ついた顔

鏡に映っている

あなたは私の面目をつぶした……

罪びと……〟

続いて別の言葉や音、イメージが次々と脳裏に浮かんだ。

〝走って……走って！……ウチェカイ、ウチェカイ！……甲高い叫び声……必死の叫びだ。暗くて寒い。雪が降っている。女の人がいる……見覚えのある女の人……彼女が叫んだ……ヴスカクイ・ド・スロドカ、シュブコ！……銀色の光がまぶしく光って……真っ暗になった……〟

呼吸がどんどん浅く速くなっていく。これはいったい……？　強烈な体験によるPTSDのせいで、体の奥底からとめどない恐怖がわき起こっているのだろうか？　いや、さらに悪いことに、精神を病んでいるのだろうか？　母からの遺伝のせいで？

アルバムを置いた場所へ戻ってページを閉じたとき、イタリアで撮った写真が一枚、保護シートの下から堅木張りの床へはらりと落ちた。写真を拾い、アルバムへ戻そうとした瞬間、何かが注意を引いた。写真の裏側に、母の字で小さな走り書きが記されている。

〝一九八四年一月、ローマ〟

アンジーは眉をひそめた。クリスマスの写真——事故のあと、その年の十二月に撮った写真——をめくってページからはがし、裏面を見てみた。

〝一九八七年クリスマス、ヴィクトリア〟

そんなはずはない。父が休暇制度を利用し、家族でイタリアに旅行したのは一九八六年だと聞かされている。車の事故が起きたのは一九八六年三月で、そのときアンジーの口元に傷がついたのだ。当時アンジーは四歳から五歳になろうとしていて、彼女が知る限り、家族はクリスマス前にカナダへ帰国したはずだ。だからこの写真は〝一九八六年クリスマス〟と記されるべきだろう。イタリア旅行の写真をもう一枚はがし、裏面を確認してみる。

〝一九八四年二月、ナポリ〟

今すぐ眠らなければ。何ひとつ辻褄（つじつま）が合わない。アンジーはアルバムと写真をコーヒーテーブルに置き、ウオツカを飲み干して照明を消そうとした。スミス＆ウェッソンをしまいこもうと手を伸ばしたとき、脇にあるプリペイド式携帯電話が点滅しているのに気づいた。留守番電話のメッセージが入っているようだ。彼女は眉根を寄せ、再生してみた。

「アンジー」聞こえてきたのは、よく通る低い男性の声だった。なめらかなのに、どこかかすれている。

マドックスだ。

「まだ終わっていない仕事を……終わらせたい」一瞬、間が空いた。「君のことを考えずにはいられないんだ。折り返し、電話がほしい」彼は自分の番号を残していた。

口の中がからからに乾いていた。アンジーは片手を額に押しあてたあと、メッセージが残された時間を確認した。今朝の八時三十五分だ。アンジーが〈フォクシー・モーテル〉にマドックスを置き去りにしてから数時間しか経っていない。彼は自分にもう一度会いたがっていた。自分と一緒の時間を過ごしたがっていた。そしてふたりの行為を最後まで終えたがっていたのだ。

遺体安置所で再会するまでは。

20

十二月十一日、月曜日

アンジーは事件ファイルの束を抱え、特別捜査本部の部屋に入った。まだコートを羽織ったままだ。全身ずぶ濡れなうえ、集合時間に遅れてしまった。朝の渋滞にはまったせいだ。おまけに睡眠不足とウオツカを飲みすぎたせいでひどい頭痛がしている。

「特別捜査本部へようこそ、パロリーノ」アンジーが背後でドアを蹴って閉めた瞬間、ブズィアクが大声で言った。彼は部屋の反対側、壁一面に広がるホワイトボードの正面に立っている。小柄なアル・パチーノのようだ。小柄に見えるのは、隣に立つ長身のマドックスのせいだろう。

椅子に座ってブズィアクやマドックス、ホワイトボードのほうを向いていた十人余りの刑事たちが、いっせいにアンジーを振り向いた。ほぼ全員が男性で、しかも彼女より年上だ。大きく突きでた腹をして、よれよれのシャツを着こみ、ストラップをつけた身分証を首からさげている者もいる。アンジーを除けば室内にいる女性は、暴力犯罪連鎖分析システム統括官である、五十代後半のベッティーナだけだ。情報をもとに、ヴィクトリア州全体で起きた性犯罪事件と暴力的な殺人事件の関連性を探りだすのがベッティーナの仕事だ。その助手と若い分析官も同席していた。

アンジーはホルガーセンに短くうなずきかけた。ホルガーセンはレオの隣に立ち、ドアの近くにある柱にもたれている。白髪頭のレオは厚かましくもアンジーをじろじろ眺め、小声で何かホルガーセンにささやいた。アンジーはレオを無視し、部屋の後方にある空いたテーブルにファイルを置き、濡れたコートを脱いで誰も座っていない椅子の背もたれにかけ、腰をおろした。

室内には異様な緊張感が漂っていた。クリスマスまであと十三日だ。明日、新市長が新体制を宣言する。それだけに、上層部から厳しい圧力がかかっているのだろう。重大犯罪捜査の責任者を務めるフランク・フィッツシモンズ警部までが姿を見せている。フィッツが観察力の鋭い上司であることをアンジーは心の中で願った。お偉方が直接捜査に口出ししてくると、たいがいさらなる問題が生じるはめになる。フィッツは目を合わせてきたが、無表情のままだ。以前フィッツから、ハッシュの死、さらにティフィー・ベネットとその両親の死に関して厳しく追及されたことがある。あの捜査でアンジーは特に市警の規定に違反したわけではない。でもフィッツはそう考えてはいないらしい。市警に最も長く勤めた、最も優秀な刑事の死の責任がアンジーにあると考えている。しかもそう考えているのはフィッツだけではない。フィッツはおそらくあの情報漏洩についても同様に考えているだろう。アンジーはまたしても新聞の一面に顔をさらすという大失態を演じたのだ。何やら悪い予感がする。薄ら寒いものを感じながらアンジーはフィッツの視線から目をそらし、ブズィアクをまっすぐ見つめた。

ブズィアクは最近起きたふたつの殺人事件の現場写真や被害者の顔写真を、ホワイトボードにせっせと貼りつけている。さらにファーニホウとリッターの顔写真も加え、黒のマーカーでホワイトボードに〝カサガイ（リムペット）〟と殴り書きすると、それにすばやく下線を引いた。

「リムペット作戦」ブズィアクは刑事たちへ顔を向けた。「この捜査のプロジェクト名だ。一連の事件とまったく関係のない言葉だから、マスコミに勘づかれることもない。この特別捜査本部の指揮官は私が務める。マドックス刑事が捜査主任だ。ファイル統括官はサリンジャーが務める。すでにマスコミが大騒ぎしている現状と、二件の殺人事件の被害者が立て続けに発見されている事実を考えあわせると、再び殺人を犯す前に迅速かつ確実に容疑者を特定しなければならない」

ブズィアクは言葉を切り、特別捜査班の捜査員ひとりひとりと目を合わせていった。

「市警から情報漏洩があるとは思いたくない。だが極秘情報の詳細がマスコミにもれてる事実を考えると、私の許可なしに、捜査情報が何ひとつ、文字どおり何ひとつこの部屋の外へもれることがあってはならない。いかなる理由があっても、マスコミ連中とは話すな。何か質問されても、すべて広報担当官を通じて回答すると伝えるんだ。市警は今日の午前中、市民の恐怖を和らげ、すでに傷つけられた市警のイメージを少しでも回復するために記者会見を開く予定だ。これまでの話はわかったか?」

低いささやきがあがり、何人かがうなずいた。

「われわれは厳格な指揮命令系統に基づいて活動する。あらゆる事項を報告しろ。私から全員に情報を伝え、必要とあらば仕事を割りあてる。可能な限り、毎朝七時にこの部屋で捜査会議を行う。また可能な限り、その日の終わりに夜勤の者たちへの報告と引き継ぎを行う。捜査の焦点から目を離すことなく、残業は最小限に抑えたい。それが私の方針だ。そのためにも、まずは二十四時間態勢のローテーションを組みたい。もっと人手が必要になった場合はさらに応援要員を増やすつもりだ。時計の針は止まってくれない。いいか、みんな、時間はわれわれの友人ではないんだ」

そのとおりだとアンジーは思った。人員を削減しながらも、すばやく結果を出す――そんなガンナー署長の意向が今のブズィアクの言葉の端々に感じられる。新市長キリオンが掲げた、検挙率をアップし、コストを削減するという公約のせいで、署長も相当追いつめられているに違いない。

「よし、被害者はふたり。どちらも女性だ」ブズィアクはホワイトボードの最初の写真を指し示した。「グレイシー・マリー・ドラモンド、十六歳、白人、身長百六十八センチ、肩までの長さの褐色の髪だ」それからこれまでに判明している詳細を説明した。「今のところ、ドラモンドの死因は真水に沈められて溺水したものと考えられており、病院で死亡した。今こうして話しているあいだにも、検死が行われている」黒のマーカーで二番目の写真を叩いた。「フェイス・ホッキング、十九歳、白人、身長百七十センチ、痩せ型。同じく褐色の長い髪だ」

なんですって？　水路で発見された遺体の身元がわかったのだろうか？

アンジーはホルガーセンとレオ、そしてマドックスに鋭い一瞥をくれた。三人とも、ブズィアクをまっすぐに見つめている。アンジーは緊張が高まり、不安がいや増すのを感じた。

ブズィアクは正面にあるテーブルから別の写真を選びだし、ホワイトボードに貼りつけた。「ホッキングはこのタトゥーによって、ゆうべ遅くに身元が判明した」蛇の頭を持つメドゥーサのタトゥーが写真に写っている。

「すげえ」誰かが言った。

「ここに俺のものを突っこむのはごめんだな」アンジーの近くに座っていた刑事が低い声で言う。彼女は振り向き、その刑事をにらみつけた。刑事はアンジーに向かって片方の眉をあげてみせた。

「ホッキングはシステムに登録されていた。三年前、十六歳のとき、ドラッグ関連で捕まってる。当時の報告書によると、十二歳のときに家出して、それ以来路上暮らしをしていた。メタンフェタミン依存症で、売春をしてドラッグを買う金を貯めてた。今のところ、最後に姿を確認された場所がどこかも、現住所も不明だ。だが逮捕された当時は、ソンギー・ストリートにある〈ハーバー・ハウス〉と呼ばれる、若い薬物依存症者やホームレスの子どもたちのシェルターでときどき寝泊まりしていた。〝マーカス牧師〟として知られる、本名マーカス・ギーラーニーという奉仕活動家によって運営されている施設だ。今のところ、ホッキングの死因はロープで絞められたことによる窒息と考えられている。正式な検死報告書及び検査結果はまだあがってきていないが、二件の殺人事件には共通する特徴がある。膣と肛門をレイプされたあと、局部を切り取られている。ふたりとも陰核包皮、陰核亀頭、小陰唇を同じやり方で切除されていた」一瞬、言葉を切り、口を開いた。「女性版の割礼だ」

男性たちの集団からうめき声があがった。

「しかもどちらの被害者も、額に鋭い刃物で十字架のしるしが刻まれている。さらにどちらも、眉間の上の生え際から毛髪が切り取られている」ブズィアクはマーカーを手にひらに叩きつけた。「いわゆる記念品、戦利品だろう」口をつぐんでから、また続ける。「そのことからも同一犯と考えられる」

室内がさらにざわついた。

「つまり、この二件は連続殺人ってことですね？」刑事のひとりが尋ねた。

「連続殺人をどう定義するかによるが」ブズィアクが答えた。「この二件は性的暴行の末の殺人事件であり、同一犯の行為に見える。どちらも際立った特徴を持っているし、強烈な宗教的な含みが感じられる事件だ。犯人にとってそうすることは一種の儀式であり、単なる性的暴行以上のもっと深い意味があるんだろう。ドラモンドとホッキングの事件は、三、四年前に起きた二件の性的暴行事件との関連性が疑われる。そのときはこのグレーター・ヴィクトリアで、アリソン・ファーニホウ十四歳とサリー・リッター十六歳が膣と肛門をレイプされた。どちらの事件も、性犯罪課のパロリーノ刑事が亡きハッシュ・ハショースキーとともに担当していた」

刑事たち数人に振り返って見つめられ、アンジーは椅子の上でかすかに身じろぎした。非難めいた視線を向けられていないだろうか？　いや、もしかしてそう感じるのは、自分自身のせいかもしれない。心のどこかでいつも思い悩んでいる。もし自分があのとき違う目で状況を把握できていたら、もしあれほどかっとなっていなかったら、ハッシュは今でも生きていたのではないだろうかと。

「ドラモンドとホッキングの殺人事件は、ファーニホウとリッターの性的暴行事件とどんな関連があるんです？」レオが背後から不機嫌そうな声で訊いた。

「その点はパロリーノから説明してもらおう。いいか、パロリーノ？」

アンジーは立ちあがって持参したファイルを手に取り、テーブルに置いた。咳払いをして、ホワイトボードに貼られたリッターの写真を示す。褐色の長い髪をした、小柄なかわいらしい十代の女の子だ。「サリー・リッターが性的暴行を受けたのは四年前の八月、近くにある森で用を足そうと屋外ライブ会場から離れたときです。リッター自身も認めていますが、相当酔っ払っていたようです。森の中に入り、聴衆たちの目が届かない場所まで進んだとき、背後から襲われました。犯人は彼女の首に片腕を強く巻きつけ、喉元にナイフの刃を押しあてました。リッターの記憶によれば、声からして犯人は男で、黒っぽい服装をして目出し帽をかぶり、おそらく白人で、身長は百八十センチくらい。引きしまったたくましい体をしていて、二十代から三十代前半ではないかということです。犯人は彼女をさらに鬱蒼とした場所へ引きずっていき、地面に顔を伏せるよう強要しました。首にナイフを押しあてたままリッターの顔を土に突っこみ、スカートと下着をはぎ取り、叫び声をあげたら喉をかききると脅したあと、〝汝は罪の父であり、闇の王子であるサタンを拒絶するか?〟と尋ねました。そしてリッターの髪をつかみ、喉にナイフを押しあて、彼女に〝はい、拒絶します〟と答えるよう強要しました。そのあとリッターが泣き叫ぶのもかまわず、背後から男性器を膣と肛門に挿入しています。リッターは当時十六歳でした」

マドックスの視線を感じ、アンジーは言葉を切った。彼のほうを見たい。そんな気持ちを抑えつけ、正面にいる男たちに集中しつづける。

「それから犯人はリッターの頭部を殴りつけました。リッターは石で殴られたのではないかと証言しています。その衝撃で一時的に意識を失い、意識が回復したあとライブ会場に戻ると、友人からその顔はどうしたのかと尋ねられました。犯人は赤のマーカーでリッターの額に十字架のしるしを書き、生え際の真ん中あたりの髪を切り取っていたのです」

アンジーは一枚の写真をホワイトボードに貼りつけた。額に赤い十字架が記されたリッターの顔写真だ。

「これはそのとき、彼女の姉が撮影した写真です。リッターは三日後、警察に事件を届けでました。十字架の大きさも形も、記された位置も、ドラモンドとホッキングが額に刻まれた十字架と一致します。また毛髪を切り取られた箇所も同じです」

アンジーはファーニホウの写真を指した。

「襲われたとき、アリソン・ファーニホウは十四歳でした。三年前の九月初旬、中心街にある〈チューダー・バー〉で年齢を偽って飲酒したあと店を出て、人けのない通りで、やはり背後から襲われました。首に片腕を巻きつけられ、喉元にナイフを突きつけられて、裏路地のごみ箱の後ろまで引きずっていかれました。舗道に顔を押しつけられ、叫び声をあげたら喉をかききると脅されています。犯人はファーニホウの服をはぎ取り、〝汝は罪の父であり、闇の王子であるサタンを拒絶するか？〟と尋ね、彼女に〝はい、拒絶します〟と答えるよう強要しました。そのあとリッターと同じやり方でレイプし、殴って意識を失わせています。ファーニホウは犯人に関してほとんど何も覚えていません。彼女自身も認めているとおり、飲みすぎていて無防備な状態でした。その夜自宅へ戻り、バスルームの鏡を見たときに、額に赤い十字架のしるしをつけられ、髪の一部が切り取られていることに気づきました」額に十字架を記されて、褐色の髪を切られたファーニホウの写真をホワイトボードに貼りつけた。「こちらも、十字架の大きさも形も、記された位置も一致しています。この写真は友人によって撮影されました。友人と母親に強く説得され、ファーニホウが警察に事件を届けでたのは六日後です。リッターにもファーニホウにもレイプ犯の痕跡は残されていませんでした。服は洗濯されていたし、どちらの被害者も犯人はコンドームをつけていたと思うと言っています。目撃者も証拠も発見されませんでしたが、ふたりとも襲われる二週間前から男につけられているように感じていたと認めています。これ以降、同じ手口の性的暴行事件は報告されていませんし、暴力犯罪連鎖分析システムにヒットする容疑者もいませんでした。高リスク犯罪者課でも、該当するデータは見つかっていません」

「もし今回が同一犯による犯行だとしたら、いったい犯人は今までどこにいたんだ?」刑事の中から疑問の声があがった。

「刑務所にいた可能性があります。あるいはヴィクトリア以外の場所で犯行を重ねていたのかもしれません。もしくはヴィクトリアで犯行を重ねていたのに報告されていなかった可能性も考えられます」アンジーは正面に座る刑事たちとベッティーナひとりひとりと目を合わせ、口を開いた。「先ほどの特別な言葉はローマカトリックの洗礼の儀式に用いられるものです。この文言や十字架、さらに罪びとに言及していること、ドラモンドが真水に浸けられて聖母マリア像の足元に置かれていたこと、今回の被害者ふたりの局部が切り取られていること……彼女たちから性的な快楽だけでなく、生物学的な機能を奪っていることから推測するに、犯人は被害者たちが女性であることを罰しようとした可能性があります。あるいはそうすることで犯人自身の欲望を刺激しようとした可能性も——」

ブズィアクがいきなり立ちあがった。「ありがとう、パロリーノ。この時点では事実だけでいい。憶測は必要ない」腕時計を確認した。「今はまだすべてが準備段階だ。最終的な検死報告書と検査結果はこれからあがってくる。ホッキングの遺体に付着していた動物の毛と種子の鑑定結果も含まれている。さらに昆虫学、植物学、歯学の専門家に意見を求める予定だ。気象学、海流の専門家たちにもだ。鑑識が今、ロス・ベイ墓地近辺で採取した証拠を念入りに調べている。墓地の向かい側にあるセブン‐イレブンの店外に設置された監視カメラの映像もだ。今後、〈バジャー〉の従業員たちや周辺地域の住人たちにもさらに話を聞くことになるだろう」

ブズィアクが捜査の割りあてを発表する段になると、刑事たちは椅子を引いて立ちあがり、彼を囲むように集まった。

「レオ、君はホルガーセンと一緒に〈ハーバー・ハウス〉へ聞き込みに行ってくれ。フェイス・ホッキングを知る者がいないかどうか確かめるんだ。これを持っていけ」ブズィアクはホルガーセンにホッキングの顔写真が載ったビラの束を手渡した。「最近、あの地域で彼女を見かけた者がいるかもしれない。マドックス、君はパロリーノと一緒に遺体安置所へ行って、ドラモンドに関して判明した事項をオヘイガンから聞いてくれ」もう一度、腕時計を確認する。「そのあとドラモンドの自宅へ行き、被害者の生活状況からわかることを探りだせ。これから彼女の自宅周辺に、質問票を持たせた巡査たちを送りこむつもりだ。もしかするとドラモンドのアパートメント前にあるバス停から、事件当日に同じ六時七分発のバスに乗った乗客を見つけられるかもしれない」

フィッツは無言のままだ。タカのごとく鋭い目つきで、壁際の席から室内の様子を見つめている。

刑事たちからいっせいに抗議の声があがった。

ブズィアクは水が入っていた空のグラスをテーブルに叩きつけた。「話を聞け！」

室内が静かになる。

「われわれ殺人課はこの国の殺人事件の八十五パーセントを解決してきた。理由は簡単だ。ほとんどの事件が顔見知りによる犯行だからだ。だが見ず知らずの者による犯行の場合、被害者と犯人の関連性が不明だ。その関連性を見つけだせ。そうすれば犯人を捜しだせる」

フィッツが椅子から立ちあがり、ホワイトボードの前にいるブズィアクの隣に行った。背が低く、ブズィアクと同じくらい痩せている。鉤鼻に細長い顔、厚い唇の持ち主だ。半眼のままの目には鋭い知性と激しい気性が表れている。

室内がしんと静まり返った。

「統計から言えば」フィッツが奇妙に高い声で話しはじめた。「この犯人はまた誰かを襲うだろう。それもホッキングとドラモンドの事件の間隔を考えると、まもなくだ。次の犯行を許してはならない」そこで言葉を切り、再び口を開く。「クリスマス前には容疑者を逮捕したい」

ブズィアクが手を叩きながらつけ加えた。「さあ、何をぐずぐずしてる？　さよならの抱擁でも待っているのか？　冗談じゃない、すぐに捜査に取りかかれ」

21

アンジーは外へ出ると、建物の張りだした屋根の下へ行き、父に電話をかけた。呼び出し音が鳴っているあいだにレオとホルガーセンが建物から出てきたのに気づき、屋根に沿ってさらに進んでふたりから距離を取った。父が電話に出ると、アンジーは彼らに背中を向けた。

「父さん、私よ。今日の母さんの様子はどう？　少しはよくなった？」

父が重々しいため息をついた。「いや、よくなるどころか、さらに悪くなるばかりだ、アンジー。ずっと興奮しているし、ストレスを感じて、ひどくまごついている。今は大量に鎮静剤を投与して落ち着かせている状態だ」

アンジーは胸が痛んだ。父は打ちひしがれて、とても寂しそうだ。肩越しに振り返り、笑いながら煙草を吸っている男ふたりの様子をちらりと見ながら考える。自分はいったい何をしているのだろう？　自分にとって、家族とはどういう存在なのか？

突然それが差し迫った大きな問題に思えてきた。ふいにローナ・ドラモンドとひどい殺され方をした彼女の娘のことが頭に浮かんだ。あの親子の時間は永遠に失われてしまった。

「なるべくそっちへ行くように……」アンジーはためらった。「いいえ、今日は絶対に施設に立ち寄るようにするわ。約束する。時間ができたときに」

「ああ、アンジー、頼む」

アンジーは唇を嚙み、車のキーを軽く揺らした。「ところで父さん、長期休暇を取ってイタリアに行ったのは何年のことだった？」

「どうして？」

「私……父さんから預かったアルバムの古い写真を見ていて、ふと思ったの」

父はしばし黙りこんでから言った。「調べてみないとわからないな。正確な年を思いだせない」

「でも、車の事故があった年でしょう？　あれ以来、私たちはイタリアを一度も訪れていないはずだわ。そうよね？」

父は再び黙りこみ、やがて言った。「いったいどうしたんだ、アンジー？」彼女は父の声の調子が変わったことに気づいた。

「なんでもないの。ただローマで撮った写真にもナポリで撮った写真にも、母さんが裏側に一九八四年と書きこんでいた。でもイタリアに行ったのは一九八六年だったはずよ。私の顔に傷ができたのもその年だわ」

またしても一瞬、奇妙な沈黙が落ちた。「きっと母さんはわけがわからなくなってしまっていたんだろう。それが……あの病気の症状だ。もう始まっていたに違いない」

アンジーは父にさよならを言うと電話を切り、つかの間、雨を見つめた。父の声の調子に不安をかきたてられたが、父の話は筋が通っている。もし母が写真を整理したとき、すでに現実と時間の感覚を失っていたとすればだ。

警察署からマドックスが出てきた瞬間、アンジーはたちまち注意を引かれた。黒いウールのカーコートに清潔な白いシャツ、赤紫色のネクタイを合わせた姿はどこか傲慢で、とびきり魅力的に見える。〈フォクシー〉でアンジーの興味と性的衝動をかきたてたときと変わらない圧倒的な存在感を放っている。あのとき気づくべきだった。これほど堂々と自信たっぷりな歩き方をするのは法執行機関か軍に勤めているか、あるいはそれに類する仕事をしている男しかいないと。

「ドクター・オヘイガンが俺たちを待っている」マドックスが近づきながら言う。

「じゃあ、現地で会いましょう」アンジーは雨の中を自分の車に向かいはじめた。

「俺の車に乗っていけばいい！」背後からマドックスが呼びとめる。

アンジーはためらってから、振り向いた。「いつも自分で運転するようにしてるの」

「わかった」マドックスは正面に来ると、自分の車のキーを差しだした。「だったら、君が俺の車を運転すればいい」

「私の車で行ったら何か問題でもあるの？」

「君の車の中で、犬がおしっこしてもいいのか？」

「なんですって？」

「ペットシッターとの契約がだめになってね。今夜までシッターがいないから、ジャック＝オーは俺の車で過ごさざるをえない。我慢できずにそこで小便をすることだってある。それに犬用の毛布やボウルや、そのほかに必要なものは全部俺の車に積んである」

「冗談でしょう？」

車のキーをアンジーに向かって放り投げたマドックスは、彼女がキャッチすると、大股で車に向かいはじめた。「あそこにあるインパラだ」

アンジーが信じられない思いでマドックスの後ろ姿を見つめていると、背後からホルガーセンがのんびり歩いてきて含み笑いをもらした。「パロリーノ、せいぜい自制心を働かせられるよう祈ってるよ」

「うるさい！」

「やつと前に会ったことがあるんじゃないのか？」ホルガーセンが言った。「あそこにいるレオは、あんたたちふたりには何かあるに違いないと言ってる。遺体安置所で目が合った瞬間、ふたりの世界に入りこんだように見えたってね」

アンジーは悪態をつくと、早足でマドックスを追いかけた。彼は両手をポケットに突っこみ、車の脇で待っていた。漆黒の髪からダイヤモンドのような雨粒が垂れている。アンジーはロックを解除して、マドックスに車のキーを投げ返した。「わかったわ」ぴしゃりと言う。「あなたが運転して」

アンジーが助手席に乗りこむと、後部座席で小さな犬がうなり声をあげた。

「ああ、ひどいにおい」アンジーは振り返って犬を見た。不器量な犬だ。ジャックラッセル・テリアの血がまじっているのだろう。右の後ろ脚をつい最近切断したらしい。犬は黄色い小さな歯をむきだしにしてまたうなった。

「さっきも言ったが、ペットシッターが見つかるまでのあいだだけだ」マドックスが運転席に座った。「そうしたら、この車内もなんとかなる」彼はドアを閉め、シートベルトを締めた。密閉された空間で、犬の尿のにおいがさらに強くなる。マドックスの体が近すぎる。親密すぎる空間だ。彼が目を合わせてきた瞬間、激しく体を交えた記憶が脳裏にありありとよみがえった。マドックスが瞳を陰らせている。彼もまた同じことを考えているのだろう。

〝まだ終わっていない仕事を……終わらせたい。君のことを考えずにはいられないんだ〟

アンジーはすばやく咳払いをした。「この犬は？　脚をどうしたの？」

マドックスはイグニッションをオンにし、車をバックさせた。

「轢き逃げだ。俺の目の前で起きた。トラックがジャック＝オーの脚を轢いたんだ。急いで車を停めてこいつを道路脇まで運び、それから獣医のところへ連れていった。だが獣医も手の施しようがなくて、やむをえず右脚を切断することになったんだ。誰もジャック＝オーを引き取りに来なかった」マドックスは肩をすくめた。「きっと飼い主は手術代を払いたくなかったんだろう。それか払えなかったのかもしれない。あるいはもともと野良犬だったのかもしれない。だから俺が支払った。保護施設にジャック＝オーをやるような真似はしたくなかった」アンジーをちらりと見た。「それでこいつを引き取った。とにかく追加の手術が必要だったからね。今は二回目の手術を終えたばかりだ」

「どうしてジャック＝オーと名づけたの？」

駐車場から道路に車を出しながら、マドックスは口元にいたずらっぽい笑みをちらりと浮かべた。「事故があったのはハロウィンの夜で、こいつは道路でつぶれたカボチャを食べようとしていたんだ」アンジーをもう一度ちらりと見て、笑みを大きくして瞳を輝かせる。「それに、ちょっと怖い顔をしてるだろう？　あと、カボチャみたいなオレンジ色の毛もまじってる。だからぴったりだと考えたんだ（ハロウィンのカボチャのキャンドル立てをジャック・オー・ランタンという）」

アンジーはマドックスが尊敬に値すると思った。彼に対する先入観がたちどころに覆る。つまり、このハンサムで立派な男のシンボルを持つ殺人課の刑事は、引き取り手のいない動物の命を救ったのだ。

マドックスは車のヒーターを入れた。ワイパーが軋み音をたてている。アンジーは運転している彼の手首に目をとめた。まくりあげた袖口から縛られた跡が見える。彼女がマドックスを拘束し、熱い交わりを楽しんだ証拠にほかならない。アンジーは口の中がからからに乾くのを感じ、マドックスの結婚指輪に意識を集中させようとした。

「どうして犬の世話を奥さんに頼まないの？　奥さんもフルタイムで仕事をしている

とか？」

マドックスは目を光らせ、唇を引き結んだ。どうやら痛いところを突かれたらしい。アンジーはいっそう好奇心をかきたてられた。

「彼女は本土に住んでる。俺がここに引っ越してきたのは、娘のジニーのそばにいるためだ。ジニーはヴィクトリア大学に入学したばかりでね」マドックスは赤信号で停止し、指先でハンドルを叩いた。「実は水路で発見された遺体の件で連絡を受けたとき、ジニーと一緒に〈ブルー・バジャー・ベーカリー〉にいたんだ。グレイシー・ドラモンドが働いていた大人気の店だ」

この男性や彼の妻、娘についてもっと知りたい。質問が次々と思い浮かぶ。アンジーは雨が流れ落ちている車の窓を眺めた。そんな質問などしたくないし、マドックスや彼の家族に興味を感じたくもない。それに結婚指輪をつけていても彼とつきあえるのかどうかも知りたくない。

「さっきブズィアクが君の言葉をさえぎったのはいただけなかったな」信号が青に変わって交差点に入ると、マドックスが言った。「すまない」

アンジーは驚いた。「あなたが謝る必要はないわ」プライドが頭をもたげ、うなじがこわばる。「別に傷ついてなんかいない。ブズィアクはいつもああいう調子なの」

「あのあと、何を言おうとしたんだ？」

「ねえ、女だからって、私を甘やかそうとしてるの？」

「そんなことを考えているのか？　いいか、君がパートナーになるなら、俺は君の考えを聞きたい。ひとつ残らずだ。それに、君にも俺の考えを聞いてほしいと思ってる」マドックスは遺体安置所へ通じる幹線道路に入った。「それに君とハッシュは以前起きたレイプ事件の捜査を担当していた。ファイルを読んだが、目撃談はなかったみたいだな」

「いつファイルを読んだの？　昨日の夜？」

「今朝の早い時間だ」

アンジーはマドックスを見つめた。昔の事件、それにドラモンド事件でホルガーセンと捜査したすべての情報が、自分の知らないところでもれている気がする。「どうしてフェイス・ホッキングの身元が判明したとき、誰も私に電話をくれなかったの？」

マドックスが笑った。「君には美容を保つための睡眠が必要だからだ」

「ふざけないで、マドックス」アンジーは低い声で言った。「もし私を甘やかすつもりなら――」

「なあ、そんなに喧嘩腰で、女性だから誰もが自分を甘やかしたり、ちやほやしたりすると考えて男を忌み嫌っているなら、それは君の問題だ。俺の問題じゃない」マドックスが真剣なまなざしになった。「もともと俺には誰かを意のままに操るつもりなんてない。わかってもらえたかな？」

「ひとつ教えて」アンジーはそっけない口調で答えた。「はっきりさせておきたいの。なぜあなたはこの仕事に就いたの？　あなたの前歴から考えるとキャリアダウンだわ。あなたはカナダ騎馬警察でブズィアクと同じ地位にあったのにここへ来て、今はブズィアクから命令され、小ぎれいなネクタイやウールのコートを汚しながら捜査をしている。前の職場で何かしくじったの？」

「言ったとおりだ。ここへ来たのは娘のそばにいたいからだ」

「奥さんを本土に残したまま？　それなのに結婚指輪ははめてるのね」

マドックスがアンジーを鋭く一瞥した。「複雑なんだ」彼の顔の表情からも声色からも、明らかにこれ以上詮索するなという警告が感じられる。「それに個人的なことだ」

アンジーはマドックスの横顔を見つめた。意志の強そうな額に濃い色の眉、鼻筋の通った鼻、大きくて形のいい唇、長くて濃い黒いまつげ。ふいに彼の黒々とした胸毛を思いだし、意に反してほてりを覚え、思わず目をそらした。たしかに個人的なことだ。あのクラブで、自分たちはごく個人的で親密な行為に及んだ。

これは厄介なことになりそうだ。

しかも危険すらはらんでいる。自分が殺人課への異動を狙っているからなおさらだ。

22

「ジェイデン？　どうしたの？　顔が真っ青よ」

キッチンにいたジェイデンはテレビの電源を切った。今聞いたばかりのニュースで、心臓が口から飛びだしそうだ。警察が墓地で見つかった少女の身元を特定した。グレイシー。何かの間違いに違いない。あの遺体がグレイシーであるはずがない。そうだろう？　今にも吐きそうだ。「なんでもないよ」

「本当に？」

「ああ、大丈夫」ジェイデンは手つかずのままの朝食の皿を脇へ押しやった。

母は視線をジェイデンからテレビ、さらにキッチンの時計へと移し、眉根を寄せた。

「今朝はロースクールの授業に出るんじゃなかったの？」

ジェイデンは答えないまま立ちあがり、足早にキッチンを出た。途中で、背後からブリーフケースを持ってキッチンに入ってきた父とあわやぶつかりそうになった。父が母に何か言っているのが聞こえる。「なぜあいつが私たちとまだ同居しているのか、理由がわからない。あと二年で三十歳になるんだぞ。まったく、嘆かわしい」

ジェイデンは立ちどまり、両親の会話に聞き耳を立てた。

「あの子を法学の学位を取ることに集中させるためよ。ここで同居していれば、住む場所を探したり、食材を買ってきて自分で料理したりすることにわずらわされなくてすむもの」母が答えた。

「ジェイデンは弁護士になるには優しすぎるし、素直すぎる。それにあまりに……うまく言えないが、あいつはソーシャルワーカーとか芸術家とか、そういった職業に就くべきだ。どうしてああいうふうに育ったのかさっぱりわからない。性格面で言うと、君とも私ともまるで違う」

「法学の学位を取れば、あの子のためになるわ、レイ。人類学の学位も」

ジェイデンは、テレビの電源が入れられたことに気づいた。ニュース番組のキャスターがまだ、墓地で発見された遺体とゴージ水路で発見された身元不明の遺体について話している。

首をじわじわと絞められるような恐怖を感じ、ジェイデンは体を震わせずにいられなかった。

「この件で何か進展はあったのか?」父が母に言う。ふたつの事件について尋ねているのは明らかだ。

「市警が今日の朝、記者会見をする予定よ」母が答えた。「彼らはどちらの事件の被害者も身元を特定したの。私のもとにも逐一、新しい報告があがってきているところ。市警が会見を開いてこの大騒ぎをどうにかしない限り、事態は収拾がつかなくなる一方だわ」しばらく間が空き、食器洗浄機に食器を入れる音が続いた。「今夜は会議があるの」母が再び口を開く。「あなたは今日、家に帰って夕食をとる?」

「ウォーターフロントの新開発事業に関する打ち合わせが遅い時間からある。たぶん、帰ってくるのは夜の十時頃になると思う」さらに間が空いた。父がブリーフケースを閉める音がした。「じゃあ、いい一日を……また今夜」

ジェイデンはすばやく角に隠れた。父が石のタイルを進んでいく足音に続き、正面玄関のドアが閉じられる音が聞こえると、急ぎ足で廊下から自分の部屋へ戻った。自室は両親の家の西の翼棟にある。三人で住むには広すぎる大邸宅だ。

自分の部屋に戻ると窓辺に立ち、電話をかけながら、ブロンズ色のジャガーに乗った父が私道を走り去るのを見送った。

相手は呼び出し音三回で出た。

「電話をかけてきたということは……ニュースを見たんだな？」相手の声が聞こえた。それだけで充分だった。ジェイデンの小刻みな体の震えが突然、どうしようもないほど大きな震えに変わり、全身に汗が流れだした。どうにか落ち着こうと、頭のてっぺんに手のひらを強く押しつける。そうすれば脳みそからあふれだしそうになっているものをすべて、頭の中に押しこめておけるかのように。「グレイシーに……何があったんだ？　どうやったんだ？」そう尋ねるのが精いっぱいだった。

「そんなこと俺が知るわけないだろう？」

ジェイデンは息をのみ、かすれた声で尋ねた。「それにゴージ水路の遺体って……誰なんだ？」

一瞬の間があった。「ジェイデン、俺が知ってるとでも？　おいおい、いったいどうした？」

「ぼ、僕はただ……関係があるのかどうか知りたいんだ。つまり言いたいのは――」

「よく話を聞くんだ。これは俺たちにはなんの関係もないことだ。どちらの殺人も」

「これからどうすればいい？」

「何もする必要はない、ジェイデン、何もだ。さっきも言ったとおり、これは俺たちにはなんの関係もない」

「だけど裏では――」

「俺の話を聞いてるのか？　何も関係ない。わかったか？」

「もし警察が来たらどうする？」

「どうして警察が来るんだ？」

「僕はグレイシーと一緒にいた。ぼ……僕は彼女を助けようとしたんだ。金に不自由しないように。それに僕たちには計画があって――」

「ジェイデン、俺の言うことをよく聞くんだ。おまえがグレイシーを助けていた記録が何か残っていないか？　ひとつでも残ってるか？　金銭面での記録は？　クレジットカードを使って、彼女に何か買ってやったりしたのか？」

「いや、ないと思う」

「それなら警察がおまえのところへ来るはずがない。仮に警察が来て、おまえがすべてを話すなどという大間違いを犯せば、俺たち全員の身の破滅だ。いいか、聞こえているか？　おまえのせいで、おまえの母親まで破滅する。おまえの父親も、ほかの関係者全員もだ。醜聞がまたたく間に広まるだろう。おまえは刑務所で過ごすことになる。これはそれほど大変な事態だ。だから口を閉ざして、おとなしくしていろ。必要があればどこかへ逃げだしてもいい。休暇を取って外国にでも行くんだ」

「もうすぐ試験なんだ……学位を取りたい」

「だったら望みのものに集中するんだな。それによく聞いてくれ。そもそもおまえがあの少女との関係をどう考えていたかは知らない。しかし……はっきり言って、もう少しうまく立ちまわれたはずだが、おまえを気の毒に思うよ。心からお悔やみを言う。彼女のことは……もうあきらめろ」


メリーがニュース編集室へ入ると、記者たち数人が彼女のほうを見た。メリーについて、そして彼女の大胆なツイートやブログについて話をしていたに違いない。

「なあ、メリー、大丈夫か?」隣のデスクに座っていたドウェインが声をかけてきた。

「大丈夫」メリーは答えると、椅子の背もたれにコートをかけ、パソコンの前に座った。


でも大丈夫なんかじゃない。

今はメタンフェタミンがほしくてたまらない。ここ五年間で初めてのことだ。そんな気分になったことに恐れを感じている。あいつが戻ってきたかもしれない。そう考えただけで頭がどうにかなりそうだ。そのせいで、自分がまだただのメタンフェタミン依存症者にすぎないとわかった。このままなすすべもなく自制心を失ってしまいそうだった。睡眠が必要だ。食欲もまるでわかない。これまで大量にカフェインをとり、極度の興奮に突き動かされるように仕事をしてきたのに。

仕切りの向こう側から、別の記者たちが談笑する声が聞こえてきた。「ウィンストン、賭けるか？　今から一時間以内に上のやつらはおまえをくびにするよ。ツイッターのせいで、おまえのキャリアはおしまいだ」男は乾いた笑い声をあげた。「まあ、そうなるのはおまえが初めてってわけじゃない。自分の下半身の写真をツイッターにあげたあの政治家は誰だった？　しかも市警の署長も、自分の指揮下にある巡査の妻に甘い言葉をささやいてる。これってプライベートのアカウントだと勘違いしたのか？　とにかくキリオンがこれを見逃すはずはない。とうとうガンナー署長をお払い箱にする理由ができたんだ。おまえも同じ心理状態なんだろう。人を支配している気になってるんだろうな。まさか自分が真っ向から責任を追及されて、しっぺ返しを食うなんてありえないと思ってたんだろ」

「失せな、スティーヴ」

「メリー！」真っ赤な顔をした編集長がニュース編集室へ大股で入ってきて、顎で自分のオフィスのドアを指し示した。「俺のオフィスへ来い」

「ほらほら」仕切りの向こう側から声がする。「な、言っただろ？」

メリーはすばやくパソコン上のファイルをメモリースティックにコピーしはじめた。データをすべてコピーしたあと、仕事場のパソコンに書きためていた記事をすべて削除しようとした。

ドウェインがこちらを見ている。「そんなことをしても上層部に見つかるよ。デジタル上ではすべての記録が残るからね」

「価値のあるものは何も見つからない」メリーはぴしゃりと答えると、メモリースティックをポケットにしまった。情報提供者とのやり取りを記録したデジタルファイルはすべて、そこにセーブしてある。もし解雇されるなら、今までさんざん苦労して手に入れた仕事の記録も連絡先もここには残していきたくない。

メリーは立ちあがり、肩をいからせると、絞首台に向かう気持ちで編集長のオフィスを目指した。心のどこかで半分予期して、視界の隅である光景を探していた。メリーが編集長のオフィスにいるあいだに、彼女の私物を詰めるための段ボール箱を持った警備員たちがここに入ってくるのではないだろうか？

「ドアを閉めてくれ」部屋へ入ると、上司が言った。メリーはドアを閉め、デスクの正面にある椅子にゆっくりと腰かけた。「今朝、市警の警察官がふたりやってきた。君の情報提供者を知りたがってる」

　メリーは咳払いをしてから口を開いた。「情報提供者はたしかな筋ばかりです。知りえた情報はすべて裏を取ってます」真っ赤な嘘だ。「だから名前を明かすのは勘弁してください。そんなことをすれば彼らは今後口をつぐんでしまうでしょう」

「市警は内部からの情報漏洩を疑ってる」

「だったら、それは市警の問題です。私の問題でも、私たちの問題でもありません」

　編集長はメリーを見据えた。「君がツイッターやブログで書いている情報はどうやって――」

「情報に偽りはありません。すべて確認してます。今日の午前中、市警が記者会見を開きますが、その席でも私の情報が否定されることはないはずです」

「メリー、君はここまできわどい道を進んできている。もし市警が裁判所命令を持ちだしてきたら――」

「だったら、彼らにそうさせるまでです。考えてもみてください。失礼ですが、私のブログとツイッターのおかげで『シティ・サン』がどれだけ注目を集めたことか。それにどのニュース局のどのリポーターも私の投稿に飛びついて、アレンジを加えて報道してます。通信社だって取りあげてるんです。もし私のブログやツイッターが間違っていたとしても、訴えられるのは私個人であって『シティ・サン』じゃありません。しかも編集長たちは今後も、私の続報をすべて報じられるんです。もし市警が情報提供者について質問してきたなら、それもまたニュースになります。ますますいいじゃないですか」口の中がからからに乾き、心臓が激しく打っている。けれども上司の目の表情を見た瞬間、メリーは自分の勝利を確信した。

彼は大きなため息をついた。「わかった。君は危険な状態にいる。充分注意してくれ。もし編集委員会が君をくびにする決定を下したら、君には辞めてもらうぞ、メリー。わが社からは退職金も人物証明書もいっさいなしだ。文句は言わせない。それに俺は君を支援するつもりはない。そもそも最初に君を採用したときにリスクを負ったんだ。『シティ・サン』は手始めとして、非公式ではあるが君に犯罪ブログを始める機会を許した。絶え間なく変化しつづけているこの新たなデジタル界を手探りで進むために」

「編集委員会が私を辞めさせない理由は知っていらっしゃるでしょう？　私が広告塔として新たな読者を獲得してるからです。読者数を増やすこと、それが買収されたとき、親会社の〈ラディソン・インダストリーズ〉から命じられた目標じゃなかったんですか？　すぐごみ箱行きになるような低俗路線を追求しろと言われたのでは？」

「口のきき方に気をつけるんだ」編集長が低い声で言った。「俺は君がこの新聞にもたらしたものを気に入ってるんだ、メリー。喧嘩っ早くて、なんでもかんでも盛りこもうとする君のやり方がね。エネルギッシュなところも気に入ってる。だがもし市警の誰かが内部情報をもらしているとすれば、君がその誰かを利用しているのと同様に、相手も君を利用していることになる。彼らは何か企(たくら)んでるはずなんだ」一瞬、押し黙ってメリーを見つめた。「君は今後、ひどい目に遭うかもしれない。だが、われわれは君にいっさい手を貸すつもりはない」

グレイシー・ドラモンドの遺体は白いシートに包まれ、むきだしになっているのは頭部だけだった。ほとんど神々しささえ感じられる死に顔だ。そんなドラモンドの姿を見て、アンジーはパッチワークの人形を思いださずにはいられなかった。額に刻みつけられた十字架の傷は縫合されている。頭蓋骨から脳を取りだすためにバーブ・オヘイガンによって切断されてはがされた顔の皮膚もすでに縫合され、今では黒くて太い線が走っている。

アンジーはマドックスの横に立ち、オヘイガンの予備報告書の説明を聞いていた。「死因は真水で溺れたことによる溺死」オヘイガンは報告書を折りたたみ、ドラモンドの胸の上部になされたY字切開の跡を示した。「頸部から両肩にかけてある打撲傷、それと肋骨の底部にかけて走るこの線に注目して」オヘイガンは濃い赤と青になっている打撲傷を指した。

「体を無理やり何かに押しつけられていた可能性があるわね。たとえばバスタブの縁なんかに」アンジーは言った。「あるいは桶に似た形の容器の中で、頭部と両肩を水に沈められて、逃れようと必死に抵抗した可能性もある」

　オヘイガンがうなずいた。「しかも膣と肛門には裂傷がある。無理やり挿入された証拠よ。それにホッキングの事件と同じように、ドラモンドの膣円蓋にも粉末状の残留物が少量残されていた」

「犯人はコンドームを使ったんだ」マドックスが言った。「どちらの事件でも」

「だけどドラモンドの局部の切除は生前に行われていた。でもホッキングは死後に行われていたの」オヘイガンは言った。

　アンジーとマドックスは目配せした。「犯人が犯行手口を変えたということ？」アンジーは訊いた。

「犯行手口に磨きがかかったのかもしれない」マドックスが答えた。「あるいは割礼を施したとき、犯人はドラモンドがすでに溺れ死んでると考えた可能性もある」

「明らかなのは、どちらの事件も同一人物の手によって行われたということね。同じサイズの刃物で、傷をつける方向も同じだし、まったく同じ部分が切り取られている」オヘイガンはかぶりを振り、血の通っていないドラモンドの顔を見つめた。「人は性的な満足を求めてセックスしようとする。そういう意味で言えば、頭は最大の生殖器官のようなものね。頭の中で想像したことはなんでも成立しうるし、実際ほとんどの場合がそうだわ。オーガズムなんてその最たるものよ。そういう概念によって積極的に促されるからこそ達するんだわ」

アンジーの全身がかっと熱を帯びた。隣にいるマドックスを意識しすぎている。彼女は尋ねた。「それで額の十字架はどうだったの？」

オヘイガンはふたりを、壁際にあるX線写真を見るためのライトボックスへといざなった。「これがホッキングの頭蓋骨よ。ここの骨にかすかな引っかき傷が見えるでしょう？」眉間の骨の上に十字架の形に刻まれた、ごく薄い線を指し示した。「そしてこれがドラモンドの頭蓋骨。深さも形も同じ引っかき傷だわ」

「やはり同一犯による犯行に見える」マドックスが言った。「どちらの事件でも、犯人は刃物で同じ傷を刻みつけたんだ」

「それ以外、ドラモンドの遺体はさほど傷つけられていない」オヘイガンが言う。

「体に残されたほかの痕跡が病院で失われたのかもしれないけれどね」

「彼女の服はまだ鑑識が保管している」アンジーは言った。「もしかすると現場という観点からふたりの被害者を結びつける何かを見つけられるかもしれない。彼女たちが拉致された現場、それに暴行された現場にまつわる手がかりをね」

「ドラモンドの歯はどうだった?」マドックスが尋ねる。

「とてもいい形をしていたわ。審美歯科の治療を受けた痕跡はどこにも見あたらなかった。これから歯科医にホッキングの歯の状態をよく調べてもらう予定だけど、かつては口腔内の衛生状態がきわめて悪くて、歯がほとんど腐っていた痕跡が見られたの。優れた技術を持つ最高レベルの歯科医に治療してもらったはずよ」

「知ってのとおり、ホッキングは数年間、メタンフェタミンを使用していた」マドックスが言った。「歯が腐ってぼろぼろだったことと、ドラッグの使用は矛盾しない」

彼は言葉を切った。「ホッキングはそんな状態ときれいさっぱり縁を切ったように見える」

「それだけの経済的余裕があったということね」オヘイガンが言った。

「あるいは誰かが大金を払って、メタンフェタミンから足を洗わせた可能性もある」

アンジーはぽつりと言った。

23

「ねえ、あんたたち、遊んでいかない？」歯がぼろぼろでかさぶただらけの顔をしたひどく痩せた女が、ヒェール・ホルガーセン刑事とハーヴェイ・レオ刑事に声をかけてきた。ふたりは大股で、偽物のクリスマスツリーと安っぽい窓飾りが施されたリサイクルショップの前にある歩道を歩いていた。ヒェールは声をかけてきた哀れな女にすばやく目を走らせた。ドブネズミみたいな灰褐色に染めた髪が濡れ、こけた頬にほつれかかっている。女は落ち着きのない様子で、狂気じみた目を通りのあちこちに向けていた。女がレオのコートをつかんだ。「ねえ、おじいちゃん、あんたならお金を持ってんだろう？　今はクリスマス。喜びの季節、恵みのときだもの。ちょっとくらい遊んだっていいんじゃない？」しきりに肩越しに背後を気にしながら、口から舌先を出したり引っこめたりしている。

「このメタンフェタミン依存症め、その手をどけろ」レオはぴしゃりと言うと女を振り払い、ヒェールをひとり残したまま、唾を吐いて立ち去った。

「くそ野郎！」女はレオの背中に向かって金切り声で叫んだ。「まったく、いやなやつだよ！　そう、あんたに言ってんの、じいさん！　ここへ来て、あたしをよく見て。あたしの顔をよく見てよ。あんたを見かけたことがある。あんたたちのこと、知ってるよ。女とやりたいんだね？　くそったれなクリスマスを祝って！」

「あの女、臭かったな」ヒェールが追いつくと、レオは低い声でささやいた。冷たい雨のせいで、ふたりとも肩がびしょ濡れだ。半分溶けかけた茶色い雪の地面にできた水たまりの中、しぶきをはねあげながら歩いていく。「くそったれのメタンフェタミン依存症の女め。とんでもなく高いドラッグをやりながら、あんなかさぶたを作ってちゃあ世話ないな」

ヒェールは横目でレオを一瞥したが、何も言わなかった。今のところは口を閉ざしていよう。パロリーノは厄介なパートナーで、ヒェールはしょっちゅう振りまわされていた。そして今、またこのろくでなしと組まされている。ハーヴェイ・レオはパロリーノとはまた別の、人をいらだたせるタイプだ。だが署に戻れば、古参の刑事たちと仲よくつるんでいる。あの集団にうまく取り入ることができれば、レオともどうにかやっていけるだろう。

「コカイン依存症のやつとメタンフェタミン依存症のやつの違いを知ってるか?」レオが〈ハーバー・ハウス〉に通じる角を曲がりながら尋ねた。「コカイン依存症のやつはあんたのドラッグを盗んでずらかる。メタンフェタミン依存症のやつはあんたのドラッグを盗んで、あんたがそれを見つけだす手助けをしようとするんだ」自分の冗談に喉を詰まらせて笑いながら、最後は咳きこんだ。煙草の吸いすぎだろう。「メタンフェタミン依存症のやつらときたら、何時間でもセックスしてられるんだぜ」

ヒエールは何も答えなかった。

「ところでケル・ホルガーセンってどこから来た名前だ? 北ヨーロッパとかか?」

「ヒエールだ」

「それが俺の言いたかった名前だ」

「いや、あんたは〝ケル〟と言ってたじゃないか。正確には〝ヒェール〟と発音するんだ。〝大きい(ヒュージ)〟という単語の〝H〟の発音みたいに。だがイギリスの連中はそうじゃない。やつらは〝シェール〟と発音する」

「へえ。それで、あんたの名前はどこから来たんだ?」

「父方の家族がノルウェー出身だった」

「それでそんな変なしゃべり方なのか?」

ヒェールはゆっくりと笑みを浮かべて、立ち並ぶ建物の薄暗い戸口をさりげなく眺め、そこにうずくまっているホームレスの顔を確認しようとした。ヴィクトリアはホームレスが多い。いつか薄暗いどこかの戸口か段ボールの中からこちらを見つめる父親と出くわすのではないか？　いまだにそんな考えを振り払えずにいる。まさにそのせいで、ヒェールは刑事になった。北部にいたときは麻薬捜査官として覆面捜査を行っていた。こうして路地や大通りを歩きながら情報を仕入れるのが好きだ。もし警察官になっていなかったら、きっと父と同じ運命をたどっていただろう。警察官としての身分証が今、自分がいる側とそうでない側の紙一重の境界線の役割を果たしている。いや……そうではないのかもしれないが。

「アラスカとの国境に近いベラ・クーラっていう町の近くの出身なんだ。大昔はノルウェーの漁師たちの町だったが、漁業がすたれてからはすっかり寂れちまった」

「それで、なんだ？　太陽いっぱいのヴィクトリアへやってきて、刑事を続けてるってわけか？」

「太陽いっぱい、ね」ヒェールはわざとらしく眉にたまった雨粒を振り払った。

「少なくとも温暖だ。だからホームレスの連中も最終的にはここにやってくる。やつらはここをカナダのサンディエゴって呼んでるんだ。あんた、覆面捜査官だったたんだってな？」

「さっきから質問ばかりだな」

「だから俺は偉大な刑事なんだ」レオがにやりとした。

「だが、巡査部長になっていない。その年なのに」

レオの老いた顔に暗い影がよぎった。

「まあ」ヒェールが肩をすくめて続ける。「俺にもいろいろ質問したいことがあるってわけだ」

ふたりは〈ハーバー・ハウス〉の入口に着いた。ヒェールはドアを拳でノックした。

三回目のノックでドアが開き、浅黒い肌をした男が出てきた。茶色いコーデュロイのぶかぶかのズボンをはき、山羊髭を生やしている。男はドアに片手を置いたまま、半分だけ空けた隙間から顔を出した。優しげな潤んだ黒い目で刑事ふたりを見つめている。

「マーカス・ギーラーニー牧師？」ヒェールは尋ねた。

「あなたたちは？」

ふたりは身分証を示した。「市警のヒェール・ホルガーセンとハーヴェイ・レオだ。いくつか質問してかまわないかな？」

「どんな質問でしょう？」

「この若い女を知ってるか？」ヒェールがレオにうなずいてみせる。レオは湿ったビラを掲げた。フェイス・ホッキングの顔写真が載ったビラだ。

ギーラーニーがホッキングの写真を見つめる。ヒェールは牧師が目を細めたことに気づいた。ギーラーニーのこめかみに静脈が浮きでている。

ギーラーニーはドアに片手を置いたまま答えた。「いいですか。ここに来る子どもたちは見つかりたくないんです。ここにはあたたかい食事と寝床を求めてやってくるだけだ。彼女たちにとって一番大きな問題は、相手を信用できるかできないかです。子どもたちは社会のシステムは信用してないが、ここに来れば安全だという事実は信じてる。それは私たちがいかなる情報も外部にもらさないからなんです」

「ということは、彼女を知ってるんだな？」ヒェールは訊いた。

ギーラーニーが顎に力をこめた。

ヒェールは雨に濡れた頭をかいて続けた。「ところでマーカス牧師、あんたは本物の牧師なのか？」

沈黙が落ちる。

ヒェールはうなずいた。「なあ、いいか？　ここに来る子どもたちは見つかりたくないかもしれないが、重要なのはこのフェイス・ホッキングがすでに見つかってしまったってことだ。だから俺たちは、彼女がそうなるまでの経緯を知りたいんだよ」

ギーラーニーの褐色の肌が目に見えて青ざめた。彼は目を光らせながら尋ねた。

「何が……フェイスに何があったんです？」

「やはり彼女を知ってるんだな」ヒェールは言った。

「もう長いあいだ、ここには来てません。最後に来たのは三年前です」ギーラーニーは不安げに、よれたビラを掲げつづけているレオを一瞥した。

「中に入ってもいいか？」ヒェールは尋ねた。「ここは寒くて。ほら、首の後ろに雨のしずくが垂れてかなわない」

牧師がしぶしぶドアを開け、ふたりを室内に入れるとドアの鍵をかけた。「さあ、こちらへ。子どもたちのためにここを開けるのは、午後六時きっかりです。その時間から無料食堂を開くようにしています。有志や寄贈者たちのおかげでいつも食事は充分提供できてますが、ベッドの数が足りません。だから子どもたちが食事をしているあいだに毎晩くじ引きをします。くじであたらなかった子たちはこの寒さの中、外へ戻ってもらうしかないんです」

牧師はふたりをキッチンのついた、散らかった部屋へ案内した。壁には色紙の輪をつなげたクリスマスの飾りがところ狭しとあしらわれている。ヒェールもかつて幼稚園で作ったことがある飾りだ。半端ものの装飾がなされたクリスマスツリーの輝きが、火のない暖炉がある部屋の隅を照らしだしている。配膳台の上に掲げられた横断幕にはこう記されていた。

〝悔い改めよ、そうすれば赦される
神は子どもたち全員を愛する〟

棚の上に扇状に広げられたさまざまな宗教的なパンフレットの隣に、今日の新聞が置かれていた。牧師から話を聞くのはヒェールに任せ、レオはポケットに両手を突っこんだまま、壁に貼られた宗教的な標語に目をやりながら室内をぶらぶら歩いている。

「フェイスに何があったんです?」牧師がまた尋ねた。だがヒェールは、ギーラーニーがそう質問しながら新聞のほうに視線をやったのを見逃さなかった。

「今朝の新聞を読んだんだな?」

ギーラーニーは息をのみ、顔色を変えた。「まさか……そんな……ゴージ水路で見つかったのがフェイスなんですか?」

「そう、素っ裸だった。ビニールシートでぐるぐる巻きにされて、蛇の頭を持つメドゥーサのタトゥーを入れていた。ちょうどあそこの毛を剃ったあたりに黒々としたインクでね」ヒェールは自分の股間に手をあててみせた。

牧師が椅子の背もたれに手を伸ばしている。その姿を見てヒェールは思った。この牧師はホッキングのタトゥーを自分の目で見たことがあるのだ。あるいはその話を聞いたことがあるに違いない。

レオが宗教的なパンフレットの一枚をつかんだ。「ここの宗派はなんだ？」そう尋ね、牧師を見る。

「一般的なキリスト教を基盤としたボランティア組織です。道を見失った子どもたちにあたたかい食事とベッドを提供するだけでなく、神へ通じる道も教えるようにしています。子どもたちの中にはその道を選び、すべてを打ち明け、路上生活をやめる子もいます」

「だがあんたの教会の宗派はなんなんだ？」レオは言葉を切り、青い瞳で威嚇するように相手を見つめた。

ギーラーニーは咳払いをした。「〈フェアフィールド・ユナイテッド〉の礼拝に参加してます。妻と一緒に」

「礼拝に参加だと？　あんた自身が説教したり行事を執り行ったり、そういう牧師がするようなことをしてるんじゃないのか？」

「正確には私は牧師ではありません。子どもたちがそう呼んでるだけです。ここでボランティア活動を始めてから、もう何年もそう呼ばれてきました」

「それはいつのことだ？」

「八年前です」

　ギーラーニーに揺さぶりをかける役をレオと交代し、ヒェールはコルクボードに向かって歩いていった。ここ何年ものあいだに撮影された写真がいっぱい貼られている。宗教的な祭日や季節の祝日などの写真だ。中には牧師が笑みを浮かべたり、何人かの子どもに腕をまわして触れあったりしている写真もあった。コルクボードに貼られた写真に写っているのはほとんどが女性だ。それもひどく若い。中にはサンタクロース姿の〝牧師〟の膝の上に少女が座っている写真もある。その中で、特にヒェールの目を引く写真があった。見た瞬間、心拍が速まり、身を乗りだしてよく見ずにはいられなかった。

「あんたは若い女が好きなんだな？」ヒェールは低い声で訊いた。

「なんですって？」

ヒェールはコルクボードから離れ、棚の上にあった新聞を手に取った。ヒェールとパロリーノの写真が一面に掲載されている。われながら、メタンフェタミン依存症者のようだ。メタンフェタミンは本当に恐ろしい。たとえやめられたとしても、一度でも依存症になった者は一生、後遺症に苦しめられる。落ち着きがなくてそわそわしたり、汚れが気になってしかたがなくなったり、何か一点にこだわりすぎたりするのだ。

「路上生活をしている子どもたちはみんな弱々しい存在です。少年も少女も」

「だが少女は……特に弱々しい」

「この社会では不幸なことに、とりわけ弱々しくて最も危険にさらされるのは女性、しかも若い女性です。安全な聖域が必要で――」

「だからあんたは彼女たちを救うのが好きなんだろ？」ヒェールは頭を傾け、壁の標語を指し示した。

〝罪びとは贖（あがな）われる〞

「あんた自身が彼女たちとサタンとの関係を絶たせてるわけだ」

「いったい何を訊きたいんです？」牧師はサイズの大きすぎる茶色いズボンのポケッ

トに両手を深く差しこんだ。緊張のせいで、首の筋肉がこわばっている。

「フェイス・ホッキングについてだ。ここによく来ていたあと、どこに行ったのか知りたい」

「路上生活から足を洗って仕事に就きました」

「どんな仕事だ？」

「メイン島にあるマクドナルドで働いていました。しばらくのあいだは」

「マクドナルドのあとはどこへ？」

「知りません」

「ほかの子どもたちはどうだ？ホッキングを見かけて、噂話をしただろ？ 彼女がとんでもなく高価な、真珠のように美しくて白いものを手に入れたって」

「なんですって？」

「歯のことだよ」

「私は――」そのときドアをノックする音が聞こえた。「もう本当にお引き取りいただかなくては。これから準備が――」

「答えはイエスかノーか？」

「私はもう何年も彼女を見ていません。見かけたという人も知りません」牧師は話しながら大股でドアへ向かい、廊下に出ると正面玄関を目指した。

「もし知っていたとしても、話すつもりはないんだろうな」ヒェールはギーラーニーのあとを追いながら言った。レオはふたりの背後からゆっくりついてきた。

ギーラーニーは解錠し、正面玄関のドアを開けた。湿った空気が入りこんでくる。

「さっきも言いましたが、ここの子どもたちは公的な機関とはかかわりを持とうとしません。社会のシステムに絶望しているからです。ほとんどの子が里親たちのあいだをたらいまわしにされ、結局路上生活をするようになった。彼女たちはそういう生活に二度と戻りたいと思ってません。必要があっても病院に行くことさえいやがるでしょう。病院に行けば、またこの社会のシステムに引き戻される可能性があるからです」彼は言葉を切った。「特に警察官です。あの子たちは警察官とは話したがらないでしょう」レオの鋭く青い瞳を一瞬見つめた。「必ずしも警察官全員がいい警察官ではない。あの子たちはそのことをよく知ってるんです」

「あんたもこれが殺人事件の捜査だとわかっているはずだ」ヒェールは言った。「あんたが情報を隠せば、ほかにも被害者が出かねない。またしてもあんたが面倒を見た子どもが被害者になる可能性さえある」

「それなら、あなたたちはあなたたちの仕事をしてください。私は私の仕事をします」ギーラーニーはふたりを玄関から出すとドアを閉め、窓から様子をうかがった。

ヒェールはひさしの下で立ちどまってジャケットの襟を立て、風に消されないよう手のひらで覆いながら煙草に火をつけた。降りしきる雨のせいで水たまりができている。ひさしからも大粒の雨が垂れていた。

「あの牧師をどう思う?」レオが自分の煙草に火をつけながら尋ねた。「えせ牧師。くそったれ宗教の力で罪びとや少女を救う?　あんなうさん臭いやつは信用ならない」

ヒェールはしばし前を見つめていた。「あのコルクボードに貼ってあった写真を見たか?」煙草の煙を吐きだしながら、ゆっくりと尋ねた。「あの写真のうち、二枚にホッキングが写ってた。一枚は歯がぼろぼろで痩せていて、ひどい有様だった。だがもう一枚の彼女は白い歯に清潔な髪で、感じがよかった。しかもさっき通りで見たあの少女と一緒に写ってたんだ」

「あのメタンフェタミン依存症のか?」

「ああ」ヒェールは歩きはじめた。

24

「ここがグレイシーの部屋よ」ローナ・ドラモンドはベッドルームのドアを開けた。

パロリーノが先に部屋へ入り、被害者の母親に質問するのを聞きながら、マドックスはあたりを観察した。この女性刑事にもっとうまく対処したい。あの夜、大胆にもマドックスを誘惑し、体の関係を持ち、モーテルのベッドに彼の手を縛りつけたまま立ち去りかけたこの女性刑事に。それにブズィアクから、彼女から目を離さないようにと言われている。パロリーノが殺人課を志願しているからだろう。だがもし殺人課に配属されても、彼女はかなりの抵抗を受けることになるだろう。すでに殺人課の刑事たちからパロリーノに関するよくない話を聞かされている。特にハーヴェイ・レオからだ。

心の一部では、やはりパロリーノには殺人課に来てほしくないと思う自分がいる。どうしてだろう？　まだどこかで、彼女をベッドに引き戻したいと考えているからだ。

同じ殺人課の同僚刑事、しかも最悪なことにパートナーとしてともに捜査する相手と性的関係を持つのはどう考えても感心しない。そういう関係になれば、危険な状況に直面した際に客観的な判断ができなくなる。それにパロリーノが殺人課への異動を真剣に望んでいるなら、もう一度マドックスと体の関係を持つような真似はしないだろう。

こうして彼女を見ているだけで楽しい。猫のようにしなやかな動きをする長い手と脚、ポニーテールにまとめている長くてまっすぐな赤毛、透けるように白い肌、何事もあきらめない意志の強い灰色の瞳。とにかくすべてに心惹かれる。実に魅力的で、女性としても完璧だ。昼は凶悪な性的暴行犯を追跡し、夜は行きずりの関係を求める。アンジー・パロリーノはこれまで、あのクラブを何回くらい利用したのだろう？　あんな危ない真似をすれば危険にさらされることになるのに？　そもそも自分はどうしてあんなことをしたのだろう？　友人が現れなかった時点で、あのクラブを出るべきだった。彼女と一緒にモーテルの部屋になど行くべきではなかったのに。

両手をポケットに突っこみ、ドアの近くに立ってベッドルームを眺めてみる。

清潔で少女らしい部屋だ。緑色を基調として濃いピンクをアクセントに使っている。ベッドのさまざまな色の枕の山の上には、熊のぬいぐるみが置かれていた。ベッドの上には、厚紙に書かれた意欲を高める標語が掲げられている。デスク近くの壁に貼られたカレンダーのそばには、木製の十字架が吊されていた。十字架には、いばらの冠をかぶってこうべを垂れているブロンズ製のイエスが磔にされている。デスクの上にはハードカバーの小説とMacBook、iPad、真珠に似たビーズでできたネックレスのようなもの、それに重ねて金のペンダントトップがついた細い金のチェーンが置かれていた。スライド式のクローゼットの扉には鏡がついていて、扉の片側には写真が貼られている。

パロリーノはデスクに向かい、金のペンダントをどかし、ビーズに指先をそっと滑らせて純白の十字架をあらわにした。マドックスはそこで初めて、それがロザリオだと気づいた。パロリーノはロザリオから壁に掲げられたイエスの十字架へ、さらに意欲を高める標語へと注意を向けている。それからベッドの足元へ移動し、本棚の上にある地図を眺めた。

グレイシー・ドラモンドの母親はゆったりとした長袖のセーターにジーンズを合わせている。メイクは施していない。シャワーを浴びた様子も、髪を梳かした様子もない。ローナ・ドラモンドは第二の被害者——犯罪で娘を失い、生き残った者にほかならない。ひとり置き去りにされたのだ。

「グレイシーは旅行をしたがってたの」パロリーノが身を乗りだして地図でピンが立てられた場所を見つめているのを目にして、ローナが言った。「行きたい場所全部にピンを刺していた。あの子は……世界中を見たがっていた。いろいろな計画を立てていたの。とてもたくさんの……」はなをすすり、親指で鼻の下を拭きながら続ける。「本当にたくさんの計画をね」

パロリーノは本棚に並ぶ本の背表紙を指先でたどった。「アルファベット順に並んでいますね。それにほとんどがハードカバーだわ。グレイシーは本当に読書が好きだったんですね」

ローナが咳払いをしてうなずいた。「あの子は本当に……本当に本が大好きだった。とても大切にしていたの。一日で一冊読んでしまうこともあった。ほとんどがファンタジー小説で、何度も読み返してたわ」

「ここにある本はあなたが買ってあげたものですか？」

「いいえ、グレイシーが自分で買ったの」

パロリーノはｉＰａｄの前へ行ってカバーを開いた。「指紋認証が必要な最新型ね」

ローナをちらりと見る。「ここにある電子機器を証拠として押収する必要が――」

「なぜ？　どうして必要なの？」

「個人記録を確認するためです。電話番号やメール、アドレス、留守番電話、連絡先、予定表の項目、閲覧したウェブサイトなど、すべてがとても重要になってきます。そういう個人記録からグレイシーが何をしていたのか、どこへ行っていたのかがわかるんです。彼女を傷つけた相手とどうやって知りあったかもわかるかもしれない」パロリーノはデスクの引き出しを開けて閉め、クローゼットへ向かうと鏡のついた扉を開けた。ハンガーを移動させながら、被害者の衣類を調べた。「お嬢さんはデザイナーズブランドの服が好みだったんですね、ミセス・ドラモンド。中には最高級ブランドの服もある。値札がついたままのものも」肩越しに母親を見て続ける。「お嬢さんはどこでこういった服を購入していたんです?」

「し……知らない。インターネットで買ったんじゃないの?」

「彼女はまだ十六歳でした。クレジットカードを使うのを許していたんですか?」

「いいえ……私にはわからない。あの子はアルバイトをしていた。アルバイト代でいろいろ買ってたの」

「お嬢さんに服について尋ねたことはなかったんですか?」

「ええ」

「iPadやノートパソコンも、買ったのはグレイシーですか?」

マドックスはローナが落ち着きを失いはじめているのに気づいた。ローナは腕をさすっている。

「〈バジャー〉のアルバイトは週一回だけだと言ってましたね？」

「ええ」

「あのベーカリーショップ以外で、グレイシーがアルバイトをしてお金を稼いでいたということは？」

「ねえ、どうしてあなたたちがここに立ち入る必要があるのかわからない。ここは私の娘の部屋よ。グレイシーのプライバシーは保護されるべきでしょう？　あの子のクローゼットをあさって私がだめな母親だと判断するよりも、あの子を殺した犯人を見つけるのがあなたたちの仕事なんじゃないの？」

パロリーノは優しい目になり、ローナに向き直った。「申し訳ありません、ミセス・ドラモンド。これがどんなにつらいことかはよくわかっています」思いやりたっぷりの声だ。マドックスにはパロリーノの人格が劇的に変化したように見えた。まるでカメレオンだ。仕事ができる刑事の多くはいかようにも姿形を変え、上流階級から貧民街までどこにでも紛れこめるものなのだ。だが自宅に戻ったときの本当のアンジー・パロリーノはどんな人物なのだろう？　あのクラブで見かけたセクシーな女？

冷たくて非情な警察官？　仕事を完璧にやり遂げる女性刑事——計算しつくされた尋問で容疑者たちを締めあげ、自分の目的を果たそうとする有能な刑事？

「お嬢さんは父親とはずっと会ってないと言ってらしたけど、父親か別の誰かがクレジットカードを与えた可能性はないですか？　お嬢さんがあなたに黙ったままで？」

「ないわ。そんなこと……」ローナは両手に顔をうずめてこすった。「わからない。本当に……わからないの」顔をあげると、まだらに赤黒くなっていた。「グレイシーは一生懸命働いていた。私も一生懸命働いていた。苦労してあの子を学校へ行かせたの。グレイシーは成績がよかった。日曜にはちゃんと教会へ行っていた。天使みたいな声で歌うこともできた。あの子は……本当によくできた慎み深い子だったの」

「現実が必ずしも見た目どおりであるとは限りません、ミセス・ドラモンド。お嬢さんについて、あなたが知らないこともあるかもしれない」パロリーノは一瞬、言葉を切った。「誰にでも秘密はあるものです」

「それじゃあ、あなたたちの仕事ってそういうこと？　他人のベッドルームにあがりこんで、その人の人生を暴きだして、秘密をばらすことなの？」

「さあ、ちょっとここに座って話しませんか？」パロリーノがベッドに座ると、ローナもしぶしぶベッドの隅に腰かけた。マドックスはこのタイミングを逃さず、クローゼットの鏡に貼られた写真をじっくりと眺めた。

「こういったしゃれたものに、あなたが最初に気づいたのはいつ頃ですか?」パロリーノが相手を落ち着かせるような低い声で訊いた。「ブランドものの服やノートパソコン、iPadみたいな品々に?」

「なんとなくよ。たぶん、六カ月から八カ月くらい前だと思う。それか……もっと最近かも。〈バジャー〉でアルバイトを始めてからなのは確かよ」

「それはいつです?」

「今から一年以上前」

「その六カ月から八カ月のあいだに、グレイシーにほかの変化は見られませんでしたか? たとえば見た目とか、機嫌とか」

「前より幸せそうに見えたわ。その頃から体重も減りはじめてね。あの子は子どもみたいにぽっちゃりしてることに悩んでいて、いつもダイエットしていた」

マドックスは娘のジニーを思いだし、胸が苦しくなった。写真の中のグレイシー・ドラモンドはジニーによく似ている。今さらながら、そばにいて娘の成長を見守れなかったことに罪悪感を覚えた。ジニーが高級ブランドの服を着るようになっても、はたして自分は気づけただろうか?

「グレイシーはいつも学校でいじめられてたけど、その頃から明らかに状況が変わりはじめた。あの子は自分に自信を持つようになって、メイクもしはじめた。野暮ったい思春期を過ぎて、大人に成長したんだと思っていたのに」ローナははなをかんだ。

「彼女に恋人はいましたか？」

「同じ学校の男の子とよく出かけてたわ。リック・バトラーよ。でも別れたの」

「いつ？」

「あれは……八カ月前か、九カ月前か……いいえ、よくわからない」

パロリーノはポケットから手帳を取りだし、少年の名前をメモした。「円満に別れたんですか？」

「いいえ、ひどい別れ方だったみたい。グレイシーは落ちこんでいたもの。でもリックがテニスを習っている〈オーク・ベイ・カントリー・クラブ〉で、新しい誰かと出会ったのよ。リックはテニスがうまいけど、そのクラブに通いつづけるお金の余裕がなくてね。サージ・ラディコフっていうヨーロッパのコーチがクラブの会費を払ってあげてるの。リックにとってラディコフはコーチであるだけでなく、メンターでもあるみたい。グレイシーはよく、リックのテニスの練習を見にそのクラブへ行ってたわ」

「それならお嬢さんは最近、そのクラブで新たに知りあった男性とデートしていたんですね？」

ローナが大きなため息をついた。「どの程度正式なつきあいだったのかわからない。最初にその人の話をしてから、グレイシーは二度と彼の話をしなくなったの。だけど私が家にいるとき、彼があの子を車で迎えに来てたわ。黒の小型のBMWで」

パロリーノとマドックスは一瞬、目を見交わした——ドラモンドにしゃれたものを買い与えたのは、その男ではないだろうか？

「相手の名前は？」パロリーノが訊く。

ローナの顔に罪悪感がよぎった。「わからない。ここのところ、仕事ばかりしていたから。ジャックとか、ジョンとか。いいえ、たしかジョン・ジャックスだわ」

パロリーノは手帳にその名前を書きとめた。

「ここにある写真にその人は写っていますか？」マドックスは尋ねた。

ローナが立ちあがり、クローゼットの前に来た。パロリーノもだ。ローナは写真を見つめてすすり泣き、しゃくりあげた。片手で口を覆い、涙をはらはらと流している。

「いいえ、彼の姿はないわ。でもリック・バトラーならここに写っている」彼女は指さした。

「このほかの写真は？」

「これは夏に〈バジャー〉の同僚と一緒に海岸へピクニックに行ったときの写真よ。こっちはダンイーグル高校の聖歌隊のメンバーと一緒に、去年トロントへ旅行したときの写真なの」

写真の中のドラモンドは豊かな褐色のカールした髪の持ち主で、えくぼを浮かべたかわいらしい笑顔をしている。みんな、長年の友人のように見えた。

「この少女とは特に仲がいいみたいですね？」

「それはララよ。ナイチンゲールみたいに歌がうまいの。グレイシーより一歳半年上で、今はヴィクトリア大学に通っているわ。グレイシーが三年生のとき、学校の聖歌隊で知りあって、それ以来ずっと友だちなの。ララの紹介でグレイシーは大学の聖歌隊に入って、みんなで歌っていたわ」

マドックスはローナを鋭く一瞥した。「まだ大学生になっていないのに、グレイシーは大学の聖歌隊で歌ってたんですか？」

「聖歌隊の指揮者が特別な才能のある十代の高校生も受け入れてくれてたの。特に翌年大学に進学するつもりでいる子たちをね」

「大学の聖歌隊は中心街にあるカトリック大聖堂で歌ってたんじゃないですか？」マ

ドックスは訊いた。「木曜の夜に？」

ローナが驚いた顔で答えた。「知ってるの？」

マドックスは漠然とした不安を覚え、胸が苦しくなった。またしても娘ジニーのことを考えずにはいられない。〈バジャー〉で娘と交わした会話を思いだす。「つい最近そういう話を耳にしたんです。先週の木曜、グレイシーは聖歌隊に参加していましたか？」そう尋ねながらふと考える。四日前、ドラモンドと娘のジニーになんらかの接点があったのだろうか？

「いいえ、先週の木曜は参加しなかった。友だちと出かけるって言ってたわ」

「ジョン・ジャックスと？」マドックスは尋ねた。

「ごめんなさい」ローナが小さな声で答えた。「私には……わからない。その晩はカートと出かけたから」

「カート？」

「カート・シェパード、私が新しくつきあってる人よ。少し自分の幸せを探してみようかなと思って。グレイシーは順調な生活を送っているようだったし、自宅でひとりにしてもいい年齢だと考えたから……」声がかすれた。ローナが再びはなをかむ。手にしているティッシュペーパーはもうぼろぼろだ。

「グレイシーが日曜に通っていたのはどこの教会ですか？」パロリーノは部屋の反対側から質問すると、デスクの前へ行き、金のペンダントトップとチェーンを見つめた。

「中心街にあるカトリック大聖堂、あの子が歌ってるのと同じところよ。グレイシーが小さかった頃、わが家はとても信心深かったの。でも父親が出ていって、私たちが結局離婚することになってから、教会にも行かなくなってしまって」全身を震わせながら息を吸いこむ。「大聖堂で歌いはじめてから、あの子はまた信心深くなった。強い信仰心を持って聖歌隊に入ったわけじゃないけど、聖歌隊に加わったことで結果的に教会に戻ることになった。グレイシー自身もそのことを喜んでいたの」

「お嬢さんは聖歌隊に加わって再び教会に戻った。そのことと、お嬢さんに好ましい変化が訪れたのは同じ時期ですか？」パロリーノが尋ねる。

　ローナは額にかかるほつれ毛を脇に押しやった。「そうかもしれない。グレイシーが聖歌隊に加わったのは昨年の六月よ。高校最後の年を迎える直前の夏だった」

　パロリーノはデスクに置かれていた小さなメダルを掲げた。チェーンが壊れている。

「聖クリストファーですね。旅の守護神で、持ち主の旅の安全を願うために、よくチェーンにぶらさげたりブレスレットとして使ったり、ポケットに入れたり車の中に置いたりするんですよね」

「あの子はそれをいつも身につけてたわ。でもチェーンが壊れたせいで、あの土曜の夜はつけてなかった」

「メダルの裏に文字が彫ってあるわ」パロリーノがメダルを裏返して読みあげた。「〝グレイシーへ、愛をこめて。J・R〟」顔をあげて言葉を継ぐ。「〝J・R〟というのは誰です？」

「わ……わからない。〝J・R〟というイニシャルを聞いて、思い浮かぶ人がいないわ」

「グレイシーはこのメダルをいつからつけていましたか？」

「しばらく前からよ」

「正確にはどれくらい前からか、わかりませんか？」

ローナはかぶりを振った。「少なくとも数カ月は前ね」

「あと、この壁掛けカレンダーには先週の火曜に丸がつけられて、こう書きこまれています。〝ララ・P、アマンダ・R、B・C、八時〟お嬢さんは先週の火曜、出かけました？」

「ええ、ララの家へ遊びに行ったわ。一緒に夕食を作って、女性向けの映画を見る予定だと言っていた。お泊まりパーティだと」

「〝アマンダ・R〟というのは？」

「わからない」

「〝B・C〟は？」

　ローナは首を振った。

「その前の週の火曜にも丸がつけられて、〝ララ・P、アマンダ・R、B・C〟と書かれています。お嬢さんはかなり頻繁にララの家に泊まっていたんですね？」

「ええ、定期的に行っていたわ。さっきも言ったように、ふたりは知りあってからずっと仲よくしていたもの」

「もし〝アマンダ・R〟や〝B・C〟や〝J・R〟、それ以外の人たちのイニシャルについて何か思いだしたら、電話をいただけませんか、ミセス・ドラモンド？　どんなことでもかまいません。お願いします」パロリーノはローナに名刺を渡した。「ララのラストネームと住所と電話番号はわかりますか？」

「ペニントンよ。大学近くのアパートメントに住んでいるわ」ローナはララの住所と電話番号を紙に書き、パロリーノに手渡した。

「リック・バトラーは？」

「六月にダンイーグル高校を卒業して、学校から一ブロック先の自宅で両親と住んでるわ」彼女はリックの住所も書いた。

「カート・シェパードの連絡先もお願いできますか？」

「どうして？　まさか本気で――」

「形式的なものです。できるだけ多くの人たちを容疑者リストから外すために、関係者全員に話をうかがっています」

　ローナは恋人の詳しい連絡先も書きだした。ペンを荒々しく走らせている。明らかに欲求不満を募らせている。「私は彼と一緒にいた」恋人の住所をパロリーノに渡しながら、ぽつりと言った。「娘がレイプされて局部を切り取られ、むごたらしい目に遭わされているあいだ、私は恋人と一緒にいたの。カートはなんの関係もない。悪いのは私よ。私が家にいるべきだった」

「グレイシーの身に何が起きたか、ララは知っているでしょうか？」

「あの新聞のおかげで、私のかわいい娘の身にひどいことが起きたことは、世界中の人が知ってるわ。もちろんララも知ってる。今朝、電話をかけてきてくれたの。ひどく落ちこんでたわ」

「こちらに捜査員を派遣して、お嬢さんの私物を証拠として押収させてもらいます。押収したものはすべて、きちんと記録に残します。かまいませんか？　今日はずっと自宅で過ごす予定ですか?」

ローナはうなずき、唇を引き結んだ。

「親から厳しく管理されてはいなかったのね」大股のマドックスに歩調を合わせて古い建物の廊下を進みながらパロリーノが言った。マドックスはどこかから食事の支度をしているにおいが漂ってくることに気づいた。廊下に敷かれたカーペットから、じめじめしたにおいがしている。「ドラモンドは母親の見ていないところで充実した人生を送ってた。服や電子機器を買ったり、誰かとデートしたりしていた」

「あるいは気取った〈オーク・ベイ・カントリー・クラブ〉で知りあった、BMWに乗っていたジョン・ジャックスがドラモンドにそういった品々をプレゼントしてたのかもしれない」マドックスは答えた。

「どこか別の場所へ行くことを隠すために泊まりのパーティだと言い訳するのは、十代の子どもたちの常套(じょうとう)手段でしょう?」

マドックスは彼女を鋭く一瞥した。「君には子どもがいるのか、パロリーノ?」

パロリーノの足取りが一瞬だけ乱れた。よく観察していないと見逃しかねない、ほんの瞬時のためらいだった。「いいえ。でも私だってかつて十代だったことはあるから」彼女は早口でつけ加えた。「ララ・ペニントンからドラモンドについて、母親からよりも驚くべき話を聞きだせるに違いないわ」突然マドックスの前に移動し、猛烈な速さで階段を駆けおりた。彼より先に建物のドアを開けて外へ出る。

パロリーノに続いて外へ出た瞬間、マドックスは冬の新鮮な空気をありがたく吸いこんだ。彼女のあとから、ジャック＝オーが待つ車へと向かう。

「ロザリオは罪の赦しを請う祈りを捧げる場合に用いられるの」車に向かいながらパロリーノが言った。「告解のあと、司祭はいわゆる〝罪〟の重大さに応じて、告解した者に主の祈りと聖母マリアの祈りを何度か唱えるように言う。そして罪びとはロザリオを使って祈りの回数を数えるの」マドックスが車のロックを解除すると、彼女は助手席のドアを開けた。「こういう聖母マリアの祈りがあるわ。〝聖なるマリア、神の御母。私たち罪びとのために、今も、死を迎えるときもお祈りください。アーメン〟」

「君はカトリック教徒なのか、パロリーノ？」マドックスは運転席に座り、シートベルトを締めながら尋ねた。

「不可知論者よ」

マドックスは笑った。「選択肢は残しておきたいタイプなんだな？」

「神はいるかもしれないし、いないかもしれない。証明するのは不可能だと私は信じてる」

「俺が言ったように、やはり選択肢を残しているじゃないか」マドックスはイグニッションをオンにして、車を発進させると通りへ出た。

「私はカトリック教徒として育てられた」しばらく経ってからパロリーノは言った。「父はイタリア人で、信仰心の厚い一族の出身なの。母の一族もアイルランド系カトリック信者として信心深い。私はその両方を受け継いでるのよ」

「だが、カトリック教徒ではないんだな？」

パロリーノがためらう。マドックスはもの問いたげに彼女をちらりと見た。

「聖母マリアについて考えることはあるし、洗礼の儀式も知っている」パロリーノはしばし口をつぐんだ。「ただ、ある日を境に私の家族はぷっつりと教会へ行かなくなったの。いくら考えても、どうしてそうなったのか思いだせない」咳払いをして続ける。「とにかく、注目すべきは教会と聖歌隊ね。例の大聖堂へ行って、司祭に話を聞くべきだわ」

「ララ・ペニントンが先だ」マドックスは答えた。「それから〈オーク・ベイ・カントリー・クラブ〉だ」

25

ヒェール・ホルガーセンとレオ・ハーヴェイは、先ほど声をかけてきた女を見つけだした。ふたりが立ち去った場所からさほど離れていない戸口の前で、体を震わせていた。ヒェールはすかさず顔写真のビラを掲げてみせた。「彼女を知ってるか？フェイス・ホッキングという名前だ」

女はかぶりを振り、顔のかさぶたを指先でつまみ、目を合わせようとしない。ヒェールは思った。二十代後半だろう。だが、もっと若い可能性もある。ドラッグと路上生活で、若さがすっかり失われただけなのかもしれない。

「このタトゥーはどうだ？」レオがいきなり自分の携帯電話で撮影したメドゥーサのタトゥーの写真を掲げた。ヒェールはレオに鋭い一瞥をくれた。

女がはじかれたように顔をあげた。「どこでその写真を撮ったの？」

「遺体安置所だ。フェイスの遺体に入れられていたタトゥーだ。彼女を最後に見たのはいつだ?」

女はレオから顔をそむけ、隅にしゃがみこんだ。ヒェールは顎で、レオに〝あっちへ行ってろ〟と伝えた。レオはこちらをにらむと、数軒離れた家の戸口まで歩き、日よけの下で立ちどまって煙草に火をつけた。

ヒェールは胸ポケットから煙草の箱を取りだし、軽く叩いて一本出した。「ひどいことをしたな、すまない。だけど、わかるだろ? あんたがあのタトゥーを前に見たことがあるのを俺は知ってる。〈ハーバー・ハウス〉であんたとフェイスが写ってる写真を見たからだ。とても仲がいいみたいだった。一枚はごく最近撮られた写真だ。フェイスは真っ白な歯で、新しい髪型をして、しゃれた服を着てたな」話しながら、煙草を一本差しだした。女が彼をちらりと見あげ、煙草を手に取る。震える手で風をさえぎりながら、ヒェールが彼女のために煙草の火をつけるのを手伝った。それから身震いして煙草を深々と吸いこむと、長い息を吐きだした。ほんの少しだけ体から力が抜けた様子だ。レオの言うとおりだ。女の体から鼻を突くにおいがしている。それに全身びしょ濡れだし、痩せっぽちだし、明らかに寒そうだ。きっと病院に行く必要があるに違いない。

「フェイスを最後に見たのはいつだい?」ヒェールは優しく尋ねた。

　女はもう一度煙草を深々と吸いこんだ。それが頼みの綱であるかのように。それから顔写真へ視線を戻した。「教えたら、あたしにどんないいことがあるの？」

「あんたの痩せこけた尻をひっぱたかなくてすむ」

「地獄に堕ちろ」女は煙草をヒェールに突きつけた。「あんたたちにあたしをひっぱたかせたりするもんか」

「わかった、わかった」片手にまだ煙草の箱を持ったまま、ヒェールは両手を掲げた。「言いたいことはわかった。もう退散する」

　女がヒェールの手にある煙草の箱をちらりと見る。彼は立ち去るふりをして体の向きを変えた。「ねえ、ちょっと待って。情報提供者には謝礼金が支払われるんだよね？」

「もし情報提供者になりたいなら、警察署に来てくれ。そうしたら俺たちが必要な手はずを整える。名前はなんていうんだい？」

「ニーナ」

「ニーナ？　ラストネームは？」

「ニーナだけ」

「だったら、ニーナ、最後にフェイスを見たのがいつか教えてほしい」

「あの子、本当に死んだの？　あのタトゥーの写真、本当に遺体安置所で撮ったの？」

沈黙が落ちる。

ニーナはうつむき、落ち着きなく片方の足からもう片方の足へ重心を移動させた。

「どこであの子を見つけたの？」

「ゴージ水路だ。浮かんでたんだ」

「くそっ、あいつ、くそっ……」女は腕を胸にまわしたまま、体を前後に揺らした。それから歩道の縁石を蹴り、目をぎらぎらと光らせた。「墓地の女の子も溺れたんだろう？　フェイスもあの墓地の子と同じことをされたの？」

ヒエールはしばし彼女と目を合わせたが、何も答えなかった。

「くそっ、くそっ、くそっ……」

「俺たちはフェイスの友だちや家族を捜しださなきゃならない。彼女のことを気にかけてる人たちに、今回の出来事を伝える必要がある。そしてフェイスにあんなことをした犯人を見つけださなきゃならないんだ」

ニーナが恐怖に目を光らせた。「フェイスには家族なんかいない。彼女のことを気にかけてる人なんてひとりもいない」

「ひとりもいないだって？　気にかけてる人も家族も？　だったらメタンフェタミン依存症で通りをうろついてたフェイスが、自分ひとりの力でファストフード店で仕事をするようになったってのか？　しかもメタンフェタミンでぼろぼろだった歯を突然、すべて真珠みたいにきれいな白い義歯に取り替えた。いったいどこであんなきれいな歯を手に入れたんだ？　あれほど見事な義歯にするための金はどうした？」ヒェールは話しながらレオに見られないよう背中を向け、煙草の箱に二十ドル紙幣を押しこんだ。

ニーナは狂気じみた目で煙草の箱を、さらにそこから突きでた紙幣を見て、服の袖口を引っかいた。「フェイスがメタンフェタミン依存症から立ち直ったのは、マーカス牧師が助けたから。牧師はほかの子たちにもしてるみたいに、フェイスが仕事に就く手助けもした」

「マーカス牧師はフェイスが新しい歯の代金を支払うのも手伝ったのか？」

「フェイスがどこであの歯を手に入れたのかは知らない。しばらく会ってなかったから」

「どれくらい？」

「知らない。時間の感覚がわからない」

ヒェールはうなずき、ニーナに煙草の箱を手渡した。彼女は箱をつかむと、汚れたデニムの内側にすばやく隠した。不安そうに通りの左右に目を走らせる。まるで誰かがやってきて金を奪い取るのではないかと恐れるように。

「いいかい、ニーナ」ヒェールは言った。「今も通りをのさばってる殺人犯を捕まえるために、俺たちはフェイスについてもっとよく知らなきゃならない。彼女がどこに住んでたのか、誰と出かけてたのかといったことをね。あんたなら俺たちを助けられる。フェイスのために正しいことをしてやれるはずだ」

突きあげる葛藤にニーナの顔がゆがんだ。生々しい恐怖、同じ路上生活者の秘密を守りたい気持ち、もっとドラッグを買うための金がほしいという絶望的なまでの欲求。それらが、友人のために正しいことをしたいという衝動と闘っている。ヒェールには彼女のそんな感情のすべてが手に取るようによくわかった。自分も身に覚えがある感情だからだ。

「フェイスはアパートメントに住んでた」

ヒェールの全身にアドレナリンが駆けめぐりはじめた。「どこの?」

「エスクィマルト。海のある場所から一ブロックあがったところにある、モンブラン・アパートメントってとこ。海の向こう側にモンブランの山が見えるんだって」

ニーナは悲しげな顔になった。「すごいよね」

「行ったことがあるのか？」

「ううん。話を聞いただけ」

「誰から？」

ニーナは目をそらした。

「マーカス牧師から聞いたんだろ？」数人の男たちが近づいてきては、通りから立ち去っていく。ニーナはさらにおどおどするようになった。

「そうかもしれないし、そうじゃないかもしれない」

「フェイスの客が彼女のためにその場所を用意したのか……自分専用に？」

「もう行かなきゃ」

ヒエールは雨の中、ニーナが走り去るのを見送った。近くにあるリサイクルショップではクリスマスの明かりが点滅している。強風が吹きつけ、低く雲が垂れこめた空はどこまでも暗い。一年の中でも、日照時間が一番短くなる季節だ。路上での生活はことのほか大変になる。とにかく寒い。ほかの地域に比べればここは温暖なほうだが、それでも寒いことに変わりはない。

レオが再びこちらへやってきた。車へ戻る道すがら、ヒエールはレオに今得たばかりの情報を話しだした。

「最初に会ったとき、あの女はあんたを知ってるって言ってたぞ。あれはどういう意味だ？」運転席のドアを開けながら、ヒェールは尋ねた。パロリーノは絶対に運転を譲ろうとしないが、レオは文句も言わず助手席のドアへ向かっている。ヒェールは運転を任せられたことが気に入った。

レオは車のルーフ越しに目を合わせてきた。「俺は警察官だ。どこだってうろついてる」

「彼女はあんたとやったことがあるのか？」

レオは視線を合わせたままだ。「いったい何を訊きたいんだ？　俺が口でしてほしくてここに来たことがあるかどうか知りたいのか？　いったいどうしちまったんだ？」

「電話をかけてくれ。ブズィアクに被害者の住所がわかったと伝えてくれないか？」

ヒェールはそう言うと、車に乗りこんだ。

それから無言のまま、ふたりはエスクィマルトのモンブラン・アパートメントへ向かった。

薄暗がりの中で、ニーナは体を震わせながら、刑事たちが車で走り去るのを見送った。現金が手に入った。今すぐ売人を見つけたい。だけど恐ろしい。〈ハーバー・ハウス〉で新聞を見て、墓地で発見された少女がどんなことをされていたか知った。レイプ。十字架。メリー・ウィンストンの署名記事だ。それにゴージ水路では女の死体が浮かんでいるのが見つかったという。それがフェイス？　なんてことだろう。

ニーナは雨の中を駆けだし、急いで通りを進み、インナー・ハーバー近くにある石造りの建物を目指した。『シティ・サン』のオフィスが入っている建物だ。海にかかるどんよりとした霧が、石畳の通りや煉瓦造りの路地にまで漂ってきている。海のほうから霧笛が聞こえる中、ニーナはガラスの回転ドアを通り抜け、大理石の床を進んで受付の前まで行った。

デスクの背後に座っていた受付の女から、今すぐ立ち去らないと警察を呼ぶと言われた。

「情報を持ってきたんだ。記事になる」ニーナは神経質そうに腕を引っかきながら答えた。「あの記者に会いたい。墓地の少女の記事を書いた記者に」

受付の女は疑わしげな表情を浮かべたが、館内放送でメリーを呼びだした。

おりてきたメリーは驚いたような表情を浮かべた。「ニーナ？　いったいどうしたの？　ここで何してるの？」

　ニーナはすばやく左右に視線を走らせた。頭の中で突然騒音が鳴りはじめている。彼女は両手をこめかみに強く押しあてた。

「コーヒーとあたたかい食べ物をご馳走する。コートを取ってくるから」

　メリーはコートを羽織り、予備のジャケットを片手に戻ってきた。

「その濡れたデニムを脱いで、これを着たらいい」

　ニーナはしぶしぶ従った。ありがたいことにジャケットは乾いていて、詰め物たっぷりであたたかい。

「そのまま着てていいから」メリーはそう言うと、ニーナを連れて通りの角を曲がり、小さなパブへ入ろうとした。

「入りたくない」

　メリーはしばしニーナを見つめ、やがてうなずいた。友人の気持ちを理解したのだ。

「だったらこっちへ来て。話せるところを知ってる」

「ううん……すぐに行かないと。ドラッグを買わないと。でもその前にあんたに会わなきゃと思って」

　メリーは表情を変えた。目に哀れみと同情の色をたっぷりと浮かべている。ニーナはそれがいやでたまらなかった。今の自分も、周囲の人が自分を見る目つきもいやでたまらない。

「メリー、自分が路上を抜けだしたからって、勝手にあたしのことを判断しないで。あんたとあたし、一緒に戻ってきた仲じゃない」

「そんな。判断なんかしてない。いったいどうしたの？　なんで会いに来たの？」

「フェイスだった」

「フェイスだったって、どういう意味？　なんの話？」

「フェイスが死んだ。ゴージ水路で見つかったのはフェイスだったんだ。〈ハーバー・ハウス〉のマーカス牧師のところへ話を聞きに来た刑事たちから、フェイスの家族のことや、死んだことを誰に知らせればいいのか訊かれたんだよ」ニーナは落ち着きなく通りに目を走らせた。あの刑事に尾行されているかもしれない。そう考えると不安になる。「メリー、殺されたのはあの子なんだ。ビニールシートでぐるぐる巻きにされて、海に投げ捨てられたんだよ」

メリーの顔から血の気が引いていく。「本当に？」

「刑事から、遺体安置所で撮ったフェイスの写真を見せられた……あのタトゥーの写真を。ねえ、もしあいつが戻ってきたらどうしよう？　あいつだったらどうしよう？

墓地で見つかった女の子の記事を読んだんだ。あいつの仕業だよ。あいつに間違いない」

顔面蒼白のメリーがニーナの肩をつかみ、目を光らせた。「その刑事、フェイスにも十字架が刻まれてたと言ったの？」

ニーナは首を振った。「でも、絶対にあいつだ」

「どうしてそう言いきれる？」

「だってあたし、その刑事にフェイスが墓地の女の子と同じことをされたのかって訊いたんだ。刑事は変な目であたしを見てたけど、否定はしなかった」

「ねえ、私の話をよく聞いて。フェイスと最後に会ったのはいつ？」

ニーナは顔のかさぶたをかいた。「しばらく前。五カ月から八カ月前くらい。フェイスはずっと昔からのヒモと一緒だった。ダミアンってやつ。ほかにもブロンドの男がいて……黒で小型のスポーツモデルのＢＭＷを乗りまわしてる、金持ちのいけ好かないやつだった。若くて、まだ二十代前半かな」

「本当にＢＭＷだった？」

「何言ってんの。あたしが車に詳しいこと、知ってるだろう？」

26

「言ったとおり、うちは月極め（つきぎめ）の契約です。貸借人から十一月末、今から十一日前に契約解除の連絡がありました。たしか木曜日です。次の日、彼女から現金を預かってきたという引っ越し業者がここへ来ました。つまり彼女は十二月分の家賃も支払ってるんです」

ヒェール・ホルガーセンは堅木張りの床をゆっくりと横切り、窓辺に近づいた。家具や敷物が置かれた床の部分には、より色の濃い木材が用いられている。窓の外に、一面の海と海沿いに建てられた新たな建築物が広がっている。このアパートメントの管理責任者と連絡を取り、フェイス・ホッキングの顔写真を見せたところ、彼はすぐにホッキングだとわかり、約二年間ここに住んでいると証言した。家賃は常に現金払いだったが、ホッキングはつい最近この部屋の契約を解除していた。

「契約解除の連絡は彼女自身からあったのか？」レオが尋ねる。ヒェールは窓の外を眺めながら、頭をめぐらせてあらゆる可能性を数えあげていた。

「ええ、電話で」

「本当にホッキングだったのか？」

「女性の声でしたから。疑う理由がありません」

「彼女が使った引っ越し業者はどこだった？」レオは訊いた。

「知りません。白いトラックが来ましたが、会社のマークとかロゴは入っていませんでした」

「家賃を持ってきたっていうその引っ越し業者の男は名乗らなかったのか？」

「ええ」

「どんな見た目だった？」

「黒髪で、背は高くもなく低くもありませんでした。よくわかりませんが、三十代ってところでしょうか。ごく普通の男でした」

「その普通の男は引っ越し業者のロゴが入った制服を着ていなかったのか？」

「ジーンズに黒っぽいジャケット姿でした」

レオが話しているあいだに、ヒェールはキッチンへ行き、食器棚を次々と開けた。空っぽだ。シンク下にあるごみ箱を確認したが、何も入っていない。冷蔵庫のドアを開けると、開封された汚れ落とし用の重曹の箱がひとつ入っているだけだった。

ヒエールはドアを閉め、飾り戸棚のあいだにある冷蔵庫を移動させはじめた。

「何をしようとしてる?」レオが尋ねた。

「人ってのは連絡先や約束のメモなんかを冷蔵庫に貼りつけるもんだ。わが家も冷蔵庫とカウンターのあいだに、いつもそういうものが落ちてる。ときには冷蔵庫の下にも。さあ、手を貸してくれ」家主が見守る中、ふたりは冷蔵庫を動かした。

冷蔵庫の下には厚い埃と汚れがたまっていた。古いピーナツやペーパークリップ、なんだかわからない食べ物のかすもある。それらの中に、かつては白かったはずの汚れた名刺が一枚落ちていた。ヒエールは埃の中から名刺をつまみあげた。

〝ジョン・ジャックス、審美歯科医〟

「あたりだ」ヒエールは低く言うと、レオの面前で名刺をひらひらさせた。「あの白い歯でホッキングを生まれ変わらせた歯医者だろう」さらに名刺をひらひらさせる。「いつも言ってるように、〝金の流れを追え〟だ。さすがのホッキングもこの歯医者の治療代は現金で支払ってないはずだ」

ほかに何も見つからなかったため、ヒエールとレオは家主に自分たちの名刺を渡し、エレベーターで階下へおりた。ロビーを通りかかったとき、入口のガラスドアの外側で、インターコムのパネルのボタンを押しているひとりの女性が見えた。

ヒエールは毒づいた。「あの女だ。例の記者だよ」

ふたりがドアから出ていくと、彼女ははじかれたように顔をあげて息をのんだ。目のまわりに濃いくまができていて幽霊のように見える。取り乱している様子だ。

「メリー・ウィンストン」ヒエールは慎重な目つきで彼女を見た。

ウィンストンは視線を走らせて通りの様子をうかがい、何かに怯えた様子で顔をこわばらせた。ヒエールの心臓はたちまち激しく打ちはじめた。ヒエールが足早にインターコムのパネルの前に行くと、フェイス・ホッキングの名前が表示されていた。

「あんたはホッキングをよく訪ねてたのか?」

「本当に彼女なの?」メリー・ウィンストンの声はかすれていた。「ゴージ水路で見つかったのはフェイスなの?」

ヒエールはレオとすばやく目配せした。「どうしてそう思った?」レオが尋ねる。

「いいから教えて」今やウィンストンは体を震わせている。

ヒエールは眉根を寄せた。疑念が黒雲のようにわき起こる。「このタイミングで、どうしてホッキングの住まいを知ることができたんだ？」

「ただ……手がかりを頼りにしただけ」

「その手がかりとやらを、どこで得た？」ヒェールは尋ねた。「今回は警察の無線を傍受したわけじゃないよな、ウィンストン？」

ウィンストンは答えようとしない。ヒェールはウィンストンに近づき、上背の高さを活かして彼女を見おろした。ウィンストンが一歩あとずさりする。レオはその様子を無言のまま見つめていた。「ホッキングの話を誰から聞いた？　どうしてこの住所にたどり着いたんだ？　そういったすべての情報をあんたに教えているのは誰なんだ？」

「私は優秀な記者なの。わかる？　すべてこの足で稼いだ情報よ」

「司法妨害は重大な罪だ。もし──」

「だったら私を逮捕しなさいよ。告発すればいいでしょう」ウィンストンが視線をパネルにちらりと向ける。

「ホッキングならここにはいないぜ、ウィンストン」レオが言った。「ここを引き払ったんだ。私物もきれいに片づけられてた」

ウィンストンはさらに青ざめ、もう一歩あとずさりした。「そんなの、信じない」

レオが肩をすくめる。

「フェイスの私物を片づけたのは何者？」ウィンストンが訊いた。

「へえ。つまり情報提供者はその点は明かさなかったんだな？」ヒェールは言った。

ウィンストンはヒェールをにらみつけると体の向きを変えて歩道を走り去り、数メートルほど先のサクラの裸木の下に停めてあった黄緑色のフォルクスワーゲン・ビートルに乗りこんだ。ふたりの刑事が見守る中、ウィンストンは車を発進させて通りへ出たあと、交差点を右に曲がって見えなくなった。

「彼女はいったいどこで情報を得たんだ？」ウィンストンが走り去るのを見送りながら、ヒェールは言った。「俺たちがホッキングの身元を知ったのはつい今しがただ。だがウィンストンはインターコムのパネルで、迷うことなくホッキングを呼びだそうとしてた。ホッキングの自宅がここだと知ってたんだ」

「知ったことか」レオが言う。

ヒェールは眉をひそめ、しばし考えた。「ひとまずこれまでにわかった事実を上司に報告したあと、次は歯医者を訪ねるとするか？」

27

ララはリビングルームの薄いカーテンの背後で行きつ戻りつを繰り返していた。今にも胃の中のものをぶちまけてしまいそうだ。グレイシーが死んだ――墓地で見つかった少女は彼女だった。そして今、フェイスが電話に応答しない。もっとグレイシーの話を真剣に聞くべきだった。二週間前、グレイシーは誰かにつけられている気がすると言っていた。ある夜、グレイシーの自宅近くの物陰から見知らぬ男がぬっと出てきて、彼女の部屋の窓を見つめていたのだという。グレイシーはその男が、前の週の土曜に同じバスに乗り、彼女と同じ待合所でおりた男と同一人物だと考えていた。

今、ララの家の外、オークの木の濡れ落ち葉が張りついている通りの向こう側に、黒のレクサスが停まっている。ねじくれたオークの木の枝の下、着色ガラスの車は夜明けからずっとそこにいた。ときどきエンジン音が聞こえてくる。きっとヒーターをかけつづけているからだろう。先週の木曜日、聖歌隊の活動を終えてバスに乗ろうと通りに出たときも、大聖堂の外に同じレクサスが停まっていた。

ララは再びフェイスの携帯電話にかけた。またしても留守番電話につながった。

「フェイス、私よ。ねえ……電話をちょうだい。お願い」

ララは行ったり来たりしつつ、別の番号にかけた。エヴァだ。相手が出た瞬間、安堵のため息をもらさずにはいられなかった。

「エヴァ、私、ララよ。私ね……」突然、自分がばかみたいに思えた。「グレイシーのひどいニュースを聞いたの。今はフェイスと連絡がつかない。フェイスから電話はあった？」

「きっと携帯電話を確認してないだけよ」エヴァはそっけなく答えた。どこか急いでいるような様子だ。

「フェイスはいつも電話に応えてくれる。今まで電話に出なかったことなんて一度もない」話しながら、手の甲で薄いカーテンをほんの少し開けてみた。レクサスは依然として停まったままだ。「グレイシーは前に、誰かにつけられてる気がするって話してたの。今、私のアパートメントの外にも誰かがいる……彼らのうちの誰かかも」

「どうして？」

「ねえ、最近あなたのまわりで……変なことは起きていない？」

「いいえ、全然。ねえ、気のせいよ。なんであれ、絶対に警察に話したらだめ。さもないと大変なことになる。もし話せば殺されるかもしれない。覚えてるでしょう？絶対にしゃべらないというのが契約の一部だったこと。それと彼らに電話もかけちゃだめよ。連絡はいつも向こうからなんだから」

「グレイシーは話してしまったのかも」ララはささやいた。「たぶん……」彼女は体をこわばらせた。濃い青の車がアパートメントの窓の下で停止し、ドアが開いた。ララは慌てて通話を切ると、携帯電話を握りしめた。

背が高い黒髪の男と、長い赤毛をポニーテールにした女が車からおりてきた。ふたりとも黒いコートを着こみ、こちらに向かってくる。階段をのぼる足音が聞こえた。

ドアがノックされた。ドンドンと大きな音がする。

ララはためらった。恐怖がどっと押し寄せてくる。

彼らが再びノックした。今度はさらに大きな音だ。ララはドアののぞき穴の前に行った。

「誰？」のぞき穴から顔を確認しながら叫んだ。

「ヴィクトリア市警の者です」男の低い声が聞こえた。「マドックス刑事とパロリーノ刑事です。グレイシー・ドラモンドについてお話をうかがいたいのですが」

ララは息をのみ、一瞬ためらったものの、ドアチェーンをかけたまま、ほんの少しだけドアを開けてふたりを見た。「身分証か何かある？」それが本物の刑事の身分証かどうか区別がつかない。だけど、とりあえずそう尋ねるべきだと考えた。

ふたりとも身分証を掲げてみせた。

「あなたがララ・ペニントン？」女の警察官が尋ねる。

ララはその顔に見覚えがあった。新聞に載っていた写真の女刑事だ。たちまち口の中に苦いものが広がった。「どうしてあんなことをしたの？　グレイシーのお母さんにあんなひどいことを知らせるなんて。それにグレイシーの名前をあんなふうにマスコミにもらすなんて」

「中に入ってもいい、ララ？」女が尋ねる。顔は無表情のままだ。

ララはドアチェーンを外してドアを開け、刑事たちを質素なリビングルームに招き入れた。ソファはすべて中古品で、バリ島の腰布をゆったりとかけてある。

ララはひとり掛けの椅子の端に腰をおろした。女の刑事はソファに座ったが、男の刑事は立ったままアパートメント内を見まわしている。薄いカーテン、空になったテキーラのボトル――ララは居心地の悪さを感じ、さらに不安になった。

「今回のことは本当に残念だわ、ララ」女が口を開いた。「あなたとグレイシーはとても仲がよかったんですってね」

　ララは何も答えなかった。頭の中で警報が鳴りはじめている。

　刑事たちはありとあらゆる質問をしてきた。でもララは曖昧な答えに終始した。間違ったことを答えてしまうのではないかという恐怖のせいで、ほとんど何も言えなかった。

「火曜日、グレイシーがここで夜を過ごしたことはある？」

「いいえ」

「彼女のカレンダーには先週の火曜にも、その前の火曜にもしるしがつけられていて、〝ララ・P、アマンダ・R、B・C〟と書かれていたの。〝アマンダ・R〟って誰？」

　ララの頭の中の警報がさらに大きくなる。本当に吐いてしまいそうだ。「私……ときどきグレイシーのアリバイを作ってあげてたの。彼女が外泊するときに」

「グレイシーはどこに行ってたの？　どうしていつも火曜日なの？」

「わからない」

「本当に？」

　ララはどうしていいかわからず、追いつめられていた。膝の上で震える両手をきつく握りしめる。「彼女は私に何も話さなかったから」

「親友なのに？　グレイシーは本当にあなたに何も話さなかったの？」

ララはうつむいて爪先を見つめた。ネイルがはげている部分に意識を集中させようとする。ネイルを塗り直さないと――そう自分に言い聞かせることで、頭の中の警報を止めようとした。

「〝J・R〟と〝B・C〟というイニシャルの意味は？」

うっかり顔をあげた瞬間、不注意な態度を悔やんだ。「わからない」ララは嘘をついた。

女の刑事は無言でララを見つめると、男の刑事とすばやく目を見交わした。男の刑事は唇を湿すと、ゆっくりと窓に近づき、カーテンを開けて外の通りを見た。ララは心配だった。あのレクサスはまだ停まっているだろうか？　女の刑事が手帳を見ながら口を開く。「あと、ジョン・ジャックスについては？」

ララは首を振った。「そんな名前の人に心あたりはないわ」

「先週の木曜、聖歌隊の活動に参加する代わりに、グレイシーがどこへ行っていたか知ってる？」

「いいえ」

「あなたはその日、聖歌隊に参加してたの？」

ララはうなずいた。

女の刑事が身を乗りだす。「本当にジョン・ジャックスについて知らない？　グレイシーのお母さんによれば、グレイシーはその人としばらくつきあってたらしいの。彼は小型の黒のＢＭＷに乗っていた。そう聞いて、誰か思いださない？　彼はきっとグレイシーに高価ですてきなプレゼントをたくさんしていたはずよ。たとえばフランチェスコミラノのブーツとか」刑事は言葉を切った。「ねえ、ララ、襲われた夜、グレイシーはそのブーツを履いていた。でもそのブーツは今、彼女の服と一緒に法科学研究所に保管されている」

「ああ、神様……私……私……」ララの目から突然涙がこぼれだした。どうしても止められなかった。

「ララ、私に話して。ジョン・ジャックスについて教えてくれない？」

「彼は……その……グレイシーと普通とはちょっと違うことをしてたみたい」

「どこに行けばジャックスに会える？」

「彼がどこに住んでいるのか、私は知らない」

「ジャックスは〈オーク・ベイ・カントリー・クラブ〉の会員ね。グレイシーは彼とそこで出会ったんじゃないの？　リック・バトラーと別れる前、バトラーがそのクラブでテニスをしているのを見てたときに」

ララは袖口で顔を拭いた。「そうだと思う。リックならもっと知っているはずよ」

「どうして警察に情報を隠そうとしたの？　いったい誰をかばおうとしてるの？」

頭の中で警報がうるさいほど鳴り響き、ララはめまいに襲われた。このままだと気を失ってしまいそうだ。女の刑事の声がとても遠くに聞こえる。何を尋ねられているかもよく聞こえない。

「ララ、ララ、私を見て。グレイシーにあんなことをしたのが誰であれ、犯人はまだのうのうとのさばってる。そうしている限り、そいつはまた別の誰かを傷つけるかもしれない。私たちはどうしてもその男を捜しださなければならないの。一刻も早く。あなたが警察に情報を隠せば隠すほど、大勢の人の命が危険にさらされることになる。もしあなたが何か知っているなら——」

「何も知らない。わかった？　私、何も知らないから！」

女の刑事はうなずくと、革製のショルダーバッグに手帳をしまった。「これからグレイシーのメールやソーシャルメディアのアカウント、連絡先リストや通話記録を詳しく調べる予定なの。もし何かわかったら、またあなたに話を聞きに来るわ」ララに名刺を渡した。「そのあいだにもし事件に関係することを思いだしたら、どんなささいなことでもいいから電話をかけて。いつでもいいから」彼女は言葉を切った。「あなたに署まで来てもらって本当に何も知らないかどうか嘘発見器にかけるよりも、そのほうがずっといいと思うから」

そして立ち去ろうとした瞬間、女の刑事は突然体の向きを変えた。

「そうだわ、最後にもうひとつだけ。ララ、あなたはフェイス・ホッキングを知ってるんじゃない？」

ララは椅子の背もたれに手を伸ばし、息を吸いこんだ。「いいえ」

刑事はふたりとも、ララの様子をじっと見ている。

「彼女に一度も会ったことがない？」女の刑事が尋ねた。

「ええ……フェイスという名前の人は誰も知らない」

「そう」女の刑事は静かに答えた。「何か思いだしたら電話してね」

「彼女は嘘をついているわね」マドックスの車に戻りながら、アンジーが言った。

「ああ。それに怯えてる。だがなぜだ？　何にあんなに怯えているんだろう？」

アンジーは振り返って窓をちらりと見た。カーテン越しにララ・ペニントンの影が見える。こちらの様子をうかがっているのだ。

「ほかの関係者への聞き込みや、グレイシーの電子機器に残された記録から、有益な情報が得られるかもしれない」アンジーは助手席のドアを開けた。「ララ・ペニントンへの正式な尋問はもう少しあとにしたほうがいいわね。そのあいだに何か情報を得られたら、それを最大限に活かして彼女に尋問したほうが、より実りある結果が出せるはずだもの」

アンジーは助手席に腰をおろした。マドックスが道端の草地でジャック＝オーを散歩させているあいだに、ララ・ペニントンの様子を確認してみる。きっちりと引かれたカーテンの背後で、ララの影が行きつ戻りつしているのがわかった。あの少女はどうしようもない恐怖に駆られている。いったいどんな可能性が考えられるだろう？アンジーが頭をめぐらせていたとき、ふと道路の反対側に注意を引かれた。黒のレクサスが停まっている。光り輝く最新モデルで着色ガラスだ。レクサスはゆっくりとその場を離れた。

彼はララの自宅から刑事たちが出てくるのを見ている。長い赤毛の持ち主のアンジー・パロリーノ刑事に気づいたとたん、興奮が全身を駆け抜ける。だが一緒にいるのはヒエール・ホルガーセン刑事ではない。別の男だ。パロリーノ刑事よりも少しだけ年上で、髪は黒く、しかも威張ったような堂々とした歩き方をしている。彼は興奮が高まるのを感じる。これこそ正真正銘のゲームだ。本物の。こんなにも間近で起きている個人的なゲーム。だが刑事たちがララに話を聞きに来たのなら、すばやく行動しなければならない。たちまち頭の中がララ・ペニントンのことでいっぱいになる――グレイシーよりも胸が大きく、丸くて形のいいヒップをしたララ。きっとあそこもふっくらしているのだろう。高まる期待に、舌先で唇を湿さずにはいられない。ララの次はエヴァだ。エヴァのあそこはしっとりと濡れているに違いない。だが呼吸も鼓動も速まる中、あの恐怖のささやきが聞こえてくる。今はあの声に捕まりたくない。

〝そうよ、捕まってはいけないわ、ジョニー。絶対にだめ〟あの少女たちのために、この仕事を終わらせなければ。少女はいくらでもいる。悪い少女たちが。この世の中はいつも悪い子たちでいっぱいだ。ここ以外の場所も。どこか遠い場所も。海をいくつも越えた、はるかに遠い場所も。だからもっと慎重になる必要がある。刑事たちがララの自宅を訪ねてきた以上は――。

〝するとペテロが答えた。「悔い改めなさい。そしてあなた方ひとりひとりが罪の赦しを得るために、イエス・キリストの名により洗礼を受けなさい。そうすればあなた方は聖霊の賜物(たまもの)を受けるであろう」〟

28

「ドクター・ジャックスは診察中です」受付係はレオとヒェールが掲げた身分証を見て言った。

「待つよ。いくつか質問したいから」

受付係は顔をあげ、ヒェールと目を合わせてきた。ヒェールはさりげなく彼女を観察した。保守的な装いだ。髪型も感じがいいし、メイクも濃くない。高そうなブランドものの服を着こなしている。

「申し訳ありませんが、今日は予約が詰まっているんです。ご覧のとおり、待合室はすでに患者さんでいっぱいです」

「さっきも言ったが、待つよ」ヒェールは体の向きを変え、フラシ天で覆われた待合室をゆっくりと見まわした。「あんたが刑事ふたりを一日中ここで待たせたいなら、俺は待つのは平気だから」ヒェールは、ソファに座ったいかにも金持ちそうな女性ふたりのあいだの狭い空間に割りこむようにして腰をおろした。女性たちは、ヒェールがシラミであるかのように急いで彼から離れた。

受付係が慌てて椅子から立ちあがる。「お待ちください」足早に奥へ姿を消し、すぐに戻ってくるとそっけなく言った。「ドクター・ジャックスが特別に十分だけお会いになります。こちらへ」

受付係はふたりを受付スペースの背後にあるオフィスに案内した。そこにはよく磨きこまれた巨大なデスクと本棚が置かれていた。壁には美しい絵画がかけられ、チェストの上には額縁入りの写真がいくつか飾られていた。ヒェールはそのうちのひとつを手に取った。わずかなブロンドを横に撫でつけたバーコード頭の男が写っている。隣にいるのはやけに襟ぐりの深いウエディングドレス姿の、ほっそりとした黒髪の女性だ。どう見ても、男の半分の年齢にしか見えない。ヴィクトリアズ・シークレットのカタログに出てくるモデルみたいだ。コラーゲンを注入したぽってりした唇と、猫のように吊りあがった目をしている。ヒェールはその写真立てを戻し、別の写真を手に取った。若い男が写っている。おそらく二十代前半だろう。やはりブロンドだ。バーコード頭の息子に違いない。「たぶん最初の結婚のときの息子だろう。こっちに写ってるのが二度目に結婚した妻だな」ヒェールはレオに写真を見せながら言った。

「男の息子より年上には見えないな」

「三度目の結婚だ」背後から声がした。

ふたりは振り返った。ヒェールはまだ額縁入りの写真を手にしたままだ。

「私がドクター・ジョン・ジャックスだ」バーコード頭が言った。手を差しだそうとはせず、両手をズボンのポケットに突っこんだままドアのところに立っている。「用件は？」

「フェイス・ホッキングについて訊きたい。彼女はあなたの患者か？」ヒェールはチェストの上に慎重に写真を戻した。

「患者は大勢いる。いちいち名前まで思いだせない」

レオはポケットからビラを取りだし、バーコード頭に見せた。「この女だ」

歯科医はビラの顔写真を見ようとせず、最初にレオを、続いてヒェールを見つめ、口を開いた。「なぜ要点を言わない？　私は忙しいんだ」

「ホッキングの治療代を誰が支払ったのか知りたいだけだ」レオが答えた。

ジャックスが一瞬視線を落としてビラを見た。無表情のまま、腕時計を確認する。

「いらいらしてすまないが、刑事なら知っているだろう？　患者の情報をみだりに明かすことはできない。もちろん経済的な情報もだ。さあ、お引き取り願おうか」

だがヒェールもレオも動こうとはしなかった。「ドクター、ホッキングは殺人事件の被害者だ。なんでもいいから話してくれたら、捜査の助けになる」

「殺人事件とは気の毒だ。だが――」

「被害者は」ヒェールはすばやく二歩、歯科医に近づいた。コロンの香りがする。「路上暮らしで、メタンフェタミンの使いすぎで歯がぼろぼろだった。そんな歯を忘れるはずがない。彼女を真っ白な歯にする治療代を支払ったのが誰か、それだけ教えてくれればいい。そうしたら俺たちをすぐに……厄介払い(アウト・オブ・ユア・ヘア)できる」

歯科医は白い歯を見せながら、一瞬皮肉っぽい笑いを浮かべた。しかし目は笑っておらず、冷たい光をたたえている。「さっきも言ったように、患者の情報は話せない」

「だったら、令状を取って戻ってくる」

「ああ、そうしてくれ。ではごきげんよう」

ヒェールとレオはジャックスのオフィスから待合室へ出た。患者たちが好奇心たっぷりの目で見つめている。

雨の降る外へ出ると、ヒェールは言った。「あの男、なんだか気味が悪い」

「だが、捜していた歯医者みたいだな」レオが言った。「元メタンフェタミン依存症の女が、ジョン・ジャックスみたいな歯医者にかかったり、あのアパートメントの家賃を現金で支払ったりできるわけがない。ただし、よっぽどの上客がついたら話は別だ」

「売春斡旋業者が費用を払った可能性もある。ホッキングをきれいに生まれ変わらせ、売春婦として働かせて、かかった金を回収しようとしたのかもしれない。〈ハーバー・ハウス〉のつい最近の写真を見たら、ホッキングは見違えるほど美人になってた」

レオがヒェールを見あげ、片方の眉をあげる。「あの牙のあるメドゥーサの口にあそこを突っこむために大枚払う客もいるってか？　たしかにそうだな」

車に戻り、ロックを解除しながらヒェールは言った。「それなりの理由がない限り、あのバーコード頭の財政関係の記録や請求書の控えを調べるための令状を取ることはできないだろうな」

「だったら、その理由を見つけだすまでだ」レオが助手席のドアを開けた。「賭けてもいい。あの歯の治療費をほかの人間が支払ってるなら、ジャックスは絶対にそれが誰か知っているはずだ」

アンジーとマドックスが〈オーク・ベイ・カントリー・クラブ〉に到着する頃には、

すでに空が暗くなりはじめていた。今は一年で最も昼の時間が短い時期だ。冬の薄暗さの中、純白に輝く室内テニス施設は宇宙船のようにまばゆく見える。

「令状がないから、彼らは会員の情報を明かそうとはしないでしょうね」巨大なガラスのドアを通って中へ入りながら、アンジーは言った。受付スペースはタイル張りで、ムード音楽が流れる館内にはテニスボールの弾む音が響いている。受付に座っていた彫像のように美しいブロンドの女性が、真っ白で完璧な歯並びを見せながらこちらに笑みを向けてくる。アンジーはふと思った。この女性の日焼けした肌は、クラブにある人工日焼け用ベッドのおかげだろうか?

マドックスが受付係にジョン・ジャックスについて質問をしているあいだ、アンジーはボールの音がしているほうへ歩いていった。

「こんにちは」十代の子どもたちが練習しているコートから出てきた男性コーチに笑みを向け、話しかけた。彼はおそらく三十代後半で、ギリシア神話のアドニスのように美しく、日に焼けて見事に引きしまった体つきをしている。デザイナーズブランドのスポーツウエアを着ていて、ブロンドに褐色の髪の筋がいくつかまじっていた。アンジーはシャツの名札を確認して話しかけた。「サージ・ラディコフ。お会いできてうれしいわ。リック・バトラーのコーチなんですってね」

彼は厚かましくもアンジーの全身に目を走らせ、笑みを浮かべた。予想どおりだ。ラディコフは女好きなのだろう。「ああ、リックはとても優れたプレイヤーでね。僕の秘蔵っ子だ」東ヨーロッパのアクセントだ。

「あなたは彼の面倒を見てあげているそうね。金銭面で支援してるんでしょう?」

ラディコフは首からかけた白いタオルで顔を拭き、ボトルに入った水を飲んだ。「リックには才能がある。どんどん強くなってるんだ。そうでなければここの会員になって僕のレッスンを受けることはできなかったはずだよ」

アンジーはフェンスに近づき、若者たちがボールマシンを相手に練習する姿を見つめた。「リックが勝てばあなたの名前が売れるわね。あと、ジョン・ジャックスは……」ラディコフに向き直った。「彼もあなたがコーチしているの?」

ラディコフが一瞬黙りこむ。聞こえてくるのがテニスボールの音だけになったと思ったら、彼は突然、アンジーの顔の近くのフェンスに拳を叩きつけた。アンジーは驚いて体をこわばらせた。

「僕はクラブのコーチだ」ラディコフが警戒する目つきになった。「相手が誰であれ、レッスンを希望する会員に指導するのが仕事だ」一瞬、口をつぐむ。「君は誰だ?」

「アンジー・パロリーノよ」彼女は笑みを大きくして片手を差しだした。「ヴィクトリア市警の刑事なの。ジャックスがバトラーとテニスをしていたという話を聞いてね」

ラディコフが肩越しに背後をすばやく一瞥した。「いったいなんの話だ?」

「ジャックスはバトラーの元恋人のグレイシー・ドラモンドとデートしていて、グレイシーは殺された。だから亡くなる前の数週間の彼女の動向を把握しようとしてるの」

ラディコフはアンジーを見つめ、口をぽかんと開けた。「まさか……まさかあの墓地で見つかった少女か? ニュースで大騒ぎしている?」

アンジーは彼の視線を受けとめた。「グレイシーはバトラーの練習を見に、ここをよく訪れていた。そしてここでジャックスと知りあった。私はそう考えてるわ」

「それが僕となんの関係がある?」

アンジーは視界の隅で、マドックスが近づいてくるのに気づいた。「どこに行けばジャックスに会える?」

ラディコフは瞬時に無表情になった。「悪いが、僕は会員やクラブの招待客たちと親しくつきあうことは許されていない。契約上、彼らの話をすることも許されてないんだ」ベンチからテニスバッグとラケット数本を手に取って、大股で歩み去った。アンジーは立ち去る彼を見送った。形のいい脚だ。実にすばらしい。それにヒップも。マドックスがアンジーの隣に来て、彼女の視線の先を目で追った。アンジーが見あげると、彼の藍色の瞳と目が合った。マドックスの全身から奇妙な力のみなぎりのようなものが放たれている。

「もしあのナイトクラブに入ってきたのがあいつだったら?」マドックスが訊いた。

「やめて」アンジーは即座に言った。「その話は二度と持ちださないで」早足で出口へと向かう。ふいに鼓動が激しくなっていることに気づいた。自分を守ろうとする本能的な怒りと、どこか恥ずかしさに似た感情が入りまじり、全身に渦巻いている。自分に男を求めずにいられない一面があることをマドックスに知られているのがいやでたまらない。そのことでマドックスが彼女を判断していることも、彼が仕事の場でその話題を持ちだしたことも。何より彼が考えていることを気にしてしまう自分がわずらわしくてたまらない。それがどういう意味なのかは考えたくもなかった。

外へ出て雨の中、駐車場の暗がりでマドックスが建物から出てくるのを待った。彼が来て車のロックを解除するまでのあいだに、すでにびしょ濡れになっていた。車へ乗りこんでからも、アンジーはひと言も話そうとしなかった。マドックスは彼女が助手席に座ったことを確認すると、エンジンをかけてヒーターをつけた。それから自分はジャック=オーの散歩のために再び外へ出ていった。車内に戻ってくると、車の後部から取りだしたボウルに水を入れ、ゆっくりと時間をかけて老犬に与えた。

「あの日焼けした受付係から何か聞きだせたの？」マドックスが運転席に乗りこんできたあと、アンジーは尋ねた。

「別に何も。君はあのテニスボーイから何か聞きだせたのか？」

アンジーは顎に力をこめ、マドックスが車を通りに出すあいだ、窓の外をぼんやりと眺めた。「やはりジョン・ジャックスはこのクラブの会員だった。サージ・ラディコフがコーチをしている。私が警察官だと気づいたとたん、ラディコフは黙りこんでしまった。リック・バトラーに話を聞けば、もっと何か情報を得られるはずよ」

マドックスは左折した。署に戻る道ではない。前方の濡れた道路を見つめたまま、後部座席へ手を伸ばし、何かを手探りしている。

「どこへ行くつもり？」

「それを取ってもらえないか？」

「何を？」

「後部座席にある毛布だ。ジャック=オーの体を包んでやってほしい。気温がさがってきたから。こいつは毛を剃ったばかりで寒さにうまく対応できないんだ。それに二度目の手術以来、免疫力も低下しているはずだ」

アンジーはマドックスにしかめっ面をし、後部座席に手を伸ばして毛布をつかんだ。犬の体をくるもうとしたところ、ジャック＝オーが低くうなって噛みつこうとしたので慌てて手を引っこめた。「このばか犬、私に噛みつこうとしたわ」

マドックスが唇にかすかな笑みを浮かべた。

「何よ？　何がおかしいの？」

「たぶんジャック＝オーは自分が君に好かれてないことを感じ取ったんだろう」

「そのとおりよ。この犬のどこがかわいいっていうの？」

マドックスが横目でちらりとアンジーを見やる。

「ねえ、教えて。この犬のどこが好きなの？」

「本当のことを言っていいかな？」

「ええ、本当のことを言って」

「ジャック＝オーといると、いい気分になるからだ。俺はこいつの人生に違いを生みだせてる……そんなふうに感じさせてくれる」マドックスは肩をすくめ、角を曲がると信号で停止し、彼女を見た。「この仕事で得られる以上の何かを感じられるんだ」

アンジーは先日、父と交わした会話を思いだした。

〝悪い男を遠ざけるのが私の仕事よ。それに、私はそういう仕事をうまくこなせる。腕利きなの。違いを生みだせるのよ〟

〝本当に？〟

〝ええ、本当よ。時と場合によるけど、本当にそうなの〟

ふとティフィー・ベネットのことを、さらにあの小さな子を失ったときのことを思いだした。それからハッシュのことも。自分は彼も失ってしまった。ハッシュが恋しくてたまらない。ふいにローナ・ドラモンドの目を思いだす。あの病室で喉の奥から嘆きの声をあげて床にくずおれたとき、彼女の目に浮かんでいたのは紛れもない非難と怒りの色だった――突然、そういったすべての重みが肩にのしかかってきた。

「どこへ行くつもり？」アンジーは先ほどよりも静かな調子で尋ねた。

「ジャック＝オーを預けに行く。それから今夜の捜査会議に出る。どうやらブズィアクがピザをご馳走してくれるらしい。とうとうペットシッターを見つけたんだ。マリーナで暮らしているお年寄りで、少なくともこの事件が終わるまでジャック＝オーの面倒を見てくれる」

「マリーナ？」

「ああ、ウエスト・ベイ・マリーナだ。俺はそこにあるスクーナー船で暮らしてる。

自分で修理しようとしているんだが、運悪く、何かを修理し終えると、新たな問題を発見する。もっとあたたかくなれば修理もしやすくなるだろう。そうなるよう願ってるんだ」

「それなら、あなたはボートの運転をするの？」

マドックスは軽く鼻を鳴らした。「引退後の夢だったんだ。娘のジニーが家を出ていったら、妻とふたりでヨットの旅に出たいと常々考えていた。気ままに船を走らせて、気に入った小さな入り江があれば停泊する。そこでカヤックや釣りを楽しみたいと思ってた」無言のまま、数ブロック走らせてから言葉を継ぐ。「だが、結婚生活は破綻した。この仕事をしていると、伴侶とうまくやっていくのは難しい」

アンジーは好奇心に負けて尋ねずにはいられなかった。「奥さんと離婚したの？」

「厄介な離婚手続きの真っ最中だ。きっとジャック＝オーの存在に慰められるのはそのせいもあるんだろう。犬は飼い主を見捨てたりしないからな」マドックスは再び口を閉ざした。アンジーは彼の非常に個人的な隠れた一面を垣間見た気がした。あまりに個人的すぎる一面だ。これ以上は知りたくない。彼のことなど気にかけたくない。すでに気になってしかたがないのに。どうしても次の質問を口にしたくてたまらない。

「なぜ結婚指輪をまだはめているの？」

「ジニーのためだ。日曜日、娘とブランチをとりに出かけたときに指輪をはめた。ジニーの前で見せたかったんだ。自分でもよくわからないんだが、自分がまだこの結婚生活をあきらめていない、どうにかやり直そうとしてるというところをね。だが娘から、家族関係を台なしにしたのは俺だと責められてしまった」マドックスは笑った。けれども、どこかうつろな笑い声だった。「ときどき、今の俺を見たら、精神科医が大喜びするんじゃないかと思うんだ。何しろ取り返しがつかないほど壊れてしまったもの……あのおんぼろのヨットや、退職後の夢、かつて抱いていた理想の家族像なんかを必死でもとの姿に戻そうとあがいてるんだからな」

アンジーは鼓動が速まるのを感じた。ということは、マドックスはあのクラブで狩りをするために結婚指輪を外していたわけではない。ただ娘を取り戻したい一心で、結婚指輪をつけていたのだ。でもそれからすぐに殺人事件が起きたせいで電話で呼びだされ、この事件に巻きこまれることになった。

「だから私に自分の車を運転させるべきだったのよ」アンジーはきびきびした口調で言った。「そうすればあなたが……その犬の個人的な用件をすませているあいだに、私は自分の車で署に戻れたのに」

29

マドックスが港へと続く道にハンドルを切ると、マウント・セント・アグネス・メンタルヘルス医療施設の建物がいきなり視界に飛びこんできた。アンジーは体をこわばらせて時計に目をやった。葛藤が生じて口の中がからからになる。「待って！」門に近づいたところで唐突に声をあげた。「ここに立ち寄って、お願い」

マドックスはアンジーをちらりと見てからインパラの速度を落とし、高い壁と大きな鉄格子を備えた施設の入口に向かった。「何かあるのか？」

「ちょっと……今日顔を見せると約束した人がいるの。三十分でいいから。そのあいだ犬をおろしてやればいいわ。あとで迎えに来て」

マドックスはもう一度アンジーをちらりと見てから、ゆっくりとハンドルを切ってマウント・セント・アグネスの入口をくぐり、両開きのドアの正面にある屋根の下に車をつけた。アンジーは躊躇（ちゅうちょ）して膝をさすった。急に神経が過敏になる。母を愛しているのと同じくらい、母の心に起きていることを直視するのが怖かった。この病気の兆候が自分にも現れはじめているのではないかという怯えも、不安になる要因のひとつだ。石壁と門と白衣のスタッフを配するこの大きなコンクリートの建物がおそらくそう遠くない自身の未来に待ち構えている。

「ここに誰が入っているんだ？」マドックスが尋ねた。彼に見つめられて、アンジーは心をあらわにされている気がした。

「あなたには関係ない」アンジーはぴしゃりと言ってドアに手を伸ばした。「三十分だけだから」

「よかったらもっと時間をかければいい」

「その必要はないわ」アンジーは車をおりて勢いよくドアを閉めると、振り返らずにしっかりとした足取りで入口に向かった。

通されたのは、テーブルと椅子がいくつかずつ置かれた広い部屋だった。腰かけている患者の中には、そわそわしたり、何やらつぶやいたりしている人もいれば、完全にうつろな目をしてひとりでいる人もいる。壁のそばに立つスタッフが患者の様子をうかがっていた。窓の前に置かれたクリスマスツリーがやわらかい光を放っている。

「お母様はあちらに、出窓のそばにいらっしゃいます」看護師は籐製の揺り椅子に背中を丸めて座り、暗い窓ガラスに映る自身の姿と向きあっている人影を示した。アンジーの体に動揺が走った。看護師にすばやく意識を向ける。

「どうして母がここに？　どうして個室に、自分のものがある個室にいないんですか？」

「残念ながら、初めてひとりになられたものですから、ちょっとした出来事があって。そんなこともあるんです。未知の場所での違和感、自分がどこにいるのか、まわりのみんなが誰なのかわからない不安を感じるので。それでしばらくここで様子を見させてもらっています」看護師が言葉を切った。「お母様はかなりの投薬治療を受けています、ミズ・パロリーノ。意識がはっきりとしているとは言えませんが、ご家族の顔を見るのが助けになることがあります。ですがもしお母様が取り乱すようなことがあれば、静かに離れてスタッフに知らせてください」

「薬物の、投薬量の指示は誰が？」

「主治医です。近親の方との話し合いで。お父様はほぼ一日中こちらにいらっしゃいましたから」

罪悪感に襲われ、呼吸を奪われたアンジーは息を吸うことに意識を集中しなければいていった。「ありがとうございました」アンジーはゆっくりと窓のほうへ歩いていった。色が抜けつつある母の髪は、かつての深みのある赤みがかったブロンドというよりも淡いオレンジ色に見える。白いバスローブが骨張った肩を包み、習慣にしていたメイクもまったく施していない。肌はしみだらけで、乾燥して皺が寄っている。最後に会ってからほんの数十時間で、何歳も年を取ったかのようだ。

「母さん」

母は椅子を揺らしはじめ、どんどん勢いをつけていった。

アンジーはスツールを引き寄せて向かい合わせに座った。「気分はどう?」母にほほえみかける。

母は揺り椅子を止め、知らない人を見るような目でアンジーの顔をのぞきこんだ。焦点が合っていない。意識が完全にここにあるわけではないのだ。「あなたはだあれ?」母が言った。若干ろれつがまわっていない。「お知り合いかしら?」

「アンジーよ」

「アンジー?」母は眉根を寄せ、しばらくアンジーを見つめていた。それからゆっくりと悲しげな笑みを浮かべ、顔をくしゃくしゃにした。「昔、幼い娘がいたの……アンジーって名前でね。本当にかわいい子だった。本当にすばらしい子。でも……あっという間に逝ってしまった。なんの前触れもなく。天使に連れていかれたの」うめき声をもらし、また椅子を揺らしだした。痛みに耐えるように顔をゆがめて、両手で肘掛けを握りしめている。うめき声はしだいに大きくなり、椅子の揺れも激しくなった。アンジーは身をかがめて母の片手を包み、椅子が揺れる速度を緩めた。

「大丈夫よ、母さん。私はここにいるわ」

「天使たちが連れ戻してくれた。そう。あそこはあの子がいるべき場所じゃない。だからここへ返してくれた」

「誰を？　誰のことを話してるの、母さん？」

「アンジー」

薄ら寒い恐怖がアンジーの中にじわりと流れこんできた。「アンジーはどこにいるべきじゃなかったの？」

「天国よ。イタリアの。神様と。間違えたのよ。あの子は神様と一緒に行く準備なんてできていなかった。だから戻してくれたの」寂しく切ない笑みが母の顔をよぎり、揺り椅子が止まった。「クリスマスイブにあの子が戻ってきたの。私は大聖堂で歌っていた。とても美しい大聖堂よ。神様の思し召し(おぼ)ね」母は目を閉じて聖歌をハミングしはじめた。妙になじみがあるものの、アンジーはなんの曲か思いだせなかった。薄ら寒さがますます深く体にしみこんでくる。

「どの大聖堂のこと、母さん？」

「外には雪が降っていた」母は静かに口にした。「そのときあの子が戻ってきたの。飼い葉桶に入った赤ちゃんみたいだった」

「母さん、私を見て。お願い」

母が目を開けた。その目に困惑がよぎる。母は懸命にこちらに焦点を合わせようとした。「あなたは誰？　私……あなたを知っている……」

アンジーは優しくほほえんだが、心臓は早鐘を打ち、肌には汗が浮いていた。困惑が自身の頭にもよぎった。母の言葉には混乱した取りとめのない話にとどまらない何かがあると第六感が告げていた。「私もあなたを知ってるわ」アンジーは母の両手を握りしめた。「でも、あなたが誰なのかもう一度聞かせて」あえて尋ねてみた。

母はしばらく考えこんだ。「アンジーの母親よ。私にはかわいい女の子がいるの」

アンジーは感情がこみあげて、目が熱くなった。「ええ、そうね」

「あの子を知っているの？」

「知ってるわ」

その返事に満足したらしく、意識がさまよいだしたのか、母は穏やかな顔で目をつぶり、メゾソプラノの優しい声で聖歌を口ずさみだした。

「〝アヴェ・マリア……グラツィア・プレナ・ドミヌス・テクム……〟」

アンジーは唾をのみこんだ。その歌声を聞いて、奇妙な戦慄が冷たく骨の髄までしみていった。

母はまた椅子をゆっくりと揺らしはじめた。「〝ベネディクタ・トゥ・イン・ムリエリブス……〟」

「母さん？」

「〝エト・ベネディクトゥス・フルクトゥス・ウェントゥリス・トゥイ・イエズス……〟」

「母さん！」

「〝サンクタ・マリア、サンクタ・マリア、マリア……〟」

パニックがアンジーの体を貫いた。ここから出なければ。今すぐ。女性の声が頭を満たす。叫んでいる。どこか知らない国の言葉で。それにもかかわらず、理解できる気がする……。

〝ウチェカイ、ウチェカイ！……走って、走って！……ヴスカクイ・ド・スロドカ、シュブコ！　中に入って……シエジュ・チホ！　静かにしているのよ！〟

「ま、また来るわ」アンジーはよろめきながら立ちあがると、部屋の反対側にある出口までの距離を目で測った。「なるべく早く来るから。次に来たときはもっとよくなっているわ、必ずね」アンジーは身をかがめて母の頰にすばやくキスをした。ドアへと急ぐあいだも心臓が激しく打っていた。いったいどういうことだろう?

マドックスはマウント・セント・アグネスの駐車場でヒーターをきかせるためにエンジンをかけたままパロリーノを待っていた。

助手席のドアがいきなり開いて、パロリーノが冷気とともに入ってきた。力任せにドアを閉め、ジーンズの膝をさすっている。「お待たせ」真正面を向いたまま言う。

「おいおい、驚かせるな」マドックスは笑った。「来るのが見えなかった。別のドアから出てくると思ってたよ」

パロリーノがシートベルトを締めた。依然として視線を合わせようとしない。

「大丈夫か?」

パロリーノが口元をぬぐう。「ああ、ええ、大丈夫よ」こちらに向けた顔は真剣だった。「犬はおろしてあげた?」

マドックスはアンジーを観察した。無遠慮な視線をアンジーがまばたきもせず、挑戦的とも取れる態度で受けとめる。声には出さない何かがふたりのあいだで高まった。マドックスは口を開いた。「ああ、おろしたよ」それからギアを入れ替えた。署に戻る道すがら、マドックスは静かに伝えた。「待ってるあいだにブズィアクから新しい情報が入った。レオとホルガーセンがホッキングのアパートメントを見つけたが……中は空っぽだったそうだ」

「どういう意味？　空っぽって」

「どうやら十一日前にホッキングが電話で退去の連絡をしたらしい。引っ越しのトラックが来て、荷物を全部持ち去った」

「つまり十一日前までは生きていたってこと？」

「あるいは誰かが彼女の名を騙って賃貸契約を解約したってことだ。ホルガーセンとレオはホッキングの治療を担当したと思われる歯科医も突きとめた」マドックスは横目でアンジーを見た。「なんて名前だと思う？」

「なんなの？」アンジーが見つめてくる。

「ジョン・ジャックス。ただし綴りは〝John Jacks〟ではなく、〝Jon Jacques〟だ」

「ドラモンドの恋人と同じ名前なの？」

「ドクター・ジャックスには息子がいる。ジョン・ジャックス・ジュニア、二十二歳。レオとホルガーセンがジョン・ジャックス・シニアの素性を調べてる。〈オーク・ベイ・カントリー・クラブ〉の役員で、過去に組織犯罪関係で事情聴取を受けたことがある。マネーロンダリング、脱税、判事への贈賄。決定的なものはなかった。何があっても傷がつかないから、州検察からテフロン・ジョンと呼ばれてる」

アンジーが口笛を吹いた。「その歯科医と息子が亡くなったふたりの女性を、ドラモンドとホッキングを結びつけているのかもしれないってことね」

「それから例の『シティ・サン』の記者のメリー・ウィンストンもホッキングのアパートメントに現れた。ホルガーセンとレオがそこに着いたのと同時にだ。どういうわけか彼女も水路で発見された遺体の身元をつかんだんだ」マドックスはアンジーにもう一度視線を投げた。「情報漏洩は内部の犯行だと言われているが、どう思う?」

「そうだとしたら、深い恨みを持ってる人ね」アンジーが答えた。「ウィンストンに情報をもらしているのは、市警の誰かを引きずりおろしたいとか、組織全体を叩きつぶしたいとか思っている男ね」

「男とは限らない。女の可能性もある」

「どういう意味?」

「言葉どおりだ」

「私だと思ってるの？」

「市警にいる女性は君だけじゃない、パロリーノ」

パロリーノがにらみつけてきた。体から力の熱波が音をたてて噴きだしている。

「この事件の情報を知りうる女性は私しかいないわ」

「それは違う。技術サポートのスタッフがいる。それにほかの警察官たちの家族や親しい人も。警察官だって家で話もするだろう。どうしたって口を滑らせる機会はあるんだ」

パロリーノが黙りこんだ。ワイパーの音とヒーターのかすかな低音だけが車内に響き渡る。

「信じてくれてるのね？」しばらくして、パロリーノが静かに言った。

「パートナーは信用しないと」マドックスは再び隣に視線を投げた。「君の背後を守るのがパートナーの役目だ」

30

特別捜査本部は暑く、体臭と、濡れたコートのにおいと、服や湿った髪についたむっとする煙草のにおいが充満していた。それにふやけた段ボール箱に入ったピザが放つチーズとイーストとニンニクとペパロニのにおいがまじり、アンジーは気分が悪くなった。冷水をグラスに注ぎ、最前列のホワイトボードの近くに席を取る。母の不可解な言葉が頭の中をぐるぐるまわっていた。そして聖母マリアを称(たた)える美しいはずのあのクリスマスソングも。アンジーは特別捜査本部に入る前に携帯電話で訳を調べていた。

〝……アヴェ・マリア
　天の聖母よ
　感謝の気持ちを司(つかさど)る愛に満ちた母よ
　熱心に祈る民を受け入れたまえ

どうか拒まず
道に迷った私にその愛を……〟

この歌が内なる自分を呼び覚ますようで当惑を覚えるのは今回の事件のせいだろうか。宗教的な意味を含んでいるから？　聖母マリアが象徴的な役割を果たしているから？　ドラモンドがマリア像の足元に横たえられていたから？　それともすべてが――幻覚、頭の中の声、潜在的なＰＴＳＤ、マドックスに対する性的葛藤、母の精神疾患に関する不安が、この殺人事件や過去の性的暴行事件とないまぜになってしまったのだろうか。これまでにないほど募っている疲労がさらに心を乱しているのか。アンジーの思考は母が口にしたイタリアの不可解な話に戻った。写真の裏に記された日付と、子どもの頃の車の事故に起因すると思われる断片的な記憶との食い違いが相まって……心がむしばまれていた。それに頭の中で繰り返されるあの言葉は？

〝ウチェカイ、ウチェカイ！……走って、走って！……ヴスカクイ・ド・スロドカ、シュブコ！　中に入って……シエジュ・チホ！　静かにしているのよ！〟

いったいどこの国の言葉だろう。

どうしてその意味がわかる気がするのだろう。

ブズィアクがいつものように部屋の正面にあるホワイトボードの前の席につき、指の関節を小槌のようにコツコツとテーブルに打ちつけた。事前に運びこまれた大型モニターがホワイトボードの脇に据えられており、ボードには捜査のさまざまな局面で集められたさらに多くの写真や情報が重ねられている。黒髪にジョン・レノン風の眼鏡をかけた五十代後半と思われる男性が、モニターのそばのテーブルに置かれたノートパソコンをいじり、デスクトップの画像をモニターに映して何かの発表の準備をしている。フィッツも来ていた。今回も壁際の椅子から観察している。

ほかの刑事たちも部屋のあちこちに座りだした。アンジーの隣の席は空いたままだ。アンジーがはみだし者だと言わんばかりに。そして、ようやくその席を埋めたのはマドックスだった。彼が席につくと腕がぶつかった。アンジーは無意識に身を硬くした。マドックスの熱を、揺るぎない存在を感じる。赤く照らされた部屋に一糸まとわぬ姿で横たわる彼の姿が頭によみがえり、ほの暗くゆがんだ思考にまたもや火がついた。アンジーは深く息を吸いこんだ。

欲望は油断のならないけだものだ。

自分は欲望依存症だ。名前も知らない相手との体の交わりは気軽だが、これは……。感じはじめているそれ以外の感情——心もとない感覚、認められたいという欲求、芽生えつつある……愛情は厄介だ。この人のそばから離れなければ。新たなパートナーが必要だ。もう友人を失うのは耐えられない。それにまた同僚と親密な関係に陥ることなどできない。今はそのどれにも対処する余裕がないと本能的にわかっていた。

「さて」ブズィアクが切りだした。「これまでにわかったことについて、検死結果から話を始めよう……」

ブズィアクが話すにつれ、室内の熱と息苦しさが増大した。アンジーの頭にうなるような低音が響きだし、視界が狭まっていく。ブズィアクの言葉が意味をなさない単調な音と化していった。彼女はセーターの襟を引っ張り、話に意識を戻そうとした。

「……消化管に未消化のまま残っていた内容物から、ホッキングは死ぬ二、三時間前に食事をしていたことが判明した」

ブズィアクがしゃべっている。アンジーは意識が完全に飛んでいたことに気づいて衝撃を受けた。どれくらいの時間ぼんやりしていたのか見当もつかない。パニックが体を駆けめぐる。集中しなさい。しっかりして。

「……ホッキングの消化管の内容物をＤＮＡ鑑定した結果、口にしたのはトゥベル・メラノスポルム、つまり黒トリュフで、これは南ヨーロッパ原産のものだ。それから神戸ビーフ、具体的には日本の兵庫県で見られる但馬牛の肉などだった」ブズィアクが報告書から顔をあげた。「被害者は殺害される二、三時間前に非常に高級な食事をとっていたということだ」報告書のさらに先へと目を走らせる。「これ以上のことは専門家の分析を待っているところだ。しかし防水シートの内側で見つかった動物の毛はヤギのものだった。家畜のヤギだ。冬の上毛とそれよりやわらかい下毛の両方あった。またホッキングの陰毛を梳いたところ、別の人物のものもまじっていた。核DNAとミトコンドリアDNAの検査、及び光学顕微鏡検査により、毛は白人のもので、色は黒。男ふたりの局部と下腹、大腿部の範囲の毛であることがわかった。いずれのDNAの型もシステムにあるデータとは一致しない。加えて、このうちの片方と同じ体毛が一本、被害者の体にも付着していた。つまり身元不明の男の容疑者が二名いるということだ……」

ブズィアクが口を引き結んで報告書の先に目を通しながらページをめくっていく。そして探していたものを見つけたらしい。

「例の枯れ葉の断片はクエルクス・ガリアナ、一般的にギャリーオークとして知られる葉だ。ビニールシートの内側で見つかった種は、作物栽培学に基づいて作られた草種に由来していた。ギャリーオークと併せて考えると、南方の島とガルフ諸島の浅瀬の土壌に見られる希少な低木のオークの種である可能性が高い。現在、植物学者がわれわれのために地域の絞りこみを行っている」

ブズィアクがグラスの水をひと口飲んだ。

「〈ブルー・バジャー・ベーカリー〉付近の聞き込みではそれ以上の情報は得られてない。ドラモンドと同じ待合所で常に降車する通勤客の裏づけ捜査はすんでおり、完璧なアリバイがあった。先週土曜日の夜にあのバス停でおりたもうひとりの客を特定できる者はいない。しかしながら鑑識がガス工場の裏通りでドラモンドのＤＮＡと一致する毛髪と血痕を発見し、彼女のコートのボタンも見つかっている。ドラモンドの着衣に残された手がかりはブロンドだと思われる証拠を含めて検証を進めている最中だ」ブズィアクが顔をあげた。「隣接する駐車場にはさまざまなタイヤ痕が残っている。セダン、ＳＵＶともに最近のものだ。これはドラモンドがガス工場の裏通りでいきなり拉致されて車で別の場所に運ばれ、性的暴行を受けて局部を切除されたのち、再び車で運ばれてロス・ベイ墓地に放置されたという説と合致する。墓地の向かいのセブン‐イレブンから入手した監視カメラの映像には、日曜の零時直前に正面入口前をゆっくりと通過する黒っぽいＳＵＶが映っている。専門家はこのモデルがレクサスＬＸ５７０と特定。新型の高級車だ。映像の解像度をあげた結果、ナンバープレートの一部が判明した。ＢＸで始まる登録番号だと思われる。これは突破口になるかもしれない。ブ」

刑事たちのあいだにざわめきが広がった。

ズィアクが画質の粗いレクサスのモノクローム画像をホワイトボードに貼りつけた。続いて二枚目の、さらに画質の悪いナンバープレートの部分画像を貼る。

画像に目を凝らしたアンジーは何か引っかかりを覚えた。

ブズィアクが口を開く。「セブン・イレブンの監視カメラの映像はロス・ベイ墓地周辺の住人への聞き込みで得られた目撃証言とも一致する。高齢の不眠症の女性が零時直前に窓の外を見ていて、墓地の通用口付近に、ドラモンドが発見された地点により近い場所に黒っぽいSUVが停まっていたのを目にしている」

ブズィアクが拳をテーブルにつき、指関節に体重をかけて身を乗りだした。険しい目で刑事たちを見据える。

「鑑識は現在、ジョンソン・ストリート橋に設置された新しい幹線道路のカメラの映像で、ドラモンドがヴィクトリア・ウエストで誘拐された時刻の前後、西あるいは東を走行中の車両にこのレクサスとナンバープレートが含まれていないかどうか確認中だ」

アンジーは咳払いをした。「ララ・ペニントンに話を聞きに行った際、着色ガラスの黒のレクサスが家の向かいに停まっていました。目に入ると同時に走りだしたのでナンバープレートは確認していません。ですがペニントンは窓からずっと通りを見ていて、怯えている様子でした」

ブズィアクが一瞬、アンジーを見つめた。「ナンバープレートを見なかったというのか?」

「はい、見ていません」アンジーは落ち着いた口調で繰り返した。

マドックスが首をめぐらせて、アンジーを露骨に見据えた。レクサスの話をなぜ今までしなかったのかと言いたげだ。

アンジーはマドックスのために言葉を継ぐつもりが、あてこすりになった。「車に気づいたのは偶然です。マドックス刑事が犬の散歩を終えるのを待っていたので」

マドックスが射るように目を細めた。誰かが後ろで何やらささやいた。

「わかった」ブズィアクが言った。「それからこれも大事なことだが、牧師を自称するマーカス・ギーラーニーには前科があり、服役していた。十一年前、飲酒運転罪で起訴されたんだが、未成年者を車に乗せてオーラルセックスをさせてる最中に、自転車に乗った女性をはねて死なせている。レオとホルガーセンにはもう一度、牧師に話を聞きに行ってもらう。では、ここで犯罪心理学者のドクター・ラインホールド・グラブロウスキにバトンを渡す。彼には本件のコンサルタントとして参加をお願いした」

刑事たちのあいだに再びざわめきが広がり、アンジーの後ろで誰かがうなった。

ジョン・レノン風の眼鏡をかけた黒髪の男性が腰をあげ、パソコンのキーを押す。

画面が立ちあがり、グレーター・ヴィクトリアの地理情報システムが映しだされた。

31

メリーは寒さに身を縮め、震えながら〈ハーバー・ハウス〉のドアを強く叩いた。ドアを開けたマーカス牧師が目をみはる。「メリー？　いったい……ここで何をしてるんだ？　今夜の寝床はもうあてがってしまったんだ。もし――」

「泊まりたくて来たんじゃない。あなたに会いに来ただけ。入っていい？」

マーカスは人目を気にして通りに目を走らせてから、声を潜めた。「戻ってきちゃだめじゃないか。言っただろう、私は君が困難を乗り越える手助けをしたんだから……君が特別な感情を抱くのも無理はない。しかし私は既婚者だ。神に仕える身だ。ヴェリティが、妻がようやく妊娠したんだよ。もうすぐ父親になるんだ」

「ちょっと、そういう話で来たんじゃない！　あの子たちのことよ。前に起きたこと、私の身に起きたことで来たの。野放しになってる恐ろしいけだものがいる。やつが戻ってきて、あの墓地の少女を手にかけた。フェイスだってそうかもしれない。あいつはずっと野放しにされてるのよ」

「入りなさい」マーカスが早口で言った。何より彼女を黙らせたいのだろう。メリーは自分がヒステリーを起こしかけているのがわかっていたが、抑えられなかった。

キッチンを抜けてこぢんまりとした裏のオフィスに通された。ヒーターのそばに座るよう促され、熱い紅茶の入ったマグカップを渡された。メリーは〝汝の罪を悔いよ、されば赦されん〟と書かれたセラミックのマグカップを両手で包んだ。紅茶を飲んだが、寒さよりももっと深いところから震えがきて止まらなかった。マーカスがリサイクルショップの箱からセーターを持ってきた。

「コートを貸しなさい」マーカスがセーターを差しだした。

メリーは肩をすぼめて濡れたコートを脱ぎ、セーターを身につけた。マーカスがそのコートをヒーターのそばにかけた。動揺している様子だ。

「フェイスの件で警察が訪ねてきたって聞いた」メリーは切りだした。「何を話したの？」

「何も」

「私のことは話さなかったの？　五年前、顔に赤い十字架を書かれた私のことは？」

「話してない。私は子どもたちを大事に思っている。ここにいるのは――」

「私の身に起こったことと、墓地の少女の身に起こったことはつながってる。あいつ
よ。あいつが戻ってきた」
「警察に行ったほうがいい。メリー――」
「それで何を話すの？　里親に拒絶されて家出したメタンフェタミン依存症の子ども
だったって？　あんまりハイだったからあの夜、何があったか正確には覚えてないと
か？　やつの目と言葉と、峡谷で目を覚ましたことは覚えてる。鏡を見て、額に書か
れた赤い十字架を目にしたことも。痛くて出血していたのもわかってるけど、それ以
外に何が起こったのか、百パーセント確信が持てることなんてない。幻覚症状かと
思ったくらいだもの」
「メリー」マーカスが優しく声をかけた。「またドラッグを始めたのかい？」
「まだよ」
マーカスが椅子の上で居心地が悪そうに身じろぎした。「私のところに来た本当の
理由はなんだ、メリー？」
「来なければよかった」メリーは苦々しく吐き捨てるように言った。「助けてくれる
と思ったのに。口を割る気がないのはよくわかったけど、それでも訊かなきゃならな
い……あれから私と同じような目に遭った子はいた？　路上生活者の中でここ数年、

ひどい男の話とか、十字架がかかわるレイプをされたんじゃないかと感じた子は？　あの男がどれくらいの期間このあたりにいたのか、この行為を繰り返していたのか、正確に知りたいの」マグカップを置いて、濡れた髪を両手で撫でつけた。「そうよ、怖いの。ほかに誰に話せばいいのかわからなかった。あいつは私の書いた新聞記事を読んでいて、私がレイプしたうちのひとりだと気づいたかもしれない。ずっと私を見張っているのかも」

マーカスはメリーの視線を受けとめつつも黙りこんでいる。メリーは胃が落ちこんだ気がした。

「ほかにもいたのね」

沈黙が続いた。

「くそっ、話してよ」

さらなる沈黙。

「話さないつもりなら、奥さんのところへ行く。何年か前にあなたとのあいだに何があったかぶちまけてやる。信者にもばらす。それであなたも、あなたの沈黙もおしまいよ」

マーカスが息を吐き、目をそらして立ちあがると、うろうろと歩きまわった。それから椅子に座り直し、片手で強く口元をぬぐった。「わかった」弱々しい声を出す。「子どもがいた。アリソン・ファーニホウといって、君と同じ方法で性的暴行を受けていた。そのせいで自暴自棄になって、しばらくのあいだ路上でドラッグをやっていて、寝床を求めてここに来る夜もあった。それでその子を知るようになった。彼女の話を聞いて、警察に行くよう勧めた。君のことがあったからね。アリソンはそのとおりにしたが、事件から日が経ちすぎていた。警察では使える証拠がなく、助けになれなかった。路上ではほかにも被害者がいると噂されていたらしい。だが私はアリソンの件以外、聞いたことはない」

「それで私にはひと言も話してくれなかったの？」

「アリソンと会ったのは君が襲われたずっとあとだ、メリー。それにその一件だけだ。止まったんだ。犯人が消えたみたいに」

「正確にはいつ起こったの？」

「君の事件の二年後だよ」

メリーはいきなり立ちあがり、濡れたコートをつかんだ。

「どこへ行く？」マーカスが腰をあげた。「何をする気だ？」

「あいつを捕まえる。あの異常者を見つけて、あそこを釘(くぎ)で壁に打ちつけてやる。私の犯罪ブログを使ってね。フェイスのために。ほかの子たちのために。私自身のためにも。私にはびっくりするほどたくさんのフォロワーがいるんだから。たとえくびになったとしても、この件に片をつけるのに新聞社は必要ない。『シティ・サン』の事なかれ主義と編集委員会なんて必要ない。自力でやってみせる」

もうあいつに使われたりはしない。これまでの努力を無駄にさせたりしない。あいつのせいでどん底の生活に逆戻りするなんてまっぴらだ……。

「メリー、ひとりでやるなんて無理だ」

「そう？　私はやってやる。これまでだって誰も助けてくれなかった。あなたを除いては。あなたはあの底辺の生活から私を拾って引きあげてくれた。いい子たちを救うとあなたは言った。私が襲われたあとも助けてくれた……トンネルの先には光があるというくだらない話を、神とか天国とかそういった話を信じこませた。しばらくはあなたの言うことを本気で信じてたのよ。私にはそれしかなかったから。でもあの穴から這いだしてまともになれたのは、私が利口だったから。夜間講座を絶対に修了する、ファストフード店での仕事をしながらジャーナリズムの学位を取るために勉強を続ける、そう心に決めたから。『シティ・サン』の犯罪担当部で夜間の仕事をうまくやってるのも私の実力だわ。だって私は路上のことも、どこでおもしろい話が見つかるかも知りつくしてる。そうやって階段を一段ずつ這いあがってきた。それに、わかってる？　今はあなたの本当の姿を知ってるのよ」メリーはマーカスをにらみつけ、激しく息をついた。怒りと嫌悪と苦々しさが体を貫く。

「別の道はいつでも用意されているんだ、メリー。底辺の道ではなく崇高な道が」

メリーは鼻を鳴らした。「私は底辺で生まれたのよ。あなたみたいにね。それに警察を信用してない。警察がそのアリソン・ファーニホウを助けられなかったのははっきりしてるし、警察官の何人かについて知ってることもある。そのうちのひとりは私や私の新聞社での地位を利用しているけど、私だって利用し返してやる」

メリーはリサイクルショップの粗末なセーターを床に脱ぎ捨て、濡れた自分のコートの袖に腕を通してドアへと向かった。

32

ドクター・ラインホールド・グラブロウスキは濃い眉の下の深くくぼんだ漆黒の目で特別捜査班の捜査員を見つめた。その鉤鼻とほっそりとした顔、長い首を見て、アンジーはコンドルを連想した。彼自身が異常な犯罪者の脳みそをつつく捕食動物のようだ。この学者が即座に嫌いになったが、ある意味ではこの部屋にいる誰もがグラブロウスキとたいして変わらないこともわかっていた。誰もがさまざまなやり方でなんとか凶悪犯の脳の中に入りこみ、彼らを捜しだして逮捕しようとしている。そうする理由はそれぞれ違うのだろうが。

「これまでの証拠から」グラブロウスキがアンジーには地域の特定できないゲルマン語派のアクセントをかすかに感じさせる口調で話しだした。「捜査対象となるのは身元が割れるのを避けるために被害者を殺すレイプ犯ではなく、むしろ殺害という行為とそれに付随する宗教的及び性的嗜好(しこう)によって性心理的空想を満たす、情欲を根源とする性犯罪者だと言えます。言い換えるなら、この被害者たちは」ホワイトボードに並ぶ若い女性たちの写真を指し示す。「犯人とたまたま出くわしたわけではない。偶然の被害者ではなく、選ばれたのです。捜しだされ、捕らわれて性的暴行をされたうえで殺された。なぜなら犯人の性的空想にあてはまったからです。また犯人は精神病質者(サイコパス)でもある。サディストで計画的、几帳面(きちょうめん)で抜け目がない。行為の残虐さに興奮し、被害者に拷問を加えている可能性もあります。通常、彼らは仕留めた獲物から記念品を持ち帰ります。戦利品、たとえば髪の房のようなものを。これは空想を再度体験するためであり、それでも欲求が恐ろしく高まると、やむにやまれず再び狩りに出る」

その調子よ、天才さん……まるで私たちが誰もまだそのことに思い至っていないみたいな口ぶりだ。もしブズィアクがこの前、自分に最後までしゃべらせてくれていたら、ほぼ同じことを言っていただろう。

「統計からすると、捜している男は平均よりも知能が高く、孤独を好むタイプでしょう。おそらく整備の行き届いた車を所有しており、そのため移動も可能。また、一般的な人よりも長距離を移動している可能性が高い。言葉巧みに被害者を操って支配し、自分が心地よくいられる領域に誘いこむ。しかしながら同僚からは、もし同僚がいるとすればですが、変人もしくはやや社交性に欠けると見られている」

学者が正面のテーブルに置かれたグラスに手を伸ばし、ゆっくりと大きくひと口水を含んだ。突きだした喉ぼとけが長い喉を上下して、アンジーはまた奇妙な肉食の鳥を連想した。

グラブロウスキがグラスを置いた。「多くの被害者には共通点が見られるものです。今回の事件では、外見と年齢層がこれにあたる。被害者たちは」もう一度、ホワイトボードを指し示す。「性的暴行を受けた当時、全員が十代でした。白人で長い褐色の髪をしている。おそらく犯人とは面識がなく、犯人がなんらかの理由、話術や力で、支配できると見定めた女性だ。そしてそれにも増して、彼女たちはふさわしかった。犯人の性的空想にあてはまった。それゆえ、こうした事件においては被害者学が非常に重要になってきます。たとえば、この女性たちが何者なのか。事件当時、被害者の人生には何が起きていたのか。そもそも犯人の目を引いたきっかけはなんだったのか。こうした疑問に対する答え、そして情報の共通する点が、容疑者の絞りこみに役立つでしょう」

「知ったかぶりをするやつだな」アンジーの背後でレオが小声で言った。「ようこそ、殺人初級講座へ」

「人の性行為はすべて空想から始まります」グラブロウスキが言葉を継いだ。「満たされた、あるいは満たされない欲望を含めた、頭に描くイメージです。われわれ全員がいわゆる性的嗜好の性愛地図を持っている。性愛地図は思春期の直後に形成が始まります。一般的に性犯罪者は社会的に禁じられたり、認められなかったり、あざけりを受けたり、罰せられたりする空想や行動と結びつけて性愛地図を作りあげていくのです。通常、性犯罪者の空想には攻撃、支配、管理が含まれます。性的攻撃行動を思い浮かべるだけで欲情し、その傾向はサディスティックなポルノや苦痛を与えて性的快感を得る妄想小説を用いることでより強化されます。また、こうした小説やポルノの内容を自慰行為によってふくらませる。こうして徐々に〝テンプレート〟、あるいは警察で言うところの、容疑者の特徴というものができていく」

グラブロウスキが言葉を切って、もうひと口水を飲んだ。濡れた唇が光っている。アンジーは自身の性愛地図のことを思った。いずれにしても、この手のものに〝愛〟という言葉を使うなどばかげている。〝情欲地図〟とでも呼ぶべきだ。この精神科医が話している病的で残虐で暴力的な行為の中に、愛などみじんもない。

「今回の事件では、犯人の性愛地図は宗教と密接なかかわりがあります。これはおそらく思春期に始まる性的関心を罰せられたりしたことから形成されたものでしょう。

言い換えるなら、性的興奮は罪であり、浄化してしかるべきと見られていた。カトリック教徒としての背景を持ち、信仰に基づいて洗礼を受けている可能性が高い。獲物を探すのは居住地や仕事場から少し距離を置いた場所でしょう」グラブロウスキがパソコンのキーをクリックした。地理情報システムの地図にいくつもの赤い点が現れた。

「ここがリッターの襲撃現場です」グラブロウスキが一点を指す。「ここはファーニホウの現場。ドラモンドはこちらで誘拐されたと思われます。どれも街の西側の地域、及びゴージ水路に集中している。ですが、これまでに判明した事実に基づくと、犯人の生活拠点が最も見つかる確率が高いのはここです」グラブロウスキがキーを叩いた。地図上のある地域が黄色く塗りつぶされた。都市と隣接する郊外から西を網羅している。「犯人が狩りをするのは、匿名性が保て、気兼ねなく動きたいという欲求に見あう領域です。そうしたことから、次の被害者はこの地域で見つかる可能性が高いでしょう」別のキーを叩くと、ゴージ水路の西側にかけて地図が真っ赤になった。

これはこれは、たいした助けだわ……。

「直近のふたつの事件の発生時期から見て、最近、犯人の生活に心理的な引き金となる重要な出来事があり、それが症状の急激な悪化を引き起こしていると考えられます。

犯人は必ずまた殺人を犯す、しかも早い段階でというのが私の見解です。もうひとつ心にとめておいていただきたいのは、犯人は自らの犯罪行為を充分に理解しているということです。警察の手から逃れられる能力に誇りを持っている。捜査手順を承知のうえで、可能なところでは証拠を残さないようにするでしょう。自前の凶器と拘束用具を持ち歩き、葬儀やその他の自身が手がけた行為に関連する公的な集まりにも参加すると思われます。加えて、メディアを通じてこの捜査の経緯を入念に追っている可能性が高い。マスコミの報道を見て、捕まらないように行動パターンを変えてくるかもしれない」

「そんなことも教えてもらわなきゃならなかったみたいだな」アンジーの背後でレオがぼやいた。まったく、今回だけはこの女性蔑視の老人に同感だ。

フィッツが立ちあがって部屋の中央に向かった。室内に沈黙が落ちると、妙に甲高い引っかくような声で話しだした。

「いまだ特定できていない容疑者が高い確率でマスコミの報道を追い、周知のとおり情報提供を受けていることから、懸念されているメディアへの内部情報の漏洩は由々しき結果をもたらした。擁護はできない。食いとめなければならない。その実現のため、ここで皆に知らせておくが、内務調査班を結成した。あらかじめ言っておく。調査対象から除外される者はひとりもいない。誰もが監視下に置かれるか、あるいは尋問を受ける可能性がある。いついかなるときでもだ」フィッツが言葉を切り、特別捜査班のひとりひとりと順に目を合わせていった。アンジーにはほかの人たちよりも若干長く視線が据えられた。「われわれは必ず内通者を見つけだす。そして法の及ぶ最大限の範囲まで告訴する」

33

十二月十二日、火曜日

「アンジー」ドアを開けた父が口にした。「こんな朝早くにどうしたんだ？　ひどい顔をして……大丈夫か？」

「昨日、母さんに会ってきたの」アンジーは言った。

「まあ、入って。コーヒーでもどうだ？　淹れてあるんだ」

「飲みたいわ」アンジーは玄関でブーツを脱ぎ、チェックのフランネルの部屋着を着た父についてキッチンへ入った。床暖房の熱が靴下越しに伝わってくる。持ってきたアルバムをキッチンテーブルに置き、スツールをカウンターに引き寄せた。そこに腰かけてコーヒーを注ぐ父を見つめる。鼓動が速まってくる。昨夜はようやく眠りに就いたところで部屋の中に気配を感じ、冷や汗をかいて目を覚ました。ベッドの足元の暗がりにあの子どもが立っていた。ほのかにピンクがかった光の中からこちらを見ている。女の子が人差し指を唇にあて、あの言葉をささやいた……。

〝シエジュ・チホ！　静かにしているのよ！〟

それともあれはカーテンのないベッドルームの窓の隙間から入りこんだ風の音だったのだろうか？

あのあとベッドをおりて、すべての明かりをつけた。もちろん家の中に子どもなどいなかった。落ち着くためにウオツカをさらに飲んで、外国語に聞こえたあの言葉をできる限り発音に添って綴りを推測し、検索してみた。東ヨーロッパとロシアのさまざまなサイトと表現に行き着いたが、どれも意味をなさなかった。そこで逆に、その外国語が意味すると思われる、頭の中で聞こえた英語、〝静かにしているのよ！〟を翻訳サイトに入力してみた。

〝静かにしているのよ！〟を各スラヴ語にひとつひとつ翻訳していく。〝ポーランド語に翻訳〟をクリックしたとき、ついにヒットした。〝シエジュ・チホ！〟

グーグル翻訳の限界はわかっているので、今朝、父に会いに行く前に大学時代のポーランド人の友人を電話で叩き起こし、〝走って、走って！　中に入って！　静かにしているのよ！〟という文章をポーランド語に訳してもらった。

友人のお墨付きをもらい、確信しつつあった自分の考えに間違いがないとわかった。

〝ウチェカイ、ウチェカイ！　ヴスカクイ・ド・スロドカ、シュブコ！〟は、走りなさい、走りなさい！　中に入りなさい！〟という意味で、車に乗りこむ、箱に入れる、バスに乗るといった文脈で使われ、〝シエジュ・チホ！〟は〝静かにしていなさい！〟だった。

頭がどうかしてきたか、何かをポーランド語で思いだしかけているかのどちらかだ。父がこちらをちらりと見てから、テーブルに置かれたアルバムに目をやった。「母さんはどんな様子だった？」

「調子はよくなかったわ」アンジーは手渡されたマグカップを受け取ってひと口飲んだ。湯気で顔があたたまる。「私のことがわからなくて、おかしなことも口走っていた」

「昨日は本当に具合が悪かったからね。幻覚症状が出ていた。落ち着かせるために、別の薬物治療も受けたんだ」

「聞いたわ。でも……」アンジーはためらい、マグカップをおろして陶器のぬくもりを両手で包んだ。「昔、アンジーという幼い娘がいたと言ってたの」

父は悲しげにほほえんだ。「そうか。おまえも昔は幼かった」

「でも、そのあとに言ったの。娘は逝ってしまったって。なんの前触れもなく。天使に連れていかれたと。だけどイタリアは、あるいは天国はその子がいるべき場所じゃなかったから戻された。クリスマスイブに戻ってきたと言ってたわ。雪が降っていて、母さんは大聖堂で歌っていたって」アンジーは間を置いた。「それから《アヴェ・マリア》を歌いだしたの」

父の顔色が変わった。御影石のカウンターにマグカップをゆっくり置いた。「アンジー、私たちはイタリアでの交通事故でおまえを失いかけた。たぶん母さんはそのことを言ったんだ。おまえは……意識がなく、顔を切って、ひどく血を流していた」

アンジーは父を見つめ、その目に不自然なものを認めた。嘘をついている。それを心で感じ取った。はっきりと見て取れる。長年警察官をしていると、嘘や言い逃れ、さまざまな癖、その他人が真実を避けようとするときの態度を察知できるようになる。

「じゃあ、クリスマスの話は？　雪のことは？　事故は三月だったのよ」

父は大きな手で豊かな白髪を撫で、しばし目をそらした。「おまえが本当の意味で完全に回復したのがその年のクリスマスだったからじゃないかな。一度、口の形成手術をして、二度目の手術でほぼもとどおりになった。その頃には私たちも自宅に戻っていて、母さんも事故を乗り越えつつあった」

「母さんが聖歌隊で、教会で歌っていたことはあるの？」

「これはなんの話なんだ、アンジー？」

アンジーは手を伸ばしてアルバムを開き、イタリアで撮った写真を何枚か抜きだした。裏返して母の小さな走り書きを見せる。

「見て。〃一九八四年一月、ローマ〃と書いてある。こっちはナポリの写真で、やっぱり〃一九八四年〃となっている。でもクリスマスツリーの前で撮られたこの写真は、まだ口の二度目の手術が必要な状態なのに、〃一九八七年クリスマス、ヴィクトリア〃となってる」アンジーは顔をあげた。「イタリアで撮った写真とこのクリスマスの写真のあいだには空白の期間があるわ。クリスマスの写真は一九八六年に撮ったんでしょう？」

「前にも言ったが、たぶん母さんはわけがわからなくなってしまっていたんだ……精神錯乱の初期兆候――」

「小さい頃、私にポーランド語で話しかけていた人はいた？」

父が眉根を寄せた。「おかしな質問だな……いなかったはずだが。でも、いたかもしれない。アンジー、頼むよ、これはいったいなんなんだ？」

アンジーは写真をアルバムに戻した。アルバムのほかの写真の裏に日付はない。昨夜、全部はがしてみたのだ。自分が幻覚を起こしていて、ピンクのワンピースを着た女の子が見えるとは父に知らせたくなかった——誰にも知らせるつもりはない。それを言葉として空気中に発するだけで、自分に母と同じ兆候が現れていて、遺伝的に発症する可能性が具体的に現実味を帯びてしまいそうだ。アンジーはもっと単純な答えを、説明をつけて片づけられる方法を探していた。「考えてただけよ、病院で母さんの話を聞いたから。私、いつもクリスマスの頃になると最悪の気分になるの。まわりであの聖歌が聞こえたり、寒くなったり、雪が降ったりすると。だから……どうしてかと思って」

父が表情を和らげ、大きな手をアンジーの手に重ねた。「考えすぎだ、アンジー。仕事のせいだ。悪いことにばかり目を向けているから。少し休んだほうがいい。そう、とりわけ七月にあんなことがあったんだ。あの幼い子どもとハショースキーの件も含めて」

アンジーはコーヒーを残して立ちあがった。「ええ、そうかもね。もう行かないと。長い一日が待ってるから」

アンジーは署に向かいながら、車のダッシュボードの時間を確認した。長針がちょうど真上を過ぎたところだ。ニュースでも確認しようとラジオをつける。

聴いていると、不動産価格の番組が中断された。「ここで、ヴィクトリアを震撼させている二件のおぞましい殺人事件に関する最新情報をお伝えします……」アンジーの脈が跳ねあがった。手を伸ばして音量をあげる。「『シティ・サン』の記者で犯罪ブログも手がけるメリー・ウィンストンは自身のウェブサイトで、これらの性的暴行と殺人はここ五年間で起きたいくつかの宗教がらみの性的暴行事件とつながっていると報じています。それによると、被害者が性的暴行を受け、額に赤いマーカーで十字架を書かれるという事件は、この地域で少なくとも三件は発生している、また被害者全員の頭部の同じ箇所の髪が切り取られているとのことです。事件に関しては今後も進展があり次第、お伝えします。続いては、犯罪学がご専門のドクター・デイヴ・ビッグスにグレンジャー・ペイトンがお話をうかがいます。われわれは今や犯行が連続殺人へとエスカレートしている連続性的暴行犯をこの地域に抱えていて、ほかの若い女性たちにも危険が迫っているのでしょうか」

やられた！

アンジーは車をすばやく路肩に停めて顔をぬぐった。なんてことだろう。携帯電話に手を伸ばし、パートナーに電話をかける。

「マドックス、ニュースを聞いた？」

「まだだ。今――」

「ホッキングとドラモンドの殺害はこれまでにあったレイプ事件とつながっていると、ウィンストンがブログに書いたらしいわ。赤いマーカーの十字架や、髪の房のことにも触れてる。どうやってこの情報がもれたの？　特別捜査班の捜査員しか知らないのに。おまけに性的暴行はこれまでに三件、もしくはそれ以上起こっていて、それが五年前までさかのぼると言っている。ハッシュと私が扱ったのは二件だけ。把握してるのは四年前の事件が最初よ。ほかの被害者って誰？　この話は本当なの？」マドックスに答える隙を与えず続けた。「これから彼女に会ってくる」

「だめだ、待て、パロリーノ！　やめるんだ。上層部が『シティ・サン』の発行者と直接連絡を取ってる。法的なからみがあるんだ。出し抜くような真似は――」

「これは『シティ・サン』の話じゃない。ウィンストンの個人的な犯罪ブログの話よ」

「ブログは『シティ・サン』が規制の網をかいくぐる手段にすぎない。『シティ・サン』は自分のところの事件記者が何をしているかは充分承知してる」

アンジーはふいにあることに気づいた。「上層部が発行者と話をして法的な展開に持ちこもうとしていることをどうして知ってるの？」

一瞬、間が空いた。「フィッツシモンズから聞いた」

「フィッツ？　今はフィッツとぐるなの？　いつ聞いたのよ？」

「別件で会ったんだ。そのときに話が出た」

「別件？　情報漏洩の内務調査の件ね」

「アンジー――」

「アンジーじゃなくてパロリーノよ。私はウィンストンに会いに行く。どうせ今回の漏洩の件で私は調査されるんでしょう。レオはなんとかそういう方向に持っていこうとしてたもの。あなただってわかってるくせに。もしあの女がこれ以上のことを知っているとしたら、私も知りたい」

「やめろ。そういう命令だ」

アンジーは電話を切り、乱暴に車を発進させた。

34

「どういう意味？　性的暴行事件は三件、もしくはそれ以上かもしれないって」アンジーは声を低く保つよう努めた。『シティ・サン』のオフィスにほど近い地下の小さなイングリッシュ・パブで、ウィンストンと間仕切りのある席についていた。濃い色の木を使った背もたれの高い長椅子はクッションがきいていて音を吸収し、ボリュームのあるイングリッシュ・ブレックファーストを前にナイフやフォークの音を響かせるほかの常連客と隔てられてプライバシーが保たれていた。

ウィンストンがコーヒーのマグカップ越しにこちらをじろじろ見て値踏みしている。アンジーの体をいらだちが駆け抜けた。まるで頭の中の小さな蜂が外に出ようと頭蓋骨の内側にぶつかっているかのようだ。

「実際は何もつかんでないんでしょう？」

「アリソン・ファーニホウとサリー・リッターの件はつかんでる」ウィンストンが

やっと聞き取れる声で答えた。「この二件はあなたの担当だった。結局解決できなかった事件ね。少なくともあと一件確認が取れているけど、名前は出せない」

アンジーの体内の筋肉がことごとく引きつった。「出せないの？　それとも出さないの？」静かに問いかける。

「私のスクープよ」

「情報はどこから手に入れたの？」

「ゆうべ、アリソン・ファーニホウを見つけだして話をしたわ。何があったか打ち明けてくれた。赤い十字架のことや、何もかもを。警察が、あなたたちが悪人を逮捕するために何もしてくれなかったことも。それからサリー・リッターが前の年にどんなふうにレイプされたのかも、警察から同じレイプ犯だと言われたことも。路上生活者の中にほかにも被害者がいるって噂を耳にしたらしい」

「ファーニホウはどうやって見つけたの？　誰から彼女の話を聞いたの？」

「私、記者としての腕はいいの。信じたくないかもしれないけど」ウィンストンが守りに入ったことが姿勢と表情から見て取れた。

アンジーはウィンストンを観察した。歯はぼろぼろで、ひっきりなしにぴくぴくと体を引きつらせ、両手はかすかに震えている。アンジーはフェイス・ホッキングの歯を思いだした。ドラッグを長年使っている影響だ。

集中しなさい、パロリーノ。目の前のものを利用して……。

アンジーは声を和らげた。「ほかの〝確認が取れている〟被害者は誰なの、メリー？」

「それは言えない。ねえ、私はアリソンとサリーの名前だって活字にするつもりはないわ。アリソンと話す前に約束したの。私は自分の約束を、情報提供者を尊重する」

アンジーは鼻を鳴らした。「メリー・ウィンストンが尊重？」

若い記者の目に怒りがよぎった。「私はアリソンとサリーの身に起こったことを事実として知ってる。ほかの被害者についての情報も百パーセント信用できる」

「信じがたいわね」

「くそったれ」ウィンストンが小声で毒づき、コーヒーを口に運びながら周囲に目を走らせた。

「市警にいる内通者は誰？」

ウィンストンは小さく笑ったが、答えなかった。

アンジーは帰ろうとして立ちあがり、それからいきなり座り直してウィンストンの調子を狂わせた。テーブルに身を乗りだして、ホルガーセンがかわいいと言った、メリー・ウィンストンの疲れのにじむ少年のような顔にぎりぎりまで顔を寄せる。「警察の情報を流しているのが誰であれ、重大な何かを企んでるわ、ウィンストン。その企みがなんなのか、誰を引きずりおろすためのものなのか考えてみることね。なぜならこの計画が市警の上層部を狙うものだとしたら、トップが転落しはじめたとき、あなたは逮捕される。内通者は追いつめられて、あなたにとって非常に危ない存在になる。あなたは彼が、もしくは彼女が誰かを知ってるから。向こうとしては心配になるでしょうね。あなたが正体を明かしたり、彼を利用したりできるから。彼女、かもしれないけど」ひと呼吸置く。「あなたは利用されてる。利用価値がなくなったら殺されるかもしれないわよ。全部に片をつけるために、あなたもぐるぐる巻きにされて、ゴージ水路に投げこまれるの。フェイス・ホッキングみたいに」

ウィンストンが沈黙した。

「ゆっくりコーヒーを楽しんでいって」アンジーはテーブルに現金を置き、立ちあがって歩きかけた。

「気にかけてもいないくせに」背後でウィンストンが声をあげた。

アンジーは動きを止めた。このために話をしてきたのだ。振り返り、緩やかな足取りで席に戻って記者を見おろした。「なんですって？」

「あなたは……ただの刑事だから。自分より劣る人たちを捕まえてる。気分が滅入って、依存症になって、それでも生き延びようとしている人たちを。私は路上で警察官を見てきた。未成年の子どもにひどいことをしたり、ドラッグを買ったりしてるのを見てきた。その警察官が同じ罪を犯した連中を刑務所送りにしてるのを。なのに今回みたいな化け物を捕まえて刑務所に入れることもできない。子どもや売春婦を逮捕するのに忙しいから。売春婦は客が奥さんのもとや警察の仕事に戻ってるあいだにドラッグを手に入れようとしてるだけなのに」

アンジーの心臓は早鐘を打っていた。手のひらをしっかりとテーブルにつけて、ウィンストンのほうに身を乗りだす。若い記者は震えていた。目をぎらつかせ、頬が熱を帯びて、鼻のあたりが赤くなっている。

アンジーは静かに言った。「前に、枕の下にナイフを隠して寝てると話してくれた九歳の女の子がいたわ。ときどき部屋に入ってくる義理の父親にレイプされるからって。別の日に、私がガソリンスタンドにいたら、トラックが停まって窓がさがり、ラップミュージックが、〝やっちまえ〟とか〝やってやる〟とかいう言葉であふれてる歌が、とんでもない大音量で流れてきた。体にぴったりした袖なしのTシャツを着た大柄な男がふたり飛びおりてコンビニエンスストアに入っていったんだけど、そのあとの光景に私は泣きそうになった」言葉を切って、ウィンストンの目を見据えた。ウィンストンの目には涙が浮かんでいた。「あとからついていったのは、ブロンドのカールした髪の、汚れた服を着たとってもかわいい女の子だった。小さな人形を抱えて、袖なしTシャツとタトゥーの男たちに一生懸命追いつこうとしてた」アンジーは再び間を置いた。「三歳にもなっていなかったでしょうね。唯一頭に浮かんだのは、今でも考えるのは、あの子の家庭生活がどんなものだったかってこと。毎日、何を聞いていたのか。何を見ていたのか。どんな子になったのか。そして半年ほど前、私は瀕死(ひんし)の幼い子どもを抱いていた。その子の血で私も血まみれだった。自分の父親に殺されたの。その子をレイプしつづけていた父親に。ティファニーという名前の子で、私はその日にパートナーを失った」声がうわずり、咳払いをした。「わかった？　私は気にかけてるの、ウィンストン。警察官になるくらい。性犯罪課に籍を置くくらい。性犯罪課に六年いつづけるくらいに。女性と子どもを傷つける悪人を刑務所にぶちこみたいから。失敗するかもしれない。何ひとつ変えられないかもしれない。でも気にかけているから努力を続けてるの。もしこの悪党を捕まえる邪魔をするなら、犯人が手法を変えるような、警察しか知りえない情報を公表して私の仕事を妨害するなら、次の犠牲者が出たときにはあなたも同罪よ。そして気にかけるからこそ、その罪状で私があなたを刑務所にぶちこんでやる」アンジーは立ちあがって肩をいからせた。「だから私の仕事の邪魔をしないで。わかった？」

「私を脅迫する気？」

「いいえ、メリー・ウィンストン」アンジーは静かに答えた。「これは誓いよ」テーブルに名刺を置いて、記者のほうへ押しだす。「話す準備ができたら電話をかけて」それから背を向けて戸口に向かった。

「パロリーノ」アンジーがドアまで行ったところでウィンストンが呼びかけた。「脅したからってこっちの仕事を止められると思わないでよ！」

35

「今度は何を知りたいんです？　話せることは前回すべて話しましたが」マーカス牧師が通りに踏みだして、後ろ手に〈ハーバー・ハウス〉のドアを閉めた。今回は締め出しというわけかとヒェールは思った。

「前科持ちだという話はしてくれなかったよな、ギーラーニー？」ヒェールは訊いた。

「刑期は勤めました。もう関係ないでしょう」

「逮捕されたのは、飲酒運転をしながらズボンのファスナーをおろして、未成年の女に自分のものをくわえさせてたからだろ、ギーラーニー。あんたが射精するのはあのふたりの子どもを殺す前か、殺している最中か、殺したあとなのか？」

異様な静けさが男の顔に広がった。そしてひと言、口にした。「今すぐ帰ってください」

「帰らなかったら？」レオが口を挟んだ。

牧師が肩をすくめた。「ここで雨に打たれつづけて、もっと濡れるでしょうね」背を向けてドアの取っ手に手を伸ばす。

「どんな車に乗ってるんだ、ギーラーニー？」

「公共機関を使います。もしくは自転車を」牧師が背を向けたまま答える。

「車を持ってる、あるいは利用できるのか？」

ギーラーニーがゆっくりと向き直った。「もしあなたたちがきちんと下調べをしてきたなら、私が刑期を勤めただけでなく、運転免許証も取りあげられたことはご存じでしょう。それからは再申請してません」

「つまり当局は運転はできないようにしたが、未成年とかかわる仕事は許してるんだな」ヒェールは言った。「数えきれないほどの弱者や一時滞在の若い女がここに立ち寄るんだろうな。あんたがこの前指摘したように、問題に巻きこまれても警察に駆けこまないような子どもが。あんたはその子たちになんでもできる。信用の問題だとあんたは言った。少女たちはあんたを父親のような存在として信用するんだろう？彼女たちにベッドとぬくもりと慰めを約束して、サンタクロースを演じているときは膝にのせたりもするのか？」

「私のしたことは性犯罪じゃありません。社会復帰の一環で更生施設に入りました。

更正のための十二ステッププログラムの中に、私を神のもとへ導いてくれるものがあったんです。それがこの場所へ、この避難所へ、この教区へ、ここの子どもたちへとつながっていった。私はここで目的を見つけた。自分の罪を償うために日々、働いています。神に赦しを請いながらも、自分が見いだせる平穏はほかの人を助けることからのみ得られるとわかってます。無私無欲で、人生のすべての時間を、どんなときにも自らの罪を悔やみながら助けることだと。なぜならそれをやめた瞬間……」声が一瞬とぎれ、牧師が悪夢に取り憑かれたような目になる。それから咳払いをした。「飲酒後に抑制がきかなくなることと、判断を誤ることが私の問題でした。依存症だったんです。私は悪人ではありません。もちろん性犯罪者でもない」口をつぐんでヒェールとレオの目を順に見つめた。「われわれは誰もが逃げ道を持っています。対処メカニズムや、依存するものや、直視するのがあまりにも苦痛なことから逃れる方法を。酒を飲む者もいれば、路上で体を売る者もいる。メタンフェタミンの餌食になる者も、ウルトラマラソンを走る者も、次々と困難に立ち向かってそれを乗り越える者も。私は今まっとうに生きている。私の救済はここでの慈善活動です」

避難所をあとにしたヒェールとレオは車を走らせながら、しばらく黙っていた。奇妙な重みがふたりにのしかかっていた。

「信じるか？」とうとうレオが口を開いた。

「ああ、信用できると思う」ヒェールは顎髭を撫でながら答えた。「あいつは子どもたちを救ってるんじゃない。ただ自分を救おうとしてるんだ」

レオが煙草に火をつけると、それを受けてヒェールは窓を開け、湿った空気を入れた。

煙を吐きながらレオが言った。「ところで……おまえの依存症は、対処メカニズムはなんだ？」

「俺は禁欲主義者だ」

「ええ？　なんでまた？　俺が知っておいたほうがいい病気でも持ってるのか？」

「それができれば自分をコントロールできるだろう？　最も根源的なセックスに対する欲望をコントロールできれば、人生におけるすべてのことをコントロールできる」

レオがヒェールを見つめた。「冗談だよな？　相当頭がいかれてる。わかってるのか？」

「少なくとも、メタンフェタミン依存症の女に口でしてもらうために路地裏に足を運んだりはしない」

「何が言いたい?」

ピエールは肩をすくめた。「何も」

レオはしばらく黙って煙草を吸っていたが、いきなり口を開いた。

「署の半分の男はやってるぞ。あそこをしゃぶってもらうことをだ。ストレス発散だよ。仕事の憂さを家に持ちこまないためだ。なんの害も問題もない。頼むから、一度も考えたことがないなんて言うなよ」

36

　ジョン・ジャックス・ジュニアのアパートメントに向かう車内には重苦しい沈黙が広がり、マドックスとハンドルを握るパロリーノとのあいだの空気はパチパチと音をたてそうなほど張りつめていた。マドックスが単独でリック・バトラーに話を聞きに行っているあいだに、パロリーノはパートナーを置いてメリー・ウィンストンに直接会いに行った。このコンビでは上級にあたるマドックスの命令にそむいて——これをコンビと呼べればの話だが。ふたりはパロリーノのクラウン・ヴィクトリアに乗っていた。ジャック＝オーを預けられるペットシッターが見つかったので、マドックスは時間を作ってインパラをようやく内装修理に出したところだった。

　パロリーノが豪華なアパートメントの敷地の外でエンジンを切った。ジョン・ジャックス・ジュニアは弱冠二十二歳にして、ここのペントハウス・スイートにひとりで暮らしている。

「バトラーと会った手応えは？」パロリーノが訊いた。

マドックスはゆっくりと息を吸って吐きだした。「失敗だ。警察が来るとわかっていて、準備万端だった。向こうが自主的に話したのはドラモンドとは別れたということだけで、それ以降はまったくかかわりがないと主張した。ドラモンドがジョン・ジャックス・ジュニアとクラブで出会ったこと、それからララ・ペニントンを知っていることは認めた。〝アマンダ・R〟が誰なのかは知らず、ドラモンドの知り合いや友人で〝J・R〟や〝B・C〟というイニシャルの人物にも思いあたらないと答えた。クラブの外ではジョン・ジャックス・ジュニアとつきあいはなく、ドラモンドが持つ高級品についてもいっさい知らないと言ってる」

「フェイス・ホッキングは？」

「そんな名前は聞いたこともないらしい」マドックスは言葉を切って、アパートメントを見あげた。「ここでも撃沈しそうな気がするな」

沈黙がおりた。

マドックスは横目でパロリーノを見た――引き結んだ口、そそられる傷跡、冷ややかな淡い灰色の目。たまらなく魅力的だ。この瞬間にも、身をかがめて激しくキスをしたい。内面に募りつつある欲求不満がそれで和らぐかもしれない。

パロリーノが目をそらし、ドアハンドルに手を伸ばした。

「二度とあんなことはしないでくれ、いいな?」マドックスは静かに言った。

パロリーノがゆっくりと視線を戻した。「あんなこと? 役職があなたのほうが上だから言うことを聞けっていうの? 私の決断は正しかったわ、マドックス。私はウィンストンの心に近づけたと思う」

「君は自制がきかない。そういった問題を抱えてる。自分が優位に立とうとする。それだけは初めて会ったときからはっきりしていたよ、アンジー」

名前で呼ばれたことで彼女の目に炎が揺らめき、顎に力が入った。

「それも体を熱く交えているときならいいかもしれない」マドックスは自分を止められなかった。下腹部をこわばらせたまま全裸でベッドに放置され、メモ用紙にパロリーノの電話番号が書かれたときから高まっている性的緊張と欲求不満の前ではなすすべもない。あのメモは次があるという暗黙の約束だった。「だが仕事ではだめだ。殺人課はチームプレイヤーが集まる場所だ。俺は助言や命令に反して早まった行動をするパートナーではなく、助けてくれるパートナーが必要なんだ」

パロリーノが唾をのみこんだ。こめかみ付近の細い血管が脈打つ。「たぶん」彼女はひどく静かな声で言った。「あなたがパートナーなのが気に入らないのよ。私たちがセックスした話をこれからも持ちだすなら――」

「ただのセックスじゃないだろう。自殺行為だ。あのクラブに行ってあんなふうに見知らぬ男を引っかけるなんて」

「今度は保護者気取り？　男が引っかけるんだったらいいの？　あなたがあのクラブに行って、ポケットにナイフを忍ばせた見ず知らずの女に裸のままベッドにつながれて、やりたいようにさせるのはいいの？　男としての自尊心が傷つけられるたび、この話題を取りあげるつもり？」

血がたぎり、血管を駆けめぐった。マドックスは自分に歯止めをかけようとした。今すぐやめろ。署に戻って新しいパートナーを願いでればそれでいい。殺人課に配属されるというパロリーノの目標がついえるかもしれないが、彼女に何か借りがあるわけでもない。そもそも明らかに自己破壊願望のあるパロリーノをどうして心配しなければならないのかもわからない。けれども自分が燃えやすく乾燥した森を転げ落ちていく火の玉となって、しだいに速度と激しさが増していくのを感じていた。

「殺人課に異動したいんだろう？　わかってると思うが一時的にパートナーを組んでいるあいだ、俺が君の評価をつけることになるんだぞ」

パロリーノは答えなかった。

「まあ、この調子じゃ望みはかなわないだろうな、アンジー。それはあのバーでの出来事だけが理由じゃない。君の性格の問題で、チームプレイヤーかどうかという話だ。信頼できる相手がパートナーなら命を落とすことはない。もし俺が君は危険をはらんでいると判断すれば、同僚にありのまま伝える義務がある」

「私の邪魔をしてやると脅してるの？」

「全部自分がそう仕向けているんだと思うが」

パロリーノが悪態をついた。「つまり自尊心を傷つけられたから、その仕返しってわけ？」

「自分の心の声に耳を傾けるんだ。君はパートナーを亡くした時点ですでに厄介事を抱えている。もし俺が君の立場なら、昇進したいなら、今すぐ取り入ろうとするだろうな。自滅しようとするのではなく」

パロリーノがにらみつけてきた。ふたりのあいだに電流が走る。彼女を引き寄せてここで、この車内で体を重ねることしか考えられないなんて、そんなわけがあるか。

「私は赤ん坊じゃないのよ、マドックス。あなたに気にかけてもらう必要はないわ」

パロリーノが勢いよくドアを開けて車をおり、力任せに閉めてアパートメントの入口に向かった。

マドックスは毒づいて車を出ると、パロリーノのあとを追った。年配の男性がアパートメントのドアに歩み寄り、電子キーで解錠すると、パロリーノは駆けだした。男性が中に入ってドアが閉まりかけたときにパロリーノが追いつき、開いているドアに手をついて男性に身分証を見せる。男性が肩をすくめて彼女を通した。パロリーノがそのままドアが閉まるに任せたのでマドックスは顔を挟みそうになったが、強引に体を滑りこませてエレベーターで彼女に追いついた。

どちらも激しく息をついて目をそらしたまま、ひりつくような静けさの中でペントハウスへ向かった。最上階に着く直前に、マドックスは静かに言った。「二度と俺を試さないでくれ、パロリーノ。君が食ってかかりたい相手は俺じゃない」

パロリーノが火花を散らさんばかりに見返した。その目や表情には、短気ですぐに相手に食ってかかる自身の性格を嘆いていることがうかがえた。マドックスも自分の言葉を後悔していた。こういったときの対処法が書かれたマニュアルなど存在しない。

エレベーターのドアが開き、ふたりともためらった。マドックスはパロリーノを先に行かせた。彼女について廊下を進み、ジョン・ジャックス・ジュニアのペントハウスを目指した。

パロリーノがドアをノックした。背筋を伸ばして肩をいからせ、毅然(きぜん)とした表情に戻っている。

ドアが開き、平均的な背丈の少年っぽい顔に、ブロンドをしゃれた髪型にカットした若者が姿を見せた。バスローブ姿でフローリングの床に素足で立っている。

「ジョン・ジャックス？」パロリーノが訊いた。

「あんたたちは？」

「市警のパロリーノ刑事とマドックス刑事よ」パロリーノが身分証を見せた。マドックスも自分の身分証を示す。「ちょっと時間をもらえる？」

ジャックスがもっともらしく入念にふたりの身分証を確認した。その背後には、街を臨める大きな窓へと続く堅木張りの床が光っている。リビングルームの家具は白。室内には音楽が流れている。「どうしたの、J・J？」女性の声が聞こえた。

「なんでもない、ベイビー」ジャックスが後ろに向かって声をかけた。「体をほてらせて待っててくれ。すぐ戻る」身分証をふたりに返した。「最初にブザーを鳴らさずにどうやって入ってきたんだよ？」

「グレイシー・マリー・ドラモンドは知ってるわよね」パロリーノが尋ねる。

「グレイシー？　ああ、テニスクラブの。まあね」ジャックスがわずかに姿勢を変え、マドックスたちが部屋に入るのを阻むかのように手をドアノブへ伸ばした。

「彼女のこと、残念だったわね」

一瞬、間が空く。「グレイシーのことはほとんど知らないから」

「中に入ってもいいかな？」マドックスは言った。

「お断りだ」

「黒のBMWを運転してるな」マドックスは続けた。質問ではない――すでに確認済みだ。スポーツモデルのBMW・Z4・E89がこの若造の名前で登録されている。

「もしそうだとしたら？」

「あなたはグレイシーとつきあってた」パロリーノが横から言った。「それって〝ほとんど知らない〟という関係よりはもう少し親密よね」

「なあ、今、連れが来てるんだ。それに質問が気に食わないな。さらに言えば、こっちに答える義務はない。親父から聞いたよ。ほかの誰かのことで昨日あんたたち警察に悩まされたから、こっちにも来るかもしれないって。僕が呼べばすぐに飛んでくる弁護士を用意してくれて――」

「それでお父さんは話を飛躍させたのか？ 警察に〝誰か〟のことで質問されたから、今度は君のところに現れてグレイシー・ドラモンドについて質問すると？」

ジャックスは笑ったが、目には緊張の色が浮かんでいる。J・J・ジュニアは明らかにおつむが弱いらしい。

「そんなことは言ってない。あんたたちがあれこれ探りを入れて魔女狩りをするときは、家族もあらゆる角度から攻撃してくると、親父は身をもって知ってるだけさ。これはいやがらせだ。何かをでっちあげて起訴するつもりなら別だが、そうじゃないなら話すことはない」ジャックスがドアを閉めかけた。

閉まる前にマドックスが足を差し入れた。「次は署でやるからな」

「不愉快な若造だ」パロリーノの運転する車でその場を離れながらマドックスは言った。

「ジャックス、ペニントン、バトラー、それからホルガーセンとレオの話によると牧師のギーラーニー……みんなが示しあわせて沈黙を守ってるみたい」パロリーノが言った。

「マスコミと、メリー・ウィンストンと、口の軽い彼女の情報提供者以外はな」マドックスはためらった。「今朝、ウィンストンとのやり取りで何があったんだ?」

パロリーノが横目でマドックスを見た。「手を引いてと言ったの。それからほかの性的暴行事件の被害者というのは誰なのか、情報を流してるのは誰なのか訊いたわ」

「何か明かしたか？」

「いいえ」

「無理もないな。それなら〝ウィンストンの心に近づけた〟と言ったのはどういう意味だ？」

パロリーノが深くゆっくりと息を吸いこんだ。両手でハンドルを強く握りしめる。

「私は気にかけていると伝えたの。ファーニホウとリッターのことを。ドラモンドとホッキングに正義がもたらされることを。弱い立場の若い女性や子どもを守ることが大事だと思うからこの仕事をしているんだと。機密情報を掲載しているウィンストンの記事は、ほかの若い女性を危険にさらすかもしれないと」ひと呼吸置いて、唇を湿した。マドックスはアンジー・パロリーノが心の窓をほんの少しだけ開いてくれたおかげで、彼女の偽りない姿を垣間見ている気持ちになった。「向こうは具体的なことは何も言わなかったけど、ウィンストンの心に近づけたのがわかった。過去に何かあったんだと感じた。ずっと劣悪な環境にいた女性だから、背景を探ったほうがいい。相手を知れば知るほど、彼女の情報提供者にも近づける。確信があるの。ウィンストンの情報がないかどうかシステムで検索してもらうわ」

「フィッツがそうしてないと思うか？　ウィンストンに前科はない」

パロリーノの目がきらりと光った。「やっぱりフィッツと関係してるのね？」

市警の中で関係を持ったのは君だけだ、アンジー・パロリーノ……。マドックスはそう思ったが、口には出さなかった。そこで携帯電話が鳴って救われた。

マドックスは電話に出た。ブズィアクだった。

「運が向いてきた」開口一番にブズィアクが告げた。「幹線道路のカメラが黒のレクサスをとらえてた。ナンバーはBX3・99E。土曜の午後五時三十七分にジョンソン・ストリート橋を越えて西に向かっていた。同じレクサスの姿を再びとらえたのは午後六時五十二分。今度は東に向かっている。この手がかりをもとに捜査をどう進めるかを君に任せたい。慎重に扱うんだ。極力慎重に。すべて規定どおりに。わかったな？というのも、問題のレクサスはレイ・ノートン＝ウェルズの登録になってるからだ」

マドックスの鼓動が一瞬止まり、それから機関銃のように打ちはじめた。「州司法副長官補の夫の？」

「そうだ。住所はアップランズ、スタンリー・ロード五七九八。差しあたり、この件は内密にしておいてくれ。ノートン＝ウェルズと話すときは、レクサスだけに焦点をあてるんだ。殺人事件とはまだ結びつけるな。車が走行していたことが確認されているとはいえ、それがドラモンドの誘拐に関与しているという証明にはならない。念を押しておくが、最大限の注意を払って事を進めてくれ。もしこの話がひとり歩きを始めたら、もし本件が州司法副長官補や州司法長官室となんらかの形でかかわりがあるとしたら、われわれは特別検察官を加える必要がある。そんなことになれば、メディアや政界の既成勢力に徹底的に叩かれる。われわれの法律関係者全員に万全の準備を整えてもらわなければならない」

37

アンジーはブーツで小石を踏みしめながら、マドックスとともに屋敷の前に停められたブロンズ色のジャガーのまわりをゆっくりと歩いた。自宅脇のガレージのドアは開け放たれている。雨脚がいっそう強まり、凍てつく海風が高級分譲地まで吹きあげている。マドックスとのあいだにはいまだに熱を帯びた性的な緊張感が漂い、彼女は落ち着かない気分だった。言いすぎてしまったことは自覚していた。マドックスの言い分は正しい。アンジーは本心を見透かされていて、自分に対して誰も言おうとしなかった事柄をあえて彼が言ったことに恐れをなしていた。彼女には自己破壊願望がある。病的な依存症者のように。堕ちていく自分を止められそうになく、それがどうしてなのか、自分が何に駆りたてられているのかも実際のところわかっていない。ほかにもマドックスの言葉で的を射ていたことがある——彼のひと言で殺人課への異動の望みがなくなることだ。マドックスが自分に対してそれだけの力を持っていることが腹立たしい。

「これは家というレベルじゃないわね」アンジーは足を止めて三階建ての建物を見あげた。「ちょっとしたホテル並みの広さだわ」

ガレージの中には二〇一六年型の赤い小型のポルシェ911ターボがあり、三台分のスペースは空いている。驚くにはあたらない。今は火曜の午後だ。居住者は仕事に出ているのだろう。

「何か用か?」背後から不愛想な声が聞こえた。

ふたりははじかれたように振り向いた。スーツの上からレインコートを羽織り、ブリーフケースを提げ、磨きあげられた靴を履いた男がジャガーの横に立っていた。

「ミスター・レイ・ノートン=ウェルズですか?」マドックスが歩み寄った。

「誰だ?」

「市警のマドックス刑事とパロリーノ刑事です」マドックスは身分証を見せた。雨がノートン=ウェルズの髪と顔を濡らしていく。

「いったいなんなんだ?」

「あなた名義の黒のレクサスをお持ちですね。ここには停まっていませんが」

ノートン=ウェルズが眉をひそめた。アンジーは邸宅の西の翼棟の窓で何かが動くのをとらえた。白いTシャツ姿の若い男が、こちらを見つめている。

「盗まれたんだ」ノートン＝ウェルズが答えた。

好奇心がさざ波のようにアンジーの体に広がっていった。

「いつです？」マドックスが訊いた。

「二週間ほど前だが。悪いが、オフィスに戻らなくては――」

「盗難届は出しましたか、ミスター・ノートン＝ウェルズ？」マドックスがさらに訊く。

「息子が、ジェイデンが出した。あのレクサスは息子が使えるように与えてあったんだ。もう半年ほどジェイデンが使っている」

「ですが、保険はあなたの名義になっていますね」

ノートン＝ウェルズがいらだたしげに額の雨粒をぬぐった。「そうだ」

「車が盗まれたのに保険の手続きはしなかったと？」

「ジェイデンが処理したと言ったんだ」

「息子さんはご在宅ですか、ミスター・ノートン＝ウェルズ？」アンジーは口を挟んだ。

「訊かなければならないな。なぜあの車に関心を持っているのか」

「犯罪に使われた可能性があるからです」マドックスが答えた。

ノートン＝ウェルズが一瞬ふたりを見据えてから西の翼棟の窓に視線を投げた。先ほどの若者はもうそこには立っていなかった。アンジーはノートン＝ウェルズが嘘をつくのではないかとちらりと思った。

「せっかく来てくれたのに申し訳ないが、息子は具合が悪くてね。まあ珍しいことではないが」ノートン＝ウェルズが西側にあるドアを頭で示した。「息子はあっちの続き部屋で暮らしている。入口は向こうだ。では私はこれで失礼する。遅れているので」向きを変えてジャガーのロックを解除した。「ほかにも訊きたいことがあれば、アシスタントに電話してくれ」身をかがめて乗りこむとエンジンをかけた。

「息子に愛情を感じていないみたいね」ふたりで続き部屋の玄関に向かいながらアンジーは言った。

「まったくだな」マドックスがノックをした。

ドアがゆっくりと開いた。さっきまで話をしていた人物を若くしたような若者が目の前に立っていた。けれどもその目は熱っぽく、肌は汗で光っていた。じっとりとした髪がマドックスと同じ暗藍色だとアンジーは気づいた。汗がぴったりした白いTシャツの脇の下にもしみを作っている。金のチェーンがシャツの首元に隠れ、手首には金の時計をはめている。

「ジェイデン・ノートン＝ウェルズですか？」マドックスが尋ねた。

「そうです」

マドックスが自分たちの身分と、ここに来た理由を説明した。「ちょっと中に入れてもらえませんか？」

ジェイデンはけだるそうだった。医薬品を服用しているか、ドラッグでもやっているのではないかとアンジーはいぶかった。ジェイデンがドアを開け、裸足（はだし）でのろのろと歩いてソファに沈みこんだ。両手に顔をうずめ、こすってから顔をあげる。「すみません、インフルエンザか何かでここ何日か体調が悪くて」

アンジーとマドックスは立ったままでいた。室内は汗とよどんだアルコールの臭気がこもっていた。ヒーターの温度が高く設定され、窓は閉めきられている。質問はマドックスに任せ、アンジーは額が並ぶ壁に歩み寄った。写真のひとつはジェイデン・ロイス・ノートン＝ウェルズの卒業証書だった。

ジェ（J）イデン・ロ（R）イス・ノートン＝ウェルズ？　アンジーは脈が速まるのを感じながら、別の額入りの写真に近づいた。こちらにはもっと年若い頃、十歳くらいのジェイデンが白いスーツを着て写っている。ほほえむ彼の隣には、今や州司法副長官補となった母親と父親、それにローブ姿の司教が立っている。写真の下には、〝ジェイデン・ロイス・ノートン=ウェルズ、初聖体拝領式〟と書かれていた。

「お父さんはあなたがレクサスの盗難届を出したとおっしゃってましたが」マドックスが質問をぶつけた。

「出すのを忘れてました」

「レクサスですよ。それを忘れていた？」

「ずっとロースクールで忙しかったから。その……時間がなくて、届けなかっただけです」

アンジーはマドックスと視線を交わした。

「正確にはいつ盗まれたんです？」

ノートン=ウェルズは汗ばんだ髪に手を入れて頭をかいた。「あれは……たぶん十日か十五日くらい前かな。はっきりとはわかりません」

「何曜日ですか？　あなたは何をしていたんですか？　どこで盗まれたんです？」

「ええと……火曜日でした。そう、今、思いだしました。十一月二十八日です。ちょうど寒波が始まったところだった。僕たちは……中心街のレストランにいたんです、通りを少し行ったところの有料駐車場に車を停めて。時間が遅くなったし、たくさん飲んだから、タクシーで帰りました。次の日に車を取りに戻ったらなくなってた」

「どこのレストランですか？」

ノートン＝ウェルズの視線が泳いだ。「〈ジ・オーベルジュ〉です」

「駐車した場所は？」

「レストランから一ブロック離れたところです」

「レストランの予約はしていましたか？」

「いいえ」

「食事代の支払いはクレジットカードで？」

「はい、いいえ……待ってください、あの夜は現金で払ったと思います」

「どうして？」

ノートン＝ウェルズが肩をすくめた。「よくそうするんで」

「領収証はありますか？」

「いや、ありません。ちょっと、なんなんですか？　どうしてこんな質問をするんです？」

「あなたの車は犯罪に使用されたものと思われます」

ノートン＝ウェルズが青ざめ、目を見開く。瞳孔が異様に黒くなっている。明らかになんらかのドラッグを服用しているとアンジーは思った。

「犯罪ってどんな？」

「現時点ではお話しできないのですが」マドックスが答えた。「その夜は誰と食事を？〝僕たちは〟とおっしゃいましたが」

ノートン＝ウェルズは自分の話の辻褄を合わせようとするかのように一瞬ふたりを見つめ、それから口を開いた。「僕は友人を巻きこむつもりはありません。もしあの車が犯罪に使われたのなら、僕はなんの関係もない。これ以上話すことはありません」

用心深くなった。さすがは州司法副長官補の息子だ……。

「結構です」マドックスが愛想よく言った。「警察署まで来てもらって正式な調書を作成していただくことになりますが。それでもかまいませんか？」

「それは……体調が回復したらすぐにでも。今はとても外出できる状態じゃないんです」

「いいでしょう。またご連絡します。すぐにでも」

マドックスとともにドアに向かいかけたアンジーはいきなり振り返り、ソファから腰をあげかけたノートン＝ウェルズを真っ向から見つめた。

「あなたがつけてるそのチェーン」アンジーは相手の首元を顎で示した。「聖クリストファーですね？」

ノートン＝ウェルズが口をぽかんと開けた。「ああ、ええ。そうですけど」

「カトリックのご家庭なんですね」アンジーが白いスーツ姿のノートン＝ウェルズの写真に向かってうなずく。

「ご覧のとおりです」

アンジーは唇をなめてから、帰ろうと向きを変え、それから考え直したかのように――実際は相手に揺さぶりをかけるために――振り返って顔を突きあわせた。「あなたのミドルネームはロイスですね」

「ええ、そうです」

「ジェイデン・ロイス。あなたのことを〝J・R〟と呼ぶ人はいますか？」

ノートン＝ウェルズがためらった。「何人かは」

「〝愛をこめて。J・R〟と彫りこんだ聖クリストファーのメダルを誰かに贈ったことは？」

ノートン＝ウェルズの顔から血の気が引いた。「まさか。ない、ないですよ。もう帰ってください」

　マドックスはノートン＝ウェルズ邸の私道からクラウン・ヴィクトリアを出し、通りの向かいの路肩に寄せてオークの老木の下に停めた。パロリーノが運転を譲ってくれた。彼女なりの和解のしるしだろう。

「的を射た質問だった」マドックスは石造りの門柱を見つめたまま穏やかに言った。片方の門柱には青銅のプレートが埋めこまれており、〝ＡＫＡＳＨＡ〟と大文字で刻まれている。「だが、ぎりぎりの線だ。現段階ではレクサスだけに焦点を絞れというのがブズィアクの指令だ」

「聖体拝領式の写真はあからさまに飾ってあった」パロリーノが言った。「フルネームが書かれた卒業証書も。すぐにピンときたわ。〝Ｊ・Ｒ〟……ノートン＝ウェルズ。熱心なカトリック教徒。首につけていた金のチェーン。おまけに魔法のように彼のレクサスが消えている。向こうは明らかにしどろもどろだった。ドラモンドとホッキングを知っているかどうか問いつめるべきだったのに」

「これがブズィアクの望むやり方だ」

「州司法副長官補の息子だからね」パロリーノが信じられないとばかりに言った。「それがなによ。大ごとかもしれないのに」

マドックスが答えようとしたとき、小型の赤いポルシェがうなりをあげて私道を疾走し、門柱のあいだから出てきた。タイヤを横滑りさせながら角を曲がり、通りを加速していく。

「逃げる気よ！」パロリーノが言った。

マドックスはクラウン・ヴィクトリアのギアをすばやく切り替えて車をUターンさせ、ポルシェを追って走りだした。

38

「ちょっと、あれって……ザック・ラディソンじゃない？　市長の側近の」アンジーはカメラの望遠レンズ越しに、長身で浅黒い肌の男がジェイデン・ノートン＝ウェルズと一緒に市庁舎から足早に出てくる様子を見つめた。ふたりの男は雨の中で立ちどまり、身ぶり手ぶりを交えて口論している。アンジーは立て続けにシャッターを押した。ノートン＝ウェルズがラディソンの胸を突く。ラディソンがあとずさりしてから前に出て、ノートン＝ウェルズの肩をつかんで顔を近づけ、熱心に話している。アンジーはさらにシャッターを切った。デジタルカメラがすばやい連写音をたてる。

アンジーとマドックスは市庁舎の反対側に車を停めていた。ノートン＝ウェルズが、正式な調書を作成するために自宅から警察署まで同行できないほどの体調不良を訴えていた人物が、ポルシェを疾走させてまっすぐここに来た。路地の駐車場に斜めに車を停め、厳しい寒さの中をTシャツとジーンズだけの格好で市庁舎へと駆けこんでいった。ラディソンを引き連れて出てくるまで何分もかからなかった。

「つまり」マドックスがまとめた。「州司法副長官補の息子は、ドラモンドに聖クリストファーのついたチェーンを贈ったかもしれず、車が犯罪に使われた可能性があって、ジャック・キリオンの選挙対策本部長を務めて今や市長の右腕となったザック・ラディソンと何やら一触即発の関係にあるということか」

「こういう説があるじゃない。どんな人とでも六人を介在させればつながれるって」

ラディソンがノートン＝ウェルズの腕をつかみ、斜めに停めたポルシェまで引っ張っていく様子をアンジーが再びカメラにおさめた。

「ノートン＝ウェルズはわれわれが来たので、怖じ気づいてここに駆けつけた。おそらくはラディソンを探しにまっすぐ市長室へ向かった。なぜだ？」マドックスが言った。

ノートン＝ウェルズが車に乗りこんだ。ラディソンが乱暴にドアを閉める。ノートン＝ウェルズは通りに出ていった。今度はのろのろと運転している。シャツ姿のラディソンが雨が降りしきる歩道に立ち、ポルシェが道路の向こうに消えるのを見届けてから、向きを変えて市庁舎に戻っていった。見るからに平静を失っている。

アンジーはカメラをおろした。「ノートン＝ウェルズのあとをつける？　それともラディソンと市長室を訪問する？」

マドックスがドアハンドルに手を伸ばした。「市長室だ。ラディソンが動揺しているうちに」

ザック・ラディソンを見れば誰もがモデル並みにハンサムだと評するだろうとアンジーは思った。地中海人種に特有の浅黒い肌に黒く澄んだ瞳、信じられないほど白い歯とちらりと見せる笑み。金と特権とあまたの女性からの崇拝がこの男を尊大にし、それが外見にも影響を与えているのだろう。アンジーとマドックスはラディソンのオフィスに立っていた。ここは市長室の控えの間でもある。ラディソンの背後の窓に雨が不規則な線を描いていた。アンジーとマドックスが勧められた椅子を断ったので、本人も鍛えあげたヒップとオーダーメイドのスラックスを輝くデスクの縁にのせ、腕組みしてこちらが訪ねてきた理由を切りだすのを待っている。

「少々濡れているようですね」マドックスがラディソンの皺のない白いシャツと紺青色のネクタイについた雨のしみを顎で示した。

ラディソンがほほえんだ。動揺する様子もない。「今夜はジャック・キリオンがこの市の新市長として公式に宣誓する就任議会があるんですよ。用件を言っていただければ仕事に戻れるんですが」

アンジーはオフィスの中をぶらぶら歩いて、マドックスがラディソンと話をしているあいだ、美術品や棚にあるものを見てまわった。ドラモンドとホッキングについて直接問いただしたい気持ちはやまやまだが、ブズィアクからはレクサスだけに的を絞ることという指示を受けている。上級のパートナーと口論したあとなので、しばらくは決められたとおりに動かなければならない。

「ジェイデン・ノートン=ウェルズをご存じですか?」マドックスが切りだした。

ラディソンはためらいなく言った。「友人ですよ、高校時代からの。親同士が親しいので」

「私立学校で?」

「この話はどこにつながるんです?」

アンジーはドアのそばの棚に置かれた陶磁器のボウルに近づいた。何やら先住民族の絵が描かれていて、中には名刺と、カバーがふたつ折りになった、はぎ取り式の紙マッチがいくつか入っている。名刺をよけて紙マッチをつまみあげた。心臓が激しく打ちはじめる。

「触らないでもらえますか? お願いします」ラディソンがマドックスの肩越しに声

をあげた。ああ、ようやく声が尖ってきたとアンジーは思った。

「もちろん」アンジーは紙マッチを戻してマドックスの脇に立ち、両手をコートのポケットに入れた。

「ジェイデンと十一月二十八日の火曜日に〈ジ・オーベルジュ〉で食事をされたのでは?」マドックスが質問した。

ラディソンの目に何かがよぎった。「いいえ。なぜです?」

「ジェイデンはそこで友人と食事をしたらしいのですが、少し飲みすぎてレクサスを近くの駐車場に停めておいたところ、なくなったそうです」

「なくなった?」

「盗まれたと主張してます」

ラディソンが顔をしかめた。「信じていないんですか?」

「盗まれたことはご存じでしたか?」

「もちろん。そう聞きました」

「外で、ほんの少し前に?」

沈黙が落ちた。ラディソンの喉ぼとけが動いた。目がわずかに細められる。あたりだ。

「ジェイデンが会いに来たのはどうしてです？　彼は少々……慌ててましたね」

ラディソンが腕組みした。「個人的なことです」落ち着いた声で答える。

「例のレクサスと何か関係が？」

「今、言ったとおり、個人的な件ですよ」

「ちょっとした好奇心からお訊きしますが、ミスター・ラディソン、あなたは十一月二十八日の火曜日にどこにいましたか？」

ラディソンが初めて動揺を見せた。「いいですか、何が言いたいのか知りませんが、率直に言ってあなたたちは私の時間を無駄にしてる。それは結果として市長の時間を無駄にしてるということです。ですからもし――」

「〝B・C〟とはなんの略でしょう？」アンジーは口を挟んだ。

「なんですって？」

そのとき市長室につながるドアがいきなり大きく開いて、ジャック・キリオン本人が顔をのぞかせた。「ザック、ちょっといいかな」

「すぐにうかがいます」

キリオンがマドックスをちらりと見て、それからアンジーに目を向け、自分の側近に向かって眉をあげた。

「市警の方です」ラディソンが言った。

市長が目を細め、値踏みするようにさらに入念にふたりを見た。「なんの件で？」

「それはこれからです」

市長は躊躇し、それからマドックスとアンジーに言った。「われわれは就任議会の準備で忙しいんですよ。私には補佐役が必要だ。さっさとすませてもらえませんか？」中に引っこんだ。ドアが閉まる。

いやなやつ。急にガンナー署長に対する好感度があがる。これが管理側の新体制なら厄介なことになりそうだ。

ラディソンがデスクを押して立ちあがり、のんびりとドアに向かった。手を伸ばして出口を示す。「何がしたいのか決まったら、あるいはほかにも質問があれば、遠慮なく秘書を通して予約を入れてください」

アンジーは一歩も引かなかった。「″B・C″ですが」質問を繰り返す。「そのイニシャルは何を表しているんでしょうか？」

「私には見当もつかないな……紀元前（Before Christ）？　ブリティッシュ・コロンビア（British Columbia）？　ベーコン＆チーズ（bacon and cheese）？　ほかに百通りは候補がある」

アンジーはボウルの中からカバーが閉じていない紙マッチを取りだした。先ほど見

みからはにーバカの地無い白。たけつき突にンソィデラをれそてしそ。だのもたいて
あったふたつの飾り文字が描かれている――〝B〟と〝C〟だ。

ラディソンはそれを見つめてから、オーダーメイドのスラックスのポケットに両手を突っこみ、色男らしい口を閉じて首をゆっくりと振った。「申し訳ないけれど、覚えがないな。そこにはほとんどの人が名刺を入れていく。どうやら紙マッチを入れる人もいるようですね。誰にだって可能だ」

「煙草は吸いますか？」

「ときには」

アンジーは先ほど目にした内側の走り書きの数字が見えるよう、紙マッチのカバーを無造作に開けた。「それはそうと、今どき、紙マッチを配ってるところなんてあるのかしら？」もう一度数字を見つめる。

怒りに顔がどす黒くなったラディソンがアンジーの手からマッチを引ったくった。「これ以上オフィスのものを見たければ、令状を持って出直したほうがいい」

アンジーは彼の黒い目を見あげた。ラディソンは口を引き結び、首筋をこわばらせている。どうやら女性に歯向かわれるのをよしとしない若者らしい。あるいは女性に限らず、誰であろうとも。

「おそらくそうさせてもらうことになるでしょうね、ザック」アンジーは優しく言った。「おそらく」

建物を出ると、アンジーは雨を避けてひさしの下に入った。斜め掛けにしていたバッグから手帳を取りだし、ローナ・ドラモンドが聖ユダ病院で娘が死ぬ直前に教えてくれた電話番号をすばやく確認した。小さく毒づく。

「どうした?」マドックスが声をかける。

アンジーは顔をあげた。興奮に血がわき立つ。「彼女のだわ。紙マッチにあった電話番号はグレイシー・ドラモンドの携帯電話の番号だった。それが〝B・C〟というロゴの入った紙マッチのカバーの内側に書かれてたのよ」視線がマドックスを貫く。「ドラモンドのカレンダーにあった文字と同じ……〝アマンダ・R〟と〝ララ・P〟と一緒だった日に記されていた文字よ」

39

ザックが振り向くと、キリオンが市長室に通じるドアのところに立っていた。上司の目には奇妙な色が浮かんでいる。

「今のはなんだったんだ?」キリオンが問いただした。

ザックは深く息を吸った。思考が空まわりして、質問の言葉がシナプスを通過するたびにパチパチと音をたててショートし、高速で戻ってきてはそれを繰り返す。「刑事たちは友人のことで、ジェイデン・ノートン=ウェルズの件で質問に来たんです。彼のレクサスを捜しているそうです。二週間ほど前に盗まれたんですが」

「どうして君のところに? なぜこのオフィスに?」

「申しあげたように、ジェイデンは友人です。車が盗まれた夜にレストランで一緒だったかどうか知りたがってました。どうやらジェイデンは少々飲みすぎていたので、同席者を誰も思いだせないらしくて」

沈黙が返ってきた。市長の体から不思議な活力が発散されている。ザックの胸に不安が這いのぼってきた。

「それで、〝B・C〟というイニシャルは？」

キリオンは会話を聞いていたのだ。ザックはポケットにしまった紙マッチを指でいじった。「見当もつきません」

「私が知っておいたほうがいいことがあれば——」

「ありません」

市長はザックの視線をしばらく受けとめてから、咳払いをした。「議会の議題の改訂版はもうマスコミに流してあるのか？」

「少し前に」

突然、ドアが閉まった。ザックは閉じられたドアを見つめた。陰鬱な不安が胸の奥底へと沈んでいった。

ジャック・キリオンは受話器をあげ、閉ざしたドアに目をやってからすばやく番号を押した。ふたりの特別な番号だ。呼び出し音を聞きながら、椅子をまわして窓に打ちつける銀色の雨を見つめた。

「どうしたの？」たまらなく愛しいハスキーな声が耳に届く。

キリオンは唇を湿した。「さっきまで警察がここにいた」

「あなたの執務室に？」

「市警の刑事がふたり、ひとりは男、もうひとりは女で、盗まれたレクサスと君の息子のことをザックに訊いていた」

「ジェイデンのことを？」

「ああ」

「そんな……どうして？」

「彼のレクサスが盗まれたのか？」

「それは……ええ、息子が父親にその話をしてるのを聞いたわ。あのふたりの問題には首を突っこまないようにしているの。うまくおさまることなんてないから。少なくとも警察はあのくだらない代物を捜してはいるのね」

「だが、どうしてザックに会いに来たんだ？　なぜ私のところに？　このタイミングで……就任議会の直前になって」

「これが市警側の態度を示していると思うの？　ある種の報復だと？」

「市警を抜本的に改革するという選挙公約のおかげで、警察関係者とは友好関係を築けていないからね。しかも私にとって初めての非公開の警察委員会が明日開かれる。向こうは皆、署長の交代を期待している」

長い沈黙が続いた。「今夜帰ったらジェイデンと話してみるわ。思ったほどたいしたことじゃないかもしれないし」

「ジョイス、世間の見方を考えてくれ。市警が州司法副長官補の息子に関係する犯罪を捜査しているとなれば、それだけでマスコミの一大イベントだ。それに刑事が市長室に来たとなると、私と君の家族や犯罪捜査が結びつけられる。まったく、市警が自分たちの組織内の情報漏洩さえコントロールできていないことを考えると、この件が明日にも『シティ・サン』の一面を飾るか、あの女のブログに掲載されることもありうる。そうなれば望遠レンズでわれわれのペントハウスの窓を狙われ、港のボートからメディアに見張られるようになる」

「ちょうどいい頃合いかもしれない」ジョイスが落ち着いた声で言った。「ガンナーを切り捨てて、あなたの息がかかったアントニ・モレノを就任させるの。彼が目を配って対処できるように。今回の内通者を引きずりだせるように。そうするしかないわ、ジャック。明日の警察委員会ですべてを始めるのよ。最低でも三人の委員はあなたの側についてるんでしょう、違う？　もしかすると四人かもしれない」

「ああ」

「やるのよ、ジャック。一連の処置を始めるの。今がそのときよ」

「あの連続殺人犯の件はどうなるんだ。あと一歩で犯人逮捕というところまでガンナーを据え置くという案は？」

「方針を転換するしかないわ。就任次第、あなたが進んで取り組んで主導権を握るのよ。あなたがよりよい、新しい警察幹部を配置するの。早急にね。今までの捜査を引き継いで、警察内部の裏切り者を排除して、怖くて夜にひとりで外出できない若い女性たちのために、より安全な街を作って」


アンジーはマドックスとともにブズィアクのデスクの向かい側に座っていた。オフィスのドアを閉め、殺人課の大部屋が見える窓にはブラインドをおろしてある。ブズィアクはノック式のボールペンの頭を押してペン先を出したり引っこめたりしながら、ノートン＝ウェルズへの尋問とそのあとのザック・ラディソンとのやり取りについて、マドックスとアンジーの報告に耳を傾けていた。

このミーティングに先立って、レクサスの盗難届が実際に提出されていないかどうか確認が行われた。たしかに提出されていなかった。その後、レクサスの捜索指令が出されている。

ふたりがすべての報告を終えると、ブズィアクがボールペンを手にしたまま椅子の背にもたれかかった。

「つまりグレイシー・ドラモンド、ジェイデン・ノートン＝ウェルズ、それからザック・ラディソンにはつながりがあるとわかったわけだな。男たちはふたりとも白人で黒髪。ラディソンのオフィスには、ドラモンドの電話番号と〝B・C〟と記された紙マッチがある。そのマッチがラディソンのものなのかどうかは不明。その〝B・C〟のロゴがドラモンドのカレンダーに残された何かを指しているのかどうかも不明。しかしドラモンドが襲われた夜に橋の上と墓地の外で目撃されたレクサスについてジェイデン・ノートン＝ウェルズに質問した直後に、ノートン＝ウェルズはラディソンのところへ駆けつけ、ふたりはそこで口論になった。ノートン＝ウェルズは州司法副長官補の息子で、首に聖クリストファーのメダルをつけ、教義を実践するカトリック教徒で、さらに父親のレクサスが盗まれたのに被害届を出しておらず、ナンバープレートを返納したり、かけていた保険の契約を解除したりもしていない。それに車がなくなったと主張する夜に、ノートン＝ウェルズが〈ジ・オーベルジュ〉で食事をしたという証拠も見つかっていない。そもそものレクサスが〈ジ・オーベルジュ〉付近の有料駐車場に停められていたのかどうかすら、わかっていない」ブズィアクがまたボールペンをカチカチと鳴らして続けた。「加えて、父親でディベロッパーのレイ・ノートン＝ウェルズがいる。キリオンの選挙キャンペーンの支持者で、キリオンから自分が計画するウォーターフロント開発の支援を得ていて、自身は忙しすぎて、盗まれた車の保険を解約できなかったと主張する男だ。やつは息子と同じで黒髪ときている。おまけに州司法副長官補がいる。やつらの母親であり、妻でもある州司法副長官補が……むちゃくちゃだ」ブズィアクがいきなり身を乗りだし、今度はボールペンをデスクにあてててカチカチと鳴らしだした。

アンジーはブズィアクの手を止めたい衝動を抑えなければならなかった。その音が電気が流れている電線のように頭の中でうなりをあげている。ブズィアクが再び口を開きかけたとき、オフィスのドアをノックする音が聞こえた。ブズィアクが体をこわばらせ、ふたりと目を合わせた。

「ノートン＝ウェルズ家と市長室とのつながり、それから殺人の犯行に使われた可能性がある車のことは、別途指示があるまでここだけにとどめる。今は三人だけの話ということだ。わかったな？」ふたりはうなずいた。ブズィアクが顔をあげる。「入れ！」

ドアが開いた。レオだった。白髪の刑事はマドックスとアンジーがブズィアクのオフィスにいることに気づいて驚いたらしく、二度見してから顔をしかめた。

「どうした、レオ？」ブズィアクが尋ねた。

「植物学者の報告書があがってきました。ギャリーオークと作物栽培学に基づいて作られた草という特定の組み合わせが存在する生態系は限られてる。すなわち天然のオークが浅瀬の土壌に適応して、風への抵抗力も獲得した生態系ということになる。この生態系を有し、かつヤギが生息する場所はひとつしかない。ただし、野生のヤギだが。それがテティス島だそうです」

アンジーはマドックスとすばやく目を合わせた。興奮がさざ波のように体内に広がる。

「また、気象学者は激しい潮流とこのところの風向きや潮汐によって、遺体のようなものでもテティス島から港まで押し流されることがあると認めてます。このことはヒツジバエのウジがいた事実とも一致する。もし遺体が海に入れられる前にその島で保存されてたのなら」

アンジーは座ったまま背筋を伸ばした。「テティス島には打ち捨てられた農場があるわ。一八六二年の天然痘の蔓延以来ずっと。伝染病を逃れようと本土を離れた人たちのグループがそこに小さなコミュニティを作ったの。ヤギやほかの動物を飼育してうまくいってたわ。でも結局その人たちも天然痘にかかって、コミュニティは崩壊した。それ以来、野生化したヤギが集まってそこで繁殖してるの」アンジーはひと呼吸置いた。室内には明らかに興奮が広がっている。

「ホッキングの殺害現場が見つかるかもしれない」ブズィアクがすぐさま立ちあがった。「よし、行くぞ！」

40

十二月十三日、水曜日

アンジーはタイベック製のシューズカバーをつけてマドックス、ホルガーセン、ブズィアクと並んで、テティス島の崩れかけた農家にある、冷え冷えとした洞窟のような根菜用の地下貯蔵室に立っていた。バーブ・オヘイガンが鑑識班や、状況を事細かくカメラにおさめる写真係とともに現場で作業する姿を黙って見守った。白いジャンプスーツに帽子と短いブーツを着用し、ニトリル手袋をはめた鑑識官がカメラのフラッシュの白い閃光を浴びて動きまわるさまは、静止画像をゆっくりと再生しているかのようだ。そのせいでこの地下での光景は別世界の雰囲気を醸しだしていた。カメラのシャッター音と、廃屋の階上の梁が折れた箇所から入りこむ幽霊のような悲しげな風の音だけが響いている。

アンジーたちは朝一番の出発を望んでいたが、それはかなわなかった。新たな暴風雨前線と濃霧と高波のせいで、午後まで足止めを食らったからだ。島までは市警の港湾課の船で二十分もあれば着くところを、陸に向かって吹きつける偏西風や外洋と格闘したため、それよりはるかに長くかかった。レオも島に来ていたが、船酔いがおさまらず外に残って煙草を吸い、嘔吐(おうと)しないように体を休めながら、地下におりて作業を見守れないことを悔しがり、ひどい悪態をついていた。万が一、そこら中に自分のDNAをまき散らしては大ごとだからだ。

一団が到着したとき、黒土層に掘られた穴倉は真っ暗闇に近かった。そして寒かった。「極寒だ」ホルガーセンがひと言で表した。肉用の冷凍庫並みだとアンジーは思った。二週間以上にわたって零度をはるかに下まわる北極圏からの大気が頑固に居座りつづけていることを考えれば、フェイス・ホッキングの遺体がしばらくここで現状保存できたというのは論理に飛躍がない。この新たな状況を考慮して、オヘイガンは死後経過時間を十日から二週間と割りだした。ここなら遺体安置所の冷蔵庫と同等の状態でホッキングの遺体を保存できただろうとオヘイガンは言った。この暴風雨と湿気で比較的あたたかくなってきた現在でさえ、この場所は凍土でできた口から息を吐いているかのようだ。

持ちこんだ携帯用の電池式LEDライトが強く不自然な光を発し、ここで行われた可能性のある惨事の手がかりをもたらしている。アンジーは、この地下室でホッキングの身に何が起きたのか、全貌を知ろうと目を凝らした。

すでに市警のボートで乗りつけた木の桟橋を覆うぬるぬるした有機堆積物に、新しいこすれた跡があることを発見していた。それがこの島に最近、人の出入りがあったことを示すアンジーたちが見つけた最初の証拠だった。森を背にボートが係留されていたのだ。ここ数週間の天候を考えると、遊びに来ていたとは考えにくい。桟橋から続く跡も見つかっていた。それまで凍っていた土についた足跡と、岩を覆う苔がはがれ、何かを引きずったような跡も見つかっている。

農家の玄関前の泥の上にはもっと多くの跡がはっきりと残っていた。荒れ果てた家屋に入ってみると、風雨を避けようと集まった野生化したヤギがいた。ヤギの毛や古いギャリーオークの葉、種、その他の有機堆積物がどのようにしてホッキングを包んでいたビニールシートに付着したのかは一目瞭然だった。

しかし本当の意味で重要な発見をしたのは地下貯蔵室だ。

ポリプロピレンのロープが頭上の支持梁から垂れており、開け放たれた跳ね上げ戸から吹きこむ微風でかすかに揺れていた――ホッキングを縛るために使われていたものと同種のロープだ。そのざらざらしたロープからルミノール検査によって人の血痕が見つかった。また鑑識官がロープにからんでいた毛髪を発見した——黒、褐色、暗い金色だ。長めの褐色はホッキングのものかもしれないとアンジーは思った。そして今、強い関心があるのはほかの毛のほうだった。いくつかは陰毛か、男の体毛に見える。すべてが証拠袋にしまわれ、記録された。アンジーは、このうちのどれかがドラモンドの着衣から発見された証拠の髪のいずれかと一致するかどうか、早く確かめたくてたまらなかった。一致すれば、その髪が両方の被害者をつなぐことになる。ひとりの鑑識官がキャンドルの蠟のかけらをこすり取っていた壁のそばにかがみこんだ。燃えたあとのキャンドルの芯は証拠として証拠袋に入れられ、記録を取ってから、家の外に設置された本部のテントに運ばれた。

　ホッキングをくるんでいたのと同じ種類の防水シートが地下室の奥の隅に丸められていた。近くにはぼろぼろになった目の粗い麻布の切れ端、農産物用の古い木箱、風に吹かれて集まったギャリーオークの枯れ葉、ドングリ、わずかな古い牧草と樹皮、島の風上に生えているマツからはがれてからみあう地衣類がある。土がむきだしの床に置かれたヒマラヤスギの厚板の黒っぽいしみは、ルミノール反応が出て血痕であることがわかった。

　オヘイガンがしみのそばに身をかがめ、遺体安置所で撮影した数枚の写真と見比べている。彼女が持参した写真だ。それからニトリル手袋をはめた指で、ざらざらした血痕付きのヒマラヤスギを指さした。「板の大きさと、板と板の間隔が、ホッキングの背中の死斑と一致する」それから口を引き結んだ。ぶかぶかのジャンプスーツと帽子を身につけてしゃがみこんだ様子は、製粉会社の奇妙なキャラクターのドゥボーイにどこか似ていた。

「どうした？」ブズィアクが訊く。

病理学者は支持梁からぶらさがるロープを見あげた。「あのロープの円周はホッキングの首まわりに残っていた索状痕のサイズと部分一致する。でも……」オヘイガンが唇を嚙んだ。「胃の残留物のことがある。ホッキングは究極の高級料理を食べたのよ」

「しかし彼女がここで食べた痕跡はない」マドックスが言った。

「最後のに新しい意味が加わったな」ホルガーセンが言った。「いつも無駄だと思ってたんだ。ほら、死刑囚に最後の贅沢なディナーの希望を聞くやつだ。どうせ死んだときには消化されずに胃に残ってるだろ」

ホルガーセンには取りあわず、マドックスは静かに言った。「どこか別の場所で殺された直後に、ボートでここまで運ばれたのかもしれない。死斑が現れる前に。ありうる話だ。そのとき、この板に寝かされた。あるいは食事後すぐに連れてこられて、ここで絞殺されたとも考えられる。あのロープで」垂れさがったロープを顎で示した。「ああ、海岸沿いのどの場所で食べたとしても、一時間もボートに乗ればここに着ける」ホルガーセンが言った。「それか、ここに来るボートの上で絞殺されたのかもな。まったく絞りこみができない」

いきなり外の風がうなりをあげ、土壁の近くで蠟をこすり取っていた鑑識官がはっきりわかるほど身震いした。目を見開いて顔をあげる。まるで百五十年前に天然痘で倒れた人たちの亡霊が、ふと墓を横切るのを見たかのようだ。ロープが揺れ、階上で床板が軋んだ。どこかで鎧戸が大きな音をたてる。

そしてふいにあの女の子が現れた——優しく揺れるピンクの光に包まれて、キャンドルを手に鑑識官の隣に立っている。アンジーは凍りついた。頭の中でまたあの声が聞こえる。遊び場で歌うような調子で……。

〝来て、森へ遊びに来て……〟それからポーランド語であの女性の悲鳴が響く……。

〝ウチェカイ!〟

女の子が向きを変え、髪とワンピースをなびかせながら、地下室の黒土の壁を走って通り抜けた。アンジーは子どもが消えた場所を凝視した。体中から汗が噴きだし、心臓がどくどくと打っている。ホルガーセンの声が遠くから、まるでゆがんだトンネルの奥のほうから聞こえてくるかのようだ。

「つまりここで死んだのか、すでに死んでいたかは別として、犯人はホッキングをここへ連れてきた。そのあとも何度か戻ってきたんだろう。それから性的欲求を満たし、切除を施して、少し悪臭がしてきたと思ったら防水シートでくるんで桟橋に停めたボートまで引きずっていき、海に出た。そしてテティス島の風下側でボートから海に投げ入れた。沈むと踏んだに違いない。それが……急流と天候のせいでインナー・ハーバーへと運ばれた。おそらく体の一部が浮上して、ロープがボートのスクリューにからまったんだろう」ホルガーセンが間を置いた。「船長は丸太か何かにぶつかったと思ったのかもしれない。半分水に浸かった丸太なんてそこら中に浮いてるからな。このあたりを走るボートにとってはまったく危険な話だ。そうしてボートと遺体が異常なつながりを続けたまま、彼女はボートに引っ張られて港までたどり着き、ロープが切れてゴージ水路に流れこむ潮の勢いにのり、ちょうど橋の下あたりで浮きあがってきたところをホームレスに発見されたというわけか」

くぐもったホルガーセンの声が響き、それからトンネルにのみこまれるように消えていった。地下室が暗くなってきて、すべての光が小さな針ほどの大きさに集約されていく……。

〝パロリーノ……大丈夫か……パロリーノ……〟

「アンジー！」

アンジーははっと目を見開いた。焦点が徐々に合いだす。

「大丈夫か？」マドックスだった。アンジーの体に腕をまわして支えている。アンジーはパニックに襲われた。唾をのみこもうとしたが、口の中はからからだった。

「ああ、ええ。平気よ」マドックスの手を振りほどき、代わりに跳ね上げ戸に続くはしごをつかんで、再び感じる足元の揺れに耐えた。

「瞳孔がやけに開いてる」マドックスが言った。「顔が真っ青だぞ」

ブズィアクとホルガーセンもこちらを見ている。オヘイガンはかがんだ姿勢のままアンジーを観察していた。年配の病理学者の顔に懸念の皺が刻まれている。アンジーは恐ろしくなった。空気が必要だ。ここから出なければ。今すぐ。体のあらゆる分子が叫んでいた。〝逃げて！　走って！　ウチェカイ、ウチェカイ！〟アンジーの視界に赤い閃光が走り、銀色のきらめきが見えたかと思うと、どういうわけか唇に氷を押しつけられたように感じた。手ですばやく傷跡を押さえ、血がついているのを半ば予期しながら指先を見つめる。

「アンジー？」マドックスがファーストネームで呼びかけ、再び腕をまわして体を支えてくれている。「ここを出て、新鮮な空気を吸いに行こう」マドックスがはしごの一番下の段へとアンジーをいざなう。その腕は力強く、体はあたたかかった。今アンジーが望んでいるのは、彼の揺るぎない存在感に身をゆだね、弱い自分をさらけだして、いたわってもらうことだけだった。けれどもアンジーはすばやく身を引いて支えを振りほどき、はしごから離れた。

「私は大丈夫、本当に。ありがとう」アンジーは唇をぬぐった。血がついていないことを確認するためだったが、傷跡が痛んだ。珍しいことだった。

「何があったんだ？　話してくれ」

みんながいまだにこちらを見つめている。

アンジーは寒けを覚え、ウールの帽子を耳の下まで引きおろした。「言ったでしょう、大丈夫だって」現場に向き直る。「それで、だったらなぜ犯人は彼女をここに連れてきたんだと思う？」アンジーは一瞬たりとも聞き逃していないと言わんばかりに早口でまくし立てた。しかし実際は何時間も、何週間もの隔たりと奇妙な時間のひずみを抜けてきた気がしていた。「どういうわけかホッキングとこの地下室は、グラブロウスキが言うところの、容疑者の性的嗜好の性愛地図にあてはまったみたいね。彼女とこの場所が犯人の願望を満たした」仲間に向き直る。「犯人は資産家かもしれないわね。裕福でボートを持っているか、使える環境にある。それに黒トリュフを提供したり、神戸ビーフを日本から空輸したりできる人たちとつながりがある」

「あるいは金持ちのために働いているか」ブズィアクが言った。

「この場所を知っていたに違いないわ」アンジーは静かに言った。「なんらかの理由で、この島とこの古い農家とこの海域を知りつくしている。ホッキングをしばらくここに放置しても安全だと思っていたくらいに。そして金持ちかそうでないかにかかわらず、船舶免許を持っている可能性が高くて、悪天候でもこの海をうまく渡れるってことね」

「おい、こっちに来てくれ」鑑識官のひとりが突然声をあげて携帯用ライトを旋回させた。「ヒマラヤスギの板のあいだに何かが挟まってる」ピンセットを巧みに操り、二枚の厚板のあいだから注意深く使用済みのコンドームをつまみだした。鑑識官がちらりと顔をあげた。眼光は鋭く、自分が発見したものに衝撃を受けて輝いている。

「後始末はしようとしたんだろうが、ひとつだけ見逃したんだな」

「これで捕まえられる」ホルガーセンがコンドームを見つめて小声で言った。

「警察のシステムにデータがあればな」マドックスが言った。

「ああ、だが犯人のＤＮＡを手に入れたんだ。いずれにしても、これで容疑者が目に見える形になった。あの小袋に入った精液という個人の特定要素が一致するやつが浮上すれば、俺たちの洗礼者を捕らえたも同然だ」

洗礼者

人は誰しも罪を犯し、神の栄光は受けられない。

――『ローマ人への手紙』第三章第二十三節

全裸で地階の中央にある小さな金属製の椅子に座る。ヒーターの温度を最大に設定しているおかげで、室内は悪魔が住む小さな地獄のごとく熱せられ、白い肌には汗が浮きでている。ここは暗いが、演出用に白いキャンドルを灯している。教会のキャンドルのように。地下貯蔵室のキャンドルのように。キャンドルは今、ガラスの小瓶の中で炎を揺らめかせている。あの島で過ごした夜にちらちらと光を放ち、揺らめいていたように。

足の裏をしっかりと床につけ、がっしりとした腿を大きく開いて下腹部をさらけだす。母は真正面にあるこれより快適な椅子に座らせているので、こちらを見ることはできても触れられるほど近くはない。

グレイシーの髪の束で下腹部をそっと撫でる。敏感な皮膚に筋肉痛を緩和するアイシーホットというクリームを塗ったため、すでにひりひりしているところに、最初のひと撫ででそこがこわばりはじめる。

目を閉じて小さくうめき声をもらし、持ち帰った戦利品でもう一度下腹部を撫でる。すると彼女の味わいが、姿が、感触が、香りがよみがえる。誇らしげに、直立する歩哨(ほしょう)のように、熱く猛々(たけだけ)しいものが上を向いている。前回、下腹部を剃ってからまた毛が生えかけていて、刺(とげ)のある果物に似てきている。毛を剃るのは陰毛を証拠として残したくないからで、ほかの部分の体毛も剃っている。だが、頭は別だ。毛髪を剃るのはプライドが許さない。そこで行動を起こすときはぴったりした帽子をかぶっている。

しだいに興奮し、さらに大きく、さらに熱く、さらに痛みが増していくにつれ、深く息を吸って固く目を閉じる。その感覚が体に火をつけ、巨大な心臓のごとく打っている。血液の流れる音が太古からあるリズムで鼓膜に響くのを感じながら、それに合わせて自慰にふけり、思考を過去に飛ばす。ずっと遠い昔に……。そこで息を止める。またあそこにいる。彼女とともに。急に呼吸が荒く速くなり、手をさらに小刻みに強く動かす。世界が徐々に狭まっていき、渦を巻いてあの地下貯蔵室へと向かっていく……フェイスとともに……。

気がつくとあの場所にいる……ロープを放って梁にかけ、しっかりと固定しようとする。彼女の体はだらりとして、肌の弾力としなやかさを指に感じる。ロープの先端まで引きずり、梁から吊す。外から入りこんできた風にキャンドルの炎が揺らめいて震える。だが、それがいい。遠く離れて人けがなく、ロマンティックでひそやかで……このうえなく神聖だ。実に、そう、神聖なのだ。両手を彼女の脇の下に差し入れて腰を曲げさせ、体を起こして座った姿勢を取らせる。頭が前に垂れて顎が谷間におさまり、長い髪が乳房にかかる。乳首につけたリングがキャンドルの光をとらえる。それが、あのリングが興奮をかきたてる。すばやくロープをむきだしの胸の前にやってから背中にまわし、そのあと首にかける。そして再びロープを梁にかけて引く。滑車のようだ。彼女の体勢が変わり、かかとがヒマラヤスギの厚板の上を少し引きずられる。やや高い位置でロープをきつく結ぶ。

自分の作業を確認するために後ろにさがってみる。喜びが胸にふくらむ。

彼女は床に座っているかのように吊られている。きちんとして、生きているかのごとく、かかとをおろして爪先をあげ、人形を思わせる格好で細い腿を大きく開いて。しばらく彼女の腹部の蛇を、牙が生えたメドゥーサの口を見つめる。ピンク色をした下腹部のあたりにあるその口はぱっくりと開き、牙がむきだしになっている。一陣の風が地階に吹きこむ。キャンドルの炎がちらつき、奇妙にも一瞬メドゥーサが動いたように、蛇が下腹部でのたくり、のぞいた舌が濡れた入口をなめまわしたように見える。〝いらっしゃい、坊や。あなたのあそこが食べたいの、ジョン。あなたはのぞき魔……。あの子は悪い子よ、ジョニー。あの子があなたにのぞき見をさせているの。あなたが見るように仕向けているの……。彼女を正してあげなさい……〟

鋭く精密に作られたナイフの刃を鞘から抜き、キャンドルの近くへと慎重に寄せる。ナイフの出番はまだあとだ。

41

マドックスはバーに座っていた。腕まくりをしてネクタイを外し、くたびれた銅製のカウンターに左肘をついて、ビールを口に運ぶ。意識はアンジーに向けられたままだ。彼女はホルガーセンと、リムペット作戦のために送りこまれた高リスク犯罪者課の刑事ふたりと一緒にビリヤードに興じている。そう、今、自分はパートナーをパロリーノとしてではなく〝アンジー〟として見ている。それが意味するところは……何を意味するかは今は考えたくもない。

音楽が大音量で流れている――アイルランド人のバイオリンのデュオだ。騒々しいこの〈フライング・ピッグ〉は市警のすぐそばにある。特別捜査班の捜査員たちはティス島での発見で歓喜にわいていた。暴風雨の中をボートで戻ってきたあとに捜査会議が行われた。さまざまな仮説が詳細に議論され、証拠を検討し、捜査の次の手が決まると、みんなで警察官御用達(ごようたし)のバーに繰りだした。ブズィアクを除いては。

フィッツもいない。にぎわう店内にはどちらの姿も見あたらない。ふたりとも来ると言っていたのだが。

マドックスはボトルに残っていたビールをあおり、店主のコーム・マクレガーにお代わりを手ぶりで伝えた。夜は更けていて、零時になろうとしている。今日は一日何も口にしていなかった。バーの厨房はいきなりなだれこんできた腹をすかせた刑事たちのおかげで目がまわる忙しさだった。そのためマドックスの食事の支度にも時間がかかっている。ビールがまわってほろ酔い気分だ。

マクレガーが冷えたビールを滑らせてくれた。マドックスはボトルを傾けた。口に広がる冷たい刺激と、泡が優しくはじける感覚を楽しみながら、ビリヤード台に覆いかぶさるように身をかがめるアンジーに意識を戻す。細身のぴったりした黒のジーンズに包まれたヒップを目にすると、彼女が一糸まとわぬ姿で上にのってきた記憶がふいにはっきりと熱を持ってよみがえり、落ち着かなくなる。なんとか今日の大発見へと気持ちを切り替えた。何本かの異なる人物の毛髪――色は金色と黒と褐色――、ヒマラヤスギの板のあいだに落ちていた使用済みのコンドーム。すばらしい突破口だ。鑑識班による証拠の分析結果はまもなく出るだろう。

アンジーがビリヤード台の反対側に移った。体を曲げて台の端に骨盤をあて、キューで玉を突こうと標的に意識を集中させている。肩に赤毛がかかっている。ここからの眺めは刺激的だった。ボタンダウンシャツの胸元は開いており、マドックスは自分の上になった彼女の胸が弾んでいるさまを思い浮かべることができた。くそっ。どれほど努力しようとも、あの夜の記憶を消し去れない。ビールをもうひと口あおり、今度は地下貯蔵室でアンジーが気を失いかけた不自然な症状を思った。彼女の体に何かが起きている。ますますアンジーに対する好奇心をかきたてられた。同時にかすかな懸念も抱いた。左側からいきなりうなるような声が思考に入りこんできた。マドックスがすばやく視線を向けるとレオがいた。ふたつ向こうのスツールに腰かけて、ウイスキーをちびちびやりながら、薄ら笑いを浮かべてこちらを見つめている。マドックスは瞬時にいらだった。「楽しんでるか、レオ?」

レオがスツールをおりて近づいてきて、マドックスの隣に腰かけた。残りの酒を飲み干し、グラスをカウンターに乱暴に置いて、マクレガーに声をかける。「おい、そこのでっかいの、次はトリプルをくれるか? ここにいる、われらが騎馬警察官どのに同じものをもう一本だ」それから煙草で荒れた喉の痰を切って、マドックスに向き直った。

「あそこのいかしたケツを拝んでるのか、巡査部長?」レオが顎でアンジーを示した。

マドックスは取りあわず、新しいボトルを目の前に置いてくれたマクレガーに声をかけた。「ハンバーガーとフライドポテトはそろそろかな?」

「あと二分以内には」巨体で赤毛のスコットランド人の店主がスコットランド訛りで答えた。

レオがアンジーに視線を据えたまま、注がれたばかりのウイスキーのグラスを口に運ぶ。「俺があんたなら、パロリーノのジーンズの中にねじこもうとはしない。あの女は男を惑わすタイプだろう?」忍び笑いをもらす。「たぶんホッキングの体に彫られてたようなメドゥーサがあそこにいて、あいつにぶちこもうとすると生きたまま食われるんだ」

マドックスの怒りが爆発して、あらゆる筋肉が張りつめた。心の中でゆっくりと三つ数え、冷たいビールを喉に流しこむ。それでも次の瞬間に口から出た言葉を止めることはできなかった。「彼女を口説いたことがあるのか、レオ? 拒絶されて、ぶくぶく太って毛むくじゃらの自尊心が傷ついた。だからそんなことを言うのか?」

レオの顔からせせら笑いが消えた。目が細められ、顔が紅潮する。

「ああ」マドックスは目をそらさなかった。「図星か。ちょっとはネクタイを緩めたらどうだ? 今夜はいらいらして、鬱憤がたまってるみたいじゃないか」

「うるせえ」レオが小声で言って、バーの後方のテレビ画面に映るホッケーの試合に目を向けた。しかし古参の刑事も黙っていられなかったらしい。「あいつは男を骨抜きにする。わかるだろう？　向こうにとっちゃ、ゲームみたいなもんなんだよ。自分を殺人課に異動させようとしない古株の幹部を痛めつけようとしてるのさ。完全に腹いせだ」グラスに残っていたウイスキーの半分を飲み、手の甲で口をぬぐって言った。「その手首、どうしたんだ？　例の水路の遺体みたいにきつく縛られてたように見える」

「そのとおりだ」

レオがマドックスを鋭く見返す。「なんでまた？」

「セックスのためさ」

レオがまじまじと見つめてくる。

「ベッドにつながれて、相手の好きにさせたことはないのか？」

「大ぼらだな」

「そう思いたいなら好きにしてくれ」

口を開いたレオが言い返す前に、マクレガーが熱々のハンバーガーとフライドポテトをマドックスの前に置いた。マドックスはほっとして、すぐさまポテトを口に入れた。食べているとバーのドアが勢いよく開き、オヘイガンが冬の突風さながらに入ってきた。ゆったりとした、はき心地のよさそうなジーンズ姿で体を揺らしながら、カウンターにいるふたりのほうにまっすぐやってくる。

レオが頭を傾けてオヘイガンを示した。「もうひとり、男を骨抜きにするやつが来た。あいつとパロリーノはできてるんじゃないか。どう思う?」そう言ってウイスキーをすすった。

「調子はどう、レオ?」オヘイガンが年配の刑事の背中を力任せに叩いたので、レオはのみこみかけていたウイスキーが逆流して咳きこんだ。涙目になり、顔はさらに赤みを帯びている。オヘイガンは陽気な笑みを満面に浮かべ、手をあげてマクレガーに合図した。ギネスポットパイと生のペールエールを注文してから、マドックスに体を向けた。

「それで新入り刑事さん、これまでのところはどう?」隙間のある歯で偽りのない笑顔を見せる。

「好みどおりだ」マドックスは笑顔を返した。「大きな事件、あっという間に過ぎる時間」

「内勤を望んでいたんじゃなかったの? 管理側の」

マドックスはハンバーガーをつかんだ。「しばらくは現場の最前線で泥臭い仕事がしたいと思ってた」かぶりつくマドックスをオヘイガンは黙って観察していた。おそらく先ほどの答えから、たいていの人よりずっと多くのことを読み取ったのだろう。

「それならここまでは望みどおりね。最前線で泥臭いってところが」オヘイガンが騒がしい客であふれ返っている店内に目を走らせた。「ブズィアクは？」

「ミーティングがあるとかで、ガンナーに呼びだされた」レオがぼそぼそと言った。

「署長とミーティング？　こんな遅い時間に？」オヘイガンが訊き返した。

レオが肩をすくめ、黙って飲みはじめた。機嫌が悪くなっている。オヘイガンはマドックスにうなずいてから、アンジーと話しに行った。

「有刺鉄線みたいな女だよ、オヘイガンは」レオがウイスキーに向かって小声で言った。

マドックスはカウンターに座り直し、黙ってハンバーガーとフライドポテトを食べた。さっさと食べ終えるつもりだった。けれどもバーカウンターの後ろの鏡越しに、アンジーがビリヤードのキューをおろしてオヘイガンのいるブースに加わるのが見えた。マクレガーが飲み物を運んでいき、アンジーがオヘイガンの言葉にほほえんでから、マクレガーのジョークにのけぞって笑っている。その瞬間、マドックスはアンジーのことをこれまで会った中で一番きれいな女性だと思った。彼女がほほえみ、笑うところを見たのは初めてだ。突如として、あの笑顔を自分に向けられたいと切に願った。くそっ、思ったより酔っているようだ。すぐにここから出たほうがいい。

マドックスは急いで食事を平らげて金をカウンターに置き、マクレガーに手を振って礼を伝えてから、店を出る前にトイレへ向かった。

少ししてマドックスがトイレを出ると、廊下からレオのかすれた声が聞こえた。

「おまえだろう。おまえが情報をもらしてるんだろう」

マドックスが急いでついたてをまわると、女性用トイレを出たアンジーをレオが狭い通路の奥に追いつめているのが見えた。「俺たち全員を引きずりおろそうとしてる。警察官として対等に競えないから――」

「おい！　さがるんだ、レオ」マドックスは声をかけて足早に近づいた。けれどもアンジーに鋭い警告のまなざしを向けられて足を止めた。

「ねえ、レオ」アンジーの声は低くて冷静だった。「今夜は大目に見てあげるわ、いい？　飲みすぎだし、今、言ったことをあなたが後悔するのはわかってるから。さあ、そこをどいて。おとなしく私を通して」

マドックスの胸に称賛の念がわきあがった。

ところがレオはアンジーの顔に指を突きつけた。「おまえが俺たちをだめにしてるんだ。おまえは――」

「どいてって言ったでしょう、レオ」マドックスはアンジーがわずかに右足を引いて、その足に重心を移すのを見た。ハーヴェイ・レオ刑事に一発食らわすつもりだ。マドックスは体に力をこめて自身の拳を固めた。無意識に肩に力が入っていた。

「昨日、あの下司(げす)な記者と会ったって聞いたぞ。今回は何を教えたんだ、パロリーノ?」

「これが最後の警告よ。道を空けなさい。今すぐ」

レオが鼻を鳴らした。にやついて、さらに顔を近づける。「どうしてだ? 道を空けなきゃ、どうしようっていうんだ? セクハラで訴えるか? 組合に駆けこんでめそめそするか?」アンジーの胸に触る。「おまえがどうするか見てやろうじゃ――」

マドックスがまばたきする間もなく、アンジーがレオの股間に手を伸ばして睾丸(こうがん)をつかんだ。レオが凍りつく。アンジーは古参の刑事の目を見据えたまま力を加えた。

「おい……くそっ! このあま!」叫び声をあげたレオが痛みに体を曲げると、アンジーは手を離した。

アンジーがレオの肩をかすめて通り過ぎながら、先ほどの言葉を返した。「どうしようっていうの、レオ？　セクハラで訴える？」
「ばかなやつだ」マドックスはつぶやきながらレオの横を通り、アンジーを追ってほかの場所からは死角になっている狭い通路を進んだ。しかしマドックスが追いつく前に、アンジーは戸口付近のラックからコートを取り、バーのドアを抜けて出ていった。そこにレオがいきなり背後から駆けてきて、殺気立った顔でアンジーのあとから猛烈な勢いで飛びだしていく。

まずい。

マドックスはシャツ一枚の格好で暗い冬の霧雨の中へ駆けだした。

マドックスよりも先にレオがアンジーに追いつき、彼女のコートをつかんだ。アンジーが振り返りざまにレオの顔面に肘鉄砲を食わせる前に、マドックスはレオの肩をつかんで後ろに引いた。その勢いで横によろめいたレオにマドックスは鋭い左フックを見舞った。レオの顎が切れる。

レオがふらついてあとずさりし、激しく悪態をつきながら濡れた舗道に倒れこんだ。そこから這いつくばって立ちあがり、前かがみのまま傷ついて猛り狂った野獣のようにマドックスに向かってくる。マドックスが闘牛士よろしく腰を回転させてレオの突きをかわしたので、レオは手足をばたつかせながらそのまま行き過ぎ、つまずいて濡れた駐車場の舗道に両手と両膝をついた。

マドックスはもう一度レオに向かっていった。

「ちょっと！」アンジーがマドックスの腕をつかんだ。「もう充分よ！」

マドックスは荒い息をつきながらアンジーに体を向けた。アドレナリンが貨物列車のように血液中をめぐっている。ふたりの視線がからみあった。いきなり顔が接近したせいで、彼女の息も同じようにあがっている。マドックスの腕はつかまれたままだ。優しく冷たい霧雨に包まれ、マドックスのシャツが濡れて体に張りつく。後ろでレオが悪態をつき、ふらつきながら闇の中に消えていった。突然ふたりきりになる。あたりは静まり返り、聞こえるのはひさしから滴る水の音と、遠くを行き交う車の響きだけになった。

「放っておけばいいわ」そうささやくアンジーの唇が近づいてくる。彼女は咳払いをした。「もう行って」

マドックスはアンジーの瞳を見おろした。そこにはあの夜、〈フォクシー・クラブ〉で初めて会ったときに浮かんでいたのと同じものが見えた――輝き、飢え、獰猛さ。服従するのではなく支配しようとする、今にも爆発しそうな抑えきれない欲望。けれども前よりもアンジーを知るようになった今では、彼女が何か壊れたものを抱えていることもわかっていた。その両方がマドックスの好奇心を刺激して、劣情を募らせる。アンジーの何かが己の刑事の部分に語りかけてくる。問題を解決し、人々を保護し、救いの手を差し伸べようとする部分に。そしてほかの部分にも……。マドックスはアンジーの片方の頰の片側に手を添えた。雨に濡れておぼろげに光っている。「一緒に来てくれ、アンジー」そっとささやく。「俺のヨットに。始めたことを終わらせよう」

アンジーが口を開いたが、答える間を与えずマドックスは身をかがめて唇をふさいだ。

42

アンジーは体をこわばらせた。だがすぐにわれを忘れるほど荒々しく本能的な力がすべての理屈を退けて、彼女は口を開いてキスに応えていた。自ら身を寄せ、胸も下腹部もマドックスのがっしりとした体に押しつける。自分で決めたセックスに関するルールが頭をよぎって遠くかすんでいく。

キスはしないこと……同僚とはベッドをともにしないこと……先に立ち去ること。早々に立ち去ること。名前は告げないこと。泊まらないこと。翌日、朝食をともにしないこと。どんな形であれ、自分の弱さを感じさせる相手は選ばないこと……常に自制心を保つこと……。

アンジーの唇が、渇望が、攻撃性が、マドックスの舌とからみ、もつれ、荒々しく奪いあううち、セックスに関するルールはよじれて熱い渦と化し、完全なる忘却の彼方(かなた)へと消えていった。マドックスが片方の手でアンジーの髪をつかんでのけぞらせ、もう片方の手で背骨を撫でおろしていく。ヒップを包まれ、体を強く押しつけられると、濡れて体に張りついていたシャツ越しに筋肉の輪郭が余すところなく感じ取れた。下腹部に、ファスナーを押しあげるマドックスの張りつめたものがあたっている。アンジーの脚のあいだが熱く潤ってきた。めまいに襲われ、膝ががくがくしはじめる。彼がほしい。彼のすべてが。受け入れたい。深く、速く、強く、荒々しく。ここで、今すぐ。アンジーがマドックスの唇を嚙むと、そこに血がにじんだ。マドックスのベルトのバックルを探って外し、ファスナーのつまみを探りあてる。それを下に引きおろしたとき、音が聞こえて注意がそれた。彼女は動きを止めた。心臓が早鐘を打っている。

バーのドアが開き、光とざわめきと笑い声が夜に流れだした。アンジーははじかれたようにマドックスから離れ、彼を見あげた。はっきりと現実が戻ってくる。マドックスの顔に刻まれた欲望はくすぶりながら力強く危険な何かに変わっている。マドックスが自分の唇ににじむ血をなめ取った。しばらくアンジーは言葉を失い、呼吸をするのも忘れていた。混乱していた。それはマドックスも同じだ。互いのあいだではじけたものに、〈フォクシー・モーテル〉のあの部屋で開けてしまったらしいパンドラの箱に、大きな衝撃を覚えていた。もともと無理だったのかもしれない。あのこみあったクラブで目と目が合ったときから、アンジーはこの状況をコントロールできると自分をだましつづけてきた。けれども今、この瞬間はコントロールできなかった。したくなかったと言ってもいい。わかっているのは距離を置かなければならないことだけだ。すぐにでもこの問題を処理しなくては。

「その……こんなことは二度と起きないから」アンジーはくぐもった声でささやいた。身を翻し、濡れたシャツ姿でネクタイもつけていないマドックスをそこに残したまま、ひとりで霧雨の中へと足早に去っていった。心臓が激しく打ち、鼓膜を叩く。それが脚のあいだも脈打たせていた。車にたどり着くと体が震えだした。

車に乗りこみ、イグニッションボタンを押して、しばらくじっと座っていた。ヒーターが作動して空気をあたためようとしているが、震えはひどくなるばかりで涙があふれた。考えたくなかった。感じたくもない。そこで急いで上体を起こしてギアを入れた。自分がどこに向かっているのかは、はっきりとわかっていた。

マドックスはアンジーが雨と闇のベールの中に消えていくのを見つめた。ひさしから滴る水音に合わせて、心臓が鼓動する。遠方でサイレンが響いている。車の往来の音も聞こえる。そのどこかで殺人犯が獲物を探しているのはわかっていた。

そしてアンジーがどこに向かっているのかも、はっきりとわかっていた。

欲望がいまだに体全体を脈打たせている。マドックスは体の横で両手を握りしめた。下腹部がこわばり、頭は混乱している。彼女自身がドラッグだ。すべてを味わわなければ満足できない。そしてドラッグと同じく、一度味わうとますますほしくなる。それもわかっていた。

アンジーの言い分は正しい。ふたりは距離を置かなければならない。できるうちに歯止めをかけるのだ。もしそれがまだ可能なら。マドックスは深く息を吸いこんでからバーに戻った。コートをつかみ、インパラに向かう。

しかし自宅に帰ろうとしたものの自分を抑えきれず、マリーナを目指す代わりに一号線へと続く道に曲がった。アンジーは誰かほかの男とベッドをともにするつもりだ。それがマドックスを生きながらにしてむしばんでいた。その事実を認めたくなかった。自分には関係のない話だ。しかしなんとも思っていないことを証明したいという衝動に駆られ、幹線道路へ向かった。そして目を皿のようにして、彼女のクラウン・ヴィクトリアのテールランプを捜した。

山地に近づくにつれて雨脚がひどくなってきたが、都市部を抜けると交通量は減った。マドックスはふとアンジーの車が前方に見えた気がして、アクセルを緩めた。尾行に気づかれたくはない。

先を走るクラウン・ヴィクトリアが次の出口でおりる合図を出した。マドックスは心が沈み、苦々しさが口に広がった。彼も続いて幹線道路をおり、〈フォクシー・クラブ&モーテル〉の駐車場に入っていく。成人向けであることを示す赤い〝X〟の文字が雨に打たれながら点滅し、熱い大人の娯楽を約束していた。

マドックスは駐車場の脇道の路肩に車を停めた。クラウン・ヴィクトリアが停止するのを観察する。ここからだとナンバープレートまでは見えない。だからこれは自分の見間違いで、あの車はアンジーのものではないという希望にすがろうとした……けれども車のドアが開き、彼女がおり立った。

くそっ。

マドックスはアンジーが足早にモーテルの事務所を目指すのを見つめた。数分後に出てきた彼女がクラブの入口に向かう。そして外にいる用心棒に話しかけてから、中に入っていった。突き刺さるような奇妙な痛みがマドックスの胸を焼いた。インパラのダッシュボードを殴りつけ、再び悪態をつく。心が、体が、あらゆる部分が、アンジーがたった今、足を運んで前払いしたあのモーテルでの密会の記憶に震えていた。アンジーは今頃、征服する相手を求めて狩りをしているのだろう。三十分以内にはあの部屋で、あのベッドで獲物を攻め立てるに違いない。

マドックスはハンドルを握りしめた。クラブに入ってアンジーを連れだすか。あるいは……自分がアンジーをあの部屋へ連れていくか。頭の中である種の狂気が幾度も渦巻き、体の中で欲求不満が嵐となってふくれあがる。マドックスはそのすべてを抑えこみ、インパラのギアを入れて走り去った。自宅まで車を駆り、感情を振りきるのだ。そう、自分は嫉妬に燃えている。彼女の行動に腹を立てつつも、自分にはまったく関係のないことだとわかっていた。

アンジーの神経は高ぶり、緩んだ電線が濡れた路面にあたっているかのようにパチパチと音をたてている。マドックスのキスを味わってから、欲望の形が変わっていた。胸の奥で、下腹部で、それが血に飢えた毒を持つものとなり、彼女をここまで運んできた。得ることはできないかもしれないと思いつつも、解放を求めてこの狩り場までやってきた。今回は無理かもしれない。あのキスのあとでは。ダンスフロアに目を走らせるアンジーの頭に、犯罪心理学者のグラブロウスキの言葉が響く。

〝犯人が狩りをするのは、匿名性が保て、気兼ねなく動きたいという欲求に見あう領域です〟

類似点にアンジーはひどく動揺していた。なぜならここが、自分の気兼ねなく動ける領域だからだ。街から充分離れているが、遠すぎるわけではない。週末のこの時間なら問題なく匿名性を保てる。彼女はここである意味、自身をエスカレートさせている。堕落させている。

カウンターに腰をおろすとバーテンダーがにやりとした。「いつものので?」

アンジーはうなずいた。けれども今夜に関してはいつもと同じことなど何もない。目の前に置かれたウオツカトニックを見ながらそう思った。バーテンダーは今夜はシャツを着ていなかった――筋肉が浮きでた太い首に黒のボウタイをつけているだけだ。体にオイルを塗り、人工日焼け用ベッドで焼いた肌の下で筋肉が美しい動物のように波打っている。アンジーは深呼吸をした。目にしたものを楽しもうとする。マドックスの体に手のひらをあてたときの濡れたシャツの感覚を消し去ろうとする……彼のあのくらくらするような味と感触を。瞳に宿る切望を。バーテンダーが背を向けてボトルに手を伸ばした。ヒップの部分の布地がハート形に切り取られ、肌が露出している。やりすぎだ。アンジーは目をそらした。征服する相手を見つけて、欲望を体から追いだそう。そして家に帰って睡眠をとり、また一日を始めるのだ。

アンジーは集まった客を見まわした。店はさほどこんでいない。今夜のクラブのテーマは、ドラッグの過剰摂取で死んだあるロックスターの追悼だ。頭上でまわるミラーボールが紫の光を放ち、ゆっくりとした魅惑的な歌に合わせて、頭がどうかした恋人同士のように下半身をすりつけて踊っている人たちを輝かせる。愛の営みについて歌っている。〝……キスにからめ取られ、汗のにじむあなたの体が私を包みこむ……〟

アンジーは身震いしてグラスを口に運んだ。けれどもアルコールの味さえも今夜は違っていた。そのとき、カウンターの端に座る男が目に入り、アンジーは動きを止めた。背が高くて肌は浅黒く、髪はブロンドだ。すばらしい体つきをしている。力強い顎のライン。形のいい大きめの口。エスキモー犬を思わせる淡い青の目。脈が速まり、アンジーはゆっくりと息を吸いこんだ。彼だ。もうひと口飲みながら、グラスの縁越しに男を見つめる。遠慮のない視線が相手の興味を瞬時に引いて、男がこちらに向かってきた。

これは儀式――獲物を選び、こちらの狙いどおりに相手が寄ってくると、かすかに力がみなぎるのを感じて……。ところが今夜は力がみなぎることはなかった。再びグラブロウスキの言葉が頭に入りこんでくる。

〝われわれ全員がいわゆる性的嗜好の性愛地図を持っている。性愛地図は思春期の直

的攻撃行動を思い浮かべるだけで欲情し……〃

アンジーはもう一度身震いしたが、頭の中にこだますするグラブロウスキの言葉を締めだすことはできなかった。あるいは突然、はっきりと目に浮かぶようになってしまった不可解な光景を。あるいはそれらがもたらす不安を。なぜなら、子ども時代に自分をこんなふうにしてしまう奇妙な出来事などなかったからだ。もっとあとになってからの破滅的な体の交わりのせいだ。彼女はそれを気に入るようになった。必要とするようになった。

獲物が近くに来たときには、曲がアップテンポなものに変わっていた。

「やあ」男がカウンターに寄りかかるように片手をつき、その体で光がさえぎられた。ちょうどあの夜、マドックスが見せた動作と同じだ。「何を飲んでいるんだい？」アンジーのドリンクにうなずいてみせる。

アンジーは男の目を見あげた。色がとても淡く、冷酷に見える。

背筋に寒けが走った。

アンジーはいきなりカウンターの縁に両手をつき、自分を取り戻してからすばやくスツールからおりた。「声をかけてくれてありがとう。でも連れがいるの」そう言うなり人込みを縫って出口へ向かい、冬の雨が降る闇の中に踏みだした。けれどもクラウン・ヴィクトリアに向かううち、欲求不満に引き裂かれそうになり、爪先にスチールキャップの入ったバイクブーツで壁際にあったごみ箱を乱暴に蹴飛ばした。一度ならず数回蹴って、渇望を体から追いだそうとする。金属が打たれてつぶれる空虚な音が闇夜に響き渡った。涙で目がひりひりする。体が熱を帯び、燃えていた。なだめてほしいと叫んでいた。どうしようもない薬物依存症者のように。マドックスといると自分がコントロール不能になる。彼のせいで唯一の解放の手段を奪われてしまった。

おまけにマドックスは、それに代わる何かに、たどり着けないとわかっている場所にアンジーが焦がれるよう仕向けた。もっとほしくてたまらなくなるように。自分でもどうすればなれるのかわからない、理想の人間になりたいと願うように。

43

十二月十四日、木曜日

マドックスがカトリック系の聖ユダ病院に隣接する聖オーバンズ大聖堂にパロリーノを乗せた車を着けたのは夕方近くだった。そう、これからは期間限定のパートナーを〝パロリーノ〟としてとらえることになる。この事件を解決するまで一緒に仕事をすれば、そのあと彼女は性犯罪課へ戻れるし、これ以上かかわりを持つことはない。

ふたりはグレイシー・ドラモンドの葬儀に来ていた。グラブロウスキが言ったように、彼らが追跡しているタイプの犯罪者はマスコミの報道を追っている可能性が高く、統計的に見てこういった自分が手がけた行為に関連する集まりに出て優越感に浸る傾向にある。そのためだけではなく、マドックスは葬儀後に司祭と話をしようと決めていた。通常木曜のこの時間は大学の聖歌隊が大聖堂でリハーサルをするのだが、この日はその聖歌隊が葬儀で聖歌隊員の死を悼むために歌っている。

今日マドックスとパロリーノは互いを避けて目を合わせないようにしながら、書類仕事をしたり、さまざまな説やメモや証拠について話しあったりして一日の大半を過ごした。マドックスはほかにもブズィアクと信頼のおける検事とひそかにミーティングを行い、黒髪をした容疑者のジェイデン・ノートン＝ウエルズとザック・ラディソンのDNAサンプルを入手できるだけの正当な根拠があるかどうか検討した。裁判に持ちこむにはDNA採取の令状以上のものが必要になってくるだろう。ふたりの若者とその家族が注目を集める立場の人々――ジョイス・ノートン＝ウエルズが州検察のトップだという事実を鑑みればなおさらだ。確固とした証拠が必要だった。この件は注意深く完璧に準備をしてから進めなければならない。

テティス島の犯罪現場で集めた証拠の分析結果が到着しはじめているが、願わくはそれがさらなる擁護材料となってほしかった。

マドックスとパロリーノは、ジョン・ジャックス・シニアとジュニア、ザック・ラディソン、それにジェイデン・ノートン＝ウエルズの全員がレジャー用ボートの有効な運転免許証を持っていることをつかんでいた。少なくとも船舶に関してある程度の知識は持っており、地元の海を走行する潜在的能力はあったという証拠だ。それに全員が車を利用できる環境にある。

この四人のうちの誰が、ひとりで狩りをするのを好むサディストでサイコパスというグラブロウスキのプロファイリングにあてはまるのか見分けるのは難しいが、全員が明らかに何かを隠している。

ホルガーセンとレオはジョン・ジャックスの線を追うために出払っていた。レオは今朝、黙って出勤し、午前中は不機嫌に傷のできた顎をかばい、ひどい二日酔いに耐えていた。こうべを垂れ、口をつぐんで、マドックスともパロリーノとも接触を避けた。続きを始めようとする者は誰もいなかった。

「自主的にDNAサンプルを提供してくれないかどうか、ノートン＝ウェルズとラディソンに訊いてみたらいいんじゃない？　容疑者リストから外すのが目的だと言って」マドックスが車を停めるとパロリーノが言った。ふたりきりで車に乗っているので、過剰に神経質になっているようだ。会話は短く、目を合わせようとしない。「最低でもふたりの分析データがホッキングの体から見つかった黒髪の証拠と一致するかしないか確かめればいいのに」

マドックスはエンジンを切って大きく息を吸いこんだ。雨が打ちつけるフロントガラスの先を見つめながら口を開く。「それは検討した。まだ令状を取れるだけの理由がないからな。でもブズィアクはこちらの準備ができていないうちに相手方の弁護士が出てきて、それを無効にされる危険を冒したくないんだ。弁護態勢を取られると結局捜査に支障が出て、さらなる情報を引きだす道が閉ざされてしまう。ブズィアクはもっと証拠がほしいんだ。それ相応の確実な根拠が。それでも州司法副長官補の息子と、市長の補佐役との関係は絶対に伏せておきたいと思っている。市警内部からの情報漏洩の件もある」

「いつブズィアクからその話を聞いたの？」

「今日の午後早い時間に。検事も含めて会ったんだ」

パロリーノが見つめてくる。「なぜ今回、私を外したの？　ブズィアクは私を信用してないの？」

「ブズィアクが誰を信用しているかは知らない。俺は捜査主任だ。会うのは理にかなってる」

「じゃあ、あなたはどうして黙ってたの？」

「たった今、話したじゃないか」

パロリーノが悪態をつき、車をおりて勢いよくドアを閉め、黒い傘を開くと大聖堂の入口へと一気に階段をのぼっていった。マドックスも入口で合流した。ふたりはドアの横の見晴らしがきく場所から、到着しはじめた人々が大聖堂に吸いこまれていくのを見守った。ほかに警官たちも張りこんでいて、私服姿で下の通りにいる。ふたりの警官が集まった人たちを写真におさめていた。墓地の少女の葬儀にはメディアを含む多くの参列者が見こまれていた。キリオン市長も哀悼の意を示すために参列する意向をマスコミに伝えていた。もちろん、これを犯罪に対する取り組み強化に即刻対応して、より安全な街にする立場を改めて強調する好機ととらえたからだ。

「キリオンの車が到着するぞ」マドックスは黒塗りの公用車に向かってうなずいた。

「あのろくでなし」パロリーノが小声で言い、ふたりは市長がラディソンと車からおりる様子を眺めた。「あの人たちはこのかわいそうな少女の葬儀を政治イベントに利用してるのよ」

　参列者の数はふくれあがったが、ノートン＝ウェルズやジョン・ジャックス・シニア、ジュニアの姿はなかった。パロリーノが突然身をこわばらせる。その動きに気づいたマドックスは、彼女にすばやく意識を向けた。

「どうした？」

「その……なんでもないわ」

「なんでもないってことはないだろう。何を見たんだ？」

「あの男……背の高いブロンドで、西側のドアの近くに立って、スカルキャップと黒いコートを身につけた男を前に見たことがあるの」いきなり注目されたことを察したかのように、男がふたりのほうに目を向けた。人の波を越えてパロリーノと目が合ったとたん、男は動きを止めた。ここからでもマドックスは男の目がほとんど色のない青であることがわかった。

「見たってどこで？」マドックスは静かに尋ねた。

「ちょっと……ゆうべ、出かけた先で」

「どうして行ったんだ？　なぜあのクラブに出かけた？」

「何を根拠に私があそこに行ったと思うの？」

「あとをつけたからだ」

「なんですって？　あとをつけた？」パロリーノが毒づいた。「あなたには関係ないでしょう」

「俺を巻きこんだのは君だ」

「なんてこと」パロリーノがささやいた。怒りに目を光らせ、頬を紅潮させる。「いい？　私の私生活に足を踏み入れないで。あとをつけたりしないでよ」

「あいつと寝たのか？　あのブロンドと。だからやつはあんな目つきで君を見たのか？」男は立ち去ろうとしていた。階段をおりて、歩道に列をなす人の群れに紛れる。

「言ったでしょう。あなたには関係ない」

マドックスははらわたが煮えくり返った。首筋がこわばり、なんとか拳を握らないように、参列者に目を配るという仕事から集中を切らさないよう努めた。ブロンドのアドニスのように整った顔の男はもはや人込みの中に見あたらなかった。マドックスはパロリーノが何も身につけていない姿であの男の上になっている姿を必死で思い浮かべまいとした。それが怒りに油を注いだ。

「それに」パロリーノが小声でつけ足す。「あなただって聖人じゃないくせに」

「あの夜だけだ、一度きりしかあのクラブには行ってない」

「あら、そう」

「そうだ。本土から親友が来ていて、もっと外に繰りだしたほうがいいと言われたんだ。あそこで会おうと提案された。人生を謳歌(おうか)しろと。でも、そいつは来なかった。帰ろうとしたら君がいた」

「それで私は売春婦よりも安上がりだった」

「断れないような提案をしてきたのは君だ。文句があるなら訴えればいい」

激情が燃えあがり、ふたりのあいだの冷ややかな霧に溶けこむ。触れられそうなほど濃密な秘められたパワーと性的緊張がパチパチと音をたてる。闇が迫っていた。パイプオルガンの旋律がドアの外まで届き、パロリーノの傘を打つ雨音が大きくなった。

「お父さん！」その声に、ふたりははっと首をめぐらせた。

「ジニー」マドックスはここで娘に会うかもしれないと思っていた。聖歌隊に加わっているからだ。けれども娘が連れている人物——ララ・ペニントン——と一緒に現れるとは思っていなかった。ララがマドックスに、それからパロリーノに強い視線を投げた。ジニーの耳に何やらささやき、先に大聖堂へと入っていく。

「ここで何してるの？」ジニーがパロリーノに顔を向けたまま父に訊いた。

「担当の事件で——」

「これはお葬式よ、お父さん」

「ララ・ペニントンとはいつから知り合いなんだ？」少なくなりつつある参列者に目を配りながら尋ねる。「彼女のことはどれくらい知っているんだ？」

娘が顔をしかめた。「どうしてそんなことを訊くの？」

「答えるんだ、ジニー」

「ここに来るバスで会ったばっかりよ。グレイシーの親友だったって。彼女もヴィクトリア大学に通っていて、聖歌隊のメンバーなんですって。それでふたりで——」

「ジニー、あの子とはつきあわないでほしい」

「何言ってるの？」

「この事件が解決するまででいい。彼女とはかかわらないでほしいんだ」

ジニーは口をぽかんと開け、愕然(がくぜん)として父を見つめた。パロリーノも横目でこちらを見ている。

「ジニー」マドックスは穏やかに告げた。「このあたりには悪いやつがいて、犠牲者が――」

「へえ、それでその男が今度は突然私を狙うっていうの？　いいかげんにしてよ」大聖堂のドアが閉まろうとしていた。まもなく葬儀が始まる。

「いいか、このミサが終わったら、聖歌隊で歌い終えたら、頼むからここで待っていてくれ。家まで送る。いいな？」

「ときどき」ジニーが落ち着いた声で言いかけた。もう一度アンジーに強い視線を投げる。「お父さんがヴィクトリアに越してこなければよかったのにってほんとに思うわ」向きを変え、階段をのぼって大聖堂の中に消えた。

「もうちょっと手かげんしてあげればよかったのに」パロリーノが静かに言った。

「おかしなことを言うな。子どもを持ったこともないくせに」

「私も十七歳だったことがあるのよ。それに女だから。父はあなたみたいに典型的な父親タイプで過保護だった」

「それで君はこんなふうになったのか」

パロリーノがこちらをにらみつけ、向きを変えて階段をのぼり、大聖堂に入っていった。その背後でドアが閉まる。

雨脚が強まり、ほとんどみぞれ状態だ。けれどもマドックスはひとりで外に残り、不審な人物が遅れて到着しないかどうか見張ることにした。あるいはあのブロンドの男が戻ってこないかどうか見張るために。刻々と気温がさがり、マドックスは襟を立てて両手をポケットの奥深くまで突っこんだ。娘に対する自分の態度を思い返し、悪態をつく。

抱えているこの一件に心を乱されていた。心配だった。ジニーは今、参列している葬儀の被害者に非常に似ている。同じ年齢層。聖歌隊で歌うことに興味があるという類似点。そしてララ・ペニントンはジニーとドラモンドを結びつける人物だ。ララ・ペニントンはドラモンドの小学校からの親友だった。そして何かを隠し、何かに怯えている。おまけに黒のレクサスに乗った人物に監視されている可能性がある。そう考えると、娘に彼女とかかわらないでほしいと願うのが悪いことであるわけがない。

洗礼者

アヴェ・マリア、恵みに満ちた方
主はあなたとともにある
あなたは女性のうちで祝福され、
おなかの御子イエスも祝福されています。
聖なるマリア、神の御母。
私たち罪びとのために、
今も、死を迎えるときもお祈りください。
アーメン。

あたりは暗くなっている。少女たちが帰りのバスに乗る角の近くで待つ。集まった主な人たちと警察官がいる場所からはいい具合に離れている。今朝はララをキャンパスまでつけ、彼女が講義を終えるのを待った。ララをさらうのに適切な場所と、彼女の予定の中で適切な時間はまだ決めかねている。実行はますます困難になってきている。市警がララの自宅前の通りにパトカーを頻繁に走らせているからだ。

今夜はララが聖歌隊に参加する夜だと知っている。新聞にもグレイシーの葬儀に関する記事があふれている。葬儀をこの目で見たい。危険を冒してでもララのあとをつけてここまで来たかいがあった。この手でしたことの純粋な影響力を体に取りこむために、このスリルを味わうために。

風に乗って少女たちの声がとぎれとぎれに聞こえる——彼女たちが来る。脈が跳ねあがる。

行きのバスではあえてララと彼女の新しい友人の真後ろに座った。あまりに近くてふたりの香りが鼻腔をくすぐった。望めば髪に触れることもできるほどだ。ララはこのところ自分の周囲に過敏に神経を尖らせていて、ひっきりなしに背後に視線を投げた。これも事を困難にしている。けれども今日の夕方は新しい友人との会話が弾んでそれに没頭し、明らかに注意散漫になっていた。

後ろの席にいるとふたりのおしゃべりを聞くことができた。聖歌隊のこと、光沢のある木製の会衆席が並ぶあの美しい大聖堂で行われるグレイシーの葬儀にいかにして参列することになったのか。会衆席は彼自身も若い頃、母が告解に訪れて神父に食料を届けに行っていた頃に手伝って磨いたものだ。母は自分にも告解をさせた。〝祝福を、神父様。私は罪を犯しました……〟でも神父には、自分がのぞき魔で、女の子が学校のロッカールームで裸になっているところを見るのが好きな悪い子だとは言わなかった……。

聖オーバンズ大聖堂は自分の天職を始めた場所だ——とはいっても、教会でのボランティアで木材を磨いたことだが。〝立派な仕事よ……ヨセフは、神の父自身は大工だったの。イエスも聖職に就く前はその職業を継いでいたのよ……〟

少女たちはもうすぐあの角に着く。彼は壁の奥まった出入口にさがって陰に立つ。興奮が肌を走る。ジニーというのがもうひとりの少女の名前だ。バスの中での会話から学んだところによると、ジニーの父親はマドックス刑事で、パロリーノ刑事と今回の事件を担当しているらしい——別の日にララの家の外で見かけた男だ。まさに天から一撃を食らったかのようだ。神のお告げだ。

そして計画が——さらに大きく、救わなければならない少女たちの範囲をはるかに超えた、より荘厳な計画が——頭に、性的衝動に流れこんでくる。ジニー・マドックスを含めた大きな美しい計画が。

44

「ええ、グレイシーのことは個人的に知っていました」サイモン神父がゆったりとした紫の上祭服を脱ぎながら答えた。悲しげにほほえんでクローゼットを開き、服をハンガーにかけて、赤、黒、緑、白の似たような祭服の隣に吊した。「ローナ・ドラモンドからこのスミレ色をと頼まれましてね」逆立った髪を撫でつける。「グレイシーの葬儀に伝統的な黒はいかめしすぎると思ったんです。もっと償いや悲しみに焦点をあてたかった」

アンジーは自身の家族がかつて信仰に携わっていたので、それぞれの色の祭服がその年の異なる礼拝を表すことを知っていた。緑は通常のミサに、白はたとえばキリストの復活など勝利を祝うときに着用される。赤は炎と血のシンボルで、聖霊降臨祭や炎、そして神の名のもとに殉教した聖人が流した血を象徴する。黒は一般的に死者の厳粛なミサに使われる。

アンジーとマドックスは司祭と聖具室に座っていた。ここは大聖堂の主要部とは違う別館にあって、伝統的に教会のほかの装飾品や聖杯、教区の記録とともに司祭の祭服が保管されている。サイモン神父は今、腰に帯を巻いた典型的な白い祭服姿で立っている――純真の象徴だ。驚くほど若々しく、彫りの深い美しい顔にトライアスロン選手のような体と淡いハシバミ色の目をしている。その目には輝きがあり、アンジーがセクシーで抗しがたいと感じるような活力もみなぎっていて、腰に巻いた独身の象徴と相反している。間違いなくこの教区の多くの女性は、老いも若きも同じようにサイモン神父を魅力的だと感じているだろう。人生を丸ごと神に捧げるため、体の交わりを、肉欲の罪を断っているからこそ、ますますそう感じるのではないか。

何がこの精力的な男性を信仰に導いたのだろうか。この人にはどんな物語があるのだろう。

「グレイシーは完全に教会に戻ろうと決めたときに初めて相談に来ました」神父は帯を解いてボタンを外し、祭服を脱いで黒いズボンと黒いボタンダウンのシャツになった。そう、たしかに磨きあげられた体がそこにあった。神父は白いカラーを直した。「それ以来、ひどい病気のときを除いて、日曜のミサは欠かしたことがありませんでした。大学の聖歌隊活動の一環としてここで歌ってもいました」

「そのとき、あなたはグレイシーを救う役目を果たされたと思いますか？」マドックスが尋ねた。

サイモン神父がマドックスの言葉をしばし熟考した。その目が真剣になる。「つまり、彼女の腕をねじりあげてひどく脅し、カトリックの信仰に引き戻したというんですか？」

マドックスは何も答えず、ただ神父の目を見つめつづけた。

サイモン神父が息を吸いこんだ。「信仰の道に戻ったのはグレイシーの意志です。神のご意志です」祭服を吊した。

「彼女があとをつけられて不安だともらしたことはありませんでしたか？」アンジーは訊きながら、自分の家族はどうして信仰の教えに従うのを基本的にやめてしまったのか考えた。

「ありません」神父がクローゼットの扉を閉めた。

「私たちがグレイシーをもっと知るために何か教えていただけることはないでしょうか？」アンジーが訊いた。

神父の目にかすかに陰がよぎった。それともそう感じただけだろうか。アンジーは神父の澄んだ瞳をとらえたまま、ほかに訴えてくるものはないか、また何かがよぎるのではないかと目を凝らした。

「特にはありません。親切で優しかったという以外は。信心深い子だった。将来の長期的な計画を持っていました」

「たとえば？」マドックスが促す。

「ほとんどは旅行です」

「特定の男性はいませんでしたか？　グレイシーの人生で特別だった相手で、あなたが知っている人は？」マドックスが続けた。

「言えません」

「言えない、それとも言わないですか？」マドックスがたたみかける。

サイモン神父がマドックスを心臓が何拍か打つあいだ見つめた。態度は穏やかなままだ。好意的とさえ言える。それでもアンジーはふたりの男性のあいだで表向きとは異なる感情が交わされているのを感じた。あるいはマドックスは先ほど自分と言い争いをしたことでこんな態度を取っているのだろうか。「特別な人がいたとは思いますよ、ええ」サイモン神父が答えた。「でも誰かは知りません」神父は落ち着いて、さらなる質問に備えていた。まるで学ぶのに時間がかかるせっかちな子どものやり方に合わせているかのようだ。アンジーはふいに大聖堂の重みが、古くて歴史のある印象がのしかかってくるように思えた。閉所恐怖症を起こして、目の前の光景がぐるぐるとまわりはじめる。アンジーは咳払いをしてその感覚を押し戻そうとした。新たな幻覚の前兆ではないかと恐れた。

「信者、あるいは大聖堂の建物の修繕係や庭師、教区管理者の中に、グレイシー・ドラモンドに不自然な興味を示した人はいませんでしたか？」アンジーは尋ねた。

「教区の誰かがグレイシーを傷つけたと考えているんですか？」

「彼女を傷つけたのが誰であろうと、強い宗教的な力が働く中で死を招く性的な妄想を実行に移しています。そしてカトリック特有の行為である可能性が高いんです」

「どうしてカトリック特有なんです？」

アンジーはマドックスに視線を投げた。マドックスが軽くうなずく。「被害者に過激な方法で性的暴行を加えたあと、犯人は被害者を洗礼の象徴である水に浸していきます。神の名において彼女たちの身を清めるんです。そのあと被害者に十字架のしるしを刻み、女性の性的快感を得るために作られた部位を切り取っています。グレイシーの事件では、彼女を聖母マリアの足元に置いています」アンジーは神父に視線を据えた。

神父はまばたきもしなかった。「そうした象徴は……十字架や洗礼のことですが、カトリックのみを意味するものではありません。多くのキリスト教が洗礼に浸水を用います。あるいは用いていました」

アンジーは今一度マドックスに視線を投げ、公にされていなかったある情報をサイモン神父に伝えることに同意するかどうか確認した。今ではこの事件に関するすべてがマスコミにもれていたが。マドックスから小さな無言のうなずきが返ってきた。目にはいまだに怒りが残っている。

「犯人は暴行時に特定の言葉を使っています。それから性行為の前に被害者にある答えを言うよう強要しています。そうした言葉と答えは正式なカトリックの洗礼式で用いられる決まった文言です」アンジーは説明した。「洗礼を執り行う神父は洗礼を受ける乳児の両親に、ほかの言葉とともにこうした問いかけをしますよね。〝汝はサタンを、その所業のすべてを拒絶するか？　汝は邪悪なものの魅力を拒絶し、罪によって征服されることを拒絶するか？　汝は罪の父であり、闇の王子であるサタンを拒絶するか？〟」間を置いて、神父の顔を見つめる。「それに対して名付け親はその都度、このように答えることになっています。〝はい、拒絶します〟それから名付け子は聖水で清められ、司祭は子の額に十字架を記す。合っていますか？」

神父がゆっくりとうなずいた。「ですが、犯人がこの教区の者だとは限らないんじゃないですか？」

「ここはグレイシーの教会ですよ。彼女はここで時を過ごし、ここで歌った。犯行の宗教性とカトリックの背景から鑑みて、グレイシーはここで強い信仰心を持った人物に、おそらく心の奥底に罪と渇望を抱えた人物に出会ったと考えられます」アンジーがあのクラブで自身が同じことを繰り返していると感じた不快感が再び渦を巻いてまわりはじめた。

神父は深く息を吸って顎を撫でた。細められた目は先ほどに比べると輝きが失われている。

「こうした特徴に一致するかもしれないと思いあたる人物はいますか？」アンジーは訊いた。

神父はゆっくりと首を振った。「申し訳ありませんが、お力になれることはありません」壁にかかった時計をちらりと見る。「この話はまだ時間がかかりますか？　それとも戸口までご一緒できませんか？」

アンジーは、神父は何かを知っているがおそらく口にできない、あるいは口にすることを拒んでいるという強い印象を抱き、脈が速くなった。「できればあと少しだけ手っ取り早く訊かせてください。もしかしてジョン・ジャックスをご存じですか？」

アンジーはカウンターにオンラインニュースの記事からコピーした二枚の写真を置いた。一枚はジョン・ジャックス・シニアの写真で、もう一枚はジュニアのものだ。

神父が写真を観察した。「知っているとは言えませんね。知りません」

「ではジェイデン・ノートン＝ウェルズは？」アンジーは先ほどの写真の隣に、やはりオンラインから入手したノートン＝ウェルズの写真を並べた。

「ノートン＝ウェルズ一家ならよく知っていますよ」神父が写真を見ながら答えた。「ここでの礼拝には参加していませんが、より大きなカトリック・コミュニティでとらえると信仰心の厚いご家族です。たくさんの寄付もいただいている」

「グレイシーがジェイデンと一緒にここへ来たことはありませんか？」

「私が知る限りではありません」

「聖クリストファーのメダルをプレゼントしてくれた相手について口にしたことは？」

神父の眉間にわずかに皺が寄る。「いいえ」

「フェイス・ホッキングをご存じですか？」

「ニュースで見ました」神父がため息をついた。「神よ、彼女たちの魂をお救いください。さて、もしよろしければ外までご一緒します」神父が腕でドアを示した。

アンジーとマドックスはサイモン神父とともに聖具室を出た。神父は光沢のある木製の会衆席に挟まれた大聖堂の通路を後方に向かって一緒に歩いた。パニックが蒸気のような音をたててアンジーの頭蓋骨の隙間から脳へと入りこんでくる。

集中しなさい。意識を集中するの。

一番後ろの列で女性がひざまずき、こうべを垂れてロザリオの珠(たま)に触れながら祈りを捧げていた。最後列の会衆席の横にあるふたつの告解室を見たとき、アンジーの頭をかすかな記憶がかすめた。告解室のドアの上のライトが緑がかった白い色を放っている。アンジーの知る限り、それは告解室が空いていることを意味していた。赤いライトなら、誰かが中で司祭に罪を告白しているということだ。

アンジーは足を止めて神父に向き直った。「グレイシーから告解を受けたことはありますか?」

神父が祈りを捧げる女性に目をやり、静かに言った。「ここを抜けてからお話ししましょう」ふたりを大聖堂の玄関ホールの役割も果たしている控えの間に導く。そこで聖水盤のそばに立った。「パロリーノ刑事、告解の守秘がきわめて神聖なことは当然ご存じでしょう。赦しの秘跡の過程で告解者から聞いたいかなることも明かしてはならないというのは聖職者の確固たる務めです」

アンジーの鼓動がかすかに速まった。神父は何かを知っている。直感で感じた。相手の目に隠されているのを見た。

「もしグレイシーがあなたに何かを話していて、それがこんなことをした犯人を見つける助けになるのなら、ほかの若い女性たちが恐ろしい目に遭うのを——」

「私は破門されます」神父がぴしゃりと言った。「告解の守秘を破る前に命を絶つでしょう」

アンジーの鼓動はますます速まった。マドックスの様子も変わったのを感じた。

「最高裁判所でさえ、私にそうしろと強制することはできない」神父が続けた。「私は守秘義務法によって合法的に守られているんです」

「そうかもしれません」アンジーは言った。「でも法廷は、聖職者であっても告解の場以外で目にした不審なやり取りについては報告する義務があるとしています。グレイシーは日常的な指導の中で、守秘義務の縛りがない場で何か口にしませんでしたか？」

互いの視線が激しくぶつかった。アンジーはこのハンサムな若い神父の内奥にある亀裂が深まっているのを感じた。

「あなたの仕事が殺人犯を捕まえることなら、私の仕事は魂を救うことです」神父が静かに答えた。

「だったらあなたはグレイシーの魂を救ったんですか?」アンジーは言い返した。

「彼女が耐え忍んだことを考えてみてください。病んだ変質者がグレイシーの魂を救おうとして、その男なりの常軌を逸した方法で与えた恐怖と拷問と痛みを。グレイシーは間違いなく苦しみました、サイモン神父、苦しんだんです。あなたはその苦しみから彼女を救わなかった。でも何か重大なことを心にしまっているのなら、ほかの人たちは救えます」

「私たちは皆、苦しんでいるんです。背負わなければならない十字架があるんですよ」

アンジーの体を欲求不満が駆け抜けた。別の質問を投げかけようと口を開いたとき、大聖堂の鐘が響きだし、アンジーは完全に思考を失った。最初の鐘の音にさらなる鐘が加わって途方もなく広がり、尖塔の中にまでふくれあがって大きな洞窟のような石造りの建物内に反響した。アンジーは混乱した。マドックスがこちらをちらりと見て、心配そうに目を細める。

「お話はこのへんで」マドックスがアンジーを見つめながら言った。「ありがとうございました」

マドックスが重い木のドアを開けて暗い冬の夜の中に踏みだそうとしたとき、サイモン神父がふいに口を開いた。「グレイシーは葛藤していました。それだけは言えます」

「何に葛藤していたんです？」マドックスが開いたドアを支えたまま訊いた。鐘の音は外のほうが大きく感じられた。その音がドアの隙間から入りこんでくる。アンジーは隙間から、街灯のぼんやりとした光を受けてみぞれが弱い雪に変わって落ちてくるのを見た。口の中がからからになった。肌が熱くなる。

サイモン神父の声がはるか遠くから聞こえる気がする。「告解の機会ではありませんが、精神的な導きを与える中で、グレイシー自身が混乱状態に悩んでいると感じました」

アンジーはその情報を理解しようとした。次の質問に集中しようとした。けれども心はうつろで、鐘の音と、雪が降っている感触と、マドックスが押さえているドアから入りこむ雪のにおいを受けて、パニックが炎のように体内をなめつくす。時間が長く引き延ばされているように感じられた。すべてがゴムのように伸びている。

「つまり？」マドックスが問いただす。

「つまりグレイシーは定期的に不特定多数の相手と性的関係を持っていて、そのことに悩んでいると思うようになりました」

「彼女がそう言ったんですか？　告解以外の場で？」マドックスが確認した。

「はい」

「男性の司祭に話すにしてはかなり親密な内容ですね。特に告解以外の場で話したとなると。どうしてそんな話になったんですか？　あなたとグレイシーとの関係は？」

マドックスがたたみかけた。

「彼女は女性の魅力で私に迫ろうとしました」

「あなたを誘惑しようとしたんですか？」鐘の音がさらに大きくなる。

「どうしてそんなことをするのかと尋ねてわかりました。グレイシーは……飢えていたんです。彼女は愛がほしかった。受け入れられたかった。父親からは捨てられたように感じ、母親はほとんど家におらず、孤独だったんでしょう。小さい頃に学校で友人たちから受け入れてもらえなかったという問題もありました。グレイシーが私に言ったのは、セックスで、自分の体を与えることで男の子と結びつきができて、それが学内の女子生徒に興味を持ってもらうことにつながるということです。少なくとも、以前の恋人とつきあっていたときはそうだったと信じています」

「リック・バトラーですね？」マドックスが確認する。

「そんな名前だったと思います」

「新しい恋人のことは何か言ってませんでしたか？　体の関係があるとグレイシーが言っていた男たちのことは？」

「話せるなら話していますよ。そろそろ本当に行かなければ」

「最後にグレイシーに会ったのはいつです？」マドックスが訊いた。

背後で大聖堂の内側のドアが開いた。ロザリオに触れながら祈っていた女性が出てきた。ドアがゆっくり閉まるとき、オルガン奏者が指慣らしをする旋律に高音の甘い歌声が――少年の声が――加わった。〝……アヴェ・マリアアア……〟

アンジーの体に恐怖が走る。

アンジーは出口のドアの隙間に視線を投げた。心臓が内側から激しく胸骨を叩く。

「先々週の日曜日です」神父が答えた。「ミサで。聖体拝領のときに」

「ありがとうございました」アンジーは口早に小声で言い、ドアを抜けて雪の中に出た。大粒の雪が街灯のぼやけた光を受けてゆっくりと舞い落ちてくる。外では鐘の音がビルの谷間を抜けて耳障りな音をたてながらとどろいていた。しだいに大きく……大きくなっていく。アンジーは通りの向かいにある病院の救急搬入口の赤い表示を見つめた。雪が、鐘の音が、鐘の音にかき消されそうな聖歌の甘い高音が、赤い表示の光が、十字架が、雪が、渦巻く狂気と化して頭の中で轟音(ごうおん)に変わっていく。

〝逃げて！……ウチェカイ！　ウチェカイ！〟

マドックスの声が届いた。トンネルの奥底から聞こえてくるかのようだ。「神父の言ったことだが、どう思う？　禁欲主義の神父とグレイシーとの関係、彼らがセックスの話をしたことについては？」

アンジーとマドックスは聖ユダ病院のガーゴイルの下を、病院の赤い表示に向かって歩いていた。どうやってここまで来たのだろう？　道路を渡ったのだろうか？　ふたりは救急搬入口の赤い表示に近づきつつあった。

〝中に入って！　ヴスカクイ・ド・スロドカ、シュブコ！〟

〝シエジュ・チホ！　静かにしているのよ！〟

女性の耳をつんざく叫びがとどろきを切り裂いた。そしてすべての音が消えた。アンジーには何も聞こえなかった。何も見えなかった。降りしきる雪の向こうの赤い表示を除いては。目が見えない。危険。痛み。そこら中に。〝やつらが来る……〟

アンジーはコートの下の腰に手を伸ばした。すばやく慣れた手つきでカーボンファイバーナイフを抜いて刃を開いて……しゃがみこんだ……。

45

マドックスは衝撃に襲われた。ブーツが地面に根を張ったように、パロリーノが隣でうずくまったまま凍りついている。幽霊のように白い顔をして、大きな黒い穴のような目で病院の救急搬入口を見るともなしに見つめている。ゆっくりと左右に揺れだした体の正面で、ナイフの刃を振っている。

「パロリーノ？」

パロリーノが声のほうへはっと顔を向ける。口を開け、軽くあえぎながら、その刃先を今はこちらに向けて振りまわした。

「アンジー……大丈夫か？」

パロリーノがナイフを握ったまま飛びこんできた。マドックスは驚いてすばやく後ろによけた。「何をするんだ、パロリーノ、どういうことだ？」

彼女の肌に汗が浮いて光っている。マドックスは懸念と不安に胸を突かれた。

「アンジー！　聞こえるか？　何か言ってくれ！」

パロリーノの動きは速かった。ナイフの刃先をまっすぐマドックスの腹部に向けて突進してくる。マドックスはパロリーノの両方の手首をつかみ、相手の腕を右にひねって刃の通り道から自分の体をそらした。彼女の腕をさらにひねりあげる。「ナイフを捨てろ！」

パロリーノが何やら理解できない、外国語のような言葉で叫んだ。マドックスは彼女の手首をつかんだまま、重心を横にずらした。その動きでパロリーノはバランスを崩し、腰を折った。しかし驚いたことに、こちらの力に対抗しようとするのではなく、いきなり動きを合わせて移動すると同時に、右肘をマドックスの鼻めがけて突きあげた。痛みが頭蓋まで走る。マドックスの鼻腔の奥に血の味が広がった。目から火が出る。

パロリーノが拘束を逃れて後ろに飛びすさり、体勢を立て直した。またもやナイフを振りまわして向かってくる。狂気じみた目を光らせている。マドックスは壁のくぼみの隅に追いつめられた。パロリーノはそうできれば自分を殺す気だろう――疑う余地はない。ホルスターに入れた銃のことがマドックスの頭をよぎった。

けれども代わりに、マドックスは両手をあげた。目に涙がにじみ、鼻血が滴っている。そうすると同時に、やむをえない場合は銃を抜けるように、パロリーノと距離を取った。「大丈夫だ」大きな声で呼びかける。「心配ない。俺だけだ。マドックスだ。ジェームズ・マドックスだ。君のパートナーだよ、アンジー。パロリーノ！　どうしたんだ。ナイフを捨てろ！」

パロリーノが突進してぶつかってきた。鋭い刃先がマドックスの厚いウールのコートの袖を貫く。マドックスは相手の動きを利用して身を翻し、再びパロリーノをつかんで肩から石壁に打ちつけ、両手を後ろにねじった。彼女の指からナイフが離れ、音をたてて歩道に落ちた。

マドックスの心臓は激しく打っていた。自分の血で喉が詰まり、咳きこんだ。パロリーノを壁に押しつけたまま、ポケットの中でプラスチックの結束バンドを探った。パロリーノがモーテルのベッドでマドックスを拘束するのに使ったものと同じ種類のバンドだ。それでパロリーノの背中側で手首をとめてその場にとどめておきながら、ナイフを拾って刃を閉じた。ナイフを自分のポケットにしまい、警察から支給された銃を彼女のホルスターから抜いた。

パロリーノの体が揺れはじめた。

「アンジー？」マドックスは声が震えて、もう一度咳きこんだ。パロリーノが顔を壁に押しつけたまま横を向いた。声のする方向を探しているようだ。

マドックスは注意深くパロリーノの体を自分のほうに向けた。彼女の目には恐怖が広がっていたが、瞳孔はもとの大きさに戻りつつあり、焦点も合ってきている。その目でマドックスを、胸元に垂れる血を凝視していた。視線を落とし、彼の手に握られた自分の銃に向ける。戦慄に似たものがパロリーノの顔をよぎった。涙が頬を洗う。体の揺れが麻痺を起こしたかのような、より大きな震えに変わる。

「大丈夫だ、アンジー」マドックスは優しく言って、彼女の銃を自分のポケットにしまった。「今に落ち着くから」両腕で包みこむ。パロリーノの手は後ろで固定されたままで、マドックスの鼻血が彼女のコートに滴っている。パロリーノが抱擁を受け入れ、体を預けてきた。マドックスは彼女の濡れた髪を撫でた。「すべてうまくいく」マドックスは救急搬入口を一瞥した。「気持ちを楽にするんだ、いいね。一緒にゆっくり病院まで行こう。そこで処置をしてもらおう」

パロリーノが突然身をこわばらせて顔をあげた。「いや」かすれた声でささやく。

「いやよ、お願い、あそこはいや」その目に動揺が戻っている。

マドックスは喉の奥を流れる血にむせ返り、血と痰のかたまりを地面に吐いた。

「あそこには行かない」パロリーノが言う。

「いいや、行くんだ。俺のために。俺のために行ってほしい、いいね？　君は俺の鼻を折ったかもしれないから、君の助けがいるんだよ」

「ああ、そんな……そんなことって」

「さあ——」

マドックスはパロリーノの肩を抱いて、聖ユダ病院の救急搬入口へと導いた。

46

マリーナは暗かった。あるのはロープ沿いに点在する色のついたクリスマスの電飾とキャビンの窓からもれる光だけだ。みぞれは横殴りに降っており、小さな入り江に流れこむ海水のうねりがヨットを揺らし、船体に跳ねる小さな水音と帆綱がマストにあたる音が聞こえる。

「気をつけてくれ、甲板は滑りやすいから」マドックスがアンジーに手を差し伸べた。アンジーは足を止め、差しだされた手を見つめた。この手を握ればもう引き返せないという思いに突然のみこまれそうになる。もしマドックスに導かれるまま、古びた木造のヨットに足を踏み入れたら、この世界のあらゆる人に隠してきた秘密を、不安な気持ちを、恐れを共有しなければならなくなる。それは仕事を失うかもしれないということだ。

けれどもマドックスと一緒に行かなくても、仕事を失うかもしれない。

「アンジー？」マドックスが名前で呼びかける。今やふたりは上っ面や仕事上の礼儀をはるかに超えた場所にいた。アンジーはマドックスを襲い、殺そうとしたのだ。彼の鼻は骨折寸前で腫れあがり、目の下に濃い紫色の痣ができている。それに今夜、病院に連れていかれたときに、精神科の診察を強要されなかったことには感謝してもしきれない。代わりにここに連れてこられ、彼女がじっくり考えるあいだ、見守っていたいと言われたのだ。

〝いずれ診察は受けなければならない、アンジー……そうでなければ君と仕事はできない。君が正気を失って俺を殺そうとするなら、背後を任せるパートナーとして信頼できない。一緒に仕事をする相手にとって、君は君が追う悪人たちよりも危険な存在になりかねないんだ……。だから今回のことは大目には見られないし、見るつもりもない〟

アンジーは息を吸い、マドックスの目をゆっくりとのぞきこんだ。暗がりの中では真っ黒に見える。そして行動に移った――彼の手を取り、ヨットに乗りこんだ。マドックスが下のキャビンに案内する。

はしごをおりていくと、キャビンの小さなムートンラグの上に丸まっているジャック＝オーを見つけた。喉の奥で低くうなっている。おまえの領域から出なければ襲わないでやると言っているかのようだ。

　居心地のよいリビングスペースにいると、マドックスは実際よりも大きく見えた。ここにはちょっとした調理スペースもある。マドックスがアンジーの目を見つめてくる。彼の目は充血し、その下の鼻梁（びりょう）には絆創膏（ばんそうこう）が貼られている――明日は同僚になんらかの説明をする必要があるだろう。アンジーは自分が無意識のあいだにマドックスに対してしたことを思うと、同僚になんと伝えるのかと思うと、みぞおちが締めつけられた。「本当にごめんなさい」もう一度言った。

　懸念の色がマドックスの目に映る。それ以上のものも。聖ユダ病院を出てから、アンジーはひと言も発していなかった。ナイフと支給された銃はいまだにマドックスが持っている。ある意味、アンジーには抗議したい気持ちもあった。こんなふうに面倒を見ようとする彼を憎みたかった。マドックスには黙って立ち去って、何も起きなかったふりをしてほしかった。一方、もっと論理的なレベルでは、本当に助けが必要だとわかっていた。けれどもどうすれば自分のキャリアを台なしにせずに助けを得られるのかわからなかった。

「座ってくれ」マドックスがヒーターのスイッチを入れて、調理スペースの戸棚を開けた。

アンジーは重苦しい息を吐いた。額から濡れた髪を払い、コートを脱いだ。小さいリビングスペースのベンチソファに腰をおろしてブーツを脱ぐ。マドックスがグラスをふたつとスコッチウイスキーのボトルを取りだした。それぞれのグラスにたっぷり注いで持ってくる。ジャック=オーがラグから用心深く観察し、アンジーがマドックスからグラスを受け取ると、こちらに向かってまたうなった。

「ありがとう」アンジーは手が震えていたため、グラスを両手で握って口元に運ばなければならなかった。どうにかこぼさず、燃えるような液体を大きくひと口含む。もうひと口飲むと、目を閉じてアルコールがしみ入る感覚を味わった。それで震えがおさまった。涙がにじむ目を開き、マドックスの目をまっすぐに見あげる。彼の目にはいまだに疑問と気遣いと思いやりの念があふれていた。

アンジーは何か言おうと口を開いた。だが、また閉じた。マドックスは急かさなかった。そうする代わりに自分もコートを脱ぎ、ふたりのコートをはしごの隣のフックにかけた。小さな調理スペースに戻ると犬用のビスケットの容器を開けて、乾いた音をたててボウルに入れる。床にある水の入ったボウルの隣にビスケットを置くと、口笛で合図した。

ジャック=オーがラグから立ちあがり、三本足で小走りに向かいながら、アンジーにまた用心深い視線を投げかける。彼女にうさん臭そうな目を向けたまま、ビスケットをぼりぼり食べた。

突風が吹き、ヨットが揺れて、帆綱が音をたてた。船内は居心地がよく、安心できた。想像していたような閉所恐怖症を引き起こす感覚はまったくない。マドックスとジニーの写真が小型の冷蔵庫を覆っている。ダイニングテーブルには本と書類が散乱していた。マドックスが隣に腰をおろしてスコッチウイスキーを口に運んだ。

「以前にもあったのか?」マドックスが訊いた。

アンジーは両手でグラスを包んで膝の上にのせていた。「あんなことはなかった。あんなのは一度もなかった」

マドックスは待っている。

突然、パニックがわき起こった。逃げだしたい衝動も。アンジーは出口を盗み見た。あなたはこれに向きあわなければならないのよ……。

「一時的な幻覚症状に見舞われてきているんだと思う」アンジーはついに口にした。それから詳細を話した。ピンクのワンピース姿の女の子のこと、どこでどんなときに女の子が現れたか。子どもが言っているように思える言葉と、ポーランド語の言葉。母の病気のことと、母の症状が出はじめたのが今の自分と同じ年代だったことも話した。スコッチウイスキーをひと口飲んで軽く鼻を鳴らした。「正気を失いつつあるの。ほら、口に出せたわ。それが私の運命なのよ。最後には古い揺り椅子に座って、窓に映る自分の姿を見つめるの。鍵がかかったマウント・セント・アグネス・メンタルヘルス医療施設の病棟で、白衣を着たスタッフに監視されながら」

「お母さんがあそこで君が訪ねていった相手なんだね」

アンジーはうなずいた。とうとう口にしてしまった。この情報をコントロールすることを放棄したのだ。秘密とはそういうものだ——本当に秘密のままにしておきたいならしゃべったりはしない。秘密を〝共有する〟という考えはアンジーにとってはジョークでしかなかった。

マドックスは黙って思いをめぐらせている。外の風と水の音だけが聞こえていた。

「君は統合失調症を発症した可能性がある」マドックスが静かな口調で言った。

「どうも、助言をありがとう」

マドックスがアンジーの手からグラスを取りあげ、自分のグラスとともに目の前の小さなテーブルに置いた。アンジーの両手を包みこむ。親指で優しく撫でられていると、アンジーの体にかすかな欲望が芽生えて胸の先端が熱を帯びた。ふいにマドックスの腕の中でただ身を縮めたくなった。小さな子どものように、胎児の格好で抱きかかえてもらいたかった。愛されたかった。誰かの保護下に自分を置きたいという感情は、子どものとき以来、抱いたことがなかった。

ジャック=オーが食事を終えてマドックスの足元に寝そべった。靴下をはいたアンジーの足に鼻先を向ける。

「あるいはPTSDかもしれない、アンジー。俺にはその可能性が高いように思える。ハッシュとあの子とのことがあったんだ。あの女の子の記憶がよみがえって絶えず浮かんでくるのかもしれない」

「ハッシュとの件はどの程度知ってるの？」

「ファイルを読んだ」

「どうして？」

マドックスが曖昧に肩をすくめる。

「私がパートナーになるのが不安だったのね？ ジョン・ジャックスのペントハウスの外にいたときに言おうとしてたのは本当はそのことだったの？ 私の判断に疑問を抱いたのは、私がなんとかしていればハッシュが殺されずにすんだと思ったからね」

「違う。〈フォクシー・モーテル〉で自分をベッドにつないだ女性に興味があったからだ」マドックスが口元を緩めた。けれども笑みは目まで届かず、彼は顔をしかめた。

「笑わせようとしてるのかもしれないけど、笑えないから」

マドックスが深刻な顔でゆっくりとうなずいた。

「それで、あなたは奇妙な言語についてどう思う？」

「うーん、記憶に関係しているかもしれないと思ったことは？　埋もれた記憶とか」

アンジーは視線をそらし、心に過ぎし日を呼び起こして熟考した。

「ハッシュの件が、ＰＴＳＤが何かもっと深いところにあるものを表面化させているのかもしれない、アンジー」

「わからない。私は四歳の頃に起きた車の事故のことを思いだしている可能性のほうが高いと思ってる。重症だったの。死にかけたから」

「口にある傷跡かい？」

アンジーはうなずいた。

「話してくれ」

アンジーは事故について説明した。イタリアのこと。父の研究休暇のことを。「でも写真を見ると、時期がずれてるみたいなの」イタリアで撮った写真の裏に書かれた日付や気づいた矛盾点を伝えた。それから母が口にした天使にまつわる不可解な話、〝アンジー〟が雪の降るクリスマスイブにどのようにして戻ってきたか、母が《アヴェ・マリア》を優しいメゾソプラノで歌いだしたときに自分がどれほど動揺したかについて触れた。

マドックスが目を細める。「つまり、そうしたすべての引き金が今夜いっぺんに来たってことか？　そうだったのか？　大聖堂、鐘の音、クリスマスシーズン、雪が降りはじめていたこと、少年がお母さんと同じ聖歌を歌っていたこと」

アンジーは胸いっぱいに詰まった空気をどうにか吐きだして、顔をぬぐった。「そうだと思う。私は……パニックを起こしたの。恐怖と言えるほどの。私が……私たちが外に出たときに。赤い救急搬入口の表示を目にして、それから何が起きたのかは思いだせない」

マドックスが鼻を鳴らした。「何が起きたかって、俺を殺そうとしたんだ」

「ごめんなさい。とんでもない話だわ」アンジーはグラスに手を伸ばしてスコッチウイスキーを一気に飲んだ。

「誰かに話をしないと、アンジー。専門家の――」

「それで私の頭がどうかしてるって市警にばれて、くびになるの？」

マドックスが見つめてきた。アンジーは彼の目に、口には出さない言葉を見て取った。〝君が頭がどうかしてるあいだは、この仕事をすると危険なんだ〟

「君は自分の行動に責任がある」マドックスが静かに言った。「リスクの高い状況で一緒に仕事をするかもしれない人に対しても責任がある」

そのことをもう一度聞くと吐き気がした。自分は害を与える存在なのだ。自分にも、ほかの人にも。この人を殺していたかもしれないのだから。

マドックスがアンジーの頰を包んだ。親指で唇を、傷跡をそっとたどる。「ひょっとすると、もっと単純な話かもしれないな、アンジー。記憶……それがすべてかもしれない。子どもの頃に抑えこんだこと、事故にまつわる何かが今になって現れた。ストレスのかかる出来事が集中したからだ。お母さんが入院したり、ハッシュとあの子が目の前で亡くなったり。この洗礼者の件も。そうしたことが引き金になった」

「ピンクのワンピースを着た女の子は？」

「その子は長い赤毛だと言ったね。もしかすると、ひどい事故に遭った頃の君自身が具現化されたものかもしれない。ティフィーの成長した姿を思い描いてる可能性もある」

「じゃあ、ポーランド語は？」アンジーはまた訊いた。

「それも君の記憶に封印された何かだ。病院の外で俺に叫んだ言葉も外国語に聞こえた。あれはポーランド語だったのかもしれない」

アンジーは目を閉じて、頰に感じる愛撫を、隣に感じるたしかな存在感を享受した。マドックスのヨットの中で心地よさに包まれている感覚も。彼のいけ好かない助けられた犬さえ、靴下をはいたアンジーの足に鼻先を押しあてて寝ることにしたらしく、おかしな寝息をたてているさまもなぜか心をほぐしてくれる。

「もし母の病気を受け継いでいるとわかったら？」

「そうだとしたら、君は知っておかなければならない。いずれにしても。君が言ったように、お母さんは明らかに何年も病気とつきあってきた。君だって治療を受けて、うまくつきあっていける」

「警察官を辞めなければならなくなるわ」

「警察官でいることなんてたいしたことじゃない。ほら、警察官でいたせいで俺の人生がどうなったか見てみろよ」

アンジーはヨットの内部を見まわした。マドックスがひとりでいることを証明している。彼がこのくたびれたヨットを修復しようとしているところを頭に思い描いた。どうにかして、かつて見た引退後の家族の夢を修復しようとしているところを。冷蔵庫に貼られているマドックスとジニーの写真に視線を移したとき、彼に対してアンジーの心がふいに大きく開かれた。アンジーはマドックスの指輪をもてあそんだ。マドックスが目を落としてアンジーがそうしているのを見つめる。彼は無言のまま手を引き抜いて金の指輪を外した。テーブルの自分のグラスの隣に置き、アンジーと目を合わせる。アンジーは唾をのみこんだ。

マドックスが身をかがめてキスをした。

唇でそっと誘うように触れられ、アンジーの口が開かれた拍子に、無精髭でざらついた顎が彼女の肌をかすめた。マドックスの傷跡を探ってたどる。アンジーはマドックスの怪我（けが）をした箇所に触れないように彼の顔に手を添えて後ろにもたれ、キスを深めた。マドックスが唇を動かしながら、アンジーのシャツのボタンを外していく。布地を肩から滑らせると、アンジーは背中に手を伸ばしてブラジャーのホックを外した。胸がこぼれると、マドックスが息を止めた。

「おいで」唇を重ねたままマドックスがささやいて、ざらついた手で胸を包みこむ。

「ベッドに行こう」

47

アンジーは一糸まとわぬ姿でベッドの端に座り、脚のあいだに立つマドックスのズボンを脱がせていた。体の中で欲望が募り、わき立っている。ズボンを腰までおろすと、高ぶりが解放されてむきだしになった。アンジーはそれを愛撫し、口に含んで、彼の腰を支えながら唇と舌を使った。マドックスがアンジーの肩に両手をかける。アンジーが刺激を与えるにつれて指が肩に食いこみ、マドックスがうめき声をもらして彼女の髪をつかんだ。突然アンジーを止め、彼女の頭を後ろに引っ張って下腹部から引き離す。危険をはらんだ陰った目で見据えたまま、マドックスがアンジーをシーツに押し倒した。

アンジーの体がマットレスの上で弾んだ。頭のまわりにもつれた髪が広がり、脚が開く。彼がほしくてたまらなかった。受け入れる準備は充分できている。アンジーはマドックスのためにヒップを持ちあげた。ゆっくりと——苦痛を伴うほどゆっくりと

——マドックスがアンジーの体に視線を這わせ、それから息をのんだ。絆創膏の上の藍色の瞳は欲望で黒ずみ、首の血管が激しく脈打っている。アンジーは腰で軽く円を描き、〝こっちに来て、あなたがほしいの〟と誘いをかけた。貫いてほしかった。彼を余すところなく体の奥で感じたかった。その大きさで押し広げてほしかった。そんな彼女を見て、マドックスが唇にかすかな笑みを浮かべた。それでもたっぷりと時間をかけて床に落ちたズボンに手を伸ばし、ポケットからコンドームを取りだした。マドックスが自分で装着するのを見ていると、アンジーの意識の隅に落ち着かない気持ちが芽生えた。コンドームを持参して装着するのはいつも自分のほうだった。けれどもマドックスは自分のものを持っていた。ポケットの中に。自分にとって何を意味するものでもないはずだが、相手を完全に支配しているという感覚を奪われた。マドックスが膝立ちになってアンジーの頭の両脇に手をつき、膝で彼女の腿をさらに開かせた。アンジーの喉元まで口をさげ、舌を這わせてじらしながら、左の胸の先端まてたどっていく。歯を立てられると、ひどく敏感になった頂が硬くなった。じらされるうちに熱が体に忍びこみ、血液が溶けだした炎のように脚のあいだに集まって脈打ち、秘められた部分が腫れ、芯が硬く尖る。マドックスが口を下へと移動させ、腹部をたどってへそをかすめ、さらに下へ、脚のあいだへとおりていった。あたたかく濡れた舌が差しこまれ、秘められた部分をたどる。彼がそっと歯を立てて芯を引っ張った。声にならない叫びが、圧迫感が、アンジーの胸に、頭に、下腹部に募って、体が爆発しそうになる。視界が、世界全体がこの瞬間だけに、マドックスに、このヨットに、このベッドに集約される。アンジーはできるだけ脚を開いて体をのけぞらせ、舌がもっと奥まで届くようにヒップを持ちあげた。目を閉じて頭を左右に振り、声をあげて、これ以上持ちこたえられないというところまで耐えた。彼を受け入れたい。奥深くまで。マドックスと激しく体を交えたい。渇望がこみあげ、体に汗が噴きだし、筋肉が震えだす。彼女はマドックスの腕の下に手をまわして脚のあいだにあったマドックスの頭を引きあげ、右膝を彼の腰にからめて自身の体をねじり、相手の体を反転させようとした。マドックスの上になって、燃える高ぶりに身を沈めたい。攻め立てて、下腹部を彼の脚の付け根のざらついた毛にすりつけ、すばらしい刺激を感じながらクラブでのあの夜の記憶を呼び起こしたい。けれどもマドックスは抗（あらが）った。

反転する代わりにアンジーの手首をつかんで頭上高くに固定し、膝でさらに脚を開かせて、高ぶりの先端だけを差し入れた。アンジーは動きを止めた。心臓が激しく打つ。呼吸が浅く速くなり、めまいに襲われた。マドックスの手で完全にさらけだされている。彼女は身をよじり、手首の拘束から逃れようとした。けれどもマドックスは強かった。はるかに、決して力が及ばないほどに強かった。アンジーは目を閉じた。血液が鼓膜をとどろかせ、ごちゃまぜになった相反する感情が燃え広がる炎のように突然こみあげてきた――身を任せなさいとアンジーは自分に言い聞かせた。すばらしい感覚だ。これを求めていたのだ。

マドックスは最初はゆっくりと、苦痛を感じるほどゆっくりと動いた。先ほどとは異なる興奮が体に芽生え、アンジーはもう一度手首の拘束から逃れようともがいたが、かなわなかった。目を見開き、息をしようとあえぐ。

マドックスが力強く身を沈め、奥深くまで入ってきた。アンジーは息をのんだ。マドックスが徐々に激しく動き、さらに突き進もうとする。マドックスが征服を始めると、アンジーの目が潤んできた。がっしりと引きしまった体が上下して、アンジーをマットレスに沈める。両手は頭上に押さえつけられたままだ。アンジーはクライマックスが近づいているのを感じた。けれども恐れも高まりつづけていた。再び必死に手首の拘束から逃れようと荒々しく身をよじり、組み敷かれたまま体を跳ねあげる。全身が熱くなり、涙があふれた。マドックスはそれを歓びと、激しい飢えととらえ、アンジーの動きに合わせてさらに強く突いた。低いうめき声をもらし、体中に汗が噴きだしている。

「やめて」アンジーは突然ささやいた。「やめて。やめて、やめて！」マドックスが動きを止めた。アンジーと目を合わせる。彼の目は暗くて荒々しい。困惑がマドックスの顔をよぎる。高ぶりがアンジーの中で震えている。

「お願い、マドックス」アンジーはささやいた。「お願い」マドックスの喉ぼとけが動く。突如として自制を取り戻そうと彼の筋肉が痙攣を始め、汗が肌を滑り落ちる。マドックスがふいにあえぎ、こらえきれずにクライマックスを迎えた。指をアンジーの肌に食いこませ、体は自由がきかず、彼女の中で小刻みに震えている。しばらくしてマドックスがアンジーの上にゆっくりと体をおろしていき、隣に仰向けになって離れると、アンジーの目が涙でいっぱいになった。

「アンジー？」マドックスがささやいた。彼の目の焦点が再び合ってくる。

アンジーの目の端から涙がこぼれてシーツに落ちた。欲望でいまだに体がほてり、恥ずかしさと挫折感と罪悪感を覚えていた。マドックスがアンジーの頰を撫で、濡れた髪を顔から払う。「痛い思いをさせたか？　それでか？」

アンジーは首を振った。声を出せなかった。何が起きているのか伝えられず、自分でも理解できなかった。きまりが悪くてしかたがなかった。

「すまなかった」マドックスが言った。「本当にすまない」

アンジーはもう一度、首を振った。〝私のせい。あなたは悪くない。あなたはすばらしかった〟と言いたかった。けれども感情で喉が詰まってしゃべろうにもしゃべれなかった。アンジーがマドックスの目を見ると、彼が傷ついて落胆しているのがわかった。マドックスが身をかがめてアンジーに優しくキスをし、ベッド脇の明かりを消した。闇の中でふたりに毛布をかける。それからただアンジーに腕にまわし、後ろから抱きしめた。ヨットが強まる風に揺れ、ジャック＝オーがいびきをかいていた。

48

十二月十五日、金曜日

アンジーはどろどろの黒い廃糖蜜の中から抜けだすように意識を取り戻した。あの女の子が裸足で髪をなびかせながら、暗闇の中をピンクの光に包まれて走っている。今回は手にバスケットを持っていた。いきなり背の高い、空まで届きそうに高い木々が現れ、木漏れ日がやわらかい春の芝生に黄金色の模様を作る。タンポポが咲いている。アンジーたちはイタリアにいた。ローマだ。輝く海、黄色い日差し、なだらかなトスカーナの丘。すると空がインクのように真っ暗になった。車が衝突する音。車が横転する感覚にとらわれる。押しつぶされた金属のかたまりから這いだそうとする。悲鳴から遠ざかろうとする……母の声がした。〝逃げて！　中に入って！　だめ、外に出て！〟もがきながら意識の表面に浮きあがろうとする。まぶたを震わせて目を開く。

夢。ただの夢だ。

かすかに揺れるものに横たわっている。淹れ立てのコーヒーの香りが届く。

動揺が体に走った。キャビン。マドックス。ヨット。

セックス。

ああ、なんてこと。アンジーは急いで上体を起こした。足元の毛布の上で眠っていた犬が、小さな澄んだ茶色の目を上げる。アンジーはその目を見つめ返しながら、すっかり哀れな迷子になった気がした。自分はもう一匹のジャック＝オーだ。比喩的な意味で、ジェームズ・マドックスが道で拾ってきた不完全な生き物。アンジーはためらいがちに手を伸ばし、犬の頭に触れてみた。その毛は驚くほどやわらかかった。彼女が撫でても、犬はうなり声をあげなかった。ジャック＝オーはただ目を閉じて小さなため息をつき、毛布の上に頭を戻した。そのことで、アンジーはおなかに奇妙なパンチを食らった気がした。

細く開いたキャビンのドアから差しこむ、ひと筋のあたたかい光に意識を向ける。マドックスがヨットの小さな調理スペースで動きまわっている音がする。風はいまだに強く、帆綱やロープにあたり、うねりを起こして船体を揺らし、強打していた。小さな舷窓をのぞいたが、外はまだ暗かった。

時計を見ると、デジタルの光る文字が午前五時五十五分だと告げていた。金曜日。仕事だ。アンジーは――ふたりは署に行かなければならない。床から服を拾い集め、すばやく身につける。髪を後ろで結んでこぢんまりとしたリビングスペースと調理スペースに足を運ぶ。マドックスは背を向けていた。仕事用のズボンとシャツを身につけ、ネクタイを締めている。

マドックスが振り向いた。「やあ」ほれぼれするような顔に笑い皺ができる。それから彼は顔をしかめた。鼻梁には絆創膏が貼られ、目の下に暗紫色の打撲傷があるのを見たとたん、アンジーの胸に良心の呵責（かしゃく）、恥辱、自己嫌悪――そして恐れが瞬時に浮かんだ。

「コーヒーは？」

「ありがとう。ぜひとも（キル・フォー）飲みたいわ」

「頼むから殺す（キル）のはやめてくれ」マドックスが笑みを大きくしたが、腫れた顔が引きつれて再び顔をしかめた。振り向いてマグカップを手に取り、コーヒーを注いでマグカップを掲げる。「君の好みは？」

同僚とはベッドをともにしないこと。

キスはしないこと。

先に立ち去ること。早々に立ち去ること。名前は告げないこと。泊まらないこと。翌日、朝食をともにしないこと。どんな形であれ、自分の弱さを感じさせる相手は選ばないこと……常に自制心を保つこと……。

「よく考えたら、ほしくないみたい」アンジーはすばやく言った。ブーツに手を伸ばし、座って足を入れる。

「コーヒーがどうかしたのか？」湯気の立ちのぼるマグカップを手に、マドックスがそばに立った。

アンジーは腰をあげてフックからコートを取った。「途中で買うわ」

「アンジー？」

その声の調子とマドックスの目に浮かぶ深刻さに、アンジーは動きを止めた。

「どこに行くつもりだ？」

「家よ。シャワーを浴びて、服を着替えて、仕事に行くの」突如として自分の拳銃をマドックスが持っていることを思いだした。ナイフもだ。マドックスは目をそらさなかった。ふたりのあいだに沈黙が広がる。外のマリーナの音が、音をたてて海へ出ていくボートのエンジン音が際立った。

「だめだ」マドックスが静かな声で告げた。

アンジーは彼を見つめ返した。心臓が早鐘を打ちはじめる。

「この件は話しあった。覚えているだろう？」

そう、これは現実なのだ。アンジーは小さなシンクの上の丸窓に視線を向けた。どんよりとした灰色の夜明けが闇に溶けこみはじめている。アンジーは髪を撫でつけてポニーテールを整えた。

「アンジー、こっちを見てくれ」

アンジーは深く息を吸い、ようやく目を合わせた。

「病気だと電話を入れろ。休暇を取るんだ。医者に診てもらえ」

「ただ電話をかけて病気だなんて言えない。この事件は――」

「選択肢をふたつやろう、パロリーノ。病欠の電話をかけて、専門家の診察を受けろ。あるいは出勤しようと頑張ってみてもいい。その場合、俺は支給された君の銃を署に提出して、あったことを報告せざるをえないが」

アンジーはマドックスをにらみつけた。緊張が低い音をたてて体の中に入りこみ、彼女は体の両脇で拳を握った。

「君には今は俺のチームにいてほしくない。誰のチームにもだ」

マドックスの痣のある絆創膏が貼られた顔を見つめていると、アンジーは顔が焼けるように熱くなった。自分がマドックスにした行為を否定することはできない。すべて消し去って何も起きなかったふりをしたかったが、今回はうやむやにするのは無理だ。マドックスは出勤して、その顔に何があったのか説明しなければならない。

「そんなことはさせないでほしい、アンジー。俺に今回の事態を報告させないでくれ」マドックスはいったん口をつぐんだ。「力にならせてほしい」

つまり、今は言わないでいてくれるということだろうか？　彼女のために言い訳を考えてくれると？

「どうして？」アンジーは静かに言った。「どうして私のためにこんなことをするの……危険を冒してまで」

マドックスはしばらく黙りこんでいた。突風が吹き、丸窓の厚いガラスに雨粒が打ちつける。

「大事に思っているからだ」マドックスがゆっくりと落ち着いた声で答えた。まるで彼自身のためになんとかしようとしているかのように。その声に含まれる誠意に、アンジーは心臓が喉元まで跳ねあがった。自分にそんな価値はない。この人には見あわない。

〝ウチェカイ！　走って……〟

そんな気持ちには対処できない。したくない。彼なんてほしくない。自立したいのに。首にまわされたパニックのロープが絞まっていく。アンジーは唇をなめた。マドックスに背を向け、ためらってから昇降口へと続く小さなはしごをのぼり、ドアを開けて暗く濡れた甲板に出た。冷たい雨が頬を打ち、アンジーはしばし揺れに耐えた。それからヨットをおりて、薄暗い灰色の夜明けを桟橋に沿って歩いた。自分のためにコーヒーを注いでくれたマグカップを手にしたまま、あたたかい調理スペースに立つマドックスを残して。アンジーの体の内側は震えていた。

49

「それで、パロリーノはどこだ?」

マドックスは特別捜査本部の金属製のデスクから顔をあげた。目の前にヒェール・ホルガーセンが立っている。細身の汚れた灰色のジーンズを厚みのない腰まわりでたるませ、一般的には流行りのはき方をしている。じっとしているときでさえ、そわそわして見える。

「なんだ?」マドックスは邪魔が入っていらだった。グレイシー・ドラモンドの葬儀の報告書と、サイモン神父の話を書きとめた手帳をまとめるため、早くに出勤していた。神父はドラモンドの混乱状態について、可能性のある手がかりを明かしてくれた。マドックスはまたアンジーではなく仕事に集中しようとしていた。

マドックスが作業の手を止めて顔をあげると、ホルガーセンが小さく一歩あとずさりした。「なんてこった。その顔は……鼻はどうしたんだ? ひどい有様じゃないか」

「ゆうべの嵐でヨットのロープが緩んでたんだ。雪と海水で足を滑らせながら暗い甲板であれこれ結び直してたら、帆を下から支える支柱(ブーム)が風で回転して顔にぶちあたった」

ホルガーセンが黙って見つめてくる。

マドックスは顔がうずき、涙がにじんでいたが、まばたきもせずに相手の目をまっすぐ見つめ返した。ホルガーセンは開口一番、アンジーのことを訊いてきた。何かを探りだそうと、こちらにしゃべらせているのだ。風変わりなこの男が重宝されるのには理由があった――切れ者なのだ。人の心を読むことが並外れてうまい。ホルガーセンの口調、身なり、変わったしぐさから、ほとんどの人が彼を甘く見るが、マドックスはそれがヒェール・ホルガーセンの武器だと早々に学んだ。おそらく相手の調子を狂わせる目的で、自分の中でとっさに切り替えているのではないだろうか。

「用件はなんだ?」マドックスは何気なく言った。「忙しいのがわからないのか?」

ホルガーセンが胸ポケットに手を伸ばし、ニコチンガムの箱を取りだした。「だから、パロリーノはどこだ?」

「さあね」マドックスは手帳に意識を戻した。けれども脈はあがっていた。ホルガーセンはその場にとどまり、セロファンの包装をはがして粒ガムを口に入れようとパリパリ音をたてている。「おい、ホルガーセン」マドックスは再び顔をあげた。「何がしたいんだ？　こっちはブズィアクの午前中の捜査会議までにこのメモをまとめなければならないんだ」

ホルガーセンがセロファンに包まれていた緑色のガムを取りだしてにやりとし、口に放りこんだ。噛みながら、マドックスのデスクの横に椅子を引きずってくる。腰をおろすと自分の口元を指さした。「煙草をやめようってわけじゃない。ただの補給だ。水曜でもガムの応急処置は部屋で煙草が吸えないときに、気分を落ち着けてくれる。水曜から吸ってないんだ」

ふたりの刑事が特別捜査本部に入ってきた。手にした淹れ立てのコーヒーの香りも一緒に入ってくる。

ホルガーセンが声を潜めた。「パロリーノに電話をかけた。でも出なかった」

マドックスは肩をすくめて今一度、手帳に目を落とした。しかし肩には力が入ったままだ。

「何回も」

「わかったよ」マドックスはペンを投げだすようにして置き、背筋を伸ばした。「いらいらさせるやつだな。まだ朝も早いんだ。パロリーノはおまえの電話に出たくないのかもしれない。シャワーの最中かも。だから彼女が出勤するのを待っていればいい」

ホルガーセンが顎髭を撫で、落ち着きのないうつろな茶色い目をマドックスに据えた。

「病欠の電話をかけてきたらしい」

「そんなこと、どこから聞いたんだ？」

ホルガーセンが先ほどのふたりの刑事にちらりと視線を投げた。刑事たちは部屋に入ってきた別のふたりの刑事たちと向こうの隅で話をしている。ホルガーセンがさらに声を潜めた。「フィッツが内務調査班の調査官と話してるのを立ち聞きした。ブズィアクのオフィスにいたんだ。フィッツの話からすると、パロリーノを内通者と考えていて、彼女をくびにしたいらしい。それでパロリーノに警告してやろうとした。おかしなことに、ブズィアクは自分のオフィスにいなかった。いたのは警部と幹部だけだ。ブズィアクも病欠の電話を入れたのかもしれないな。俺たちが〈ピッグ〉で飲んで祝ってるときに呼びだされてた夜遅くのミーティングで何かあったのかも」

マドックスは顔から血の気が引いた。胸に怒りがこみあげる。「おまえとレオがその話をでっちあげたのか？　レオはまたパロリーノの邪魔をしようとしてるのか？」

ホルガーセンが鼻を鳴らして口を開きかけたとき、特別捜査本部のドアが大きく開いた。

「マドックス巡査部長？」フランク・フィッツシモンズ警部がドアの取っ手に手をかけて、引っかくような甲高い声で呼びかけた。その後ろにさえないスーツ姿の痩せた男が現れた。マドックスの知らない男だ。「私のオフィスに来てくれないか？」

本部のすべての注目がマドックスと、痣のある絆創膏を貼った顔に集まった。マドックスの腹に力が入った。

「俺の言ったとおりだろ？」ホルガーセンがささやく横で、マドックスは椅子を押して立ちあがり、ネクタイを直した。「せいぜい頑張ってくれ」ホルガーセンも腰をあげた。マドックスがドアに向かいかけたとき、ホルガーセンが小声で言った。「知ってるか？　レオも水曜の夜にブームに顔を打ちつけたんだ」

マドックスは雷に打たれたような衝撃を受けた――ホルガーセンは見たのだ。アンジーとマドックスとレオが〈フライング・ピッグ〉の外で争っているのを。おそらくホルガーセンは人目につかないひさしの下で雨をよけながら、闇に紛れて煙草を吸っていたのだろう。アンジーとキスをしたのも見たのだ。

加えてホルガーセンはマドックスに警告もしている。アンジーとのことに関してだけではない。たぶんその情報が外にもれていることを。そしてその情報を利用されようとしていることを。

それともホルガーセンはまったく別のよからぬゲームをしているのだろうか。

50

「こちらは内務調査班のチャールズ・ティラーマン巡査部長だ」フィッツはそう紹介し、ネクタイを腹のところで押さえて腰を曲げ、デスクについた。ティラーマンはフィッツの隣に座った。マドックスはひとつ残ったフィッツの真正面の席に腰をおろした。

フィッツはオフィスのドアを閉めていた。大部屋から見えないようにブラインドもおろしてある。

「ティラーマン巡査部長はもともとバンクーバー警察にいた」フィッツが言った。

「お互い知ってるのかもしれないな、ふたりともメトロ・バンクーバーで仕事をしてたんだから」

「私はカナダ騎馬警察の統合殺人捜査課でしたから。統合殺人捜査課はバンクーバー警察とは手を組みませんので、会ったことはありません」

「なるほど」フィッツが甲高い声で言った。マドックスは試されている、値踏みをされていると感じた。用心の壁はますます高くなった。ホルガーセンが警告してくれたことを半ば心の中で感謝していた。もしこれがホルガーセンの言っていたとおりならばの話だが。

「その顔はどうしたんだ、マドックス巡査部長？」フィッツが尋ねた。

マドックスはブームにあたった話を繰り返した。

「なるほど」

マドックスは黙って待っていた。人は沈黙の威力を過小評価している。

フィッツが咳払いをする。「君のパートナーのパロリーノ刑事だが、今日は病欠なのか？」

緊張が増していく。「まだ何も聞いてません」

「食中毒とか」フィッツが手を振った。「まあ、そのようなものだ。ブズィアク巡査部長の留守番電話にメッセージを残したらしい」

「なるほど」マドックスがフィッツの返答を真似ると、フィッツが目をしばたたいた。

「失礼ですが、なぜ私がここに呼ばれたのか聞かせてもらえれば、ことを迅速にすませられるのですが。ブズィアクの捜査会議で私の捜査の見解を発表できるよう準備しなければならないんです」腕時計にちらりと目をやる。「あと六分で」

「ああ、その件だが」フィッツが顎をさすった。「君はパロリーノ刑事も同席して、折に触れてブズィアク巡査部長と私的なミーティングを持っているようだな。特別捜査班の捜査員たちとは別に」

レオだ。マドックスは思った。やつに決まってる――レオが三人まとめて告げ口したのだ。

「そうです。話がそれだけでしたら――」マドックスは立ちあがろうとした。

フィッツが手のひらをあげて、そのまま座っているよう命じた。「私的なミーティングの議題はなんだったんだ？」

マドックスはフィッツの勘ぐるような目に視線を合わせた。「お言葉ですが、どうしてこのような質問を内務調査官の前で訊かれているんでしょう。私の上司のブズィアクに直接訊けると思いますが。もちろん、私が調査対象なら話は別で――」

「ああ、いや、そうじゃない」フィッツが硬い笑みを浮かべた。「呼び立てたのは、今朝のブズィアク巡査部長の捜査会議を君に引き受けてもらいたいからだ」

「どういう意味です？」

フィッツが身を乗りだし、デスクの吸い取り紙の上で手を組んだ。「実は君に一時的に特別捜査班のリーダーになってもらいたいと考えている」

「ブズィアクは？」

フィッツがティラーマンを一瞥した。ティラーマンはポーカーフェイスのまま、小さくうなずいた。フィッツが続けた。「ブズィアク巡査部長は内務調査の見解が示されるまで一時休職中だ」

「彼を内通者だと考えてるんですか？　自身が担当する事件の詳細を暴露してると？」

フィッツが鉤鼻の横をこすった。「内密にしてほしいんだが、実のところ……なんと言えばいいか……市警内部の古参のグループの中に、組織に傷をつけようと結託している者たちがいるという疑いがある」

「共謀しているということですか？」

沈黙が落ちる。

なんてことだ。

「加えて君にはこれから数週間、公式にパロリーノ刑事の職務能力を評価してほしい。その間、彼女は引き続き君の下で仕事をする。隔週でわれわれに簡潔な報告をあげてもらいたい。この私のオフィスで。パロリーノ刑事には職務遂行上の問題がある。先日の古参のパートナーの死につながった件も含めて。ハッシュ・ハショースキー巡査部長は勤続年数がきわめて長く、尊敬を集め、慕われていた刑事のひとりだ。私も彼のことは友人と思っていた」

つまりそれがフィッツの動機なのだろうか？　この男は報復をするタイプだ。ハッシュの死をアンジーのせいだと思っている。レオもそうだ。そう思っているのはほかにも何人かいる。だからフィッツは腹いせがしたいのだ。自分を正義と見なしてアンジーをこきおろし、彼女に不利に働くものをなんでもいいから見つけるために、この内務調査を、そしてマドックスを利用している。

これはブズィアクがアンジーを殺人課に迎えられるかどうかの可能性を非公式に評価するようマドックスに依頼した件とはまるで違う。フィッツがやろうとしているのは懲罰だ。正当ではない。心の底には女性嫌悪の気持ちがあるのだろう。

アンジーが被害妄想に陥るのも無理はない。それだけの理由があるのだ。心理評価を恐れることにも。

この男は毒蛇のような悪意を持っている。

マドックスは咳払いをして私情を交えずに言った。「パロリーノがなんらかの市警の規定に違反したという嫌疑は晴れたと理解していますが」

「公式にはそうだ」フィッツが唇を湿した。「だがパロリーノ刑事が、経験の浅い若輩者の警察官がストレス状態に置かれて判断を誤り、それがパートナーの死につながったという主張はいまだにくすぶっている」

くそっ。

もしここでアンジーが最近、精神に変調をきたしたのを隠していることがばれたら、彼女をかばっていることが発覚したら……もしアンジーが自分を——またパートナーを——殺すのではないか、あるいはほかの人に武器を向けるのではないかと恐れて、ナイフと警察支給の拳銃を没収したとわかったら……。葛藤が鋭くマドックスを貫いた。同時にアンジーを守りたいという気持ちが、彼女の支えになるという決意が激しく胸を突く。それらが、肩書きに執着して人をファーストネームで呼ぶこともできない、この鉤鼻で、甲高い声できーきーわめく、ひょろひょろの、度胸も意気地もないちんけな男へのまじりけのない嫌悪と一緒になって、相乗効果を起こした。アンジーと連絡を取らなければならない。早急に。ティラーマンが出向く前に、彼女に気持ちを落ち着けてここに来るよう伝える。そしてアンジーが内務調査を受ける過程で、い、い、い、ティラーマンに本音を吐かせるのだ。

「引き受けてくれないか？」フィッツが訊いた。「今後の方針が決まるまで、ブズィアク巡査部長の後任を務めてもらえないだろうか？　給料はもちろんそれに見あった額になる。履歴書にも、これまでと同等の管理職に、より大きな組織において首尾よく就任し、連続事件を扱ったと書ける。君にぴったりの役職だ」フィッツがまた一瞬、笑みを浮かべる。

解決方法を模索しながら取りうる手段を検討するうちに、マドックスは頭がくらくらしてきた。この男は危険だ。おそらく人生において誰ひとり信用したことがないのだろう。リムペット作戦を担当する特別捜査班の捜査員たちは、マドックスが、新入りが自分たちを飛び越えてブズィアクのあとを引き継ぐことに憤慨するだろう。フランク・フィッツシモンズ警部と内務調査官と手を結ぶことに。まったく、まいった……それに加えてアンジーをひそかに監視しろというのだ。ベッドをともにし、かばっている相手を……まさに八方ふさがりだ。

「それとも……私が知っておいたほうがいいことでもあるのか？」

「お受けします」マドックスは立ちあがった。「では、これで失礼させてもらえますか。代わって捜査会議を行う準備をしなければ」

「結構だ。結論を出すのはまだ先だが、引き受けてくれた役職がもっと続く可能性は常にある。一緒にうまくやっていけそうだな」

「ええ」マドックスはあたり障りなくうなずいた。それからドアに向かいかけたが、部屋を出る直前に振り返った。「ひとつ条件があります。私はもっぱらデスクに座ってるタイプではありませんので、当然ながら捜査員たちと現場に出向きます。そのほうがチームをうまくまわしていけるでしょう」

フィッツの猜疑心に満ちた目がわずかに長くマドックスに据えられた。「いいだろう」フィッツはゆっくりと言った。「二週間後の午前七時にこのオフィスで、ティラーマン巡査部長も同席して三人で会おう。パロリーノ刑事に関する最初の報告会議として。むろんもっと早く私に報告をあげるべきことが発生した場合はその限りではない」

「もうひとつ」マドックスは言った。「ブズィアクの件と、彼が戻るまで一時的に私が代理を務めることを、あなたから捜査員たちに伝えてほしいんです。捜査会議は四十五分遅らせます。そうすればお互い準備ができる」フィッツの顔を見ながら一瞬、間を置いた。「あなたから知らせたほうが、みんなも受け入れやすいでしょう。私にはリムペット作戦の捜査員たちの協力が必要なんです」

「もっともだ。ああ、その前にひと言……黒のレクサスに関する捜索指令が出されているな。ディベロッパーのレイ・ノートン＝ウェルズの、州司法副長官補の夫の名前で登録されていると判明したあの車だ」

「ええ」

「そしてそのレクサスには盗難届が出されていた」

マドックスの胸に怒りがわきあがった。ふいにその話が行き着く先が見えた。

「はい」

「われわれは窃盗犯を追うのだ、マドックス巡査部長。この件はレイ・ノートン＝ウェルズやその家族とはなんの関係もない。そうだな？」

マドックスはタカを連想させる疑り深そうな黒い目を見据えた。「たしかにこの捜査にはデリケートな側面があります。ですからドアを閉めて話しあう必要があります。とりわけ、いまだに情報漏洩が起こっているわけですから」

「なるほど。まあ、ドアは閉めたままにしておこうじゃないか。私の指示があるまで、表沙汰にはしないこと。いいな？」

「なるほど」マドックスはそう言って部屋を出て、背後で静かにドアを閉めた。大きく息を吸ってから、急ぎ足で非常階段へと向かう。一段飛ばしで階段を駆けおりて、署の奥でアンジーに電話をかけた。

彼女は電話に出ず、そのうち留守番電話に切り替わった。

マドックスはコンクリートの吹き抜け階段の下で、もう一度かけてみた。

やはり留守番電話だ。メッセージを残す前に、しばし躊躇する。今、使っているのが署から支給された携帯電話で、おそらく自分も監視されているのではないかということを強く意識した。マドックスは言った。「パロリーノ、マドックス巡査部長だ。病欠の電話を入れたと聞いた。回復次第、署に来て最新報告を聞かせてほしい」

51

アンジーは肺が燃えるようにひりつくのを感じながら、ランニングマシンの上を音をたてて走った。足を力強くおろし、腕を振り動かす。汗がTシャツにしみこんでいく。六キロほど走ったが、速度は少しも落としていない。

心の中では、グレイシー・ドラモンドのこと、フェイス・ホッキングのこと、いかにして市警最大の事件から締めだされたか、この頭の混乱が長い目で見て何を意味するようになるのかがぐるぐるとめぐっていた。レオやホルガーセンやほかの人たちがどんな憶測をしているかは想像するしかない。というのも、仕事を始めてから出勤できないほど具合が悪かったのはたったの一度だけ。しかもそれはハッシュが死んだ日の翌日だった。

〝走って。逃げて。走って……ウチェカイ、ウチェカイ……〟

速度ボタンを押して、ステッパー部分がもっと速く動くように設定し、筋道立てて考えることもできない、実に不快なポーランド語に打ち勝とうとした。

キッチンカウンターに置いた携帯電話がまた鳴りだし、アンジーは徐々にマシンの速度を緩めた。汗が目に入ってちくちくする。彼女は歩く速さにまで速度を落とした。ふくらはぎが張って、お尻が痛い。肩は苦痛を感じるほどこわばっている。ランニングマシンをおりてカウンターの携帯電話をつかみ、最後にかかってきた番号を確認する。

今度もマドックスだ。

彼とは話せない――この状況を理解して、頭の中で話をすべて整理するまでは。その前にかけてきたのはホルガーセンだ。彼とも絶対に話したくはない。ブズィアクの電話には病気で休むとだけメッセージを残した。

アンジーは携帯電話の電源を切ってランニングマシンに戻った。すばやく速度をあげ、今回は勾配も急にする。どんどん速く、急な傾斜で走る。吐き気がこみあげてきた。それでもさらに速度をあげ、勾配をつけた。

むかつきが喉元までせりあがってきた。胃の内容物を懸命に押しとどめながらランニングマシンを飛びおりて、ふらつく足でバスルームに向かった。便器の縁を握りしめ、顔を突っこんであえぐ。

あとどれくらい無理ができるのか。

どうしてこんなことになってしまったのか。

実際にいつすべてが始まったのか。

いったい何に対してこんなに自己否定をしているのか。

悪態をつき、もう一度吐こうとしてみる。痛みを覚えた。しかもひどく。肉体面でも、精神面でも。母のことを考えるとつらかった。父の深い孤独も。ハッシュが逝ってしまったことも。アンジーは自分がマドックスにしたことを思った。あと少しで彼の命を奪うか、重傷を負わせるところだった。これ以上は続けられない——この問題を冷凍庫で冷やしたウオツカで麻痺させたり、クラブで分別もなく男をあさったりすることはもうできない。

マドックスには借りがある。そして彼は今やアンジーの監視役だ。引き続き捜査に加わる可否を決める立場だ。捜査から外されるのはつらかった。警察官の仕事は人生そのものだ。

アンジーは便器から体を起こし、ゴージ水路を臨むガラスのスライドドアへとよろめきながら進んだ。ドアを開けて、小さなバルコニーの冷気の中に足を踏みだす。手すりを握りしめ、冬の弱い日差しを仰ぎ見てから目を閉じた。

あたたかい陽光を受けながら、街と眼下の水路の音に耳を澄ます――ボートが近づいてくる音、カモメの騒々しい鳴き声、上空を舞うワシの甲高い声、けたたましいクラクションの音、レース用の手漕ぎボートの選手に指示を出す舵手(だしゅ)の叫び。アンジーは気がついた。まさにこれだ。

生きていたい。本当の意味で。この街でいきいきとした生活を送りたい。揺るぎなく存在していたい。

仕事をしていたい。

それなのに今、すべてを失う瀬戸際に立たされている。アンジーは額の汗をぬぐい、室内に戻ってデスクの引き出しをかきまわした。そして捜していたものを見つけた。古い名刺だ。携帯電話の電源を入れて名刺にある番号を押し、まだつながるだろうかと考える。

呼び出し音が鳴りだすと緊張した。こぢんまりとしたアパートメントの中を行ったり来たりして、体の痛みを紛らそうとする。電話がつながった。アンジーは息を止めた。

「もしもし？」男性の声が聞こえてくる。

一瞬、言葉が浮かばなかった。それから咳払いをする。「アレックス？　アンジーです。アンジー・パロリーノ」

「アンジー……パ、パ、パロリーノ？　本当に？」間が空く。「何年ぶりだ？　元気にしていたかい？」

「古い友人のために時間をもらえませんか？」

「もちろんだ」かすかなためらいが伝わってきた。「専門家として？　それとも個人として？」

「それは……たぶんどちらも少しずつだと思います。まだわかりません。ただ……誰かに話さないと、吐きださなければならないんです」

「自宅のオフィスに来るかね？　今は街にいないが、明日には戻る」

「明日の午前中だとありがたいんですけど」

「午後早くならなんとかなりそうだ。二時三十分でどうかな？　紅茶を用意して待っているよ。昔みたいに」

アンジーはかつて師事した心理学の元教授――メンターであり、指導教官であり、友人だった人物との懐かしい記憶に思わず頬を緩めた。白熱した議論をしながら大量に消費したダージリンやアールグレイ、セイロンティーの記憶がよみがえる。「住所は今も同じですか？」

「同じ家だよ。ジェームズ・ベイの。じゃあ、また」

「ありがとうございます、アレックス」アンジーは電話を切った。先ほどよりも気持ちが軽くなっていた。

最初の一歩を踏みだしたのだ。

52

朝の捜査会議はマドックスの予想どおりだった。ブズィアクに関する知らせは冷ややかに受けとめられた。マドックスに対する不信感、レオの不平をこぼす声も。捜査員たちがその日の担当任務に向かう頃には、あたりに重苦しい空気が漂っていた。彼らにとって唯一の慰めは、クリスマスまでにこの殺人犯の逮捕に見事失敗すれば、マドックスが——新入りが——いけにえになることだ。

フィッツの魔女狩りは当然の痛手をもたらしていた。そのせいで捜査は失速した。おまけに特別捜査班の中に内通者がいるという疑いは晴れていない——マドックスはブズィアクが情報をもらしているという話を信じていなかった。ガンナーを支持する古参のグループの策略だという話も。古参の者たちがどうして政治的にガンナーにダメージを与え、旧体制を一掃するというキリオン市長の脅しに加担するようなことを望むというのだろう。

　これに加え、アンジーとの意見の対立、ジニーとの家庭問題という難題もあり、金曜の夜に法科学研究所に足を踏み入れたときのマドックスは楽しい気分ではなかった。遅い時間だが、責任者のドクター・スンニ・パダチャヤが主にテティス島のロープから見つかった証拠の鑑識結果について説明してくれるという。

　マドックスはドアを開けた。この時間はがらんとしているが、部屋の奥の作業台で実験用の白衣を着たわずかに浅黒い肌の女性が顕微鏡をのぞきこんでいる。マドックスが入ってきたのに気づいて、女性が顔をあげてほほえんだ。

「マドックス刑事」白衣の女性が立ちあがって近づいてきた。その名前の明るい響きのせいか、偽りのない笑顔と澄んだ黒い瞳に映りこんだ光のせいか、はたまた黒髪を覆う青い半透明のシャワーキャップタイプのヘッドカバーをかぶった姿がコミカルなせいか、マドックスは笑みを返していた。この小柄な科学者の評判はすばらしく、思っていたよりもずっと若かった。

「遅くまで残って分析結果の説明をしてくれてありがとう」マドックスは言った。

「握手をしたいところだが……」ゴム手袋に向かってうなずきかける。

「問題ないわ。いつも遅くまで残っているから。私生活なんてないようなものね」スンニが手袋を外してごみ箱に捨てた。「来て。見てほしいものがあるの」

連れていかれた先には発光パネルがあり、顕微鏡にのせられた毛根の拡大図が映しだされている。

スンニがライトをつけると、鮮明な像が現れた。

「毛髪と陰毛は人によってさまざまなバリエーションがあるから、現在の法科学で検証できるものは範囲が限定的なの」スンニが指示棒を手に取った。「でもその他の体毛が体のどの部位のものかを一般的な構造から見分けることはできる。長さ、形状、太さ、色、剛性、ねじれ具合。顕微鏡で見たそうしたすべての情報が部位の特定につながるの。色素と毛髄質の外見もそう。そこで毛をいくつかのグループに分類したわ。〝黒髪の男1〟……」彼女が指さす。「〝黒髪の男2〟、それから〝ブロンドの男〟があれよ」

「あっちのグループは？」マドックスは赤茶色の毛のスライドを示した。

「あれは〝褐色の髪の女性〟で、フェイス・ホッキングのＤＮＡと一致している。だからあのグループは〝ホッキング〟としておきましょう」

「わかった。ここにあるのは全部、テティス島から持ち帰ったものなのか？」

「その話はあとでね」スンニが『不思議の国のアリス』に出てくるチェシャ猫のようににやりとした。お楽しみは最後に取っておくつもりなのだ。マドックスは即座にスンニに好感を抱いた。

「まず、〝黒髪の男1〟だけど……」スンニが指示棒で第一グループの映像を指した。「毛髪、体毛、陰毛があったわ。〝黒髪の男2〟も同じく、陰毛、毛髪、体毛。〝ブロンドの男〟は毛髪だけ」

「全員、白人か？」

「ええ。これが毛髪だけど、通常は人体に生える一番長い毛にあたる」スンニがすべてのグループの毛髪を示す。「直径がどれも同じようなものだという特徴がわかるでしょう。それで、こっちの画像は先が切断されている」

マドックスはうなずいた。

「ここにある毛髪のほとんどは無理やり抜かれたものよ。自然に抜けたのであれば根元に向かうほど太いわ、こっちのこれみたいに。でもほかのものは根元部分が伸びていて、毛根のまわりの組織も付着している」

争った痕跡かもしれないとマドックスは思った。あるいはロープを結んでいるときに入りこんだのか。

「こっちは体毛」スンニが〝黒髪の男1〟と〝黒髪の男2〟のふたつのグループのスライドをいくつかつついた。「そしてこっちが陰毛ね。普通はごわついて硬そうに見える。直径やよじれ具合にはかなりのバリエーションがあって、それにつながった、あるいはとぎれた毛髄質があることが多い。毛の中心部分のことね。ここにある陰毛はすべて無理やり抜かれて毛根のまわりの組織もついている」

「たとえば激しいセックスによる摩擦とか」

「それはあなたが決めることよ。私は科学者として目にしたものを伝えているだけ」

ああ、マドックスがスンニという小柄な科学者のことを気に入ったのは間違いない。最悪の一日を少しだけ明るくしてくれている。おまけに科学者であろうがなかろうが、彼女は達人の域の話し上手で、聞き手の期待をふくらませてくれる。

「〝ホッキング〟のグループ。これは地下室の床にあった証拠の陰毛よ」スンニが指示棒でスライドをつつく。「これはロープから採取した毛髪。どれも力任せに抜かれている。毛髪には薬剤処置を施した痕跡がある。少し暗い色合いに染めていたのね」

スンニが隣の発光パネルに近づいて、そちらの電源も入れた。「これが〝黒髪の男1〟と〝黒髪の男2〟のDNAの分析結果よ」

「結論は？」

「結果的に〝黒髪の男1〟と〝黒髪の男2〟のDNAは、遺体の解剖時にホッキングの体から採取した二種類の毛と一致したわ。彼女の陰毛を梳いて採取したものと、防水シートの内側から採取したものに」スンニが視線をあげ、黒い瞳がきらりと光った。「それから〝黒髪の男1〟のDNAの分析結果は、グレイシー・ドラモンドの着衣から見つかったいくつかの毛とも一致する」

マドックスは軽く口笛を吹いた。「お手柄だ、ドクター・パダチャヤ。君が〝黒髪の男1〟をふたりの被害者と結びつけたんだ」

スンニが声に出して笑った。「やめてよ、ドクターなんて。スンニと呼んで。みんなそう呼ぶから。それに感謝なら私のチームにして。自分たちの仕事をしているだけだけど」

マドックスは毛の画像にさらに目を凝らした。「状況からすると、ふたりの男の陰毛がホッキングの陰毛から採取されたのなら、黒髪の男たちのどちらもホッキングと性行為をした可能性がある」

「少なくとも局部の接触があって、乱暴に抜かれているからおそらく激しい摩擦があったってことね」スンニが言った。

「それで、〝ブロンドの男〟は関係してるのか？」

沈黙が返ってくる。

マドックスはスンニに顔を向けた。その表情を見て鼓動が速まる。「頼む、ドクター。全部話してくれ。最後まで取っておいた情報はなんなんだ？」

「〝ブロンドの男〟のDNAは、使用済みのコンドームから採取された精液のDNAと一致した。コンドームにはホッキングのDNAも付着していた。それに鑑識はドラモンドのコートの表面から同じブロンドの人物の毛髪を発見している」

マドックスはスンニを見つめた。頭がくらくらする。「それは重大な――」

「そうなの」

「三人の男たち。ひとりはブロンドで、ふたりは黒髪」マドックスは小声で言った。発光パネルのスライドを凝視する。「〝ブロンドの男〟と〝黒髪の男1〟のDNA分析結果によると、ふたりは両方の被害者とつながっている。そして今のところ、この正体不明の三人の分析結果に合致する人物は見つかっていない。カナダ騎馬警察のDNAデータバンクにも、アメリカの連邦捜査局(FBI)の統合DNAインデックスシステムにも記録がない」

マドックスはジェイデン・ノートン＝ウェルズとザック・ラディソンを頭に思い浮かべた――ふたりとも黒髪だ。ジョン・ジャックス・シニアとジュニアは――ブロンドだ。緊張とアドレナリンがまじりあう。この男たちのDNAが必要だ。捜査対象とするか除外するかを決めるために。

ＤＮＡ採取の令状を取れるだけの新たな証拠はまだ得られていない。三人のうちのひとりがおそらく犯行に及んだのだと判事に示せるだけの何かを手に入れなければならない。あるいは犯行にかかわったのだという何かを。それが現時点で障害となっている。それが自分たちに必要なものだ。道のりはまだまだ遠い。

「恩に着るよ、スンニ」マドックスは言った。

「覚えておくわ」スンニがまたにやりとした。

53

メリーは脚に走る痙攣を和らげようと重心をずらした。ダウンジャケットとニット帽のありがたみを噛みしめる。空気が澄んだ金曜の夜の視界は最高だが、それは冷えこんでいるという意味でもある。

月が満ちていく。打ち延べた金属のように海上に道筋を照らし、マリーナに停泊する白い船を不気味に輝かせている。カメラの望遠レンズで拡大し、再びすばやく連写した。メガヨットと呼ばれる大型船舶の〈アマンダ・ローズ〉という名前と、翻る旗をはっきりとらえるように意識する。

豪華な船の上ではかなりの動きがあった——明かりがついた窓を人々の影が横切り、ときおり煙草を吸いに甲板に出てきた人が火をつけるか煙を吸いこむ際に、煙草の先が暗がりの中でオレンジ色に明るく光る。かすかな音楽と切れ切れの笑い声がメリーのうずくまっているあたりまで届いてくる。メリーは小さな入り江の北東の突きあたりを曲がった道路に駐車中のダッジのトラックとキアのソレントのあいだにいた。自分のフォルクスワーゲン・ビートルは道路の向かいの数台先に停めてあるが、ここからのほうがよく見える。

真夜中を過ぎて土曜の朝になると、人の動きも落ち着いたようだった。今では寒さが骨までしみこんでいた。警察官の張り込みもこんな感じなのだろう。何時間も動きがなく、ただ待っているだけで手足が引きつってくる。頭に昨日の午後の口論がよみがえる。ダミアン・ヨリックを捜しに行ったときのことだ。

ダミアンはポン引きで、数カ月前にフェイスと会っているのをニーナが見かけたという。メリーはBMWに乗っていたというブロンドの男のことを聞き、ダミアンに会いに行った。

〝フェイスはずっと昔からのヒモと一緒だった。ダミアンってやつ。ほかにもブロンドの男がいて……黒で小型のスポーツモデルのBMWを乗りまわしてる、金持ちのいけ好かないやつだった。若くて、まだ二十代前半かな〟

けれどもダミアンはフェイスには二年ほど会っていないとメリーに言った。嘘だ。メリーは信じなかった。あのヒモよりもニーナのほうが絶対に信用できる。そこでダミアンの嘘を追及した。〈アマンダ・ローズ〉を見つめるメリーの頭に、あの口論が再びよみがえる。

〝俺の仕事に首を突っこむんじゃねえよ、このドラッグ漬けの売女が。喉をかききられて、おまえのダチみたいにあの水路に浮かびたいのか？　これはでかい案件なんだよ。おまえの手には負えない。タブロイド紙のちんけな記者にはな。さっさとここから出てけ。俺が後悔するようなことをする前に……〟

この会話は録音してあった。〝俺の仕事……おまえの手には負えない……〟こうした言葉を聞いてメリーは、ダミアンがフェイスの死になんらかの形でかかわっていると、そのブロンドの男と何かあると確信した。だからダミアンが夜十時頃に家を出るまで外で待っていた。そして彼の車のあとをつけてこのマリーナまで来たのだ。ダミアンはマリーナの専用駐車場に入っていったので、メリーは少し先の入り江をまわってから車を停めた。そしてその見晴らしのいい場所から、ダミアンがマリーナの防犯ゲートを通って桟橋を進み、〈アマンダ・ローズ〉に乗船するのを撮影した。

ふいに別の男が確固とした足取りで桟橋から豪華な船に向かっていくのを見て、メリーは体をこわばらせた。その男に望遠レンズの焦点を合わせる。暗い色の髪――おそらく黒髪だ。ダミアンと同年代に見える。長身で、がっしりとした体格をしている。男がタラップを通って乗船する姿をメリーは何枚か写真におさめた。

時間が過ぎていった。ますます人の動きがなくなる。寒さが肌を刺しつつあった。ダウンジャケットとニット帽を身につけているが、彼女は震えだした。明日また戻ってきて、あの船のことでもっと何かわからないか調べてみようと考えながら荷物をまとめかけたとき、ダミアンが先ほどの黒髪の男とタラップを戻ってくるのが見えた。メリーはカメラのシャッターを切った。

ふたりは並んで桟橋を進み、出口のゲートに向かいながら、うつむきがちにこみいった話をしているようだ。メリーは男たちがゲートに向かい、駐車場に入っていく様子をカメラにおさめた。アップで撮ろうとズームインする。男たちがダミアンの車の前で足を止め、それから黒髪の男は濃い色のポルシェのほうに歩いていった。この光のもとでは赤に見える。男が運転席のドアを開けて乗りこむところを彼女はまた撮影した。心臓が早鐘を打ちだす。身をかがめたまま、海岸沿いに路上駐車している車の列の後ろを走って自分のビートルに乗りこみ、専用駐車場を出ていくダミアンを追うこともできる。あるいはあのポルシェについていって、男が誰なのか突きとめることもできる。メリーはポルシェを選んだ。頭を低くして小走りし、ビートルのドアを開けて乗りこみ、エンジンをかけた。メリーが通りに出て小さな入り江を曲がると、ポルシェが駐車場からスピードをあげて出てきた。ポルシェのブレーキランプが赤く光り、車はアップランズの高級住宅地に続く道へと曲がった。

道路はすいており、夜の空気がとても澄んでいたので、メリーは見失わないようにしながらかなり後方を走った。

ポルシェが左に折れ、それからまた右に曲がった。住宅が立ち並ぶ広い並木道をのぼっていく。テールライトが赤く光り、男は唐突に私道に入ってメリーの視界から消えた。

メリーは私道の入口を通過してから路肩に車を停めた。私道の脇にある石でできた門柱に青銅のプレートが埋めこまれ、明かりが灯っている。それを見たメリーは興奮で口がからからになった。

〝AKASHA〟

心臓が激しく打ちだす。メリーはその文字を撮影した。ところが連写していると別の車が——白のアウディが視界に入った。アウディは私道の入口から数メートル手前の街灯の下で停まった。メリーはシートに身を沈め、窓の端からのぞき見た。アウディの前の座席には男女が座っている。男が頭の位置をさげ、ふたりは長く情熱的なキスをした。メリーはゆっくりとレンズを持ちあげてシャッターを押した。いきなりアウディの助手席のドアが開いて、車内灯がついた。女がおりる。女がドアの上部に手を置き、身をかがめて車内に向かって何やら言っているのを見たとき、メリーは心臓が止まった気がした。

男はジャック・キリオン、あのいまいましい市長だ。そして女は州司法副長官補のジョイス・ノートン＝ウェルズではないか。

身を沈め、興奮に両手を震わせたまま、メリーはさらにシャッターを押した。州司法副長官補が助手席のドアを閉めた。アウディが走り去り、ジョイス・ノートン＝ウェルズはブリーフケースを手に、〝AKASHA〟というプレートが掲げられた家の私道を進んでいった。

54

十二月十六日、土曜日

土曜の朝五時三十分。マドックスは早めに署に入った。そのほうが静かでリムペット作戦の捜査員も数えるほどしか来ていないとわかっていたからだ。何よりもまず、フィッツとほかの幹部連中もいないことが一番だ。これからしようとしていることを思うと、フィッツには近くにいてほしくなかった――ジェイデン・ノートン＝ウェルズを連れてきて、自主的にDNAサンプルを提供させようとしているときには。

その案は昨日の夜に思いついた。ヨットで横になり、アンジーとこの事件について考えているうちに眠れなくなったのだ。アンジーから折り返しの電話はなかった。そしてこちらから彼女の自宅に立ち寄ることはしないよう自制していた。昨夜、決めたのだ。アンジーがどんな行動を取ろうとも、もしそのことに価値があるなら、たとえ長期戦になったとしても彼女にとって最善であるなら、自分は最も困難なことをしなければならない――自分のもとに来るまでアンジーを待つのだ。

マドックスはポケットに両手を突っこみ、ホワイトボードの前に立った。頰の内側を軽く噛んで、ドラモンドとホッキングと〝黒髪の男1〟、〝黒髪の男2〟、〝ブロンドの男〟を結ぶ自分で書いた新たな線を見つめる。

背後で咳払いが聞こえて、マドックスははじかれたように振り返った。

ホルガーセンだった。黙ってこちらを見ている。

「いつからそこに立ってたんだ？」わずかに早口になった――この男が入ってくる音がまったく聞こえなかった。

ホルガーセンが足を踏みだした。朝のまぶしい光を受けてこの男の目がくぼみ、頰がこけているのがわかる。「あんたが呼んだんだよ、ボス」特別捜査本部でのマドックスの新しい地位で呼ぶ。「真夜中にメッセージを残したじゃないか。黒髪のＤＮＡの分析結果について話して、今朝ここに来て手伝ってほしいことがあるって。覚えてるか？」

「五時半に来いとは言わなかった」

ホルガーセンが気のないそぶりで肩をすくめた。「ここに来ていろいろ見て、自分なりに静かに考えてみようと思ったんだ」顎でホワイトボードを示す。「でも先を越された」

マドックスは一瞬、黙って彼を見つめた。「少しは寝てるのか、ホルガーセン？」

ホルガーセンがまた肩をすくめた。「ああ、まあ、寝てないな。ときどき事件に心を食われるってことがあるだろ。それで……DNAの分析結果がそれか」ホワイトボードに歩み寄り、新たな関連と情報を観察する。そして振り向かずに言った。「まずはフィッツ、それからブズィアク。今度はあんたが新しい責任者か」

マドックスは沈黙を貫いた。

ホルガーセンが振り向いて眉をあげた。「パロリーノはどうしてる？」

「知らない」

ホルガーセンがうなずく。「このあんたの計画にフィッツは参加しないんだろ？」

沈黙を貫く。

「聞かせてくれよ。どうしてかわいい金持ちのジェイデン坊やが今日、自ら進んで体液を提供してくれると思うんだ？」

マドックスは先に淹れておいたコーヒーを取りにカウンターへ向かった。自分用に湯気の立つコーヒーをマグカップに注ぎ、ポットを掲げてみせた。「飲むか？」

「いや。せっかくだが、あとでちゃんとしたのを飲む」

マドックスはホワイトボードに戻り、コーヒーを口に運びながらジェイデン・ノートン=ウェルズの写真を眺め、マグカップでそちらを指した。「やつはもろい。そして重要な鍵でもある。レクサス、聖クリストファーのメダル、ラディソンのもとへ駆けつけたこと、そのラディソンのオフィスにドラモンドの携帯番号が書かれた紙マッチがあったこと。ジェイデンはつながっている。どんなふうにかはわからない……だが、つながっている。やつを押せば、ドミノは倒れはじめる」

「なるほどね。でも」ホルガーセンが胸ポケットに手を入れ、ニコチンガムの箱を取りだす。「もしノートン=ウェルズが関係してるなら、進んでDNAサンプルを差しだしたりしないだろ。それにもし無関係だとしても、ロースクールの学生だ。連中は頭でっかちで、カナダ人権憲章だのプライバシー法だの人格権だのを持ちだして、ふんぞり返るぞ」

マドックスは片方の眉をあげた。「レオとは毎日ごたごたしてるのか?」

ホルガーセンが疲れた顔でにやりとした。緑色のガムを歯のあいだに挟んだまま答える。「いろいろ知ってることはあるんだよ、ボス」

ホルガーセンの印象が改まった。マドックスはヒェール・ホルガーセンとのひとつひとつのやり取りを新たな交流と感じていた。この男はマドックスの中の謎解き好きな部分を刺激する。ホルガーセンが刑事になった動機はなんなのだろう。何が彼を突き動かしているのか。どうして自分とアンジーにフィッツの思惑を知らせようとしたのか。それが今日のパートナーにホルガーセンを選んだ理由だった。友は近くに置け、敵はもっと近くに置けと言うではないか。ホルガーセンがどちらなのか知りたかった。友か敵か。

「動機」マドックスはホルガーセンの顔を見つめてゆっくり言った。「それが俺のアプローチ方法だ。何事に対しても、誰に対しても。ノートン=ウェルズはロースクールの学生かもしれないが、父親にとっては期待外れの息子だ。おそらく母親にとっても。なんといっても州検察のトップにのぼりつめた政治家だからな。ロースクールの学生だとしたら、それは両親に認められたいからだ。やつは愛情に飢えてる。ロースクールに通っているのは得意分野だからじゃない。それにロースクールの学生のわりには切れ者というわけじゃないし、騒ぎ立てるわけでもないと俺は見ている」コーヒーを口に運び、ジェイデン・ノートン=ウェルズの写真に注意を戻した。「やつは熱心な信者だ」マドックスは若者の顔を見つめて静かに言った。「頭には確固たる倫理観がある。是と非。善と悪。あの男の信仰心においては、悪は地獄に堕ちることを意味する。ジェイデン・ノートン=ウェルズは地獄に堕ちることを心底恐れてる。われわれがジェイデンに会いに行ってドラモンドの件を告げた直後にやつはぼろぼろになった。緊張に押しつぶされそうで、恐怖心があふれていた。こちらがはっきりと気づくぐらいに」

「ああ、まあ、殺しという点では宗教的な側面が合致するかもしれない。それにグレイシー・ドラモンドを知っていて、レクサスの件では嘘をついた……。そうだとしても、やつはグラブロウスキが言った、一匹狼（おおかみ）で情欲に裏づけされた狡猾（こうかつ）でサディスティックな連続殺人犯のプロファイリングには合致しない。俺が思うに、もしドラモンドのために文字を刻んだ聖クリストファーを贈ったとしたら、それは彼女のことが好きだからだ。そうした聖人は人々を見守ると考えられてる。心優しい金持ちのジェイデン坊やはドラモンドをレイプして切りつけて殺したうえに、夜中に墓地まで引きずっていって、出血して死につつある彼女を聖母マリアの足元に放置したりしない。絶対にない」

「そのとおりだ。だがやつは何かを知ってる。何かを隠してる。とんでもなく怯えてる。そしてノートン＝ウェルズは怯えるとパニックを起こす。パニックを起こしたからレクサスについてとんでもない嘘をついたし、〈ジ・オーベルジュ〉でのディナーのことや、レクサスが盗まれた現場だと主張する駐車場についてもそうだ。それからパニックになったせいで何かを言いにラディソンのいる市庁舎へ駆けつけた。コートを着ようとか、誰かに見られるかもしれないなどとは考えられないほどに焦って」マドックスはマグカップを置いた。「パニックとはそれを抑える論理という騎手のいない荒馬のようなものだ。思考能力をすっかり失って、原始的な本能で行動してしまうんだ。われわれはノートン=ウェルズにやつの愛しいグレイシー・ドラモンド殺害の件で圧力をかける。あの男をパニックに追いこめば、自分の身を守ろうとしてDNAを差しだすかもしれない。なぜなら俺は、やつはドラモンドに手を下して、い、な、い、と思っているからだ。だが手を下した人物を知っているか、あるいは手を下したんじゃないかと疑ってる人物がいるのかもしれない」

「パパとママのもとに駆けこんで、両親があらゆる法的手段という奥の手を持ちだしてきたら？　そうすればおじゃんだ」

「やつがそうするとは思わない。それにもしDNA採取の令状を発行してもらえるだけの証拠をつかんだとしても、どのみち両親は法的手段を取ってくる。今回のやり方なら最悪の事態は阻止できる。それにこの件に関しては期限が迫ってる。猛烈な速さで。試してみるだけの価値はある」

「フィッツを激怒させるだけの価値があるってのか？」

「今のところ打つ手はほかにないんだ」マドックスは口をつぐんでホルガーセンの目を見つめた。「この捜査を仕切っているのは俺だ。フィッツじゃない」

ホルガーセンが大きく息を吸って顎髭をさすってから、満面に笑みを浮かべた。

「それじゃあ、ロースクールの坊やをしょっぴきに出かけるとするか、ボス」

55

ドクター・アレックス・ストラウスはアンジーに紅茶のカップとソーサーを手渡した。十八世紀後半に建てられた彼の家はジェームズ・ベイにあり、張り出し窓の外では冷たい銀色のカーテンさながらに土曜の午後の雨が降りしきっている。「セイロンティーだ。午後によく一緒に飲んだのを覚えているかね?」

アンジーは笑みを浮かべた。「ずいぶん前の話ですね」紅茶を口にすると、キャンパス内のアレックスの教授室で議論を交わした時間の記憶が頭に押し寄せてきた。アレックスはまず彼女の指導教官となり、それから友人となったのだ。四年前に大学を去ったあとは、心理学の雑誌の編集をしながらゆっくりと引退に向かう日々を送っている。

「本当に久しぶりだね。古い友人だというのに」アレックスがアンジーの向かいのウイングバックチェアに腰をおろし、カップに口をつける。ふたりのあいだにある暖炉で火が音をたててはぜた。

「元気そうですね、アレックス」アンジーは心からそう思った。もう七十代に差しかかっているはずなのに、外見はさほど変わっていない。一緒にいると、人を幸福にする食べ物を前にした気分になるのも相変わらずだ。さしずめ魂のための食事といったところだ。なぜ今まで彼に会いに来なかったのだろう？「まだ自転車には乗っているんですか？」

「君が私に世辞を言うのも相変わらずだな」アレックスの顔から笑みが消えた。「なぜ今まで訪ねてこなかった？」

「生活も仕事もありましたから」アンジーは言葉を切り、やがて続けた。「実のところよくわかりません、アレックス。忙しかったんです」

アレックスがしばらくのあいだ、見つめてくる。アンジーは椅子に座ったまま身じろぎしたい衝動に駆られたが、なんとかこらえてじっとしていた。

「どうして法執行機関に入ろうと決めたのか、はっきりと聞いていなかったな」アレックスが言った。「なぜ学問に見切りをつけて警察の世界に進んだのかね？」

アンジーは唇をなめた。「父みたいなことを言うんですね。私は……助けたかった。弱い人たちの人生を変えたいと思ったんです。そういう人たちを虐げ、傷つける人々を逮捕したかった」思考がマドックスと、ジャック＝オーの面倒を見る必要があるということに関する彼の言葉――野良犬を引き取った理由――へと戻っていった。ジャック＝オーの人生に違いを生みだせているとマドックスは言った。警察官としての仕事で得られる以上の何かを感じられると。マドックスは救済者であり、善人だ。自分は彼のような男性にはふさわしくない――。

「逮捕するのはほとんどが男だろう。とりわけ、特別な配慮を要する被害者を扱う部署にいるのだから」アレックスが言った。

アンジーは思考を引き戻した。「性犯罪の被害者。そうですね、統計的にも悪人は男ということになってます。そうして人生が崩壊していくわけです」

心理学者がアンジーを観察しながらゆっくりとうなずく。「それで、何があって急に訪ねてきたのかな、アンジー？　君は何に悩んでいる？」いつものようにアレックスが単刀直入に尋ねた。すでに彼女が意図した以上に自身のことが伝わってしまったのかもしれない。もしかすると、それこそがアンジーがアレックスを避けてきた理由なのかもしれなかった。大学を出て警察に入り、人生を切り分けて野蛮で心をかき乱す事件に対して客観的に接することを学んでからというもの、そして名前も知らない行きずりの相手と体を交える生活を始めてからというもの、彼女の感情はだんだんと閉ざされていった。心の内の変化があまりにゆっくりで自分でも気がつかなかったが、年配の心理学者とともに座っている今ならわかる。アレックスのような人物と、目をのぞきこんでその奥にある魂を探り、ほかの人には見えないものを見て取る人物と一緒にいるせいで、自分は不安になりはじめている。

アンジーは慎重にカップとソーサーを椅子のかたわらにある小さなテーブルに置き、アレックスに母の病気と入院について語りはじめた。母と似た遺伝的な性質を持つ症状――幻視や幻聴――が自分の身に起こっているかもしれない恐怖についてもだ。ピンクのワンピースを着た女の子のこと、不可解な言葉や外国語について打ち明け、そうした幻が現れるたびに根源的な恐怖を覚え、命が懸かっているかのように逃げだしたい衝動に駆られるという話もした。クリスマスの時期や雪が降ったときにいつも感じる落ち着かなさについて説明し、母が聖歌を歌ったときの自分の反応も伝え、最後に大聖堂の外で意識を失って同僚に襲いかかった話をした。

それからアンジーは自分がハッシュと幼いティフィーとの一件を経験したあとの心理評価を避けており、精神的に不安定だという記録が残ってしまうかもしれないと思うと、あらゆる公的な医療行為を受けることに恐怖を覚えることも正直に話した。そんな記録が残れば、彼女にとって根本的に世界にも等しい仕事を失いかねない。

「アンジー」アレックスが静かに言った。「私の知人にとても評判のいいセラピストがいるんだ。その人は——」

「公式なセラピーは受けたくありません、アレックス。私の言いたいことが伝わっていないみたいですね。公式な手順を踏む決断をする前に、まずあなたの友人としてのアドバイスを受けたいんです」アンジーは時計のバンドをもてあそんだ。「ある男性に出会って……たぶんその人が気になりはじめてるんです。大聖堂の外で刺そうとしたのも彼で、そのせいで私はひどく動揺しました。その人のおかげで、彼と同僚たちのために診察を受けて事実を知らなければならない、もし本当に病気なら仕事を辞めざるをえないと思えるようになったんです」

「そこに葛藤があるわけだな。君自身は助けを求めてはいないが、その男性のせいでそうする気になった。だからセラピーの簡易版のようなものを期待して私のところに来た……簡単な答え、逃げ道を求めてね」

アレックスの視線を受けとめているあいだに、アンジーは自分の心の壁が音をたてて閉じるのをはっきりと感じた。「そうですね、私は間違いを犯したのかもしれません。すみませんでした」立ちあがって言葉を続ける。「そろそろ——」

「私もニュースは見ているよ、アンジー。君が例のレイプ殺人の捜査にかかわっていることもメディアを通じて知っている。あの手の事件を捜査するのはつらいものだ。誰にとってもね。誘因としては充分――」

「違います。私はそのせいで頭がどうにかなったわけでは――」

アレックスが腕をあげ、手のひらをアンジーに向けた。「認めたまえ。これが映画だったら、もちろん作り物の刑事は影響を受けたりしないだろう。観客も暴力に慣れる一方だ。だがこれは現実の出来事で、現実の人々の話だ。人は君が性犯罪を扱うときに対処するようなことに絶え間なく対応できるようにはできていない。とりわけずっと気持ちを吐きださず、きちんとした精神的ケアも受けず、ＰＴＳＤの諸症状を早期に認識しなかったとくればなおさらだ」言葉を切り、さらに続ける。「パートナーのハッシュを失った七月の事件についても読んだよ。血まみれの君があの亡くなった子どもを抱いている新聞の写真も見た……君の表情は苦痛に満ちていたな」彼は唇を曲げ、悲しげな笑みを浮かべた。「君の経歴はずっと追っていたんだ」

ずっとアレックスを訪ねなかった罪悪感がいっそう強くなる。アンジーは身をかがめてバッグを手にし、肩にかけた。「もう行ったほうがよさそうですね。あなたの言うとおりです。私は逃げ道がほしかっただけでした」

「座りなさい、アンジー。荷物を置くんだ。事は君が考えているよりも単純かもしれない」アンジーはアレックスを見おろし、やがてゆっくりと腰をおろした。

アレックスが身を乗りだす。「これはセラピーの面談でないと断ったうえで、これまでの君の話した内容すべてと、ここ六カ月のあいだに君の人生に起きたストレス要因となりうる出来事から推測するに……そうしたすべてが合わさった衝撃が、抑圧されていた子どもの頃の記憶がよみがえるのを誘発した可能性がある」

アンジーは深く息を吸いこんだ。「私の友人もそう言っていました。たしかに何かを思いだしているのかもしれません。私が命を落としかけて顔に傷を作ったイタリアでの交通事故について、いくつかの齟齬（そご）が生じてるんです。そうした記憶の中には、四歳の頃の見方が表面化したものがあるんだと思います。ただ正直な話、私の子ども時代は平凡そのものだったはずなんですよ、アレックス」

アレックスは立ちあがって火かき棒を手にし、炉床の炭をかきまぜて薪（まき）を加えた。

椅子に戻って言う。「伝統的な記憶の〝保持〟という考え方は変わってきているんだ。記憶というのは定着して変わらずに保持され、キャビネットの中のファイルのように保管されて、必要なときに取りだしたり、見たり、置き換えたりするものではないとする新しい見解が流行している。それよりもむしろ、何かを思いだそうとするとき、人は新しい物語を作っているのだとする見解だ。ある出来事を思いだせと言われた際、われわれは自身の過去から鍵となる要素を取りだし、それを使って経験を再構築する」アレックスは身を乗りだし、アンジーの目を見つめた。「そしてときには、この自伝的な物語を再構築する過程において、何かをつけ加えてしまうこともある。感情や信念、あるいはその出来事のずっとあとになってから獲得した知識といったものだね。われわれはこうした新しいものを過去の出来事の周辺の物語に織りこみ、そうして新たにできた物語を〝記憶〟と呼ぶんだ」

彼は自分のカップに手を伸ばし、もうひと口飲んでソーサーに戻した。

「そして過去の筋書きと現在の新しい要求を融合させようとするところに、エラーやゆがみが入りこむ余地が生じる。まったく事実でない話まで記憶に植えつけられてしまうことさえありうる。すべてはわれわれ人が自らの存在を正当化しようと試みる複雑な方法の一部でしかない。だが……」アレックスは口をつぐみ、やがて話を再開した。「人が自分に言い聞かせようとする物語が現実にあった出来事と大きく食い違う場合、その過程で認知的不協和が発生することもあるだろう。アンジー、君の潜在意識が必死に何かを君に伝えようとしているのかもしれないよ」

「ピンクのワンピースを着た女の子の形を取って、という意味ですね」

「長い赤毛の？」アレックスがにっこりした。「私が言いたいのはそれだ。君にもわかっているのだと思う。私が言った不協和の一部なのだとね。記憶が君の現実の認識に照らして意味をなさない場合、心はそれを回避する手段としてそれはもうとてつもなく想像力豊かに、そして非論理的になれるものなんだ」

アレックスが残った紅茶を飲み干す。

「君さえよければ、催眠の手法を使ってみたい。そんなにたいそうなものではなく、私が君を女の子にまつわる筋書きの中の少しばかり深いところまで歩いて連れ戻し、意識の層のわずかに下を行くあいだ、落ち着いた状態でいてもらうだけだ。言わばどんな種類のエンジンが車を動かしているのか見るために、ボンネットの下をのぞくようなものだよ」

アンジーは不安に心をわしづかみにされた。椅子の肘掛けに両手を押しつけるようにして言う。「いつでも戻ってこられますよね？　そのまま——」

「そこで迷って捕らわれたくはない？」アレックスがにやりとした。「それはないよ。大丈夫だ。どの時点であっても、君が苦しむ兆候を見せはじめたら、私が君を引き戻す明確な合図を送ろう」

56

「煙草を吸ってもいいか？」

「ガムを噛んでおけ」マドックスは答えた。

もう午後も遅くに差しかかり、すでに暗くなりはじめている。マドックスとホルガーセンは葉の落ちたサクラの木の下に車を停め、ヴィクトリア大学のロースクールのキャンパスの出入口に張りこんでいた。雨が窓を叩く中、マドックスはジニーが今どこにいるのか、落ち葉が積もる芝生を偶然通りかかるのではないかと考えた。心の中ではアンジーの意見が正しいのかもしれないと思うことに決めていた。自分はこれまでずっと過保護すぎた。しばらくはジニーの好きなようにさせ、そこからよりよい父親になるための努力を最初からやり直す。それがマドックスの計画だった。

ホルガーセンが緑色のガムを出そうと、バリバリと音をたてて子どもの誤飲防止用の包装をいじくりまわす。マドックスはジェイデン・ノートン＝ウェルズが姿を現してくれるよう真剣に願った。ホルガーセンと一緒の車に閉じこめられてすでに数時間が経ち、さすがにうんざりしてきている。今朝はノートン＝ウェルズの両親に手の内を見せたくなかったので〝ＡＫＡＳＨＡ〟とある石柱の外で待ち、幸運にも赤の小型のポルシェが敷地から出てくるまでそうしていた。そのあとをつけて、今はここにいる。

「何時間も前に別の出口から出てしまったということもありうるな」ホルガーセンが相変わらず音をたててガムの包装をいじりながら言う。

「だが、やつの車はまだあそこに停まってる」

「俺たちに気づいて置いていったのかもしれない」

「俺は違うほうに賭ける」マドックスは言った。

プラスチックの包装をいじる音がいっそう大きくなり、マドックスはいらだった。

「セックスだが」そう切りだしたホルガーセンがガムを取り落とし、助手席の床を手探りしはじめた。マドックスはハンドルに置いた両手をこわばらせた——そういうことか。ホルガーセンは、マドックスとアンジーが駐車場でキスをし、それ以上先まで進みそうになっていたところを目撃したと言うつもりなのだろう。ガムを探しあて、再び包装をいじりはじめたホルガーセンが言った。「あれは頭を混乱させる。明晰(めいせき)さから何から、すべてをだ。そしてあんたは悪魔と契約しはじめる」

「いったいなんの話だ？」

「だからセックスだよ。俺が言いたいのは――」

「いいだろう、ホルガーセン。俺に言いたいことがあるなら、なんでもいいから吐いてしまえ。おまえは〈フライング・ピッグ〉の外の暗がりにいた。レオが帰ったのも見たな――」

「ああ」

「それで？」

「言うよ。いいか？　それがまさに俺の言いたいことだ……パロリーノだよ。ああ、あいつはいい女で危険だ。理解できないのにほしくなって、触れればやけどする。一度味わったらめちゃくちゃにされる。もっとほしくてたまらなくなって、それでも手に入れることはできないんだ。結局はフィッツという名の悪魔と取引するはめになって……嵐の強風にさらされながら、顔面をブームで打つはめになる」

沈黙の中、マドックスは心臓が激しく打った。アンジー。彼女の話をするだけでこれだ。自分で思っているよりずっと深入りしてしまっているらしい。身も心もどっぷり浸かっている。そして今、優位な立場にあるのはホルガーセンだ。

「何が望みだ、ホルガーセン？」

「心配いらない、ボス。俺は口が堅いんだ」

「ああ、そうだな。金曜の朝に俺のところへ来て、フィッツの話を暴露したのを見ればわかる」

「人は忠誠心を持たないと。それは本当だ。俺はパロリーノが好きでね。それはもう頑固で頭がどうかしてるとしか思えない好意だ。本当に煙草を吸っちゃだめか？　窓を開ければ――」

「だめだ」

ホルガーセンが再びガムをもてあそぶ。マドックスは視線をホルガーセンの手元に落とした。これは手段だ。この包装をいじる音は、尋問のための手段だった。なんてくそいまいましい天才ぶりだろう。こいつは俺を尋問している……探りを入れて、俺がどういう動機であんなことをしたのか見きわめようとしている。

「建物をしっかり監視してくれないか？」マドックスは突き放すように言った。「やつを見つけ次第、こっちも動くぞ。あいつの友人でも教授でもなんでもいいから、誰かの目のあるところで捕まえたい」

「〝だけど俺は違うー。俺は自由ー〟」ホルガーセンが歌いだす。やわらかな低音で、驚くほどいい声だ。「〝悪魔と取引なんてしないー……〟」

なんてことだ。マドックスは片手で髪をかきあげた。ジェイデン、頼むから早く出てきてくれ……。

「〝俺は禁欲を続けてるー。二年と一週間と……五日──〟」ガムが包装から飛びだす。

「おお、取れた！」ホルガーセンが誇らしげに緑色のガムを掲げた。「どうやって中身を出すのか、大人のための特別な説明書きが必要だな」口にガムを放りこみ、腕時計を確かめる。「六時間と二十七分が経った」ガムを嚙みながら言った。

ヒエール・ホルガーセンの印象が今一度改まり、マドックスは頭が混乱した。座ったまましばらく黙りこみ、そのまま数分が経過した。「いいだろう」マドックスはようやく、ロースクールの出入口を見つめたまま静かに言った。「要するにおまえはすでに悪魔とは契約済みで、今は更正のための十二ステッププログラムの真っ最中というわけだな。依存症者の物言いそっくりだぞ。おまえは〝治った〟わけじゃなく、一分一分を積み重ねていくんだ」

ホルガーセンは何も言わず、鼻歌を歌いながらダッシュボードを指で叩きはじめた。伸びをして首を鳴らす。

マドックスはゆっくりと息を吸いこんだ。

「ところで」ホルガーセンがようやく口を開く。「昨日の夜中、なぜほかのやつではなく、俺に電話をかけてきたんだ？」

「充実した時間を過ごそうと思ったんだよ、ホルガーセン。おまえと俺とで。楽しいかもしれないと思った」

ホルガーセンが鼻を鳴らし、それから身を乗りだした。「あそこ！　やつだ！」はじかれたようにドアを開けると、つんのめりながら外に出て、長く細い脚を信じられないほどの速さで動かして芝生を走りはじめる。マドックスも急いで車からおり、あとを追いかけた。

57

「腕が重くなってさがっていき、まぶたも重くなって閉じていく。君は沈んでいく。あたたかくて座り心地のいい椅子へと、深く深くどんどん沈んでいく」

アレックスの低く穏やかな声と、パチパチと火がはぜるやわらかな音が聞こえてくる。彼は照明を落として室内をほの暗くし、カーテンも閉じていた。アンジーは靴を脱いでいた。携帯電話の電源も切ってある。これがうまくいくのかどうか確信はない。それでも目を閉じ、アレックスの言葉に集中した。

「呼吸がだんだん楽になっていく。ゆっくりと息を吸って、吐いて。吸って、吐いて。空気が君の肺の奥へと入っていき、さらに奥へと入っていく。あたたかな毛布に肩を包まれているように、君は眠くなる。とても心地いい。気に入って、それを喜んで迎え入れる。さらに心地いい場所に向かって深く深くいざなってくれる、やわらかな腕の感触に身をゆだねる。ベッドがある……かつて長い幸せな一日が終わったあとで母親に寝かしつけられていた小さな子どもに戻った気分になる。母親は君に本を読んでくれるが、君は眠くてとても疲れているので母親の言葉は聞こえない……」アンジーは仰向けに横になり、単調に続くアレックスの言葉を聞いていた。暗い部屋の中、ベッドの上で。ベッドのかたわらで人の気配がする。暗い室内でアンジーを安心させつづけている誰かの気配だ。ここは安全な場所で、誰かが彼女の手を握っている。言葉が聞こえてくる。意識の中に歌がそっとしみ入ってきた。優しげな子守歌だ。アンジーの手を握っているのは女性で、同じ女性が子守歌を歌っている。ぬくもりと親しみに満たされていき、アンジーは気がつけばほほえんでいた。

「何が見える？」アレックスが静かな声で尋ねる。

「暗闇」アンジーはささやいた。「真っ暗だわ。彼女が私の手を握ってる」

「それは誰かね、アンジー？」

「安全な人よ。私を見守ってる。ほかの人に聞こえないよう、小さな声で歌ってる」

「ほかの人というのは？」

耳障りな音が鳴り、歌声を打ち砕く。アンジーは首を振った。「わからない。見えないの。真っ暗で。彼女が歌うのをやめたわ」

「わかった。息を吸って、吐いて。もう一度力を抜こう。彼女は君といる。安全だ。

ほかに人はいない。彼女が再び歌いはじめた。何が聞こえる?」

愛らしく、このうえなくやわらかな歌声がアンジーの口からこぼれだした。子どもの声だ。

「〝アーアーアー、アーアーアー
ビィリィ・ソビエ・コトゥキ・ドヴァ……

アーアーアー・コトゥキ・ドヴァ
シャロブレ・シャロブレ・オビィドヴァ……〟」

「その歌詞はどういう意味なんだい、アンジー? 意味はわかるかな?」

鼻歌を歌っていると、心の中に日の光が差してきた気がした。「〝昔々……二匹の子猫がおりました。アーアーアー、アーアーアー、二匹の子猫……どちらも灰褐色。さあ、眠りなさい、愛しい子。お星様が好きならば、私がひとつあげましょう。子どもはみんな、悪い子だってねんねした。起きているのはあなただけ……〟」

「子守歌だね」アレックスが静かに言った。その声はまるで別の時間と空間から届いたかのように、とても遠いところから聞こえてくる。「それを聞いて君はさらに眠くなる。深い眠りへと入っていく。歌っているのは誰だい?」

「彼女よ」

「彼女というのは?」

鏡を打ち破るかのごとく、光が闇を打ち砕いた。心臓が激しく打ち、目を覚まそうとアンジーはもがいた。ここはよくない場所だ。安全じゃない……。

「大丈夫だよ、アンジー、大丈夫。問題ない。間違いなく安全だ。彼女が歌っている。歌詞が、メロディーが聞こえるかい? もう少し歌っておくれ」

ぬくもりが戻ってきた。アンジーはうなずき、ささやいた。「〝さあ、眠りなさい。あくびをしているお月様ももうすぐ眠るでしょう。朝が来て、自分が眠ってあなたが起きていたと知ったら、お月様もきっと恥ずかしがりますよ……。

ア・グディ・ラノ・プシェイジェ・シュヴィッツ
キシェルズィツォヴィ・ベッジェ・ヴステッド
ゼ・オン・ザスナル・ア・ニエ・ティ……〟」

アンジーは混乱し、口をつぐんだ。

「彼女は何をしているんだい?」

「私の手を握っている」

「彼女の様子は?」

アンジーは頭を左右に振りはじめた。暗い。とても暗い。ある光景が衝撃とともに脳裏に浮かびあがった。「男の人が部屋の中にいる。彼女のところにいて、彼女にのしかかってる。彼は……」熱い涙が目にこみあげてきて、肘掛けをきつく握りしめる。「犬みたいにうなってるの。それで……犬みたいに彼女の上にのってる。変な息をして……よくない。よくないわ！」両手できつく耳をふさいで続けた。「あっちへ行って。そこからおりて！　やめて！」

「大丈夫だ。ひとまずその部屋を出よう。ドアのところへ行って、開けるんだ。できるかい？」

彼女は首を振った。「鍵がかかってる」呼吸が速まっていく。「あっちへ行って」

「いいよ、わかった。君に魔法の鍵を渡すからね。それを使ってドアを開けて、そのまま部屋を出るんだ」

アンジーはいきなり手の中に現れた鍵を握りしめた。持っていたおとぎ話の本の絵にあったような、大きな銅製の鍵だ。鍵穴に差してまわし、大きなドアを音をたてて開ける。開いたドアの向こうから、目がつぶれてしまうかと思うほどまぶしい白い光が流れこんできた。

「ドアを通り抜けるんだ、アンジー」

そうする代わりに振り返って室内の暗闇に目をやり、片方の手を差しだした。「来て」アンジーはささやいた。「森へ遊びに来て」唐突に、空いたほうの手にバスケットが現れる。「イェステシュミィ・マ・ヤグドキ・チャルネ・ヤグドキ」

「どういう意味だい、アンジー？」

アンジーは歌いはじめた。「〝私たちは小さなベリー、小さな黒いベリーなの……私たちは小さなベリー、黒いベリーなの〟」

「誰に向かって歌っているんだい？」

「彼女は遊びに来ないといけないの。森へ行って、クランジノキのそばを歩くのよ。バスケットを持って。それとベリーも」

「誰が遊びに来ないといけないのかな？　歌っていた女の人かい？」

違う、違う、違う……アンジーは胸が締めつけられた。頭も今にも爆発しそうだ。彼女は首を振り、だんだんとそれが激しくなっていった。両脚が上下に動いていて、草や小枝が肌を切り裂いている。藪をかき分けて木々のあいだを進んでいき、雪の積もった冷たい路地へと出ると、クリスマスの明かりが浮かびあがっていて……〝逃げて、走って、走って！〟　雪が降っている。アンジーは苦しげにあえぎはじめた。

「何があった？」

「彼が来る。大きな赤い男とほかの人たちも。追ってくるの」

「君はどこへ逃げるつもりなんだ?」

「暗い。暗いわ。行って。中に入って!　中に入って、ネズミみたいに静かにしてないといけないの!」

「わかった。だったら中に入って。それから何に巻きこまれているのか教えてくれ」

アンジーはまたしても首を振った。今や涙が頬を伝い、息も絶え絶えの状態だ。

「大きくて銀色に光るナイフ……彼はナイフを持ってる……」

悲鳴をあげて、両手で耳をふさぐ。顔面に痛みが走った。「血よ!　どこかしこも……血だらけだわ!」

かすかに声が聞こえてきた。〝三〟続けて、さらに大きな声がした。〝三!〟

〝二〟

〝一〟

「君は浮かびあがってくる、アンジー」アレックスが言った。「目を覚ますんだ。気分よくすみやかに。君は心地よく座っている。ここはアレックス・ストラウスの家だ。もう安心だよ。君は安全だ」

目を見開き、アンジーは自分の両手を見つめた。べたついて熱い濡れた血にまみれていたはずなのに、その血がきれいさっぱり消えている。彼女はゆっくりと顔をあげ、アレックスを見あげた。

彼も動揺しているようだ。

アンジーは唇に手を持っていった。「口を切られたんです。ナイフで」

「誰だね？」アレックスが小声で尋ねた。「いったい誰が君を傷つけた？」

呼吸が震え、アンジーの唇の上に汗がたまる。「わかりません、アレックス。何が起きているのか、さっぱりわからない。ずっと車の事故で怪我をしたと言われつづけてきたんです」

アレックスがまた紅茶を淹れ、アンジーはしばらく座って暖炉の火が躍るさまを見つめた。ひどい疲労を感じつつ、何が起きたのか、心の中のどの部分をのぞいたのかを考える。

「前にこんな記憶を思いだしたことはなかったんだね？」アレックスが訊き、アンジーに紅茶のお代わりを手渡した。

「あの女の子だけです。ただ、記憶というよりも幻覚みたいでしたけど」

「女性と歌については？」

アンジーは首を振った。「ピンクのワンピースを着た女の子が見えたときに頭に浮かぶポーランド語の言葉だけです」

「何かがあったんだ、アンジー。子どもの頃、ピンクのワンピースを着た女の子と同じくらいの年のとき、君の身に何かが起きた」

彼女ははじかれたようにアレックスと目を合わせた。「両親が私に嘘をついたんだと思いますか？　事故について？」

「さっきも言ったとおり、われわれは過去の出来事を思いだすたび、自分がたどってきた人生の記憶を新たに構築している。ときに事実に反する話が盛りこまれて、誤った人生の物語につながってしまうこともあるんだ」アレックスが言葉を切り、やがて続けた。「そして認知的不協和が発生する」

アンジーは上唇から汗をぬぐった。両手がかすかに震えている。

「君さえよければ、いつでも次の面談を都合しよう。さらに深く長くかけることもできるだろう。ただし、先ほどは君を強制的に覚醒させなければならなかった。君は苦しかったはずだ」

交通事故についてどう教えられてきたかを考えながら、アンジーは無意識に紅茶を口に運んだ。イタリアでの出来事だ。意識がアルバムの写真の裏に書かれた日付へと戻っていく。矛盾を指摘したときの父親の不安げな表情や、病院で聞いた母親の不可解な言葉も頭によみがえった。

「わかりません」アンジーは小声で言った。「自分の子ども時代は至って平凡だったとずっと思ってきました。こんなことが起こるにしても、なぜ今なんでしょう？」

「言っただろう。ハッシュとティフィーの悲劇で負ったPTSDが引き金になったのかもしれない。あるいは、時間をかけて作られてきたものだという可能性もある。性犯罪を扱う仕事による日々のストレスで少しずつ悪化していったんだ」

アンジーの思考がグラブロウスキと、性的嗜好の性愛地図の構築と性的逸脱に関する彼の話へと戻っていった。彼女のセックスと自制心にまつわる問題の原因となった何かが、自身の思春期以前の過去にあったのだろうか？　愛情に対する抵抗——愛を恐れていることや、警察官でいた年月のあいだ、自分のまわりに心の壁をせっせと築きつづけてきたのも、そのせいなのだろうか？

それで両親に対して感じている不可解な距離感や、本当の父親よりもハッシュを人生における師であり、父であると感じてきたことの説明がつく？

「もう一度父と話さないと」アンジーは静かに言った。

アレックスがうなずく。「もうひとつ、私から提示できる説がある。君が締めだした過去において、その女の子の身に何か悪いことが起こったのかもしれない。そして君は大人になってからというもの、無意識にそれを正そうとする行動を取ってきたのではないだろうか。女の子を救うため、正しい状態にするためにね。警察官になったのもそれが理由だと思う」一瞬、口をつぐんだ。「特に性犯罪と戦うことを選んだのも同じ理由だ」

アンジーの背筋に冷たいものが走り、メリー・ウィンストンに自分がいかに〝気にかけているか〟を話したときの記憶がよみがえった。枕の下にナイフを忍ばせて眠る九歳の子のことや、ガソリンスタンドで見た人形を抱えている女の子のこと、父親に虐げられ、殺されたティフィー・ベネットのことを気にかけている。あのときの言葉は静かな情熱のほとばしりとなって口からあふれだしたものだった。アンジーは気づいた。アレックス・ストラウスは正しいのかもしれない。

警察官として行ってきたすべてのことは、ピンクのワンピースを着た長い髪の女の子を救うためだったのかもしれない。

そしてハッシュを失い、真の友人でもあり、父親のような存在をも失った。ティフィーを失い、ピンクのワンピースを着た女の子を失望させた。だから今、その女の子はアンジーの中で隠れているのをやめたのだろう。あの子はこの世界に自分の居場所を求めているのだ。

58

「なんなんです、あなたたちは……僕をつけてるんですか？　もうあなたたちと話す必要はない。話すことは何もないんです。父の弁護士たちが――」

「いや、話すことならまだあると思うが、ジェイデン」マドックスはホルガーセンと一緒にノートン＝ウェルズに近づきながら言った。

「これはいやがらせだ」マドックスとホルガーセンに両脇を固められたノートン＝ウェルズは、すでに瞳孔が開いていた。ふたりは彼のほうに身を乗りだし、じりじりとあとずさりさせて壁際に背中があたるまで追いこんだ。

若者がまるで命綱を投げてもらおうとしているかのように、必死でロースクールの建物を出てくるほかの学生に視線をさまよわせる。

「ジェイデン！」男がひとり声をあげ、三人のほうに近寄ってきた。

「僕は……僕はもう行かないと――」ノートン＝ウェルズが話しはじめる。

だがホルガーセンがノートン=ウェルズの正面に立ちはだかり、近づいてくる男が見えなくなるようにした。

「盗まれた車について証言するはずだったのに、署に来なかったな」ホルガーセンがノートン=ウェルズに体を寄せた。「病気だという話だったが、俺の目にはなんともないように見えるな。どう思う、マドックス？」

「署に来なかったのはレクサスが盗まれてなんかいないからだ。そうだろう、ジェイデン？」マドックスは言った。

「ジェイデン？」男子学生が近づいてくる途中で、ノートン=ウェルズに声をかける。

「大丈夫か？」

「法の世界での未来の同輩たち全員に、自分が逮捕されるところを見られたいのか、ジェイデン？」マドックスは尋ねた。

ノートン=ウェルズの顔から血の気が引く。彼は汗をかきはじめていた——ストレスの兆候で、コルチゾールが体の器官に分泌されているのだろう。「どういう意味です？」

「グレイシー・ドラモンドに対するレイプと殺人、及び肉体の一部を切除した罪だよ」

ノートン＝ウェルズが目を見開く。「行ってくれ」友人に向かって叫び、さらに続けた。「僕は……僕は平気だ。あとでまた会おう」

学生がためらいを見せる。

「行ってくれ。問題ない」

言われた男子学生は少しのあいだ迷っていたが、向きを変えて去っていった。明らかに口の中ががらがらになってきたらしく、ノートン＝ウェルズが唾をのみこむ。さらにストレスが増大してきたに違いない。その調子だとマドックスは思った。

「おまえが〈ジ・オーベルジュ〉にいなかったのもわかってるんだ。監視カメラってやつを知ってるか？」

「あそこにそんなものは――」

ホルガーセンが声をあげて笑った。「あそこには監視カメラがないと思ってるらしいぞ。マドックス、聞いたか？」

「聞いたとも」

「最近じゃ、カメラはどこにだってあるんだよ。レストランだって、離れたところにある駐車場を監視してる。いつ、誰が、どんな車でやってきたかわかるんだ。やってこなかった場合もわかる。鉄橋にいた場合とかな。グレイシーがさらわれる直前に橋を通り、直後に戻っていったレクサスがあるんだよ」ホルガーセンが顔をノートン＝ウェルズの顔に寄せた。「おまえのレクサスだ、法律家の卵さんよ。駐車場から盗まれてなんかいなかった」

ノートン＝ウェルズの両脚からかすかに力が抜け、背中が壁にぶつかった。顔からさらに血の気が引き、呼吸も短く浅くなっていく。「つまり……つまりあなたたちが言いたいのは……あの車が犯罪に使われたということか？」

「あたりだ」マドックスは小声で言い、ノートン＝ウェルズの顔の前で名刺をひらひらさせた。「ホッキングにすてきな真新しい歯をくれてやった歯科医もつかんだ」にやりとして言葉を続ける。「金の流れを追えといつも言ってるんだ。賭けてもいいぞ。彼女の支払いは現金じゃない」

ホルガーセンが鼻を鳴らした。「何者かがグレイシーの遺体をあのレクサスに放りこんだ。尻尾はつかんだぞ、法律家の卵さん」ノートン＝ウェルズの首にさげられたメダルを手に取って持ちあげる。「こいつはいいな。聖クリストファーか。グレイシーのとそっくりだ。そう思わないか、マドックス？」

「瓜（うり）ふたつだな」

ホルガーセンが手にした金のメダルを裏返した。「ただし、グレイシーのには裏に

〝愛をこめて。J・R〟と彫ってあった」舌を鳴らして言う。「彼女を見守るために聖人のメダルを贈ったんだ、マドックス。いったいなんだってそんな真似をしたんだろな？　結局はグレイシーをさらって縛りあげて、彼女の頭を水の中に突っこんだってのに。しかもレイプしたうえに尻の穴にまでねじこんで、男たちを何度も何度もほしがったすてきなあそこを切り取りやがった。それから――」

「やめろ！　ああ、神よ。頼む……頼むから……もうやめてくれ」ノートン＝ウェルズが目を涙でいっぱいにし、首を後ろにそらして頭を壁にもたせかけた。

マドックスはその様子を見守りつつ、ホルガーセンがノートン＝ウェルズを追いつめるのに任せていた。どうやら思っていたよりも早く終わったようだ。ノートン＝ウェルズがこんなにあっさり陥落したのは、自分のレクサスが大事に思う女性を殺すために使われた可能性があることに強い衝撃を受けたからにほかならない。

「なぜおまえがそんなことをしたか言ってやる」ホルガーセンが静かに告げた。「怒りだ。目がくらむほどの怒りだろう。おまえは自分のグレイシーが男とやりまくってるという噂を聞きつけたんじゃないか？　大勢と寝てるとな。そしてブロンドの男と一緒にやつのBMWに乗っているグレイシーを見た。あるいは相手は新市長のおべっか使いのザック・ラディソンだったか？　それで怒り心頭に発したおまえは――」

「違う!」ノートン=ウェルズがわずかに息を乱してさえぎった。「違う」聞こえるのがやっとの小声でもう一度言う。「そんなんじゃない……僕はそんなことはしてない」喉を詰まらせ、首を振って続けた。「僕は絶対にグレイシーを傷つけたりしない。彼女を愛してたんだ」

あたりだ!

マドックスとホルガーセンはすばやく顔を見あわせた。

「そうだろうとも」ホルガーセンがさらに言った。「おまえがグレイシーを知っていて、気にかけてたことは俺たちもつかんでる。それじゃあ、おまえはやってないんだな? グレイシーを殺して、切り刻んだのか?」

ノートン=ウェルズが首を振った。

「では本題だ。俺たちはおまえの人生を厄介なものにする……おまえは〈ジ・オーベルジュ〉と駐車場の件、そしてレクサスの盗難について嘘をついたからな。二件の殺人事件での司法妨害で逮捕だ。すべてが新聞に載れば……おまえの両親は大変な面倒を抱えこむし、弁護士たちだって……ただし、俺たちはおまえを容疑者から除外することもできる。その方法を教えてやろう——今から俺たちと一緒に署まで来て、自主的にDNAサンプルを提供しろ。簡単な話だ。わかったか?」

ノートン＝ウェルズがうなずく。「わかった……わかったよ……やる」大きく息を吐きだした彼は、涙をこぼして泣いていた。

「何をするんだ？」

「自主的にDNAサンプルを提供する」

刑事たちは、再び顔を見あわせた。

「立派だぞ」ホルガー＝センが慰めるようにノートン＝ウェルズの肩に腕をまわした。

「おまえは正しいことをしてる」

59

アンジーは急いで父の引き出しをあさっていた。捜しているのは大切な書類をすべて保管してある耐火金庫の鍵だ。外は風が強くなりつつあり、黒い雲がわき立つように海から家に向かって流れ、海岸沿いの木々はねじくれていて、空は暗くなりつつあった。携帯電話が鳴っている――またしてもの着信、またしてもの留守番電話へのメッセージだったが、彼女はそれまでと同じく気にもとめなかった。

父は不在だったので、アンジーは勝手に家にあがりこみ、父のオフィスへとやってきていた。そして自分自身の子どもの頃に関する書類なり情報なりを捜している。イタリア、交通事故、父の研究休暇。日付を確認できる……何かをだ。

私は頭がどうかしてなんかいない。幻も見ていない。記憶だ。すべては記憶……。

オフィスの中が薄暗くなってきたので、デスクのランプのスイッチを入れる。そしてようやく、アンジーはデスクの一番下の引き出しにある鉛筆を入れたトレイの下に、鍵が何本かあるのを発見した。鍵をわしづかみにし、父が小さな耐火金庫をずっと置いている本棚の下部の戸棚へと向かう。金庫の鍵を開けて別のランプを点灯させると床に腰をおろし、書類をカーペットに広げて金庫を空にしていった。パスポートから保険の書類、両親の遺言のコピーとその修正を施したもの、両親の婚前契約書、自宅の購入に関する書類、病院の請求書へと目を通していき、新聞の切り抜きを見つけて動きを止めた。イタリア語の記事がプラスチックのクリアファイルに入れられている。

文章の上には、土手の下まで転落して原形をとどめていない白いセダンのモノクローム写真が掲載されていた。上方の道路には救急車と消防車が一台ずつ停まっていて、その横に立つ救急隊員たちが車の残骸を見おろしている。アンジーは、写真の下に書かれた説明文に目をやった。

〝La bambina di due cittadini Canadesi Miriam e Joseph Pallorino é morta Mercoledí in un incidente stradale nella Toscana. La bambina, Angela Pallorino, aveva quattro anni……〟

〝morta〟という単語を見つけ、アンジーは眉をひそめた。

記事の中、文章の下のほうには幼児の写真が掲載されている。その写真の下には〝Angela Pallorino（4）〟と記されていた。

記事の日付は一九八四年三月となっている。

口がからからになった――アンジーが五歳になったのは一九八六年だ。この記事に何が書いてあるにせよ、日付と当時の子どもの年齢はつじつまが合わない。風に吹かれた木の枝が大きな窓を叩き、彼女は飛びあがった。いつの間にか、雨が金属の屋根を叩きはじめている。ポケットに手を入れて携帯電話を出し、いつもテイクアウトを利用するお気に入りのイタリアンレストランの番号にかけ、出た従業員に店主のマリオに代わってくれるよう頼んだ。

マリオが電話に出る。

「やあ！」彼の叫ぶ声がした。食器や調理器具がぶつかりあう音や従業員たちの声が後ろから聞こえてくる。

「マリオ」アンジーは大きな声ではっきりと早口で告げた。「アンジー・パロリーノよ。とても大事な頼み事があって、しかも急いでるの。少し話せる？」

「ちょっと待っていてくれ、アンジー。オフィスに移って話を聞くから」

再びマリオが電話に戻ってきたとき、後ろから聞こえてくる音はずっと小さくなっていた。彼ももう叫ぶ必要はないようだ。

「それで頼み事というのは？」

「イタリア語を英語に訳してほしいの。古い新聞の記事なんだけど」

「なんだ、お安い御用だ。こっちにファックスを送るかい？」

「その……記事の写真を送れるスマートフォンはある？　ほかのアドレスでもいいわ」

マリオがアンジーにメールアドレスを伝えた。

「それから……マリオ、これは個人的なことなの。もし――」

「心配しなくていいよ、アンジー。大丈夫だ。マリオがかかわることはマリオのうちにとどめておこう」

アンジーはほほえんだ。「わかった。じゃあ、少し待ってて」

携帯電話を使って記事の写真をアップで撮り、画像をマリオへと送る。彼が記事を読むあいだ、アンジーは父のオフィス内をうろうろと歩きまわり、電話が鳴るとびくりと身を震わせた。かかってきた電話に出る。

「こいつは変だぞ、アンジー。こりゃあいったいなんなんだ？」

「なんて書いてあるの、マリオ？　とにかく教えて」

「こう書かれている。〝カナダ人のミリアムとジョゼフのパロリーノ夫妻の子どもが、水曜日にトスカーナ州での自動車事故で死亡した。子どものアンジェラ・パロリーノの年齢は四歳〟」マリオが間を置き、それから繰り返した。「死んだ子どもの名前はアンジェラ・パロリーノだと書いてある。これは何かの間違いかな？」

全身に寒けが走り、アンジーは黙りこんだ。脳みそがぐるぐるとまわりだし、今までに事実として知っていたすべてのことがさまざまな色のまじりあう渦となって、水が排水口に吸いこまれるように流れていく。

「アンジー？」

「その……日付は……事故が起きたのはいつだと書いてあるの？」

「一九八四年の三月十二日だ」

「マリオ、このことはふたりのあいだの秘密にしてもらっていい？　とても……個人的なことだし……私のほうで調べる必要があるの」

「もちろんさ、アンジー。さっきも言っただろう。マリオがかかわることは――」

「ありがとう、恩に着るわ」アンジーは電話を切り、ゆがんだ自分の姿が映った雨の滴る窓を呆然と見つめた。

アンジー・パロリーノ。死亡。四歳。この新聞記事によると、そうなっている。

何かの間違いだ。間違いに決まっている。そうでなかったら今、見つめているこの姿はいったい誰なのだろう？

時間だけが過ぎていき、彼女はまだ事態を完全にのみこめずに窓を見つめていた。ずっと事故の記憶がよみがえりはじめているのだと思っていた——口の痛みや、衝突から逃れようとする自分、車の残骸。それらの記憶は間違いだったのだろうか？　催眠状態にあるあいだに心の内でアレックスと訪れた場所は——男たちやナイフはなんだったのだろう？　いったいどういうことだろうか？

アンジーはカーペットに広げた書類に再びかがみこんだ。膝をつき、目当てのものを見つけるまで紙をあさりつづける。あった、出生証明書だ。書かれている日付を確認する。

〝一九八〇年二月十四日〟

冷たく固い石が胃の底に沈んだように気分が悪くなる。これは自分の証明書ではありえない……。

背後でドアが開き、アンジーは驚いて振り返った。

ドアのところに父が立っていた。顔面蒼白になって、アンジーの手にある証明書と床に散乱した書類に目を走らせる。

「アンジー？」

「これは誰？」アンジーは詰問した。「この証明書は誰のものなの？　それに事故で死んだ子どもは誰？　なぜ私の名前がその子と一緒なのよ？　私はいったい何者なの？」

60

法律家の卵が顔面をシーツのように真っ白にして、口を大きく開ける。生体物質を採取する専門の訓練を受けた警察官が綿棒を口に入れ、皮膚細胞を採取するために頬の内側をこすると、ノートン＝ウェルズは顔をしかめた。新しい上司の横に立ったヒエールは、警察官が頬からサンプルを得た綿棒を承認されたＤＮＡデータバンクのサンプル採取キットへ慎重に入れてラベルを貼るのを見て、安堵感が広がっていくのを感じた。

次は血液サンプルだ——ランセットをすばやく刺し、出た血液を一滴、証拠となるカードに押しつける。これもまた承認されたキットへとおさめられ、サンプルは記録された。ノートン＝ウェルズの指紋はすでに採取済みで、毛髪も八本引き抜かれて一本ずつサンプル採取キットに入れられている。

ヒエールは上司であるマドックスをこっそり盗み見た。まったく、できるものならこの男とここでハイタッチでもして、一緒に部屋の中で勝利のダンスを踊りたい気分だ。ヒェールは自身の力を存分に発揮したし、おまけに一部始終をきっちり映像で記録した。だが巡査部長ときたらなんの感情も表さず、彫像のように身動きもせずに採取の様子を見つめている。

ＤＮＡサンプルキットが研究所に送られ、法律家の卵が制服警官とともにパトカーで大学に戻ると、ふたりは階段をおりて上に羽織るものを取りに特別捜査本部へと向かった。ボマージャケットに袖を通しながら、ヒェールは言った。「ボス、どうだい？〈フライング・ピッグ〉でビールを一杯か二杯やらないか？」

「また今度にしよう。ありがとう」ヒェールの上司は深く考えこんでいるかのように気のない返事をして、コートのボタンをはめていった。

「ヨットのブームとデートするのか？」

いらだちを宿した藍色の目が鋭くヒェールをにらみつける。一瞬、マドックスは今にも人を殺しかねない危険な男に見えた。その直後、激しい感情を打ち消す笑みを顔に浮かべる。「いいだろう。それも悪くない。フィッツは激怒するだろうから、何杯か飲んでこっちの感覚を麻痺させておく必要があるかもしれないしな」

「いったい何がそんなに気になるんだ？」ふたりで署をあとにし、背中を丸めて雨の中、〈ピッグ〉までの短い道のりを歩きながらヒェールは尋ねた。

「あの男がすべてを差しだしたことがだ」

「やつは逃げだす寸前だった。何時間もきわどい時間があったんだ。署へ来るまでのあいだに、論理という騎手をパニックという馬に戻すことに成功したみたいだな」

61

父がぎこちない歩き方でリビングルームへと入り、くずおれるように自分の椅子に腰を落とすと、大きな手で顔を覆った。暖炉を挟んだ向かいには、主(あるじ)を失った母の椅子が置かれている。アンジーはそのかたわらに立って待ちつづけた。

しばらくのあいだ、父は何も言わなかった。外では嵐が家を直撃し、木の枝がひさしにこすれたり叩きつけられたりしている。

「父さん、話して」

「暖炉に火を入れてくれないか。頼む、アンジー」

アンジーは驚きに言葉を失って父を見つめ、それから言われたとおりにした。まるで別の世界かどこかにいるように感じながら、怒りもあらわにたきつけを砕き、薪を積んで新聞紙を丸める。胃に空いた穴が広がっていく気分だ。火をつけると新聞紙が音をたてて燃えあがり、炎がたきつけをなめてのみこんだ。

火を燃え立たせると、アンジーはふたつのグラスにウイスキーをたっぷり注いだ。父にグラスを渡し、暖炉の反対側にある母の椅子に座る。腰を落ち着け、父を見つめた。

父は何口かウイスキーを飲んでから、ようやく話を始めた。

「私は彼女を……おまえの母さんを愛している」顔をあげた父とアンジーの視線が合った。父の目を見たアンジーは、胸に穴をうがたれたような気がした。その目はがらんどうで、呪われた虚無が広がっているだけだ。痛みと、愛の喪失によってもたらされた空洞を目のあたりにして、アンジーは唾をのみこんだ。

「わかってるわ、父さん。それはわかってる」

「あの日、トスカーナで母さんは運転をしていた。よく晴れた、空の澄みきった日だったよ。すべては完璧だった。おまえは後部座席にいた」父がためらい、しばし頭の中を整理するための時間を取った。「アンジーは後部座席に……」

「アンジー」彼女はその名を繰り返した。「私がアンジーよ。アンジェラ・パロリーノ。それが私の名前だわ」吐き気が強まっていく。「そうでしょう?」

父は彼女から目をそらし、炎に顔を向けた。「母さんは助手席に置いたサングラスを取ろうとしたんだ。起きたばかりだったし、太陽が目に入る位置にあったからね。

だがサングラスを床に落としてしまい、それを拾おうと手を伸ばしたとき……一瞬、集中力を切らして、道路から意識を離してしまったんだ。車は縁石にぶつかってコントロールがきかなくなり、ガードレールを突き抜けて山の急斜面を転がり落ちた」火を見つめる父の心は、実際に当時のイタリアに戻ってしまったかのように、時をさかのぼっている。父はもうひと口、ウイスキーを飲んだ。

「あの子はその事故で重傷を負ってしまったんだ。私たちのかわいいアンジー……ああ、アンジー……なんてことだ……いったいどう説明すればいい？」父が再び目を合わせる。「こんなことはしたくない。この話はいやなんだ……おまえを傷つけたくないんだよ。おまえはアンジーだ。アンジーになったんだ」

アンジーは父の言葉を、その裏に潜む意味を理解しようとした。一方では背を向けて耳をふさぎ、聞いたことを無視したいと願った。しかしもう一方では父に、できる限り率直かつ誠実に、ひと思いにすべてをぶちまけてほしいと切望してもいた。

「私がアンジーに〝なった〟というのはどういう意味？」冷静な声音で尋ねた。

父が頭を振り、手で額をこする。

「父さん、話して。新聞の記事には、四歳のアンジェラ・パロリーノがトスカーナ州で起きた車の事故で死んだと書いてあるわ。一九八四年の出来事よ。父さんと母さんは、トスカーナでの事故は一九八六年だったと私に言ってきた。そのときに私は死にかけて、この傷を負ったってね。私が四歳から五歳になる年に」アンジーが自分の口を指さすと、父は顔をそむけた。

「こっちを見て、父さん。この傷の話よ」ゆっくりと父が視線を戻す。「死んだのは誰だったの？」

「私たちの最初の子、長女だ」

アンジーは口を開いたが、言葉が出てこなかった。よろめきながら立ちあがって窓際まで歩いていき、振り返って暖炉のそばにあるクリスマスツリーの隣に座る父を見つめる。ツリーは事故のあとでイタリアから戻ってきたときに撮ったとアンジーが思っていた三人の写真にあるものとそっくりだ。

「私は何者なの？」アンジーは静かに問うた。

「私はおまえの母さんを愛している。とても愛しているんだよ。私は……間違ったことはしていない、アンジー。私たちがしたことは間違っていなかった。ただ……そうなってしまったんだ」

体の奥を震わせながら、アンジーは暖炉のそばまで戻った。再び腰をおろし、父と向きあう。「いいから話して。簡潔に時系列を追って話してほしいの。話しづらいのなら、断片的にでもいいから。私は知らなければならないの。どんな話にせよ、私の気分が悪くなるのには変わりない……私は自分の子ども時代にあったと思ってきたことと合致しない記憶をずっと持ちつづけてきたんだから」

父が肩を落として背中を丸め、ゆっくりとうなずいた。「私の研究休暇は一九八四年だった。事故が起きたのはその年だ。四歳だった私たちの子、アンジーは事故の衝撃による怪我のせいで病院で亡くなった。おまえの母さんはひどく苦しんだよ。精神的にね。重度の鬱病にかかってしまい、幻覚を見るようになった。私はできることはすべてした。彼女が適切な治療を受けられるよう、本国に帰ってバンクーバーで暮らしはじめたんだ。私はサイモン・フレーザー大学で教える仕事に就いたが、当時は日中に母さんをひとり家に残しておくのは大変だったよ。ぼんやりとしたり、ひどく不注意になったり、完全に心ここにあらずの状態になってしまったりしたからね。まるで母さんの一部がアンジーと一緒に死んでしまったかのようだった。そんな頃、私は自分が希望を見いだしはじめていた教会へ母さんを連れていった。母さんは教会で失った子に祈りを捧げて、少しばかり生気を取り戻したようにも見えた。子どもと再び触れあう方法を見つけたみたいだった。そしてその教会の神父が……ありがたいことに母さんを奉仕活動に参加させて、もう一度歌うようにしてくれたんだ。母さんはカトリック教会の聖歌隊に加わり、よくバンクーバーの中心街にある病院に近い大聖堂で歌うようになった」グラスを手にしてウイスキーを飲み干した父は、次に言わなければならないことのために力をかき集めようとしているのか、しばし沈黙した。

「それはクリスマスの夜だった。イタリアで事故に遭ってから二年後の話だ」

父が話すあいだ、母の不可解な言葉がアンジーの頭によみがえった。〝クリスマスイブにあの子が戻ってきたの。私は大聖堂で歌っていた。とても美しい大聖堂よ。神様の思し召しね〟

「大聖堂の隣には聖ジョゼフ病院があって、そこには〈天使の揺りかご〉という施設がある。その病院はカトリック教会が運営していて、スタッフの中に警察と協力して、怯えている若い未婚女性が公衆トイレやごみ捨て場といったところに新生児を捨てて死なせてしまうのを防ぎたいと願う人たちがいてね。母親たちが犯罪者として追及されることなく新生児を託せる安全な場所を作ろうと思い立ったんだ。警察も、そこに置いていかれた子どもたちの母親を追わないことに合意した。そうして設立されたのが〈揺りかご〉だ。少なくとも、彼らはそう呼んでいる……」父の言葉がとぎれる。

「続けて。お願い」アンジーは静かに先を促した。

父が咳払いをし、大きく息をついて続ける。「〈揺りかご〉自体は、中にベビーベッドを置いた小部屋でしかない。その部屋の道路に面した壁に、腰の高さのドアがつけられている。母親は道路から病院の救急搬入口の隣にあるそのドアを開けて、中に子どもを置いて閉めるだけだ。それでその場を立ち去っていい。数分後に病院の内部でアラームが鳴って、看護師が小部屋にある病院側のドアを開ける。そして子どもを見つけて世話をする流れだ。子どもはそれからケアシステムに入れられて、養子に出されていく」

〝天使たちが連れ戻してくれた。そう。あそこはあの子がいるべき場所じゃない。だからここへ返してくれた〟

違う。そんなはずはない。

彼女が新生児のときに〈揺りかご〉に置いていかれたというのはありえない――不可能だ。時期が合わない。

父親はアンジーがサイドテーブルに置きっぱなしにしていたボトルに手を伸ばし、自分のグラスになみなみと注いだ。両手で包むようにグラスを持ち、液体に反射する炎が揺らめくのを見つめている。

「一九八六年のクリスマスイブ、おまえの母さんが聖歌隊と一緒に真夜中のミサで歌っていたとき、中心街でギャングの抗争とおぼしき事件が発生して、教会のすぐ外の路地まで広がってたんだ。大聖堂の中にまで銃声や悲鳴、それにタイヤが軋る音が聞こえてきたものだよ。やがて音がやんで私たちが外へ出ていくと、あたりは完全な静寂に包まれていた。雪が降りはじめていたせいで、とても静かになっていた。だがあとでメディアを通じて知ったところによると、その夜、真夜中近くに〈天使の揺りかご〉のアラームが鳴っていたらしい。〈揺りかご〉の中にいたのは四歳くらいの女の子で、口にできた切り傷からひどく出血していたという話だった」父は言葉を切り、それから続けた。「病院側はナイフによる傷だと考えていた。ギャングの抗争に関係したものだとね」

アンジーはゆっくりと傷に手をやった。

〝ウチェカイ、ウチェカイ！……ヴスカクイ・ド・スロドカ、シュブコ！……シエジュ・チホ！〟

〝走って、走って！　中に入って！〟

「その子は話ができなかった」父はさらに言った。「病院では当初、ショックで口がきけなくなったと考えられていたんだが、あとになると、おまえが英語を理解しているかどうかを疑問視しはじめたんだ――」

「私が？」

父の目に感情の光が宿る。「長くて赤い髪をしたおまえは、靴を履いていなかった。冬なのに靴も履かず……小さなピンクのワンピースを着ていただけだ。パーティの衣装みたいなワンピースだったが、古くてぼろぼろで、おまけに血まみれだった」父がさらにウイスキーを飲んだ。酒は徐々に父の口をなめらかにしているらしかったが、アンジーにとってはだんだんと聞いているのが難しい話になりつつあった。「じきにその話が新聞に載り、詳細が公表された。それでも警察はおまえと関係のある人物を誰ひとり見つけられず、おまえはケアシステムに入れられて養子に出されたんだ」

アンジーは父の話を完全にはのみこめず、まばたきを繰り返した。放たれた父の言葉がパズルのピースのように、冷酷なまでの明瞭さで物事を説明する絵を少しずつ形作っていく。だが一方で、それはまったく意味のわからない絵でもあった。

「だから謎なんだよ、アンジー。事件自体は解決しなかった。だが母さんと私がメディアで見たおまえは、私たちから奪われたときの、四歳のアンジーに生き写しだった。赤毛もそうだし、年の頃もそうだ。母さんが歌っていた大聖堂、母さんが祈りの中でおまえとの絆（きずな）を再び感じるようになった場所のすぐ外で、その子……つまりおまえが見つかったという事実も忘れがたいものだった——」

「アンジーとの絆よ」彼女は言った。「私じゃない」

「母さんはおまえだと感じたんだ、アンジー。飼い葉桶の中の赤ん坊のように、クリスマスというまさにその日におまえがやってきた、戻ってきたとね。母さんはそれを啓示だと見なした。とても強い啓示だとね。おまえは天使によって連れ戻された、だから私たち夫婦は持てるすべての力を発揮しておまえを養子とし、本来いるべき私たちの家へ迎え入れなくてはならないと信じたんだ」

「そんなの頭がどうかしてる……どうかしているわよ」

父が再びグラスに視線を落とす。「母さんの精神状態はよくなかった。それは私も知っていた。何が起きたのか、なぜ起きたのかをおまえに……理解してもらおうとは思わない。しかしおまえこそ家に帰ってくるわが子なのだという信念や、養子縁組を申請する過程、死に物狂いの渇望、養母候補にふさわしいと当局に認めさせなくてはならない必要性、そうしたものがあったからこそ母さんは立ち直った。再びまともに見えるようになったし、過去の鬱病はPTSDとすべてをのみこむ純粋な悲しみのせいだという話になった。私たちはしばらくおまえを預かり、それから両親に選ばれて

――」

「ほかに私をほしがった人がいなかったからでしょう?」アンジーは割って入った。

「四歳児ともなれば、養子縁組の受け入れ先を見つけるのも難しいはずだわ。それ以

上にしゃべれない、何も覚えてないという私自身のいかがわしい経緯もある。だから幸運が父さんたちのところに舞いおりたのね」

父はアンジーの攻撃を無視することを選んだ。「ようやくおまえを家に迎えて、母さんは本当に再び輝きだしたんだ。目的を得て、愛と笑いと活力を得て、私のミリアムは人生に立ち戻ったんだよ、アンジー。おまえが彼女を私のもとに返してくれたんだ。そして私は……私のミリアムに対する愛情をおまえに理解してもらえるかどうかはわからない……だがミリアムは……彼女は私のすべてなんだ。ミリアムこそが私の世界であり、再び完全になった彼女に会った私は……」声がだんだん小さくなり、父は咳払いをした。「私はそのまま何もしなかった。ミリアムの信じるがままにさせておいた」

「私をアンジーと名づけたの?」彼女は胸のむかつきを覚えつつ訊いた。「死んだ子どもと同じ名を私に与えたというの? どうしてそんなことができたのよ?」

「それが悪いことだとは思わなかった」父が答える。その声は急に小さくなっていた。

「それで母さんの具合はよくなったし、おまえもすくすく成長していった。話したり、歌ったりすることを学び、笑うことも覚えた。私は――」

「どこかの捨て子に死んだ子どもの人生をあてがったの? それが〝まとも〟である

はずないでしょう？　害がないわけがないわ」

「事実、害はなかった……おまえは順調に育っていたんだ。私たちは家族になった。一九八七年のクリスマス直前に都会を出て島に、ヴィクトリアに引っ越すことになり、ここに来たときのおまえはもう、私たちのアンジーだった」

「そうやって私を家族にあてはめたわけ？　アルバムの写真の子どもとして？　生まれてからイタリアまでの写真……あれは私じゃないのね？　そして本物のアンジーが死んだあと、私の写真をアルバムに加えていった？」

沈黙が流れた。

「しかも父さんと母さんが本当の両親じゃないことを私に話すつもりもなかったのね？」

父が自分の膝をこする。「おまえが大きくなったとき、いつか話す日が来るかもしれないとは思った。あるいは何かの治療が必要になったときは話すことになるとも。だが……そうはならなかった。私たちの中でおまえは本当にアンジーになっていたし、わざわざこんなひどい話をして……おまえがどこからやってきたのか、真実を明かして傷つける必要もなかった。それに、どのみち誰も知らない話だ。事件に関する手がかりはすべて行きづまっていたし、ＤＮＡ検査をする対象すらいなかった。なぜそのままにしておいてはいけない？」

「真実ではないからよ」アンジーは立ちあがり、両手を髪に走らせた。世界の軸がずれ、めまいがするほどに傾いてしまっている。今まで真実として知っていたすべてが、いきなりそうではなくなったのだ。おかげで人生を丸ごと、異なるレンズを通して見直さなければならなくなってしまった。鏡に映る人物は別の何者かであり、自己意識を改めて測り直さなければならない。彼女は走って逃げだしたかった。自分の体から抜けだしてしたたかに酔っ払い、クラブで無分別に自身をおとしめたかった。

「つまり、私には本当の両親……生物学的な両親がどこかにいるのね」それは質問ではなかった。状況を理解するために声に出してみただけの話だった。「死んでいるかもしれないし、生きているかもしれない」アンジーは言葉を切って父をにらみつけた。激しい怒りがこみあげてくる。同時にその刺すような視線には、哀れみと共感もこめられていた。今の父もまた、ひどく孤独だったからだ。今夜、ふたりの家族としての過去は完全に砕けてしまったようだった。すべては終わり、永遠に失われてしまった。

「父さんは私がどこから来たと思っているの？　ひとつぐらい考えてることはあるはずよね？　私の母親はポーランド人だったの？　徐々に再び話すようになった過程で、私はポーランド語を話した？」

父が首を振る。「いいや、英語だけだった。おまえは〈揺りかご〉で発見されたクリスマスイブ以前の記憶を完全に失っていた。誰も知らないんだよ、アンジー。地元警察も、国際刑事警察機構（インターポール）も、その他の機関も……みんな調べたが、おまえを引き取ると申しでたり、ＤＮＡサンプルの提出を希望したりした親戚もいなかったし、結局は誰も見つからなかった。おまえはただそこにいたんだよ、アンジー。〈天使の揺りかご〉の子だ。そして私たちを待っていた」

唐突に、何かがアンジーの頭にひらめいた。「あとひとつ教えて。なぜ私たちは教会に行かなくなったの？」

「母さんがクリスマスの直前、ある日曜の礼拝で、教会の鐘が鳴ったときのおまえの顔を見たからだ。母さんは……私が思うに教会が、おまえが何かを思いだすきっかけになってしまうのではないかと恐れたからじゃないかな。それから私たちは二度と教会へ足を運ばなくなった」

62

メリーは自分の狭いアパートメントのドアを開けて、立ちどまった。空気が変わっている気がする。誰かが中にいたのだ。廊下とリビングルームの照明のスイッチを入れると、空気がわずかに動いてカーテンが揺れた。

すばやく窓に近づいてカーテンを開ける。窓がわずかに開いていて、冷たい夜の空気が入ってきていた。心臓が激しく打ちはじめる。窓を開けっぱなしにはしていなかったはずだ。頭が混乱する中、メリーはぴしゃりと窓を閉め、振り返って聞き耳を立てた。

不審な音は聞こえない。聞こえるのは、鼓膜に伝わってくる血液が流れる音と、荒い自分の呼吸音だけだ。メリーはリビングルームの反対側、向かって正面のドアに目をやった。突然、空間がとてつもなく広々として感じられる。いっそ駆けだしたほうがいいのかもしれない。バスルーム、あるいはベッドルームに誰かがいることだって考えられるのだから。

慎重に動くと、足の下で床板が軋む音がした。その場で凍りついたが、なんの反応もない。そしてメリーはそれを発見した。

キッチンカウンターと隣りあった小さなダイニングテーブルに、白い結晶が入った小さなビニール袋とガラスのパイプ、ライターが置かれている。

メリーは唾をのみこみ、ベッドルームのドアをにらみつけた。じっと待ち、耳をそばだてる。何も聞こえないことを確認してから、ゆっくりと部屋を横切ってベッドルームのドアを少しだけ開けてみた。誰もいない。続けてバスルーム、シャワーカーテンの後ろ、クローゼット、ベッドの下を確かめていった。テーブルに戻ってビニール袋を見つめる。袋の下には、なんの変哲もない白い封筒が置かれていた。封筒を手にするには、袋に触れなくてはならない。メリーは封筒を手に取り、開けてみた。中には夜に撮られた不鮮明な写真が二枚、入っていた。一枚にはアップランズ・マリーナに沿って走る彼女のフォルクスワーゲン・ビートルが写っている。もう一枚は、ウールの帽子をかぶってダウンジャケットを着たメリー自身がトラックとソレントのあいだにしゃがみこんでいる写真だった。彼女の大きな望遠レンズは、この写真を撮った何者かにまっすぐ向けられている。メリーは写真を裏返してみた。

〝おまえは死ぬ〟

メリーはぶるぶると震えはじめた。目の前にあるビニール袋を見つめる。身に覚えのある切迫した飢餓感が、まどろみから目を覚ましたドラゴンさながらに荒々しく頭をもたげた。混乱が投げ縄のように喉を絞めあげてくる。慌ててドアの近くに置いたバックパックのところへ行き、アンジー・パロリーノの名刺を突っこんだ横のポケットを開けて探った。名刺を見つけ、書かれている番号に電話をかける。

呼び出し音が鳴り、カチッという音とともに留守番電話に切り替わった。メリーは電話を切り、うろうろと歩いて足を止め、ドラッグを凝視した。だめ、だめ、だめ。メリーは震える指でもう一度、刑事の携帯電話の番号を押した。またしても通話は留守番電話に切り替わった。

63

マドックスがウエスト・ベイ・マリーナの駐車場に車を停め、激しい風雨の中をマリーナのゲートに向かって遊歩道を歩いていたとき、時刻は真夜中近くになっていた。〈フライング・ピッグ〉でホルガーセンやほかの同僚たちと飲んだビールは、まだ血管の中でふつふつとわき立っているコルチゾール――目まぐるしい二日間のおかげだ――の効果を抑えこむ役割を果たしてくれた。そうはいっても、アンジーに対する心配や欲望、いらだちは今なお抱きつづけていた。アンジーは彼の脳を消耗させていた――先ほども帰宅する途中でアンジーのアパートメントの前を車で通り過ぎ、ホルガーセンから彼女が住んでいると聞いた最上階の角部屋を見あげてきたばかりだ。部屋の明かりは灯っていなかった。

ゲートまで行って暗証番号を入力していると、マドックスの左で動く影があった。すばやく振り返り、手をホルスター近くへ持っていく。暗闇から人が姿を現し、驚きがマドックスの全身に広がっていった。

「アンジー？」

彼女はひと言も発しなかった。着ているコートは雨に濡れて光っている。黒の野球帽をかぶった肌は暗闇と対照的に幽霊みたいに白く、目もどこかおかしかった。メイクがにじんでいるかのように、いつもより大きく黒く、そして深く見える。マドックスの全身を不安が駆け抜けた。その裏には、アンジーがクラブに行ったのではないかという無力感があった。

「こんな時間にここで何をしてる？　大丈夫なのか？」

アンジーは答えもせず、まっすぐマドックスのところにやってきて手を伸ばした。氷のように冷たい手を彼の首の後ろにまわし、指を乱暴に髪に走らせる。そしてマドックスの目を見あげ——瞳の奥深くをのぞきこんだ。

マドックスは唾をのみこんだ。「いったいどのくらい、ここで待ってたんだ、アンジー？」ささやいて尋ねる。

アンジーは黙ったままマドックスを引き寄せ、雨に濡れた冷たい唇を彼のそれと重ねた。身を寄せてマドックスに押しつけ、唇を動かして優しく探るような、相手を溺れさせるようなキスをして彼の心を奪っていく。アンジーの手がコートの下に滑りこんで腹筋を下へたどるのを感じ、マドックスは呼吸が荒くなった。アンジーが両脚でマドックスを挟みこむ。彼は胸の奥で低いうなり声をあげてキスを返し、口を大きく開いてアンジーを味わい、舌をからめた。ズボンの中で高ぶっていく欲望の証を彼女が手で探る。だがアンジーの目をくらまされ、思考を奪われ、全身の血が下腹部へと向かっていくあいだも、マドックスの頭の中でこれは間違っているという小さな警告の声が響いていた。アンジーの求めるものが以前と違っている。かつて彼女を燃えあがらせていた熱く生々しい攻撃的な欲望と同じではない。彼は荒い息をしながらあとずさりした。

「アンジー?」マドックスは小声で言った。「電話に出なかったな。いったい何があった?」

「ヨットに入れてくれないの、ジェームズ・マドックス?」彼女の声は低くかすれている。マドックスはしばし躊躇してからアンジーの手を取り、マリーナのゲートの鍵を開けて波に揺れる桟橋を歩いて彼女をいざなった。胸が期待と確信に高鳴っている。ただし、その高鳴りは恐れと葛藤のせいでもあった。

〝君にはこれから数週間、公式にパロリーノ刑事の職務能力を評価してほしい。その間、彼女は引き続き君の下で仕事をする……パロリーノ刑事には職務遂行上の問題がある。先日の古参のパートナーの死につながった件も含めて。ハッシュ・ハショースキー巡査部長は勤続年数がきわめて長く、尊敬を集め、慕われていた刑事のひとりだ。私も彼のことは友人と思っていた〟

「何か飲むかい?」甲板の昇降口からはしごをおりてヨットに足を踏み入れてすぐ、マドックスは言った。

アンジーは首を振り、彼のコートを肩から滑らせて床に落とした。マドックスの両手を取り、あとずさりしてベッドルームにしているキャビンへといざなっていく。彼の口の中はからからに乾いていた。そのままベッドに仰向けに押し倒されてボタンを外され、ファスナーを荒々しく引きおろされ、クラブで出会ったあの夜のように服を引きはがされ、それから上にのられて激しくつながる。マドックスはそんな流れを半ば予想していた。

そうする代わりに、アンジーは無言で服を着たままのマドックスをベッドに座らせ、明かりをつけたまま彼の前で服を脱ぎはじめた。それは何も隠したくない、もう駆け引きはしたくないという彼女の意思表示に思えた。一糸まとわぬ姿になったアンジーがマドックスの前に立つ——白い胸の先端は硬く尖り、脚の付け根の茂みは肩に水滴を落とす濃い赤の髪と同じ色をしている。痛切さともろさが同時にその裸体を包みこんでいた。あまりにもはかなげな姿を見て、マドックスの頭に完璧なガラスのイメージが浮かぶ——少しでも触れたら壊れてしまう完璧さだ。耳の中に自分の鼓動が鳴り響く。高ぶった欲望の証からも、脈動がありありと感じられる。なんの確信もなく、マドックスはおずおずと前に手を伸ばしてアンジーの腰に手を置いた。だがアンジーはその手を払うと、苦痛を覚えるほど優美なまでにゆっくりと、彼の服を脱がせはじめた。

ふたりともが何も身につけていない姿になると、アンジーはマドックスの隣に横たわり、自分の上へと彼の体を引き寄せた。アンジーの淡い灰色の目の瞳孔が開き、今にも吸いこまれそうで、いつもよりも大きく黒く見える。何かに取り憑かれたような目だ。あるいは衝撃を受けている目だろうか?

「アンジー」マドックスは再び彼女の名を呼んだ。懸命に集中しようと試み、アンジーが腰の位置をずらし、両手で彼の高ぶりをいざなうのと同時に、自らの肌の下で音をたててはじける野性に抗う。「いったい……何があったんだ?」

目をかすかに潤ませたアンジーが、今はやめてと言わんばかりに首を振り、脚を開いて背中をそらした。マドックスのために懸命に呼吸を乱して肌をほてらせている彼女の動きには懇願が感じられる。

マドックスがアンジーの中に身を沈めるなり、彼の視界はぐるぐるとまわりはじめた。アンジーが安心したようにやわらかな吐息をもらす。彼がゆっくりと動きだし、最初はためらいがちでいると、アンジーはゆったりとした、たしかな動きで応えた——ヨットを揺らす波のリズムと合った緩やかな動きだ。やがてマドックスの中に、分別を奪い去る切羽詰まった感覚がこみあげてきた。アンジーが体をより熱くほてらせ、さらに飢えを募らせて動きを速める。マドックスがいっそう強く速く突きあげると、アンジーはいくら深く受け入れても足りないかのように、彼を完全に吸いつくし、使い果たそうとするかのように、両脚をマドックスの体に巻きつけて背後で足首を組み、彼にまわした両腕に力をこめた。

アンジーが唐突に息をのみ、体をこわばらせた。マドックスの肌に爪を食いこませ、息も絶え絶えの状態で彼にしがみついたまま動かなくなる。それから悲鳴をあげてのけぞり、口を開けて目を大きくみはった。アンジーの内奥が次から次へと押し寄せる荒波のごとく痙攣するのを感じ、マドックスはとうとう耐えられなくなった。最後にもう一度限界まで貫いて押し寄せる波の中に己を解き放ち、そのまま彼女の上に倒れこむ。

しばらくのあいだ、ふたりは息を乱し、肌を汗で濡らしながら身をからめ、その場に横たわっていた。やがて首のあたりがアンジーの涙で濡れるのを感じ、マドックスは慌てて彼女の顔に視線を向けた。アンジーは鼻と頬をピンク色に染めて泣いている。

「アンジー？」

アンジーが首を振り、両手でマドックスの顎を包んだ。「すてきだった」ささやくと彼と口を重ね、涙で塩の味がする唇でキスをした。「とてもすてきだった。ありがとう」唇をつけたまま、もう一度ささやく。「ありがとう」

64

　初めてクラブで会った夜にアンジーが惹きつけられたありえないほど深い暗藍色の瞳を見あげていると、頭の中のどこか遠くから声がささやきかけてきた……。

〝この人から愛することを学べるかもしれないわよ……〟

　マドックスはアンジーの上からどき、横向きで肘をついて彼女を見つめている。もう鼻に絆創膏は貼っていないが、そこがまだ腫れているのは一目瞭然だ。彼女につけられた痣も同じように残っている。アンジーは胸が締めつけられた。

　本当に学ぶことができるかもしれない……。

　だがそれと同時に、アンジーは自分の心の準備が整っていないこともわかっていた。今はまだ。まず自分を見つけ、何者か知らなくてはならない。その昔、彼女の事件を担当した警察官たちは、解決をあきらめてしまったのかもしれない。だがアンジーは捜査を再開させようと決意を固めていた。

〝あなたは彼の腕の中で従順でか弱くあることを自分自身に許していて、それがあなたに恐れではなく喜びをもたらしている。これはプレゼントよ……あなたは新しい自分になれる……〟

「話してくれ、アンジー」マドックスがささやいて彼女の唇に触れ、口元に残る傷をたどった。「どこにいたのか……何があったのか、話してくれないか」

「事件はどうなったの？」すべてをマドックスに打ち明けて、今以上に確固たる現実の出来事にしてしまうのが少し不安になり、アンジーはそうする代わりに尋ね返した。

「締めだされて、まいってるのよ。メディアでも何も伝えていないし」

「足踏み状態だ」マドックスが答え、彼女の胸に手をやった。指でなぞられた胸の先端が固くなり、またしても熱を持ちはじめる。アンジーがかすかに身震いすると、マドックスがふたりの体を覆うように毛布を引っ張りあげた。「君も俺を前に足踏みしてる。何があった？　何が変わったんだ？」

アンジーは大きく息をつき、ようやく言った。「人に会ってきたわ。ある意味、私用ね。相手はドクター・アレックス・ストラウス。法執行機関に入ると決めるまで、私は心理学を専攻していたの。そのときの指導教官だったのがアレックスで、やがて友人としてつきあうようになったというわけ」

彼女はマドックスにアレックスとの会話の内容を伝え、続けて父とのやり取りについても話した。

マドックスは目に緊張をたたえ、アンジーの髪を優しく撫でながら話を聞いていた。

「つまりミリアム・パロリーノが私の本当の母親でないとしたら」アンジーは言った。「統合失調症にかかる遺伝的な体質は受け継いでいないということね。まあ、それは意味のあることだと思うわ。それからアレックスはもっと覚えていることがないかどうか確認するために、催眠を使った面談を続けてみないかと申しでてくれた」

「いろいろひっくるめて、君はどんな気分になった？」

全身に感情の波が広がっていき、アンジーはそれを表に出さないよう、少し時間を取った。首をまわし、床に置かれた小さなムートンラグの寝床で丸くなっているジャック＝オーを見おろす。動物のいる光景は、彼女にぬくもりをもたらしてくれた。「決心がついたわ」静かな声で答えた。「本当の両親を捜す。そして自分がどこから来た何者なのか、何が自分の身に起こったのか、どうして〈天使の揺りかご〉の子どもになったのか、なぜ意味のわかるポーランド語があるのか、それらを全部明らかにするつもりよ」振り返ってマドックスと向きあう。「たぶん……私の本当の母親の身に……それか母親と私のふたりに何かひどいことが起きたんだと思う。だからこそ私は人生のその時期の記憶を丸ごと抑圧してきたのよ」

マドックスが心配そうな表情を浮かべ、事件の捜査に戻りたいと願うアンジーはいやな予感を覚えた。彼女が捜査に復帰できるかどうかの監視役を担っているのがマドックスだ。今、彼に自分がもう大丈夫だと信じさせる必要がある。

「事件のことを教えて」アンジーは話をもとに戻そうとした。「レオとホルガーセンは私が休んでいることに関して何か言ってた？　あなたの鼻については？」

「それは朝になってから話そう」

いやな予感が強まっていく。マドックスの目にはアンジーが引っかかる何かがあった。彼女には話してくれていない何かがある。「なぜ？」

「今、何時だと思ってるんだ、アンジー？　もう眠るからだ」

「明日から仕事に戻りたいの、マドックス……戻る必要があるのよ。もう丸二日も休んでる。これ以上休んだら、本気で疑問を持たれてしまうわ」

「心理評価はどうするつもりだ？」マドックスが落ち着いた声で問う。

アンジーは胃が締めつけられた。「必ず受けるわ。予約する……私はもう大丈夫なのよ」

「実際問題、またフラッシュバックが起こるかもしれない。それはどうする？」

「起こらないわ。その……私はずっと圧力を感じながら生きてきた。冷めた意識の表層の下で溶岩が煮えたぎっていたようなものよ。内に押しこめて隠しておくのは難しかった。でも今やその表層は吹き飛んで、大きく口が開いている。圧力は解放されて、溶岩が流れでてるのよ」

マドックスは重々しい沈黙を守ったままアンジーを見つめた。

「マドックス」アンジーは静かな声音で言った。「私は大丈夫よ。あなたには信じてもらわないと」

「話の続きは明日にしよう」マドックスが彼女に優しく口づけ、明かりのスイッチを切った。

ヨットが揺れてジャック=オーがいびきをかいている中、裸のままのアンジーはマドックスの腕に抱かれ、ぬくもりに包まれてようやく眠りに落ちようとしていた。だがキャビン内の温度がさがってサーモスタットが稼働するたび、古いプロパンガスのヒーターがカラカラと音をたて、その子守歌のような響きが心にささやきかけてくる。やがて音は甲高い音楽となり、少しずつ大きくなっていった……。

〝二匹の子猫……二匹の子猫……子どもはみんな、悪い子だってねんねした。起きているのはあなただけ……〟

音楽が響いているあいだに、深く得体の知れない恐怖がアンジーの中で広がっていった。それと同時に寒けがして、意識が遠のいていく。本当にすべてをうまくいかせることができるのかどうか、彼女自身まるで確信が持てなかった。

65

十二月十七日、日曜日

アンジーは昨日と同じ服を着て髪をきちんとポニーテールにまとめ、調理スペースに入っていった。熱いシャワーを浴びたくてしかたがなかったが、それより何よりまず話がしたかった。

マドックスは調理スペースにある小さなテーブルにふたり分の食事を準備していた。アンジーに背中を向けてオムレツをひっくり返している。コーヒーを入れたポットから湯気が出ている。彼の足元では、ジャック＝オーがボウルに出されたビスケットをかじっていた。

「おはよう」アンジーは声をかけた。

「おはよう、よく眠れたかい？」フライパンを手にマドックスが振り返る。彼はテーブルに近づくと、下を向いて意識をオムレツに集中させ、丁寧に二枚の皿に盛りつけた。アンジーの中に不安が芽生えはじめた。マドックスは彼女の視線を避けている。

「ええ、眠れたわ」アンジーは嘘をついた。心の奥深く、アレックスに連れていかれた場所で呼び覚まされた夢に夜通し苦しめられていた。

「おいしい食事の時間だ」マドックスが言い、テーブルの脇に置かれた椅子に腰をおろした。ようやく顔をあげ、笑顔を見せる。「親父がいつもそう言っていた。こっちへ来て座ってくれ。あたたかいうちに食べてしまおう」

アンジーは立ったままマドックスの表情を見つめた。笑みは目には届いていない。彼はジーンズと上等なシャツを身につけていて、ネクタイは締めていなかった。仕事に出かける格好だが、普段よりも少しばかりカジュアルだ。そういえば、今日は日曜だった。

「マドックス——」

「座ってくれ」マドックスは繰り返し、ふたつのマグカップにコーヒーを注いだ。続けて思い直したように再び顔をあげ、アンジーに尋ねた。「今朝の調子は？」

「上々よ。あなたは？」

マドックスの手がぴたりと止まる。彼は笑みを消し、真剣な表情になった。

「話があるの」アンジーは静かに言った。

「わかってる。食べながら話そう」マドックスは腕時計をちらりと見て、ナイフとフォークを手にした。

アンジーはゆっくりと彼の向かいに腰をおろした。「仕事に行くのね。時計を見ているからわかる。事件に動きがあったんでしょう……早く駆けつけたいんだわ」どうにも取り残された気分になる。大きな距離が開いてしまい、できた空間は胃がむかむかする感情で満たされていた。

「そうだ」マドックスがマグカップを手に取ってコーヒーを飲み、続けて切り分けた食べ物を口へと運んだ。「ジェイデン・ノートン＝ウェルズが昨日の遅い時間に、DNAサンプルを自発的に提供した。われわれのために、今朝までに分析しておくとスンニが言っていた」

アンジーはマドックスを見つめた。「なんですって？」

「食べるんだ」マドックスが顎でアンジーの皿を示す。

「どうして？　私も急ぐ必要があるから？　一緒に行ってもいいということなの……マドックス？」

マドックスが慎重にゆっくりとナイフとフォークを置き、アンジーと目を合わせた。額と口のまわりに皺ができていて、こわばった表情から内心に抱えた葛藤が見て取れる。

「避けてるのね、私とこの状況を。あなたは私を怖がらせてもいるわ。そんなふうなあなたは見たことがないもの。私が知っているあなたは物事に正面からぶつかって、ありのままを口にする人よ。私たちのあいだには、話しあわなければならないことがあるじゃない」

「俺は……すまない、アンジー……」マドックスが深く息を吸った。風がヨットを揺らす。「この事態をどうしたらいいのか、俺にもわからない」ようやく言った。「俺にしてもここまで来た経験はない……君のそばにいたいと思うし、それに……」

「私をどうしたらいいものか悩んで苦しんでるの？　私の武器を取りあげたのはあなたよ。あなたは上司に報告すべき私の精神状態を知っていて、私たちはベッドをともにしてる。そしてパートナー同士。おまけに私は以前にパートナーを殺したと責められてる身よ、違う？　署ではみんながそう言ってたでしょう？　あなたは鼻のことをどうみんなに説明したの？　私のことは？　私が姿を見せなかったとき、レオやホルガーセンやほかのみんなはなんて言ってた？　初めて絶好の機会を得たとばかりに、ジャッカルみたいに私をずたずたにしてくれたんじゃないの？」声が詰まり、目がちくちくする。意識にひびが入って、そこからくだらない溶岩のたとえ話が飛びだしてしまったことの何が最悪かといえば、それがアンジーの感情を目覚めさせてしまった点だった。おかげですっかり心がもろくなり、マドックスの承認と信頼を必要とせずにはいられなくなっている。たしかに彼女は昨夜、自らのか弱さと従順さを味わい、それがすばらしくて、はかなく、壊れやすいものであると実感した——その状態をずっと続けていられるかどうかはわからない。現にマドックスを見ているあいだにも、心が閉じはじめているのが自分でも感じられた。

「いやなのよ」アンジーは言った。「人に何かを求めるのが嫌いなの。あなたのことだって必要ない……こんな立場に追いやってしまったのは申し訳ないと思ってる……公平じゃないのもわかってる」立ちあがろうとしながら言葉を続ける。「一番いいのは、私がこのまま——」

大きくてあたたかいマドックスの手が彼女の手に重ねられた。「アンジー」

心臓が早鐘を打っている。血液が血管を流れる音が聞こえてきた。外で吹きすさぶ風に揺れる帆綱がマストにぶつかる音と、波が船体にあたる音もだ。そして時間の感覚が遠のいていった。過去も現在も未来も……たしかなものは何もない。

「言えばいいわ、マドックス」アンジーは落ち着いた声で言った。「話しづらいのなら、断片的にでもいいから。父にもそうやって全部話させたの。私は平気よ。真っ正面から受けとめるわ。それ以外の、推測だの、ほのめかしだのといったやり方は我慢がならない。知らずにいることもね」

マドックスが突き刺さるような視線でアンジーの目をとらえた。彼の表情はさらに険しくなっている。力を波のように発散させながら、マドックスはうなずいて皿を脇へと押しやった。ため息をつき、手で髪をかきあげる。

「ブズィアクが内務調査の結果が出るまで現場を離れることになった」

アンジーは目をしばたたき、ゆっくりと居住まいを正した。「続けて」

「やつらがブズィアクの何をつかんだのかは俺にはさっぱりだが、とにかく金曜にその知らせを聞いた。それがノートン=ウェルズを追いつめて自主的にサンプルを提出させようと決めた理由のひとつでもある」

「ブズィアクの職務は誰が引き継いだの？」

沈黙が流れる。

「あなた？」アンジーの世界が大きく傾き、すぐさま裏切られたという思いがこみあげてきた。「あなたが私の上司になったの？」

「君がどう感じるのかはわかる。俺は――」

「いいえ、わかるはずがない」

「たぶんわかってる。俺は君とベッドをともにした。君について知っていることがたくさんある。ゆうべ言わなかったのは、君の身に何があったのか心配してたからだ。それに君には受けとめなければならないことがたくさんあった。だから――」

「今ではあなたは私の保護者ってわけ？　私が何を聞くべきか、あなたが決めるの？」

体の関係において支配権を失い、屈服するのはかまわない。でもこれは……まるで別の話だ。アンジーは唾をのみこんだ。耳の中の圧迫感が強まっていく。閉所恐怖症を起こしかけて、めまいに襲われそうになっているのが感じられる。意識を集中しなさい。自制心を保って。狭い部屋、揺れる小さなヨットの中で座っていられずに立ちあがろうとする……混乱はしだいに大きくなっていった。

「フィッツからは君を監視するようにも頼まれた」

アンジーはハンマーで殴られたような衝撃に襲われた。「なんですって？」

またしても沈黙が流れる。

「あなたはフィッツとぐるなの？」

「フィッツとぐるだったら、君にこんな話をすると思うか？」

アンジーはマドックスをにらみつけた。なじみ深い激怒の感覚が体の中でふくらみ、恐怖を押しのけていく。彼女としては歓迎すべきことだ。「監視ですって？ハッシュの件があったから？」

マドックスがうなずいた。「それとあの男がナポレオン・コンプレックスを抱えた女性嫌悪の小男だからというところだ」

「つまり、これもまた私のせいなのね……あなたの葛藤を大きくしてしまっている。私の心が壊れたことをすでに知っているあなたを、私の精神状態が仕事に耐えられるかどうか評価しろと頼まれるような立場に立たせてしまったんだから。私があなたを殺しかけた話はもうしたの？」

「君はどう思う？」

「どう思えばいいのかわからないわ、マドックス。あなたをこんな立場に置いたのは私で、その私はこうしてあなたの手中にある。いまいましい体も、心も、魂も……」

アンジーは自分の言葉を耳にして、押し黙った。

心も。

魂も。

涙がこみあげ、アンジーは唾をのみこんだ。マドックスは石のように動かない。彼の目もまた、潤んで光っていた。

それはもう表に出てしまっている。ふたりのあいだには共振するようなものが存在していて——どちらもそれを感じはじめていた。激しく親密な関係、かすかに見える将来の可能性、そして挑戦といったものだ。

静かな波のような恐怖がアンジーの中で大きくなり、怒りを残らずのみこんでしまい、それよりもはるかに複雑な何かを残していった。

「君には俺がついてる、アンジー」マドックスがささやいた。「それは知っておいてほしい」

「高くつくわよ、マドックス」アンジーは顔をそむけ、まだ手をつけていない食事の皿の隣に置かれたナイフをもてあそんだ。ナイフを何度もくるくるとまわす。このまま立ち去るべきなのだろう。それがマドックスのためでもある。やめたほうがいい。こんな状況は彼にとって公平ではない。それでも戦いから逃げたくなかった。負けるのは嫌いだ。絶対に負けたくない。アンジーの中で矛盾する思いがよじれ、引き裂かれ、葛藤した。昨日は前に進む道が見えていた。自分はその道を進むことを求めているのに、世界はすんなり事を運ばせてくれないらしい。アンジーはマドックスに視線を戻し、彼と目を合わせた。

アンジーはマドックスのことも求めていた。

マドックスから離れるべきだ。それなのに同じくらい強く、離れられないと感じている。

「それに俺だけじゃない」マドックスが静かに言った。

「どういう意味？」

「ホルガーセンもいる」

「彼は知ってるの？」

「大聖堂の外で起きた出来事は知らない。だが〈ピッグ〉の外で俺たちを見ていたらしい」

アンジーは息をのんだ。キスの記憶で頭があふれそうになる。そのあとにクラブへ行ったことや、そこで感じたいらだち、あの冷たい目をしたブロンドのアドニスみたいな男をベッドへ連れこめなかったことが次々と脳裏によみがえった。マドックスは人知れず彼女のあとをつけていた……。

「フィッツが君を狙ってると警告してくれたのはホルガーセンだ。だから君に何度も電話をかけていた」マドックスは言葉を切り、さらに言った。「アンジー、君には友人たちがいる。それと向きあわなければならない。君はひどく短気になるときがあるかもしれないし、新しいパートナーを次々と締めだして破滅させ、壊してしまおうとする傾向にあるかもしれない。それでもホルガーセンは君のことが好きだし、オヘイガンだってそうだ。そして俺も……俺だって……」

「あなたはホルガーセンを信用してるの？」アンジーは早口に言った。

マドックスがためらってから答えた。「してると思う。得体の知れない男だし、都合の悪いところに顔を出すかもしれない……だが信用していいと思う。あるいはそれ以上かもしれない」身を乗りだし、さらに言う。「いいか、フィッツが狙ってるのは君だけじゃない。俺だって狙われてる。利用され、もてあそばれてるんだ。もし今回の事件をクリスマスまでに解決できなかったら、あの男は俺を犠牲にするつもりでいる。賭けてもいい。解決したらしたで、手柄をひとり占めする気だ。あれは魔女狩りに精を出す頭がどうかした小男で、支配することに取り憑かれている。人のちょっとした欠陥を見つけては、そいつを警察内で出世するための足がかりにしてしまう。そういう男だ」

「あなたは私を信用しているの？」アンジーは小さな声で尋ねた。

また一緒に仕事をしてもいいと思えるほど信用している？　私がほかの同僚たちと働いてもいいと思えるほど信用している？

マドックスが黙りこみ、アンジーの含みを持たせた問いかけがふたりのあいだに漂う。彼が答えようとしたまさにそのとき、アンジーの携帯電話が鳴った。まるで脱出するための命綱が投げこまれたかのように、彼女はポケットをあさって携帯電話を取りだした。発信者が誰か確認しようと画面に目をやる。知らない番号だ。しかし何度か繰り返してかかってきたのと同じものだった。

「出ないと」アンジーはそう言うと、携帯電話を耳にあてた。「パロリーノよ」

「私よ……メリー・ウィンストン」電話の向こう側から、弱々しくどこか奇妙でかすかに不明瞭な声が聞こえてきた。アンジーは背筋が緊張でこわばった。アンジーがマドックスに目をやると、マドックスも緊張した表情で彼女を見つめていた。

「どうしたの？」アンジーはわずかに体の向きを変えて答えた。

「昨日から何度も電話をかけてたのに。会えない？　伝えたい情報があるの。その……大至急で」

「なぜそんなに急いでるの？」

「こっちに来てくれたら教える」

「場所はどこ、メリー？」

「オグデン・ポイントの桟橋の一番先に〈ワーフ・ビストロ〉という店がある。早い時間から開いてて、窓が多い店……通りから誰かが近づいてきたら、すぐにわかる。

絶対にひとりで来て。約束してくれないなら、私は姿を消す。あなたはなんの情報も手に入れられなくなる」通話は一方的に切れた。

「ウィンストンよ」アンジーは言った。「何か……変だった。怯えてたみたい。私に会いたがっていて、ひとりで来るよう言われたわ。オグデン・ポイントのレストランカフェよ」

「なぜだ？」

「急いで伝えたい情報があるんですって」アンジーは答えながら立ちあがった。「行かないと」

「リムペット作戦に関する情報なのか？」

「わからない」

アンジーの問いかけはいまだくすぶっていた。マドックスの眼前に居座っている。

〝私を信用しているの？〟

「彼女に会わないと、マドックス」アンジーは静かに告げた。「前にあの記者と会ったとき、私はウィンストンの心に近づけたと思うと言ったでしょう。だからこそ、行くのは私じゃなければならないの。ひとりでね」

マドックスが深く息を吸いこんで立ちあがり、壁の羽目板部分にある小物入れに近づいた。そこは銃の保管庫になっている。彼は扉を開けると、中からアンジーの銃と弾とナイフを取りだした。

武器をアンジーの前のテーブルに置き、彼女と目を合わせた。

「危ない真似はするな」マドックスが静かに言う。

アンジーはマドックスの目を見つめた。彼は張りつめた雰囲気を体から発散させている。アンジーは悟った。今この瞬間、マドックスは一線を越えた。アンジー自身と、彼女と組むチームに賭けた。そんなマドックスを絶対に失望させるわけにはいかない。

アンジーは銃を手にし、弾をこめてホルスターにおさめ、ナイフをポケットにしまった。「ありがとう」彼女はささやいた。

66

アンジーはオグデン・ポイントにあるレストランカフェで、ガラス張りになった屋内のポーチに並ぶ木のテーブルのひとつにつき、背中を丸めて座っているウィンストンを見つけた。ウィンストンは両手を開いて茶色の封筒の上に置き、道路から店まで続く防波堤沿いの小道を不安そうに見つめている。店内のメインのレストラン区画では暖炉の火がパチパチと音をたてていて、空気には挽き立てのコーヒーと甘いパイの香りが漂っていた。

まだ時間が早いので、ほかのテーブルはトイレの近くで老人がひとり、しみの目立つ震える手で朝刊を読みながらコーヒーをすすっているのを除けば、すべて空席だった。表の手すりにつながれて潮風に黒い毛を揺らしている犬はこの老人のペットなのだろうと、アンジーは勝手に見当をつけた。

「なぜこの場所を指定してきたの？」アンジーは落ち着いた声で尋ねてコートと帽子

を脱ぎ、黒髪の痩せた記者の向かいに腰をおろした。ウィンストンの目は血走ってい
て、きちんと焦点を合わせたり、ひとところを見つめたりすることができないのか、
あちこちへと視線をさまよわせている。肌には奇妙なつやがあり、顔色は死者のよう
に真っ白だ。ドラッグのせいだ。アンジーの直感がそうささやいた。
「電話でも言ったでしょ……オープンだからよ。見晴らしがいい。誰が近づいてきて
もすぐにわかる」ウィンストンは話しながら封筒から写真を抜きだし、二枚の不鮮明
なモノクローム写真をテーブルの上に滑らせた。「あげる」
アンジーは写真に意識を向けた。一枚には、革のジャケットを着た黒髪の男が桟橋
を歩いているところが写っている。もう一枚は、同じ男がいかにも高級そうな大型
ヨットに乗りこむところだ。
「この写真は？」
ウィンストンが震えながら息を吸いこみ、手で自分の口を撫でた。目は店の窓と写
真を行ったり来たりしている。「以前、フェイスにはヒモがいた。ずっと昔にね。ダ
ミアン・ヨリックという男。少し前に、ある情報提供者からこのところフェイスがそ
の男とまた会ってるという話を聞いたの。黒のＢＭＷに乗ったブロンドの男が一緒に
いたらしい。その写真の男がダミアンよ」うなずいて写真を示した。

アンジーの脈が速くなる。「この男が一緒にいたというブロンドの男の外見は？」

「若いのは確かよ」

「どのくらい？」

「二十代前半くらい」

「そのブロンドの男が黒のＢＭＷに乗っていたというのは間違いないのね？　あなたの情報提供者はナンバーを覚えてる？」

「ナンバーに関する情報はないわ。情報をくれた女性は路上生活者で、メタンフェタミン依存症なの。でも、ＢＭＷなのは間違いないと言ってた。小型のスポーツモデルで、色は黒」

「情報提供者の名前は？」

「私は……」ウィンストンが自分自身と闘うかのように目を閉じ、やがて決心した。

「ニーナよ。たまに〈ハーバー・ハウス〉に泊まりに来るの。私がニーナとフェイスに出会ったのも、あの施設だった」咳払いをし、神経質そうに周囲を見まわす。「私も以前、路上で生活してたの。わかる？　いろんな里親のところをたらいまわしにされて、結局逃げだした。それをマーカス牧師がある意味、保護してくれた。ニーナとフェイスも似たようなものね。私たちは親しくなって、路上で助けあう仲になった。

私は路上生活から足を洗ってドラッグもやめたけど、ニーナはそうできなかった。フェイスは……コールガールの仕事をするようになったわ。最初はダミアンと組んでいて、それから私の知らない誰かにパートナーを変えたみたい。その誰かがあの子をずっと質のいい客に紹介したのね。毎週火曜の夜に結構な稼ぎになる仕事を請け負うようになった」ウィンストンがすすりあげ、袖で鼻をぬぐった。「あの子はどんな仕事かは話さなかったけど、そのおかげでいいアパートメントで暮らすようになった。歯も治して、高い服を着てね。フェイスはドラッグをやめさえすれば、まだ充分かわいかった。その……あの子は本当に若く見えたのよ。そういうのが好きな大人の男たちがいるの」

今やアンジーの体内にはアドレナリンが激しく駆けめぐっていた。やはりそうだった——自分のウィンストンに関する見方は正しかった。ウィンストンはとんでもなく大きな問題を抱えていて、今も過去を克服するために苦闘しているのだろう。それで彼女の挑発的な、相手を憎んでいるような態度にも説明がつく。メリー・ウィンストンには世界に仕返しするだけの理由があり、そのための手段として彼女はキーボードを使っている。しぶしぶながらもアンジーのウィンストンを見る目に、このぼろぼろの歯をした小柄な記者に対する敬意がこめられる。ウィンストンはドラッグから足を洗ったかもしれないが、このひどい口が負の遺産として残ってしまった。「続けて」

アンジーは先を促した。

「私はダミアンに会いに行った。ブロンドの男とフェイスのことを訊こうと思ったの。でもあの男は嘘をついた。フェイスと一緒にいたくせに、二年ほど会ってないって」ウィンストンがまたしても口を撫でる。「だから待つことにしたの。あいつの家を見張って出かけたのを見て、車のあとをつけてたどり着いたのがこの場所ってわけ」うなずいて写真を示した。「アップランズ・マリーナよ」

アンジーの鼓動が速くなる。

「これを撮影したのはいつ？」

「金曜の夜から土曜の朝にかけて」

アンジーはダミアン・ヨリックが船に乗りこむところを撮った写真を注意深く観察した。〈アマンダ・ローズ〉という船名が写っている。そのとき銃で撃たれたかのように突然、頭にひらめいた。〈アマンダ・ローズ〉。〝アマンダ・R〟――ドラモンドのカレンダーに、ララ・ペニントンの名前と〝B・C〟というイニシャルとともに書かれていた文字だ。カレンダーにそれらの予定が記入されていたのは、たいてい火曜の夜だった。

「ダミアン・ヨリックはこの船で何をしていたの？」

「知らない。でも、この男はヒモなのよ、わかるでしょ？　いかがわしいグループに顔を出しては女とセックスを売り買いして、分け前を手にしてる男なの。そう思ったから張りこんでみたわ。船には人がいて、パーティみたいなことをしてた。船の中には明かりが灯ってて、甲板には警備らしい男がふたりいたから、近づこうとは思わなかった。そのうちに真夜中を過ぎて、私が見てるあいだにまた別の男がやってきたのよ」ウィンストンが封筒から三枚目の写真を出す。やはり不鮮明な夜の写真で、ふたり目の男が〈アマンダ・ローズ〉に乗りこむところが写っていた。黒髪で引きしまった体つきの屈強そうな男だ。

「この男は何者なの？」アンジーは訊いた。

ウィンストンが唇をこわばらせ、さらに写真を一枚アンジーに差しだした。今度の写真ではふたりの若い男が一緒にタラップを歩いて船をおりようとしている。親しいのか、切迫した話をしているのか、男たちは頭を寄せあっていた。アンジーの鼓動がまたしても速くなる――ふたり目の男はジェイデン・ノートン＝ウェルズによく似ていた。

「このふたりは別々の車に乗って立ち去った。私は正体と行き先を突きとめようと思って、二番目の男のあとをつけたの。これが男の乗ってた車よ」ウィンストンが封筒から出した写真に赤いポルシェが写っているのを見て、アンジーは鋭い視線で記者と目を合わせた。

「それで、この男はどこへ？」

ウィンストンが続けてアンジーの前に置いた写真には、石柱に埋めこまれた金属のプレートが写っており、そこに〝ＡＫＡＳＨＡ〟という文字が刻まれているのがはっきりと確認できた。

激しい興奮がアンジーの全身を駆け抜けた――間違いなくノートン＝ウェルズだ。

彼女は息をのみ、写真を見つめた。

「コーヒーはいかがですか？　ほかにご注文は？」ふたりのテーブルにやってきた店員が声をかけた。

「もう少し待ってもらえる？」慌てて写真を裏返したアンジーが答えると、店員はそのまま去っていった。

アンジーは身を乗りだして声を潜めた。「ここに誰が住んでるか、あなたは知ってるの？」

記者がうなずき、無言で別の写真をアンジーの前に置いた。街灯の下に停められた白いアウディの中で、男女が情熱的なキスを交わしている写真だ。

「私が私道の脇に車を停めてたら、この男と女が乗ったアウディがやってきたの。ふたりはキスをして、それから女だけがおりていった」ウィンストンがまた別の写真をテーブルの上に置く。写真を見つめるアンジーの頭は混乱していた。ジョイス・ノートン＝ウェルズだ。州司法副長官補は車のドアの上部に手を置き、身をかがめてアウディの運転席に座る男と話している。車内灯が男の角張った顔の輪郭をはっきりと照らしだしていた。

ジャック・キリオン市長。

「とんでもないわよね。そう思うでしょ？」ウィンストンはそう言うと、視線を窓の外の小道に戻した。椅子に座ったまま身じろぎし、貧乏揺すりを始める。「写真はあげる」

アンジーはもう一度、一枚ずつ丹念に写真を確認していった。

ウィンストンがジャケットのポケットからメモリースティックを出し、アンジーの前に置いた。「これもあげるわ。私が市警内にいる誰かだと信じてる匿名の情報提供者からの電話を録音したデジタル記録のコピーよ」

アンジーははじかれたように顔をあげた。「情報提供者の正体は何者なの？」

「わからない。私にしたって、男か女かもわからない。機械で声を変えてるの。あと、そこにはダミアンとの会話を録音したデータも入ってるから」

声の調子からして、ウィンストンは話を切りあげようとしているようだ。アンジーの頭の中に警報が鳴り響いた。

「どうしてなの、メリー？」アンジーはあえて記者のファーストネームを口にした。「なぜ今このタイミングで私のところに来たの？　記事にすれば大きなスクープをものにできて、信じられないほどの利益を得られるのに？　それがあなたのやり方でしょう？」

ウィンストンがまたしても視線を窓に戻す。「それはこんなものもあるからよ」封筒に残った最後の二枚の写真をアンジーに突きつけた。「これは私よ」一枚目に写ったトラックとセダンのあいだでかがんでいる、大きな黒のダウンジャケットを着た小さな人影を指さす。人影はニット帽を深くかぶり、両手で大きな望遠レンズを構えていた。

「船の上で誰かが私を見てたの。こっちが写真を撮ってるあいだに、向こうも私を撮ってたというわけ。警備の男たちも、私がこの場所にいて自分たちをずっと見ていたのに気づいていたはずよ」

「この写真はどうやって手に入れたの？」

「何者かが私のアパートメントのテーブルに置いていった。これと一緒にね」

アンジーは最後の写真に目をやった。白い結晶の入った小さなビニール袋にパイプ、そしてライターが写っている。

「うちに侵入したやつがいる。そいつがテーブルの上にコカインと吸引道具一式、それから私の写真を置いていったの。写真の裏を見て」

言われたとおり、アンジーは写真を裏返した。


〝おまえは死ぬ〟

唐突に、ウィンストンが目を潤ませた。「あなたに連絡したのは、あなたが気にかけてると言ったから。そして私がその言葉を信じたから。いったい何が起きてるのかさっぱりわからないけど、とにかくあなたにフェイスを痛めつけたくそ野郎たちを捕まえてほしいの」勢いよく椅子を引いて立ちあがった。「それからもうひとつ。記事ならもう書いたわ。私の知っていることすべてをね。内通者やフェイス、彼女のヒモ、BMWに乗ったブロンド男について。歯から何からすべてをフェイスがどれだけ魅力的に仕上げたか。何年も前に起きた連続レイプ事件のこと。赤いマーカーで書かれた十字架に、罪の父、闇の王子であるサタンというレイプ犯の言葉。それに……」ウィンストンがきつく腕組みし、顎でテーブルの上の写真とメモリースティックを示した。

「〈アマンダ・ローズ〉、州司法副長官補と市長、〝AKASHA〟の私道に入っていく赤いポルシェ……全部よ。写真付きでね。クリスマスイブにこの暴露記事を公表するつもり」彼女は体の向きを変え、歩きはじめた。

「待って！」アンジーは手を伸ばし、手首をつかんでウィンストンを引きとめた。

「なぜ記事を公表する日を事前に決めるの？」

ウィンストンがアンジーと目を合わせる。「あなたにやつを逮捕するチャンスをあげるためよ。それと私の身に何かあったときのため」

「メリー、ドラッグの現物はどうしたの？」アンジーは穏やかな声音で尋ねた。

「使ってない。もしあなたが知りたいのがそういうことならね……もうドラッグはやめたの」

「現物はどうしたの？」

「家にある」

「家に置いていてはだめよ、メリー。私のところに持ってきて。それは証拠なの。うまくすれば、出所を探って――」

そのとき店のドアが開き、ウィンストンが飛びあがった。カップルがまず入ってきて、続いてその後ろを飛んでいた小さな鳥が店内に迷いこみ、ドアがゆっくりと閉じて出られなくなった。鳥がガラス張りのテラス席へと飛んできて、ガラスにぶつかって音をたてる。石のように身をこわばらせていたウィンストンが、急に動いてアンジーの手から逃れた。「もう行かないと」

「署に来て。私たちがあなたを保護して――」

「いやよ」ウィンストンがささやいた。「絶対にごめんだわ。例の内通者、私は正体を知らないけど、そいつは間違いなく市警の中にいる。そいつが私の部屋にドラッグを置いていったのかもしれないし、あの船に乗ってたやつらがそうした可能性もある。もしダミアンとあの船がフェイスに起きたことと関係してたら？　ダミアンが州司法副長官補の息子とつるんでて、州司法副長官補が市長と寝てる……世も末ね。そうだとしたら、つながりがどこから始まってどこまで続いてるのか見当もつかない。私は誰も信用してないの。警察は特にね。自分の面倒は自分で見なきゃならない。私には自分しか……この私自身しかいない」

「でも、この写真と録音の記録を私に届けてくれたわ」

ウィンストンが外へ出ようとする鳥をちらちら見る。「前にあなたが言った言葉のせいよ」彼女は唾をのみこんだ。「気にかけてるっていう」

「何年も前に起きた連続レイプ事件というのはなんなの、メリー？　その件についてもっと詳しく話してもらわないと」

ウィンストンはまたしても窓と道路に続く小道をそわそわした様子で見てから、アンジーに向かって身をかがめ、かろうじて聞こえるくらいの小さな声で言った。「私がその事件のことを知ってるのは、被害者のひとりだからよ、わかった？　私の身に起きた事件なの。赤い十字架に、喉にあてがわれたナイフ、切り取られた髪、全部五年前に起きた話よ。だからこそアリソン・ファーニホウは私に話をしてくれたし、サリー・リッターについても教えてくれた」

「ほかの被害者については——」中年の男性が小道を歩いてきて、レストラン前の階段をのぼりはじめた。男性が店のドアを開けて入ってくる。ウィンストンの顔にパニックが広がっていった。

「もう行かないと」ウィンストンが向きを変えてその場を立ち去り、ドアから出て階段をおりていく。アンジーは窓越しに、ウィンストンが防波堤沿いの小道を道路に向かって歩いていくのを見た。ウィンストンは黒いフードを頭からすっぽりとかぶって顔を隠し、黄緑色のフォルクスワーゲン・ビートルに近づいていく。アンジーは携帯電話を手にした。

二度呼び出し音が鳴ったところで、マドックスが電話に出た。

「つかんだわ」アンジーはメリー・ウィンストンがビートルに乗りこむのを見ながら言った。「〈アマンダ・ローズ〉、高級ヨットよ。それからノートン＝ウェルズが金曜の夜に、フェイス・ホッキングのヒモと一緒にその船からおりるところを写した証拠写真も手に入れた。そのヒモは以前、黒のＢＭＷに乗った二十代前半くらいのブロンドの男と会っているところを目撃されてる」

67

肩をいからせたアンジーはためらい、深呼吸をしてからリムペット作戦の特別捜査本部に入っていった。手には〈ワーフ・ビストロ〉でメリー・ウィンストンから受け取った封筒を持っていた。

室内はざわついていて、刑事たちがファイルをあさったり、部屋の片側にしつらえられたテーブルやデスクの上のパソコンを熱心に操作している科学捜査チームの捜査員たちと話しあったりしている。熱気で室温は上昇していて、日曜の朝食に誰かが持ってきた濃すぎるコーヒーとドーナツのにおいがした。アンジーが入っていっても、顔をあげる者はいない——彼女の長期の不在は、刑事たちが目の前の急速な展開を見せている捜査上の新発見に興奮しているせいで、すっかり忘れ去られていた。それに刑事たちは全員、メリー・ウィンストンがクリスマスイブに暴露記事と写真を公表するつもりでいることを、アンジーがマドックスとした電話での会話から知っている。

安堵感がアンジーの腹部を貫いた。

部屋の正面にあるテーブルでホルガーセンと資料を検討していたマドックスが顔をあげる。彼はそばに来るよう身ぶりでアンジーに伝え、近づいていった彼女をほほえみで迎えた。アンジーはマドックスの目に称賛を読み取った。今日はレストランカフェから仕事を始め、それからいったん自宅に戻ってすばやくシャワーを浴び、服を着替えてきた。そうしたのは長い一日に、あるいはそれ以上になるだろうと思ったからでもあるし、レオたち同僚から詮索の目を向けられるであろう署へ戻るのが不安だったせいでもあった。気分を新たにしたかったし、最高に力がみなぎっているように見せたかったというのもある。

マドックスがアンジーから封筒を受け取り、ウィンストンが撮った証拠写真をテーブルの上に広げはじめた。

「レオはどこ？」アンジーは騒々しい室内を見まわした。

「スミスと一緒に〈アマンダ・ローズ〉を張りこませている」マドックスがウィンストンの写真を見ながら答えた。「今、科学捜査チームに船のオーナーを調べさせているんだが、船籍がケイマン諸島になってるから、これから問題になるかもしれない。そのあいだに、船が錨（いかり）をあげることにした場合に備えて、二十四時間態勢で張りこむことにした。こちらが事態をつかむ前に公海へ逃げこませたくない。実際に逃げだした場合を想定して、隣の入り江に市警の港湾課も待機させてる」

アンジーは笑みを浮かべ、ホルガーセンと目を合わせた。レオは張り込みにまわされている。捜査の本流から外された彼がどんな不満をもらしているのか、アンジーには想像することしかできなかった。マドックスに一ポイントといったところだろうか。

写真を見ていたマドックスが顔をあげた。

「よくやったな。ありがとう」

ほんの一瞬、マドックスと視線が交差する。アンジーは、自らも少なからずリスクを抱えこむはめになるにもかかわらず、銃を返してくれた彼の信頼に思いをめぐらせた。互いへの感謝というなら、マドックスよりもアンジーのほうこそずっとたくさんしなければならないだろう。

マドックスが小さくうなずき、ウィンストンの写真をホワイトボードに貼りつけていった。マーカーを手に取り、刑事たちに向き直る。「よし、始めるぞ。集まってくれ」

刑事たちがそれぞれの場所につき、ホワイトボードに意識を集中する。

「例のウィンストンのインタビュー記事だが、公表を阻止するのか?」集まった中の誰かが尋ねた。

「阻止する理由がないだろう」別の刑事が答える。「言論も報道も、その手のものは自由が保障されている」

「いや、理由ならある。もしウィンストンの言い分が捜査の支障になるならな」

「彼女の記事の内容がどんなものなのか、こっちには確証がない」別の者が主張した。

マドックスがドンとテーブルを叩いた。「こっちの打つ手はこうだ。クリスマスイブに予定されているウィンストンの暴露記事の公表まであと一週間ある。われわれはそれまでにこの事件を解決することに集中する。いいな?」

室内がざわつく。

「そういうことだ」マドックスはマーカーの尻で、ウィンストンが撮った、ジェイデン・ノートン゠ウェルズとダミアン・ヨリックが〈アマンダ・ローズ〉からおりようとしている写真を叩いた。

「ジェイデン・ノートン゠ウェルズ、州司法副長官補の息子で黒髪だ。この男は十二月十六日土曜の午前零時過ぎ、フェイス・ホッキングのヒモのヨリックがケイマン諸島船籍の高級ヨットに乗りこんだあと、同じ船に乗りこむところを目撃された。ヨリックは警察に知られた人物で記録にも残ってる。路上での薬物売買と暴行の罪で起訴され、服役もした。こいつも黒髪だ。また、ヨリックは黒のＢＭＷに乗る二十代前半のブロンドの男と一緒にいたところを見られている」マドックスはヨリックとジョン・ジャックス・ジュニアの写真のあいだを線でつなぎ、ジュニアの写真の下に疑問符を書き加えた。「ひとまずブロンドの男は、歯科医でやはりブロンドのジョン・ジャックス・シニアの息子でもあるこの男だという推測に基づいて捜査を続ける」さらにもう一本、線を引く。マドックスは線を引いた先にあるホッキングの写真をトントンと叩いた。「殺人事件の被害者、ホッキングは最近、ヨリックとＢＭＷのブロンド男と一緒にいるところを目撃された。また彼女はドラッグでぼろぼろになった口に高額の処置を施してきれいにしている。ホッキングのアパートメントには歯科医のジョン・ジャックス・シニアの名刺が残されていた」歯科医と息子を、ホッキングとヒモに結びつける線を追加する。「ドラモンドが高校の恋人に捨てられたあと、ＢＭＷのブロンド男は〈オーク・ベイ・カントリー・クラブ〉でドラモンドを引っかけたようだ」マドックスはドラモンドからほかの写真を通過してジョン・ジャックス・ジュニアへとつなぐ線を引き、刑事たちを振り返った。「ジョン・ジャックス・ジュニアと会ったあとのドラモンドは金を手にしたらしく、ほかに説明のつかない高額の買い物をたくさんしている。また彼女は神父に多くの男と寝る罪を犯していると告白していた。そこで、ドラモンドは売春に勧誘されたものとして捜査を進める」

「ジャックス坊やによってだ」ホルガーセンが言った。「やつが勧誘役を務めてる可能性がある。ドラモンドのような娘をポン引きのヨリックのところへ連れていってるんだろう。俺はジャックス坊やが女たちを新しい仕事に慣れさせる役目も負っていると考えてる。そしてホッキングのように歯をきれいにする必要があれば、歯医者のパパが手を貸すことになってるはずだ」

「歯医者になんの得がある？」刑事たちのひとりが尋ねた。

「ビジネスを分けあっているのかもしれないな」別の刑事が答える。「この男は金がからんだ組織犯罪関係で何度も調べられている。もっとも、逮捕に結びついたことは皆無だが」

マドックスが言った。「その捜査の資料なら、科学捜査チームがくまなく調べている。今のところ言えるのは、ドクター・ジョン・ジャックス・シニアがケイマン諸島の複数の無記名口座とつながりがあるらしいということだ。そのうちのひとつに〈アマンダ・ローズ〉の所有権に関連するのと同じ口座で、ビジネス上の利益を共有していると思われるものがある」

「なんてこった」誰かが小声で言い、警察官たちのあいだに活気が野火のように広がっていった。自分たちはようやくどこかへたどり着こうとしているのだ。どこか重要なところへ。

「つまり〈アマンダ・ローズ〉には金持ち相手のセックスクラブみたいなものがあるかもしれないわけですね？」また別の刑事が言った。「ではララ・ペニントンについてはどうです？　そこに写真がありますが？」

アンジーは自分が通っているクラブと、そこで毎回別の男とベッドをともにしていることを思いだし、咳払いをした。「ドラモンドのカレンダーによると、彼女は定期的に〝ララ・P〟と会っていたようです」テーブルにあったペンを手にし、ペニントンの写真の下に書きこみを入れる。

〝ララ・P、アマンダ・R、B・C〟

刑事たちを振り返って続けた。「現在、ペニントンもまた、〈アマンダ・ローズ〉で行われていると思われる組織売春に加わっていると見ています。〝B・C〟というイニシャルの意味はまだ不明ですが、捜査の過程で〝B・C〟のロゴが表に印刷された紙マッチを発見しました。マッチのカバーの内側には、ドラモンドの携帯電話の番号が走り書きされていました」一度言葉を切り、刑事たちの意識を自分に集中させる。「マッチが発見された場所は、ジャック・キリオン市長の右腕であるザック・ラディソンのオフィスです」

部屋の後方で口笛を吹く音がした。明かされた詳細な事情に刑事たちが興奮し、またしても室内に活気がみなぎる。

「それから、キリオン市長だが……」ホルガーセンが発言し、頭を傾けてウィンストンが〈AKASHA〉の外で撮った写真を示した。「高名なヒモ野郎と一緒に〈アマンダ・ローズ〉に乗りこんだジェイデン・ノートン=ウェルズの母親、州司法副長官補のジョイス・ノートン=ウェルズと不倫関係にある」

「なんてこった」誰かが口を挟んだ。

「まったくだ。そいつはこの捜査の合言葉になりつつあるな」別の刑事が答える。「事件がどう転んでも、このふたり……市長と州司法副長官補にとっては大打撃になるぞ。州司法副長官補の夫が手がけるあの大規模なウォーターフロント開発は、市長が認可手続きを進めてる。もしかしたら、州司法副長官補が愛人に圧力をかけたのかもしれない」

「それに法律家の卵のジェイデン・ノートン=ウェルズはドラモンドを知っていて、

好意を抱いていたと告白してる。知り合いから〝J・R〟と呼ばれていたことも」ホルガーセンが言った。「加えてドラモンドが所持していた聖クリストファーのメダルだが、やつがお守りとして与えていたらしい。ジェイデン・ノートン＝ウェルズの真意がどうだったのかは知らないが。また、やつはレクサスが消えたことについても嘘をついてる。そのレクサスは〈ブルー・バジャー・ベーカリー〉付近でドラモンドが拉致される前後に青い鉄橋に姿を見せていて、ドラモンドが発見されたロス・ベイ墓地の向かいにあるセブン‐イレブンの監視カメラにもとらえられている」

アンジーは眉をあげてホルガーセンを見つめた。彼が文法的に意味の通る話ができるとは、それこそ驚きだ。転んで頭でも打ったのだろうか？　それとも、これがヒェール・ホルガーセンの本来の姿なのだろうか？　あるいはベテランの刑事たちの前でいいところを見せようと、必死で背伸びをしている？

自らの人物像がいつもと違っているのに急に気づいたかのように、ホルガーセンが軽い調子で続けた。「それから、消えたレクサスについて警察に訊かれたとき、この法律家の卵はすっかり縮みあがってこじゃれた赤いポルシェに逃げこみ、まっすぐ市庁舎へと向かった。市長子飼いのザック・ラディソンのところへ」ラディソンの写真を指さす。「こいつは黒髪だ。〝B・C〟の紙マッチを持っていて、ドラモンドの携帯電話の番号も知ってた」

「市長の不倫が事件とどう関係しているんだ？」性犯罪課から引っ張ってこられたダンダンが言った。一緒に引っ張られてきたスミスは、現在レオとともにアップランズ・マリーナにいる。

「たぶん、運が悪かったのよ」アンジーは答えた。「人生が犯罪と交差して個人や家族の秘密のひとつが明らかになれば、あとはタマネギの皮がむかれるように捜査員によって暴かれていくから」

ノックの音がして特別捜査本部のドアが開き、全員がそちらに顔を向けた。

「ドクター・パダチャヤ？」マドックスが言うと、すぐに期待が室内全体に広がっていった。刑事たちはみんな、ジェイデン・ノートン＝ウェルズのＤＮＡの分析結果を待っていたからだ。

スンニ・パダチャヤが笑みを浮かべて部屋に入ってくる。その目の輝きを見たアンジーは、スンニが重要な事実を突きとめたのだと確信した。ノートン＝ウェルズの首根っこを押さえたのだ。

マドックスにフォルダを手渡し、スンニは言った。「毛髪、血液、唾液のサンプルから出た分析結果のコピーよ。すべてここに揃っているわ」

マドックスはこれ以上ないほど紳士的に待ち、小柄な医師が自作の爆弾を自分で落とすのを許した。

「彼よ」スンニが言った。「ジェイデン・ノートン＝ウェルズは〝黒髪の男1〟で決まり。彼の体毛がホッキングの遺体に付着していたものから見つかったわ。防水シートの内側と、テティス島の現場で見つけたロープの繊維の中、ドラモンドの服からもね」

「やったぞ」ホルガーセンが宙に拳を突きあげた。「体毛のおかげで尻尾をつかめたな。さあ、やつを連行しよう！」

「いや、まだだ」不機嫌そうな甲高い声がした。

全員が振り返ると、部屋の後方にフランク・フィッツシモンズ警部が立っていた。アンジーはフィッツをにらみつけた。

いったいいつからそこに立っていたのだろう。不愉快な男だ。憤懣やるかたないといった顔つきのフィッツは拳を体の脇できつく握り、意識をマドックスだけに集中させて歩いてきた。近づいてくるにつれ、警部が文字どおり怒りで体を震わせているのがアンジーにもわかった。体から緊張感を立ちのぼらせ、手にした資料の紙まで震わせている。

「マドックス巡査部長」フィッツがマドックスの前で立ちどまって言った。「レイ・ノートン＝ウェルズと彼の弁護士チームがロフランド判事から、息子のＤＮＡは証拠として採用しないという決定を受け取ったそうだ。息子は強制されてサンプルを提供するしかなかったと主張しているぞ。ジェイデン・ノートン＝ウェルズのＤＮＡサンプルから得た証拠はいかなる方法でも形でも使えない」

「そんなばかな」ホルガーセンがはねつけるように言った。「やり取りは全部残らず記録してあるんですよ。やつの署名だって——」

「州検察が異議申し立てをすることは可能だ」フィッツが言い返す。「だが現時点ではその証拠は使えない」

「くそっ」ホルガーセンが吐き捨て、アンジーのほうを見た。

「巡査部長、外で話がある」フィッツがきびすを返し、ドアへと向かった。フィッツが出ていってドアが閉まるのを見届けてから、マドックスがアンジーに顔を向けた。

「車を用意しろ。ジェイデン・ノートン＝ウェルズを逮捕するぞ。今は教会にいる」

アンジーは鋭い視線でドアを見た。「フィッツは？」

「いいから早くしろ！」マドックスは続けてホルガーセンに向き直った。「おまえはダンダンと一緒にラディソンを張りこめ。手は出すなよ。あとをつけるだけでいい。

何かおかしな動きを見せたら、すぐ連絡をよこすんだ。それからヘイズルトン」別の刑事に向かって指示する。「ヴェダーに電話だ。性犯罪課はすべての戦力を待機させて、こちらに全面協力してもらう。緊急対応チームが必要だと伝えてくれ。それから特別機動隊(SWAT)を今夜、〈アマンダ・ローズ〉に乗りこませるぞ」椅子の背にかけてあったコートをつかむと、足早にフィッツのあとを追った。

特別捜査本部のドアの外では、怒り心頭に発したフィッツがマドックスを待っていた。

「やつを引っ張りますよ」マドックスは、フィッツが話す前に切りだした。

「巡査部長、私は何かあれば報告するよう命じたはずだ。こういうことを――」

マドックスはドアに向かって腕を振りあげた。「われわれは国をまたいだ性犯罪組織のやつらと輪になって座ってるかもしれないんですよ。相手はケイマン諸島船籍のヨットに乗せた未成年の女性たちを売春させているクラブで、カナダ騎馬警察の経済犯罪課と組織犯罪課が何年も調べている地元の歯科医を通じて、犯罪組織とつながってるかもしれない。そんな状況の中のどこかで、ホッキングとドラモンドは性欲に駆られた頭がどうかした連続殺人犯と出会ってしまったんです。もし今、われわれがノートン゠ウェルズを取り逃がしたら、やつが警報を大っぴらに発したら、〈アマンダ・ローズ〉は今夜中にも公海まで出てしまうかもしれない。そうなったら、まったく違うゲームを一から始めなければならなくなってしまいます。あのヨットは殺人犯を乗せて行ってしまうかもしれない。そこにほかに若い女性が乗っていたとしたら、彼女たちの命も危険にさらされます。公海上で犯罪の隠蔽工作が行われるかもしれません」

「引っ張るも何も、そもそも根拠が――」

「根拠ならあります。ノートン゠ウェルズがホッキングのヒモと一緒に〈アマンダ・ローズ〉に乗っていた証拠写真があるし、目撃者もいます。そのヒモはジョン・ジャックス・ジュニアと関係があり、そのジュニアはドラモンドと関係がある。それにノートン゠ウェルズがドラモンドを知っていて、好意を抱いていたというのは本人もわれわれに認めています。そのうえレクサスのこともある。証拠写真のおかげでDNAサンプル提出の令状も取れるでしょう。ウィンストンさまさまですよ。あとは新しいサンプルで検査をやり直せばいい」

「巡査部長」フィッツが人を不快にする甲高い声で言った。「私は――」

「あなたが話す前に警告しておきますよ、警部」マドックスは声を落とした。「われわれはキリオン市長と州司法副長官補のジョイス・ノートン＝ウェルズが不倫関係にあるという証拠写真を持ってます」言葉を切り、よく光る小さな黒いタカの目で上司を見る。「政治の世界においては、理解力が何より大事になることが少なくありません。キリオン市長がガンナー署長の首を自分の子飼いの人物とすげ替えて、じきに市警内部でも大きな人事異動がありそうだという噂が流れていることを考えると、この事件、キリオン自身と州司法副長官補の息子が関与した事件の解決を妨害している張本人だと見られる以上に不幸なことはありませんよ。出世と引き換えの行動だと見なされかねない」マドックスが少し間を空けると、フィッツが怒りに身を震わせ、にらみつけてきた。マドックスは市警での仕事を失うことになるかもしれないと思ったが、それでもヨットを逃がすつもりはなかった。人生を懸けてもそうはさせない。

「暴露記事はすでに公表日が決定しています」マドックスは静かな声で告げ、ふたりのための逃げ道を作った。「写真付きでクリスマスイブに発表される。私としてはその前に解決したいんです。あなたの指揮のもとで」

洗礼者

日曜の朝、彼は海岸沿いの道路を車で走っている。今日は車が必要になる。ララを連れだすことになっている日であり、あまりの期待の大きさに胸が締めつけられる思いだ。夜明け前にウエイトトレーニングをしたのも、それから十キロ以上走ったのも、すべては準備のためだ。昨夜のうちに陰毛の処理も終えた。ララは今、大聖堂にいる。彼は気がはやっており、暗くなるまで何かせずにはいられなかったので、アップランズ・マリーナを通過する道をドライブすることにする。〈アマンダ・ローズ〉がまだ停泊しているかどうかを確かめるためだ。フェイスの件があってから、よくそうしている。夜にあの水上の輝く宮殿を眺め、誰が誰と船室にいるのか思いを馳(は)せるのが好きだ。そしてまた彼女たちを見ているところを想像する。グレイシー、ララ、フェイス……エヴァ……首の後ろにバーコードの入ったほかの女たち……そのとき警察車両を見かけて、慌てて速度を落とす。

それは道路の脇に停まっていて、車内にふたりの警察官が座っている。彼は視線を道路に向け、ハンドルの二時と十一時の位置に手を置いたまま唾をのみこむ。方向指示器を点灯させると、すばやく左に曲がって海から離れる方角へと車を走らせる。

道路をそれて、木の下に車を停める。心拍はあがり、手のひらはじっとりと汗ばんでいる。大丈夫だ。心配する必要はない。すべて順調でうまくいっている。だが、好奇心に駆られ、また今日は野生のハンターさながらに感覚が研ぎ澄まされていることもあり、車からおりて側道を歩き、再び海岸沿いの道へと向かう。ギャリーオークの下の、長く伸びて茶色くなった草が生えている丘に出ると、マリーナが見える。〈アマンダ・ローズ〉もそこにあり、栄光に満ちた船旗を冬の風に優しくはためかせている。彼はただ船を見つめ、空気のにおいを嗅ぐ。その光景で落ち着きを取り戻し、船内のすばらしい木材に思いを馳せる。そこでは女たちが股を広げ、男たちがやってくるのを待っているはずだ……そこまで考えたとき、ふたりの男たちの姿を見つける。ひとりは角張った白髪頭の年寄りで、若くて痩せているもうひとりは年寄りよりもいくらか背が高そうだ。ふたりはマリーナの上を通っている小道のベンチに座っている。彼がしばらくその様子を見ていると、ひとりが鳥の観察用の双眼鏡を目にあてる。湾に停泊中の〈アマンダ・ローズ〉を見ている。

彼の胃が締めつけられる。唾をのみこみ、オークのからまりあう枝と陰の中へとあとずさりする。そこから今度は長いあいだ、男たちを眺めつづける。よくない。スーツを着た警察官——そう、警察官だ。

彼はきびすを返し、体の両脇で拳を握りながら急いで車に戻っていく。

〝ばかな子ね、坊や。警察に決まっているじゃないの。おつむの弱いジョニー……のぞき魔を捕まえようとしているのよ……さっさと逃げたほうがいいわ、ジョニー。のぞき魔に追っ手が迫っている……〟

車にたどり着くまでに、何をしなければならないのか悟っている。計画の変更だ。すぐに動かなくては。今夜の狙いはララじゃない。今夜狙うのはもうひとりのほうだ……そして、今夜ゲームを終わらせる。

〝大丈夫よ、ジョニー。ただ前へ進めばいい……唯一究極の罪は愚かさよ、坊や〟

68

アンジーは立っていることを選んだ。狭い取調室の床に固定されたテーブルの席についているジェイデン・ノートン＝ウェルズと彼の弁護士の後ろで、壁に片方の肩をつけて寄りかかる。アンジーの目的は彼らを動揺させることだった。

　取調室の内装は殺風景で、壁にはオフホワイトの音を吸収するタイルが貼られており、ドアがアンジーの左にあって、マジックミラーが設置されている。そのミラーの向こう側からはフィッツ、ヴェダー、検察官、そしてホルガーセンが室内の様子をうかがっていた。

　テーブルのノートン＝ウェルズとその弁護士の向かいの席には、マドックスが座っている。アンジーはマドックスと一緒に、日曜日の礼拝を終えて教会から出てきたノートン＝ウェルズを逮捕した。ノートン＝ウェルズは従順で、逮捕時もまったく抵抗せず、ただ弁護士を呼んでほしいと言っただけだった。

そして父親が金を出して雇った最も腕の立つ刑事事件専門の弁護士が到着し、アンジーたちが今、尋問を進めているところだ。

「なぜ自主的にDNAサンプルを提供したんだ、ジェイデン？」マドックスが尋ねた。

ノートン＝ウェルズが弁護士に目をやる。弁護士は心の内を読ませない表情をした五十代後半の女性で、テーブルの上にモンブランのペンとメモ用紙を並べて置いていた。「自主的じゃない」ノートン＝ウェルズが冷静に答える。「強制されたんだ」

容赦なく照らしだす蛍光灯の明かりの下、ノートン＝ウェルズの顔色は青白かった。疲れ、打ちのめされているような表情だ。アンジーの血管をアドレナリンが流れていった。

マドックスがファイルを開き、ノートン＝ウェルズに向かって一連の写真を滑らせた。

ノートン＝ウェルズが弁護士を見る。

「写真を見ろ、ジェイデン」マドックスが命じた。「これはおまえだな」一枚目の写真を指でトントンと叩く。「おまえとフェイス・ホッキングのヒモのダミアン・ヨリックが船のタラップをおりているところだ。それから、こっちは……おまえが赤いポルシェに乗りこもうとしているところで、ナンバーも判別できる。こいつはポルシェが入っていった家に掲げてある〈AKASHA〉のプレートだ」

マドックスは身を乗りだした。

「おまえとグレイシーが親しかったことはわかってるんだ、ジェイデン。聖クリストファーのメダルのこともわかってる。レクサスを盗まれたという話をでっちあげたことも、おまえが〈ジ・オーベルジュ〉にいなかったことも、あの通りの有料駐車場に車を停めていなかったことも――」

「そんな話はよく言って、状況証拠でしか――」弁護士が口を挟んだ。

「写真は違うわ」アンジーは弁護士と依頼人の後ろから言った。「あなたがホッキングのヒモと一緒に〈アマンダ・ローズ〉に乗っていた確実な証拠よ。ダミアン・ヨリックはグレイシーのヒモでもあったの？　ホッキングはこのヨットで死んだの？あなたが彼女をレイプしたあとに？」

「ちょっと！」弁護士が割って入ろうとする。「私たちは――」

「今、あなたのDNAを採取する令状を申請しているところよ、ジェイデン」アンジーは言った。「これまでの私たちの捜査で判明したことに基づいてね。新しいサンプルが私たちにどんな事実を教えてくれるか、ここにいる全員が知ってるわ。違う？あなたが殺される前のホッキングとセックスをしたことが明らかになるわよ。もしかしたら、死んだあとにもしたの？　ずいぶん強引な真似をしたみたいだものね、ジェイデン？」

ノートン＝ウェルズの目に涙が浮かぶ。彼は口を開いた。

すぐさま弁護士がノートン＝ウェルズの腕に手を置く。「何も話す必要はないわ、ジェイデン。私たちは――」

「いいのよ、ジェイデン」アンジーはゆっくりと歩いてマドックスの横をまわりこみながら言った。緩く腕組みしたまま彼の横に立つ。「話す必要はないわ。さっきも言ったとおり、私たちもDNA採取の令状を待ってるだけだから。あとはDNAがあなたの代わりに語ってくれるでしょうね」

ノートン＝ウェルズの体がびくりと反応する。弁護士が彼の腕に手を置いたまま言った。「もう充分よ。私たちの用はすんだわ。ジェイデン、行くわよ」そう宣言して椅子から立ちあがり、ノートン＝ウェルズを一緒に立たせる。

「ただ不可解なのは……」アンジーはドアに向かいはじめたふたりに向かって早口で言った。「あなたが自分のした行為にもかかわらず、DNAサンプルの提出を申しでた理由よ」

ノートン＝ウェルズがドアの前で立ちどまる。

「ホッキングもドラモンドも殺していないからだと俺は思う」マドックスが言った。「たしかにホッキングとのすばらしくも紳士的なセックスに金は払ったのかもしれない。そして周知のとおり、裁判所は買春をする客のほうには甘い。だがふたりの若い女性に残酷な真似をしたうえで切り刻んだとしたら？　頭を水に突っこんで押さえつけたら？　局部を切り取られて出血している哀れなグレイシーを、あんな風に両脚を広げた状態で墓地に放置したら？　顔面に十字架を刻んだら？」

ノートン＝ウェルズがくずおれ、喉から小さな音をもらす。

「ジェイデン、行くわよ。今すぐ」弁護士が命じたが、彼は立ちあがるのを拒絶し、根を張ったかのようにその場から動かなかった。

「まあ、おまえが話さなくても」マドックスが言った。「ＤＮＡが語ってくれる。そうなったら、ふたりを殺した犯人として有罪になるだろうな……連続レイプ殺人犯、ジェイデン・ノートン＝ウェルズの誕生だ。まあ、大変な事態だよ。地獄へまっしぐらなのは確実だな、ジェイデン坊や」

「僕はやってない。僕はや、や、やってない。僕はや、や、やってない。僕はや、や、やってない！」

ノートン＝ウェルズが弁護士から距離を取る。

「ジェイデン！」弁護士はノートン＝ウェルズの腕をつかもうとした。

「やめろ、放っておいてくれ……僕は彼らに話す！　話さなくてはならないんだ。僕は……もうこれ以上耐えられない。僕はやってないんだ……僕じゃない」

「じゃあ誰なんだ、ジェイデン？」マドックスが訊いた。「本当は何があった？」

69

「僕はクラブへ行ってセックスして、それに対して金を払った。それだけなんだ。そうやって彼女とも出会った……グレイシーと」

「クラブというのは?」マドックスが尋ねる。

「〈バッカナリアン・クラブ〉だよ。〈アマンダ・ローズ〉の中にある」

「そのクラブのロゴは、飾り文字の〝B〟と〝C〟がからまりあっている?」アンジーも尋ねた。

ノートン=ウェルズがうなずく。今や彼の頬は涙で濡れていた。「ロゴを印刷した小さな紙マッチがある。私的な紳士たちのクラブだと……超上流階級の顧客たちは言っている。グレイシーがマッチに携帯電話の番号を書いて僕にくれたんだ。本来なら、彼女たちは個人的な情報を渡してはいけないことになってるけど……ああ、神よ、こんなことになるなんて信じられない」

「続けろ、ジェイデン」マドックスはアンジーを一瞥し、先を促した。「彼女たちというのは誰だ？」

「女の子たちだよ」

「性行為を仕事にしてる女性たちか？」

ノートン＝ウェルズがうなずいて答える。「彼女たちはコンパニオンと呼ばれてる。グレイシーと僕は……僕たちは親しくなったんだ」はなをすすり、顔をぬぐう。

「おまえも会員なのか？」

「僕はまだ審査を待っている段階のゲストだ。審査に通らないと会員にはなれない。会員は友人をゲストとして紹介できる。ゲストは決まった回数、クラブを利用して、支払いがすべて完了してなんの問題も起きず、女の子たちが認めた場合に会員になれる仕組みなんだ」

「つまりグレイシーと出会ったとき、あなたはゲストだったのね？　会うのは火曜日の夜だった……グレイシーのカレンダーには〝B・C〟と〝アマンダ・R〟と書いてあった」

「ああ、僕は初めて行った夜にグレイシーと出会った。彼女は〈PPN〉の仕事に来ていたんだ」

「〈ＰＰＮ〉というのは何？」アンジーは訊いた。

ノートン＝ウェルズが頭を後ろに倒し、天井を見る。汗をかきながら浅い呼吸をしていて、今にも気を失いそうだ。彼の隣の席に座り直していた弁護士が、再びすばやく立ちあがった。「これ以上、続けさせるわけにはいかないわ。私の依頼人には治療が必要よ。ここに助けを呼んでもらわないと」

アンジーとマドックスはすばやく目を合わせた。この取り調べは早く片をつけなければならない。アンジーはマジックミラーのほうを見てうなずいた。向こう側ではフィッツ、ヴェダー、検察官と、ほかにも数人の刑事たちが中の様子をうかがっているはずだ。

「今、救急救命士を呼びにやったわ」アンジーはそう言うと、手をノートン＝ウェルズの腕にそっと置いた。「ジェイデン」優しい声音で呼びかける。「本当にあなたが過ちを犯しただけだというなら、私たちに話せば話すほど有利になるわよ」

ノートン＝ウェルズが唾をのみこんでうなずき、顔をぬぐった。

「続けるわね。〈ＰＰＮ〉というのは？」アンジーは尋ねた。

「イベントだよ。〝ふっくらしたあそこの夜（プランプ・プッシー・ナイト）〟の頭文字だ」ノートン＝ウェルズが言いづらそうに声を詰まらせた。「だいたい火曜日に行われる。男にはマスクと、希望すればロープやそのほかの衣装が配られるんだ。大人のおもちゃや、いろいろな道具も」

「道具というのはロープなんかか?」マドックスが訊いた。

ノートン=ウェルズがうなずく。「あれは手違いだったんだ。誓うよ。それに僕は見ていただけだった。首に……フェイスの首に巻いたロープがきつすぎたんだ。ザックもわざとやったわけじゃない。気づいたら、もう息をしてなかった。僕は……僕たちは動揺してロープをほどこうとしたけど、緩めることができなかった。ああ、神よ、お助けください」刑事ふたりから顔をそむけた。

「おまえは誰を見ていたんだ、ジェイデン?」マドックスが尋ねる。

「ザックだ」ノートン=ウェルズが小さな声で答えた。

「ザック・ラディソンか?」

「ザックが僕をあそこへ連れていったんだ」

「なぜおまえを連れていった?」

「僕たちは……僕たちは高校のときからの友だちなんだ」ノートン=ウェルズが深く息を吸いこむ。「ザックは昔からずっと、女の子に少しばかり暴力をふるうので有名だった。荒っぽいセックスが好きなんだ」

「荒っぽいというのはどんなふうにだ？　例を挙げられるか？」

ノートン＝ウェルズが唾をのみこみ、自分の膝をこすった。「裸にして、四つん這いにさせるのなんかが好きだ。鋲を打った犬の首輪をかなりきつく首に巻いてリードをつけて、からかったり罵ったりしながら歩かせるんだ」

「罵る？　どんな感じで？」今度はアンジーが尋ねた。

ノートン＝ウェルズが咳払いをして答える。「声を荒らげて犬呼ばわりしたり、薄汚い淫売だとか、そういう言葉を使ったりする。それに少し痛めつけて泣かせて、動物みたいにもっと大きな声で鳴けと命令するのも好きだ。それから四つん這いの女の子に背後からのしかかっていくんだ。たまには新しいデート相手をしゃれたディナーに連れていったりもする。紳士的に優しく振る舞っておいて、家に連れ帰ってドアを閉めると豹変するんだ。相手を壁に強く押しつけて手を喉にかける。女の子の目に驚きが浮かぶのを見るのが好きらしい」

「ザックはそういうことを高校の頃からしてたのか？」

「そうだ」ノートン＝ウェルズがすすりあげ、鼻をぬぐった。

「訴えられなかったのか？」

ノートン＝ウェルズはうなずいた。「女の子たちのひとりの父親が告訴したら、ヘラディソン・インダストリーズ〉の要職に誘われたという噂が一度流れたことがある。告訴は結局、取りさげられた。それからザックの前の職場でセクシャルハラスメントの申し立てが何件かあったけど、それも何かと理由をつけて取りさげられてる。キリオンの選挙キャンペーンに加われば、自分がメディアのスポットライトを浴びることになる。だから股間についたものはズボンの中にしまっておくか、少なくとも人に気づかれないように行動しなきゃならない。それをザックは知っていた。そんなとき、〈バッカナリアン・クラブ〉の話を聞いたそうだ。金を払えば隔絶された空間で……変わった行為ができるセックスクラブで、品のいい清潔な女の子に最高の食事、それからSMやら何やらといった娯楽を提供してくれるってね」言葉を切り、口をぬぐう。「ザックは何度かゲストとしてクラブに行ったあとに会員になって、今度は僕を連れていった。新たに金になる会員を連れていくと、ボーナスとして何か特別なところがある女の子をあてがってもらえるんだ」

「なぜあなたを連れていったの?」

「誕生日プレゼントだよ。ザックは僕が女の子とそうした関係を充分に楽しめてない、要するにもてないと思ったらしい」しばし沈黙してから再び口を開いたとき、ノートン＝ウェルズの声の調子は明らかに変わっていた。完全に打ちひしがれた声だ。「たぶん……ザックは見られるのが好きなだけなんだ。現実世界の自分とつながりのある誰かに、クラブでの自分の行為を見せたい、知ってもらいたいと願っていた。自己顕示欲ってやつだ。それでぞくぞくする興奮が味わえる。性的な面でも自我の面でも」咳払いをし、マジックミラーを見やって躊躇した表情を浮かべ、ドアのほうに目を向けた。

「続けて、ジェイデン」アンジーは血液中のアドレナリンが暴れるのを感じつつ、穏やかに先を促した。マジックミラーをもう一度見る。すでにフィッツかヴェダーのどちらかが、ホルガーセンにラディソンを連行するよう命じたはずだ。

ノートン=ウェルズが両手で顔をこする。弁護士が顔に奇妙な表情を浮かべた。

「ジェイデン」またしても彼の腕に手を置いて声をかける。

ノートン=ウェルズは首を振った。「いいや、父さんが何を言おうとどうでもいい。母さんもだ。僕は……僕はこれを最後までやり遂げなくてはならない。グレイシーのために」大きく息を吐き、さらに続ける。「ザックが僕を〈PPN〉へ連れていった。〈PPN〉が開催されることになると、クラブからの通知を受け取るのに同意している会員に特別なメールが届く。匿名のサーバーから送られてくる謎めいたメールだ。それを見た会員はセックスの地下組織の一員になったかのように感じるらしい。少なくともザックはそう言っていた。〈PPN〉の女の子たちは若いんだ」

「どのくらい若いの?」

「グレイシーは仕事を始めたとき、十六歳になったばかりだった。グレイシーの話では、少なくとも彼女よりも若い子が三人はいたらしい。でも、その三人は地元の子じゃない。〈アマンダ・ローズ〉に乗ってやってきた子たちだ。それ以外の子たちはとても若く見えるだけで、メイクと三つ編みで少女を演じてるのかもしれない。そういう女の子たちが下着をつけずに、ものすごく丈の短いスカートの学校の制服を着ているんだ。そして赤ん坊のおしゃぶりみたいにディルドなんかを首からさげている」ノートン=ウェルズは咳払いをして、テーブルの表面を見つめた。「彼女たちは船室のそこかしこに座ってそのディルドを使うんだ。男たちの一部が酒を飲んだりあれこれしたりしながら、それを見物する」黙りこみ、何秒かしてからつけ加える。「そんな感じのイベントだ」

「その地元の子ではない若い女たちというのはどこから来たの?」

「知らないよ。たぶんヨットで生活しているんだ。〈アマンダ・ローズ〉が港にいるのは、一度にせいぜい三カ月といったところだ。毎年、クラブが言うところの〝ヴィクトリア・シーズン〟にだけ戻ってくる。たしか前の寄港先はバンクーバーで、その前はポートランドだったと思う。グレイシーは〈アマンダ・ローズ〉がアメリカの領海に入る前に南アメリカから出発したと言っていた。女の子たちはそういう港のうちのどこで乗せられたとしてもおかしくないんじゃないかな。さっき話の出た三人については、僕は見たことも話したこともない」

「ヨットで働いていた地元の女性は?」

「グレイシーと……」ノートン゠ウェルズは深く息を吸いこみ、大きく吐きだした。「あとはララとエヴァがいる。本名かどうかは知らないけど、そのふたりについてはグレイシーから少し聞いていた。グレイシーはララとエヴァを引きこむのに手を貸したらしい。それで大金を得たそうだよ」

「どうしてグレイシーはあなたにそういった話をしたの、ジェイデン?」

彼は口元をこわばらせて言葉に詰まり、一瞬、吐くようなそぶりを見せた。

「さっきも……言ったように、僕は……ザックと一緒に船を訪れた最初の夜にグレイシーをあてがわれた。僕たちは愛しあって——」

「愛しあったんじゃないわよ、ジェイデン」アンジーはぴしゃりと言った。「あなたはお金を払ってセックスをしただけ」

マドックスに鋭い視線でにらまれ、アンジーはかすかに肩をすくめた。

「特別な感じがしたんだ。僕は……次の週、ザックと一緒に再びクラブを訪れた。グレイシーに会うためにね。それからは彼女のためだけに、〈PPN〉が開かれるときは毎週欠かさず行くようになった。グレイシーも僕を気に入ってくれて、僕たちは話すようになったんだ。彼女は僕の聖クリストファーのメダルを見て信仰について尋ねてきて、自分が信仰の道に戻ったことや、聖歌隊について話してくれた。ただ話をするためだけに金を払った夜だってあったんだ。グレイシーはうれしそうだった」ノートン＝ウェルズがうつむき、人差し指でテーブルに小さな円を描きはじめた。「それから僕たちは話しはじめたんだ……先のことを」

「先のこと?」

「将来だよ。グレイシーが充分な金を貯めて、クラブを辞めたあとのことだ。外国を旅したり、暮らしたりする話をよくした。彼女が行きたい都市とか、僕が学位を取ったあと、どうすれば一緒にそういうところへ行けるかとか」彼は口ごもり、顔をあげて続けた。「グレイシーには辞めてほしかった。僕と一緒にいるために。辞めれば僕が金銭面で生活を支えてもいいとも言った」

「彼女がほかの男たちとつきあうことに嫉妬しなかったの?」

「グレイシーはあんな仕事をするような女の子じゃなかったし、本人にもそう言ったんだ。彼女にはもっとましな生き方がふさわしかった。僕ならそれを与えてあげられたのに」

「でもグレイシーはあなたを信用してなかった。そうよね、ジェイデン？」アンジーは訊いた。「彼女にとってはあなたも客のひとりにすぎなかった」

「僕たちの関係は特別だった」

それはそうだ。愛だという思いこみを補強するためのクライマックスほど強烈なものはない。

「グレイシーは本気で辞めたがってたんだ。でも簡単な話じゃなかった」ノートン＝ウェルズの両手と声が震えはじめた。「クラブの管理体制がだんだん厳しくなってきて、彼女は怯えていた。しまいには、もしクラブのことを話したり、どんな形でも事前に結んだ秘密を守る契約を破ったりしたらおまえはおしまいだと、はっきり言われていたらしい」

「〝おしまい〟というのはどういう意味だ？」マドックスが尋ねた。

「グレイシーは痛い目に遭わされると思っていた。僕は……そう感じていた」

「それはつまり殺されるということか？」

ノートン＝ウェルズがうなずく。「外国へ連れていかれる話もあったらしい。どれだけ金になるか、連中はグレイシーに吹きこんでいたよ……」こみあげる感情に声を詰まらせ、咳払いをした。「だから僕は聖クリストファーのメダルをあげたんだ。彼女が……人生の旅において、この困難をうまく乗り越えられるようにと思って……」

「グレイシーはどうやって〈バッカナリアン・クラブ〉に紹介された？　彼女から聞いているんじゃないのか？」マドックスがさらに訊いた。

「当時の恋人……少なくともグレイシーはそう思っていた男に連れていかれたんだ。彼女がJ・Jと呼んでいた男だよ」

アンジーはすばやく視線を移し、このやり取りがきちんと記録されていることを示す録音中のランプが点灯しているのを確認した。

「ジョン・ジャックスか？」マドックスが続ける。

「たぶんそんな名前だ。グレイシーとは、学校の恋人が練習していたテニスクラブで知りあったそうだ。学校の恋人と別れたあと、その新しい男が彼女とデートしはじめて、金やプレゼントを与えるようになったんだ。それもたくさん。グレイシーが言うには、しゃれた場所へ連れていって、特別な存在だと思わせてくれたそうだ。そしてある晩、その男はデートに友人を連れてきて、グレイシーとそいつをホテルへ連れていった。その友人というのがダミアンという男で——」

「ダミアンの名前は？」マドックスが割って入った。「記録に必要なんだ」

「ダミアン・ヨリックだよ。グレイシーの新しい恋人は、自分の見ている前でダミアンとセックスしてほしいと彼女に頼んだんだ。グレイシーは拒否したけど、J・Jは自分のためにしてくれ、自分を愛し、信頼している証になるからと言って無理強いした。グレイシーは言われたとおりにして、結局はふたりともと寝たそうだ。次に同じことを頼まれたときは断ろうとしたけど、泣き叫んであきらめるまでJ・Jに殴られたらしい。そのあとのJ・Jは高価なプレゼントをいくつもして、とても優しかったそうだ。そんなことが何回か続いてから、今度はダミアンがふたりを〈アマンダ・ローズ〉へ連れていった。J・Jはグレイシーに薬を盛った酒をしつこく勧めて、ラウンジで何人かが見ている前でクラブの会員のひとりとセックスするよう頼んだんだ。彼女には特別なナイトクラブだと説明したそうだよ。その会員がグレイシーに大金を払って、見物していた連中もやはり金を渡した。それからJ・Jとダミアンは彼女をプリンセスのように扱ったんだ。ふたりはその次の火曜日も、今度はさらにふたりの会員の相手をさせるためにグレイシーを連れて船に戻った」

「それでザックは？　やつはホッキングが好きだったのか？」

「ああ。彼女は金次第で、もっと荒っぽいことをさせるのも許していたからね」

「じゃあ、やはりザックはホッキングを傷つけてたんだな？　ほかの子たちみたいに」

「平手で殴ったりしていたよ。一度、唇が切れたこともあったな。いつもの犬の首輪とリードでも遊んでた。ザックが使っていたのは、クラブが用意した特別な部屋にある道具だ。鞭にロープ、手錠、革紐(かわひも)、釘……ザックの言葉によると、ほかにもフェイスを痛めつけるためのおもちゃを使っていた。ザックはあれこれ詳しい話をして、僕を驚かせようとしていた。楽しんでいたんだ。自分のしたことを話すあいだの僕の顔を見てね」

「クラブの運営側はザックの行為を許していたのか？」

ノートン＝ウェルズは自分の親指の爪をもてあそびながら答えた。「そうだと思う。だって、そういう行為もありなフェイスをザックにあてがったのはクラブのほうだ」

「クラブの責任者は誰だ？」

「マダムだよ。あと、アシスタントがいる」

「マダム？」

「マダム・ヴィーだ。僕が知っているのは名前だけだ。あとはマダムのアシスタントのジーナがいる。ジーナは二メートルはありそうな体の大きなXジェンダーで、おかしな肌の色……白っぽい灰色をしてるんだ。色のないどんよりとした目で、髪は銀色に染めている」

「そのマダム・ヴィーというのは……若いのか？　それとも年を取ってるのか？　国籍は？　アクセントに特徴はあるか？」

「フェイスの息が止まった夜まで、マダム・ヴィーにもアシスタントにも会ったことはなかった。そうなってしまったあと、ジーナが部屋を片づけに入ってきたんだ。そして僕たちにマダムのオフィスへ行くよう指示した。そこで大丈夫だから何も心配する必要はないと言われたんだ」

「お優しいこと」アンジーは言った。

ノートン=ウェルズがアンジーを見あげる。「警察に連絡しなくても大丈夫という意味だ」

「ああ、口裏合わせみたいなものね。要は、話したら殺人罪で刑務所行きになるといったやり取りがあったんでしょう？」

ノートン=ウェルズはうつむいてテーブルを見つめた。

「ホッキングが殺された夜について話してくれ」マドックスが言った。「いつだ？」

「十一月二十八日の火曜日だ」

「具体的に何があった？」

「フェイスと一緒のところを船室で見てくれとザックに頼まれた。コカインをやっていてハイになっていたザックは見られながら事を終えて、僕にひとつふたつ勉強になっただろうと言ったよ。ザックがフェイスを縛ったまま後ろからしているあいだ、ロープが徐々にきつく絞まっていった。フェイスがザックにやめてと伝えようとして泣きはじめたら……ザックはなんというか、残忍になっていったんだ。僕はやめろと怒鳴った。誓うよ、本当に怒鳴ったんだ。でもザックはステーキナイフをつかんで、僕が近づいて止めようとしたらフェイスを傷つけるそぶりを見せた。たぶんそれもザックのゲームの幻想の一部だったんだ。そして……次に気がついたら、フェイスが息をしてなかった。最初、ザックはフェイスがふざけていると思ってたんだよ。それから本当だとわかって取り乱して、彼女の首のロープをステーキナイフで切ろうとした。でも完全には切れなくて、僕もザックを手伝おうとした」ノートン＝ウェルズが深く息を吸いこみ、呼吸を落ち着けようと苦心する。「それから助けを呼んだ」

「ステーキナイフだって？」

「その夜は、高価なステーキが黒トリュフと一緒に出てきたんだ。僕は……」ノートン＝ウェルズは頭に浮かんだ記憶に急に声を詰まらせ、黙りこんで座ったまま目を閉じ、吐き気をやり過ごそうとした。

「ロープをほどこうとしたんだな？」ノートン＝ウェルズを追いつめて失うわけにはいかない。マドックスはなだめるように尋ねた。

ノートン＝ウェルズがうなずく。「ジーナが入ってきたときも、ほどこうとしていた。ジーナは部屋の様子を確かめて、それから誰ともひと言も話さずに上の甲板にあるマダムのオフィスへ行くよう僕たちに言ったんだ」

「マダム・ヴィーのオフィスでどんな話をした？」

「彼女は僕たちに特別なコレクションの中にあったブランデーを飲ませて、何も心配いらないと言って一時間以上もそこにとどまらせた。こういう状況は以前にも扱ったことがある、あなたたちが家に戻るまでにすべてはきれいに片がついて闇に葬られ、遠い過去の話になっていると言われたよ。今後しばらくは船に戻らず、身を潜めておとなしくしていたほうがいいとも言われた」

「それから？」

「僕たちは船をあとにした」

「まっすぐ家に帰ったのか？」

「いや。ザックとマリーナの駐車場に着いたとき、僕は怖じ気づいて、やはり通報すべきだと言ったんだ。僕は……ひどい状態だったと思う。怯えていたんだよ。ザックは僕に、おまえはばかだ、ふたりとも刑務所行きだと言った。僕はザックのアキュラの隣に停めておいた自分のレクサスに乗りこもうとしたんだが、僕が警察へ駆けこむと思ったザックが僕の腕をつかんで、そのままもみあいになった。ザックのパンチが顎を直撃して、僕は心が折れて泣きだした。それからふたりでザックの車の中に座って、そのまま時間がわからなくなるくらいのあいだそうしてたよ。車のエンジンをかけたまま、ザックが持っていた携帯用酒瓶（フラスク）のウイスキーを飲んだ。とても寒くて、雪が降りはじめていたな。あの北極前線が近づいてきていたんだ。雪がフロントガラスに積もってきて、ほかの窓も曇りはじめた。そのとき、ザックがいきなり……悲鳴をあげたんだ。運転席側の窓の外に顔があって、ガラスの向こうからものも言わずにこちらを見つめていた」ノートン＝ウェルズが咳払いをし、マドックスが差しだしたカップから水をひと口飲んだ。

「僕たちはすぐ、のぞきこんでいたのが乗組員のひとりだと気づいた。〈アマンダ・ローズ〉で見た男だったんだ」

「その乗組員の名前は？」

「名前は知らない。僕は甲板で作業をしていたその男が通り過ぎるのを見ていただけだ。すごく鍛えあげた体をしていて、目立つ男だったよ。鋭い顔つきのいい男だ」

ノートン＝ウェルズが深く息を吸いこみ、その表情から疲れを見て取ったアンジーは腕時計を見た。経験上、彼が完全に疲労困憊して話せなくなってしまうまでに、それほど時間が残されていないのは明らかだ。緊張が全身に広がっていく。

「ザックは窓を開けて、間抜け面で中をのぞきこんでくるとはいったいなんの用だと、男に尋ねた。すると乗組員は知ってるぞと言った。ヨットで何が起きたのか、僕とザックがフェイスに何をしたのかを知っていると言いだした。あいつの話はその場で見ていたかのように詳細だったよ。ほとんど起きたことそのままだった。ザックが僕に言った言葉、ステーキナイフ、フェイスが泣いていたこと。ザックが激しく動いて、それでフェイスの両脚が開いたせいで首に巻いたロープが絞まったこと。そいつは僕たちのために遺体を処分したのは自分だと言って、それから僕たちをじっと見て、ただ待ちつづけた。ザックは男に失せろと言ったけど、怯えはじめていたのは僕でもわかった——その男にすっかり自制心を失わされてたんだ。すると男はそれならそれでいいと答えた。僕たちがそういうつもりなら、その程度の感謝しかしないのなら、僕たちが何をしたのかを誰かに話してやると言いだしたんだ。僕たちがどう反応するかを見きわめるために、からんできてるような感じだった」

ノートン=ウェルズが唾をのみこみ、またしてもマドックスが渡したカップの水を飲んだ。

「僕も本当に怖くなった……とにかく変な男だったんだ。どうやったら口をつぐんで消えてくれるんだと僕が訊くと、そいつはザックの車の隣にある僕のレクサスを見て、こんな車がずっとほしかったんだと答えた」言葉を切り、自らを落ち着かせようとする。「だから僕は言った。車をくれてやるからさっさと消えてくれってね。キーを投げつけると、あいつはそれをつかんでレクサスに乗りこんだ。それからは声も聞いてない。姿を目にしてもいない。車の盗難を届けなかったのには、明白な理由があった。もしあいつが捕まったら、僕たちのしたことを警察に話すと思ったんだ」

アンジーとマドックスは何も言わずにノートン=ウェルズを見つめ、すっかり暑くなった狭い部屋に緊張が重くのしかかっていくに任せた。

マドックスが静かに問う。「それでグレイシーは?」

ノートン=ウェルズが顔をゆがめた。今度は本当に吐いてしまいそうな表情だ。

「グレイシーのことはニュースで知った。それからフェイスの遺体が見つかったという話を聞いたとき、僕はすぐにあいつの仕業だと思ったよ。僕のレクサスを奪った頭がどうかした野郎のね。だって、やつは船で働いてるんだ。あの船室でザックとフェイスに何があったのか、すべて知っている。フェイスの遺体を片づけたのもあいつだし、グレイシーについても知っているはずだ。そして犯罪にかかわっているレクサスについて、あなたたちも訊きに来た」

「その男も〈アマンダ・ローズ〉で暮らしているのか？」

「僕が知っているのは、金曜にマダム・ヴィーと会ったときに彼女から聞いた話だけだ。あの男はもともと大工として雇われたそうだ。それから甲板員としての仕事もこなすようになって、フェイスが死んだ夜に消えたらしい。それ以降は戻ってないと聞いた」

「大工？」

「ああ。船の木材を使った部分を手入れしていたんだ。甲板も木張りだし、手すりや羽目板など、あの船にはそういう部分がたくさんある。戸棚や調度品を作ったり直したり、そういう仕事もしていたらしい」

「あなたはなぜ金曜日に〈アマンダ・ローズ〉を訪れたの、ジェイデン？」アンジーはもう片方の肩で壁に寄りかかった。

ノートン=ウェルズがまたしても両手で顔をこする。顔が赤くなり、しみのようなものが浮きあがった。「すっかり縮みあがっていたからだ。あなたが話していたのは僕の、レクサスについてだ。あれを使ったのは、僕から車を奪ったあの奇妙な大工に間違いないとわかっていた。それにラジオで犯罪学者が、グレイシーを殺した犯人は必ずまた殺す、それも近いうちに犯行に及ぶ、逮捕されるまでは絶対にやめないと話しているのを聞いたんだ。しかも新聞ではこの連続レイプ殺人犯が過去のレイプ事件に関係していると報道されていた。誰もやつを止められない。ザックは僕を切り捨てたみたいに電話には出もしないし、僕は〈バッカナリアン・クラブ〉にあいつが……クラブの大工が僕の車を奪って事件を起こしてると知らせなければと思った。クラブがあの怪物を止めなくてはならないとね。でも、マダムはもう大工はいない、クラブの問題ではなくなったから忘れろと言うばかりだった。この情報を警察に教えたら、みんながフェイス・ホッキングを殺した容疑とそのほかの罪で捕まることになると言われたよ」一瞬だけ、弁護士のほうを見た。「マダムはクラブの顧客は大物ばかりで、判事や弁護士、大会社の幹部や法執行機関の者も含めた有力者揃いだと言った。現にヨットで見た中には州議会やメディアで見た顔もあったから、彼女の言葉が嘘じゃないことは僕も知っていた。マダムはその全員が巻きこまれて僕の両親のキャリアもおしまいになると言って僕をにらみつけ、そんな大嵐に耐えられるのかと尋ねた」

ノートン＝ウェルズは両手を持ちあげ、脳内の情報が爆発して飛び散りそうになるのを阻もうとするかのように、自分の頭の両側をきつく押さえた。

「マダムにしても、はなから僕にそんな真似ができるとは思ってなかった気がする。そのときジーナがダミアンを呼んだんだ。ダミアンは裏工作のエキスパートだから、船が錨をあげたあとは彼を頼るといいとマダムたちに言われたよ。ふたりは僕をダミアンに会わせようとした」

「錨をあげるだと？」

「〈アマンダ・ローズ〉は明日、出航する予定なんだ」

アンジーは身をこわばらせてマドックスに目をやり、続けてマジックミラーを見た。

「どこへ向かって出航するんだ？」マドックスが急に声の調子を変え、鋭く尋ねた。

「わからない。たぶん太平洋を渡るんだろう。〝バーコード管理の商品〟を運ぶ都合があるらしい。いつもはボクシング・デーまでは出発しないんだが、きっと殺人がヨットと結びつけられて面倒なことになってきたせいだと思う。船が港を離れたら、ダミアンが僕を……黙らせようとするかもしれない。だからこそ僕はこれ以上、無防備に出歩いて口を閉ざしているわけにいかないんだ」

「怯えてるわけだな」

ノートン＝ウェルズがうなずく。

「もっと早く私たちのところへ来るべきだったわ、ジェイデン」アンジーは言った。

ノートン=ウェルズが顔をあげ、アンジーと目を合わせる。痛み、自責の念、後悔。ノートン=ウェルズのまだ若い顔には、さまざまな感情がせめぎあっていた。彼は目を涙で光らせた。「今、僕はここにいる」

「パロリーノ」取調室を出たアンジーを、ホルガーセンが廊下の隅へと引っ張っていこうとした。マドックスはつかつかと廊下を進みつづけ、特別捜査本部へと向かっている。

「どうしたのよ?」アドレナリンが分泌して興奮状態のアンジーは、マドックスに追いつこうと跳ねるように歩きながらぴしゃりと尋ねた。だが続けてホルガーセンの目を見た瞬間、血管を流れる血が急速に冷えていった。

「ホルガーセン?」急に出づらくなった声を絞りだすように言う。

「ウィンストンがゴージ水路近くの峡谷で見つかった。三十分ほど前のことだ。フェンタニルの過剰摂取らしい」

血の気が引いていき、アンジーは手で口を覆った。「どんな……状況なの?」

「死んだ」

アンジーはホルガーセンを呆然と見つめた。

〝うちに侵入したやつがいる。そいつがテーブルの上にコカインと吸引道具一式、それから私の写真を置いていったの。写真の裏を見て〟


〝おまえは死ぬ〟


〝あなたに連絡したのは、あなたが気にかけてると言ったから。そして私がその言葉を信じたから……クリスマスイブにこの暴露記事を公表するつもり……私の身に何かあったときのため〟

「フェンタニルというのは間違いないの？」

「残念ながら間違いない。最初に対応した警官が、遺体のところにあった折りたたまれた紙を見つけた。開いたところ、白い粉が飛び散って、風に舞ってその警官の顔にかかった……すぐに具合が悪くなったそうだ。ナロキソンの処置が必要で、救急車を呼ばなきゃならなかった」

ナロキソンは麻薬系鎮痛薬（オピオイド）の拮抗（きっこう）薬だ。

またひとり、警察官の過剰摂取が起こってしまった――フェンタニルは路上で急速に広まっていて、あらゆる種類のドラッグに加工されている。触れるにはあまりにも危険が大きく、警察官たちに対して車両ごとにナロキソンの投与キットが支給されたほどだ。

アンジーは口をこすった。「ヨリックを……逮捕するのよね？」

「ああ。こうして話しているあいだにも手続きは進んでる。ジャックスもだ。ラディソンはもう俺が署まで連行した」

「ヨリックの家に人をやって捜索させて。やつはヒモで麻薬の売人よ。ウィンストンの粉と一致するものが出ないかどうか確かめるの。まったく、なんてこと」アンジーは体の向きを変え、ホルガーセンから顔をそむけた。「彼女を署に連れてくるべきだった」

ホルガーセンがアンジーの腕に触れようとしたが、アンジーはすばやく身を翻し、まっすぐ階段に向かった。涙に濡れて光る目は、たぶん見られずにすんだはずだ。

あなたを署に連れてくるべきだった……私はあなたを失望させてしまった、メリー。私はあなたを失望させてしまった……私はあなたを失望させてしまった……。

70

アンジーは体を揺すり、防弾ベストの位置を微妙にずらした。時刻は真夜中過ぎで、雨はおさまり、風も弱まっている。空にはとぎれとぎれの雲が広がっていて、水面に映るでこぼこの月がかくれんぼをしていた。マリーナの照明が輝く中、駐車場は車が満杯だが静まり返っている。彼女は作戦全体を見渡せる小高くなった地面の頂上付近、船の反対側の斜面でマドックスと肩を並べ、腹這いになって身を隠していた。緊急対応チームからの制圧完了の合図を待ち、それから〈アマンダ・ローズ〉に乗りこむ手はずだ。

制圧作戦はアンジーとマドックスがノートン=ウェルズを連行するために署を出たところから始まっていた。フィッツとヴェダーが作戦を監督し、指揮を執っている。

送迎サービスの黒い車が駐車場にゆっくりと入ってくるのを、アンジーは暗視ゴーグルを装着した目で追いかけた。三人の男たちがおりてきたあと、車は去り、男たちは笑い、少しばかりふらつきながら、光り輝く白い船を目指して桟橋を歩いていく。その前にも数人の男たちがそれぞれタクシーやリムジン、自家用車などを使ってこの場所に出入りしていた。マリーナから出ていこうとする者たちは、出口となっている道路に配備した検問で止められることになっている。

アンジーは暗視ゴーグルを〈アマンダ・ローズ〉に向けた。その後方の海上を滑るように、市警港湾課の船の黒い影が視界に入ってきた。〈アマンダ・ローズ〉に乗っている連中が積んである小型船に乗り換えて逃亡を図ったときのために、二艘の高速船も突きでた陸地の陰で待機している。さらにヘリコプターも一機、いつでも飛び立てる態勢を整えていた。武装した緊急対応チームの男たちが黒ずくめの忍者を思わせる動きでヨットに接近していくのを見て、期待が血管を介してアンジーの全身へと広がっていった。

ほかに医療関係者と社会福祉関係者も準備を終えて待機している。

突然、夜の闇に銃声がとどろき、甲高い悲鳴が宙を裂いた。さらに男たちの叫び声が続き、海上に響き渡る。

「甲板になだれこんだわ」双眼鏡で突入の様子をうかがっているマドックスにアンジーは声をかけた。人影がすばやく動き、男たちが駆けまわる。暗闇の中でまたたく閃光と、くぐもった小さな破裂音がふたりのいる場所まで届いてきた。先ほどとは別の、今度は女性の悲鳴が空をつんざき、さらなる銃声がそれに続く。そのあとは状況が落ち着いてきたらしく、聞こえてくるのは命令する鋭い大声へと変わった。何かを言い争う声がして、さらにたくさんの怒声が響く。声は冷たい夜風にのり、とぎれとぎれに聞こえてきた。

　そして制圧完了の合図が届いた。アンジーとマドックスは急いで立ちあがって斜面をおり、船を目指して桟橋を駆けた。甲板の横にあるタラップには完全装備の緊急対応チームの男が立っていて、甲板の昇降階段に向かうようふたりに身ぶりで指示した。つやのある木材に、白とクロムメッキの銀色に輝く設備、壁にかかった高そうな美術品――船の内部は息をのむほど贅沢な造りになっていて、まだ音楽がかかっていた。アンジーの鼻が催涙スプレーの臭気をとらえる。

　アンジーたちが階段をおりていくと、緊急対応チームが乗組員たちに手錠をかけているところだった。体に毛布を巻きつけた女性たちが階段をのぼるよう誘導されているのは、階上の甲板の一箇所に集めるためだ。女性たちのうちの何人かは泣いていた。階下の甲板の船室からはさまざまな格好の男たちも引っ張りだされている。中には自分の身元を隠そうと、カーニバルにでも使うような派手で気味の悪いマスク――長い鉤鼻のついたものや悪魔の角のついたもの、あるいは牡牛の顔のものなどさまざまだ——をつけたままの者もいた。

アンジーとマドックスが階下の甲板に到着すると、緊急対応チームの男たちが〝マダム・ヴィー〟とアシスタント兼ボディガードが前方の船室で拘束されていると教えてくれた。その船室のドアの外に立つ自動小銃を持った警察官がドアを開け、ふたりを光沢のある木製のデスクがある室内へと入れる。デスクの背後には別の警察官が立ち、明らかに六十代にはなっている女を監視していた。女は腕を後ろにまわされて手錠をかけられた状態で座っていて、その隣にはやはり手錠をかけられたアシスタントが腰をおろしている。ジェイデン・ノートン＝ウェルズが話していたXジェンダーのアシスタントは、白銀色の髪に色彩のない瞳、それに死人のように青白い奇妙な顔色をしていて、まるで別の次元からやってきたかに見えた。

色のない目がアンジーの目を見つめているが、そこに感情や緊張といったものは一見、うかがえない。しかしその目はたしかに敵意にぎらついていて、怒りのせいで真っ赤な唇もきつく引き結ばれている。アンジーはアシスタントのかたわらにシュレッダーがあり、裁断を途中でとめられた紙があることに気づいた。

「少し話をさせてくれ」マドックスにそう告げられた緊急対応チームの男がうなずき、

部屋を出てドアを閉めた。緊急対応チームが〈アマンダ・ローズ〉の制圧という任務を課せられている一方で、アンジーとマドックスの目的はただひとつ――大工の情報を得ることだった。彼はまだどこかにいて、グラブロウスキが正しいなら、次の殺人が起きるまでの時間は急速に失われつつある。

「話なら弁護士としてちょうだい」女が顎をあげ、ぴしゃりと言った。「あなたたちにこんなことをする権利はないわ。私はお金を支払った会員同士が会う機会を提供する、格調高い紳士たちのクラブを運営しているのよ。あなたたちがしているのは、正当なビジネスの妨害以外の何物でもないわ。会員たちは食事と娯楽を求めてここへ来るの。船室というプライベートな空間で何をしようと、それは大人同士の合意のもとでなされたことよ」

「従業員のリストを渡せ」マドックスが言った。

女が口を閉じ、顔をそむける。彼女のアシスタント兼ボディガードは、相変わらず感情の読めない表情のままだ。冷酷で危険なけだもののようだとアンジーは思った。

「最近、おまえに雇われてた大工の名前はなんという？」マドックスが女を動揺させようと引き出しをあさりながら訊いた。「おまえの法律上の名前は？」

「もう一度言うわ。話なら、私の法律上の代理人として」

マドックスが女の座る回転椅子を乱暴にまわし、彼女を驚かせた。続けて顔を寄せて言う。「大工の名前だけでいい。そいつの情報を隠してると、裁判で痛い目に遭うぞ。それもかなりの深手になる。俺を信じてくれていい。ここでおまえが何をしていようとだ」

沈黙が流れる。

アンジーはいらだちに貫かれ、こみあげる憤怒を、この女の腕と脚を引きちぎってやりたいという強烈な願望を抑えこまなければならなかった。マドックスがアンジーを見て、ドアを顎で示す。もうここに用はないという意思表示だ。こうしているあいだも、時計の針は進みつづけている。それもかなりの速さで進んでいた。マドックスが船室を出て、アンジーもあとに続いた。

「時間の無駄だったな」マドックスはドアを警備している警察官を振り返った。「クラブの残りの従業員たちはどこに連れていった？」

「下の甲板に場所を設けて集めているところです」

ふたりは階段を駆けおり、階下の甲板に向かった。緊急対応チームの男たちが乗組員を船尾に近い区画へと連行している。女性警官がアンジーとマドックスを呼び寄せた。「話したいという人が……清掃係の女性です」二十代前半くらいに見える女性を指さした。アンジーとマドックスはすぐにその女性を脇へと連れていった。

「ここで何が起きてたのか知らなかったの」女性が恐怖に目を見開き、あえぎながら言った。「誓うわ。まだこの船で働きはじめたばかりなのよ。私——」

「あなたの名前は？」アンジーはポケットから出したティッシュペーパーを女性に手渡した。海からの風は船のこちら側では冷たく感じられる。水平線の向こうに新しい前線ができていて、風は徐々に勢いを増していた。

女性がポプラの木のように身を震わせながらはなをかむ。「ケイティ・コリンズよ。私は……まだこの船で働きはじめたばかりなの」彼女は繰り返した。

「いつから働いてるの？」

「ひと月前から」

「だったら新人だとしても、何が起きているかくらいはわかってるはずよね。部屋の掃除をするんでしょう？」

コリンズがうなずく。

「じゃあ、前の晩になされた行為の痕跡を目にしたはずよ。どんなふうだった？ 使用済みのコンドームや大人のおもちゃは見たことがある？ ひょっとして血も見たの？ 女性の姿は？ 彼女たちは殴られてなかった？」

女性が唾をのみこんだ。「女の子は見てないわ。ひとりもね。クラブを開いてるときは、スタッフは下の船室に入ってはいけない決まりになってるの。例外はケータリングサービスの何人かだけよ。私たちが掃除に行く頃には、もう誰もいなくなってるわ。そこは女の子たちが寝てる部屋でもあるんだけど、私たちが掃除をするとき、彼女たちはヨットの別の場所に移されるの」

アンジーはマドックスに鋭い視線を向けた。「じゃあ、この船に若い女性たちが乗ってるのは間違いないのね？」

コリンズが再びうなずく。「あの子たちは……彼女たちがバーコードガールズと呼ばれてるのを聞いたことがあるわ。全員が外国人だとも聞いた。とにかくその子たちはずっと船に乗ってるの。私自身は見たことはない。それから別の区画にさらに若い子が三人いて、ほかにはクラブの運転手が送り迎えしてる女の子たちもいる」うつむいて自分の足を見つめた。「私は……給料があまりにもよかったから。その……確実なことはわからなかったし、とにかく何も見ないようにしてたの」

「いいから、今は私たちを助けて、ケイティ。それが自分を助けることにもなるわ。三週間ほど前まで〈アマンダ・ローズ〉で働いていた乗組員がいたはずよ。仕事は甲板員で、大工もしていた。ブロンドで、おそらく三十代半ば。見た目はいいけど、少しばかり変わって見えたかもしれない。そんな感じの、今はもうここで働いてない人物に心あたりはある？」

「ええと……あるわ。辞めた人ね。辞めたと聞いてるわ。名前はスペンサーよ」

アンジーの体内にアドレナリンが広がっていく。「スペンサーのラストネームは？」

「知らない」

「どこに住んでるかわかるか？」マドックスが言った。「外国人？　よその港から乗りこんできた乗組員のひとりなのか？」

「わからない……」コリンズが唐突に手をあげ、手錠をかけられ、乗組員を集めた一画へと連行されている途中の調理服を着た男を指さした。「あの人よ。彼ならもっとよく知ってるわ」

アンジーとマドックスはその男を乗組員たちの列から引き離した。大柄なその男の顔は肌がでこぼこで、いかにも荒っぽそうな人相をしており、白い服の前身頃には血がついていた。

「弁護士を呼んでくれ」男はすぐに言った。

「よく聞け。われわれが捜してるのはおまえじゃない。おまえに興味はないんだ」マドックスがそっけなく答える。「スペンサーの話が聞きたい。やつについて教えろ。

知っていることを全部話せば、これからの展開がはるかに楽になるぞ。黙ってるようなら、おまえの人生を生き地獄に変えてやるからな」

スペンサーという名に男の目が反応した。「あの中で話せるか？」男が身ぶりでドアを示す。アンジーがドアを開けると、そこは座席のある狭い小部屋になっていた。おそらく乗組員の休憩室だろう。

男はアンジーたちとともに部屋へ入り、肩越しに振り返った。「スペンサーなら船をおりた」ドアが閉じられてすぐ、男が言った。

「船をおりたのは知ってる。なぜいなくなったんだ？」

「何週間か前に、船内の一室で何かが起きた。何があったかは知らないが、とにかくひどいことがな。スペンサーは助けに呼ばれて、そのあと姿を消した」

「スペンサーのラストネームは？　住所や出身地はわかるか？〈アマンダ・ローズ〉で働いてどのくらいになる？」

「アダムズだ。フルネームはスペンサー・アダムズ。ここの地元のヴィクトリア出身で、数年前からこのヨットで働いていた。カリブ海や地中海への航海といったシーズンごとの移動にも参加してたな。何年か前に、船の大工の求人広告を見て応募したと言ってた。ジェームズ・ベイで母親と一緒に暮らしてるはずだ。口数の少ない男で、内向的なタイプだったよ。大工の才能はあった。仕事が好きで……やつにとっては宗教みたいなもんだったんだろう。少し……変わった男だったな。しょっちゅう聖書の言葉を引用してた」

アンジーは心臓が激しく打った。「ジェームズ・ベイのどこ?」

「そこまでは知らない」

ドアが開いた。緊急対応チームのひとりだ。「おふたりに見てほしいものがあります」アンジーとマドックスを階下の甲板にある貯蔵室らしき場所に案内した。ドアを開け、二・五メートル四方ほどの狭い空間を見せる。「鍵を壊してやっと中に入りました」SWAT隊員が言う。

アンジーとマドックスは狭い空間に足を踏み入れた。壁は羽目板張りになっていて、中央にクッション付きの回転椅子が置かれている。壁の腰ほどの高さに、幅が三十センチもないくらいの小さな台が設置されていて、板にうがたれたいくつもの穴から何本ものワイヤーが飛びだしていた。ワイヤーの端はUSBポートに接続され、小さな台に置かれたノートパソコンにつなげられている。

マドックスがゴム手袋をつけ、ワイヤーの一本を壁の穴までたどった。「ワイヤーのまわりに取り外し可能な木のコネクタがつけられてる」板に慎重にはめこまれた小さなコネクタを外す。彼は小声で毒づき、別のコネクタも外した。「カメラだ」小さな台に置かれたパソコンに鋭い視線を送る。「このワイヤーはすべて、カメラとパソコンをつないでる」

アンジーはポケットからゴム手袋を出して手にはめ、ノートパソコンを開いた。ボタンを押して電源を入れる。

連続ファイルを開いた彼女は小声で悪態をついた。それぞれのファイルには異なる船室の映像が記録されていて、さまざまな男女が性行為に及んでいるところが映っている。「ここからのぞいてたのね。あのろくでなしはすべてを見て、録画してたのよ」顔をあげ、四方の壁に空けられた穴から伸びたワイヤーがパソコンにつながっているさまを改めて見つめる。「あいつはここから複数の船室を監視できた。ここは〈アマンダ・ローズ〉という怪物の腹の中にある神経の中枢みたいなものよ」別のファイルを開くと、映像が切り替わった――服を脱いだ黒髪の男が、全裸のロープにつながれた女性を四つん這いにして歩かせている。アンジーは心臓が止まりそうになり、早送りボタンを押した。「やつよ」胃のあたりにむかつきを覚えながらささやいた。若い男が女性の腕と脚を縛り、背後から腰をぶつける。カメラのほうを向いた女性の顔に髪が落ちかかり、頬には涙が伝っていった。首にかけられたロープが食いこみ、女性の顔が苦痛にゆがんでいく。男女の後ろの離れたところ、画面の右隅にはノートン＝ウェルズの姿も映っていた。「ふたりともいるわ」アンジーは小声で言った。「フェイス・ホッキングと一緒よ」

　カメラの日付表示は十一月二十八日になっている。アンジーとマドックスが映像を見ていると、ホッキングがあえぎはじめ、眼球がカメラに向かって飛びだしそうになった。ホッキングの体がぐったりとなってもラディソンはまだ動きを止めようとしない。ふたりで若い女性が死んでゆくところを見ているうちに、アンジーは喉元まで吐き気がこみあげてきた。映像は本物の殺人記録に変わったのだ。

「こいつを残していったということは、よほど慌てて逃げだしたに違いない」彼女の隣で映像を見ていたマドックスが言った。

「あるいは全部のデータをクラウドに保存して、別の場所でゆっくりダウンロードと鑑賞ができるようにしてあるのかもしれない」アンジーは袖で口をぬぐった。卑劣な悪行がいきなり身に迫って感じられる。「ノートン＝ウェルズが私たちに話した内容が真実なら、このスペンサー・アダムズという男はこの直後に雇い主に呼びだされて、ホッキングの遺体を処理するよう命令された。ホッキングをテティス島に捨ててすぐ、おそらく小型ボートで〈アマンダ・ローズ〉に戻り、マリーナを出るときに駐車場にいたラディソンとノートン=ウェルズを見かけて、その機会をとらえて姿を現した。そのとき、のちにドラモンドを拉致するときに使ったレクサスを手に入れたのよ。そしてホッキングの遺体が発見されたとき、体の一部が切除されていたことがマスコミにもれて、ドラモンドの拉致と遺体の切除に関連づけられそうになったため、船に戻ることができなくなった」狭い部屋の中で、マドックスと目が合った。「その時点で、ホッキングの死後に遺体を傷つけたのがアダムズだということが雇い主に知られているかもしれなかったからよ。遺体をきちんと処理するよう任されてたのに、そうしなかったことがね」

マドックスがドアのすぐ外で待っているSWAT隊員のほうを向いた。「この部屋を封鎖してくれ。鑑識を呼んで優先的に現場検証をさせる」携帯電話を手にしてフィッツの番号を押した。「大至急、調べてもらいたい住所があります」アンジーと目を合わせながら携帯電話に向かって言う。「スペンサー・アダムズ、そいつがわれわれの追ってる犯人です。ジェームズ・ベイで母親と一緒に暮らしているらしい。われわれもすぐにそちらへ向かって、詳しい住所と援護を待ちます」

71

ふたつ目の戦術班はサイレンを鳴らさず、静かに到着した。ジェームズ・ベイの家は暗闇の中にあり、緊急対応チームの男たちがドアを破って踏みこんだが、スペンサー・アダムズとその母親の姿はなかった。鑑識班はまだ到着しておらず、こちらへ向かっている最中だった。

制圧完了の合図を受け、アンジーとマドックスは年代物の家と白いフェンス、手入れの行き届いた小さな花壇が並ぶ、静かで古い通りに面したガレージにゆっくりと入っていった。外は暗く、強い風が吹いていて、銀色に輝く上弦の月がすっかり寝静まった一帯を照らしている。遠くの空では黒いかたまりのような雲が徐々に大きくなっていた。このあたりの家は海や、アンジーがメリー・ウィンストンと会った桟橋、それに州議事堂や活気に満ちた市の中心部であるインナー・ハーバーまで歩いて行ける距離にあった。暴力的なレイプ殺人犯がそんな土地で育てられ、住民たちの中で成長し、学校へ通い、やがて人知れず腐敗していき、時間とともにこれ以上ないほど病的で加虐的になっていったのだ。そう考えるといっそう不快で恐ろしい気分になる。

アンジーはガレージのコンクリートでできた床の上、車が停まっていた場所にうっすらと残ったオイルのしみを頭で示した。ガレージ内はあたたかく、よどんだ空気に排気ガスとあたたまったエンジンのかすかなにおいがまじっている。住人が車で家をあとにしたばかりといった感じだ。壁際には金属製の棚が並び、ガーデニング用品や清掃用具、そのほかの道具の入ったプラスチック製の箱が置かれている。壁に取りつけられたコルクのボードには等間隔でフックが並び、きちんと工具がかけられていた。

「異常なほど几帳面な男だ」マドックスがガレージの奥のドアへ向かいながら言った。ドアを開けると、母屋へと続く石畳の小道が伸びていた。

アンジーは足を止めた。「ちょっと待って。あそこに銃の保管庫がある」

保管庫の扉は開きっぱなしになっていて、長い銃をおさめる造りになっている内部は空っぽだった。カウンターの上にはひっくり返った弾薬の箱が残されているが、中はやはり空だ。「22口径よ」アンジーは箱を見て言った。「やつはライフルで武装してうろついてるんだわ」

ふたりはガレージの奥のドアを抜け、窓の上に細かな装飾のステンドグラスをはめこんだ三角屋根の白い家へと続く小道を歩いた。家の外を照らす照明が点灯していて、きちんと刈りこまれた芝生と手入れの行き届いた生け垣を浮かびあがらせている。

ふたりが援護を待っているあいだに、ヴェダーは科学捜査チームに命じて〝スペンサー・アダムズ〟という名前の検索と捜査を始めていた。ミドルネームはジョンで、前科はなく、DNAと指紋はどのデータベースにも登録されていなかった。母親の名前はビューラ・リー・アダムズで旧姓はカートライト。この家は彼女の名義となっている。スペンサーはこの家で育てられた。父親のジョン・アダムズはスペンサーが五歳のときに行方不明者届が出され、結局見つかっていない。それからのスペンサーは母親の手だけで育てられ、地元の学校に通い、大工の弟子として働いた。ビューラは長いあいだ積極的にカトリックの奉仕活動にかかわってきたらしく、サイモン神父の教区民でもある。署の捜査員が探りあてた事実は今までのところ、これくらいだった。

マドックスとアンジーが犯罪現場用のシューズカバーと手袋をつけて家に入るのと、鑑識班が家の外に到着したのはほぼ同時だった。家の中はあたたかく、テレビがつけっぱなしで、『コロネーション・ストリート』の録画が再生されているところをみると、住人は慌てて外出したようだ。古い暖炉では薪の燃えさしがオレンジ色に光っている。灰皿には吸い口に真っ赤な口紅が付着したメンソールの煙草が火のついたまま残され、一本の原形をとどめたまま灰になっていた。灰皿の横には青いゴム手袋の箱と、〈ドラッギー・マート〉と書かれたロゴ入りのビニール袋が置かれている。ふたりがここへ来る途中に通り過ぎた、通りの角にある店だ。

ドアの横にあるフックにはコートがかけられたままで、男物のサロモンのランニングシューズと、それよりも小さい女物のロックポートのウォーキングシューズがあった。それと並んで置かれている傘立てには、女物の花柄の傘が入れてあった。室内にはメンソールの煙草の鼻を刺激するにおいが漂っている。

そうしたすべてを観察しているうちに、アンジーの心拍が徐々に速くなっていった。鑑識官たちが現場検証を慎重に進めていく一方で、アンジーとマドックスにはより切迫した目的があった。家の中をすばやく調べ、住人たちの行き先を示す手がかりを捜さなくてはならない。時計の針は着実に進んでいる。容疑者は武器を持って逃亡しており、追いつめられたと感じているかもしれない。つまりは危険な存在ということだ。母親が自らの意思で息子についていったのかどうかも重要な問題として残されている。

アンジーはマドックスと一緒に廊下を通って左にある小さなバスルームに入り、息をのんだ。

白い洗面台の上に鏡があり、その横に裸のグレイシー・ドラモンドが性行為をしている写真が何枚も貼られている。相手の男は写真によって違っているようだ。鏡の上には真っ赤な口紅で〝少女たちを救え〟と大きく書かれていた。口紅の文字のすぐ横からは赤い矢印が出ていて、その先には五十代後半とおぼしき髭を生やした男と性行為をする別の裸の女性が写った写真が貼ってあった。

「ララ・ペニントンよ」アンジーは言った。

ペニントンと男の写真の下には、小さな字の走り書きが残されている。〝次。神の御名において洗礼を施せ。皆をサタンの手から救いだせ〟

アンジーの心拍がさらに速まった。「スチール写真よ」身を乗りだし、写真に顔を近づけて言う。「ヨットで録画した映像をプリントしたものだわ。アダムズはドラモンドやホッキングやペニントンをずっと見てたのよ。クラブで働くほかの女の子たちと一緒にね。そしてこの子たちに執着するようになった。ホッキングの遺体で味わった興奮に味を占めて、ドラモンドを狙ったのかもしれない」

「生きた相手がほしくなったんだろう」マドックスが静かに言う。

「次はペニントンよ」アンジーは視線をさげ、角質除去用のバスミットが洗面台の底に放置されているのを見つけた。手袋をつけた指でマドックスがバスミットをつまみあげる。ミットの指の部分が乾いた物質のせいで互いにくっつき、皺になっていた。

「精液か？」マドックスが言う。

洗面台の端には針先を解放した安全ピンとカミソリが何種類も並べられていて、筋肉痛を和らげるために使うアイシーホットという名のクリームのチューブが一本置かれていた。血のようなものが付着している。

マドックスがバスミットから安全ピン、それからカミソリへと視線を移していき、性行為の写真へと戻った。「君も同じことを考えてるのか？」

アンジーが息を吸うと、さらに悪いことが起きるという暗い予感が口の中に満ちていった。「ここでドラモンドとペニントンが男たちと一緒に写った写真を見ながら自慰をしてたみたいね。バスミットを手にはめて、クリームを局部に塗っていたのだとしたら、とんでもない痛みを伴う行為だったはずよ」

「それに安全ピンとカミソリまである」マドックスが言った。「このろくでなしは痛みで興奮するたちらしい。鏡に貼った写真を見たやつの母親がどう思ったのかが気になるな。一緒に暮らしている以上、母親が気づかないはずがない」

「もしかしたら、母親も事件に関与しているのかもしれない」アンジーは口紅の文字を顎で示して続けた。「あれは母親の口紅で書かれたように見えるわ。メンソールの煙草についていたのと同じ色だし、彼女も息子と一緒に姿を消してる」

ふたりは廊下を進み、ひとつ目のベッドルームへと向かった。飾り気のない簡素な部屋で、濃紺の羽毛入りのキルトと枕が置かれたツインベッドの上部にかけられた木彫りの十字架を除けば、壁にはなんの装飾もない。床も木の板がむきだしになっており、窓にはカーテンすらかかっていなかった。

マドックスのあとについてふたつ目のベッドルームに入ったとき、アンジーの暗い予感はいっそう増した。

こちらのベッドルームは先ほどよりも広く、フリルや花の飾りでいっぱいだった。いくつもの枕が積まれたクイーンサイズのベッドにはピンクの花模様がついたリネンのシーツが敷いてあり、足元にはきちんとたたまれた鉤針編みの上掛けが置かれている。壁にはエミリー・カーの古い教会の絵が額に入れてかけられていた。窓は縁が波形になった薄い布で覆ってあり、その下には腎臓のような形をした黒い木製の鏡台がある。鏡台の上にはいくつもの写真立てと何本もの口紅、丸められたロザリオが一連、青いアイシャドウ、フェイスパウダー、〈オールド・スイート・ショップ〉で買った、半分ほどなくなった〈ハッティーズ・キャンディ〉の袋がのっていた。一緒にあったレシートには、キャンディが五日前に買ったものであることが記載されている。アンジーは写真立てのひとつを手に取り、じっくりと眺めた。写真にはくしゃくしゃのブロンドで腕白そうな十歳くらいの愛らしい笑顔の男の子が写っている。男の子の瞳は明るい青で、節くれ立った細い脚がぶかぶかのショートパンツから突きでていた。一緒に写っている女性は尖った形をした細いフレームの眼鏡をかけていて、どこか緊張した表情を浮かべている。

「子どもの頃のアダムズかもしれない。一緒に写っているのは母親みたいね」アンジーは写真立てを戻しながら言った。

この部屋にもひと続きになったバスルームにも、男の気配はいっさいない。

家の奥に入ってきた鑑識官たちとすれ違いながら、アンジーとマドックスは急いで地階へと向かった。木の階段の上にぶらさがった裸電球がふたりのおりる先を照らしだす。

ふたりは階段の一番下へとたどり着き、足を止めた。地階は家と同じくらいの広さがあり、一番奥はベンチプレスにバーベル、エクササイズバイクにランニングマシンが揃った手製のジムになっている。

ゆっくりと歩を進めていくと、悪寒がアンジーの胃のあたりにのしかかってきた。まるでここにいる犯人が感じられるようだ。アダムズが残した皮膚細胞が宙を漂い、口や鼻を通って気管支に入りこんでくる気がする。

ジムの手前にはランドリールームとバスルームがあり、ランドリールームの中にはドラモンドの頭を沈めるのに充分な大きさのステンレス製の水桶があった。地階の反対側には冷蔵庫と、上部が開くタイプの大型冷凍庫があり、中央には簡素なデザインの金属製の椅子が置かれている。その椅子はずっと座り心地のよさそうなクッション付きのウイングバックチェアと向かい合わせになっていて、ウイングバックチェアのまわりには、天井に渡された梁からロープが何本かぶらさがっていた——テティス島の地下室にあったものを彷彿とさせるロープだ。ウイングバックチェアの横にはテレビとビデオデッキがあり、マドックスが電源を入れた。

テレビが静電気を発する小さな音をたて、アンジーは画面に映しだされた映像を見つめた。ドラモンドが縛られ、口をダクトテープでふさがれた状態で、裸になって鍛えあげた体をあらわにしたブロンドの男にレイプされている。肌から汗が噴きだしてきて、アンジーは画面から顔をそむけた。頭の中にアレックス・ストラウスの言葉がこだまする。

〝あの手の事件を捜査するのはつらいものだ。誰にとってもね……認めたまえ。これが映画だったら、もちろん作り物の刑事は影響を受けたりしないだろう。観客も暴力に慣れる一方だ。だがこれは現実の出来事で、現実の人々の話だ。人は君が性犯罪を扱うときに対処するようなことに絶え間なく対応できるようにはできていない〞
アンジーはテレビ画面から離れ、冷蔵庫と冷凍庫のあいだの壁に据えつけられたカウンターに向かった。その上には開閉式の大きな裁縫箱があり、蓋を開けてみると、中には明るい色の糸の糸巻きがおさめられていた。さらに大きく蓋を開けると上の物入れが後ろにずれて下の物入れの中身が見えるようになった。アンジーは身をこわばらせて動きを止めた。
「マドックス」隣にやってきた彼に言う。「戦利品よ」アンジーは片端がまとめて固められ、異なる色の糸が結ばれた髪の束を見つめた。「二十種類以上の束があるわ。それぞれに名前と日付、場所を書いたタグがつけられてる」証拠に触れて台なしにしないように身をかがめて顔を寄せていき、小さなタグのひとつに書かれた小さな文字を読もうとした。「これには〝マラガ〟とあるわ。こっちのは……〝トゥーロン〟ね。それからこれは〝ニース〟よ」顔をあげてマドックスを見る。「コート・ダジュールの地名よね？　あの男はもう何年も収集を続けてるんだわ」
階段をおりてくる足音が聞こえてきて、アンジーは急いで冷蔵庫を開けた。中は炭酸水とビタミンウォーター、スポーツドリンクでいっぱいだ。彼女が冷蔵庫を閉めて冷凍庫を開けようとしたとき、マドックスの携帯電話が鳴った。マドックスが電話に出ようとその場を離れるのと同時に、鑑識官たちと写真係が入ってきた。アンジーは冷凍庫の蓋を開けた。

「くそっ！」思わず大声を出して息をのみ、身をのけぞらせて危うく蓋を取り落としそうになった。胃が締めつけられる。

完全に凍りついた青白い女性の顔が、もはや何もとらえていない目でアンジーを見つめていた。女性の唇には階上の吸い殻と鏡に書かれた文字にあったのと同じ、真っ赤な口紅が塗られている。頭部は胴体とつながっていたが、腕と脚は付け根から切断され、胴体の横に別々に置かれていた。

「母親なの？」喉元まで恐怖がこみあげる中、アンジーは小声で言った。「これがビューラ・アダムズ？　なんてこと。いつからこの中にいたの？」彼女が顔をあげて視線をマドックスに向けると、鑑識官が冷凍庫に近づいてきた。

マドックスの顔は蒼白で、冷凍庫を見もせずに携帯電話を握りしめている。

「ジニーからだ」彼は動揺もあらわな声で言った。「助けてくれと言ってきた」

「なんですって？」

「ジニーの話では……友だちと一緒に出かけて飲みすぎたそうだ。ジニーは飲み物に何か細工をされたと思ってる」

　アンジーはすばやく身ぶりで鑑識官に冷凍庫を調べるよう伝え、すぐにマドックスのもとへ行った。彼は今にも倒れそうな顔をしている。

「ジニーは怯えてた……ひどい目に遭ったような声をしてたんだ、アンジー。ジニーが俺を必要としてる。今すぐにだ。来てくれと頼まれた」マドックスが目を潤ませて続けた。「俺はずっとジニーをないがしろにしてきた……好きにさせておけば、いずれは俺のところに戻ってくると思ってた。だが……こんな形でとは思ってもいなかった」

　焦りと葛藤がふたりの中にわきあがる。

「アダムズの事件はあなたにとって最大の事件よ、マドックス」アンジーは小声で言った。

「だが娘が危ない目に遭ってる。俺がここにいるのはこのためなんだ。俺は娘のそばにいるためにこの地へ来た。これが俺の世界そのものなんだよ、アンジー。いい父親になって、失った時間の埋め合わせをするためにここへ来たんだ」マドックスが冷凍庫に視線を向け、遺体の写真を撮っている写真係へと移した。「ここからは君に任せていいか？　ララ・ペニントンのところに捜査員を送って、まだこの怪物に捕まっていないようなら彼女を保護する。そしてほかに誰が危機に瀕してるか調べるんだ。できるか?」

アンジーは口元を引きしめ、パートナーであり、上司であり、恋人でもある美しい男を見つめた。マドックスは救済者だ。そしてアンジーは自分が彼を愛していると信じていた。マドックスの表情に浮かぶ痛みは、アンジーをも傷つけていた。高ぶる感情に涙がこみあげ、アンジーはうなずいた。「ええ、できるわ。行って。行って娘さんを助けてあげて」

マドックスが階段をのぼって去っていく。アンジーが最後に見たのは、彼のはためく黒いコートの裾だった。

72

マドックスは犯罪現場から乗りこんだ市警の覆面パトカーを飛ばしに飛ばした。頭の中で、ジニーが力のない声でもらすとぎれとぎれの言葉が渦巻いている。

「お父さん……こっちに来られる？　私……しくじったみたい。私……その……ほんとにごめんなさい……」

娘が暮らすアパートメントの外まで行ってハンドルを切り、車を縁石に乗りあげたのと同時に、感情がこみあげてきてマドックスの喉を焼いた。車のドアを開けっぱなしにしたまま二段飛ばしで階段をあがり、ジニーの部屋のドアに体あたりする。それからノブをつかんでまわしてみると、鍵のかかっていないドアがすんなり開いた。アパートメントの中は暗く、じめじめしていた。汗——男の汗のにおいがして、マドックスの頭の中で警報が鳴りはじめた。

「ジニー？」スイッチを叩いて明かりをつけたマドックスは、リビングルームが照らしだされると同時に動きを止めた。椅子がひっくり返され、マグカップが床に落ちている。液体がこぼれた跡も残っていて、テーブルの上にはジニーのバッグと携帯電話が転がっていた。マドックスは狭いアパートメントの中を大急ぎで娘を捜してまわった。「ジニー!」

心臓が激しく打つ。

ジニーがいない。

マドックスはテーブルに駆け戻り、バッグを開けて中身を確かめた。アパートメントの鍵、財布、身分証、すべて揃っている。気分が悪くなるほど冷たい予感が、石のように体内を沈みこんでいく。振り返った彼の目に、それが飛びこんできた。

メッセージだ。黒のマーカーで書かれたメッセージがキッチンカウンターに残されている。その横には褐色の髪がひと束、置かれていて、恐怖が刃（やいば）となってマドックスの心臓を切り裂いた。

飛びつくようにメッセージに近づき、内容を確かめる。

〝ひとりで来い。

そうすれば、まだ時間はあるかもしれない。

別れを言う時間……。

娘が死ぬのを見る時間だ……。

スクッカム峡谷にある古い鉄道のトレッスル橋（鋼材を櫓状に組みあげた橋脚を持つ橋）で待つ。

チクタクチクタク……マドックス刑事、
そこで会おう。必ず来い。

洗礼者ジョニー〟


なんてことだ。冗談じゃない。あいつはもうジニーを襲ったのか？　まさか体の一部を？　それがやつの手口だ――まず性的暴行をし、洗礼を施し、それから戦利品を獲る。

息をしろ。マドックスは娘の髪を凝視した。

改めてカウンターに置かれたメッセージを読む。

〝……まだ時間はあるかもしれない。別れを言う時間……〟

時間。スペンサー・アダムズはライフルと弾薬を持って姿を消した。娘を餌にして、父親である自分を釣ろうとしている。だが、なぜだ？　対決を望んでいるからか？　自分を狩っている警察官のひとりを殺したいから？　警察に追いつめられ、何か違うものへと変貌した——無差別殺人の段階か何かに到達してしまったから？　あるいは逃亡の交渉材料にしようとしている？　マドックスが信じなくてはならないことが、ただひとつだけあった。ジニーが無事でいる、そして無事に帰ってくることだ。残された時間の中で、娘のもとにたどり着きさえすればいい。

マドックスはアンジーに電話をかけながら、急いでドアへと向かった。

すぐにアンジーが電話に出る。

「ジニーがやつに捕まった。スペンサー・アダムズがジニーをさらって、スクッカム峡谷のトレッスル橋へ向かったらしい。ジニーのアパートメントにメッセージが残されてた」階段を駆けおりたマドックスは、話を続けながら覆面パトカーに乗りこみ、エンジンをかけた。

「罠よ、マドックス。アダムズはあなたを罠に誘いこもうと——」

「わかってる。別のSWATチームを出動させてくれ。残ってる全員をだ。船とジェームズ・ベイの家の制圧にチームを派遣したから、今こっちは人が手薄になってる。近くの管轄と、必要なら軍にも協力を要請しろ。医療の支援もよこしてくれ。こいつは俺の娘だけの問題じゃないんだ、アンジー」車を通りに出し、アクセルを踏みこむ。「相手はいくつもの国で女性たちを襲い、殺してきた、武装した危険な犯罪常習者だ」マドックスは赤信号を突っきり、タイヤを鳴らしながら大通りへと入っていった。危うく対向車と衝突しそうになり、クラクションが響き渡ってブレーキが甲高い音をたてる。車の少ない幹線道路をこれだけのスピードで車を走らせても、スクッカムに着くまではあと三十分以上かかるだろう。

「私も現地に――」

「だめだ！　こいつは命令だぞ、パロリーノ。鑑識官たちと一緒にアダムズの家に残るんだ。そちら側で歩調を合わせて行動することで助けてくれ。緊急対応チームはヘリでスクッカムに入る。彼らのほうがずっと早く峡谷に到着するし、ずっと役に立つ。君は時間をかけて、証拠の面からやつを追いつめるんだ」マドックスは電話を切り、サイレンを鳴らして回転灯をつけた。両手でハンドルをきつく握りしめ、アクセルを床まで踏みこむ。危険な状況にアンジーまで巻きこむのだけは絶対にごめんだ。

頼む……頼むから、遺体安置所の若い裸の娘たちの遺体と同じように、ジニーを傷つけ、レイプし、体を切り取る時間をあの男に与えないでくれ……。

ようやく幹線道路から分かれる出口を抜け、水が滴る苔むした大きな木々に囲まれた、細く曲がりくねった暗い一般道に入る。この道は、スクッカム峡谷の海岸沿いを通る唯一の道路だ。スクッカム峡谷はうなりをあげる急流と渦潮で有名で、毎日、波が狭い陸地のあいだへ大量の海水を押しだすことで水位が数分間に三メートルほども上昇し、十六ノットの急流を作りだす。スクッカムの急流といえば、その名を知られた存在だ。

溺れる者が多いことで。

アンジーは電話を立て続けにかけた。さまざまな管轄の協力体制により、緊急対応の動きが形になりつつある。八分ほどかけていろいろと働きかけたあと、今はフィッツを相手に、電話でアダムズの家の犯罪現場と、冷凍庫にあったビューラ・アダムズと思われる人物の腕と脚が切断された遺体について報告をあげているところだ。病理学者のバーブ・オヘイガンと検死官のチャーリー・アルフォンスは現在こちらへ向かっている途中だった。「地階でさらに写真を発見しました」報告しているこの瞬間も、アンジーの意識はこの恐怖の館と、罠と娘に向かって急ぐマドックスのあいだで引き裂かれていた。腕時計を見ると、マドックスの電話があってから九分が経過していた。「見つかった写真のうちの何枚かは、凍っていた遺体を地階のウイングバックチェアにのせたところを写したものでした」アンジーはフィッツへの報告を続けた。

「梁から吊したロープを使って遺体をそこにぶらさげ、自分の意思で座っているように演出していたんです。凍った両脚も椅子に立てかけてありました」鑑識官にうなずきかけ、地階のドアを示す。アンジーはすでに階段をのぼり、リビングルームに来ていた。「アダムズは冷凍庫から遺体を出してウイングバックチェアに座らせ、自分は金属製の椅子に座り、〈バッカナリアン・クラブ〉の船室をのぞき穴から隠し撮りした映像を鑑賞するのにつきあわせていたようです」

リビングルームの窓から、検死官のバンが街灯の下に停まるところが見えた。この家のあるブロックは封鎖され、頭上では早朝のまだ暗い空を報道のヘリコプターが音をたてて飛んでいた。

マドックスの電話から九分半が経過した……。

「パロリーノ刑事」フィッツの甲高い声がアンジーの緊張を誘う調子に変わった。「スクッカム峡谷には近づくな。わかったな? そこの現場にとどまるんだ」

アンジーの携帯電話を握る手に力がこもった。彼女とマドックスのあいだにある何かをフィッツは感じたのだろう。ひょっとすると、みんなが感じているのかもしれない。フィッツはアンジーが気にかけはじめたパートナーをまたしても失わないために、彼女がこれからしそうなこと——たとえば現場に急行して銃をぶっ放す——を予感したのだ。

「緊急対応チームの到着予定時刻は何時ですか?」アンジーは訊いた。「ヘリは何時に出たんです?」

「パロリーノ——」

「まだ飛び立ってないいんですね?」

「いいかげんにしろ。自分の仕事をするんだ」

「了解」アンジーは電話を切って腕組みした。携帯電話を握りしめたまま、黒地に〝検死官〟という黄色の文字があしらわれたジャケットを着たオヘイガンとアルフォンスが小道を歩いて家に向かってくるのを見つめる。

持ちこまれた携帯用ライトの光に照らされたふたりは、スローモーションで歩いているかのようだった。周囲のすべてがゆっくりと動いていて、脳に届く音までもが遠く、ひずんだかすかなものに感じられる。

アンジーは考えをめぐらせた。ときに天国と地獄を分かつのが周囲にいる者である場合がある。ときにいくら努力したところで、違いを生みだせない場合がある。彼女の意識はグレイシー・ドラモンドとその母親の顔に浮かんだ苦悩へと向かっていった。

人は時間なんていくらでもあると思っている。そして……そして願う……。何かをしておけばよかったと願うのだ。

家の外では枝が強くなってきた風に揺られ、霧が漂ってきて照明のまわりに光輪を作っていた――またしても、海から巨大な前線が近づきつつある。この状況ではヘリコプターが苦労するのは明らかだ。

アンジーもまた、スクッカム州立公園なら知っていた。大学に通っていた頃、何度も歩き、キャンプをした公園だ。現場である鉄橋の近くにヘリコプターが着陸できるような場所はない。操縦士に古い木や石の構造物の上でスキッドのバランスを取り、同時に機体の両側を囲む老木と崖に引っかからないようローターの出力を調整しつづける困難な飛行に挑む覚悟がなければ無理な相談だ。天候に恵まれていてもすさまじい技量を要求されるのだから、悪天候では言うまでもないだろう。霧の中であそこへたどり着こうとすることはすなわち、乗っている人々の命を懸ける行為にほかならない――チームのリーダーが下さなければならない決断だ。ヘリコプターを着陸させる代わりに長いロープを使って降下する方法もあるが、それもまた細心の注意が必要で、かかわる者全員に並外れた技量を要求する方法に違いはなく、濃い霧の中となればなおさらだった。

しかも時間がかかる。

マドックスと彼の娘には、それだけの時間が残されていないかもしれない。

家の外にはさらに多くの車両が到着していた。その中の一台からホルガーセンとレオがおりてきて、家に視線を向けた。別の車からは、リムペット作戦に参加している殺人課のベテラン刑事ふたりとともにフィッツが姿を現した。制服警官が指を差して彼らにアダムズ邸を示している。

マドックスは彼女のパートナーだ。アンジーは深く息を吸いこんだ。

彼はひとりで行動していて、誰の援護も期待できない。この天候では無理だ。

アンジーは腕時計を見た。マドックスの電話から十一分が経過している。

オヘイガンとアルフォンスが廊下に入ってきた音が聞こえてきた。

瞬時に判断を下し、アンジーは身を翻して家の裏口へと向かった。

階段を駆けおり、庭に出て芝生を横切り、身をかがめて裏通りへと出る。

〝スクッカム峡谷には近づくな。わかったな？　そこの現場にとどまるんだ〟

「くそくらえ」アンジーはつぶやいた。マドックスは彼女のためにすべてを賭けてくれた。今、マドックスが命を落としてしまったら、あるいは娘を失ってしまったら、それにどんな意味があったのかということになってしまう。アンジーは離れた道路の脇に停めた自分の車を目指し、歩道に出て全速力で駆けた。

マドックスの電話から十三分後、アンジーはたったひとつのことだけを胸に、幹線道路で車を飛ばしていた。

パートナーを、恋人を救うのだ。

73

マドックスは、峡谷へ通じる舗道の入口にできるだけ近づこうと車を走らせた。タイヤが舗装道路の上で音をたて、ワイパーが降りはじめた粘っこいみぞれをフロントガラスから払おうと苦闘している。古い木々のあいだには濃い霧が立ちこめていた。

スクッカム州立公園の駐車場は急流を臨む岸壁の高い位置にしつらえられた展望台で、サケの産卵を見るためにやってくる観光客を乗せたバスを何台も受け入れられる広さがある。その駐車場も今は人の気配がなく、荒涼としていた。

マドックスが角を曲がった拍子に、ヘッドライトの光が小道の入口に停止している一台の車をとらえた。レクサスだ。ナンバープレートには〝BX3・99E〟とある。アダムズがここにいたのだ。

レクサスの隣に車を停めようとハンドルを切るのと同時に、マドックスの喉元に不安がこみあげてきた。拳銃の確認をし、トランクを開ける。車からおりると、みぞれがひっきりなしに頭に降り注いできた。遠くで波の音が聞こえる――潮が満ちて波が岩にぶつかる音だ。月が満ちる周期に入っている今、潮は普段よりも高くまで水位を押しあげているはずだ。マドックスはトランクから懐中電灯とライフル、弾薬を出した。弾倉に弾をこめて懐中電灯と予備の弾薬をポケットに入れ、ライフルを背中に担ぐ。

防弾ベストは〈アマンダ・ローズ〉の制圧時から身につけたままだ。小道に足を踏み入れる前に、マドックスはレクサスに近づいていった。ドアはロックされていて、懐中電灯で車内を照らしてみると、巻かれたロープが数本といくつかの工具があるだけで、あとは何もなかった。

強力な懐中電灯の光で行く手を照らしたマドックスは、森に足を踏み入れ、狭いハイキング用の小道を急いだ。ブーツが深い泥に沈み、濡れた苔で覆われている石の上で滑った。あたりには土やマツ、ずっと前にはがれ落ちた岩の破片や潮のにおいが漂っている。泥には何かの跡が残っているが、この暗がりでみぞれが降る中では、そこから何かを読み取るのは難しい。

マドックスは先を急いだ。

彼が駆けるのに合わせて、木々を照らす懐中電灯の光が弾んで揺れ動く。影が現れ、すばやく動きまわっては消えていった。霧がぼろをまとった幽霊のように木々のあいだを漂い、マドックスにつかみかかっては退いていく。この場所の広大さ——古い森の純然たる大きさと広さ——が実感としてのしかかってくるように感じられた。何キロにもわたって人の姿はない。小道は上り坂になりはじめ、小さな岩山に差しかかると傾斜はさらにきつくなった。潮の音もだんだんと大きくなっている。

マドックスは岩山の頂上によじのぼり、木製の展望台へと出た。展望台のまわりは金属の手すりで囲まれている。手すりの向こうの地面は一気に海面へと続く切り立った急勾配になっていた。はるか下方では、潮流に運ばれて前方へと進む、一見無害に見える白く泡立った波頭がうねりながら押し寄せはじめている。その様子はまるで、扇形に広がる入り江の入口となっている狭い崖のあいだに向かう階段のようだ。奥の手すりに近づいていくマドックスに風が容赦なく吹きつける。右手に霧にかすむ古い鉄道の鉄橋が見えた。橋は水路を挟む崖と崖が一番接近しているところに渡されている。

マドックスは海を挟んだ反対側の崖の頂上で、小さな光が木々のあいだでちらちらしているのを発見した。すばやく懐中電灯を消す。現在判明しているだけでも、アダムズは22口径のライフルで武装している。目が暗さに慣れてきたマドックスも背中に担いできたライフルを手に取って薬室に弾を送りこみ、手すりを使って行動を開始した。アダムズが闇雲に撃ってくる場合に備え、明かりを最後に確認した場所から、展望台の端に沿ってゆっくりと移動していく。

暗闇と霧の中をのぞきこみ、改めて明かりを探して目を凝らす。だが明かりは消えていた。その代わりにマドックスの目が別の動きをとらえた。とっさに視線をさげ、橋の下、波の泡が白く光って見えるあたりを見つめる。霧が割れるように晴れ、海面の上に何かの形が見えた。

何が見えているのかを判別しようと脳がすさまじい勢いで働き、次の瞬間、全身の血が凍りついた。アダムズはこれまでもロープを使っている。テティス島や、自分の家の地階でしたように、防水シートでくるんだジニーを腐食している橋から吊し、海面のすぐ上のあたりにぶらさげているのだ。潮は急速に満ちていて、急流が今にもジニーをのみこもうとしている。

ここへマドックスを誘いこんで娘が溺れるところを見せる。それこそがアダムズの狙いだった。

74

マドックスは身をかがめ、展望台の北の端に近づいた。ここから崖を下っていくほぼ垂直の道があるように見える。小道が森へ入る近道を切り開くように伸び、おそらくはトレッスル橋のあたりへと続いていた。

だがマドックスが小道へ近づこうとした瞬間、銃声があたりに響き渡った。彼が身を伏せると、弾丸が空気を切り裂いてすぐ近くをかすめ、背後の木にめりこんだ。木の皮がはじけ、心臓が激しく打ちはじめる。たしかにこれは罠だったようだ。

吊されている娘を助けるために橋へ近づこうとすれば、向かいの崖の上にいるアダムズに狙撃される。マドックスは殺され、ジニーは溺れるだろう。

身の安全を優先してここにとどまっていれば、やはりジニーが溺れるのを見ているしかない。

そして彼はジニーがまだ生きていることを信じつづけなくてはならなかった。

脳がすさまじい勢いで考えをめぐらせる。マドックスは腕時計で時間を確かめた。アンジーはうまく緊急対応チームを送りだせただろうか。残された時間は尽きつつあり、潮は満ちつづけている。時間と潮は人間の都合を待ってくれたりしない。現実がこれほどまでに身にしみ、逃れられないものに感じられたことはかつてなかった。再び霧が立ちこめて向かいの崖が完全にかすみ、上空に漂う雲の中から唐突にヘリコプターが飛ぶ音が聞こえてきた。マドックスは内心で感謝の祈りを唱えたが、すぐに厳しい現実に気づいて衝撃を受けた。

崖という地形、そびえ立つ古い木々の高さ、そして立ちこめる霧の濃さからして、ヘリコプターが着陸できる場所はない。

それでもヘリコプターのローター音はだんだんと近づいていて、岩の峡谷にこだまする轟音の迫力は増している。そのときまたしても銃声が響き、さらにもう一発があとに続いた。

マドックスは悪態をついた。アダムズがヘリコプターを狙っている。狙われたヘリコプターは高度をあげはじめ、機首を西に向けて雲の中まで上昇していった。ローター音が小さくなっていくにつれて、孤独感がかつてないほど深まっていく。

救いの手はすぐそこまで来ているのに、あと少しというところで届かない。そして時間はマドックスと警察の味方ではなかった。

時が刻々と過ぎていき、ヘリコプターは今や沈黙している。マドックスは再び腕時計を見た。これ以上は待っていられない。自分の力だけで事態に対処しなければならない。

だが、どうやって？

枝が折れる音がして、瞬時にマドックスの意識が背後の森に向いた。彼は音のしたほうにライフルの銃口を向けた。

「マドックス？」ささやく声がした。「そこにいるの？」木々のあいだからヘッドランプと懐中電灯の光が現れる。アンジーだ。

すぐに銃声が響いた。はじけた木の皮が飛び散り、金属製の手すりに降り注ぐ。

「明かりを消せ！」マドックスは小声で命じた。「伏せろ！」

アンジーが言われたとおり、身を投げだして伏せようとする。だがそれよりも先に、もう一発の銃弾が音をたてて展望台の空気を切り裂いた。やがて不気味な静寂が訪れ、アンジーの荒い息遣いがマドックスの耳に届いた。

「大丈夫か？」

「アダムズはどこ？」展望台の木の床をマドックスのかがんでいる隅に向かって這い

ながら、アンジーが訊き返した。

「峡谷の反対側だ」

「ジニーは……アダムズと一緒なの？」

　吐きたくなるような現実をはっきりと声に出さなければならないことが、この悪夢の恐怖をいっそう陰鬱なものにしていた。

「やつはジニーを橋から吊してる。上昇中の海面のすぐ上だ」

　アンジーが身じろぎして彼の隣に座った。白い息を吐きながらマドックスに肩を押しつけ、彼が指さすジニーのいる方向を見る。走ってきたのだろう。マドックスはアンジーの体がほてっているのを感じた。肌からは花と、何か石鹸(せっけん)のようなものの入りまじった香りがかすかに立ちのぼっている。女性の感触と香りが今のアンジー・パロリーノほど人間らしく、好ましく感じられたことはなかった。突然、味方の存在が何よりもありがたいものに思えてくる。

「いったいなんだって君がここにいるんだ？」マドックスは尋ねた。

「私はあなたのパートナーよ」アンジーが答えながら、肩にかけた巻いたロープをおろす。「あなたが現場を離れたあと、すぐに出発したの。私があなたの背後を守る……だいいち、あの緊急対応チームはここまで来られないだろうし」背負っていたバックパックをおろして、その場で開いた。「ここからは私たちだけでどうにかしなければならないわよ」

「アンジー、君は——」

「ちょっと黙ってて。いい？　警察はひとりの刑事とその娘を救うために、人を満載したヘリにむちゃをさせて墜落の危険にさらしたりはしない。あなただって、それはわかってるはずよ。警察はアダムズがこのあたりのどこかにいることも、犬や軍の機材や、追跡の捜査員を動員して時間をかければアダムズのあとを追えることも承知してる。いずれはあぶりだして捕まえるわ。そうでなければ、アダムズが自然に負けて死ぬだけよ。警察は最良の条件が揃うのを待つことができる。でも私たちは待てない」

マドックスはアンジーの目を見つめた。彼女の瞳は冬至を間近に控えた世界を照らしはじめた朝日のかすかな光を受けて輝いている。その瞬間、マドックスは自分がアンジーを愛していると確信した。完全に恋に落ちている。だからこそ彼女の命を危険にさらしたくないし、そんな真似ができるはずもない。なんといっても、ジニーがまだ生きて息をしているのかどうかすらわからないのだから。

マドックスの心の内を読んだかのように、アンジーが言う。「ジニーは生きてるわ、マドックス。絶対に。そう信じなくてはだめよ。それを私たちが助けるの。そうやって——」彼女が言い終える前にまたしても銃声が響き、ふたりは本能的に身をかがめた。

一緒に体を低くして顔を間近に寄せると、白い息がふたりを包みこんだ。そのまま耳を澄まして待つうち、帯状になった厚い霧が再び漂ってきて、いくばくかの時間をふたりに与えてくれた。だがそのうち霧は満ちてくる潮だけでなく、朝日によっても追い払われる。白いとばりが引きあげられれば、ふたりは格好の標的となってしまうだろう。

「ここのことはよく知ってるわ」アンジーがバックパックの中をあさりながら言い、互いをつなげたいくつかのカラビナ（開閉できる部品がついた長円形の金属リング）を取りだした。「大学時代、ここでよくハイキングやキャンプをしたから。それに子どもの頃、父が……」言葉を続けるのをためらいながら、カラビナをすばやくばらばらにしていく。「ジョゼフ・パロリーノがよく私をここに連れてきてくれたの。潮が引いて泥の浅瀬が現れたときに、ポンプでエビを捕まえたり、貝を採ったりしたものよ。潮の速さは身にしみて知ってるわ」アンジーは起きあがってかがんだ体勢を取り、マドックスと目を合わせた。彼女の全身から張りつめた緊張感が漂っている。

「泳ぎは得意？」

「得意だ」

「そう言いきれるなら、私よりはましね」アンジーは持ってきた登山用ロープにカラビナをつなげたものをマドックスに渡した。「あなたは下におりて。この展望台の端から続いているヴィア・フェラータ（ワイヤーやはしご、木製の歩道や吊り橋などの固定された設備のある登山コース）のケーブルを使うのよ。ケーブルにつかまって、崖を蹴って海面に向かっておりていくの。満潮の海面のすぐ上まで達したら、足場にするのに充分な幅の岩の突起が橋まで続いてる。長年の潮の流れで削られてできたものよ。そこまでおりられたら、その突起を伝って橋の数メートル手前まで移動して。そこに誰かが何年も前に船の係留か何かのために打ちこんだ鉄のリングがあるはずなの……まだあることを願うわ。水位が低くて海面が穏やかなときに、いかだをつなぐのに使っていたものよ。そのリングにロープの先をつないで、もう一方を自分の体に固定したら海に入りなさい。流されないよう我慢して。ロープは充分な長さがあるから、ジニーのところまできっとたどり着ける」アンジーは立ちあがってバックパックを背負い、もう一本のロープを拾いあげた。「私は橋に向かうわ。上からジニーがぶらさがっているロープを切る。この岩の小山の反対側から、そこまで続く道が伸びてるの」

「霧が晴れたらすぐに狙撃されるぞ」

「崖をおりるあなただって狙撃されるわよ。霧が晴れないよう祈っていて。あなたがおりるあいだ、私が上からアダムズの注意を引く。これを持っていって」アンジーはバックパックから出した笛をマドックスに手渡した。「ジニーの下に到達したら、短く二回吹いて。その合図が聞こえたら、私は上からジニーを吊してるロープを切る。あなたのライフルをこっちに渡して」

「アンジー、君にそんな真似は――」

「やめて」アンジーは小声で告げ、手袋をはめた指をマドックスの唇にあてた。「お願いだから黙って。集中しなさい」言葉を切ってから続ける。「マドックス、私には何もないの。私はこれをしなければならないのよ」もう一度言葉を切って言った。「やってみないといけないの」

マドックスは、彼女の言葉に隠された意味を理解した。アンジーは前にパートナーと幼い子どもを失い、今度は守らなければならないと思っていたメリー・ウィンストンも失った。自分自身をも失った心境になっていて、これ以上は何も失うわけにはいかないと感じているのだろう。

「あなたが協力しようがしまいが、私はやるわよ、ジェームズ・マドックス巡査部長。

わかった？ ただ、そのライフルは私のほうが役に立てられるわ。急流に首まで浸かるあなたより、橋の上に行く私が持っていたほうが効果的な使い方ができる」

マドックスはライフルと予備の弾薬をアンジーに渡した。アンジーが弾薬をポケットに入れ、ライフルとロープを肩に担ぐ。「気をつけて」小声でそう言うと、森と霧の中に消えていった。その後ろ姿を見送るマドックスは心臓が激しく打っていた。上昇してきた波の音が聞こえ、マドックスはアンジーが置いていったもう一本のロープを担いで身を翻した。身をかがめて慎重に展望台の端を越え、鉄製のケーブルに手を伸ばす。一度でも手か足を滑らせたら、あとは死に向かって一直線だ。

そして腐食の進んだ鉄橋を行くアンジーもまた、足を滑らせでもしたら一巻の終わりだろう。

あるいは足元の古い枕木が折れでもしたら、やはりマドックスと同じ運命が待ち構えている。

75

アンジーは腕時計に目をやった。時刻は午前七時過ぎで、あたりはまだ暗い。頭上に生い茂る木々のおかげでアダムズに見られることはないので、ヘッドランプと懐中電灯を使って山の裂け目のような小道を進んでいった。

小道の終点に差しかかり、明かりをすべて消して身をかがめる。古い鉄橋がアンジーの前方へと伸び、霧と暗闇の中へと消えていた。マドックスが指さしていたところ、橋の真ん中より少し向こうにジニーが吊されている。アンジーは肩を揺すってロープをおろした。一時的にアダムズの気を引くものを用意するため、ハーネスをこしらえるのはあきらめなければならない。これでアダムズの注意は崖をおりているマドックスから離れ、橋に向かうだろう。

ヘッドランプを外し、ストラップにロープの端を通してきつく結びつける。ヘッドランプを縛りつけたロープを肩にかけ、アンジーは暗闇の中へゆっくりと出ていき、橋を渡りはじめた。

枕木のあいだには隙間が空いており、もし足を滑らせればそこから落ちてしまうだろう。足の下の空間が揺れて頭がくらくらしはじめ、心臓が今にも喉から飛びだしそうだ。アンジーは立ちどまって目を慣らし、深く――とても深く息を吸いこんだ。意識しながらゆっくりと息を吐き、両手と両膝をついて橋の上を這って進みはじめる。高いところは嫌いだ――最近受けた司法当局のコースでも耐えなければならないワイヤーやはしご、木製の歩道や吊り橋などの固定された設備のある登山訓練コースがあり、それがクラウン・ヴィクトリアのトランクにロープが入っていた理由だった。だが泳ぎはもっと苦手だ。橋の端のほう、枕木が橋の構造に接合されて橋とひと続きになっている頑丈な箇所を少しずつ進んでいく。ところが木の表面が腐ってぬるぬるしているところがあり、手がずるりと滑った。アンジーは息をのみ、動きを止めて体を安定させ、少しだけ目をつぶって肉体をコントロールする能力を落ち着かせた。それから崖に挟まれた峡谷へと向かって再び這いはじめた。霧と暗闇の中へ深く入っていくにつれ、吹きつける風も強まっていく。下方からは波のたてる轟音がずっと聞こえていた。

目的の場所までおよそ四分の一のところまで来たアンジーは這うのをやめ、慎重に肩を揺すってロープをおろした。息を吸い、そして吐く。大きく口を開けている底から意識を遠ざけ、落ち着きを取り戻すために安定したリズムで呼吸を続け、空いているロープの端を線路の枕木に結わえつけた。ヘッドランプを結んであるロープのもう一方の端を手に、じりじりと橋の中央へと向かっていく。やがて手が太いポリエステル製のロープとおぼしきものに触れ、心拍が一気に速くなった。

手でポリエステル製のロープをなぞって確かめると、橋脚に直接結びつけられていて、ピンと張った状態で橋の下へと伸びているのがわかった。

ジニーだ。

アンジーは唾をのみこみ、ポケットのナイフを取りだそうとした。ナイフの刃を出し、マドックスの笛の合図を待ってそのままそこにとどまる。一秒また一秒と時が流れていったが、まるで時間が引き延ばされているようにも感じられた。筋肉が痙攣を起こしはじめ、体が震えだす。彼女はマドックスがどうにか海の近くにおりて鉄製のリングを発見し、ずっと下の急流に入っていることを祈った。霧がふたりの身を完全に隠しつづけてくれることも併せて祈る。というのも鈍い灰色の夜明けが、ほとんどわからないほどかすかにではあるが森を照らしはじめていたからだ。

やがて笛の音が聞こえた。短く一回、続けてもう一回。アンジーの目に感情が宿り、きらりと輝く。

彼女はすばやくヘッドランプのスイッチを入れて点灯させ、ヘッドランプを谷めがけて投げた。ロープとつないだヘッドランプが反対の端を結んだ場所のほうへ弧を描いて落ちていき、霧の中をランプの光がまたたいた。

直後に銃声が鳴り響き、さらにもう一発が続いた。アダムズが動いているヘッドランプの光を狙い撃っている。アンジーは唇の上に汗をかきながら、懸命にナイフの刃でロープを切ろうとした。マドックスとの最初の夜に、彼の手首を自由にしたのと同じ――その後、彼を殺そうとしたのと同じナイフだ。そして今、そのナイフがマドックスの娘を救えるようアンジーは祈った。ヘッドランプが橋の下でまたたきながら揺れ、またしても銃声がとどろく。アンジーはロープを切る手の動きを速めた。アダムズは遅かれ早かれ、注意を引くからくりに気づくに違いない。

そして、そのときはすぐにやってきた。峡谷のあいだにまたしても銃声が響き渡る。今度の狙いは橋ではなかった。その下の海面の近く、ジニーを吊したあたりだ。身の毛がよだつ女性の悲鳴が空気を切り裂くのと、ポリエステル製のロープが完全に切断されたのは、ほぼ同時だった。切れたロープの先が暗闇に向かって落下していく。アンジーが枕木にしがみついて悲鳴に耳を傾けていると、もう一発、銃声がとどろき、そのあとは波の音しか聞こえなくなった。

木々のあいだに光が現れ、アンジーは暗い森に刺すような視線を向けた。光が揺れ、崖をゆっくりと下っていく。アダムズだ。彼は反対側の崖を海面に向かって移動していた。アンジーは心臓が喉から飛びだしそうになる中、慎重に体のバランスを保ちながら、背中に担いでいたライフルに手を伸ばした。ゆっくりと橋の上の平らになっている箇所まで移動し、指を引き金にかけて注意深く動く光に狙いを定め、引き金を絞って銃弾を発射した。銃床が頬と肩にぶつかり、アンジーは唾をのみこんだ。光はまだそこにあり、先ほどまでよりも早く動いている。ただし向かう先は崖の上方へ、アンジーから遠ざかるほうへと変わっていた。銃弾は外したものの、アダムズを逃げる気にさせることはできたようだ。もう一度狙いを定めて引き金を引くと、光の揺れがさらに激しくなった。アダムズは小道をのぼっている。その道が西へ向かい、さらに人里離れた自然の中へと入っていくことをアンジーは知っていた。アダムズが逃げている。彼女は手と膝をついて起きあがるとライフルを背中に担ぎ、西側の木々が密生する崖にかかる橋の残りの部分をできるだけ早く這い進んでいった。

76

銃弾がまるで木槌のように強く胸を打つ。目がくらんで呼吸を奪われ、マドックスは悲鳴を聞きながらうねる波間へと沈んでいった。息をするのもままならず、自分をのみこんだ海水に抗って水をかくこともできずにいると、防水シートでぐるぐる巻きにされたジニーがすぐ横に落下してくるのが見えた。ジニーがしぶきをあげて着水する。両腕を縛られて防水シートにくるまれたジニーは、自力ではどうすることもできない。沈んで溺れてしまう前に捕まえなければならないと、マドックスのあらゆる本能が叫んでいた。マドックスがどうにかして息を吸いこむと、胸が強烈な痛みに襲われた。やっとの思いで腕を動かし、ふたりの上に音をたてて落ちてきたロープの端をつかもうと、うねる波の中で必死にばたつかせる。ロープをつかんでたどっていき、同時にジニーを自分のほうへと引き寄せた。防水シートに手が届き、父が娘をしっかりととらえる。それとほぼ同時に、ふたりはより深く、流れの速い急流の渦に巻きこまれていった。マドックスは泡立て器のように脚を動かしてふたりの体を浮かせつづけ、ジニーの頭を海面より上に保とうと苦闘した。自分の濡れた服とブーツのせいで、海中へと引きずりこまれそうだ。ジニーの紙のように白い顔を見ると、額からは出血していて、目は……目は大きく開かれ、爛々と光って恐怖を訴えていた。口も大きく開いていて、悲鳴をほとばしらせている。マドックスを取り囲んだその声は、波の中へと吸いこまれていった。彼のジニーは生きて悲鳴をあげ、血を流している。潮の流れがふたりをとらえ、唐突に咆哮をあげるすさまじい急流へと遊園地のアトラクションさながらに引きこんでいき、ふたりの体は入り江へと押し流されていった。

アンジーは橋の向こう側の地面までたどり着き、よろめきながら立ちあがった。バランスを取りつづけ、ひたすら集中していたせいで腕も脚も震えている。アダムズがマドックスかジニーを、あるいは両方を殺してしまったのではないか、ふたりがはるか下方で溺れてしまったのではないかという恐怖で、今にも吐きそうだった。

アンジーが懐中電灯をつけると、泥と岩と苔でできた小道の急な上り坂が木々の中へと続いていて、泥の上にまだ新しい足跡が残っていた。小道を照らす懐中電灯をわずかに上へ向けると、上り坂にはさらなる足跡があり、森の中へと消えている。

崖をおりてマドックスかジニーを助けに行ったところで、間に合うはずもない。アンジーはジニーを吊していたロープを切り、海に落とした。ジニーとマドックスは数秒のうちに、入り江に向かって流されていくだろう。もしマドックスが自身のロープをきちんと固定し、その状態が今も続いているなら、ジニーを連れて安全な岩の突起まで戻れているかもしれない。アンジーはそう信じることにしてバックパックをおろし、震える指で苦労しながらバックパック横のストラップを外して無線機を手にした。無線機は電波の届く範囲内に誰もいなければ無用の長物で、緊急対応チームがまだ充分に接近しているとは思えなかった――それも彼らがこの現場に徒歩での接近を試みていればの話だ。だが誰かが聞いている可能性はある。

アンジーは無線機に向かって告げた。「メーデー、メーデー、メーデー、こちらスクッカム峡谷のトレッスル橋。メーデー、メーデー、こちらスクッカム峡谷」

返信を待つ。再び無線機に語りかけるが、やはり応答はない。さらにもう一度メッセージを送っても、なんの反応もなかった。無線機を戻してバックパックとライフルを背中に担ぎ、懐中電灯で前方を照らしてできる限りの速さで小道をのぼりはじめる。みぞれが激しく降りつづけ、泥が滑りやすくなっていた。アンジーは何度も転びながらも、そのたびに起きあがって歩を進めた。喉がひゅうひゅうと鳴りはじめ、汗が服の下の体を濡らしたが、考えられるのはただひとつ、アダムズに追いつくことだけだった。大自然の中へ永遠に姿を消してしまう前に止めなければならない。アンジーにとって有利なのは、彼女に追われているのをアダムズが知らないことだ。そんな調子で何時間も動きつづけたせいで、全身の筋肉が引きつって爪先がしびれ、胸の中で心臓がドラムのように速く低い音を刻んでいた。日光が森の中まで差しこんでいたが、古い木々の枝葉が作る天蓋と、空に残る低い雲のせいで視界はよくない。さらに何度も転びながらも、アンジーは彼の足跡を追った。時間の感覚を失ってもなお進みつづけるうちに、森が再び暗くなりはじめる。

　いきなり足跡が途絶えた。

　足を止め、緊張に身をこわばらせる。彼女は懐中電灯を消したが、すでに遅かった。ライフルの発射音が響き、アンジーの意識が音のした右上方へと向けられるのと同時に、腕に衝撃が走った。体が回転しながら横向きにはじき飛ばされてブーツが木の根の下に入りこむ。彼女はそのまま岩と泥に叩きつけられた。左腕全体が痛みに悲鳴をあげ、藪を突っきってアダムズが逃げていく音が聞こえてきた。怒りが爆発し、全身の血液へと流れこんでいく。アンジーは撃たれていないほうの腕を使って枝をつかみ、立ちあがった。地面に落ちたライフルを拾いあげ、よろめきながらアダムズを追う。

あまりの痛みに涙がこぼれ落ちた。生あたたかい自分の血が袖の中を粘っこく流れていくのが感じられる。息が荒くなって目がかすみ、暗くなっていく森がぐるぐるまわりはじめた。彼女は立ちどまって肩で息をしながら注意深く耳を澄ました。アダムズが葉の落ちた木々をかき分ける音をアンジーの耳が再びとらえ、前方にいきなり明かりが現れて揺れた。アダムズが苔むした急な傾斜をのぼり、離れていくのが見える。

アンジーは撃たれていない腕と、思うように動かないもう一方の撃たれた腕をなんとか使い、ライフルの銃床を肩と顎のあいだにあてた。深く息を吸って銃身沿いにその先を見て、黒い人影の中心に狙いを定める。息を吐きながら指を丸めて引き金にかけ、吐ききる寸前に弾丸を発射した。反動でライフルが跳ね、森に銃声が響き渡る。汗と溶けたみぞれが目に流れこみ、視界がぼやけた。アダムズがぐらりとよろけて倒れこむ。だがそのままじっとしてはおらず、少しばかり斜面を這いあがり、それから体を揺すって立ちあがると、ふらつきながら再び坂をのぼりはじめた。

アンジーの胸の中で、理性を持たない野性のけだものが目覚めて咆哮をあげた。遺体安置所の解剖台にのせられたグレイシー・ドラモンドの遺体が、フェイス・ホッキングの遺体が頭の中でよみがえり、アダムズが彼女たちにしたことが次々と頭に浮かぶ。女だったから、彼女たちはあんな目に遭わされた。アダムズの異常な性的幻想に合致してしまったからだ。

〝あなたに連絡したのは、あなたが気にかけてると言ったから。そして私がその言葉を信じたから……〟

メリー・ウィンストンを失望させてしまった。

メリーの前に命を落としたほかの女性たち……それにジニーとマドックスも……。

そして突然、あの子がまたしても現れた——女の子は淡いピンクの光の中にいて、木々のあいだに立ちこめる霧の中を漂っている。森は再び真っ暗になっていた——またしても夜が来たのだろうか？

言葉が川の急流のように、風のように、激しい波の音のようにアンジーの頭の中に流れこんできた。騒音はあらゆるところからやってきているらしい。自身の頭蓋の内側や、彼女を取り囲む森一帯、上空の雲……。

〝来て……森へ来て……来て〟

女の子がくすくす笑って身を翻し、アダムズを追って木々の中へと駆けていく。

アンジーに見えていたのはピンクの光だけだった。まるで心臓に糸が直接縛りつけられているみたいに、光へと引き寄せられていく。ピンクの光と、その光を守り、悪であるアダムズに近づくのを阻止しなければならないという切迫した使命感に引きずられ、アンジーは肩で息をしながら、進んではふらついて転び、這って立ちあがってはもう一度進む行為を繰り返した。

傾斜の頂上までたどり着いたアンジーは彼の姿をとらえた。

アダムズだ。

アダムズは岩に腰かけ、腿を手で押さえてうなだれている。ライフルはブーツのかたわらの地面に置いてあった。さっき彼女の放った銃弾で負傷したのだ。

「スペンサー・アダムズ！」アンジーは叫んだ。

アダムズがはじかれたように顔をあげる。

男の顔がヘッドランプの光に照らされて白く浮かびあがり、ふたりの目が合った。しばらく時間が経過しても、アダムズが動く気配はない。アンジーは痛みも、あらゆる体の感覚も忘れ、銃床をあげて肩にあてた。

「武器から離れなさい……地面に伏せて！　早く！」叫びながら前に進んでいく。

「伏せなさい！」

アンジーと目を合わせたままアダムズがゆっくりと動き、地面に向かって身をかがめた。

女の子がアダムズの背後、彼が座っていた岩の後ろにかがみこむ。アンジーは集中しようと、まばたきを繰り返した。雨と汗が目に流れこんでくる。アダムズはアンジーとまっすぐに視線を合わせたまま、ひたすら彼女を見つめつづけた。時間が引き延ばされ、ひずんでゆく。「伏せて！　早く！」叫んだ声はかすれていた。ライフルの引き金にかけた指に力がこもる。頭の中で、あの甲高い子守歌が響きはじめた——始めは遠く小さかった音が、乗り心地の悪い遊園地のアトラクションのように耳障りで騒々しいものに変わっていく。〝昔々……二匹の子猫がおりました。アーアーアー、アーアーアー、二匹の子猫……〟

アンジーは唾をのみこんだ。引き金にかけた指が緊張で引きつる。現実がぼやけていく気がする中、悪魔の目を見つめつづけていると、アダムズが急に動いてライフルを拾いあげた。彼が立ちあがりかけ、アンジーは引き金を引いた。

アダムズの後頭部が吹き飛び、彼のライフルが地面に落ちる。男の体はその場にぶらさがってとどまり、なおもアンジーを見つめつづけているかのようだ。ヘッドランプの明かりでは黒く見える血が白い男の口のまわりに広がっていき、怒りながら笑うピエロみたいに見えた。そしてアダムズは後方に倒れこんだ。

アンジーはぜいぜいと肩で息をしながら、アダムズのもとへ急いだ。

アダムズが岩のすぐ前に仰向けになって倒れ、泥まみれになってもがいている。アンジーは彼の左の顎を殴りつけた。情けを乞うてアンジーにすがりつこうとするように、アダムズが手を鉤爪状にして彼女のほうに手を伸ばす。何かを言おうと胃のあたりを血みどろにして叫び声をあげ、身をくねらせて泥の中をあとずさりしようとしていた。

アンジーの心臓が氷さながらに冷たくなる。体の中で怒りがふくらんでいき、疲労しきった心からあらゆる良識を奪っていった。〝二匹の子猫……二匹の子猫……〟

ライフルの銃口をあげ、アンジーは引き金を引いた。もう一度。アダムズの顔面に。もう一度。さらにもう一度。弾倉にあった十発の弾丸を撃ちつくし、地面に膝をつく。

彼女の体はひどく震えていた。

アンジーの目から涙がこぼれ、顔を伝って落ちていった。

77

十二月二十日、水曜日

アンジーは意識を取り戻し、自分がベッドに横たわっているのだと徐々に気づいた。全身が痛い。目を開けようとすると明かりがまぶしく——目まで痛くなったので、すぐにまぶたを閉じた。みぞおちに吐き気が広がっていく。口が渇いてひどい味がして、脳の中で混乱が渦巻く。唐突に記憶がよみがえり、心臓が激しく打ちはじめた。スペンサー・アダムズ。

森であの男を狩った。

心臓がさらに暴れだし、アンジーは目を大きく見開いた。ここは病院で——彼女は病室にいた。どうにか上体を起こしたとたんにめまいがし、うなりながら再び枕に倒れこんだ。

「おいおい、急に動くなって。落ち着けよ」

アンジーはゆっくりと頭をまわし、まばたきをして声の主に目の焦点を合わせようとした。その男性は部屋の隅に置かれた椅子に座っていた。

「ホルガーセン？」

くるまっていた毛布を脇に放り、ホルガーセンが立ちあがる。

「ここはどこ？」アンジーはどうにかして身を起こし、枕に寄りかかって座るのに近い体勢を取った。左腕には包帯が巻かれていて、ずきずきと死ぬほどの痛みを訴えている。頭も同じくらい痛くて割れそうだ。

ホルガーセンがアンジーのベッドの横に来た。「銃弾が脂肪と筋肉を貫いたが、骨にはあたらなかった。医者の話ではその腕はもとどおりに完治する。ただし時間はかかるし、リハビリはたっぷりやらなきゃならないらしい」

アンジーは手を頭に持っていった。ゴルフボールのようなこぶができていて、感覚も敏感になっているあたりにおそるおそる触れてみる。

「頭をぶつけたりもしたみたいだな。気を失ったときかもしれない」

「いったい……私はどうしたの？」

「俺が知っているのは、捜索救難チームの連中があんたとアダムズの遺体を見つけたときのことだけだ。あんたは低体温と脱水症状を起こして失神し、血を流して倒れていたんだ」

アンジーは頭が混乱した。目を閉じて記憶をたどり、すべてをはっきりと思いだそうとする。アダムズを追っていたのは覚えているが、どのくらいの時間そうしていたのかわからない。追いついて、伏せるよう怒鳴り、それから……何も覚えていない。ただの暗闇だ。彼女は目を開けた。

アンジーを見つめながら、ホルガーセンが顎髭を撫でた。

「アダムズは？」

「あんたはいい仕事をしたよ。本当によくやった。やつは死んだ」

「マドックスとジニーは？」

「この病院にいる」ホルガーセンがにっこりした。「あのふたりなら大丈夫だ、パロリーノ。入り江に流されて、少しばかり怪我しただけだ。マドックスは胸を撃たれたが、防弾ベストのおかげで命は助かったし、息ができずに肺をやられて肋骨が折れたのも全快するそうだ。ジニーのほうは……頭を切って肩を脱臼してる。ジニーの場合は肉体的なものより精神的な傷のほうが問題だろうな。ふたりとも、犯罪被害者のためのカウンセリングを受けてる」

「あいつはその……ジニーに……」

「アダムズはジニーには手を出さなかった。十字架も刻まなかった。ジニーを別の目的で利用したんだろう」

感情が目にあふれてくる。アンジーはしばらくまぶたを閉じ、ここにいる原因になった一連の出来事を思いだそうとした。

「アダムズはどうやってジニーを拉致したの？」

「彼女が帰ってくるのをアパートメントで待ち伏せた」

「今日は何曜日？　時間は？」

「水曜の朝だ。あんたが山からおろされたのは月曜の真夜中近くだった。捜索救難チームの連中は気を失ってるあんたを発見して、そのまま山で状態を安定させてから運んだ。ずっと天候が悪かったせいで、ヘリは近づけもしなかった。猛烈な濃霧で、スクッカムの駐車場にすら着陸できなかった。医者が火曜日の朝に手術して弾を摘出し、水分を補給して体温を上昇させたんだ。昨日は一進一退の容態だったんだぞ。一命を取りとめたのは驚きだと医者も感心してた」

アンジーは、ここ数日のことを思いだそうと意識を集中した。

「メディアはばか騒ぎを始めてる」ホルガーセンが続けた。「やつらときたら質問だらけで……適当なことを言いたい放題だ」

「どういうこと？」

「アダムズの死に方やら何やら、全部だ。市警はドラモンドとホッキングの殺害に関与したと思われる容疑者の居場所を特定して遺体で発見したという声明を出した。警察からの発表はそれだけで、あんたの名前も、あんたがアダムズを射殺したことも明かしてない。それにしても、見事に始末したな、パロリーノ。顔面と首と胸に至近距離から弾倉ひとつ分の弾を、あのくそ野郎にぶちこんでくれた」

　頭の中の暗闇に記憶の断片が渦巻いた。「顔面に？」

「ああ……アダムズは仰向けの状態で倒れていたみたいだ。現場写真ではそう見える」

　現実をはっきりと認識し、気分の悪くなるような寒けがアンジーの胸に入りこんできた。警察官が関与した発砲事件だ。「警察は捜査を始めているの？」

「ああ、即座に開始した。捜索救難チームの連中と一緒に警察官がふたりいたんだ。何が起きたのかを見て、あいつらがすぐに現場保存した。次の日にＩＩＯの捜査官が現場検証をして……ＩＩＯが事件の捜査権を主張したんだ」ホルガーセンが言葉を切り、つけ加えた。「連中は質問を用意してあんたを待ってる」

　アンジーは黙りこんだ。ＩＩＯというのは、独立捜査局（インディペンデント・インヴェスティゲーション・オフィス）の頭文字だ。その機関がこれから、彼女の行為が犯罪にあたるかどうかを決定する。もし犯罪だと判断されれば、事件は検察官の手に引き継がれることになる。「私はまだ仕事をしてもいい立場なの？」

「そいつはフィッツと上層部が決めることだ」

気分が悪くなるような不安が腹の底へと沈んでいく。「アダムズを撃ったことを覚えてない」アンジーは静かに言った。

ホルガーセンはうなずいたが、何も言わなかった。

アンジーは突然、上掛けをめくりあげ、両脚をベッドの脇におろした。「マドックスに会うわ」ところが側頭部が痛んで暴力的なめまいが起き、体がぐらついた。

「おいおい、今はだめだ。とにかく休まないと」

「会わなければならないのよ。車椅子を持ってきて、ホルガーセン。私の服も」

ホルガーセンが鼻を鳴らした。「あんたの服はもうないよ、パロリーノ。IIOの捜査官が持っていった」壁にある小さなクローゼットに近づき、中から手提げのビニール袋を出す。中から灰色のスウェットの上下を出してベッドの上に置いた。「俺の家から持ってきた。間に合わせだ」言葉を切り、さらに続ける。「車椅子を取ってくる」彼はカーテンを引き、アンジーのためにいくらかのプライバシーを確保した。

アンジーはホルガーセンが用意した服に手を伸ばして病院着を脱ぎ、苦労してサイズの大きな灰色のスウェットの袖に腕を通した。袖とパンツの裾はまくらなければならず、ホルガーセンが車椅子を押して戻ってくる頃までには疲労困憊していた。ホルガーセンは無言でアンジーに手を貸して車椅子に座らせると、車椅子を押して病室を出て廊下を進んでいった。

「ジニー？」

ジニーがゆっくりと目を開け、声の主を探してあたりを見まわした。

「お父さん？」

全身に感情がこみあげ、マドックスはジニーの手を取った。細くて冷たい手だ。彼の愛すべき娘、彼の子どもは今や美しく若い女性に成長している。これこそマドックスが人生で作りあげたもの――彼の結婚から生まれた、唯一の善にして真実なるものだ。それだけで結婚した価値はあったのだとマドックスは気づいた。あの年月は無駄ではなかった。ジニーが生きていて、自分もまた生きており、ふたりの前にはまだ光を放っている未来がある。アダムズはジニーに性的暴行を加えなかった。この先、娘が困難な道を進んでいかなければならないのは承知しているが、その道はふたりで一緒に歩むことになる。父と娘にはまだ助けあえる互いの存在があった。

「ごめんなさい、お父さん」

マドックスは背筋を伸ばし、どうにか感情を抑えこんだ。「おまえは何も間違ったことはしていない、ジニー。もう大丈夫だ」

「来てくれてありがとう」ジニーが消え入りそうな声で言った。「助けてくれたことも。あの男……あいつに電話をかけろと言われたの。あいつはお父さんをおびきだそうとしてた。私……私はあいつがお父さんを殺そうとしていたのを知ってたのよ。どうしたらいいかわからなくて、それで――」

「しいっ」マドックスはジニーの顔にかかった髪を後ろに撫でつけてやった。娘の額には、横幅いっぱいの長さに医師が縫合して治療した傷がある。最初にその傷を見たときには十字架かと思い――最悪の事態を想像したものだ。「おまえはよくやった、ジニー。やつはもういなくなった」

「アンジーは?」

「まだ意識がない。眠ってるよ」実のところ、アンジーの容態ならすでに十回以上は確認している。「彼女も大丈夫だ」

「アンジーは私たちを助けてくれたわ……あいつをやっつけてくれた」

「そうだな。あの男が人を傷つけることは二度とない」マドックスはためらい、唾をのみこんで続けた。「母さんもこの病院にいる。おまえに会いに来たんだ。外で待っていると看護師が言ってた。ここに呼ぼうか？」

「ピーターと一緒？　彼もここに来てるの？」

「わからない」

娘がまっすぐに父と目を合わせる。「前に言ったこと、全部謝るわ」

「わかった」

「私たち、これからうまくやっていけるわ、お父さん。約束する。私――」

「わかっている、ジニー。うまくやっていけるとも」

「愛してる」

もはやこみあげる感情を抑えられなかった。マドックスは喉を詰まらせながら言った。「俺も愛してるよ。おまえには父さんがついてる。いつだってそうだ」

父親と同じ色をしたジニーの目に涙がこみあげる。ジニーは唇を引き結んでうなずき、マドックスの手を握りしめた。

マドックスは病室にはおらず、上掛けが乱れたベッドは空だった。

空のベッドを見つめていたアンジーは、体の中を不安で締めあげられる気がした。ただ自分の目でマドックスを見て、彼に触れて無事であることを確かめたい。今回の事件で、自分は大きな代償を払わされるだろう。ひとりでマドックスを追うなと直接命令されたのに従わなかった。だが似た状況がまた繰り返されたとしたら、考えるまでもなく同じ決断を下すであろうことがアンジーにはわかっていた。その決断がなければ、マドックスもジニーも今頃は死んでいたかもしれない。

「たぶんジニーと一緒だろう」ホルガーセンが言った。

「ジニーの部屋はどこ？　同じ階にあるの？」

「ああ」

「連れていって」

「そいつはいい考えとは思えない――」

「黙って、ホルガーセン。いいからこの車椅子を押してくれない？　もしこの腕が動くんだったら、あなたなんかに頼むまでもなく自分でどうにかしてるところなんだから」

「調子が戻ったようでよかったよ、パロリーノ」車椅子のハンドルを握って大きく回転させながら、ホルガーセンがこぼした。「あんたを上司にしたらひどい目に遭いそうだ」

胸に突きあげてくる罪悪感をのみこむと、アンジーのもの思いは母のほうに向けられた。裏切られた感覚と痛みで心が痛む。この先には長い道のりが待ち構えているが、今のアンジーにはその道をどう進んでいけばいいものか、まるでわからなかった。

ふたりはジニーの病室に到着した。アンジーは窓越しにマドックスがジニーのベッドのかたわらに立っているのを見た。マドックスもまたスウェット姿で、その隣には女性がいる。細身で背の高いブロンドの女性だ。「待って」ホルガーセンに声をかける。「止めて」

アンジーは女性を見つめた――あつらえたパンツにやわらかな珊瑚色（さんごいろ）のジャケットを合わせた、ひどくしゃれた格好をしていて、肩までの長さの髪も完璧に整えられている。女性が首をまわすと、とても魅力的で美しい表情が見えた。年齢は四十代の前半から半ばといったところだろうか。

「あれは誰？」アンジーは訊いた。

「ミセス・マドックスだ」

アンジーはゆっくりと唾をのみこんだ。「名前は？」

「サブリナ」

アンジーはしばし、ガラス越しにその家族を見つめた。娘のジニーは褐色の髪を枕の上に広げていて、両親は自分たちの子の心配をしている。この悲劇でひとつになった家族の姿だ。サブリナ・マドックスが手を持ちあげてマドックスの肩に置くと、彼が顔の向きを変えてサブリナを見た。サブリナ——マドックスの妻であって、元妻ではない——が手で優しく夫の目から何かをぬぐい、顔を寄せて頬にキスをする。

アンジーは胃がよじれて気分が悪くなり、車椅子の肘掛けに指を食いこませた。

「行って」ホルガーセンに向かって言う。「もういいわ」

「本当にこのまま——」

「もういいと言ってるじゃない。行くわよ。早く」

「わかったよ、パロリーノ」ホルガーセンは答え、車椅子を押して急いで廊下を進んでいった。

「止めて。あそこ……あの窓際の椅子のところへ行って」

ホルガーセンが黙って言われたとおりにし、椅子のある小さなスペースへとアンジーを押していった。

心臓が激しく打っている。アンジーはこんな反応を示す自分の体を憎んだ。

「彼女が来てるなら、先にそう言ってくれればよかったのに」

「いい考えとは思えないと言ったじゃ――」

アンジーは立ちあがろうとしたが、頭がくらくらしてすぐさま車椅子にへたりこんだ。呼吸が乱れて浅くなる。

「パロリーノ、いいから座ってろ。落ち着くんだ」

アンジーは目を閉じ、自分がやったというスペンサー・アダムズの射殺に至るまでの出来事をもう一度思いだそうとした。一瞬、頭を橋の光景がよぎった。霧の中、銃撃があって、橋を反対側へと渡った。霧が立ちこめる広大な古い森の中を、何時間もアダムズを追いかけて……アンジーは心臓が止まりそうになった。あの女の子――またしてもあの女の子の幽霊を見たのだ。

全身の血管が凍りつく。

その女の子を追って……それから……真っ暗になった。

ホルガーセンの携帯電話が鳴り、彼が電話に出る。アンジーは窓の外に目をやって、灰色の空に細かな雪がちらちらと舞うのを眺めた。いつもとは違う冬だ。

「ええ、起きました」ホルガーセンが電話の相手に言った。「ええ、了解」電話をアンジーに差しだす。「ヴェダーだ。あんたに代われと」

「IIOの捜査の件？」

ホルガーセンがうなずく。

アンジーは携帯電話を受け取ろうと手を伸ばして言った。「あなたはヴェダーの……市警の命令で私を監視しに来たの？　私の意識が戻ったら教えろと言われて」

「そんなはずないだろ、パロリーノ」

「嘘はやめて、ホルガーセン」

ホルガーセンは長い指でつやのない茶色の髪をかきあげた。「わかったよ。たしかに誰かをここにやろうという話になってた。制服警官をよこすはずだったのを、俺が志願したんだ。いいから電話に出てくれ」

携帯電話を耳にあてたアンジーは、その冷たさにかすかに身を震わせた。

ヴェダーが体の具合についていくつか型どおりの質問をし、お決まりの見舞いの言葉を口にする。それから自分がアンジーの事件におけるＩＩＯと市警間の連絡役になったと打ち明け、可能になり次第、アンジーが外部の捜査官と話さなければならないと告げた。

「わかりました」アンジーは冷静な声で答えた。「明日、署に行きます。明日には体調も戻りますから」

通話を切り、携帯電話をホルガーセンに返す。

深刻な事件を起こしたのはこの六カ月で二度目だ。しかも今回の射殺については何も覚えていない。アンジーを取り巻く状況は最悪だった。

「警察官なら誰だって同じことをした」ホルガーセンが携帯電話を受け取りながら言った。「間違いなくアダムズを撃ってた」

「私もそうしたの？」

ホルガーセンがアンジーの目を見つめる。

「くそっ」アンジーは小声で言い、もつれた髪をかきあげて顔をそむけた。

「少なくともあのふたり……マドックスとジニーは生きてる」

「そうね」アンジーは鏡に映った自分を見ながら相槌を打った。「少なくとも」

鏡よ鏡、あなたは誰？　どうして私はあなたをまるで知らないの？

78

十二月二十一日、木曜日

アンジーはヴェダーのデスクの前に、彼と向きあって座っていた。時刻は午後七時過ぎ、一日中スペンサー・アダムズの射殺とそれに至る一連の出来事に関するＩＩＯの捜査官の尋問に答えつづけていたせいで、肉体的にも精神的にもくたくただった。なぜフランク・フィッツシモンズ警部から直接受けた命令を無視し、マドックス巡査部長のあとを追ったのか？　橋では何があったのか？　どのくらいの時間、アダムズを追っていたのか？　当該人物を発見したとき、何があったのか？　アダムズに警告はしたのか？　武器を捨てるよう言ったのか？　アダムズは君の安全にとって深刻な脅威となっていたか？　容疑者を逮捕するためのほかの手段はすべて講じたのか？　アダムズは抵抗したのか？　どのような抵抗だったのか？　なぜ撃ったのか？　撃ったあとはどうしたのか？

実際に銃を撃った記憶がないというのは、まったく救いにならなかった。マドックスとフィッツを始め、アンジーが起こした〝事件〟につながる出来事に関与したすべての人々が参考人として事情聴取されていることや、バーブ・オヘイガンとは違う病理学者がスペンサー・アダムズの検死を行っていることを知るのもまた、救いになりはしなかった。

法的な相談に関しては組合が支援してくれて、代理人はすでに立ててあった。問題の警察官であるアンジーと捜査で困難に直面している人々には、カナダ人権憲章で定めた権利を行使する選択肢があって、そこには黙秘権も含まれる。だが参考人として話を訊かれているそのほかの警察官たちにはその権利がないことをアンジーは知っていたし、アダムズに対してやりすぎた面もあったかもしれないが、自身の行為が犯罪にあたるとも思っていなかった。正式に疑いを晴らすためなら、質問に答える程度のリスクを負うのは覚悟のうえだ。

捜査官たちは、さまざまな図や現場写真、薬莢(やっきょう)などをアンジーに見せた。彼女が仰向けに倒れているアダムズの顔と首と胸に、弾倉にあった銃弾をすべて撃ちこんだことは間違いないらしい。写真には激情が――過剰殺傷だったことがはっきりと表れていて、アンジーは恐ろしくなった。自分の中にけだものが巣くっていて、心を乗っ取られてしまった。再び似たような状況になったときの自分が信用できるのかどうか、彼女自身にもわからなかった。

ヴェダーはアンジーの武器を預かって彼女を捜査の現場から外し、別に行われている市警内部での検証を保留していた。アンジーとしては、そこから導きだされる結論に対して期待など抱けるはずもなかった。ヴェダーはいつものように遅くまで働き、彼女の様子を尋ねるために呼びだしたのだった。

「大丈夫か？」ヴェダーが目に同情を漂わせて訊いた。ヴェダーはいつもアンジーによくしてくれたし、性犯罪課に加わった当初の敵意むきだしの環境の中、いち早く味方をしてくれたのも課のトップの彼だった。アンジーはヴェダーに大きな借りがあり、今この件で責めるつもりもなかった。

「ええ、たぶん。科学捜査とアダムズの自宅の捜査に進展は？」アンジーは言った。「戦利品の髪から何か判明しましたか？」

今のアンジーにどこまで話すべきなのか——あるいは話してもいいのかを熟考するようにヴェダーが顎を撫でる。「これまでに髪のサンプルからメリー・ウィンストンとアリソン・ファーニホウ、それからサリー・リッターのものを特定した。インターポールと協力して、アダムズが船の乗組員として寄港した地中海の港の性的暴行事件を洗い直しているところだ」

「ドラモンドがアダムズの最初の殺人だと考えているわけですね？」

「そう推測している。ホッキングの遺体に手をかける機会を得るまでに起こした事件は、すべて性的暴行止まりだったとね」

「母親については？」

「オヘイガンの検死報告書はまだできあがってないが、これまでの調べでは、母親の死は自然死だったようだ。アダムズは強い執着心から遺体を保存していたんだろう。ビューラ・アダムズ関連の捜査は時間を要するだろうが、子どもの頃のアダムズを虐待していた可能性はあるな」

「性的に興奮したことで息子を罰していたんですね」

「グラブロウスキはそう考えている」

「バスミットですね？」

ヴェダーがうなずいた。「息子に対して使っていたかもしれない。それで得た刺激と痛みが――」

「アダムズの残虐な性的嗜好の世界へと成長した」

「グラブロウスキが言うには、母親の死がきっかけになったのかもしれない。ホッキングの遺体に接したことと相まって、アダムズは殺人に走った」

「本当の怪物は母親だったんですね」

「怪物が生まれ育つのに母親が手を貸したことは間違いないだろうな。遺伝やら環境やらすべてが影響したのかもしれない。それから科学捜査チームが、地階のコンクリートの床の下にスペンサー・アダムズの父親の可能性がある男の骨を発見した。そちらの科学捜査と検死の結果もまだ出てない」

「母親が父親を殺した可能性は？」

ヴェダーがわずかに肩をすくめた。「さっきと同じだ……そう推測している」

「では、アネリーズ・ジャンセンの行方不明はこの事件とは関係ないわけですか？」

「これまでに判明したところではそうだな。ジャンセンの件についてはまだ捜査中だ。ただし彼女はブロンドで、この事件の被害者の特徴とは一致しない。ジャンセンと本件をつなぐ線は皆無だ」

「〈アマンダ・ローズ〉と〈バッカナリアン・クラブ〉はどうなったんです？　マダム・ヴィーや客やほかの女性たちは――」

「そっちの捜査に関しては、継続中の細部の詰めを行うために、国外の当局を交えた関係機関による合同捜査チームが結成される。長丁場になるぞ。裁判が始まるまでに何年かかるかもしれない」

「ウィンストンの事件は？」

「フェンタニルをまぜたメタンフェタミンをダミアン・ヨリックのアパートメントで発見した。それから鑑識がウィンストンの家の窓とテーブル、キッチンカウンターからやつの指紋を採取した。ヨリックは起訴されるし、やつだけじゃない。ウィンストンの写真については、〈アマンダ・ローズ〉の警備の男たちから入手したものだろうからな。ウィンストンを黙らせるための共謀があったことを示す証拠もある」

「内通者の会話の記録についてはどうです？　それからブズィアクは……まだ戻っていないと聞いたんですが、フィッツと内務調査班はブズィアクについて何をつかんでるんですか？」

ヴェダーは躊躇して少しのあいだ目をそらし、再び視線を合わせて言った。「その件についてはまだ調査中だ、アンジー。現時点で私から詳しい話はできない」

アンジーはヴェダーを見つめた。冷たい孤立感が体にまつわりつきはじめた気がする。自分はつまはじきにされつつある。警察にとって、今のアンジーは歓迎されざる人物だ。彼女はうなずいて立ちあがった。

「教えてくださってありがとうございます、ヴェダー」アンジーはドアへと向かった。

「アンジー、今の君はひどい顔をしてるぞ」

アンジーはドアノブを握ったまま立ちどまった。「ええ、わかってます。ありがとう」

「これからどうするつもりだ？」

「くびになるかどうか決まるまで待つあいだに、ですか？」

ヴェダーは答えなかった。

「わかりません。ただ……個人的に調べてみたい未解決の事件があります。おやすみなさい、ヴェダー」

アンジーは部屋を出てドアを閉め、深呼吸をして小さな部屋が並ぶ廊下を歩いた。この時間では大半の部屋に人はいない。署の出入口へ近づいていくと、ドア近くの椅子に座っていた女性が立ちあがった。

「パロリーノ刑事？」

ローナ・ドラモンドだ。両手で箱を持っている。

アンジーはその場に立ちつくし、再びの攻撃——口によるものか、それ以外のものかもしれない——に備えて身をこわばらせた。

ローナが前に進みでる。「グレイシーが私にクリスマスプレゼントを残してくれたの。ベッドの下にあったのを見つけたわ」彼女は口をつぐみ、明らかに感情を抑えこもうと苦しんでいる様子を見せた。咳払いをし、箱をアンジーに差しだす。「あなたにもらってほしいの。グレイシーもきっとそれを望んでるわ。あなたがあの子やフェイス、それにほかの女性たち全員のためにしてくれたすべてのことへのお礼よ」

アンジーはローナを見つめた。

「お願い、受け取って」

慎重にローナから箱を受け取る。開けてみると、中には丁寧な彫刻が施されたクリーム色の宝石箱が入っていた。アンジーは顔をあげた。

「開けてみて」ローナが目を潤ませて言う。

アンジーが宝石箱の蓋を開けると、ピンクのチュチュを着た小さなバレリーナの人形が飛びだし、流れてきた子守歌に合わせて爪先を軸にくるくるとまわりはじめた。オルゴールだ――たくさんの尖ったピンがついたシリンダーが回転し、それが金属の櫛歯をはじいて音が鳴る仕組みになっている。

「アンティークよ」ローナが言った。「子どもの頃、これとそっくりのものを持ってたわ。父が私にくれたの。父は同じ年に亡くなって、それからそんなに時間が経たないうちに、宝石箱も家の火事でなくなってしまった。その宝石箱が父の最後の思い出の品だという話をよくグレイシーにしたものよ。それが何カ月か前、グレイシーと一緒のときにガヴァメント・ストリートのアンティークショップでこれを見つけたの。私は……すっかり感激してしまった。グレイシーはそんな私を見ていたのね。あとで店に戻って買ったに違いないわ……」声を詰まらせ、ポケットに手を入れてティッシュペーパーを出し、はなをかんだ。「あの子は……ベッドの下にこれを隠して……クリスマスを待っていたのよ」

グレイシー・ドラモンドが迎えることのなかったクリスマスだ。

人は誰でも嘘をつく。

私たちはみんな、自分の秘密の部分を守ろうとする。それがひどく恐ろしい部分の場合もある。あまりに恥ずかしくて後ろ暗いため、その影が鏡にちらりと映ったとたん、慌てて目をそらしてしまう。

代わりに私たちは魂の奥底に、誰にも知られたくない自分の暗い部分を閉じこめる。そしてせっせと、周囲にこう思われたいと思う自分自身のイメージを生みだそうとする。

アンジーは回転をやめたバレリーナを見つめた。音楽がしだいに遅くなってとぎれがちになり、やがて止まった。自分の目に何が宿っているのかが恐ろしく、顔をあげてローナの目を見ることができない。アンジーは唾をのみこんだ。「いただくことはできません、ミセス・ドラモンド」ささやくように言ったアンジーの声はかすれていた。「とても私には受け取れません」

ローナがアンジーの手に触れる。「お願い、私も持っていられないの。私は……あなたに持っておいてほしいのよ。グレイシーやあの子みたいな子たちを忘れないために」沈黙が流れ、アンジーは視線をあげた。

目の前にいる女性の顔を流れ落ちる涙が光っている。「あなたのしていることをこの先も続けて」ローナが小声で言った。「あなたのような人たちだけが……いいこと、正しいことと悪いことのあいだにいる」先を続けられず、言葉を切る。「犯人を見つけてくれて、これ以上誰かを傷つける前に止めてくれてありがとう」

ローナは背を向けて去っていった。ドアから出て、雨の降る暗闇の中へと進んでいく。

アンジーは動くこともできず、小さなバレリーナのいる宝石箱を両手で抱えたまま、女性の後ろ姿を見つめていた。

十二月二十二日、金曜日

「アンジー、あなたなの？」

母の揺り椅子の前に座ったアンジーの胸にさまざまな感情が押し寄せて、彼女は葛藤した。父の言葉がよみがえって頭がいっぱいになる。

〝私のミリアムは人生に立ち戻ったんだよ、アンジー。おまえが彼女を私のもとに返してくれたんだ。そして私は……私のミリアムに対する愛情をおまえに理解してもらえるかどうかはわからない……だがミリアムは……彼女は私のすべてなんだ。ミリアムこそが私の世界であり、再び完全になった彼女に会った私は……私はそのまま何もしなかった。ミリアムの信じるがままにさせておいた〟

母が腕を伸ばし、冷たい手でアンジーの手に触れた。「会えてうれしいわ、アンジー」

「母さんに持ってきたものがあるの」

「クリスマスプレゼント？　何かしら？」母が喜びもあらわに言い、子どものように手を叩いた。

アンジーはほほえんだ。母への以前の愛情が、新しい情報や暴かれた秘密、そのすべてに対する複雑な感情とせめぎあう。自分の中にまだこの女性が自分の母親であってほしいと願う思いが残っているのと同時に、生みの母がどこかにいるのを知って心に新しい穴ができてしまったことも感じられた。その生みの母は生死も知れず、未解決の謎として残ったままだ。

「プレゼントみたいなものね」アンジーは言った。「とても特別な若い女性からもらった、私にとって特別なものなの。母さんなら私のために喜んで大切にしてくれて、しばらくは楽しんでもらえると思ったのよ」

この宝石箱を――あのピンクのチュチュを着た小さなバレリーナを――アパートメントに置いてはおけない。頭の中の奥深くにいるピンクのワンピースを着た女の子に似すぎているからだ。それに宝石箱を母に渡すのは正しいことだと感じられた。自分自身の何か――仕事なり人生なり――を、もはや単純な話の内容すら理解できなくなってしまった育ての母と分かちあう必要があるという思いとも合致する。アンジーはこの象徴的なプレゼント、この振る舞い自体がどうにかしてその役割を果たしてくれるのではないかと願っていた。母親たちと娘たち。それぞれが分けあう複雑な愛情をよく表しているプレゼントだ。

母が当惑顔になった。「でも、これはアンジーからなのよね？」

「彼女の名前はグレイシーよ」

　母が宝石箱を開けると音楽が鳴りだし、小さなバレリーナが爪先で回転しはじめた。目を涙でいっぱいにし、自らの記憶に戸惑う子どもでもあり女性でもあるアンジーの母は、再び手を叩いた。

　アンジーは空っぽになった気分を抱え、母のもとから離れていった。

「楽しいクリスマス（メリー・クリスマス）を」去っていくアンジーに病院のスタッフが声をかける。

　アンジーはうなずいてスタッフに応じる。まったくだ。「メリー・クリスマス」

　少なくとも、今は毎年クリスマスの時期になると覚える自らの感情を理解できた。アンジーはそう思いながら、冷たい夜の中へと足を踏みだした。

十二月二十四日、日曜日

　メリー・ウィンストンの葬儀は、海に突きでてふたつの湾に挟まれている岬で行われた。

　葬儀へと向かう途中、アンジーは子ども時代を過ごした家の私道に車を入れた。しばらく車内にとどまり、たくさんの思い出の器でもある家の外観を眺める。真実のものも偽りのものも、嘘もあった。誤って導かれ、誤って理解された愛情がここにはある。アンジーは深く息を吸って車からおり、後部座席から大きなヤナギ細工のバスケットを出した。

風が玄関先にバスケットを置いたアンジーの髪を乱し、コートをはためかせる。

彼女が立ち去ろうとしたまさにそのとき、玄関のドアが開いた。

「アンジー？」

「父さん」アンジーはポケットに深く手を突っこんだ。父はずいぶんと年老いて見える。ぶかぶかのジーンズをはき、肘に革のパッチがついたお気に入りの大きすぎるセーターを着ている見慣れた大柄な父を見ていると、また別の強い感情が腹に突き刺さった。「その……これは……」重力がすべての答えを持っていて示してくれると思っているかのように空を見あげる。アンジーは今この瞬間、すべてがあと少しで表に出てくる気がしてならなかった。「小さな七面鳥とつけあわせよ。ほかにもいろいろと」顎でバスケットを示して続ける。「今夜……母さんのところへ行くのは知ってるわ。施設のスタッフが教えてくれた。お祝いの食事を持ちこんで分けあう家族がいるとも聞いたから」声が詰まった。三人でクリスマスツリーの前に座っている古い写真の光景が、頭の中で輝きだす。同時に真新しい裏切られた感覚もこみあげてきた。

「今夜は私と一緒に来てくれ、アンジー」父が言った。

アンジーは口元をこわばらせて首を振った。「行けない。今は……まだ無理よ」

父は長いあいだ、険しい目つきでアンジーを見つめていた。「私たちにはおまえを傷つけるつもりなどなかったんだ」

アンジーはうなずき、ポケットのさらに奥深くに手を突っこんだ。「わかってる」

「私たちはおまえを愛していた……今だって愛している」

彼女はもう一度うなずいた。冷たい風が顔に吹きつける。「もう行かないと」

「また仕事か」

「葬儀よ。友人のね」

「メリー・クリスマス、アンジー」

「ええ、元気でね。父さん」


海に突きでたその丘には古くからの歴史があった。長い金色の草の中、静かに見張りを務めるように、トーテムポールが立っている。ポールのてっぺんにはハクトウワシがとまり、潮風に羽を揺らしながら人々の小さな集団を見おろしていた。アンジーはその集団から少し外れた位置にひとりで立っていた。

「葉は春先に枯れ果てていいものではありません」メリー・ウィンストンの遺灰が風

にのって舞い、色彩の淡い冬の水平線に向かっていく中、カナダ合同教会から来た牧師が言った。「冬は本来訪れるはずの時期よりも早く来るべきではありません……」

〈ハーバー・ハウス〉のマーカス牧師も来ていた。ウィンストンの路上での友人、ニーナの姿もあり、ほかにも数人みすぼらしい格好をした女性がいて、寒さの中で震えながら鼻をこすっていた。だがホルガーセンやレオの姿はなく、アンジーのほかに市警の警察官は来ていない。悲しみのひととき、アンジーはこの寄せ集めの集団に親近感を抱いていた。アンジーもまた、今はしがない放浪者みたいなものだ。寒さの中でひとり取り残されている。

「……死に、とりわけ早すぎる死に答えはありません。ですが、強く美しく生きるため……」

アンジーはきびすを返し、少しばかり草が生えた小道を歩いて駐車場に向かった。

駐車場では人影が待っていた。背が高く、黒いコートを着て、ハクトウワシの羽のように黒髪を潮風になびかせている。

マドックスだ。

アンジーは立ちどまって気持ちを落ち着かせてから歩み寄った。

マドックスの顔には血の気がなく、目や頬骨の下には黒い影ができている。

「俺を避けているな」近寄っていくアンジーにマドックスが言った。彼の声音は厳しく、怒っているように聞こえる。あるいはいらだっているのかもしれない。「俺の電話に出ないし、かけ返してもこない。なぜだ?」

「あなたも少しひとりになりたいんじゃないかと思ったのよ。私は――」

「適当な言葉でごまかすな、アンジー。俺はひとりになりたいなんて思ってないし、君もそれはわかってるはずだ」

「ジニーの様子はどう?」

「ジニーは元気だ。話をそらすな」

「サブリナは?」

「アンジー」

「彼女と一緒にいるのを見たのよ、マドックス。病院でね」

「サブリナはジニーの母親だ……それは今後も変わらない」

「わかってるわ。あなたたちは一緒にいなければならない。私は……そこに割って入りたくないの。あなたが自分の夢と過去を救いたがっているのはわかってる。私は以前、失敗したの、マドックス。結婚している男性と厄介な関係になって、彼の結婚生活を破綻させてしまった。そのことをずっと後悔しつづけてきたわ。だから……それが原因で――」

「クラブ通いか？」

それとセックスに関するルールだ……。

アンジーは鼻を鳴らし、海のほう、少人数の集団が丘から長い草のあいだを歩いてくるほうへと顔を向けた。「そうよ」

「君はいつでも極端に走らないと気がすまないのか？」

アンジーは横目でちらりとマドックスを見た。

「書類に署名したよ、アンジー」彼はしばらく間を空け、それから続けた。「離婚が成立した」

彼女は指輪をつけていないマドックスの指に視線を向け、それから顔へと移していった。熱く見つめてくるマドックスの目を見て、アンジーは息をのんだ。

「俺は君のいる人生を送りたい」

「やめて、マドックス。今はだめよ。私は――」

「今回の件にすべて片がついて、君が仕事に復帰したら、上司に交際していることを伝えよう。そうすれば、あとは向こうが適切な任務の割り振りを考えてくれる。そういう決まりだ。何も不可能なことじゃない」

アンジーは心臓がひっくり返って小さな玉にでもなった気がした。切望が肌の下に広がっていき、それとともに秘密の約束をささやく声が聞こえてくる。

「しないといけない仕事が山ほどあるの。IIOの捜査を受けている身だし、もしかすると審問だって受けなければならないかもしれない。いつまでかかるか――」

「アンジー」マドックスが両手で彼女の肩をつかんだ。「俺を見ろ。俺は君のためにここにいる。俺は君に、人生にも等しい大きな借りがあるんだ。君はジニーの命を救ってくれた。それに俺は君を必要としているし、ジャック＝オーだってそうだ。あいつも君に会いたがってる」

感情に身を焼かれそうになりながらも、アンジーは穏やかにほほえんだ。

「ジャック＝オーはどこにいるの？」

「ペットシッターと一緒だ。俺たちは今夜、予定があるからな」

アンジーはあとずさりしようとした。この男性に対して抱いている感情が、その強い力が怖い。「それはいい考えとは思えない――」

「来てくれ」マドックスがアンジーの肩に腕をまわして体の向きを変えさせ、駐車場に停めた自分の車へといざなった。「君の車はここに置いておいて、あとで取りに来ればいい」

マドックスが助手席のドアを開けたが、アンジーはためらった。

「乗ってくれ、アンジー」

「どこへ行くの？」

「クリスマスイブだぞ。イブを尊重する何かをしに行くんだ。君が俺とジニーの命を救ってくれた事実に敬意を示す何かをしたい。君は自分の命とキャリアを俺と娘のために危険にさらした。すべての命令にそむいてだ。それが借りでなくてなんだ」

マドックスがアンジーの乗りこんだ助手席のドアを閉め、運転席にまわりこむ。

彼が車に乗りこむのを待って、アンジーは言った。「予約があるのよ。警察の精神科医と会うの」マドックスが動きを止め、しばらくのあいだアンジーを見つめる。その瞳はこみあげる感情できらきらと輝いていた。

「ふたりで一緒に切り抜けていこう、アンジー」マドックスは静かに告げた。

〝ふたりで〟

マドックスが車を駐車場から出して街へと向かうあいだ、アンジーはその言葉を強く抱きしめていた。

79

マドックスが車をインナー・ハーバーに続く道路に入れ、アンジーは彼を見て言った。「あなたが私についてくるなと命じたことは、IIOの捜査官に話した？」

「特にその話は出なかった」

しばらく無言でマドックスの表情を眺めていたアンジーは、またしても彼が自分をかばい、守ろうとしてくれているのだと気づいた。マドックス自身を危険にさらしてまで。アンジーは胸がずきずきと痛み、顔をそむけて雨が流れ落ちる窓の外に目をやった。

「進行中の捜査で忙しいのよね……最終局面に差しかかってる？」

彼のためらいが少しばかり長かった気がして、アンジーは胃がかすかによじれた。

「ああ。特別捜査班は大きくなっているし、検察官も加わった。目下のところ、俺が注目しているのはバーコードガールスだ……」

「続けて」

マドックスがちらりとアンジーのほうを見た。「ここだけの話だぞ」

「平気よ、マドックス。私がいったい誰に話すというの？」

「〈アマンダ・ローズ〉では六人の女性たちが発見された。四人は東ヨーロッパ出身で、あとのふたりはシリア人だ。われわれは難民キャンプかどこかで買われて、〈アマンダ・ローズ〉のオーナーたちに売られた難民だと考えてる。年齢は推定で十三歳から十七歳のあいだで、誰ひとりとして話そうとしない……虐待されて、洗脳されたんだろうな。ひどく怯えていて、全員にバーコードのタトゥーが施されていた」

アンジーの内側でいらだちが火花のように散った。「その件は私も捜査に加わるべきよ。性犯罪だもの」声を抑えて言った。

「君が戻ってきたときも捜査は続いてる。君は自分で思ってるよりも早く復帰できるはずだ」

「慰めは結構よ、マドックス。自分が置かれている状況は心得てる。あなたは私にありきたりの決まり文句を投げる以上の借りがあるはずだわ」

マドックスが鼻を鳴らし、角を曲がってガヴァメント・ストリートに車を入れた。

「すまない。でも、俺は本気でどうにかなると思ってるんだ。君には友人たちの支えある」

「だからといって、事件が起きた事実が変わるわけじゃないわ……待って。ここで何をするつもり？」マドックスが車を停めたのは〈フライング・ピッグ〉の外だった。

「この店には入らないわよ」アンジーは言った。

「いいや、入るとも」

マドックスがアンジーのためにドアを開けた。中から音楽と陽気に騒ぐ声が聞こえてくる。アンジーは躊躇した。「こんなことを無理強いするなんて、信じられない」

マドックスがにやりとし、すてきな深い藍色の瞳をかすかにいたずらっぽく輝かせる。

「無理強いだって？　アンジー・パロリーノに何かを無理強いできるやつなんているはずないじゃないか」

店に入ったアンジーは、緊張で胃がきりきりした。店内は人でいっぱいで、奥の隅に設けられた小さなステージではバンドが生演奏している。

マドックスがアンジーのコートを取った。彼女はレオが自分たちに気づいたのを見て身をこわばらせた。レオが手をまっすぐあげた。バンドが演奏をやめ、店内の全員がアンジーをいっせいに見る。レオが今度は手をおろすと、いくつもの風船が天井まで浮かびあがり、バンドが別の曲の演奏を始めた。みんなが声を揃えて歌いだす……。

「〝彼女はいいやつだ。彼女はいいやつだ……俺たちはみんなでそう言うさ！　パロリーノに万歳三唱だ！〟」

バーの中で大歓声があがり、レオがアンジーに近づいてきて背中の真ん中を豪快に叩いた。「よく戻ったな、パロリーノ！」

アンジーはすばやく涙をぬぐった。こんなふうに感情を見せるのが恥ずかしかった。

「やめてよ、レオ。私は戻ってないわ。停職中の身なの」

「それも戻るのと同じくらい結構な話だ。最初の一杯は俺のおごりだ。何を飲む？」

アンジーは驚いてレオを見つめ、それからマドックスにちらりと目をやった。マドックスの顔にはいまいましいチェシャ猫みたいな笑みが浮かんでいる。「あなたが仕組んだの？」彼女は嚙みつくように尋ねた。

「これが君の友人たちだ、パロリーノ」マドックスはそう答えると、レオに顔を向けた。「極上の赤ワインを一本、頼めるか？」

「すぐに持ってくる」

「やあ、よく来たな」ホルガーセンがそう言って輪に加わった。「〝あんたには警察官の仲間がついてる。これはあんたへの声援だ!」驚くほど見事な低音で歌うと、真剣な表情になった。「会えてうれしいよ、パートナー」

「酔ってるわね」

「もちろん……」ホルガーセンが両手を広げ、それから腕を曲げて自分の頭を指さした。「飲酒で有罪だ。だがセックスは抜きだ。そっちの禁欲はこの先も続けるぞ」

「おかしなやつだ」レオが小声で言い、満席のバーカウンターの向こうにいる店主のコーム・マクレガーのもとへと人をかき分けて進んでいった。

店内には比較的静かな一画もあり、その奥のテーブル席でバーブ・オヘイガンが手を振っていた。ブースのテーブルの上には、ぴかぴか光るクリスマスの飾りがぶらさげられている。店中にビールと焼けた七面鳥、そしてアルコール入りのクリスマスプディングのにおいが充満していた。

マドックスがアンジーを先導し、人々のあいだを縫ってテーブル席へと向かう。オヘイガンと一緒に座っているのは、法科学研究所のスンニ・パダチャヤと検死官のアルフォンス、それから性犯罪課のダンダンとスミスだった。

「ハイ」オヘイガンが隙間のある歯を見せて笑う。「さあ座って」

レオがワインとグラスを持ってきて、ビールのジョッキを持ったホルガーセンが席を詰めさせてアンジーの隣に移動した。

「フィッツの噂は聞いたか？」レオが言う。

「どんな噂だ？」マドックスが尋ねた。

レオが身を乗りだして答える。「科学捜査チームの友人がいてな……ウィンストンと内通者との通話の録音があるのは知ってるだろう？」

「早く言えよ、レオ」ホルガーセンが口を挟み、ジョッキを持ちあげて泡ごとビールを飲んだ。

「なんとフィッツシモンズと声が一致したらしい」

テーブルの全員が黙りこんでレオを見つめた。

「フィッツだって？」ホルガーセンが言う。

「そうだ。話し方の癖と少しばかり甲高い声から、科学捜査チームはフィッツだと考えてる。ファイルにあった内通者のものと合致するそうだ」

「まだ何も証明されてはいない」マドックスが静かに言った。「疑わしきは罰せず。有罪になるまでは無実だ」

レオが鼻を鳴らして身を起こし、ウイスキーをあおった。「まさかあんたがやつをかばうとは思わなかったな。この前、特別捜査本部の部屋の外でちょっとした口論があったあとだっていうのに」

「どうしてフィッツが情報をもらしたりするわけ？」スンニが訊く。

「頭がどうかしているんだろうな……薬でもやってるんじゃないか」レオが即答した。

オヘイガンが小さく鼻を鳴らした。「フィッツはガンナーと勤続年数が同じなのよ。ガンナーが順調に署長の地位にのぼりつめる一方で、フィッツは昇進を見送られつづけてきた。苦い思いを抱えた小さな男だってことかしらね」

「復讐に取り憑かれた男か」マドックスがアンジーを一瞥した。「この件については黙っておこう。どうなるか、なりゆきを見守ろうじゃないか、いいな？」

レオが何かつぶやき、声を潜めて言った。「ここだけの話、あの野郎には当然の報いだ。なぜやつが市長と州司法副長官補に関する事柄をもみ消して、キリオンと新しい警察委員会のご機嫌を取りたがってたのか説明がつく」無情に笑い飛ばし、さらに続けた。「きっとガンナーを追い落として、自分が署長の座におさまろうと考えたんだろう。違うか？」

マドックスが注いでくれたワインを飲みながら、アンジーは店内を見まわした。反対の隅のテーブル席に、コンドルのような顔つきの黒髪の男性が座っている。

「グラブロウスキが来てるわ」

「ああ、みんな招待されてるからな」ホルガーセンが応じた。「あんたがアダムズを撃ち殺したことで無駄足を踏んだのは、あの人だけだろうな」

オヘイガンがくすくす笑う。「本当よ。アンジー、あなたはね、クラブロウスキが地元育ちの怪物を自分の裏庭で自ら研究する、またとない機会を奪ったの。研究結果を本にする話もまとまっていたのに、それも立ち消えになったわ」

「まあ……」アンジーはワインをもうひと口飲んだ。「また別の機会があると思うわ……そのときはきっと何かものにできるわよ」

音楽がさらに大きくなって店内の喧騒も増していき、バンドが演奏する小さなステージの前ではダンスが始まった。

アンジーは声を大きくした。「ブズィアクはどうなったの？　戻ってくる？」

「聞いてないのか？」マドックスがアンジーの耳元で言う。

アンジーは視線をあげ、彼と目を合わせた。マドックスの口がすぐ近くにあり、体のぬくもりも感じられる。アンジーは腹部の奥がわずかに熱くなった。「いいえ」冷静な声を保って答える。「ヴェダーは何も教えてくれてないわ」

「ブズィアクはフィッツの網にかかってしまったんだ。内務調査班が情報をもらしてる者の尻尾をつかむ手がかりをなんでもいいから得ようとして、オフィスの機器を調べた。その結果、ブズィアクがオンライン賭博の問題を抱えていたことが判明したんだ。違法サイトに職場から日常的にアクセスしてたらしい」

「なんてこと」アンジーはため息をついた。「残念ね。いい警察官だったのに」

「くそったれなほどいい警察官だった」レオがつけ加える。「俺は尊敬してたんだ、あの男をな」

白い調理服を着た厨房のスタッフをふたり引き連れたコーム・マクレガーが、客たちのあいだを強引に進んでアンジーたちのテーブルまでやってきた。七面鳥につけあわせ、湯気の立つグレービーソースをトレイにのせている。

アンジーたちのテーブルに料理が置かれ、ほかのテーブルにも続々とトレイが運ばれた。音楽がわずかに静かになり、腹をすかせた警察官とその仲間が至るところで料理をかきこみはじめる。

みんながグラスを掲げて乾杯をした。ぶつけたグラスから飲み物がこぼれ、笑い声があがる。マドックスがアンジーと目を合わせ、グラスを持ちあげた。「メリー・クリスマス、アンジー」

マドックスの目を見つめたアンジーは、心臓をわしづかみにされた気がした。「メリー・クリスマス」クラブでマドックスを引っかけた夜がはるか昔に感じられる。

「来たぞ！」マクレガーが頭上で新聞を振りまわし、アンジーたちのテーブルへ戻ってきながら叫んだ。「クリスマスイブの特別編集版だ。刷り立てだぞ」彼が『シティ・サン』を一部、音をたてて一同の前に置く。紙面には見出しが躍っていた。

〝市長と州司法副長官補、連続殺人の捜査網にかかる〟

見出しの下には、ジャック・キリオンとジョイス・ノートン＝ウェルズが州司法副長官補の邸宅の外に停めた車の中で抱きあっているところを撮影した、ウィンストンの写真が掲載されている。石柱にある〝ＡＫＡＳＨＡ〟の文字まではっきりと読める鮮明な写真だ。

「くそっ」ホルガーセンが小声で言った。「予約投稿してあったウィンストンのブログが掲載されたんだな。これですべてが明らかになった」写真に目をやる。「このふたりは切り抜けられると思うか？　どっちも既婚者だ」

「ジョイス・ノートン＝ウェルズはもう州司法副長官補を辞任したわ」スンニが言った。「この先、返り咲けるかどうかは誰にもわからないわね。私が聞いたところでは、息子の逮捕でひどく動揺していたそうよ。皮肉な話だわ。州検察のトップが自分の部下に実の息子を起訴させることになるなんて」

「メディアはいつだって女の不倫をより厳しく報じるわ」オヘイガンが指摘した。「キリオンはたぶんそのうち復活するでしょうね。それどころか、ひょっとしたら今回の件も誤解だと主張して切り抜けるかもしれない。奥さんと子どもたちが彼に寄り添うかどうか、これから数カ月の推移を見ないとわからないけど」

「声に出して読んでくれ、ホルガーセン」レオが舌をもつれさせながら言い、グラスを新聞の一面に向かって振った。

「彼はだめよ」オヘイガンが応じ、新聞を手に取った。「単語ひとつだって理解できないもの」文章に目を通して続ける。「メリー・ウィンストンが公表すると私たちが予想したことをなぞった要約ね……」そこで言葉を切り、さらに内容を目で追った。「それから彼女の個人的な補足説明があるわ」オヘイガンは文を読みあげはじめた。

「〝キリオンのジョイス・ノートン=ウェルズとの関係は、人が性的な欲求を満たすために冒す危険を痛感させる。ふたりの不適切な関係は多種多様な欲望の分解図にあるただの一点にすぎない。欲望は純粋で健全な人間同士の親密な関係に始まるが、進むうちに陰りを帯びていく。欲望はいずれ逸脱して機能障害を起こし、依存症へと変貌して犯罪となる。最終的に行き着くのは真っ黒な死をもたらす暴力、性的な動機による殺人だ〟」

テーブルについた全員が沈黙し、アンジーは自らのセックスクラブへの依存に思いを馳せた。ホルガーセンが空になったジョッキを見つめて小声で言う。「くそっ。深いことを言ってくれる子だ」

「でもウィンストンは正しいわね」オヘイガンが応じた。「欲望の分解図なら、私の遺体安置所の解剖台で日常的に繰り広げられているわ」

「人間であるというのはそういうことなのよね」スンニが言う。

「人間でなくなるということかもしれないわよ」アンジーは言い添えた。

またしても重い沈黙が流れる。

「まあ」レオが口を開いた。「俺としてはそのおかげで自分たちが食いっぱぐれずにすむと言いたいね」グラスを掲げる。「そのことに乾杯しようじゃないか、どうだ？」

「メリー・ウィンストンに」アンジーは自分のグラスを掲げた。「強い女性だったわ。彼女に安らぎがあらんことを」

テーブルのみんながほろ酔いかげんの献杯をするあいだ、マドックスはアンジーの手を握っていた。ふたりの手が重なっているのをみんなが見ている。マドックスは恐れておらず、愛情を隠そうともしていない。彼女を気にかけてくれている。

〝君には友人たちがいる……〟

〝惨死事件はひとりで解決するような任務じゃない〟

その瞬間、アンジーは自らに誓いを立てた。この仲間たち、警察官の兄弟姉妹たちと一緒にいるために、どんな苦労をしてでも警察官として復帰する。よりよいチームプレイヤーになってみせる。

そして本当の両親を見つけだし、自分がどんな事情で〈天使の揺りかご〉の子どもとなったのかを明らかにする。アンジーは家族の暗い嘘に気づいてたくさんのものを失ったが、それでもマドックスとの出会いを通じてたくさんのものを得た。

なぜ自分が決まったポーランド語を理解しているのか、頭の中で聞こえるほかの子どものものと思われるささやきが何を意味しているのかはまだわからない。しかしその謎が彼女を新しい年へといざなっていた。

〝来て……森へ遊びに来て……来て……来て〟

謝辞

寒い冬の週末、吐く息は白く、海からの潮風が吹きつける中、一緒にヴィクトリアの路地を歩いてくれた、マーリン・ベスウィザリックに改めて感謝を捧げます――大聖堂や小さな食堂を見物したり、当地のクラブや人々、大学について聞かせてくれたりしてありがとう。あなたが与えてくれた刺激のおかげで、アンジー・パロリーノのシリーズはいきいきとした作品になります。なおヴィクトリアという街は実在しますが、アンジーのいるヴィクトリアは言わば拡張現実世界のひとつであり、彼女が所属する警察組織が現実のヴィクトリアの優秀な法執行機関を反映したものではないことを、この場を借りてお断りしておきます。

ポーランド語について教えてくれたエヴァ・ドロゼルと、イタリア語を教えてくれたダリオ・チレッロにも感謝を。

編集面では、アリソン・ダショー、シャーロット・ハーシャー、そしてふたり以外にも出版が現実になるまで休みなく裏で働いてくれた〈モントレイク〉の関係者各位に深く感謝を捧げます。そして私たち作家を信じられないほど幸福で穏やかな気持ちにさせつづけてくれる、不屈のジェシカ・プーアにも感謝を。それから、『許されざる情事』の雰囲気とそれが象徴するものを見事にとらえ、美しい表紙絵を描いてくれたレックス・ボノメッリにも特別な感謝を。

アンジーなら惨死事件はひとりで解決するような任務じゃないと言うでしょうが、一冊の本を作るのも同じことです。

訳者あとがき

読者の皆様、お待たせいたしました。スリラーやミステリ、ロマンティック・サスペンスを得意とし、三度もＲＩＴＡ賞のファイナリストになった著者ロレス・アン・ホワイトの『許されざる情事』（原書タイトル『*The Drowned Girls*』）をお届けいたします。本作はアンジー・パロリーノ・シリーズの一作目です。

アンジー・パロリーノはヴィクトリア市警の性犯罪課の刑事。女性や子どもという弱者が犠牲になる性犯罪の事件解決に情熱を傾ける一方で、自身は女児の幻覚や外国語の幻聴に悩まされ、不安を抱えています。凄惨な現場を目にすることも多い仕事柄、過度のストレスがかかっているせいなのかもしれません。そんなアンジーが精神のバランスを保つために必要としているのが、見知らぬ男と体の関係を持つことでした。

その夜も行きつけのクラブで妖しい魅力を放つ男性と出会いますが、行為のさなかに事件発生による呼び出しがかかってしまいます。性的暴行を受けた少女が墓地で発見された模様。相手の男性をその場に置き去りにし、搬送先の病院へすぐに向かいます。

　時をほぼ同じくして、水路を漂う女性の遺体が発見されます。墓地での少女殺害事件と同じく、こちらも局部が切り取られていました。二件の事件の関連性が疑われるため、殺人課を中心に性犯罪課を含めた特別捜査本部が立ちあがることになり、かねてから殺人課への異動を切望していたアンジーは、今こそ実力を示すべきときだとばかりに勢いこみます。ところが捜査の指揮を任されたのは、カナダ本土の警察から市警へ移ってきたばかりのジェームズ・マドックス。あのクラブの夜に出会い、アンジーの心に強烈な爪跡を残した男性だったのです……。

　本書の見どころは、なんといっても謎が謎を呼ぶ複雑なプロットでしょう。アンジーたちが調べれば調べるほど、二件の異様なレイプ殺人事件の謎は深まるばかり。タブロイド紙の記者や政治家、テニスコーチ、牧師、歯科医など、怪しい者たちが次から次へと登場します。そのうえ市警で一緒に捜査を担当している刑事たちでさえ、どこか信用なりません。さらにアンジーを悩ます幻覚により、彼女の遠い過去にまつわる謎も深まっていき、すべての謎が複雑にからみあい、最後の最後まで目が離せません。

　すでに本国アメリカでは二〇一七年の冬に、このシリーズの二作目となる『*The*

Lullaby Girl』、二〇一八年夏には三作目となる『*The Girl in the Moss*』が刊行されています。どうやらヒロインのアンジー・パロリーノはさらに波乱の日々を送ることになりそうです。どのような展開になるのか、ますます期待が高まります。

こんな緊迫感のあるミステリを書きあげた著者ロレス・アン・ホワイトとはどのような女性なのでしょう？　彼女は南アフリカに生まれ、ジャーナリストとして十六年活躍したあと、ロマンス小説作家に転身しました。現在では家族とともにアメリカのパシフィック・ノースウエストの（太平洋岸北西部）山脈で暮らしており、執筆活動に専念しているとき以外は、スキーやバイク、ハイキング、オープンウォータースイミングなど非常にアクティブな日々を楽しんでいるようです。その理由について、彼女は〝体を動かしていると、小説の最高のアイデアが浮かんでくるから〟と語っています。

まさに本書も〝最高のアイデア〟がぎっしり詰まった一冊です。極寒のカナダ、ヴィクトリアを舞台に繰り広げられる本格ミステリをたっぷりとお楽しみください！

二〇一九年九月

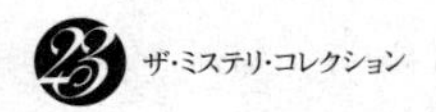

許(ゆる)されざる情事(じょうじ)

著者　ロレス・アン・ホワイト
訳者　向宝丸緒(こうほうまお)

発行所　株式会社 二見書房
東京都千代田区神田三崎町2-18-11
電話 03(3515)2311［営業］
03(3515)2313［編集］
振替 00170-4-2639

印刷　株式会社 堀内印刷所
製本　株式会社 村上製本所

落丁・乱丁本はお取り替えいたします。
定価は、カバーに表示してあります。

ISBN978-4-576-19169-0
https://www.futami.co.jp/

＊の作品は電子書籍もあります。

二見文庫 ロマンス・コレクション

恋の予感に身を焦がして ＊
クリスティン・アシュリー
高里ひろ［訳］〔ドリームマン シリーズ〕

グエンが出会った〝運命の男〟は謎に満ちていて…。読み出したら止まらないジェットコースターロマンス！超人気作家による〈ドリームマン〉シリーズ第1弾

愛の夜明けを二人で ＊
クリスティン・アシュリー
高里ひろ［訳］〔ドリームマン シリーズ〕

マーラは隣人のローソン刑事に片思いしている。でもマーラの自己評価が2.5なのに対して、彼は10点満点で…。〝アルファメールの女王〟によるシリーズ第2弾

ふたりの愛をたしかめて
クリスティン・アシュリー
高里ひろ［訳］〔ドリームマン シリーズ〕

心に傷を持つテスを優しく包む「元・麻取り官」のブロック。ストーカー、銃撃事件……二人の周りにはあまりにも問題が山積みで…。超人気〈ドリームマン〉第3弾

略奪
キャサリン・コールター＆J・T・エリソン
水川玲［訳］〔新FBI シリーズ〕

元スパイのロンドン警視庁警部とFBIの女性捜査官。謎の殺人事件と〝呪われた宝石〟がふたりの運命を結びつけて――夫婦捜査官S＆Sも活躍する新シリーズ第一弾！

激情
キャサリン・コールター＆J・T・エリソン
水川玲［訳］〔新FBI シリーズ〕

平凡な古書店店主が殺害され、彼がある秘密結社のメンバーだと発覚する。その陰にうごめく世にも恐ろしい企みに英国貴族の捜査官が挑む新FBIシリーズ第二弾！

迷走
キャサリン・コールター＆J・T・エリソン
水川玲［訳］〔新FBI シリーズ〕

テロ組織による爆破事件が起こり、大統領も命を狙われる。人を殺さないのがモットーの組織に何が？英国貴族のFBI捜査官が伝説の暗殺者に挑む！第三弾！

鼓動
キャサリン・コールター＆J・T・エリソン
水川玲［訳］〔新FBI シリーズ〕

「聖櫃」に執着する一族の双子と、強力な破壊装置を操るその祖父――邪悪な一族の陰謀に対抗するため、FBIと天才的泥棒がタッグを組んで立ち向かう！

二見文庫 ロマンス・コレクション

*の作品は電子書籍もあります。

誘発
キャサリン・コールター
林 啓恵［訳］

空港で自爆テロをしようとした男をシャーロックが取り押さえたころ、サビッチはある殺人事件の捜査に取りかかるが、なぜか犯人には犯行時の記憶がなく…。シリーズ最新刊

危うい愛に囚われて
ジェイ・クラウンオーヴァー
相野みちる［訳］

危険と孤独と恐怖と闘ってきたナセルとストリッパーのキーリン。出会った瞬間に惹かれ合い、孤独を埋め合わせるように体を重ねるが……ダークでホットな官能サスペンス

ミッシング・ガール
ミーガン・ミランダ
出雲さち［訳］

10年前、親友の失踪をきっかけに故郷を離れたニック。久々に家に戻るとまた失踪事件が起き……。〝時間が巻き戻る〟斬新なミステリー、全米ベストセラー！

夜の彼方でこの愛を *
ヘレンケイ・ダイモン
相野みちる［訳］

行方不明のいとこを捜しつづけるエメリーは、レンという男が関係しているらしいと知る…。ホットでセクシーな男性とのとろけるような恋を描く新シリーズ第一弾！

許されない恋に落ちて
ヘレンケイ・ダイモン
相野みちる［訳］

弟を殺害されたマティアスはケイラという女性を疑い、追うが、ひと目で互いに惹かれあう。そして新たな事件が…。禁断の恋に揺れる男女を描くシリーズ第2弾！

愛の炎が消せなくて
カレン・ローズ
辻早苗［訳］

かつて劇的な一夜を共にし、ある事件で再会した刑事オリヴィアと消防士デイヴィッド。運命に導かれた二人が挑む放火殺人事件の真相は？ RITA賞受賞作、待望の邦訳!!

あなたを守れるなら
K・A・タッカー
寺尾まち子［訳］

警察署長だったノアの母親が自殺し、かつての同僚の娘グレースに大金が遺された。これはいったい何の金なのか？ 調べはじめたふたりの前に、恐ろしい事実が……

二見文庫 ロマンス・コレクション

そのドアの向こうで
シャノン・マッケナ
中西和美［訳］
〔マクラウド兄弟 シリーズ〕
亡き父のために十七年前の謎の真相究明を誓う女と、最愛の弟を殺されすべてを捨て去った男。復讐という名の赤い糸が結ぶ、激しくも狂おしい愛。衝撃の話題作！

影のなかの恋人
シャノン・マッケナ
中西和美［訳］
〔マクラウド兄弟 シリーズ〕
サディスティックな殺人者が演じる、狂った恋のキューピッド。愛する者を守るため、元FBI捜査官コナーは人生最大の危険な賭けに出る！ 官能ラブサスペンス！

運命に導かれて
シャノン・マッケナ
中西和美［訳］
〔マクラウド兄弟 シリーズ〕
殺人の濡れ衣をきせられ過去を捨てたマーゴットは、そんな彼女に惚れ、力になろうとする私立探偵のデイビーと激しい愛に溺れる。しかしそれをじっと見つめる狂気の眼が…

真夜中を過ぎても
シャノン・マッケナ
松井里弥［訳］
〔マクラウド兄弟 シリーズ〕
十五年ぶりに帰郷したリヴの書店が何者かに放火され、そのうえ車に時限爆弾が。執拗に命を狙う犯人の目的は？ 彼女を守るため、ショーンは謎の男との戦いを誓う…！

過ちの夜の果てに
シャノン・マッケナ
松井里弥［訳］
〔マクラウド兄弟 シリーズ〕
傷心のベッカが恋したのは孤独な元FBI捜査官ニック。狂おしいほど求めあうふたりに卑劣な罠が……この愛は本物か、偽物か——息をつく間もないラブ＆サスペンス

危険な涙がかわく朝
シャノン・マッケナ
松井里弥［訳］
〔マクラウド兄弟 シリーズ〕
あらゆる手段で闇の世界を生き抜いてきたタマラ。幼女を引き取ることになったのを機に生き方を変えた彼女の前に謎の男が現われる。追っ手だと悟るも互いに心奪われ…

このキスを忘れない
シャノン・マッケナ
幡 美紀子［訳］
〔マクラウド兄弟 シリーズ〕
エディは有名財団の令嬢ながら、特殊な能力のせいで家族にすら疎まれてきた。暗い過去の出来事で記憶をなくしたケヴと出会い…。大好評の官能サスペンス第7弾！